Umberto Eco

Der Name der Rose

Umberto Eco

Der Name der Rose

Aus dem Italienischen von
Burkhart Kroeber

Süddeutsche Zeitung | Bibliothek

Bibliografische Information Der Deutschen Bibliothek
Die Deutsche Bibliothek verzeichnet diese Publikation in der
Deutschen Nationalbibliografie;
detaillierte bibliografische Daten sind im Internet über
http.//dnb.ddb.de abrufbar.

Lizenzausgabe der Süddeutschen Zeitung GmbH, München
für die Süddeutsche Zeitung | Bibliothek 2004

Titel der Originalausgabe: IL NOME DELLA ROSA

Umschlag: Szene aus der gleichnamigen Verfilmung mit Sean Connery
Foto: Constantin Film/Cinetext Bildarchiv
Autorenfoto: Anne Selders
Umschlaggestaltung und Layout: Eberhard Wolf
Satz: vmi, M. Zech
Druck und Bindearbeiten: Ebner & Spiegel, Ulm
Printed in Germany
ISBN 3-937793-01-1

Natürlich, eine alte Handschrift

Dramatis Personae

William von Baskerville .... Zeichendeuter und Spurensucher
Adson von Melk .... sein Schüler, Chronist
Abbo von Fassanova .... Abt, einst Leichenträger
Remigius von Varagine .... Kellermeister
Malachias von Hildesheim .... Bibliothekar
Severin von St. Emmeram .... Kräuter- und Giftforscher
Nicolas von Morimond .... Handwerker, brav
Alinardus von Grottaferrata .... Greis
Jorge von Burgos .... blinder Seher
Adelmus von Otranto .... Monstermaler, tot
Venantius von Salvemec .... Aristoteles-Experte
Berengar von Arundel .... Verführer
Benno von Uppsala .... Büchernarr
Aymarus von Alessandria .... Intrigant
Petrus von Sant' Albano .... Intrigant
Pacificus von Tivoli .... Intrigant
Ubertin von Casale .... Mystiker
Michael von Cesena .... Politiker
Bertrand del Pogetto .... Kardinal
Bernard Gui .... Ketzer- und Hexenjäger
Fra Dolcino .... toter, noch sehr lebendiger Ketzerführer
Salvatore .... armer Teufel, Sprachgenie
Das Mädchen .... namenlos, vielleicht die Rose

Und weitere fleißige Mönche, Mindere Brüder,
päpstliche Legaten, französische Bogenschützen, tote und lebendige Ketzer,
einfache Leute, Volk

Der Schauplatz ist eine stolze Benediktiner-Abtei an den Hängen
des Apennin (»zwischen Lerici und La Turbie«), nun Trümmerstätte

Am 16. August 1968 fiel mir ein Buch aus der Feder eines gewissen Abbé Vallet in die Hände: Le manuscript de Dom Adson de Melk, traduit en français d'après l'édition de Dom J. Mabillon *(Aux Presses de l'Abbaye de la Source, Paris 1842). Das Buch, versehen mit ein paar historischen Angaben, die in Wahrheit recht dürftig waren, präsentierte sich als die getreue Wiedergabe einer Handschrift aus dem 14.Jahrhundert, die der große Gelehrte des 17. Jahrhunderts, dem wir so vieles für die Geschichte des Benediktinerordens verdanken, angeblich seinerseits im Kloster Melk gefunden hatte. Der kostbare Fund – meiner, also der dritte in zeitlicher Folge – heiterte meine Stimmung auf, während ich in Prag die Ankunft einer mir teuren Person erwartete. Sechs Tage später besetzten sowjetische Truppen die gebeutelte Stadt. Ich konnte glücklich die österreichische Grenze bei Linz erreichen, begab mich von dort aus weiter nach Wien, wo ich mit der langersehnten Person zusammentraf, und gemeinsam machten wir uns, aufwärts dem Lauf der Donau folgend, auf die Rückreise.*

In einem Zustand großer Erregung las ich, fasziniert, die schreckliche Geschichte des Adson von Melk, und so heftig ließ ich mich von ihr packen, dass ich gleichsam aus dem Stand eine Rohübersetzung anfertigte. Rasch füllten sich mehrere jener großen Hefte der Papeterie Joseph Gibert, in denen es sich so angenehm schreiben lässt, wenn die Feder geschmeidig ist. Unterdessen erreichten wir die Gegend von Melk, wo in einer Biegung des Flusses noch heute steil das herrliche, mehrmals im Lauf der Jahrhunderte restaurierte Stift aufragt. Wie der Leser unschwer errät, fand ich in der Klosterbibliothek keine Spur der Adsonschen Handschrift.

Noch ehe wir Salzburg erreichten – es war eine tragische Nacht in einem kleinen Hotel am Mondsee – fand unsere idyllische Reise zu zweit ein abruptes Ende, und die Person, mit der ich gereist war, entschwand, wobei sie das Buch des Abbé Vallet mitnahm – nicht aus Bosheit, – sondern infolge der wirren und brüsken Art, in der unsere Beziehung endete. So blieben mir lediglich eine Anzahl vollgeschriebener Quarthefte und eine große Leere im Herzen.

Monate später, in Paris, entschloss ich mich, der Herkunft meines erstaunlichen Fundes auf den Grund zu gehen. Von den wenigen Hinweisen, die ich dem französischen Buch entnommen hatte, war mir der folgende, außerordentlich detaillierte und präzise Quellenvermerk geblieben:

Vetera analecta, sive *collectio veterum aliquot operum* & opusculorum omnis generis, carminum, epistolarum, diplomaton, epitaphiorum, &, *cum itinere germanico*, adnotationibus & aliquot disquisitionibus R.P.D. Joannis Mabillon, Presbiteri ac Monachi Ord. Sancti Benedicti e Congregatione S. Mauri. – *Nova Editio* cui accessere *Mabilonii* vita & aliquot opuscula, scilicet Dissertatio de *Pane Eucharistico, Azymo et Fermentato,* ad Eminentiss. Cardinalem *Bona.* Subjungitur opusculum *Eldefonsi* Hispaniensis Episcopi de eodem argumento *Et Eusebii* Romani ad *Theophilum* Gallum epistola, *De cultu sanctorum ignotorum,* Parisiis, apud Levesque, ad Pontem S. Michaelis, MDCCXXI, cum privilegio Regis.

Unschwer fand ich die Vetera Analecta *in der Bibliothèque Sainte Geneviève, doch zu meiner großen Überraschung wich die dort vorhandene Ausgabe in zwei Punkten von der zitierten ab: erstens war als Verleger Montalant, ad Ripam Augustinianorum (prope Pontem S. Michaelis) angegeben, und zweitens war das Datum zwei Jahre früher. Überflüssig zu sagen, dass diese* Analecta *keinerlei Manuskript eines Adson oder Adso von Melk enthielten – es handelt sich vielmehr, wie jeder selbst nachprüfen kann, um eine Sammlung von mehr oder minder kurzen Texten, während die von Vallet übersetzte Geschichte sich über mehrere hundert Seiten erstreckte. Ich konsultierte daraufhin eine Reihe illustrer*

Mediävisten, unter anderem den teuren und unvergesslichen Etienne Gilson, doch es gab keinen Zweifel: die einzigen existierenden Vetera Analecta waren jene, die ich in der Sainte Geneviève gefunden hatte. Ein Besuch in der Abbaye de la Source, unweit von Passy, und ein Gespräch mit meinem alten Freund Dom Arne Lahnestedt überzeugten mich ferner, dass kein Abbé Vallet jemals Bücher mit dem Druckvermerk dieser Abtei (die überdies gar keine Druckerei besitzt) veröffentlicht hat. Man kennt die Nachlässigkeit französischer Gelehrter bei der Angabe halbwegs zuverlässiger Quellenvermerke, doch dieser Fall überstieg jeden vernünftigen Pessimismus. War mir etwa eine Fälschung in die Hände gefallen? An das Buch von Vallet konnte ich mittlerweile nicht mehr heran (oder jedenfalls wagte ich nicht, es von der Person zurückzuerbitten, die es mir entführt hatte), und so blieben mir lediglich meine Aufzeichnungen, an denen ich nunmehr zu zweifeln begann.

Es gibt magische Augenblicke von großer körperlicher Erschöpfung und heftiger innerer Spannung, in denen einem zuweilen Visionen von Menschen erscheinen, die man früher gekannt hat (»en me retraçant ces détails, j'en suis à me demander s'ils sont réels, ou bien si je les ai rêvés«). Wie ich später aus dem schönen Büchlein des Abbé de Bucquoy erfuhr, gibt es ebenso auch Visionen von Büchern, die noch nicht geschrieben worden sind.

Hätte sich nicht ein weiterer Zufall ereignet, ich stünde noch heute ratlos da mit meiner Frage nach dem Ursprung der unerhörten Geschichte des Adson von Melk. Doch als ich im Jahre 1970, während eines Aufenthaltes in Buenos Aires, die Regale eines kleinen Antiquariats an Corrientes durchstöberte, unweit des berühmten Patio del Tango an jener großen Straße, fiel mir die kastilianische Version eines Buches von Milo Temesvar in die Hände, Vom Gebrauch der Spiegel beim Schachspiel, das zu zitieren (aus zweiter Hand) ich bereits in meiner Studie Apokalyptiker und Integrierte Gelegenheit hatte, wo ich sein jüngeres Werk Die Apokalypsen-Händler besprach. Es handelte sich bei meinem Fund um die spanische Übersetzung des inzwischen unauffindba-

ren Originals in georgischer Sprache (Tbilissi 1934), und zu meiner allergrößten Überraschung las ich darin ausführliche Zitate aus der Handschrift des Adson – nur dass als Quelle weder Vallet noch Mabillon angegeben waren, sondern Pater Athanasius Kircher (aber welches seiner Werke?). Zwar versicherte mir inzwischen ein Gelehrter, dessen Namen ich hier nicht nennen möchte (und er nannte Belege aus dem Gedächtnis), der große Jesuit habe niemals von einem Adson aus Melk gesprochen. Aber ich habe die Stellen bei Temesvar mit eigenen Augen gesehen, und die Episoden, auf die er Bezug nahm, glichen aufs genaueste denen des von Vallet übersetzten Manuskripts (insbesondere die Beschreibung des Labyrinths erlaubte keinerlei Zweifel).

Mithin kam ich zu dem Schluss, dass die Erinnerungen des Mönches Adson offenbar teilhaben an der Natur der Ereignisse, über die er berichtet: wie jene sind sie umgeben von vielen dunklen Geheimnissen, angefangen bei der Person des Autors und bis hin zu jener so detailliert beschriebenen Abtei, über deren geographische Lage er sich beharrlich ausschweigt, so dass wir nur durch Konjekturen eine vage Zone in Nordwestitalien, etwa zwischen Pomposa und Conques vermuten können; am ehesten dürfte der Ort des Geschehens irgendwo an den Hängen des Apennin zwischen Piemont, Ligurien und der französischen Grenze zu finden sein (also in den Bergen an der Riviera oder, um es mit Dante zu sagen, zwischen Lerici und La Turbie). Was die Zeit des Geschehens betrifft, so versetzt uns Adsons Bericht in die letzte Novemberwoche des Jahres 1327, doch wann der Autor ihn niedergeschrieben hat, ist unklar. Bedenkt man, dass er zur Zeit des Geschehens Novize war und zur Zeit der Niederschrift seiner Erinnerungen an der Schwelle des Todes stand, so ist anzunehmen, dass sein geheimnisumwittertes Manuskript in den letzten zehn oder zwanzig Jahren des 14. Jahrhunderts entstand.

Spärlich sind also, bei Licht besehen, die Gründe, die mich zu bewegen vermochten, meine Aufzeichnungen zu veröffentlichen. Der geneigte Leser möge bedenken: was er vor sich hat, ist die deutsche Übersetzung meiner italieni-

schen Fassung einer obskuren neugotisch-französischen Version einer im 17. Jahrhundert gedruckten Ausgabe eines im 14. Jahrhundert von einem deutschen Mönch auf Lateinisch verfassten Textes.

Vor allem stellte sich mir die Frage, welchen Stil ich wählen sollte. Der Versuchung, mich an volkssprachlichen Vorbildern der Epoche zu orientieren, musste ich widerstehen. Ein solches Verfahren wäre ganz ungerechtfertigt gewesen – nicht nur, weil Adson lateinisch schrieb, sondern mehr noch, weil aus der gesamten Diktion des Textes klar hervorgeht, dass seine Kultur (oder die der Abtei, von der er so offenkundig beeinflusst war) ganz andere Wurzeln hatte. Es handelt sich fraglos um eine über Jahrhunderte akkumulierte Summe von Kenntnissen und Stilgewohnheiten, die sich mit der spätmittelalterlich-klerikalen Bildungstradition verknüpft. Adson dachte und schrieb als ein Mönch, der gegen die sprachlichen Umwälzungen seiner Epoche resistent geblieben ist und sich, aufs engste verbunden mit den Büchern der Bibliothek, von deren Schicksal er uns so eindrucksvoll zu berichten weiß, an den Schriften der Kirchenväter und ihrer scholastischen Interpreten geschult hat. Was die Sprache und die gelehrten Zitate betrifft, so hätte sein Manuskript (lässt man die gelegentlichen Anspielungen auf zeitgenössische Ereignisse beiseite, die der Autor im übrigen stets nur gleichsam unter vielfachem Kopfschütteln und wie vom Hörensagen erwähnt) ohne weiteres im 12. oder 13. Jahrhundert geschrieben worden sein können.

Andererseits unterliegt es keinem Zweifel, dass sich Vallet beim Übersetzen des Adsonschen Mönchslateins in sein neugotisches Französisch durchaus einige Freiheiten erlaubt hat, nicht immer nur solche stilistischer Art. So sprechen zum Beispiel die Personen der Handlung des öfteren von den Heilkräften der Natur und vor allem gewisser Kräuter, wobei sie unverkennbar Bezug nehmen auf jenes Buch der geheimen Mächte, das dem Albertus Magnus zugeschrieben wird und im Verlauf der Jahrhunderte unzählige Emendationen erfahren hat. Dass Adson es kannte, ist gewiss, gleichwohl bleibt die Tatsache, dass er Abschnitte daraus zitiert, die allzu wörtlich an manche Rezepte des Paracelsus erinnern – oder auch an Interpolationen einer Albertus-Edition, die mit Sicherheit aus der Tudorzeit stammt.[1] *Wie ich später herausfand, zirkulierte zu der Zeit, als Vallet die Adsonsche Handschrift übertrug (?), in Paris eine mittlerweile ganz und gar unzuverlässige Edition des* Grand *sowie des* Petit Albert *aus dem frühen 17. Jahrhundert.*[2] *– Doch freilich, wer wollte andererseits ausschließen, dass der Text, auf den sich Adson, beziehungsweise die von ihm aufgezeichnete Diskussion der Mönche bezog, nicht zwischen Glossen, Anmerkungen und Appendizes auch einige Annotationen enthielt, die in der späteren Tradition verarbeitet worden sind?*

Sollte ich schließlich das Latein in jenen Passagen beibehalten, in denen es schon der Abbé Vallet unübersetzt gelassen hatte, wohl um das Flair der Zeit zu bewahren? Es gab dafür eigentlich keine überzeugenden Gründe, wenn man von einer vielleicht übertriebenen Treue zur Vorlage absieht. Ich habe das Übermaß eliminiert, doch einiges stehengelassen.[3] *Und ich fürchte ein wenig, mich dabei so verhalten zu haben wie jene schlechten Romanciers, die, wenn sie Franzosen in die Handlung einführen, ihnen Ausrufe in den Mund legen wie »parbleu!« oder »la femme, ah! la femme!«.*

So bin ich, alles in allem, zutiefst von Zweifeln erfüllt. Eigentlich weiß ich gar nicht so recht, was mich schließlich bewogen hat, meinen ganzen Mut zusammenzunehmen und den Bericht des Adson von Melk der geneigten Öffentlichkeit vorzulegen, als ob er authentisch wäre. Sagen wir: es war eine Geste der Zuneigung. Oder, wenn man so will, ein Akt der Befreiung von zahllosen uralten Obsessionen.

1 *Liber aggregationis seu liber secretorum Alberti Magni,* Londinium, juxta pontem qui vulgariter dicitur Flete brigge, MccccLxxxv.

2 *Les admirables secrets d'Albert le Grand,* A Lyon, Chez les Héritiers Beringos, Fratres, à l'Enseigne d'Agrippa, MDCCLXXV; *Secrets merveilleux de la Magie Naturelle et Cabalistique du Petit Albert,* A Lyon, ibidem, MDCCXXIX.

3 Übersetzungen der lateinisch gegebenen Passagen finden sich sicherheitshalber in einem Anhang.

Ich schreibe (will sagen: bearbeite meine Rohübersetzung) ohne Präokkupationen um Fragen der Aktualität. In den Jahren, da ich den Text des Abbé Vallet entdeckte, herrschte die Überzeugung, dass man nur schreiben dürfe aus Engagement für die Gegenwart und im Bestreben, die Welt zu verändern. Heute, mehr als zehn Jahre danach, ist es der Trost des homme de lettres (der damit seine höchste Würde zurückerlangt), wieder schreiben zu dürfen aus reiner Liebe zum Schreiben. So fühle ich mich denn nun frei, aus schierer Lust am Fabulieren die Geschichte des Adson von Melk zu erzählen, und es erscheint mir stärkend und tröstlich, dass sie so unendlich fern in der Zeit ist (heute, da das Erwachen der Vernunft all jene Monster vertrieben hat, die ihr Schlaf einst zeugte), so herrlich frei von allen Bezügen zur Gegenwart, so zeitlos fremd unseren Hoffnungen und Gewissheiten.

Denn es ist eine Geschichte von Büchern, nicht von den Kümmernissen des Alltags, und ihre Lektüre mag uns dazu bewegen, mit dem großen Imitator a Kempis zu rezitieren: »In omnibus requiem quaesivi, et nusquam inveni nisi in angulo cum libro.«

5. Januar 1980

Anmerkung

Das Manuskript des Adson ist in sieben Tage gegliedert und jeder Tag in mehrere Abschnitte, die den liturgischen Stunden entsprechen. Die Kapitelüberschriften, in der dritten Person formuliert, sind wahrscheinlich von Abbé Vallet hinzugefügt worden. Doch da sie nützlich sind zur Orientierung des Lesers und im übrigen keineswegs den Gebräuchen der Volksliteratur jener Zeit widersprechen, hielt ich es nicht für nötig, sie zu entfernen.

Einiges Kopfzerbrechen haben mir Adsons Bezugnahmen auf die kanonischen Stunden bereitet – nicht nur weil deren genaue Bestimmung je nach Regionen und Jahreszeiten schwankt, sondern auch weil man im 14. Jahrhundert die Vorschriften der Ordensregel des hl. Benedikt sehr wahrscheinlich nicht mehr allzu streng befolgt haben dürfte.

Unter Berücksichtigung des Kontexts und nach einem Vergleich der ursprünglichen Regel mit der Beschreibung des mönchischen Lebens, die Edouard Schneider in seinem Buch *Les heures bénédictines* (Grasset, Paris 1925) gegeben hat, scheint mir jedoch folgende Schätzung annähernd zuzutreffen:

Mette (lat. *Matutina*, der Nachtgottesdienst, bei Adson zuweilen auch mit dem älteren Ausdruck *Vigiliae* bezeichnet) = frühmorgens zwischen 2.30 Uhr und 3.00 Uhr;

Laudes (das Morgenlob, in der älteren Tradition *Matutinae* genannt) = zwischen 5.00 Uhr und 6.00 Uhr, so dass der Gottesdienst bei Anbruch der Dämmerung endet;

Prima (die erste Stunde) = gegen 7.30 Uhr, kurz bevor es hell wird;

Tertia (die dritte Stunde) = gegen 9.00 Uhr;

Sexta (die sechste Stunde) = 12.00 Uhr mittags; in Klöstern, deren Mönche im Winter nicht auf den Feldern arbeiteten, war dies auch die Stunde des Mittagsmahls;

Nona (die neunte Stunde) = zwischen 14.00 Uhr und 15.00 Uhr;

Vesper (der Abendgottesdienst) = gegen 16.30 Uhr, bei Einbruch der Dämmerung (der Regel zufolge musste das Abendmahl eingenommen werden, bevor es dunkel war);

Komplet (das Nachtgebet, auch *Completorium* genannt) = gegen 18.00 Uhr; um 19.00 Uhr hatten die Mönche zu schlafen.

Prolog

Im Anfang war das Wort, und das Wort war bei Gott, und Gott war das Wort. Das selbige war im Anfang bei Gott, und so wäre es Aufgabe eines jeden gläubigen Mönches, täglich das einzige eherne Faktum zu wiederholen, dessen unumstößliche Wahrheit feststeht. Doch *videmus nunc per speculum in aenigmate,* die Wahrheit verbirgt sich im Rätsel, bevor sie sich uns von Angesicht zu Angesicht offenbart, und nur für kurze Augenblicke (oh, wie so schwer zu fassende!) tritt sie hervor im Irrtum der Welt, weshalb wir ihre getreulichen Zeichen entziffern müssen, auch wo sie uns dunkel erscheinen und gleichsam durchwoben von einem gänzlich aufs Böse gerichteten Willen.

Dem Ende meines sündigen Lebens nahe, ergraut wie die Welt und in der Erwartung, mich bald zu verlieren im endlosen formlosen Abgrund der stillen wüsten Gottheit, teilhabend schon am immerwährenden Licht der himmlischen Klarheit, zurückgehalten nur noch von meinem schweren und siechen Körper in dieser Zelle meines geliebten Klosters zu Melk, hebe ich nunmehr an, diesem Pergament die denkwürdigen und entsetzlichen Ereignisse anzuvertrauen, deren Zeuge zu werden mir in meiner Jugend einst widerfuhr. *Verbatim* will ich berichten, was ich damals sah und vernahm, ohne mich zu erkühnen, daraus einen höheren Plan abzuleiten, vielmehr gleichsam nur Zeichen von Zeichen weitergebend an jene, die nach mir kommen werden (so ihnen der Antichrist nicht zuvorkommt), auf dass es ihnen gelingen möge, sie zu entziffern.

Der Herr gewähre es mir in seiner Gnade, ein klares Bild der Ereignisse zu entwerfen, die sich zugetragen in jener Abtei, deren Lage, ja selbst deren Namen ich lieber verschweigen möchte aus Gründen der Pietät. Es geschah, als das Jahr des Herrn 1327 sich neigte – dasselbe, in welchem der Kaiser Ludwig gen Italien zog, um die Würde des Heiligen Römischen Reiches wiederherzustellen gemäß den Plänen des Allerhöchsten und zur Verwirrung des ruchlosen, ketzerischen und simonistischen Usurpators, der damals in Avignon Schande über den heiligen Namen des Apostolischen Stuhles brachte (ich spreche von der sündhaften Seele jenes Jakob von Cahors, den die Gottlosen als Papst Johannes XXII. verehrten).

Vielleicht empfiehlt es sich zum besseren Verständnis des Geschehens, in welches ich mich hineingezogen fand, dass ich zunächst in Erinnerung rufe, was sich in jenem Abschnitt dieses Jahrhunderts zutrug, so wie ich es damals begriff, als ich es miterlebte, und wie es mir heute, ergänzt um später Gehörtes, im Rückblick erscheint – wenn mein Gedächtnis imstande ist, die Fäden so vielfältiger und höchst verwirrender Ereignisse richtig zusammenzuknüpfen.

Bereits in den ersten Jahren des Jahrhunderts hatte Papst Clemens V. den Heiligen Stuhl nach Avignon transferiert, um Rom dem Ehrgeiz der örtlichen Adelsgeschlechter zu überlassen – woraufhin die heiligste Stadt der Christenheit, zerrissen von Machtkämpfen ihrer weltlichen Herren, sich schrittweise in einen Zirkus, ja ein Bordell verwandelte. Sie nannte sich Republik und war doch keine, durchzogen von bewaffneten Banden, geplagt von Gewalttätigkeiten und Plünderungen. Kirchenmänner, die sich der weltlichen Jurisdiktion entzogen, scharten Horden von Missetätern um sich und gingen auf Raub, das Schwert in der Hand, Prälaten missachteten ihre Amtspflichten und betrieben korrupte Geschäfte. War es angesichts dessen nicht allzu verständlich, wenn nun das Caput Mundi erneut und mit Recht zum Ziel und Maß all derer wurde, die nach der Krone des Heiligen Römischen Reiches trachteten und die Würde der weltlichen Herrschaft wiederherstellen wollten, wie sie einst ruhmreich erglänzte zu Zeit der Cäsaren?

So kam es, dass Anno Domini 1314 zu Frankfurt am Main fünf deutsche Fürsten den Herzog Ludwig von Bayern zum höchsten Lenker des Reiches wählten. Am selben Tage hatten jedoch auf dem anderen Ufer des Main bereits der Pfalzgraf bei Rhein und der Erzbischof von Köln den Herzog Friedrich von Österreich zur selben Würde erkoren. Zwei Kaiser für einen Thron und ein Papst für deren zwei – eine Situation, die wahrlich nur höchste Verwirrung stiften konnte...

Zwei Jahre später wurde in Avignon der neue Papst gewählt: besagter Jakob von Cahors, ein alter Fuchs von zweiundsiebzig Jahren, der sich, wie bereits erwähnt, Johannes XXII. nannte – und gebe der Himmel, dass niemals wieder ein Pontifex Maximus darauf verfalle, sich einen so grenzenlos diskreditierten Namen zu wählen! Als Franzose und treuer Diener des Königs von Frankreich (die Bewohner jenes verderbten Landes sind stets geneigt, die Interessen der eigenen Landsleute vorzuziehen, gänzlich unfähig, die Welt insgesamt als ihr geistiges Vaterland zu betrachten) hatte er König Philipp den Schönen gegen die Ritter des Templerordens unterstützt, als dieser sie (wohl zu Unrecht) schlimmster Verbrechen zieh, um sich ihrer immensen Reichtümer zu bemächtigen, Arm in Arm mit besagtem korrupten Prälaten. Inzwischen hatte sich auch König Robert von Neapel in die Sache mit eingemischt und, um seine Vorherrschaft über die italienische Halbinsel aufrechtzuerhalten, den neuen Papst dazu überredet, keinen der beiden deutschen Kaiser anzuerkennen, auf dass er selber Generalkapitän des Kirchenstaates bleibe.

Im Jahre 1322 schlug Ludwig der Bayer seinen Rivalen Friedrich. Johannes, nun den einen Kaiser noch heftiger fürchtend als vorher die zwei, exkommunizierte den Sieger, woraufhin dieser seinerseits den Papst als Ketzer anklagte. Einfügen muss ich hier, dass im selben Jahre zu Perugia das Generalkapitel der franziskanischen Brüder getagt hatte – mit dem Ergebnis, dass nun ihr Ordensgeneral Michael von Cesena, anknüpfend an die Lehre der sogenannten »Spiritualen« (von denen zu sprechen ich noch Gelegenheit haben werde), die These der radikalen Armut Christi zur Glaubenswahrheit erhob: Wenn Christus mit seinen Jüngern, so lautete sie, je etwas besessen habe, dann nur als *usus facti*, nie aber als weltliches

Eigentum. Eine würdige Resolution, gedacht zur Wahrung der Tugend und Reinheit des Ordens, doch sie missfiel dem neuen Papst sehr, denn offenbar sah er darin ein Prinzip, das seinen eigenen Ansprüchen als Oberhaupt der Kirche entgegenstand – wollte er doch dem Kaiser das Recht auf die Wahl der Bischöfe absprechen und sich statt dessen selber das Recht auf die Investitur des Kaisers anmaßen. Sei es nun aus diesen oder aus anderen Gründen, jedenfalls verurteilte Johannes im Jahre 1323 die Thesen der Franziskaner in seinem Dekretale *Cum inter nonnullos.*

Dies, denke ich, war wohl der Zeitpunkt, an welchem Ludwig in den Franziskanern, die dem Papst nunmehr feindlich gesonnen waren, mächtige Alliierte zu sehen begann. Durch ihre Thesen über die Armut Christi bestärkten sie in gewisser Weise die Auffassungen der kaiserlichen Theologen, namentlich der Gelehrten Marsilius von Padua und Johannes von Jandun. So kam es schließlich dazu, dass Ludwig, nachdem er sich mit dem geschlagenen Friedrich verständigt hatte, wenige Monate vor den Ereignissen, die ich hier zu berichten gedenke, über die Alpen nach Italien zog. Kampflos erreichte er Mailand, ließ sich von den dort versammelten Bischöfen die Lombardenkrone aufsetzen, geriet in Streit mit den Fürsten Visconti, obwohl sie ihn freundlich empfangen hatten, belagerte Pisa, ernannte Castruccio, den Herzog von Lucca, zum Reichsvikar (womit er wohl einen Fehlgriff getan haben dürfte, wüsste ich doch keinen grausameren Menschen zu nennen, außer vielleicht Uguccione della Faggiola) und rüstete sich zum Marsch auf Rom, gerufen vom dortigen Stadtfürsten Sciarra Colonna.

Dies war die Lage, als ich – damals ein blutjunger Benediktiner-Novize im Stift zu Melk – aus der Klosterruhe gerissen ward, denn mein Vater, ein Baron im Gefolge Ludwigs, hielt es für richtig, mich mitzunehmen, auf dass ich die Wunder Italiens sähe und anwesend sei bei der erwarteten Kaiserkrönung in Rom. Indessen beanspruchte die Belagerung Pisas seine militärischen Dienste, und ich nutzte die Zeit, mich ein wenig umzutun in toskanischen Städten, halb aus Langeweile und halb aus Neugier. Doch dieses freie und regellose Leben ziemte sich nicht, wie meine Eltern meinten, für einen dem kontemplativen Dasein gewidmeten Jüngling, und so gaben sie mich auf den Rat des Marsilius, der Gefallen an mir gefunden hatte, in die Obhut eines gelehrten Franziskaners, des Bruders William von Baskerville, der sich zu jener Zeit gerade anschickte, eine geheimnisvolle Mission zu erfüllen, die ihn durch eine Reihe berühmter Städte und ehrwürdiger Abteien Italiens führen sollte. So wurde ich sein Adlatus und sein Schüler zugleich – und hatte es nicht zu bereuen, denn an seiner Seite erlebte ich Dinge, die es wahrhaftig wert sind, dem Gedenken der Nachwelt überliefert zu werden, wie ich es nun tun will.

Was Bruder William tatsächlich suchte, wusste ich damals nicht, und um die Wahrheit zu sagen, ich weiß es noch heute nicht. Mir scheint fast, er wusste es selber nicht recht. Was ihn antrieb, war einzig sein nimmermüdes Streben nach Wahrheit, gepaart mit seinem steten und fortwährend von ihm selber genährten Verdacht, dass die Wahrheit nie das sei, was sie in einem gegebenen Augenblicke zu sein schien. Vielleicht haben ihn auch die dringlichen Anforderungen der Zeitläufe in jenen Jahren ein wenig von seinen Lieblingsstudien abgelenkt. Mit welcher Mission er beauftragt war, blieb mir während unserer ganzen Reise verborgen, jedenfalls sprach er mir gegenüber niemals davon. Gewiss versuchte ich, mir aus da und dort aufgeschnappten Fetzen seiner Gespräche mit den Äbten der Klöster, die wir besuchten, ein vages Bild von der Art seines Auftrags zu machen, doch wollte es mir nicht gelingen, bis wir unser Ziel erreichten, wovon ich noch sprechen werde. Wir brachen in nördlicher Richtung auf, doch folgte unser Reiseweg nicht einer geraden Linie, und wir verweilten in verschiedenen Abteien. So kam es, dass wir, obgleich unser letztes Ziel eher im Osten lag, allmählich weiter und weiter nach Westen abbogen, ungefähr dem Gebirgszug folgend, der sich von Pisa zu den Passwegen des heiligen Jakob erstreckt, wodurch wir in eine Gegend gerieten, die näher zu nennen mir nicht ratsam erscheint wegen der schrecklichen Dinge, die sich dort zutragen sollten; immerhin kann ich sagen, dass ihre weltlichen Herren treu zum Kaiser hielten und dass die dortigen Äbte unseres Ordens sich in gemeinsamer Übereinkunft dem ketzerischen und korrupten Papst widersetzten. Unsere Reise währte zwei Wochen, in welchen so manches geschah, und das gab mir Gelegenheit, meinen neuen Lehrmeister besser kennenzulernen (wenn auch nie gut genug, wie ich mir immer sage).

Ich werde mich auf den folgenden Seiten nicht mit Personenbeschreibungen aufhalten (es sei denn, ein bestimmter Gesichtsausdruck oder eine Geste erscheinen als Zeichen einer zwar stummen, aber deshalb nicht minder beredten Sprache), denn wie Boethius sagt: Nichts ist flüchtiger als die äußere Form, sie welkt und vergeht wie die Blumen des Feldes beim Anbruch des Herbstes, und welchen Sinn hätte es, heute etwa von dem Abt Abbo zu sagen, er habe stechende Augen und bleiche Wangen gehabt, wo er doch nun mit seiner ganzen Umgebung zu Staub zerfallen ist, und des Staubes todkündendes Grau färbt seinen mürben Körper (während allein seine Seele – so Gott will – in einem nie verlöschenden Licht erglänzt)? Indessen: von Bruder William möchte ich sprechen, einmal wenigstens hier, ein und für allemal, denn bei seinem Anblick fesselten mich noch die feinsten Gesichtszüge, und es gehört ja zum Wesen des Jünglings, sich zu begeistern für einen älteren, weiseren Mann, nicht nur bezaubert vom Charme seiner Worte und vom Scharfsinn seines Geistes, sondern sehr wohl auch betört von der äußeren Form seines Körpers, die einem lieb und teuer erscheinen mag wie die Gestalt eines Vaters, dessen Bewegungen man studiert und in dessen Antlitz man die geringsten Zeichen des Unmuts ebenso rasch erkennt wie die Andeutung eines Lächelns – ohne dass auch nur ein Schatten von wollüstiger Begierde diese besondere Art körperlicher Liebe (vielleicht die einzige wirklich reine) befleckt.

Die Menschen von ehedem waren groß und schön, die heutigen sind wie unreife Kinder und Zwerge, doch diese Tatsache ist nur eine der vielen, die das Elend unserer vergreisenden Welt bezeugen. Die Jugend will nichts mehr lernen, die Wissenschaft ist im Verfall, die ganze Welt steht auf dem Kopfe, Blinde führen andere Blinde und lassen sie in die Grube stürzen, die Vögel schießen hernieder, bevor sie sich in die Lüfte erheben, der Esel spielt auf der Leier, die Ochsen drehen sich im Tanz. Maria liebt nicht mehr das kontemplative Leben und Martha liebt nicht mehr das tätige Leben, Lea ist unfruchtbar, Rahel schaut lüstern drein, Cato geht ins Bordell und Lukrez wird weibisch. Alles ist abgewichen von seinem vorgezeichneten Wege. Dank sei dem Herrn, dass ich in solch finsteren Zeiten einen Lehrmeister hatte, der mir die Wißbegier einflößte und den Sinn für den aufrechten Gang, welcher nicht wankt noch weicht, auch wenn der Weg holprig wird.

Die physische Erscheinung Williams von Baskerville war so eindrucksvoll, dass sie noch die Aufmerksamkeit des zerstreutesten Beobachters auf sich gezogen hätte. Seine hohe Gestalt überragte die eines gewöhnlichen Mannes, und durch ihre Schlankheit wirkte sie sogar noch größer. Er hatte scharfe, durchdringende Augen, und die schmale, leicht gebogene Nase verlieh seinem Antlitz den Ausdruck einer lebhaften Wachsamkeit (außer in jenen Momenten der Starre, von denen ich noch sprechen werde). Auch sein Kinn verriet einen starken Willen, mochte sein langgezogenes Gesicht, das voller Sommersprossen war (wie man es oft bei Leuten aus dem Inselreich zwischen Hibernia und Northumbria sieht), zuweilen auch Unsicherheit und Verblüffung ausdrücken können. Mit der Zeit begriff ich dann freilich, dass diese scheinbare Unsicherheit in Wirklichkeit bloße Neugier war, doch anfangs wusste ich wenig von dieser Tugend und hielt sie eher für eine Leidenschaft der lüsternen Seele; ich war der Ansicht, dass der vernünftige Geist sich nicht an ihr nähren dürfe, seine Nahrung sei einzig die reine Wahrheit, die man (wie ich meinte) von Anfang an kennt.

Kindisch, wie ich war, fesselten mich als erstes die flaumighellen Haarbüschel, die aus Bruder Williams Ohren kamen, und seine dichten blonden Brauen. Er mochte ungefähr fünfzig Lenze zählen, war also schon ziemlich alt, doch er bewegte seinen unermüdlichen Körper mit einer Leichtigkeit, die mir selber oft abging. Seine Energie schien unerschöpflich, wenn es rasch und gezielt zu handeln galt. Von Zeit zu

Zeit aber, gleichsam als hätte sein Lebensgeist teil an der Gangart des Krebses, wich er zurück in Phasen der Trägheit, und stundenlang sah ich ihn dann lang ausgestreckt auf seiner Bettstatt in der Zelle liegen, kaum eine Silbe murmelnd und keinen Muskel in seinem Gesicht bewegend. Bei solchen Gelegenheiten erschien ein Ausdruck von Leere und Abwesenheit in seinem Blick, und ich hätte ihn fast schon unter dem Einfluss einer Visionen erzeugenden Kräutersubstanz gewähnt, hätte nicht die Enthaltsamkeit seines ganzen Lebenswandels mir einen solchen Verdacht untersagt. Gleichwohl sei nicht verschwiegen, dass er im Verlauf unserer Reise sich manchmal an einem Wiesensaum oder Waldrand aufhielt, um irgendein Kraut zu sammeln (vermutlich immer dasselbe) und es dann mit selbst vergessener Miene zu kauen. Etwas davon trug er immer bei sich und aß es in den Momenten höchster Spannung (von denen wir viele hatten in der Abtei!). Als ich ihn einmal fragte, um was für ein Kraut es sich handele, sagte er lächelnd, ein guter Christ könne zuweilen auch von den Ungläubigen etwas lernen, und als ich ihn bat, mich davon kosten zu lassen, erwiderte er, wie in den höheren Künsten gebe es auch in den niederen *paidikoi* und *ephebilkoi* und *gynaikeioi* und so weiter, und was gut sei für einen alten Franziskaner, sei deshalb noch lange nicht gut für einen jungen Benediktiner.

In den Wochen unseres Beisammenseins hatten wir nicht viel Gelegenheit, ein geregeltes Leben zu führen. In der Abtei mussten wir die Nächte durchwachen und fielen tagsüber vor Müdigkeit um, auch nahmen wir nicht regelmäßig an den Gottesdiensten teil. Auf der Reise kam es allerdings selten vor, dass William nach der Komplet noch aufblieb, und im allgemeinen lebte er äußerst genügsam. Manchmal, vor allem in der Abtei, verbrachte er halbe Tage im Klostergarten und examinierte Pflanzen, als wären sie Chrysoprase oder Smaragde, und dann wiederum sah ich ihn in der Krypta zwischen den Schätzen herumgehen und einen mit Smaragden und Chrysoprasen besetzten Reliquienschrein betrachten, als sei er ein Stechapfelstrauch. Ein andermal verbrachte er einen halben Tag im großen Saal des Skriptoriums und blätterte in

Manuskripten, als suche er darin nichts anderes als sein Vergnügen (während sich um uns die Leichen grausam ermordeter Mönche häuften). Eines Tages traf ich ihn im Garten, wo er anscheinend vollkommen ziellos umherschlenderte, als hätte er Gott nicht Rechenschaft abzulegen über sein Tun. In Melk war mir eine andere Art von Zeitvertreib beigebracht worden, und ich sagte ihm das. Woraufhin er mir antwortete, die Schönheit des Kosmos bestehe nicht nur aus der Einheit in der Vielfalt, sondern auch aus der Vielfalt in der Einheit. Mir kam diese Antwort recht fragwürdig vor, ja geprägt von einer naiven, ungeschliffenen Empirie, aber später sollte ich lernen, dass Bruder Williams Landsleute häufig die Dinge in einer Weise zu definieren pflegen, in welcher das klare Licht der Vernunft keine allzu große Rolle spielt.

Während unseres Aufenthalts in der Abtei sah ich seine Hände stets bedeckt vom Staub der Bücher, vom Gold der noch frischen Miniaturen oder von gelblichen Substanzen, die er in Severins Hospital berührt hatte. Man mochte meinen, er könne nur mit den Händen denken, was mir eher eines Mechanikus würdig schien (und der Mechanikus, so hatte man mich gelehrt, ist *moechus*, er verhält sich ehebrecherisch gegenüber der *vita intellectualis*, anstatt im keuschesten Ehebunde mit ihr vereint zu sein). Doch wenn Bruder Williams Hände die zartesten Dinge berührten, etwa gewisse Handschriften mit noch feuchten Miniaturen oder brüchige, vom Zahn der Zeit ganz zerfressene Buchseiten, so besaß er, wie mir schien, eine außerordentliche Feinfühligkeit – die gleiche, die er im Umgang mit seinen Maschinen bezeugte. Jawohl, mit seinen Maschinen, denn dieser seltsame Mann trug in seinem Reisebeutel merkwürdige Instrumente mit sich herum, die ich noch nie gesehen hatte und die er seine wunderbaren kleinen Maschinen nannte. Maschinen, so sagte er mir, seien Ausflüsse der Kunst, die ihrerseits die Natur imitiert, und von dieser reproduzierten sie nicht die Form, sondern die Wirkungsweise. So erklärte er mir mit der Zeit die Funktion der Augengläser, des Astrolabiums und des Magneten. Anfangs freilich fürchtete ich, es handle sich um eine Art Hexerei, und stellte mich schlafend, wenn er in klaren Nächten aufstand, um (mit einem seltsamen Dreieck in der Hand) die Sterne zu beobachten. Die Franziskaner, die ich in Italien und in meiner Heimat kennengelernt hatte, waren einfache Männer gewesen, oft sogar Analphabeten, und so überraschte mich seine hohe Bildung. Er aber sagte lächelnd, die Franziskaner seiner Inselheimat seien von anderem Schlage: »Roger Bacon, den ich als meinen Meister verehre, hat uns gelehrt, dass der göttliche Plan sich eines Tages durch die Wissenschaft der Maschinen verwirklichen wird, die eine *magia naturalis et sancta* ist. Und kraft der Natur wird man eines Tages Navigationsinstrumente bauen, dank welcher die Schiffe *unico homine regente* übers Meer fahren können, und sogar wesentlich schneller als jene, die angetrieben werden von Segeln oder von Rudern. Und es wird Wagen geben ›*ut sine animali moveantur cum impetu inaestimabili, et instrumenta volandi et homo sedens in medio instrumenti revolvens aliquod ingenium per quod alae artificialiter compositae aerem verberent, ad modum avis volantis*‹. Und winzige Instrumente, die ungeheure Gewichte heben, und Fahrzeuge, mit denen man auf dem Grunde des Meeres fahren kann.«

Auf meine Frage, wo diese Maschinen denn seien, antwortete er, einige habe man schon in alten Zeiten gebaut und andere auch in den unseren, »ausgenommen die Instrumente zum Fliegen, die ich nicht gesehen habe, und ich kenne auch keinen, der sie gesehen hätte, aber ich kenne einen Gelehrten, der sie gedacht hat. Man kann auch Brücken bauen, die sich ohne Säulen oder andere Stützen über die Flüsse spannen, und andere unerhörte Maschinen. Aber sei nicht bekümmert, wenn sie noch nicht existieren, denn das heißt nicht, dass sie nie existieren werden. Ich sage dir, Gott will, dass sie existieren, und gewiss existieren sie längst schon in seinem Geist, auch wenn mein Freund William von Ockham solch eine Existenzweise der Ideen bestreitet, und nicht weil wir über die göttliche Natur entscheiden könnten, sondern gerade weil wir ihr keinerlei Grenze zu setzen vermögen.« Das war nicht der einzige widersprüchliche Satz, den ich aus seinem Munde vernahm; doch selbst heute, da ich nun alt geworden und klüger als damals bin, habe ich immer noch nicht ganz verstanden, wie er so großes Vertrauen in seinen Freund von Ockham setzen und zugleich immerfort auf die Worte Bacons schwören konnte. Wahrlich, es waren finstere Zeiten, in denen ein kluger Mann sich genötigt sah, Dinge zu denken, die zueinander im Widerspruch standen!

Wohlan, ich habe von Bruder William gesprochen und manches berichtet, was vielleicht noch keinen rechten Sinn ergibt, doch ich wollte gleichsam mit dem Anfang beginnen und zunächst die unzusammenhängenden Eindrücke wiedergeben, die ich damals von ihm gewann. Wer er war und was er bewirkte, wirst du, lieber Leser, wohl besser an seinen Taten erkennen, die er während unseres Aufenthaltes in der Abtei vollbrachte. Auch habe ich dir kein vollständiges Bild versprochen, sondern eher (das allerdings wirklich) einen Tatsachenbericht über eine Reihe von denkwürdigen und schrecklichen Ereignissen.

Während ich so meinen Lehrmeister jeden Tag besser kennenlernte in langen Stunden gemeinsamer Wanderschaft voller nicht enden wollender Gespräche, die ich von Fall zu Fall wiedergeben werde, wenn es mir geboten scheint, erreichten wir schließlich den Fuß des Berges, auf welchem sich die besagte Abtei erhob. Und so wird es nun Zeit, dass auch mein Bericht sich ihr nähert, wie damals wir Wandersleute es taten und gebe Gott, dass meine Hand nicht zittert wenn ich nun niederzuschreiben beginne, was dann geschah.

Erster Tag

Erster Tag

Prima

Worin man zu der Abtei gelangt und Bruder William großen Scharfsinn beweist.

Es war ein klarer spätherbstlicher Morgen gegen Ende November. In der Nacht hatte es ein wenig geschneit, und so bedeckte ein frischer weißer Schleier, kaum mehr als zwei Finger hoch, den Boden. Noch bei Dunkelheit, gleich nach Laudes, hatten wir talabwärts in einem Dorf die Messe gehört. Dann waren wir aufgebrochen, um beim ersten Tageslicht in die Berge zu gehen.

Als wir den steilen Pfad erklommen, der sich die Hänge hinaufwand, sah ich zum erstenmal die Abtei. Nicht ihre Mauern überraschten mich, sie glichen den anderen, die ich allerorten in der christlichen Welt gesehen, sondern die Massigkeit dessen, was sich später als das Aedificium herausstellen sollte. Es war ein achteckiger Bau, der aus der Ferne zunächst wie ein Viereck aussah (die höchstvollendete Form, Ausdruck der Beständigkeit und Uneinnehmbarkeit der Stadt Gottes). Seine Südflanke ragte hoch über das Plateau der Abtei, während die Nordmauern unmittelbar aus dem Berghang zu wachsen schienen gleich schräg im Fels verwurzelten Bäumen. Von unten gesehen schien es geradezu, als verlängerte sich der Felsen zum Himmel, um in einer gewissen Höhe, ohne sichtbaren Wandel in Färbung und Stoff, zum mächtigen Turm zu werden – ein Werk von Riesenhand, geschaffen in größter Vertrautheit mit Himmel und Erde. Drei Fensterreihen skandierten den Tripelrhythmus des Aufbaus, dergestalt dass, was physisch als Quadrat auf der Erde stand, sich spirituell als Dreieck zum Himmel erhob. Beim Näherkommen sahen wir dann, dass aus der quadratischen Grundform an jeder ihrer vier Ecken ein siebeneckiger Turm hervorsprang, der jeweils fünf Seiten nach außen kehrte, so dass mithin vier der acht Seiten des größeren Achtecks in vier kleinere Siebenecke mündeten, die sich nach außen als Fünfecke darstellten. Niemandem wird die herrliche Eintracht so vieler heiliger Zahlen entgehen, deren jede einen erhabenen geistigen Sinn offenbart: acht die Zahl der Vollendung jedes Vierecks, vier die der Evangelien, fünf die der Weltzonen, sieben die der Gaben des Heiligen Geistes. Nach Umfang und Form erschien mir der Bau nicht unähnlich jenen gewaltigen Burgen, die ich später im Süden der italienischen Halbinsel sah, Castel Ursino oder auch Castel del Monte, aber dank seiner uneinnehmbaren Lage wirkte er düsterer noch als jene und war sehr wohl dazu angetan, den Wanderer, der sich ihm nahte, erschauern zu lassen. Dabei konnte ich noch von Glück sagen, dass ich ihn erstmals an einem klaren Herbstmorgen erblickte und nicht etwa an einem stürmischen Wintertag.

Jedenfalls flößte mir die Abtei alles andere als Gefühle der Heiterkeit ein, ich empfand bei ihrem Anblick eher ein Schaudern und eine seltsame Unruhe. Und das waren, weiß Gott, keine Phantasiegespinste meiner furchtsamen Seele, es war vielmehr die korrekte Deutung unzweifelhafter Vorzeichen, dem Fels eingeschrieben seit jenem Tage, da einst die Riesen Hand an ihn legten, bevor noch die Mönche in ihrem vergeblichen Streben sich erkühnten, ihn zum Hüter des göttlichen Wortes zu weihen.

Als nun unsere Mulis die letzte Steilkehre erklommen und wir an eine Kreuzung gelangten, an welcher rechts und links zwei Seitenpfade begannen, verharrte mein Meister einen Augenblick und betrachtete aufmerksam die Ränder des Weges, den Weg selbst und die Bäume darüber; eine Reihe von immergrünen Pinien formte an dieser Stelle so etwas wie ein natürliches Dach, überzogen mit einer dünnen Schneeschicht.

»Reiche Abtei«, sagte er. »Dem Abt gefällt es, glanzvoll in der Öffentlichkeit aufzutreten.«

Da ich es bereits gewohnt war, ihn zuweilen höchst sonderbare Bemerkungen machen zu hören, schwieg ich dazu. Auch weil wir nach wenigen Schritten plötzlich Stimmen vernahmen und gleich darauf hinter einer Wegbiegung ein aufgeregt gestikulierender Trupp von Mönchen und Laienbrüdern erschien. Einer von ihnen trat sofort, als er uns erblickte, auf uns zu und begrüßte uns mit ausgesuchter Höflichkeit: »Willkommen, meine Herren! Wundert Euch nicht, dass ich mir schon denken kann, wer Ihr seid, denn man hat uns Euren Besuch angekündigt. Ich bin Remigius von Varagine, der Cellerar dieses Klosters. Und wenn Ihr, wie ich vermute, Bruder William von Baskerville seid, muss der Abt sogleich unterrichtet werden. Du«, befahl er einem aus seinem Gefolge, »lauf zurück und melde, dass unser Besuch sich der Einfriedung nähert!«

»Ich danke Euch, Herr Cellerar«, erwiderte freundlich mein Meister, »und Eure Höflichkeit schätze ich umso mehr, als Ihr, um mich zu begrüßen, Eure Suche unterbrochen habt. Aber macht Euch keine Sorgen, das Pferd ist hier vorbeigelaufen und auf den rechten Seitenpfad abgebogen. Es kann nicht weit gekommen sein, denn bei der Müllhalde wird es stehenbleiben. Es ist zu klug, um sich auf den Steilhang zu wagen.«

»Wann habt ihr es gesehen?« fragte der Cellerar.

»Wir haben es gar nicht gesehen, nicht wahr, Adson?« erwiderte William zu mir gewandt mit heiterer Miene. »Aber wenn Ihr Brunellus sucht, so werdet Ihr das edle Tier dort finden, wo ich es Euch gesagt habe.«

Der Cellerar zögerte, schaute William verblüfft ins Gesicht, warf einen Blick in den Seitenpfad und fragte schließlich: »Brunellus? Woher wisst Ihr?«

»Nun«, antwortete William, »es liegt doch auf der Hand, dass Ihr Brunellus sucht, das Lieblingspferd Eures Abtes, den besten Renner in Eurem Stall; einen Rappen, fünf Fuß hoch, mit prächtigem Schweif; kleine runde Hufe, aber sehr regelmäßiger Galopp; schmaler Kopf, feine Ohren, aber große Augen. Er ist nach rechts gelaufen, ich sage es Euch, und auf jeden Fall solltet Ihr Euch beeilen.«

Der Cellerar verharrte noch einen Augenblick unschlüssig, gab dann den Seinen ein Zeichen und stürzte sich ihnen voran in den Pfad zur Rechten, indes unsere Mulis sich wieder in Bewegung setzten. Von Neugier gedrängt hob ich an,

William mit Fragen zu überschütten, doch er bedeutete mir zu schweigen und die Ohren zu spitzen. Und in der Tat vernahmen wir kurz darauf einen Freudenschrei, und wenig später erschien an der Wegbiegung hinter uns wieder der Trupp, nun mit dem Rappen am Zügel. Sie holten uns ein, betrachteten uns im Vorbeigehen, immer noch völlig verblüfft, von der Seite und eilten voraus zur Abtei. Mich dünkte, dass William sogar seinen Schritt ein wenig verlangsamte, um ihnen mehr Zeit zu lassen, das Vorgefallene zu berichten. Tatsächlich hatte ich auch schon bei anderen Gelegenheiten bemerkt, dass mein guter Meister, wiewohl in jeder Hinsicht ein Mann von allerhöchster Tugend, zuweilen ein wenig dem Laster der Eitelkeit nachgab, wenn es darum ging, seinen Scharfsinn zu beweisen, und nachdem ich ihn bereits als gewandten Diplomaten schätzen gelernt, begriff ich nun: Er wollte sein Ziel erreichen als einer, dem der Ruf eines außerordentlich klugen Mannes vorausgeht.

»Nun sagt mir aber«, konnte ich schließlich nicht an mich halten, »wie habt Ihr es angestellt, das alles zu wissen?«

»Mein lieber Adson«, antwortete er, »schon während unserer ganzen Reise lehre ich dich, die Zeichen zu lesen, mit denen die Welt zu uns spricht wie ein großes Buch. Meister Alanus ab Insulis sagte:

omnis mundi creatura
quasi liber et pictura
nobis est et speculum

und dabei dachte er an den unerschöpflichen Schatz von Symbolen, mit welchen Gott durch seine Geschöpfe zu uns vom ewigen Leben spricht. Aber das Universum ist noch viel gesprächiger, als Meister Alanus ahnte, es spricht nicht nur von den letzten Dingen (und dann stets sehr dunkel), sondern auch von den nächstliegenden, und dann überaus deutlich. Ich schäme mich fast, dir zu wiederholen, was du doch wissen müsstest: Am Kreuzweg zeichneten sich im frischen Schnee sehr klar die Hufspuren eines Pferdes ab, die auf den Seitenpfad zu unserer Linken wiesen. Schön geformt und in gleichen Abständen voneinander, lehrten sie uns, dass der Huf klein und rund war und der Galopp von großer Regelmäßigkeit, woraus sich auf die Natur des Pferdes schließen ließ und dass es nicht aufgeregt rannte wie ein scheuendes Tier. An der Stelle, wo die Pinien eine Art natürliches Dach bildeten, waren einige Zweige frisch abgeknickt, genau in fünf Fuß Höhe. An einem der Maulbeersträucher – dort, wo das Tier kehrtgemacht haben musste, um den rechten Seitenpfad einzuschlagen mit stolzem Schwung seines prächtigen Schweifes – befanden sich zwischen den Dornen noch ein paar tiefschwarze Strähnen... Und du wirst mir doch wohl nicht weismachen wollen, du habest nicht gewusst, dass dieser Seitenpfad zur Müllhalde führt; schließlich hatten wir bereits von der unteren Wegbiegung aus den breiten Strom der Abfälle steil am Hang zu Füßen des Ostturms gesehen, der eine häßliche Spur im Schnee hinterließ. Und wie die Kreuzung lag, konnte der Pfad nur in diese Richtung führen.«

»Gewiss«, sagte ich, »aber der schmale Kopf, die feinen Ohren, die großen Augen...?«

»Ich weiß nicht, ob der Rappe sie wirklich hat, aber ich bin überzeugt, dass die Mönche es glauben. Meister Isidor von Sevilla lehrt, die Schönheit eines Pferdes verlange, *›ut sit exiguum caput, et siccum, pelle prope ossibus adhaerente, aures breves et argutae, oculi magni, nares patulae, erecta cervix, coma densa et cauda, ungularum soliditate fixa rotunditas‹*. Wenn also das Pferd, dessen Spur ich gesehen, nicht wirklich das beste wäre im Stall der Abtei, wie erklärst du dir dann, dass nicht nur die Stallburschen nach ihm suchten, sondern der Bruder Cellerar höchstpersönlich? Und ein Mönch, der ein Pferd für hervorragend hält, kann gar nicht anders, als es – ungeachtet seiner natürlichen Formen – so zu sehen, wie es ihm die Auctoritates beschrieben. Zumal« – und hierbei lächelte er maliziös in meine Richtung – »wenn er ein belesener Benediktiner ist...«

»Gut, gut«, sagte ich, »aber wieso ›Brunellus‹?«

»Möge der Heilige Geist dir etwas mehr Grips in den Kürbis geben, mein Sohn!« rief der Meister aus. »Welchen Namen hättest du ihm denn sonst gegeben, wenn selbst der große Buridan, der nun bald Rektor in Paris werden wird, keinen natürlicheren wusste, als er von einem schönen Pferd reden sollte?«

So war er, mein Herr und Meister. Er vermochte nicht nur im großen Buch der Natur zu lesen, sondern auch in der Art und Weise, wie die Mönche gemeinhin die Bücher der Schrift zu lesen und durch sie zu denken pflegten – und wie wir sehen werden, sollte ihm diese Fähigkeit in den folgenden Tagen noch überaus nützlich werden. Im übrigen schien mir seine Erklärung so evident, dass meine Schmach, nicht von allein darauf gekommen zu sein, rasch wettgemacht wurde durch meinen Stolz, nun teilzuhaben an dieser Erkenntnis, und ich beglückwünschte mich gleichsam selbst zu meinem Scharfsinn. So groß ist die Kraft der Wahrheit, dass sie – wie die Schönheit – sozusagen von selber um sich greift. Und gelobt sei der Name unseres Herrn Jesus Christus für diese schöne Erkenntnis!

Doch zurück zu meiner Erzählung, ich schwatzhafter Greis verweile zu lange bei Marginalien. Berichtet sei lieber, dass wir zum Tor der Abtei gelangten, und auf der Schwelle empfing uns der Abt, begleitet von zwei Novizen, die ihm eine goldene Schale mit Wasser reichten. Und als wir von unseren Maultieren stiegen, wusch er Bruder William die Hände, umarmte ihn und hieß ihn willkommen mit einem Kuss auf den Mund, indes der Cellerar sich meiner annahm.

»Dank Euch, Abbo«, sagte Bruder William. »Es ist mir eine große Freude, den Fuß in Euer Hochwürden Kloster zu setzen, dessen Ruhm diese Berge weit übersteigt. Ich komme im Namen Unseres Himmlischen Herrn, und als seinem Diener habt Ihr mir Ehre erwiesen. Aber ich komme zugleich auch im Namen unseres weltlichen Herrn, wie dieser Brief hier Euch lehren wird, und in seinem Namen danke ich Euch für Euren Empfang.«

Der Abt nahm den Brief, warf einen Blick auf das kaiserliche Siegel und meinte, in jedem Falle seien vor William schon andere franziskanische Brüder mit solchen Briefen gekommen (eine Antwort, die wieder einmal bewies, so sagte ich mir nicht ohne heimlichen Anflug von Stolz, wie schwer es ist, einen Benediktiner-Abt aus der Fassung zu bringen). Dann bat er den Bruder Cellerar, uns in unsere Unterkünfte zu führen, während die Stallburschen sich unserer Tiere annahmen, und verließ uns mit dem Versprechen, uns später Besuch abzustatten, wenn wir uns ein wenig erholt haben würden. So traten wir in den großen Hof. Vor unseren Augen erstreckten sich die verschiedenen Gebäude der Abtei weitläufig über ein sanft gewelltes Plateau, das in Form einer flachen Mulde (oder Alpe) unter dem Gipfel des Berges lag.

Auf die Anlage der Abtei werde ich noch verschiedentlich genauer zu sprechen kommen, hier mag ein erster Überblick genügen. Am Torbau (der einzigen Öffnung in der Umfassungsmauer) begann eine von Bäumen gesäumte Allee, die zur Kirche des Klosters führte. Zur Linken dieser Allee erstreckten sich in einem weiten Halbkreis Obst- und Gemüsegärten (darunter, wie ich später erfuhr, auch der hortulus botanicus), begrenzt von zwei flachen Gebäuden vor der nordwestlichen Mauer, dem Hospital und dem Badehaus. Im Hintergrund, links von der Kirche und durch ein Gräberfeld von ihr getrennt, erhob sich gewaltig das Aedificium. Das Nordtor der Kirche öffnete sich zum Südturm des massiven Quaders, der seinen Westturm frontal dem Blick des Besuchers darbot, links mit der Umfassungsmauer verschmelzend und hinter ihr, hoch gekrönt vom gerade noch sichtbaren Nordturm, den steil abfallenden Hang überragend. Rechts von der Kirche, an ihre Südwand gelehnt, gruppierten sich einige Bauten um einen offenen Hof mit Kreuzgang – ohne Zweifel das Dormitorium, die Wohnung des Abtes und die Unterkünfte der Pilger, zu denen wir nun durch einen lieblichen Garten geleitet wurden. Rechter Hand öffnete sich eine weite Ebene bis zur südlichen Umfassungsmauer, vor welcher wir, soweit die erwähnten Gebäude nicht unseren Blick verstellten, noch eine Reihe flacher Bauten erblickten – Stallungen, Mühlen, Olivenpressen, die Unterkünfte der Laienbrüder und wohl auch die Zellen der Novizen. Dank der Ebenmäßigkeit des Geländes war es den Erbauern dieser heiligen Stätte gelungen, die Vorschriften der korrekten Ausrichtung akkurater noch zu befolgen, als es Honorius Augustodunensis oder Wilhelm Durandus je hätten verlangen können. Am Stand der Sonne erkannte ich die genaue Ausrichtung des Kirchenportals nach Westen, mithin wiesen Chor und Altar nicht minder genau nach Osten. Und die Morgensonne konnte genau im Moment ihres Aufgangs sowohl die Mönche im Dormitorium wecken als auch das Vieh in den Ställen. Nie habe ich eine schönere und trefflicher angelegte Abtei gesehen, obwohl ich später in meinem Leben durchaus nach Sankt Gallen kam und nach Cluny und nach Fontenay und in andere Abteien, die womöglich noch größer waren als diese, nicht aber so wohlproportioniert. Von allen anderen jedoch unterschied sich diese durch die Massigkeit ihres festungsartigen Aedificiums. Auch ohne den geübten Blick eines Baumeisters sah ich sofort, dass dieser Bau wesentlich älter sein musste als die übrigen, errichtet womöglich zu anderen Zwecken, so dass die restliche Anlage wohl erst in späteren Zeiten hinzugefügt worden war – freilich derart harmonisch, dass die Ausrichtung des Aedificiums sich jener der Kirche aufs schönste anpasste, beziehungsweise umgekehrt. Wahrlich, unter allen Künsten ist die Architektur in der Tat diejenige, die am kühnsten trachtet, in ihrem Rhythmus jene Ordnung des Universums widerzuspiegeln, welche die Alten *kosmos* nannten, was soviel heißt wie prachtvoll geschmückt, gleicht sie doch einem prächtigen Tier, das wir staunend bewundern ob der Vollendung und herrlichen Proportion seiner Glieder. Und gelobt sei der Herr Unser Schöpfer, der – wie Augustinus lehrt – alles so trefflich eingerichtet in Zahlen, Gewichten und Maßen!

Erster Tag

Tertia

Worin Bruder William ein lehrreiches Gespräch mit dem Abt führt.

Der Cellerar war ein feister Mensch mit groben, aber jovialen Zügen, kahl, aber noch rüstig, klein und flink. Er geleitete uns zu unseren Zellen im Pilgerhaus. Genauer gesagt, er geleitete uns zu der für meinen Meister vorgesehenen Zelle und versprach, am nächsten Tag auch mir eine freizumachen, denn ich sei schließlich, wenngleich Novize, immerhin Gast der Abtei und folglich mit größter Ehrerbietung zu behandeln. Für die erste Nacht müsse ich jedoch vorliebnehmen mit einer länglichen Nische in der Zellenwand, die er mit frischem Stroh hatte auslegen lassen. Dort nächtigten, fügte er erklärend hinzu, gelegentlich die Diener adliger Herren, wenn diese Wert darauf legten, während ihres Schlafes bewacht zu werden.

Die Mönche brachten uns Wein und Käse, Oliven, Brot und süße Rosinen und ließen uns dann allein, auf dass wir uns ausruhen könnten. Wir aßen und tranken mit großem Appetit. Mein Meister hatte nicht die strenge Gewohnheit der Benediktiner, beim Mahle zu schweigen. Doch er sprach stets so klug und erbaulich, dass es war, als läse ein Mönch aus den Viten der Heiligen vor.

Mich beschäftigte immer noch die Geschichte mit dem Rappen Brunellus, und so fragte ich William, kaum dass wir allein waren: »Als Ihr die Spuren im Schnee und an den Zweigen laset, kanntet Ihr doch Brunellus noch nicht. In gewisser Weise sprachen doch diese Spuren nur ganz allgemein von Pferden, oder jedenfalls von einem Pferd dieser Art und Rasse. Könnte man daher nicht sagen, dass uns das Buch der Natur lediglich abstrakte Wesenheiten verkündet, wie zahlreiche ehrwürdige Theologen lehren?«

»Keineswegs, lieber Adson«, erwiderte mir der Meister. »Gewiss gaben mir jene Spuren für sich genommen nur das Pferd als *verbum mentis* in den Sinn, und als solches hätten sie es mir überall in den Sinn gegeben. Doch an diesem Ort und zu dieser Stunde des Tages lehrten sie mich, dass zumindest eines von allen denkbaren Pferden dort vorbeigekommen sein musste. Also befand ich mich bereits auf halbem Wege zwischen der Vorstellung des Begriffes ›Pferd‹ und der Erkenntnis eines einzelnen Pferdes. Und in jedem Falle war mir das, was ich vom Pferd im allgemeinen wusste, durch eine besondere Spur ins Bewusstsein gerufen worden. Ich war also in diesem Augenblick sozusagen gefangen zwischen der Besonderheit jener Spur und meiner Unkenntnis, die gerade erst angefangen hatte, die noch recht blasse Gestalt einer allgemeinen Vorstellung anzunehmen. Wenn du etwas von weitem siehst und nicht weißt, was es ist, wirst du dich damit begnügen, es als einen Körper von ungewisser Ausdehnung zu definieren. Bist du näher herangekommen, so wirst du es vielleicht als ein Tier definieren, wenn du auch noch nicht weißt, ob es ein Pferd oder ein Esel ist. Hast du dich ihm noch mehr genähert, so wirst du sagen können, dass es ein Pferd ist, wenn du auch noch nicht weißt, ob es Brunellus oder Favellus ist. Erst wenn du nahe genug herangekommen bist, wirst du erkennen, dass es Brunellus ist (beziehungsweise dieses bestimmte und kein anderes Pferd, wie immer du es nennen willst). Und das ist dann schließlich die volle Erkenntnis, die Wahrnehmung des Einmaligen. So war ich vor einer Stunde noch darauf gefasst, jedem denkbaren Pferd zu begegnen, aber nicht etwa aufgrund der Weiträumigkeit meines Geistes, sondern aufgrund der Beschränktheit meiner Wahrnehmung. Und der Wissensdurst meines Geistes wurde erst in dem Augenblick gestillt, als ich das einzelne Pferd erblickte, das die Mönche am Zügel führten. Da erst wusste ich wirklich, dass meine vorausgegangenen Überlegungen mich der Wahrheit nahegebracht hatten. Die Ideen, mit deren Hilfe ich mir bis zu diesem Moment ein Pferd vorgestellt hatte, das ich noch niemals zuvor gesehen, waren mithin reine Zeichen, wie die Spuren im Schnee nur Zeichen der allgemeinen Idee des Pferdes waren – und Zeichen oder Zeichen von Zeichen benutzen wir nur, solange wir keinen Zugang zu den Dingen selbst haben.«

Schon früher hatte ich William mit großer Skepsis von den allgemeinen Ideen sprechen hören und mit großem Respekt von den einzelnen Dingen. Und damals wie in den folgenden Tagen schien mir, dass diese Neigung sowohl mit seiner britannischen Herkunft als auch mit seinem Franziskanertum zu tun hatte. An diesem Tage jedoch war er zu erschöpft, um sich auf theologische Dispute einzulassen, und so verzog ich mich in meinen Winkel, hüllte mich in meine Decke und versank alsbald in einen tiefen Schlaf.

Wäre jemand hereingekommen, er hätte mich für ein lebloses Bündel halten können. Und das tat denn wohl auch der Abt, als er um die dritte Stunde in unsere Zelle trat, um mit William zu sprechen. So kam es, dass ich unbemerkt ihr erstes Gespräch mit anhören konnte – ohne Arglist und böse Absicht, denn es wäre, nachdem ich nun einmal aufgewacht war, gewiss unhöflicher gewesen, mich dem Besucher plötzlich zu offenbaren, als in Demut still zu verharren, wie ich es tat.

Eintrat also Pater Abbo, der Abt. Er entschuldigte sich für die Störung, erneuerte seinen Willkommensgruß und sagte, er müsse mit William unter vier Augen sprechen über eine sehr ernste Sache.

Zunächst aber wolle er ihn beglückwünschen zu der Geschicklichkeit seines Verhaltens in der Geschichte mit dem Pferd, wie er das bloß angestellt habe, so genaue Angaben über ein Tier zu machen, das er niemals zuvor gesehen. William erklärte ihm knapp und ohne viel Aufhebens seinen Gedankengang, und der Abt zeigte sich aufs höchste erfreut über soviel Scharfsinn. Freilich habe er auch nichts anderes erwartet von einem Manne, dem der Ruf so großer Klugheit vorangehe. Im übrigen habe er einen Brief vom Abt in Farfa erhalten, in dem nicht nur von der Mission die Rede sei, mit welcher William vom Kaiser betraut worden (und über die in den nächsten Tagen noch zu sprechen sein werde), sondern auch davon, dass mein kluger Meister in England und Italien als Inquisitor tätig gewesen sei und sich in einer Reihe von Prozessen durch große Klarsicht in Verbindung mit großer Menschlichkeit hervorgetan habe.

»Sehr gefreut hat es mich zu erfahren«, fügte Abbo hinzu, »dass Ihr Euch in zahlreichen Fällen für die Unschuld des Angeklagten entschieden habt. Gewiss glaube ich – und in diesen schlimmen Zeiten mehr denn je – an die Präsenz des Bösen in allen menschlichen Dingen«, und bei diesen Worten blickte er sich unwillkürlich um, als vermutete er den bösen Feind in einem Winkel der Zelle, »aber ich glaube auch, dass der Böse oft über Umwege tätig wird. Und ich weiß, dass er seine Opfer dazu zu bringen vermag, ihre Untaten so zu vollführen, dass die Schuld auf einen Gerechten fällt, wobei es ihm dann ein besonderes Vergnügen ist, den Gerechten anstelle des Sukkubus brennen zu sehen. Leider sind viele Inquisitoren bemüht, ihren Eifer unter Beweis zu stellen und dem Angeklagten um jeden Preis ein Geständnis zu entlocken, weil sie meinen, ein guter Inquisitor sei nur, wer jeden Prozess mit einem Schuldspruch beendet...«

»Auch Inquisitoren können Werkzeuge des Teufels sein«, warf William ein.

»Schon möglich«, gab Abbo vorsichtig zu, »denn die Pläne des Allerhöchsten sind unerforschlich. Doch liegt es mir fern, auch nur den Schatten eines Verdachts auf so wohlverdiente Männer zu werfen. Im Gegenteil, ich wende mich heute an Euch als einen von ihnen. In dieser Abtei ist nämlich etwas geschehen, das die Aufmerksamkeit und den Rat eines Mannes von Eurem Scharfsinn und Eurer Umsicht erheischt. Von Eurem Scharfsinn, um es aufzuklären, und von Eurer Umsicht, um es hernach (gegebenenfalls) wieder gnädig zuzudecken. Denn oft kommt man nicht umhin, die Schuld eines Mannes herauszufinden, der ein Vorbild an Heiligkeit sein sollte, aber dabei so vorzugehen, dass man den Grund des Übels beseitigen kann, ohne den Schuldigen damit der öffentlichen Verachtung preiszugeben. Wenn ein Hirte fehlgeht, muss er von den anderen Hirten isoliert werden. Aber wehe, wenn die Herde an ihren Hirten zu zweifeln begönne.«

»Ich verstehe«, sagte William. Bereits bei früheren Gelegenheiten hatte ich bemerkt, dass er, wenn er sich so verständnisvoll äußerte, in dieser höflichen Formel meist einen Dissens oder jedenfalls ein Erstaunen verbarg.

»Deswegen«, fuhr der Abt fort, »bin ich der Meinung, dass Fälle, die den Fehltritt eines Hirten betreffen, stets nur Männern wie Euch anvertraut werden sollten – Männern, die nicht nur gut und böse zu unterscheiden wissen, sondern auch opportun und nicht opportun. Es freut mich, dass Ihr immer nur dann verurteilt habt, wenn...«

»... der Angeklagte schlimme Verbrechen begangen hatte wie Vergiftungen, Verführung unschuldiger Kinder und andere Verruchtheiten, die auszusprechen meine Lippen nicht wagen...«

»... dass Ihr immer nur dann verurteilt habt«, fuhr der Abt unbeirrt von der Unterbrechung fort, »wenn die Präsenz des Dämons so offenkundig für jedermann war, dass man nicht anders hätte verfahren können, da Nachsicht skandalöser gewesen wäre als das Verbrechen selbst.«

»Wenn ich jemanden schuldig gesprochen habe«, präzisierte William, »dann weil er tatsächlich Verbrechen so schlimmer Art begangen hatte, dass ich ihn guten Gewissens dem weltlichen Arm überlassen konnte.«

Der Abt schien ein wenig verunsichert. »Warum sprecht Ihr so beharrlich von schlimmen Verbrechen, ohne Euch zu ihren teuflischen Ursachen äußern zu wollen?«

»Weil das Schlussfolgern von den Wirkungen auf die Ursachen eine so schwierige Sache ist, dass allein Gott der Richter sein kann. Uns Menschen fällt es bereits dermaßen schwer, einen ursächlichen Zusammenhang herzustellen zwischen einer so offenkundigen Wirkung wie etwa dem Brand eines Baumes und dem Blitz, der ihn verbrannte, dass der Versuch, lange Ketten von Ursachen und Wirkungen zu konstruieren, mir ebenso wahnhaft erscheint wie der Versuch, einen Turm zu bauen, der bis zum Himmel reicht.«

»Der Doktor von Aquin«, gab Abbo zu bedenken, »scheute sich nicht, mit der Kraft seiner bloßen Vernunft die Existenz des Allerhöchsten zu beweisen, indem er von einer *causa* zur anderen zurückging bis zu der durch nichts verursachten *causa prima*.«

»Wer bin ich«, erwiderte demütig Bruder William, »dass ich dem hochgelehrten Aquinaten widersprechen könnte? Auch wird ja sein Beweis der Existenz Gottes durch so viele andere Zeugnisse unterstützt, dass seine Argumentation sich von alledem nur bestärkt sieht. Gott spricht zu uns im Innersten unserer Seele, wie bereits Augustinus wusste, und Ihr, Abbo, hättet das Lob des Herrn gesungen und die Evidenz seiner Gegenwart anerkannt, auch wenn der große Thomas nicht...«

Er unterbrach sich und fügte hinzu: »So denke ich jedenfalls.« »Oh, gewiss doch«, beeilte der Abt sich zu versichern – und in dieser sehr feinen Weise beendete mein kluger Meister eine scholastische Diskussion, die ihn sichtlich nicht sehr zu reizen vermochte. Dann ergriff er wieder das Wort:

»Kommen wir auf die Prozesse zurück. Stellt Euch vor, ein Mann ist durch Vergiftung getötet worden. Das ist eine empirische Tatsache. Angesichts gewisser untrüglicher Zeichen kann ich mir durchaus vorstellen, dass ein anderer Mann die Vergiftung verursacht hat. An derart einfachen Ketten von Wirkung und Ursache kann mein Verstand sich mit einem gewissen Selbstvertrauen entlangbewegen und den Giftmischer dingfest zu machen versuchen. Wie aber kann ich die Kette nun dadurch komplizieren, dass ich mir als Anstifter der bösen Tat eine weitere, diesmal nicht menschliche, sondern teuflische Kraft vorstelle? Nicht dass dergleichen unmöglich wäre, auch der Teufel hinterlässt klare Zeichen auf seinem Weg, wie es Euer Rappe Brunellus tat. Aber warum sollte ich danach suchen? Genügt es nicht, wenn ich weiß, dass der Schuldige dieser bestimmte Mensch ist, um ihn dem weltlichen Arm zu übergeben? In jedem Falle wird er für seine Tat mit dem Tode bestraft, Gott möge ihm vergeben.«

»Aber mich dünkt, dass Ihr bei einem Prozess vor drei Jahren in Kilkenny, bei dem mehrere Personen schändlichster Untaten angeklagt waren, den Eingriff des Teufels durchaus nicht geleugnet habt, nachdem die Schuldigen einmal gefunden waren.«

»Aber ich habe ihn auch nicht mit offenen Worten behauptet. Ich habe ihn nicht geleugnet, das ist wahr. Wer bin ich denn, dass ich mir Urteile über das Wirken des Bösen erlauben dürfte? Zumal in Fällen« – und auf diesem Gedanken schien William insistieren zu wollen – »in denen jene, die das Inquisitionsverfahren eröffnet haben, der Bischof, die Richter der Stadt und das ganze Volk, vielleicht sogar die Beschuldigten selbst den Nachweis einer Präsenz des Bösen offenbar sehnlichst wünschen? Vielleicht ist das überhaupt der einzige wahre Beweis für das Wirken des Teufels: die Intensität, mit welcher alle Beteiligten in einem bestimmten Augenblick danach verlangen, ihn am Werk zu sehen...«

»Ihr wollt also sagen«, fragte der Abt ein wenig beunruhigt, »dass in vielen Prozessen der Teufel nicht nur im Schuldigen sein Unwesen treibe, sondern womöglich auch und vor allem in den Richtern?«

»Wie könnte ich wagen, so etwas zu behaupten?« fragte William zurück, und die Frage war offenkundig so formuliert, dass der Abt verstummen musste – woraufhin William sein Schweigen nutzte, um dem Gespräch eine andere Richtung zu geben. »Im Grunde sind das doch längst vergangene Dinge. Ich habe jene noble Tätigkeit aufgegeben, und wenn ich es tat, so war es der Wille des Herrn...«

»Ohne Zweifel«, gab Abbo zu.

»... und nun beschäftige ich mich mit anderen delikaten Fragen. Und gern würde ich mich mit der beschäftigen, die Euch quält, wenn Ihr mir sagen würdet, um was es geht.«

Wie mir schien, war es dem Abt ganz recht, die Diskussion beenden und auf sein Problem kommen zu können. Jedenfalls begann er nun umständlich und mit großer Vorsicht in der Wahl seiner Worte von einem seltsamen Vorfall zu berichten, der sich wenige Tage vor unserer Ankunft zugetragen und, wie er sagte, große Unruhe unter den Mönchen ausgelöst habe. Wenn hier davon die Rede sein solle, so im Wissen, dass William ein großer Kenner der menschlichen Seele und der Wege des Bösen sei, und daher in der Hoffnung, dass er vielleicht einen Teil seiner kostbaren Zeit damit verbringen möge, Licht zu bringen in eine sehr dunkle und schmerzliche Sache. Vorgefallen sei nämlich, dass Bruder Adelmus von Otranto, ein Mönch von noch jungen Jahren, aber gleichwohl schon bekannt als exzellenter Miniaturenmaler, der die Manuskripte der Klosterbibliothek mit wunderbaren Vignetten zu schmücken pflegte, eines Morgens von einem Ziegenhirten tot auf dem Grunde der Schlucht unter dem Ostturm des Aedificiums gefunden worden sei. Da die anderen Mönche ihn während der Komplet im Chor noch gesehen, nicht aber mehr bei der Frühmette, müsse er wohl in den dunkelsten Stunden der Nacht in die Tiefe gestürzt sein. Es sei eine stürmische Nacht gewesen, eisige Schneeflocken, hart wie Hagelkörner, seien von einem scharfen Nordwind durch die Luft gewirbelt worden. Durchnässt vom Schnee, der erst getaut und dann zu Eisklumpen gefroren sei, habe man schließlich die Leiche des Unglücklichen am Fuße des Steilhangs gefunden, aufgeschürft von den Felsvorsprüngen, über die er hinabgestürzt. Ein elender und schlimmer Tod, Gott möge sich seiner erbarmen. Wegen der vielen Stöße, die der Körper offensichtlich beim Sturz erlitten, sei es nicht leicht gewesen, den Punkt zu bestimmen, von dem er gefallen sein musste. Sicher aber aus einem der Fenster, die sich in drei Reihen an drei Seiten des großen Turmes zum Abgrund öffneten.

»Wo habt Ihr den Toten begraben?« fragte William.

»Auf dem Friedhof natürlich«, antwortete der Abt. »Ihr habt ihn vielleicht gesehen, er erstreckt sich neben dem Garten von der Nordseite der Kirche zum Aedificium.«

»Ich verstehe«, sagte William, »und ich begreife nun Euer Problem. Wenn der Ärmste, Gott behüte, Selbstmord begangen hätte (denn es war ja kaum anzunehmen, dass er aus Versehen hinuntergefallen ist), so hättet Ihr am folgenden Morgen eins dieser Fenster offen vorfinden müssen, aber Ihr fandet sie alle wohlverschlossen, und vor keinem von ihnen fanden sich Wasserspuren.«

Wie ich bereits gesagt habe, war der Abt ein Mann von großer Selbstbeherrschung und diplomatischer Unerschütterlichkeit, aber diesmal konnte er seine Überraschung nicht verbergen und schaute so verblüfft drein, dass ihm keine Spur von jener Würde blieb, die sich laut Aristoteles einem ernsthaften und gesetzten Manne ziemt. »Wer hat Euch das gesagt?«

»Nun, Ihr selbst habt es mir gesagt«, erwiderte William. »Wäre ein Fenster offen gestanden, so hättet Ihr doch gleich angenommen, dass der Unglückliche sich hinabgestürzt haben musste. Nach dem, was ich von außen sehen konnte, handelt es sich um große Fenster mit Butzenscheiben, und Fenster dieser Art pflegen sich in Mauern von solcher Stärke gewöhnlich nicht auf ebener Erde zu öffnen. Hättet Ihr also eines von ihnen offen gefunden, so wäre Euch – da auszuschließen war, dass der Unglückliche sich hinausgebeugt und dabei das Gleichgewicht verloren hatte – nur der Gedanke an Selbstmord geblieben. Und in diesem Falle hättet Ihr ihn nicht in geweihter Erde begraben. Da Ihr ihn aber christlich begraben habt, müssen die Fenster geschlossen gewesen sein, und da sie geschlossen waren und mir noch nie, nicht einmal in Hexenprozessen, ein sündhaft aus dem Leben Geschiedener begegnet ist, dem Gott oder der Teufel es gestattet hätten, aus der Tiefe wieder heraufzuspringen, um die Spuren seiner sündigen Tat zu verwischen, liegt es auf der Hand, dass der vermeintliche Selbstmörder wohl in Wahrheit eher gestoßen worden sein muss, sei's von der Hand eines Menschen oder von der eines Dämons. Und nun fragt Ihr Euch, wer das gewesen sein mag, der den armen Bruder Adelmus, ich will nicht sagen hinuntergestürzt, aber doch mindestens irgendwie seines Willens beraubt und dann, vielleicht in betäubtem Zustand, auf das Fenstersims gehievt haben könnte, und Ihr seid bestürzt, weil offenbar eine böse Macht, sei sie natürlich oder übernatürlich, nun in der Abtei umgeht.«

»So ist es...«, gab der Abt zu, und es war nicht ganz klar, ob er damit Williams Worte bestätigte oder sich selber Rechenschaft über die Richtigkeit dessen ablegte, was mein kluger Meister so scharfsinnig dargelegt hatte. »Aber woher wisst Ihr, dass wir unter keinem der Fenster Wasserspuren fanden?«

»Weil Ihr mir gesagt habt, dass in jener Nacht ein heftiger Nordwind tobte. Folglich konnte das Wasser nicht gegen Fenster gedrückt werden, die sich nach Osten öffnen.«

»Wahrlich, man hat mir noch nicht genug berichtet von Eurem Scharfsinn«, rief der Abt aus. »Ihr habt recht, es war tatsächlich kein Wasser da, und nun weiß ich auch, warum. Es hat sich alles so zugetragen, wie Ihr sagt. Versteht Ihr jetzt meine Besorgnis? Es wäre schon schlimm genug, wenn einer meiner Mönche sich mit der schrecklichen Sünde des Suizids befleckt hätte. Aber ich habe Grund zu der Annahme, dass ein anderer von ihnen sich mit einer mindestens ebenso schrecklichen Sünde befleckt hat. Und wenn es nur das wäre...«

»Wieso meint Ihr, es müsse einer der Mönche gewesen sein? In Eurer Abtei leben doch auch zahlreiche andere Menschen, Stallburschen, Ziegenhirten, Knechte...«

»Gewiss, es ist zwar eine kleine, aber reiche Abtei«, nickte der Abt mit unverhohlenem Stolz. »Hundertfünfzig Knechte für sechzig Mönche. Aber die Sache hat sich im Aedificium zugetragen. Im Aedificium befinden sich, wie Ihr vielleicht schon wisst, zwar unten die Küche und das Refektorium, aber in den beiden Obergeschossen das Skriptorium und die Bibliothek. Nach dem Abendmahl wird das ganze Gebäude geschlossen, und eine strenge Regel verbietet jedem, es zu betreten.« Die Frage Williams erratend, fügte er rasch hinzu: »Auch den Mönchen, aber...«

»Aber?«

»Aber ich halte es für ausgeschlossen, ganz und gar ausgeschlossen, versteht Ihr, dass einer der Knechte den Mut aufbrächte, das Aedificium nachts zu betreten.« Ein Anflug von herausforderndem Lächeln blitzte in seinen Augen auf, erlosch aber sogleich wieder. »Sagen wir: sie hätten viel zu große Angst, wisst Ihr... Manchmal müssen Verbote für die Laien mit einer gewissen Drohung unterstrichen werden, etwa mit der Voraussage, dass dem Ungehorsamen etwas Schreckliches widerfahren könnte, etwas Übernatürliches selbstverständlich. Ein Mönch dagegen...«

»Verstehe.«

»Nicht nur, was Ihr meint. Ein Mönch könnte noch andere Gründe haben, sich an einen verbotenen Ort zu wagen. Gründe, die – wie soll ich sagen? – die begründet sein mögen, wenn auch wider die Regel...«

William bemerkte das Unbehagen des Abtes und warf eine Frage ein, die ihm wohl aus der Klemme helfen sollte, aber sein Unbehagen nur noch verstärkte: »Als Ihr eben von der Möglichkeit eines Mordes spracht, sagtet Ihr: Und wenn es nur das wäre. Was meintet Ihr damit?«

»Sagte ich das? Nun ja, man tötet nicht ohne einen Grund, wie pervers er auch sein mag, und ich zittere bei dem Gedanken an die Perversität der Gründe, die einen Mönch dazu bewegen können, einen Mitbruder umzubringen. Das meinte ich.«

»Sonst nichts?«

»Nichts, was ich Euch sagen könnte.«

»Meint Ihr damit: Nichts, was Ihr mir sagen dürftet?«

»Ich bitte Euch, Bruder William, Frater William!« Der Abt betonte beide Anreden gleichermaßen. William errötete heftig und murmelte:

»*Eris sacerdos in aeternum.*«

»Danke«, antwortete der Abt.

Oh, mein Gott, welch schreckliches Geheimnis war es, an das meine beiden unvorsichtigen Herren in diesem Augenblick rührten, der eine von Angst getrieben und der andere von Neugier? Denn wiewohl erst Novize und noch auf dem Wege zu den Mysterien des heiligen Priesteramtes, begriff selbst ich unerfahrenes Kind, dass der Abt offenbar etwas wusste, was er unter dem Siegel des Beichtgeheimnisses erfahren hatte – etwas besonders Schlimmes und Sündhaftes, das mit dem tragischen Ende des Mönches Adelmus zu tun haben könnte. Und das war vielleicht auch der Grund, warum er nun Bruder William bat, ein Geheimnis aufzudecken, das er ahnte, aber niemandem offenbaren durfte, wobei er hoffte, mein scharfsinniger Meister werde kraft seines Verstandes erhellen, was er, der Abt, kraft des hehren Gebotes der Barmherzigkeit im dunkeln lassen musste.

»Also gut«, sagte William schließlich. »Darf ich den Mönchen Fragen stellen?«

»Ihr dürft.«

»Kann ich mich frei bewegen in der Abtei?«

»Ich gebe Euch die Erlaubnis.«

»Werdet Ihr mir die Aufgabe *coram monachis* übertragen?«

»Noch heute abend.«

»Gut, aber ich werde sofort beginnen, noch ehe die Mönche wissen, mit welcher Aufgabe Ihr mich betraut habt. Ich wollte ohnehin schon seit langem – und das ist nicht der letzte Grund meines Besuches hier – Eure Bibliothek besichtigen, von der man bewundernd in allen Klöstern der Christenheit spricht.«

Der Abt fuhr auf, tat fast einen Satz, und seine Züge verhärteten sich. »Ihr könnt Euch frei in der ganzen Abtei bewegen, wie ich gesagt habe. Nicht aber im Obergeschoss des Aedificiums, nicht in der Bibliothek!«

»Warum nicht?«

»Ich hätte es Euch vorher erklären sollen, aber ich dachte, Ihr wüsstet es schon. Unsere Bibliothek ist nicht wie die anderen...«

»Ich weiß, dass sie mehr Bücher als jede andere Bibliothek der Christenheit hat. Ich weiß, dass verglichen mit Euren Beständen diejenigen der Abteien von Bobbio oder Pomposa, von Cluny oder Fleury eher dem Spielzimmer eines Kindes gleichen, das gerade lesen zu lernen beginnt. Ich weiß, dass die sechstausend Codizes, derer sich Novalesa vor mehr als einem Jahrhundert rühmte, im Vergleich zu den Euren wenig sind, und vielleicht befinden sich viele von jenen nun hier. Ich weiß, dass Eure Abtei das einzige Licht ist, das die Christenheit den sechsunddreißig Bibliotheken von Bagdad, den zehntausend Handschriften des Wesirs Ibn al-Alkami entgegenzusetzen hat, dass die Zahl Eurer Bibeln den zweitausendvierhundert Koranabschriften gleichkommt, derer sich Kairo rühmt, und dass die Realität Eurer Schätze eine glänzende Widerlegung der stolzen Legende jener Ungläubigen darstellt, die vor Jahren behaupteten (vertraut mit dem Fürsten der Lüge, wie sie es sind), die Bibliothek von Tripolis besitze sechs Millionen Bände und sei bewohnt von achtzigtausend Kommentatoren und zweihundert Schreibern.«

»So ist es, gelobt sei der Herr!«

»Ich weiß, dass unter Euren Mönchen viele sind, die von

weither kommen aus anderen Abteien; manche für kurze Zeit, um ein Manuskript zu kopieren, das anderswo unauffindbar ist, und die Kopie mit nach Hause zu nehmen, nicht ohne Euch zum Dank eine andere kostbare Handschrift gebracht zu haben, die Ihr dann kopieren lasst und Eurem Schatz einverleibt; andere bleiben für lange Jahre, manche gar bis zu ihrem Tod, da sie nur hier die Werke finden, die ihre Forschung erleuchten. So habt Ihr unter Euch Franzosen, Hispanier, Germanen, Dakier und Griechen. Ich weiß auch, dass Kaiser Friedrich Euch vor vielen Jahren ersuchte, ein Buch über die Prophezeiungen des legendären Zauberers Merlin zu kompilieren und ins Arabische zu übersetzen, auf dass er es dem Sultan von Ägypten zum Geschenk machen könne. Ich weiß schließlich auch, dass selbst ein so ruhmreiches Kloster wie Murbach in unseren traurigen Zeiten keinen einzigen Schreiber mehr hat und dass in Sankt Gallen nur noch wenige Mönche leben, die des Schreibens kundig sind, denn heutzutage sind es die Städte, in denen sich Zünfte und Gilden ausbreiten, bestehend aus weltlichen Schreibern, die im Dienst und Auftrag der Universitäten arbeiten, so dass es allein noch Eure Abtei ist, die tagtäglich den Ruhm Eures Ordens erneuert, was sage ich: mehrt und zu immer neuen Höhen treibt!«

»*Monasterium sine libris*«, zitierte versonnen der Abt, »*est sicut civitas sine opibus, castrum sine numeris, coquina sine suppellectili, mensa sine cibis, hortus sine herbis, pratum sine floribus, arbor sine foliis*... Ja, unser Orden! Als und solange er wuchs am Doppelgebot der Arbeit und des Gebetes, war er Licht für die ganze bekannte Welt, Hort des Wissens, Zuflucht einer antiken Bildung, die unterzugehen drohte in Feuersbrünsten, Plünderungen und Erdbeben, Brutstätte einer neuen Schrift und Pflegestätte der alten... Oh, Ihr wisst, wir leben in finsteren Zeiten, und erst vor wenigen Jahren – es treibt mir die Zornes- und Schamröte ins Gesicht, wenn ich daran denke – sah sich das Konzil zu Vienne veranlasst, ausdrücklich zu betonen, dass jeder Mönch verpflichtet ist, sich an die Gebote zu halten! *Ora et labora*..., doch wie viele unserer Abteien, die noch vor zweihundert Jahren blühende Zentren der Größe und Heiligkeit waren, sind heute Zufluchtsstätten für Faulpelze! Mächtig ist der Orden noch immer, doch der Gestank der Städte kreist unsere heiligen Stätten mehr und mehr ein, das Volk Gottes ist heute dem Handel zugetan und den Händeln und Fehden zwischen Parteien, Klüngeln und Cliquen. Drunten in den dicht besiedelten Ebenen, wo der Geist der Heiligkeit keine Herberge findet, spricht man nicht nur die Volkssprache (von Laien kann man schließlich nichts anderes erwarten), sondern man *schreibt* sie bereits! Möge nie eins dieser Bücher in unsere Mauern gelangen, würde es doch zwangsläufig zu einem Herd und Nährboden der Häresie! Die Sünden der Menschen haben die Welt an den Rand des Abgrunds getrieben, schon ist die Welt durchdrungen vom Abgründigen, das aus dem Abgrund hervorsteigt. Und wie Honorius sagte, werden morgen die Körper der Menschen kleiner sein als es heute die unseren sind, so wie heute die unseren kleiner sind als es einst die der Alten waren. *Mundus senescit*, die Welt vergreist! Wenn Gott unserem Orden noch einen Auftrag gegeben, so ist es heute der, sich dieser Fahrt in den Abgrund entgegenzustemmen, den Schatz des Wissens, den unsere Väter uns anvertraut haben, zu wahren, zu hüten und zu verteidigen. Die göttliche Vorsehung hat gewollt, dass die Weltregierung, die ursprünglich im Osten saß, sich mit dem Herannahen der Zeit immer mehr gen Westen verlagert hat, um uns darzutun, dass sich die Welt ihrem Ende nähert, hat doch der Lauf der Dinge bereits die Grenzen des Universums erreicht. Doch bis das Jahrtausend endgültig zerfällt und jene *bestia immunda*, die wir Antichrist nennen, zum vollen, wenn auch nur kurzen Triumph gelangt, ist es unsere Aufgabe und Mission, den Schatz der christlichen Welt zu wahren und das Wort Gottes zu hüten, wie er es den Propheten und Aposteln offenbarte, wie es die Väter getreu wiederholten, ohne ein Jota zu ändern, und wie es in den Schulen ausgelegt wurde – mag sich heute auch in den Schulen die Schlange der Hoffart, des Neides und der Unvernunft einnisten. Noch sind wir in dieser Abenddämmerung Flamme und hohes Leuchtzeichen am Horizont. Und solange diese Mauern stehen, werden wir Wahrer und Wächter bleiben des göttlichen Wortes.«

»Wohlan, so sei es«, nickte William andächtig. »Aber was hat das alles damit zu tun, dass man die Bibliothek nicht besichtigen darf?«

»Seht, Bruder William«, erklärte der Abt, »um das große und heilige Werk zu verrichten, das diese Mauern krönt«, und bei diesen Worten wies er durch das Fenster auf den massigen Bau des Aedificiums, dessen Türme sogar die Abteikirche überragten, »haben gottesfürchtige Männer jahrhundertelang arbeiten müssen, und während der ganzen Zeit haben sie eherne Regeln befolgt. Die Bibliothek ist nach einem Plan entstanden, der allen Beteiligten dunkel geblieben ist in all den Jahrhunderten, keiner der Mönche war und ist je befugt, ihn zu kennen. Allein der Bruder Bibliothekar weiß um das Geheimnis, er hat es von seinem Vorgänger erfahren und gibt es vor seinem Tode weiter an seinen Adlatus, damit, falls ein plötzlicher Tod ihn heimsucht, die Bruderschaft nicht dieses kostbaren Wissens beraubt wird. Doch beider Lippen sind durch das Geheimnis versiegelt. Allein der Bibliothekar hat das Recht, sich im Labyrinth der Bücher zu bewegen, er allein weiß, wo die einzelnen Bände zu finden sind und wohin sie nach Gebrauch wieder eingestellt werden müssen, er allein ist verantwortlich für ihre sachgemäße Erhaltung. Die anderen Mönche arbeiten im Skriptorium und haben nur Einsicht in das Verzeichnis der Bücher. Aber ein Verzeichnis besagt oft wenig, und allein der Bibliothekar kann aus der Signatur eines Buches und aus dem Grad seiner Unzugänglichkeit ersehen, welche Art von Geheimnis, von Wahrheit oder von Lüge es enthält. Er allein entscheidet, zuweilen nach Rücksprache mit mir, ob, wann und wie es dem Mönche, der es bestellt hat, auszuhändigen ist. Denn nicht alle Wahrheiten sind für alle Ohren bestimmt, nicht alle Lügen sind sofort als solche erkennbar für eine fromme Seele, und schließlich sollen die Mönche im Skriptorium eine genau definierte Arbeit tun, wozu sie bestimmte Bücher lesen müssen – die anderen gehen sie nichts an, und sie sollen nicht jedem Anflug von Neugier nachgeben, der sie plötzlich packen mag, sei es aus Schwäche des Geistes oder aus Hochmut oder aufgrund einer teuflischen Einflüsterung.«

»Demnach gibt es in Eurer Bibliothek auch Bücher, die Lügen enthalten...«

»Scheusale existieren, weil sie Teil des göttlichen Plans sind, und selbst in den schrecklichsten Fratzen offenbart sich die Größe des Schöpfers. So existieren, gleichfalls als Teil des göttlichen Plans, auch die Bücher der Magier, die Kabbalen der Juden, die Fabeln der heidnischen Dichter und die Lügen der Ungläubigen. Stets war es die feste und heilige Überzeugung der Gründer und Hüter dieser Abtei, dass auch in den Lügenbüchern ein Abglanz der göttlichen Weisheit vor den Augen des kundigen Lesers aufscheinen kann. Und darum enthält die Bibliothek auch diese Bücher. Doch aus dem gleichen Grunde, versteht Ihr, darf sie nicht von jedermann betreten werden. Außerdem«, fügte der Abt hinzu, als wollte er sich für die Dürftigkeit dieses letzten Arguments entschuldigen, »sind Bücher gebrechliche Wesen, sie leiden unter dem Zahn der Zeit, sie fürchten die Nagetiere, die Unbilden der Witterung, die plumpen Hände ungeübter Benutzer. Hätte in den vergangenen Jahrhunderten jedermann Zutritt zur Bibliothek gehabt und unsere Handschriften nach Belieben berühren dürfen, so wäre der größte Teil von ihnen heute nicht mehr vorhanden. Der Bibliothekar schützt sie also nicht nur vor den Menschen, sondern auch vor der Natur, und er widmet sein ganzes Leben diesem fortwährenden Krieg gegen die Kräfte des Vergessens, des Feindes der Wahrheit.«

»Demnach betritt also außer den beiden Personen niemand das Obergeschoss des Aedificiums?«

Der Abt lächelte fein: »Niemand darf es. Niemand kann es. Niemand hätte, selbst wenn er es wollte, Erfolg. Die Bibliothek verteidigt sich selbst. Unergründlich wie die Wahrheit, die sie beherbergt, trügerisch wie die Lügen, die sie hütet, ist sie ein geistiges Labyrinth und zugleich ein irdisches. Kämt Ihr hinein, Ihr kämt nicht wieder heraus. Dies mag Euch genügen, ich muss Euch bitten, Euch an die Regeln dieser Abtei zu halten.«

»Gleichwohl haltet Ihr es für möglich, dass Adelmus aus einem der Fenster des Obergeschosses gestürzt sein könnte. Wie soll ich seinen Tod untersuchen, wenn ich den Ort nicht sehen darf, an dem die Geschichte seines Todes möglicherweise begonnen hat?«

»Verehrtester Bruder William«, sagte der Abt konziliant, »einem Manne, der meinen Rappen Brunellus beschreiben konnte, ohne ihn je gesehen zu haben, und der den Tod des Adelmus zu schildern vermochte, obwohl er so gut wie nichts darüber wusste – einem solchen Manne wird es kaum schwerfallen, in seine Gedanken Orte miteinzubeziehen, zu denen er keinen Zutritt hat.«

»Wie Ihr wollt«, fügte sich William mit einer leichten Verbeugung. »Ihr seid weise, auch wenn Ihr streng seid.«

»Wenn ich je weise sein sollte«, versetzte der Abt elegant, »so wäre ich es, weil ich streng zu sein vermag.«

»Ein letztes noch«, wollte William wissen. »Wie steht es mit Ubertin?«

»Er ist hier. Er erwartet Euch. Ihr findet ihn in der Kirche.«

»Wann?«

»Jederzeit«, lächelte der Abt. »Ihr müsst wissen, er ist, obgleich sehr gelehrt, kein Mann, der sich gern in Bibliotheken aufhält. Eine säkulare Verlockung hält ihn davon ab... Er verbringt seine Tage zumeist in der Kirche mit Meditation und Gebet.«

»Ist er alt geworden?« fragte William zögernd.

»Seit wann habt Ihr ihn nicht gesehen?»

»Seit vielen Jahren.«

»Er ist müde geworden. Er hat sich weit von den Dingen der Welt entfernt. Achtundsechzig Jahre ist er alt, aber ich glaube, sein Geist ist jung geblieben.«

»Ich werde ihn unverzüglich aufsuchen. Ich danke Euch.«

Der Abt lud ihn ein, mit den Mönchen das Mittagsmahl einzunehmen, aber William sagte, er habe erst vor kurzem gegessen, und zwar sehr gut, und er wolle lieber gleich Ubertin aufsuchen. So erhob sich der Abt und wandte sich mit einem Gruß zur Tür.

Als er die Zelle gerade verlassen wollte, erhob sich im Hof ein markerschütternder Schrei wie von einem tödlich getroffenen Menschen, gefolgt von weiteren, ebenso grässlichen

Lauten. »Was ist das?« fragte William erschrocken. »Nichts«, erwiderte lächelnd der Abt. »In dieser Jahreszeit werden die Schweine geschlachtet. Die Metzger tun ihre Arbeit. Nicht dies ist das Blut, mit dem Ihr Euch zu beschäftigen braucht.«

Sprach's und verließ uns – und schädigte mit diesen Worten seinen Ruf als Mann von kluger Voraussicht. Denn am nächsten Morgen... Aber zügele deine Ungeduld, meine geschwätzige Zunge! Denn auch an diesem Tage, und ehe die Nacht hereinbrach, sollte so mancherlei noch geschehen, wovon zu berichten ist.

Erster Tag

Sexta

Worin Adson das Kirchenportal bewundert und William seinem alten Freund Ubertin von Casale wiederbegegnet.

Die Kirche war nicht majestätisch wie andere, die ich später in Straßburg, in Chartres, in Bamberg oder auch in Paris sehen sollte. Sie glich eher denen, die ich bereits an verschiedenen Orten in Italien gesehen, Kirchen von gedrungener Bauart, die nicht unbedingt hoch hinaus wollten, nicht schwindelerregend gen Himmel stürmten, sondern fest auf der Erde standen, oft breiter als hoch; nur dass diese auf einer ersten Höhe überragt wurde, gleich einem Felsen, von einer Reihe quadratischer Zinnen, hinter welchen sich auf dieser ersten Höhe ein zweiter Bau erhob, weniger ein Turm als eine solide zweite Kirche, gekrönt von einem steilen Dach und die Mauern durchbrochen von schmalen, schmucklosen Fenstern. Eine robuste Abteikirche also, wie unsere Vorfahren sie zu bauen pflegten in der Provence und im Languedoc, fern den Kühnheiten und übertriebenen Schnörkeln des modernen Stils, und erst in neuerer Zeit, wie mir schien, hatte man sie über dem Chor mit einem kühn zum Himmelsgewölbe emporweisenden Dachreiter verziert.

Der Eingang, flankiert von zwei schlanken und nüchternen Säulen, erschien von weitem wie ein einziger großer Bogen; beim Näherkommen sah ich jedoch, dass hinter den Säulen zwei mächtige Gewände begannen, die, überwölbt von weiteren und vielfaltigen Bögen, eine tiefe Vorhalle bildeten und den Blick wie ins Innere einer Höhle zum eigentlichen Portal leiteten, das im Halbdunkel erkennbar wurde. Beherrscht von einem mächtigen Tympanon, einem halbkreisförmigen Giebelfeld voller Figuren, das rechts und links auf zwei Torpfosten ruhte und in der Mitte auf einem behauenen Pfeiler, der den Eingang in zwei Öffnungen teilte, war es bewehrt mit Türflügeln aus metallbeschlagenem Eichenholz. Da die bleiche Novembersonne zu dieser Mittagsstunde fast senkrecht über dem Dach stand, fiel das Licht schräg auf die Fassade, ohne das Tympanon zu erhellen. So kam es, dass wir, sobald wir die Eingangssäulen hinter uns hatten, im Schatten eines fast waldartigen Gewölbes standen, geformt aus den Arkaden, die sich auf kleinen, die Seitenwände der Vorhalle stützenden Säulen erhoben. Und kaum dass meine Augen sich an das Dunkel gewöhnt hatten, traf mich wie ein Schlag die stumme Rede des bebilderten Steins, die den Augen und der Phantasie eines jeden verständlich ist (denn *pictura est laicorum literatura*), und stürzte mich tief in eine Vision, von der meine Zunge noch heute nur stammelnd zu berichten vermag.

Ich sah einen Thron, der gesetzt war im Himmel, und auf dem Thron saß Einer, und Der Da Saß, war streng und erhaben anzusehen, die weitgeöffneten Augen blickten funkelnd auf eine ans Ende ihrer irdischen Tage gelangte Menschheit. Prächtige Locken und ein majestätischer Bart umrahmten sein Antlitz und fielen auf seine Brust gleich den Wassern eines Stromes in lauter ebenmäßigen und symmetrischen Wellen. Die Krone auf seinem Haupte war reich mit Gemmen und Edelsteinen geschmückt, das herrliche Purpurgewand, durchwoben mit goldenen Litzen und Spitzen, umhüllte in weiten Falten seine Gestalt. Mit der Linken hielt er auf dem Knie ein versiegeltes Buch, die Rechte hob er zu einer Geste, von der ich nicht sagen kann, ob sie segnend war oder drohend. Sein Antlitz leuchtete in der blendenden Schönheit eines kreuzförmigen und blumengeschmückten Heiligenscheins, und ein Regenbogen war um den Thron, anzusehen gleich einem Smaragd. Und vor dem Thron, zu Füßen des, Der Da Saß, war ein gläsernes Meer wie aus Kristall, und um den Sitzenden, um seinen Thron und darüber, sah ich vier schreckliche Tiere – schrecklich für mich, der ich sie hingerissen betrachtete, aber lieblich und süß für den Sitzenden, dessen Lob sie sangen ohn' Unterlass.

Genau genommen konnte man nicht von allen vier Tieren sagen, dass sie schrecklich anzusehen waren, denn schön und edel erschien mir jenes in Menschengestalt, das links von mir (also zur Rechten des Sitzenden) ein Buch in der Hand hielt. Aber erschaudern machte mich auf der anderen Seite ein Adler mit weitaufgerissenem Schnabel und mächtigen Klauen, die borstigen Federn als Schuppenpanzer gestaltet, die Schwingen wie zum Fluge gebreitet. Und zu Füßen des Sitzenden, unter den beiden ersten Tieren, sah ich einen Löwen und einen Stier, beide hielten ein Buch in ihren Pranken und Hufen, beide hatten den Körper abgewandt vom Throne, aber den Kopf zu ihm hin, als drehten sie gerade Schulter und Hals in wildem Ungestüm, die Flanken bebend, die tierischen Glieder zuckend, die Rachen geöffnet, die Schwänze gewunden wie Schlangen und endend in kleinen züngelnden Flammen. Beide waren geflügelt, beide gekrönt mit Heiligenscheinen, und waren trotz ihres furchtbaren Anblicks keine Geschöpfe der Hölle, sondern solche des Himmels, und wenn sie mir schrecklich erschienen, so weil sie brüllten in Anbetung dessen, der da kommen wird, zu richten die Lebendigen und die Toten.

Rings um den Thron, um die vier Tiere und zu Füßen des Sitzenden, wie durchscheinend unter dem Wasser des gläsernen Meeres und fast den ganzen verbleibenden Raum der Vision erfüllend (angeordnet gemäß der triangulären Struktur des Tympanons in einer unteren Reihe von zwei mal sieben, darüber zu Seiten des Throns zwei mal drei und darüber wiederum zwei mal zwei), sah ich vierundzwanzig Greise auf vierundzwanzig kleinen Thronen sitzen, gekleidet in weiße Gewänder, und hatten auf ihren Häuptern goldene Kronen. In der Hand hielten sie bald ein Räuchergefäß, bald eine Laute; nur einer von ihnen spielte, doch alle blickten verzückt empor zu dem Sitzenden und sangen unaufhörlich sein Lob, die Glieder verdreht wie die der beiden unteren Tiere, aber nicht in tierischer Weise, sondern wie in ekstatischem Tanze – wie David um die Lade getanzt haben muss –, dergestalt dass, wo immer sie sich befinden mochten, ihre Blicke entgegen dem Gesetz, das die Haltung ihrer Körper beherrschte, in ein und demselben strahlenden Punkte zusammentrafen. Oh, welche Harmonie von Hingabe und Entrückung, von unnatürlichen und doch anmutigen Haltungen, in dieser mystischen Sprache der wie durch ein Wunder vom Gewicht ihrer Körperlichkeit befreiten Glieder, gestaltete Vielfalt, übergossen mit neuer Wesensform, als würde die heilige Heerschar getrieben von einem stürmischen Wind, von einem lebenspendenden Odem, rasende Freude, hallelujatischer Jubel, durch ein Wunder aus Klang zu Bild geworden!

Körper und Glieder beseelt vom Geist, erleuchtet von der Offenbarung, Gesichter verzückt vor Staunen, Blicke verdreht vor Begeisterung, Wangen gerötet von Liebe, Pupillen geweitet von Glück, der eine getroffen von freudiger Überraschung, der andere von überraschender Freude, der eine entrückt in Bewunderung, der andere verjüngt durch die Lust – so *sah* ich die Greise singen, singen ein neues Lied, mit dem Ausdruck ihrer Gesichter, mit dem Faltenwurf ihrer Mäntel, mit der Beugung und Anspannung ihrer Glieder, die Lippen halb offen in einem Lächeln ewigen Lobens. Und zu Füßen der Greise und gewölbt über ihnen und über dem Sitzenden und den vier Tieren, angeordnet in symmetrischen Reihen und Bändern, kaum auseinanderzuhalten, so fein hatte die Weisheit der Kunst sie verflochten, gleichförmig in der Vielfalt und vielförmig in der Gleichheit, einig in der Verschiedenheit und verschieden in der Einigkeit, herrlich übereinstimmend in ihren Teilen, wunderbar abgestimmt in ihren Farben, Wunder der Harmonie und des Einklangs unterschiedlicher Stimmen, Eintracht nach Art von Harfensaiten, einstimmende und fortwährend aufs neue sich verbündende Vermählung und Verschwägerung kraft einer tiefen und inneren Fähigkeit, einhellig zusammenzuwirken im Wechselspiel auch und gerade der Zweideutigkeiten, Zierde und Sammlung bald irreduzibler, bald reduzierter Formen, Werk einer liebevollen Zusammenfügung, getragen von einer himmlischen wie zugleich irdischen Regel (Band und fester Verbund von Frieden, Liebe, Tugend, Herrschaft, Macht, Ordnung, Ursprung, Werden, Leben, Licht, Glanz, Gattung und Gestalt), mannigfaltige Gleichheit, widerscheinend im Aufschein der Formen über den wohlproportionierten Teilen der Materie – so sah ich einander sich verflechten die Blumen und Blätter und Ranken und Dolden sämtlicher Pflanzen, mit denen die Gärten der Erde und des Himmels sich schmücken, Veilchen, Ginster, Lilien, Liguster, Kolokasien, Narzissen, Thymian, Akanthus, Myrrhen und Balsam.

Doch während meine Seele, ergriffen von diesem Konzert aus irdischen Schönheiten und majestätisch-übernatürlichen Zeichen, gerade in einen Jubelgesang ausbrechen wollte, fiel mein Blick, dem regelmäßigen Rhythmus der Blumenrosetten zu Füßen der Greise folgend, auf die verschlungenen Figuren am Mittelpfeiler des Portals. Was sah ich da, welche symbolische Botschaft überbrachten mir jene drei kreuzförmig mit- und übereinander verschränkten Löwenpaare, aufsteigend in Bögen, die Hinterbeine einer jeden Bestie auf den Boden gestemmt und die Vorderpranken auf den Rücken der nächsten, die Mähnen gesträubt zu schlangenartigen Zotteln, die Zähne gebleckt zu drohendem Fauchen, die Körper mit dem Pfeiler verbunden durch ein Gewirr und Geflecht von Ranken? Zur Beruhigung meiner Seele, wie um mir kundzutun, dass diese Löwen hier angebracht waren, um ihre diabolische Kraft zu meistern und umzuwandeln in symbolische Anspielung auf die höheren Dinge, zeigten sich rechts und links an den Seiten des Pfeilers je eine menschliche Gestalt, widernatürlich langgezogen fast über die ganze Höhe der Säule, und gegenüber, auf dem gemeißelten Torpfosten, wo die Türen aus Eichenholz verankert waren, in genauer Entsprechung zwei andere Gestalten. Vier also, vier Figuren von alten Männern, an deren Paraphernalien ich bei genauerem Hinsehen Petrus und Paulus, Jeremias und Jesajas erkannte, gewunden auch sie wie im Tanzschritt, die langen knochigen Hände mit ausgestreckten Fingern erhoben gleich Flügeln, und Flügeln gleich wehten die Bärte und Haare in einem prophetischen Wind, und die Falten der langen Gewänder wölbten sich über zuckenden und extrem in die Länge gezogenen Beinen – vier hohe und hehre Gestalten, den verschränkten Löwen entgegengesetzt, doch von gleichem Material wie sie. Und während ich, fasziniert und gebannt von dieser rätselhaften Polyphonie aus heiligen Gliedern und höllischen Muskeln, den Blick weitergleiten ließ, sah ich neben dem Portal und unter den tiefen Arkaden des Vorbaus, in Stein gemeißelt zwischen den schlanken Säulen, überwölbt von der reichen Vegetation ihrer Kapitelle und von dort sich weiter verzweigend zum waldartigen Gewölbe der vielfachen Bögen, andere Visionen, die mich erschauern ließen und die wohl an diesem Ort nur gerechtfertigt waren durch die moralische Lehre, die sie dem frommen Betrachter erteilten: Ich sah eine Lüsterne, nackt und entfleischt, rot von ekligen Schwären, Schlangen fraßen an ihrem Leib, daneben ein trommelbäuchiger Satyr mit pelzigen Greifenklauen und einer obszönen Fratze, die ihre eigene Verdammnis hinausschrie; und ich sah einen Habsüchtigen, starr in der Starre des Todes auf seinem prunkvollen Lotterbett, nun feige Beute einer Schar von Dämonen, deren einer ihm aus dem röchelnden Munde die Seele zog, sie hatte die Form eines kleinen Kindes (Wehe, nie wird es für ihn eine Auferstehung zum ewigen Leben geben!); und ich sah einen Hoffärtigen, dem ein Alp auf der Schulter hockte und mit spitzigen Krallen die Augen auskratzte, und ich sah noch mehr Dämonen, ziegenköpfige, löwenmähnige, panthermäulige, gefangen in einem Flammenwald, dessen Brandgeruch ich fast zu riechen meinte. Und um sie herum, mit ihnen vermischt, zu ihren Köpfen und zu ihren Füßen, sah ich noch andere Fratzen und Glieder, einen Mann und eine Frau, die sich an den Haaren zerrten, zwei Vipern, die eines Verdammten Augen schlürften, einen irre Lachenden, der mit Krallenhänden den Rachen einer Hydra aufriss, und sämtliche Tiere aus Satans Bestiarium waren versammelt zum Konsistorium und postiert als Wache und Garde des Sitzenden auf dem Thron, seinen Ruhm zu singen durch ihre Unterwerfung: Faune, Hermaphroditen, Bestien mit sechsfingrigen Händen, Sirenen, Zentauren, Gorgonen, Medusen, Harpyien, Erinnyen, Dracontopoden, Lindwürmer, Luchse, Parder, Chimären, Leguane, sechsbeinige Agipiden, die Feuer aus ihren Nüstern sprühten, vielschwänzige Echsen, behaarte Schlangen und Salamander, Vipern, Nattern, Ratten, Raben, Greife, Geier, Eulen, Käuzchen, Wiedehopfe, Wiesel, Warane, Krokodile, Krebse mit Sägehörnern, Leukrokuten mit Löwenkopf und Hyänenleib, Mantikoren mit drei Zahnreihen im Maul, Hydren mit Zahnreihen auf dem Rücken, Drachen, Saurier, Wale, Seeschlangen, Affen mit Hundeköpfen, Makaken, Marder, Ottern, Igel, Basilisken, Chamäleons, Geckos, Skorpione, Sandvipern, Schleichen, Frösche, Polypen, Kraken, Muränen, Molche und Lurche. Die ganze Schauergesellschaft der niederen Kreaturen schien sich ein Stelldichein gegeben zu haben, um der Erscheinung des Sitzenden auf dem Throne als Vorhof zu dienen, als Unterbau und Kellergewölbe, als unterirdisches Land der Verstoßenen, sie, die Besiegten von Armageddon, im Angesicht des, der da kommen wird, endgültig zu trennen zwischen den Lebenden und den Toten. Starr vor Entsetzen stand ich da, wie betäubt von dieser Vision und nicht mehr ganz sicher, ob ich an einem freundlichen Ort mich befand oder im Tal des Jüngsten Gerichts, und nur mit Mühe vermochte ich meine Tränen zurückzuhalten, und mich dünkte zu hören (oder hörte ich wirklich?) all jene Stimmen, und mich dünkte zu sehen all jene Gesichte, die meine Kindheit begleitet hatten, meine erste Lektüre der heiligen Bücher und meine Nächte der Meditation als Novize im Chor von Melk. Und in der Ohnmacht meiner geschwächten Sinne vernahm ich eine mächtige Stimme wie eine Posaune, und die sprach: »Was du siehest, das schreibe in ein Buch!« (und eben dies tue ich nun). Und ich sah sieben goldene Leuchter und mitten unter den sieben Leuchtern Einen, der war eines Menschen Sohne gleich, der war angetan mit einem langen Gewand und begürtet um die Brust mit einem goldenen Gürtel. Sein Haupt aber und sein Haar war weiß wie weiße Wolle, wie der Schnee, und seine Augen wie eine Feuerflamme und seine Füße gleich Messing, das im Ofen glüht, und seine Stimme war wie ein großes Wasserrauschen, und er hatte sieben Sterne in seiner rechten Hand, und aus seinem Munde ging ein scharfes zweischneidiges Schwert. Und siehe, eine Tür war aufgetan im Himmel, und Der Da Saß war anzusehen wie der Stein Jaspis und Sarder, und ein Regenbogen war um den Thron, anzusehen wie ein Smaragd, und von dem Thron gingen Blitze und Donner aus, und Der Da Saß hatte in seiner Hand eine scharfe Sichel und rief mit gewaltiger Stimme: »Schlag an mit deiner Sichel und ernte, denn die Zeit zu ernten ist gekommen, reif ist die Ernte der Erde!« Und Der Da Saß schlug an mit seiner Sichel, und die Erde ward geerntet.

In diesem Augenblick wusste ich, dass meine Vision von nichts anderem sprach als von dem schlimmen Geschehen in dieser Abtei, wie wir es erfahren hatten von den zögernden Lippen des Abtes. Und noch oft in den nächsten Tagen sollte ich hierher zurückkehren, das Portal zu bewundern, im sicheren Gefühl, genau die Geschichte selbst zu erleben, die seine Bilder erzählten. Und ich begriff, dass wir an diesen Ort gekommen waren, um Zeugen zu werden eines großen himmlischen Dreinschlagens.

Mich schauderte, meine Glieder zitterten wie durchtränkt vom eisigen Winterregen. Und ich vernahm eine weitere Stimme, aber diesmal kam sie von hinten und war eine andere, eine irdische Stimme von dieser Welt und nicht eine himmlische aus dem leuchtenden Zentrum meiner Vision. Und sie beendete meine Vision, denn auch William (dessen Anwesenheit ich erst jetzt bemerkte, auch er war bis zu diesem Moment in Kontemplation versunken gewesen) drehte sich zu ihr um.

Das Wesen in unserem Rücken schien ein Mönch zu sein, obwohl seine schmutzige und zerlumpte Kutte eher an einen Vagabunden denken ließ, und sein Gesicht war nicht unähnlich dem der Monster, die ich soeben an den Kapitellen gesehen. Nie im Leben ist es mir widerfahren (anders als vielen meiner Mitbrüder), vom Teufel besucht worden zu sein, doch ich glaube, wenn er mir eines Tages erscheinen sollte, so hätte er – unfähig, wie er kraft göttlichen Ratschlusses ist, seine wahre Natur vollkommen zu verbergen, so menschenähnlich er sich auch zu machen versucht – gewiss kaum andere Züge als jene, die wir in diesem Augenblick an unserem Gegenüber erblickten. Der Schädel kahlgeschoren, aber nicht aus Bußfertigkeit, sondern infolge der Tätigkeit eines grindigen Ausschlags, die Stirn so niedrig, dass, hätte er Haare auf dem Kopf gehabt, sie zweifellos mit den dichten und struppigen Brauen zusammengewachsen wären, die Augen rund mit kleinen und flinken Pupillen, der Ausdruck schwankend zwischen Unschuld und Verschlagenheit, wahrscheinlich beides abwechselnd, je nachdem. Die Nase konnte man eigentlich kaum als solche bezeichnen, bestand sie doch nur aus einem Knochen, der zwischen den Augen vorsprang, um sich jedoch schleunigst wieder zurückzuziehen, so dass nur zwei dunkle Höhlen blieben, weiträumige Nasenlöcher voller schwärzlicher Haare. Der Mund, mit den Nasenlöchern durch eine Narbe verbunden, war breit und schief, rechts breiter als links, und zwischen der Oberlippe, die nicht existierte, und der dicken, wulstigen Unterlippe bleckten in unregelmäßigen Abständen schwärzliche Zähne, spitz wie die eines Hundes.

Der Mensch lächelte (beziehungsweise zog eine Grimasse, die wohl ein Lächeln sein sollte), hob einen Finger, wie um uns zu warnen, und sprach:

»Penitenziagite! Siehe, draco venturus est am Fressen anima tua! La mortz est super nos! Prego, dass Vater unser komm, a liberar nos vom Übel de todas le peccata. Ah, ah, hihihi, Euch gfallt wohl ista negromanzia de Domini Nostri Jesu Christi! Et anco jois m'es dols e plazer m'es dolors... Cave el diabolo! Semper m'aguaita, immer piekster und stichter, el diabolo, per adentarme le carcagna. Aber Salvatore non est insipiens, no no, Salvatore weiß Bescheid. Et aqui bonum monasterium, hier lebstu gut, se tu priega dominum nostrum. Et el resto valet un figo secco. Amen. Oder?«

Ich werde im Fortgang der Handlung noch mehrfach von diesem Salvatore zu berichten haben und seine seltsamen Reden wiedergeben. Ich gestehe allerdings, dass ich damit gewisse Schwierigkeiten habe, denn noch heute wüsste ich nicht zu sagen, in was für einem Idiom er sich auszudrücken beliebte. Es war nicht jenes Latein, in welchem sich die gebildeten Mönche in der Abtei verständigten, es war aber auch nicht die Volkssprache jener Gegend noch sonst eine, die mir je zu Ohren gekommen wäre. Ich hoffe, dem Leser eine ungefähre Vorstellung von Salvatores Redeweise gegeben zu haben mit obiger Wiedergabe (so getreu die Erinnerung sie mir erlaubt) der ersten Worte, die ich von ihm vernahm. Später, als ich von seinem abenteuerlichen Leben erfuhr und von den vielen Orten und Ländern, in denen er geweilt, ohne jemals irgendwo Wurzeln zu schlagen, begriff ich, dass er sozusagen alle Sprachen und keine sprach. Beziehungsweise dass er sich eine eigene Sprache erfunden hatte, die aus Fragmenten und Fetzen der vielen Sprachen bestand, mit denen er in Berührung gekommen war. Einmal ist mir sogar der Gedanke gekommen, dass seine Sprache womöglich vielleicht... wie soll ich sagen... nicht etwa die adamitische war, welche die glückliche Menschheit zu Anfang der Schöpfung gesprochen, bis sie den unglückseligen Turmbau zu Babel begann, und ebensowenig eine der vielen Sprachen, die *nach* der verhängnisvollen Verwirrung entstanden, sondern vielmehr genau die Sprache Babels am ersten Tag nach der göttlichen Züchtigung, also die Sprache der primären Konfusion. Andererseits war Salvatores Idiom nicht eigentlich Sprache zu nennen, denn in jeder menschlichen Sprache gibt es bestimmte Regeln, jede Wortform und Endung bedeutet, *ad placitum*, irgend etwas mehr oder minder Präzises kraft eines unwandelbaren und unverzichtbaren Gesetzes. Der Mensch kann den Hund nicht nach Belieben einmal Hund und einmal Katze nennen, auch kann er nicht einfach irgendwelche Laute ausstoßen, denen im Konsens der Anwesenden kein präziser Sinn zukommt, er kann zum Beispiel nicht einfach »blitiri« sagen. Dennoch bekam ich ungefähr mit, was Salvatore uns sagen wollte, und auch die anderen in der Abtei verstanden ihn recht und schlecht – was zeigte, dass er eben nicht eine bestimmte, sondern alle Sprachen sprach, aber keine richtig, vielmehr die Worte bald aus der einen und bald aus der anderen nehmend. Später bemerkte ich in der Tat, dass er eine Sache nach Belieben auf provençalisch oder katalanisch oder lateinisch benennen konnte, und ich begriff auch, dass er weniger eigene Sätze bildete, als dass er verstreute Bruchstücke anderer Sätze, die er irgendwo aufgeschnappt hatte, je nach der Situation und nach dem, was er sagen wollte, benutzte und irgendwie zusammenfügte, gleichsam als könnte er beispielsweise von einer Speise nur mit den Worten derer reden, bei denen er sie zuerst gekostet, oder als könnte er seine Freude nur mit Sätzen ausdrücken, die er aus dem Munde von freudigen Menschen vernommen, während er selbst eine ähnliche Freude empfand. Es war, wie wenn seine Zunge gleich seinen Zügen zusammengeflickt worden wäre aus Teilen und Stücken anderer Zungen, oder auch (*si licet magnis componere parva*, oder wenn es erlaubt ist, göttliche Dinge mit denen des Teufels zu vergleichen) wie wenn kostbare Reliquien hervorgehen aus den Resten anderer heiliger Gegenstände...

Doch in jenem Augenblick, als ich Salvatore zum ersten Mal sah und hörte, schien er mir nicht unähnlich jenen wüsten Bastarden, die ich gerade am Kirchenportal gesehen hatte. Später bemerkte ich, dass er offenbar ein gutes Herz besaß und einen skurrilen Humor. Und noch später... Aber bleiben wir bei der Reihenfolge. Auch weil, kaum dass Salvatore geendet hatte, mein Meister ihn scharf ins Auge fasste und fragte:

»Warum hast du *penitenziagite* gesagt?«

»Domine frate magnificentissimo«, antwortete Salvatore mit einer kleinen Verbeugung, »Jesus venturus est, und die Menschen müssen doch facere penitentia. Oder?«

William sah ihm fest in die Augen: »Kommst du aus einem Minoritenkloster?«

»No capito.«

»Ich frage dich, ob du unter den Mönchen des heiligen Franziskus gelebt hast. Ich frage dich, ob du Bekanntschaft gemacht hast mit den sogenannten Apostlern...«

Salvatore erbleichte, beziehungsweise sein braungebranntes Fratzengesicht wurde grau. Er machte eine tiefe Verbeugung, bekreuzigte sich devot, murmelte etwas von »vade retro« und rannte davon, nicht ohne sich mehrfach umzublicken.

»Was habt Ihr ihn gefragt?« wollte ich wissen.

William verharrte einen Augenblick in Gedanken, strich sich dann mit der Hand über die Schläfe und sagte: »Nichts. Ich sag's dir später. Lass uns nun in die Kirche gehen. Ich möchte Ubertin sehen.«

Es war kurz nach der sechsten Stunde. Die Sonne stand bleich im Westen und erhellte das Kircheninnere nur durch ein paar schmale Fenster. Ein dünner Strahl traf gerade noch den Hochaltar und ließ den Baldachin in einem goldenen

Schimmer erglänzen. Die Seitenschiffe lagen in tiefem Schatten.

Im linken Seitenschiff, nahe der letzten Kapelle vor dem Altar, stand eine zierliche Säule, darauf eine steinerne Muttergottes, geformt im modernen Stil, die Lippen umspielt von einem unbeschreiblichen Lächeln, der Leib vortretend, das Kind im Arm, gekleidet in ein anmutiges Gewand mit feinem Korsett. Zu Füßen der Säule lag, im Gebet versunken und fast prosterniert, ein Mann in der Tracht des Cluniazenserordens.

Wir traten näher. Der Mann, aufgeschreckt durch das Geräusch unserer Schritte, hob den Kopf. Es war der Kopf eines Greises, bartlos und kahl, die Augen groß und hellblau, die Lippen dünn und rot, die Haut schneeweiß und faltig um einen knochigen Schädel hängend als handle es sich um eine in Milch konservierte Mumie. Die weißen Hände mit ihren langen und schmalen Fingern vervollständigten den Eindruck eines welken, im zarten Alter dahingerafften Mädchens. Sein Blick schien zunächst verwirrt, als hätten wir ihn in einer ekstatischen Vision gestört, doch plötzlich erhellten sich seine Züge in freudiger Überraschung.

»William!« rief er aus. »Mein liebster Bruder William!« Der Greis erhob sich mit Mühe, trat meinem Herrn entgegen, umarmte ihn und küsste ihn auf den Mund. »William!« rief er noch einmal, und seine Augen füllten sich mit Tränen. »Wie lange hab' ich dich nicht gesehen! Aber ich erkenne dich wieder! Wie viele Jahre, wie viele Begebenheiten! Wie viele Prüfungen hat uns der Herr auferlegt!« Er weinte. William erwiderte die Umarmung, sichtlich bewegt. Wir standen vor Ubertin, dem großen Ubertin von Casale.

Ich hatte schon viel von ihm gehört, bereits vor meiner Ankunft in Italien und dann noch mehr bei den Franziskanern am Hofe des Kaisers. Einmal hatte mir sogar jemand gesagt, dass der größte Dichter unserer Epoche, der Florentiner Dante Alighieri, der wenige Jahre zuvor gestorben war, ein großes Gedicht geschrieben habe, ein gewaltiges Epos von Hölle und Paradies, an welchem Himmel und Erde mitgewirkt hätten und dessen Verse (ich konnte sie leider nicht lesen, da sie in der toskanischen Volkssprache abgefasst waren) auf weite Strecken nichts anderes seien als eine Paraphrase von Abschnitten aus Ubertins Buch *Arbor vitae crucifixae*. Und das war nicht der einzige Titel dieses bedeutenden Mannes. Doch um dem Leser verständlich zu machen, *wie* bedeutend er war, muss ich hier etwas weiter ausholen und versuchen, die Ereignisse jener Jahre zu schildern, so gut ich es kann – das heißt, soweit sie mir damals während meines kurzen Aufenthalts in Italien klar wurden aus den verstreuten Bemerkungen meines Lehrers sowie aus den vielen Gesprächen, die er im Verlauf unserer Reise mit Äbten und Mönchen geführt hatte.

Ich will mich bemühen, alles so zu berichten, wie ich es verstanden habe, auch wenn ich nicht sicher bin, ob ich diese Dinge immer richtig darzustellen vermag. Meine Lehrer in Melk pflegten gern zu sagen, es sei für uns Leute aus dem Norden sehr schwer, sich ein klares Bild von den mannigfaltigen religiösen und politischen Wechselfällen in Italien zu machen.

Auf jener Halbinsel, wo die Macht des Klerus offenkundiger war als in jedem anderen Land und wo der Klerus auch offener als in jedem anderen Land seine Macht und seinen Reichtum zeigte, waren seit mindestens zwei Jahrhunderten immer wieder Bewegungen von Männern und Frauen entstanden, die ein Leben in größerer Armut führen wollten, in Polemik und aus Protest gegen die korrupten Prälaten, von denen sie manchmal sogar die Sakramente ablehnten, indem sie sich zu autonomen Gemeinden zusammenschlossen, womit sie den Neid und Hass nicht nur der Kirchenoberen, sondern auch des Kaisers, des Adels und der Stadtbürger auf sich zogen.

Dann war der heilige Franz von Assisi gekommen und hatte eine Liebe zur Armut gepredigt, die den Vorschriften der Kirche nicht widersprach, und dank seines Wirkens hatte die Kirche den Aufruf zur Sittenstrenge jener alten Bewegungen schließlich gutgeheißen und sie bereinigt von den Elementen der Unordnung, die sich in ihnen festgesetzt hatten. So hätte nun eine Zeit des Friedens und der Heiligkeit anbrechen können, doch im gleichen Maße, wie der franziskanische Orden wuchs und die besten Männer in seinen Bannkreis zog, wuchs auch seine Macht und sein Hang zu den irdischen Dingen, weshalb immer mehr Franziskaner aufbegehrten und die Brüder zurückführen wollten zur ursprünglichen Reinheit. Was freilich eine recht schwierige Sache war, hatte der Orden doch zur Zeit meines Besuchs in der Abtei schon mehr als dreißigtausend Mitglieder in aller Welt. Aber so war es eben, und viele von diesen Brüdern des heiligen Franz widersetzten sich der Regel, die sich der Orden gegeben hatte, denn, so sagten sie, er habe längst die Formen jener kirchlichen Institutionen angenommen, gegen die er einst angetreten war. Jawohl, und das sei bereits zu Lebzeiten des heiligen Franz geschehen, und seine Worte und Intentionen seien verraten worden! Viele von denen, die so sprachen, entdeckten damals die Schriften eines Zisterziensermönches namens Joachim von Fiore, der zu Anfang des 12. Jahrhunderts in Kalabrien gelehrt hatte und dem ein prophetischer Geist zugeschrieben wurde. In der Tat hatte er die baldige Heraufkunft einer neuen Zeit verkündet, in welcher sich der Geist Christi, der seit langem entartet sei durch das Treiben seiner falschen Apostel, von neuem verkörpern werde auf Erden. Und angesichts der Termine, die Joachim dafür genannt hatte, schien es allen ganz klar, dass er unbewusst vom Orden der Franziskaner gesprochen hatte. Und darüber hatten sich viele Franziskaner sehr gefreut, vielleicht ein wenig zu sehr, jedenfalls kam es dann um die Mitte des letzten Jahrhunderts dazu, dass die gelehrten Doctores der Sorbonne zu Paris die Lehren des Abtes Joachim als Häresie verurteilten. Freilich schien es, dass sie dies hauptsächlich deswegen taten, weil die Franziskaner (und die Dominikaner) zu mächtig zu werden begannen und zu einflussreich in der französischen Universität, weshalb sie als Ketzer beseitigt werden sollten. Was dann allerdings nicht geschah, und das war ein Segen für die Kirche, denn es erlaubte die Verbreitung der Schriften des Thomas von Aquin und des Bonaventura von Bagnoregio, die nun gewiss keine Ketzer waren. Woran man sieht, dass auch in Paris die Ideen verwirrt waren, beziehungsweise dass jemand sie um eigener Ziele willen zu verwirren trachtete. Dies eben ist das Übel, das die Ketzerei dem Volke Christi antut: dass sie die Geister verdunkelt und alle dazu verführt, sich zu Inquisitoren aus Eigennutz zu machen. Und was ich in jenen Tagen in der Abtei miterleben sollte (wovon ich in diesem Buch berichten will), brachte mich zu der Überzeugung, dass es häufig die Inquisitoren sind, die das Übel der Ketzerei erzeugen. Nicht nur in dem Sinne, dass sie Ketzer zu sehen meinen, wo gar keine Ketzer sind, sondern dass sie den verderblichen Keim der Häresie mit so großer Vehemenz unterdrücken, dass viele sich dazu getrieben sehen, an ihr teilzuhaben aus Hass gegen die Unterdrücker. Wahrlich, ein circulus vitiosus, den der Teufel ersonnen hat, Gott schütze uns davor!

Doch zurück zur joachimitischen Ketzerei (wenn es denn eine war). Damals predigte in der Toskana ein Franziskaner, Fra Gerhardino von Borgo San Donnino, der sich zum Sprachrohr der Prophezeiungen des Joachim machte und damit die Minderen Brüder sehr beeindruckte. So bildete sich unter ihnen eine Gruppe, die starr an der alten Regel festhielt, als der große Bonaventura, der inzwischen ihr Ordensgeneral geworden war, den Orden zu reorganisieren versuchte. Und als dann im letzten Drittel des vergangenen Jahrhunderts das Konzil zu Lyon dem Orden der Franziskaner, um ihn vor denen zu retten, die ihn abschaffen wollten, das Eigentum an allen Gütern zugestand, die er im Gebrauch hatte, kam es in den italienischen Marken zu einem Aufstand von Brüdern, die meinten, nun sei der Geist der franziskanischen Regel endgültig verraten worden, denn Franziskaner dürften niemals etwas besitzen, weder als einzelne noch als Konvent noch als Orden. Sie wurden zur Strafe für ihren Aufstand lebenslänglich eingekerkert. Ich glaube nicht, dass sie etwas gepredigt hatten, was im Widerspruch zum Evangelium stand, aber wenn das Eigentum und der Besitz an irdischen Dingen ins Spiel kommt, wird es für die Menschen schwierig, gerecht zu argumentieren. Jahre später, so ist mir erzählt worden, fand dann der neue Ordensgeneral Raimund Gaufredi die Eingekerkerten in Ancona und befreite sie mit den Worten: »Wollte Gott, dass wir alle und der ganze Orden uns befleckt hätten mit dieser Schuld!« Woran man sieht, dass es nicht wahr ist, was die Häretiker sagen, sondern dass es in der Kirche immer noch Männer von großer Tugend gibt.

Einer der Eingekerkerten von Ancona, ein italienischer Bruder namens Angelo Clareno, tat sich alsdann nach seiner Befreiung mit einem provençalischen Franziskaner namens Petrus Johannis Olivi zusammen, der die Prophezeiungen des Joachim in Südfrankreich predigte, und danach mit Ubertin von Casale, und aus dieser Verbindung entstand die Bewegung der Spiritualen. In jenen Jahren kam es dazu, dass ein überaus heiliger Eremit namens Petrus von Murrone den Heiligen Stuhl bestieg, um als Papst Coelestin V. zu regieren, und dieser Papst wurde von den Spiritualen mit großer Freude begrüßt. »Ein Heiliger wird kommen«, war geweissagt worden, »und er wird die Lehren Christi befolgen und wird leben wie ein Engel. Erzittert, verderbte Prälaten!« Aber vielleicht lebte Coelestin allzusehr wie ein Engel, vielleicht waren die Prälaten in seiner Umgebung allzu verderbt, vielleicht ertrug er ganz einfach nicht mehr die Spannungen eines Krieges, der nun schon allzulange zwischen der Kurie und dem Kaiser sowie den anderen weltlichen Herrschern Europas geführt wurde – Tatsache ist jedenfalls, dass Coelestin auf sein hohes Amt bald wieder verzichtete, um sich in die Einsamkeit der Abruzzen zurückzuziehen. Doch in seiner kurzen Regierungszeit, die weniger als ein Jahr gedauert hatte, waren die kühnsten Hoffnungen der Spiritualen erfüllt worden. Einerseits hatte Coelestin mit ihnen die Gemeinschaft der fratres et pauperes heremitae domini Coelestini, den so genannten Coelestinerorden gegründet. Andererseits gab es, während der Papst immerfort zwischen den mächtigen römischen Kardinälen vermitteln musste, unter diesen einige, zum Beispiel einen Colonna und einen Orsini, die insgeheim das neue Verlangen nach Armut unterstützten. Wahrlich eine seltsame Haltung für so mächtige Potentaten, die selber in Wohlstand und maßlosem Reichtum lebten, und ich habe nie recht verstanden, ob sie die Spiritualen einfach für ihre eigenen Machtinteressen benutzten, oder ob sie meinten, sie könnten durch ihre Unterstützung der Spiritualen ihr eigenes Leben in Pracht und Luxus irgendwie rechtfertigen; mag sein, dass beides zugleich der Fall war, ich verstehe wenig von diesen italienischen Dingen. Doch um ein konkretes Beispiel zu geben: Ubertin fand Unterschlupf als Kaplan bei Kardinal Orsini, als ihm, nachdem er zum geistigen Führer der Spiritualen geworden war, eine Anklage wegen Ketzerei drohte, und derselbe Kardinal hielt auch später in Avignon seine schützende Hand über ihn.

Indessen kam es, wie es in solchen Fällen kommt: Einerseits predigten hochgebildete Franziskaner wie Angelo und Ubertin gemäß der Heiligen Schrift, andererseits griffen zahlreiche Laien ihre Predigt auf und verbreiteten sie ohne jede Kontrolle im Lande. So wurde Italien regelrecht überschwemmt von jenen *Fraticelli* oder kleinen Brüdern des armen Lebens, die vielen gefährlich erschienen. Längst war es schwierig geworden, klar zu trennen und zu unterscheiden zwischen den Lehrmeistern der Spiritualen, die mit den Kirchenbehörden Kontakt hielten, und ihren einfachen Anhängern, schlichten Laienbrüdern, die außerhalb des Ordens lebten, von erbettelten Almosen und von der täglichen Arbeit ihrer Hände, ohne das geringste Eigentum zu besitzen. Letztere waren es, die man im Volksmund *Fratizellen* nannte, nicht unähnlich jenen französischen Beginen, die sich an der Lehre des schon genannten Petrus Johannis Olivi orientierten.

Nach Coelestin V. kam Bonifaz VIII. auf den Heiligen Stuhl, und dieser Papst beeilte sich nun, so unnachsichtig wie möglich gegen die Spiritualen und die Fratizellen vorzugehen. Noch in den letzten Jahren des Jahrhunderts erließ er eine Bannbulle, *Firma cautela*, mit welcher er in einem einzigen Aufwasch Terziare, umherschweifende Bettelmönche an den äußeren Rändern des Franziskanerordens und die eigentlichen Spiritualen verdammte, das heißt jene Brüder, die sich dem Leben des Ordens entzogen, um ein Dasein als Eremiten zu führen.

Später bemühten sich die Spiritualen, das Einverständnis anderer Päpste zu gewinnen, etwa Clemens' V., um sich gewaltlos und friedlich vom Orden absetzen zu können, und ich glaube, sie hatten auch zuweilen Erfolg. Doch als dann schließlich Johannes XXII. sein Pontifikat antrat, verloren sie alle Hoffnung. Gleich nach seiner Wahl im Jahre 1316 schrieb der neue Papst einen Brief an den König von Sizilien, wohin sich viele italienische Spiritualen geflüchtet hatten, und forderte ihn auf, diese Brüder von seinem Land zu vertreiben. Zugleich ließ er Angelo Clareno und die provençalischen Spiritualen in Ketten legen.

Das kann jedoch kein leichtes Unternehmen gewesen sein, und auch in der Kurie waren viele dagegen. Tatsache ist jedenfalls, dass es Ubertin und Clareno schließlich freigestellt wurde, den Orden der Franziskaner zu verlassen, was sie dann auch taten; der eine fand Unterschlupf bei den Benediktinern, der andere bei den Coelestinem. Doch gnadenlos ging Johannes gegen diejenigen vor, die ihr freies Leben fortsetzen wollten: Er ließ sie von der Inquisition verfolgen, und viele von ihnen wurden als Ketzer verbrannt.

Indessen hatte er sehr wohl begriffen, dass, er, um das Unkraut der Fratizellen auszurotten, das die Autorität der Kirche zu untergraben drohte, auch die Lehren verurteilen musste, auf denen sie ihren Glauben begründeten. Sie behaupteten aber, dass Christus und seine Jünger keinerlei Eigentum besessen hätten, weder persönliches noch gemeinschaftliches, und so verurteilte nun der Papst eben diese Behauptung als ketzerisch. Ein erstaunliches Urteil an und für sich, ist es doch nicht ersichtlich, warum ein Papst die Ansicht für verkehrt halten sollte, dass Christus arm gewesen sei. Doch genau ein Jahr vor dem Urteilsspruch hatte zu Perugia das Generalkapitel der Franziskaner getagt und eben diese Ansicht vertreten; indem der Papst also die einen verurteilte, verurteilte er zugleich auch die anderen. Denn wie ich bereits gesagt habe, die Haltung der Franziskaner störte den Papst beträchtlich in seinem Kampf gegen den Kaiser, und *das* war der Grund. So mussten denn in den folgenden Jahren zahlreiche schlichte Brüder, die weder vom Kaiser noch von Perugia viel wussten, elendiglich in den Flammen sterben.

All diese Dinge gingen mir durch den Kopf, während ich mich der Betrachtung eines so legendären Mannes wie Ubertin hingab. Mein guter Meister hatte mich ihm vorgestellt, und der Greis hatte mir die Wange gestreichelt mit einer warmen, ja geradezu heißen Hand. Und bei der Berührung durch diese Hand hatte ich plötzlich vieles von dem verstanden, was ich gehört über diesen heiligen Mann und was ich gelesen in seinem *Arbor Vitae*; ich verstand nun auf einmal, welches mystische Feuer ihn verzehrt hatte seit seiner Jugend, als er, obwohl Student in Paris, sich von den theologischen Spekulationen abgewandt hatte und sich einbildete, er sei in die Büßerin Magdalena verwandelt; ich verstand seine intensiven Beziehungen zu der heiligen Angela von Foligno, die ihn eingeführt hatte in die Schätze der Mystik und in die Anbetung des Kreuzes; und ich verstand nun auch, warum seine Oberen ihn eines Tages; besorgt über den glühenden Eifer seiner Predigt, in die Bergeinsamkeit des apenninischen Klosters La Verna geschickt hatten.

Ich betrachtete seine Züge, die mir sanft erschienen wie die der Heiligen, mit der er so intensiven brüderlichen Verkehr und innigen spirituellen Austausch gepflogen. Wieviel härter mussten diese Züge damals im Jahre 1311 gewesen sein, als er sich dem feingesponnenen Kompromiss des Konzils zu Vienne widersetzte! Das Konzil hatte nämlich mit seinem Dekretale *Exivi de paradiso* einerseits jene franziskanischen Oberen entmachtet, die den Spiritualen feindlich gesonnen waren, andererseits aber diesen auferlegt, fürderhin friedlich im Schoße des Ordens zu leben. Ubertin jedoch, dieser unbeugsame Verfechter eines asketischen Lebens, hatte den Kompromiss abgelehnt und sich für die Gründung eines unabhängigen, streng zur Armut verpflichteten Ordens eingesetzt. Am Ende hatte der große Kämpfer seinen Kampf freilich doch verloren, denn in den folgenden Jahren führte Johannes XXII. seinen Kreuzzug gegen die Anhänger des schon genannten Petrus Johannis Olivi (zu denen auch Ubertin gerechnet wurde) und verurteilte die Brüder und Schwestern von Narbonne und Béziers als Ketzer. Dennoch hatte Ubertin nicht gezögert, das Andenken des Freundes gegenüber dem Papst zu verteidigen, und dieser, überwältigt von der Heiligkeit des großen Asketen, hatte es nicht gewagt, auch ihn zu verurteilen (obwohl er die anderen alle verurteilte). Ja, er hatte ihm sogar ein Leben in Ruhe und Sicherheit angeboten, indem er ihm zuerst riet und dann befahl, dem Orden der Cluniazenser beizutreten. Ubertin, der offenbar großes Geschick besaß (so zart und zerbrechlich er wirkte), sich Protektion und Verbündete am päpstlichen Hof zu verschaffen, hatte sich daraufhin zwar bereit erklärt, in das flandrische Kloster Gemblach zu gehen, ist dann aber, soweit ich weiß, niemals dorthin gegangen, sondern in Avignon geblieben, um unter der schützenden Hand des Kardinals Orsini die Sache der Franziskaner zu verteidigen.

Erst in letzter Zeit (ich hatte darüber nur vage Gerüchte gehört) hatte sein Glück bei Hofe sich gewendet, jedenfalls musste er Avignon verlassen, und seither ließ der Papst diesen unbeugsamen Mann verfolgen als Ketzer *qui per mundum discurit vagabundus.* Er galt als spurlos verschwunden... Heute morgen hatte ich aus dem Gespräch zwischen William und dem Abt erfahren, dass er sich hier in dieser Abtei aufhielt. Und nun stand er vor mir!

»Denk nur, William«, sagte er gerade, »sie waren bereits soweit, dass sie mich umbringen wollten. Ich musste bei Nacht und Nebel fliehen!«

»Wer wollte deinen Tod? Johannes?«

»Nein. Johannes hat mich zwar nie gemocht, aber stets respektiert. Er war es im Grunde auch, der damals vor zehn Jahren verhindert hatte, dass es zum Prozess gegen mich kam, indem er mir auferlegte, zu den Benediktinern zu gehen. Dagegen konnten meine Feinde nichts sagen. Sie haben lange gemurrt und gestichelt, sie machten sich lustig über die Tatsache, dass ein so strenger Verfechter der Armut in einen so reichen Orden eintrat und dazu noch am Hofe des Kardinals Orsini lebte... William, du weißt, wie wenig mir an den Dingen dieser Welt liegt! Aber, verstehst du, das war die einzige Möglichkeit, in Avignon zu bleiben und meine Mitbrüder zu verteidigen. Der Papst hat Angst vor Orsini, er hätte mir niemals ein Haar gekrümmt. Noch vor drei Jahren schickte er mich als Botschafter zum König von Aragonien.«

»Wer war es dann, der dir übel wollte?«

»Alle. Die Kurie. Zweimal haben sie versucht, mich zu ermorden. Sie wollten mich unbedingt zum Schweigen bringen. Du weißt, was vor fünf Jahren geschehen ist. Die Beginen von Narbonne waren schon zwei Jahre lang verurteilt, und Berengar Talloni, der immerhin selber einer der Richter gewesen war, hatte den Papst um eine Revision des Urteils ersucht. Es waren schwierige Zeiten für uns, Johannes hatte bereits zwei Bullen gegen die Spiritualen erlassen, und sogar Michael von Cesena hatte nachgegeben... Übrigens, wann kommt er?«

»Er wird in zwei Tagen hier sein.«

»Michael... Wie lange habe ich ihn nicht gesehen! Inzwischen hat er sich wieder besonnen, er hat jetzt begriffen, was wir wollen, das Kapitel von Perugia hat uns recht gegeben. Aber damals, und noch 1318, ist er vor dem Papst zurückgewichen und hat ihm fünf provençalische Mitbrüder ausgeliefert, die sich nicht unterwerfen wollten. Sie sind verbrannt worden, William... Oh, es war schrecklich!« Ubertin schlug sich die Hände vors Gesicht.

»Aber sag mir«, fragte William, »was genau geschah nach dem Revisionsgesuch von Talloni?«

»Johannes musste die ganze Debatte neu eröffnen, verstehst du? Er *musste*, denn auch in der Kurie gab es Männer, die vom Zweifel erfasst worden waren, auch die Franziskaner bei Hofe Pharisäer, scheinheilige Leisetreter, die immer bereit sind, sich zu verkaufen für eine Pfründe –, auch sie waren vom Zweifel erfasst. Angesichts dieser Lage bat mich Johannes, eine Denkschrift zu verfassen. Sie ist gut geworden, William, Gott vergebe mir meinen Hochmut...«

»Ich habe sie gelesen, Michael hat sie mir gezeigt.«

»Es gab Schwankende, auch unter uns, zum Beispiel der Provinzial von Aquitanien, der Kardinal von San Vitale, der Bischof von Kaffa...«

»Der ist ein Idiot«, warf William ein.

»Requiescat in pace, Gott hat ihn vor zwei Jahren zu sich genommen.«

»So barmherzig ist Gott leider nicht gewesen. Es war eine Falschmeldung aus Konstantinopel. Er weilt immer noch unter uns, es heißt sogar, er gehöre zur päpstlichen Legation. Gott schütze uns vor ihm!«

»Aber er befürwortet doch die Resolution von Perugia«, sagte Ubertin.

»Eben. Er gehört zu jener Sorte von Menschen, die immer die besten Pferde im Stall ihrer Gegner sind.«

»Um die Wahrheit zu sagen«, räumte Ubertin ein, »er war unserer Sache auch damals nicht gerade dienlich. Die ganze Angelegenheit ist dann praktisch im Sande verlaufen, aber wenigstens war nicht offiziell erklärt worden, dass die Idee als solche häretisch sei, und das war wichtig. Darum haben die anderen mir dann auch nie verziehen. Sie haben versucht, mir auf jede Weise zu schaden, sie haben zum Beispiel behauptet, ich sei damals vor drei Jahren in Sachsenhausen gewesen, als Kaiser Ludwig den Papst zum Ketzer erklärte – dabei wussten sie alle genau, dass ich den ganzen Juli über in Avignon bei Orsini gewesen war... Sie meinten tatsächlich, in Teilen der kaiserlichen Erklärung einen Widerhall meiner Ideen zu finden... Was für ein Unsinn!«

»So unsinnig war das gar nicht«, sagte William. »Die Ideen hatte ich dem Kaiser geliefert, und ich hatte sie deiner Denkschrift von Avignon entnommen und einigen Abschnitten von Olivi.«

»Du?« rief Ubertin halb verblüfft und halb freudig. »Dann gibst du mir also recht!?«

William schien ein wenig verlegen. »Es waren gute Ideen für den Kaiser, damals...«, sagte er ausweichend.

Ubertin sah ihn misstrauisch an. »Aha. Aber in Wirklichkeit hältst du nicht viel davon, stimmt's?«

»Erzähl mir noch mehr von dir«, lenkte William ab. »Erzähl mir, wie es dir gelungen ist, dich vor diesen Hunden zu retten.«

»Ja, Hunde sind sie, wütende Hunde! Stell dir vor, William, ich musste sogar mit Bonagratia streiten!«

»Aber Bonagratia von Bergamo steht doch auf unserer Seite!«

»Ja, jetzt, nachdem ich lange mit ihm geredet habe. Erst danach war er überzeugt und protestierte gegen die *Ad condito rum canonum* – und dafür hat der Papst ihn dann ein Jahr lang einkerkern lassen.«

»Ich habe gehört, dass er jetzt einem meiner Freunde in der Kurie nahesteht, William von Ockham.«

»Den hab' ich nicht gut gekannt. Er gefiel mir nicht. Ein Mann ohne Wärme, nur Kopf, kein Herz.«

»Aber ein guter Kopf.«

»Mag sein, und doch wird er ihn zur Hölle tragen.«

»Gut, dann werde ich ihm dort begegnen, und wir werden über Logik disputieren.«

»Sag so was nicht, William!« erwiderte Ubertin lächelnd und liebevoll. »Du bist besser als deine Philosophen. Ach, hättest du damals nur gewollt…«

»Was?«

»Weißt du noch, wann wir uns das letzte Mal sahen, damals in Umbrien? Erinnerst du dich? Ich war gerade erst von meinen Übeln genesen dank der Fürbitte jener wunderbaren Frau… Clara von Montefalco«, murmelte er mit leuchtenden Augen. »Clara… Wenn die weibliche Natur, die von Natur so pervers ist, sich in der Heiligkeit sublimiert, kann sie zum höchsten Gefäß der Anmut werden. Du weißt, dass mein Leben vom Streben nach höchster Keuschheit erfüllt ist, William«, er fasste ihn sichtlich erregt am Arm. »Du weißt, mit welch wildem – ja, *wild* ist das richtige Wort – mit welch wildem Verlangen nach Buße ich versucht habe, die Triebe des Fleisches in mir abzutöten, um mich ganz und gar transparent zu machen für die Liebe Jesu, des Gekreuzigten… Und doch waren drei Frauen in meinem Leben für mich drei himmlische Botschafterinnen: Angela von Folingo, Margherita von Città di Castello (die mir das Ende meines Buches eingab, als ich erst ein Drittel davon geschrieben) und schließlich Clara von Montefalco. Es war ein Geschenk des Himmels, dass mir, ausgerechnet mir die Aufgabe zufiel, ihre Wundertaten zu untersuchen und dem Volk ihre Heiligkeit zu verkünden, bevor noch unsere heilige Mutter Kirche sich rührte. Und du warst damals dabei, lieber William, und du hättest mir helfen können bei diesem heiligen Unternehmen, aber du wolltest nicht…«

»Das heilige Unternehmen, zu dem du mich einludst, lieber Ubertin, bestand darin, die Brüder Bentivenga, Jacomo und Giovannuccio auf den Scheiterhaufen zu befördern«, entgegnete William sanft.

»Sie waren im Begriff, mit ihren Perversionen das Andenken der Heiligen zu verdunkeln. Und du warst damals Inquisitor!«

»Und genau damals bat ich um Entlassung aus diesem Amt. Die Geschichte gefiel mir nicht. Mir gefiel auch nicht, um es offen zu sagen, wie du Bentivenga dazu gebracht hattest, seine Verfehlungen zu gestehen. Du hast so getan, als wolltest du in seine Sekte eintreten, wenn es denn eine Sekte war, hast ihm seine Geheimnisse entlockt und ihn dann verhaften lassen.«

»Nun ja, das ist eben die Art, wie man gegen die Feinde Christi vorgeht. Sie waren Häretiker, sie waren falsche Apostel, sie strömten den Schwefelgeruch Fra Dolcinos aus.«

»Sie waren die Freunde Claras.«

»Nein, William, nie darfst du das Andenken Claras verdunkeln, nicht einmal mit einem Schatten!«

»Aber sie verkehrten in Claras Gruppe...«

»Sie waren Minoriten, sie nannten sich Spiritualen, aber sie waren Brüder der Gemeinde! Und du weißt, für die Untersuchung war es klar, dass Bentivenga von Gubbio sich Apostel nannte und dass er zusammen mit Giovannuccio von Bevagna Nonnen verführte, indem er ihnen einflüsterte, es gebe gar keine Hölle und man könne die fleischlichen Gelüste befriedigen, ohne Gott zu beleidigen, man dürfe den Corpus Christi empfangen, nachdem man (der Herr vergebe mir!) bei einer Nonne gelegen, und dem Herrn sei die Sünderin Magdalena lieber gewesen als die hehre Jungfrau, und den das Volk Dämon nenne, der sei in Wahrheit Gott selber, denn der Dämon sei Weisheit und Gott sei Weisheit! Und es war die selige Clara, die, nachdem sie solche Reden gehört, ihre große Vision hatte, in welcher ihr Gott höchstpersönlich sagte, dass jene Verführer üble Jünger des Spiritus Libertatis waren!«

»Sie waren Minoriten, deren Geist von den gleichen Visionen erfüllt war, wie sie Clara gesehen hatte, und oft ist es nur ein sehr kleiner Schritt von der ekstatischen Vision zum sündhaften Rausch«, sagte William.

Ubertin ergriff Williams Hände, und erneut füllten sich seine Augen mit Tränen. »Sag so was nicht, William! Wie kannst du verwechseln zwischen dem Augenblick der ekstatischen Liebe, die dir die Eingeweide verbrennt mit dem Duft des Weihrauchs, und dem betäubenden Rausch der Sinne, der nach Schwefel riecht! Bentivenga hat dazu angestiftet, die nackten Glieder von Körpern zu berühren, er hat behauptet, nur dadurch könne man sich aus dem Reich der Sinne befreien, *homo nudus cum nuda iacebat...*«

»*Et non commiscebantur ad invicem...*«

»Lüge! Sie suchten das Vergnügen, wenn der fleischliche Trieb sich regte, sie hielten es nicht für Sünde, wenn Mann und Frau zusammenlagen, um ihn zu befriedigen, wenn sie einander an allen Körperteilen berührten und küssten, wenn einer seinen nackten Bauch mit dem nackten Bauch der anderen vereinte!«

Ich muss gestehen, dass die Art, wie Ubertin die Laster anderer stigmatisierte, mich nicht gerade zu tugendhaften Gedanken anregte. William hatte wohl meine Verwirrung bemerkt, denn er unterbrach den heiligen Mann und sagte:

»Du bist ein feuriger Geist, Ubertin, du brennst in der Liebe zu Gott wie im Hass auf das Böse. Was ich sagen wollte, war lediglich, dass zwischen dem Feuer der Seraphim und dem Feuer des Luzifer nur ein geringer Unterschied ist, denn beide entspringen einer extremen Entzündung des Willens.«

»Oh doch, es gibt einen großen Unterschied, und ich kenne ihn«, sagte Ubertin mit leuchtenden Augen. »Du willst sagen, dass der Wille zum Guten und der Wille zum Bösen nah beieinanderliegen, weil es in beiden Fällen nur um die Ausrichtung ein und desselben Willens geht. Das ist wahr. Aber der Unterschied liegt eben genau in dieser Ausrichtung auf verschiedene Objekte, und die Objekte lassen sich klar unterscheiden: einerseits Gott, andererseits der Teufel.«

»Und ich fürchte eben, hier nicht mehr genau unterscheiden zu können, Ubertin. War es nicht deine Angela von Foligno, die eines Tages erzählte, sie sei, erleuchtet vom Geiste, im

Grabe Christi gestanden? Sagte sie nicht, sie habe zuerst seine Brust geküsst, als sie ihn da liegen sah mit geschlossenen Augen, und dann habe sie seinen Mund geküsst und gespürt, wie seinen Lippen ein unsäglich süßer Duft entströmt sei, und nach einer kleinen Weile habe sie ihre Wange auf Christi Wange gelegt, und Christus habe seine Hand ihrer Wange genähert und sie fest an sich gezogen, und ihr Entzücken – so sagte sie – sei übermächtig geworden?«

»Was hat das mit dem Ansturm der Sinne zu tun?« fragte Ubertin. »Das war eine mystische Erfahrung, und jener Leib war der Corpus Domini Nostri!«

»Nun, vielleicht habe ich mich zu lange in Oxford aufgehalten«, erwiderte William, »wo auch die mystischen Erfahrungen anders geartet waren...«

»Ganz im Kopf, nicht wahr?« lächelte Ubertin.

»Oder in den Augen. Wenn Gott als Licht empfunden wird, in den Strahlen der Sonne, in den Bildern der Spiegel, im Spiel der Farben auf den Teilen der wohlgeordneten Materie, in den Reflexen der Morgenröte auf den taufeuchten Blättern... Ist solche Liebe nicht näher der Liebe des heiligen Franz, der Gott in seinen Geschöpfen pries, in Blumen und Gräsern, in Wasser und Luft? Aus solcher Liebe kann niemals, so glaube ich, eine schwüle Verlockung kommen. Dagegen missfällt mir eine Liebe, die ins Zwiegespräch mit dem Höchsten die Fieberschauer der fleischlichen Berührung einführt...«

»Du redest lästerlich, William! Das ist nicht dasselbe. Es liegt ein gewaltiger Unterschied zwischen der hehren Ekstase dessen, der in Liebe zum gekreuzigten Christus entbrennt, und der frivolen Ekstase der falschen Apostel von Montefalco...«

»Sie waren keine falschen Apostel, sie waren Brüder im Freien Geiste, du hast es selber gesagt.«

»Wo ist da der Unterschied? Du weißt nicht alles, was damals in jenem Prozess zutage gekommen ist, ich selbst habe nicht gewagt, gewisse Geständnisse aktenkundig zu machen, weil ich die Aura der Heiligkeit, die Clara an jenem Ort geschaffen hatte, nicht einmal für einen Augenblick mit dem Schatten des Dämons verdunkeln wollte. Aber ich habe gewisse Dinge erfahren, gewisse Dinge, William! Sie versammelten sich bei Nacht im Keller, nahmen ein neugeborenes Kind und warfen es sich einander zu, bis es an den Erschütterungen und Stößen – oder an anderem – starb, und wer es als letzter lebend auffing, so dass es in seinen Händen starb, der wurde zum Oberhaupt ihrer Sekte... Und der Körper des Kindes wurde zerrissen, und die Teile wurden zerstampft und dem Mehl beigemischt, aus dem sie blasphemische Hostien buken!«

»Ubertin«, sagte William mit fester Stimme, »diese Dinge sind vor Jahrhunderten den armenischen Bischöfen nachgesagt worden, der Paulizianer-Sekte und später den Bogomilen.«

»Was besagt das schon? Der Dämon ist blöde und einfallslos, er hält sich in seinen Verlockungen und Verführungen an einen sturen Rhythmus, er wiederholt seine Riten über Jahrtausende, er bleibt sich immer gleich, und eben daran erkennt man ihn als den Feind! Ich schwöre dir, sie zündeten Kerzen in der Osternacht an und holten sich junge Mädchen in den Keller. Dann löschten sie die Kerzen und warfen sich in der Dunkelheit auf die Mädchen, mochten diese auch mit ihnen verbunden sein durch Blutsbande... Und wenn dann aus dieser blinden Vermischung ein Kind entstand, begann der höllische Ritus von neuem, alle versammelten sich um einen Bottich mit Wein, den sie ›das Tönnchen‹ nannten, um sich daran zu berauschen, und rissen das Neugeborene in Stücke und gossen sein Blut in eine Schale! Und sie warfen Kinder lebendig ins Feuer und mischten die Asche der Kinder mit ihrem Blut und tranken es!«

»Genau das schrieb Michael Psellos vor dreihundert Jahren in seiner Dämonologie. Wer hat dir diese Dinge erzählt?«

»Sie, Bentivenga und die anderen, unter der Folter.«

»Es gibt nur eins, was die Menschen mehr erregt als die Lust, Ubertin, und das ist der Schmerz. Unter der Folter lebst du wie im Reich der Kräuter und Säfte, die Visionen erzeugen. Alles, was du jemals gehört, alles, was du jemals gelesen hast, kommt dir aufs lebhafteste in den Sinn, als wärst du entrückt, aber nicht zum Himmel, sondern zur Hölle. Unter der Folter sagst du nicht nur, was der Inquisitor von dir erwartet, sondern auch, was ihm vielleicht gefällt und Vergnügen bereitet, damit zwischen ihm und dir ein inniges (und nun wirklich diabolisches) Band entsteht... Ich weiß diese Dinge, Ubertin, ich habe selber zu jenen Leuten gehört, die meinten, sie könnten die Wahrheit mit glühenden Zangen ans Licht bringen. Doch wisse, die Glut der Wahrheit ist von anderer Flamme! Unter der Folter kann dir Bentivenga die absurdesten Lügengeschichten erzählt haben, denn nicht er sprach in jenem Augenblick, sondern seine Wollust, das Dämonische in seiner Seele.«

»Seine Wollust?«

»Ja, es gibt eine Wollust des Schmerzes, wie es eine Wollust der Anbetung gibt und sogar eine Wollust der Demut. Bedenke, wenn selbst den aufbegehrenden Engeln so wenig genügte, um ihre Inbrunst der Anbetung und der Demut umschlagen zu lassen in eine Inbrunst der Hoffart und der Rebellion gegen Gott, was soll man dann von den schwachen Menschen sagen? Dieser Gedanke war es, nun weißt du's, der mir im Verlauf meiner Inquisitionen kam. Und genau darum verzichtete ich auf diese Tätigkeit. Mir schwand der Mut, die Schwächen der Übeltäter zu untersuchen, als ich entdeckte, dass sie auch die Schwächen der Heiligen sind.«

Den letzten Worten meines Herrn und Meisters hatte Ubertin zugehört, als verstünde er immer weniger, wovon die Rede war. Am Ausdruck seines Gesichtes, das zunehmend Mitleid bekundete, sah ich, dass er William für das Opfer heftiger Schuldgefühle hielt, die er ihm freilich verzieh, weil er ihn sehr liebte. So unterbrach er ihn und sagte enttäuscht: »Wenn du solche Gefühle hattest, tatest du sicher gut daran, dein schweres Amt niederzulegen. Mir aber fehlte damals deine Hilfe, gemeinsam hätten wir jene üble Bande zerschlagen können. Statt dessen wurde ich, wie du weißt, dann selber der Ketzerei beschuldigt. Ach William, auch du warst also zu schwach im Kampfe gegen das Übel! Das Übel, William – wird dieser Fluch denn niemals enden, diese Finsternis, dieser Morast, der uns hindert, zur reinen Quelle vorzudringen?« Er trat noch einen Schritt näher an William heran, als hätte er Angst, dass ihn jemand hörte: »Auch hier geht es um, auch hier in diesen geweihten Mauern! Weißt du es?«

»Ich weiß es, der Abt hat es mir gesagt, er hat mich sogar gebeten, ihm bei der Aufklärung behilflich zu sein.«

»Dann suche, forsche, spähe mit Luchsaugen in zwei Richtungen: Wollust und Hoffart...«

»Wollust?«

»Ja, Wollust! In diesem Jungen, der nun tot ist, war etwas... Weibisches und also Teuflisches. Er hatte die Augen eines Mädchens, das Verkehr mit dem Inkubus sucht... Aber ich sage auch Hoffart: die Hoffart des Geistes in diesem Kloster, das sich so sehr dem Stolz des Wortes und der Illusion des Wissens hingibt...«

»Wenn du etwas weißt, dann hilf mir!«

»Ich weiß nichts. Es gibt nichts, was ich *wissen* könnte. Aber manche Dinge fühlt man mit dem Herzen. Lass dein Herz sprechen, William, befrage stets die Gesichter, höre nicht auf die Zungen... Doch was reden wir hier von so finsteren Dingen und machen unserem jungen Freund Angst!« Er blickte mich an mit seinen hellblauen Augen und strich mir mit seinen langen weißen Fingern sanft über die Wange, so dass ich unwillkürlich zurückweichen wollte; doch ich beherrschte mich, denn es hätte ihn verletzt, und seine Absicht war rein.

»Erzähl mir lieber von dir«, wandte er sich erneut an William. »Was hast du getan in all den Jahren? Wie lange ist es her...«

»Achtzehn Jahre«, antwortete William. »Ich bin in meine Heimat zurückgekehrt und habe in Oxford meine Studien fortgesetzt. Ich habe die Natur studiert.«

»Die Natur ist gut, denn sie ist Gottes Schöpfung«, sagte Ubertin.

»Und Gott muss gut sein, wenn er die Natur geschaffen hat«, lächelte William. »Ich habe studiert, ich habe viele kluge Freunde getroffen. Dann habe ich Marsilius kennengelernt, mich interessierten seine Ideen über das Reich und das Volk und über ein neues Gesetz für die irdische Herrschaft, und so geriet ich in jene Gruppe unserer Mitbrüder, die den Kaiser berät. Aber das weißt du ja, ich habe es dir geschrieben. Und als ich dann eines Tages in Bobbio erfuhr, dass du hier Unterschlupf gefunden hast, jauchzte mein Herz, denn ich hatte dich für verschollen gehalten. Nun, da du hier bist, kannst du uns sehr behilflich sein, wenn Michael in ein paar Tagen eintrifft. Es wird einen harten Zusammenstoß geben.«

»Ich habe kaum mehr zu sagen als das, was ich bereits vor fünf Jahren in Avignon sagte. Wer wird mit Michael kommen?«

»Einige Brüder, die beim Kapitel in Perugia waren. Arnold von Aquitanien, Hugo von Newcastle...«

»Wer?«

»Hugo von Novocastrum, entschuldige, ich falle manchmal in meine Sprache, auch wenn ich gutes Latein spreche. Auch Wilhelmus Alnwick ist zu erwarten. Und von den Franziskanern aus Avignon kommen Hieronymus, der Hohlkopf von Kaffa, und vielleicht auch Berengar Talloni und Bonagratia von Bergamo.«

»Hoffen wir zu Gott«, seufzte Ubertin, »dass sie sich nicht allzusehr mit dem Papst verfeinden! Und wer wird die Position der Kurie vertreten? Ich meine, wer von den Harten?«

»Aus den Briefen, die ich erhalten habe, schließe ich auf Lorenz Decoalcon...«

»Ein tückischer Mensch!«

»Jean d'Anneaux...«

»Ein durchtriebener Theologe, hütet euch vor ihm!«

»Wir werden uns hüten. Schließlich Jean de Baune.«

»Den möchte ich mit Berengar sehen, das wird was geben!«

»Ja, ich glaube, wir werden uns gut amüsieren«, sagte William in bester Laune. Ubertin sah ihn unsicher lächelnd an.

»Nie weiß ich, wann ihr Engländer etwas im Ernst sagt und wann ihr scherzt! Ich sehe nichts Amüsantes in einer so folgenschweren Begegnung. Es geht schließlich um das Überleben des Ordens, welcher der deine ist und im Innersten auch der meine... Aber ich werde Michael von Cesena beschwören, nicht nach Avignon zu gehen. Johannes will ihn dort haben, er sucht ihn, lädt ihn allzu beharrlich ein. Hütet euch vor diesem alten französischen Fuchs! Oh Herr, in welche Hände ist Deine Kirche gefallen...« Er wandte sich zum Altar. »Verwandelt in eine Dirne, im Luxus verweichlicht, suhlt sie sich in Wollust wie eine Schlange im Sonnenglast. Von der schlichten Reinheit des Stalles zu Bethlehem, Holz wie hölzern das *lignum vitae* des Kreuzes war, zu den Bacchanalien in Stein und Gold! Siehe, auch diese Abtei ist nicht frei davon, hast du das Portal gesehen? Dem Hochmut der Bilder vermag man sich nicht zu entziehen... Sehr nahe schon sind die Tage, da der Antichrist kommen wird, und ich fürchte mich, William!« Zitternd schaute der Greis sich um, starrte mit aufgerissenen Augen ins Dunkel des Kirchenschiffes, als würde der Antichrist jeden Augenblick auftauchen, und auch ich schaute mich unwillkürlich um. »Seine Statthalter sind bereits da, von ihm ausgesandt, wie Christus seine Jünger aussandte in die Welt. Sie verderben die Stätte Gottes, verführen mit List, Heuchelei und Gewalt! Es ist Zeit, dass der Herr seine Diener aussendet, Elias und Enoch, die er am Leben erhielt im irdischen Paradies, auf dass sie kommen, die neue Zeit zu verkünden im härenen Kleid und Buße zu predigen mit dem eigenen Beispiel und mit dem Wort...«

»Sie sind schon gekommen, Ubertin«, sagte William und zeigte auf seine franziskanische Kutte.

»Aber sie haben noch nicht gewonnen, und über ein kleines wird der Antichrist voller Wut befehlen, Enoch und Elias zu töten und ihre Leichen hinzuwerfen, auf dass ein jeder sie sehe und sich fürchte. So wie man mich töten wird...«

Erschrocken dachte ich, als ich Ubertin so reden hörte, dass er einer Art göttlichem Wahn verfallen sei, und sorgte mich um seinen Verstand. Heute, da ich weiß, dass er wenige Jahre später in einer deutschen Stadt auf mysteriöse Weise ermordet wurde, und niemand hat je erfahren, von wem, packt mich noch größeres Entsetzen, denn offenbar sah Ubertin damals in die Zukunft.

»Du weißt es, der Abt Joachim hat die Wahrheit gesprochen. Wir befinden uns in der sechsten Ära der Menschengeschichte, in welcher erscheinen werden zwei Antichristen, der mystische Antichrist und der wirkliche, und dies wird geschehen im sechsten Zeitalter, nachdem Franziskus gekommen ist, zu verkörpern in seinem Fleische die fünf Wunden des Gekreuzigten. Bonifaz war der mystische Antichrist, und

Coelestins Abdankung war nicht gültig. Bonifaz war das Tier, das aus dem Meere steigt und dessen sieben Häupter die Angriffe auf die sieben Todsünden sind und dessen zehn Hörner die Angriffe auf die Zehn Gebote, und die Kardinäle, die ihn umgaben, waren die Heuschrecken, deren Leib Apollyon ist! Doch die Zahl des Tiers, wenn du den Namen in griechischen Lettern liesest, ist *Benedicti*...«

Ubertin blickte mich prüfend an, um zu sehen, ob ich verstanden hatte, und sprach mit erhobenem Finger: »Wisse, mein Sohn, Papst Benedikt XI. war der wirkliche Antichrist, das Tier, das aus der Erde steigt! Gott hat es zugelassen, dass dieses Ungeheuer an Laster und Frevel seine Kirche regierte, damit die Tugend seines Nachfolgers um so heller erstrahle...«

»Aber, ehrwürdiger Vater«, wandte ich zaghaft ein, »sein Nachfolger ist Johannes!«

Ubertin stutzte und wischte sich mit der Hand über die Stirn, als wollte er einen lästigen Traum verscheuchen. Er atmete schwer und schien müde. »Mag sein. Die Berechnungen waren falsch. Wir warten noch immer auf den Papa Angelicus... Doch unterdessen sind immerhin Franziskus und Domenikus gekommen.« Er hob die Augen zum Himmel und sprach wie im Gebet (doch ich war sicher, dass er eine Stelle aus seinem großen Buch über den Baum des Lebens rezitierte): »*Quorum primus seraphico calculo purgatus et ardore celico inflammatus, totum incendere videbatur. Secundus vero verbo predicationis fecundus super mundi tenebras clarius radiavit*... Jawohl, wenn dies die Verheißungen sind, wird der Papa Angelicus sicher kommen.«

»So sei es, Ubertin«, sagte William. »Einstweilen aber bin ich gekommen, um zu verhindern, dass der menschliche Kaiser vertrieben wird. Von deinem Papa Angelicus sprach auch Fra Dolcino...«

»Nie wieder darfst du den Namen dieser Schlange aussprechen!« fuhr Ubertin auf; und zum ersten Mal sah ich ihn, der bisher so gefasst wirkte, wutverzerrt. »Er hat die Worte Joachims von Fiore besudelt, er hat sie zur Quelle von Tod und Verderben gemacht! Er war der Abgesandte des Antichrist, wenn je es einen gab! Dass du so reden kannst, William, liegt nur daran, dass du in Wahrheit nicht an das Kommen des Antichrist glaubst, deine Lehrer in Oxford haben dich stets nur gelehrt, die Vernunft zu verehren, und dabei sind die prophetischen Kräfte deines Herzens verdorrt!«

»Du irrst, Ubertin«, sagte William sehr ernst. »Du weißt, dass ich am meisten unter meinen Lehrern den großen Roger Bacon verehre...«

»... der sich eitlen Träumen über Flugmaschinen hingab«, spottete Ubertin.

»... der klar und deutlich über den Antichrist sprach, der die Vorzeichen seiner Ankunft in der Verderbnis der Welt erblickte und in der Schwächung der Weisheit. Allerdings lehrte er, dass es nur *eine* Art und Weise gibt, sich auf seine Ankunft vorzubereiten: die Geheimnisse der Natur zu studieren und das Wissen zu nutzen, um die menschliche Gattung zu verbessern. Auf den Kampf gegen den Antichrist kann man sich vorbereiten, indem man die heilenden Kräfte der Kräuter studiert und die Natur der Steine – und sogar, indem man jene Flugmaschinen entwirft, über die du spottest.«

»Der Antichrist deines Roger Bacon war nur ein Vorwand, um dem Stolz der kalten Vernunft zu frönen.«

»Ein heiliger Vorwand.«

»Kein Vorwand ist heilig! Mein lieber William, du weißt, dass ich dich liebe. Du weißt, dass ich dir vertraue. Züchtige deine Intelligenz, lerne zu weinen über die Wunden des Herrn, wirf deine Bücher weg!«

»Ich werde nur eins behalten: das deine«, versetzte William lächelnd. Auch Ubertin lächelte und sagte, einen Finger drohend erhoben: »Narr von einem Engländer! Aber spotte nicht zu sehr über deinesgleichen. Im Gegenteil, wen du nicht lieben kannst, den fürchte! Und hüte dich vor der Abtei. Dieser Ort gefällt mir nicht.«

»Ich möchte ihn besser kennenlernen«, sagte William zum Abschied. »Gehen wir, Adson.«

»Du bist unverbesserlich. Ich sage dir, dass mir der Ort nicht gefällt, und du erwiderst, du möchtest ihn besser kennenlernen! Ah!« sagte Ubertin kopfschüttelnd.

»Übrigens«, fragte William zum Abschluss, schon im Gehen, »wer ist jener Mönch, der das Aussehen einer Bestie hat und die Sprache Babels spricht?«

Ubertin, der schon wieder auf den Knien war, blickte noch einmal auf. »Salvatore? Ich glaube, den hat die Abtei mir zu verdanken... den und den Cellerar. Als ich damals die franziskanische Kutte ablegte, ging ich für einige Zeit zurück in mein altes Konvent von Casale, und dort fand ich eine Reihe verängstigter Brüder, denen man vorwarf, sie seien Spiritualen meiner ›Sekte‹, wie man sich auszudrücken beliebte. Ich setzte mich für sie ein und erreichte, dass sie meinem Beispiel folgen und den Orden verlassen durften. Zwei von ihnen, Salvatore und Remigius, fand ich dann hier, als ich vor einem Jahr in diese Abtei kam. Salvatore... ja, er sieht wirklich wie eine Bestie aus. Aber er ist sehr dienstbeflissen.«

William zögerte einen Augenblick. »Ich hörte ihn *penitenziagite* sagen.«

Ubertin schwieg. Dann bewegte er eine Hand, wie um einen bösen Gedanken zu verscheuchen, und sagte schließlich: »Nein, nein, ich kann es nicht glauben. Du weißt doch, wie diese Laienbrüder sind. Leute vom Land, die vielleicht einen Wanderprediger hörten und die nicht wissen, was sie da nachplappern. Salvatore hat andere Laster, er ist ein gefräßiges Naschmaul und lüstern. Aber niemals verstößt er gegen die Rechtgläubigkeit! Nein, das Übel dieser Abtei ist ein anderes, suche es lieber in denen, die zuviel wissen, nicht in denen, die unwissend sind. Errichte nicht auf einem einzigen Wort ein ganzes Verdachtsgebäude!«

»Das würde ich niemals tun«, erwiderte William. »Ich habe das Amt des Inquisitors niedergelegt, um genau das zu vermeiden. Aber ich achte gern auf die Worte und denke gelegentlich darüber nach.«

»Du denkst zuviel nach, lieber William! Und du, mein Junge«, wandte der Greis sich zu mir, »hüte dich davor, dem schlechten Beispiel deines Meisters zu folgen! Das einzige, worüber man nachdenken muss, und dessen werde ich mir an meinem Lebensabend bewusst, ist der Tod. *Mors est quies viatoris – finis est omnis laboris*... Lasst mich beten.«

Erster Tag

Gegen Nona

Worin William ein sehr gelehrtes Gespräch führt mit dem Bruder Botanikus Severin.

Wir gingen zurück durch das dunkle Hauptschiff und verließen die Kirche durch dasselbe Portal, durch das wir eingetreten waren. Ich hatte noch immer Ubertins Worte im Sinn, alle, und mir schwirrte der Kopf.

»Er ist... ein seltsamer Mann«, sagte ich zögernd zu William.

»Er ist – oder war – in vieler Hinsicht ein großer Mann. Doch eben darum ist er seltsam. Nur kleine Menschen scheinen normal. Ubertin hätte leicht einer von jenen Häretikern werden können, die er verbrennen ließ, und ebenso leicht ein Kardinal der heiligen römischen Kirche. Er ist beiden Perversionen sehr nahe gekommen. Wenn ich mit Ubertin spreche, habe ich immer den Eindruck, dass die Hölle nichts anderes ist als das Paradies, von der anderen Seite betrachtet.«

Ich verstand nicht: »Von welcher Seite?«

»Nun ja, du hast recht«, gab William zu, »es fragt sich, ob es überhaupt Teile gibt, und es fragt sich, ob es ein Ganzes gibt... Aber hör nicht auf mich. Und schau nicht noch einmal auf dieses Portal«, sagte er und klopfte mir leicht auf die Schulter, als ich mich umdrehen wollte, um die Skulpturen noch einmal zu sehen, die mir vorhin soviel Eindruck gemacht hatten. »Für heute haben sie dich genug erschreckt. Alle.«

Als wir in den Hof traten, stand vor uns ein anderer Mönch. Er mochte etwa in Williams Alter sein. Er lächelte, verbeugte sich höflich und sagte, er heiße Severin von Sankt Emmeram und sei hier der Bruder Botanikus, dem die Pflege der Bäder, des Hospitals und der Gärten obliege, und er stehe uns zu Diensten, falls wir die Absicht hätten, uns auf dem

Gelände der Abtei ein wenig genauer umzusehen. William bedankte sich und erwiderte, er habe bereits den herrlichen Garten bemerkt, der offenbar nicht nur essbare Pflanzen enthalte, sondern auch medizinische Kräuter, soweit man es unter dem Schnee erkennen könne.

»Zur Sommerzeit oder im Frühling, wenn die Vielfalt seiner Gewächse in voller Blüte steht, singt dieser Garten das Lob des Schöpfers noch besser«, sagte Severin wie zur Entschuldigung. »Doch auch in dieser Jahreszeit sieht das Auge des Botanikers an den trockenen Stengeln, welche Pflanzen hier wieder kommen werden, und ich kann dir sagen, dieser Garten ist reichhaltiger, als es je ein Herbarium war, und farbenprächtiger als die schönsten Anlagen irgendwo sonst. Außerdem wachsen einige Heilkräuter auch im Winter, und andere halte ich wohlversorgt in Töpfen und Krügen bereit, die ich in meinem Laboratorium habe. So werden zum Beispiel Katarrhe mit den Wurzeln des Sauerampfers geheilt, und gegen Hautkrankheiten macht man feuchte Umschläge mit dem Absud von Altheenwurzeln, mit der Klette vernarbt man Ekzeme, mit zerkleinerten und gestampften Rhizomen des Wiesenknöterichs heilt man den Durchfall und manche Frauenleiden, der Pfeffer ist ein gutes Verdauungsmittel, der Huflattich lindert den Husten, wir haben auch Enziane, die gut gegen Verstopfung sind, und Glyzyrrhizine, und Wacholder, um einen guten Tee zu machen, und Holunder, der mit Baumrinde einen stärkenden Sud für die Leber ergibt, und Wiesenschaumkraut, dessen Wurzeln, in kaltem Wasser aufgeweicht, die Entzündung der Schleimhäute lindern, und Baldrian, dessen Vorzüge ihr gewiss kennt.«

»Ihr habt sehr verschiedenartige Kräuter aus sehr verschiedenen Klimazonen. Wie kommt das?«

»Zum Teil verdanke ich sie der Gnade des Herrn, der unser Hochplateau so angelegt hat, dass es von Süden die warmen Winde des Meeres empfängt und von Norden die frische Waldluft aus den höheren Bergen. Zum anderen Teil verdanke ich sie den Errungenschaften der Kunst, die ich nach dem Willen meiner Lehrer erlernen durfte. Manche Pflanzen gedeihen auch in feindlichem Klima, wenn man den Boden und die Nahrung und das Wachstum entsprechend pflegt.«

»Aber Ihr habt doch auch Pflanzen, die nur zum Essen gut sind«, wollte ich wissen.

»Mein hungriger junger Freund, es gibt keine Pflanzen, die nur zum Essen gut sind und nicht auch zur Behandlung von Übeln, wenn man sie in der richtigen Dosierung nimmt. Nur das Übermaß macht sie zu Krankheitsursachen. Nimm zum Beispiel den Kürbis: Er ist von Natur aus kühl und feucht und lindert den Durst, doch wenn du zuviel davon isst, bekommst du Durchfall, und dann musst du ein Gebräu aus Senf und Salzlake trinken, damit deine Eingeweide sich zusammenziehen. Oder die Zwiebel: Warm und feucht, in kleinen Mengen genossen, steigert sie die Potenz (natürlich nur für jene, die nicht unser Gelübde abgelegt haben), doch in zu großen Mengen macht sie dir Kopfschmerzen und muss dann mit Milch und Essig bekämpft werden. Ein guter Grund für einen jungen Mönch«, fügte er maliziös hinzu, »stets nur maßvoll davon zu essen. Nimm lieber Knoblauch. Warm und trocken ist er gut gegen Gifte im Leib. Doch auch hier sollte man nicht übertreiben, er zieht zu viele Säfte aus dem Gehirn. Bohnen dagegen fordern die Urinbildung und machen fett, was beides sehr gut ist, aber sie rufen schlechte Träume hervor. Freilich sehr viel weniger als gewisse andere Gewächse, denn es gibt auch Kräuter, die schlimme Visionen erzeugen.«

»Welche sind das?« fragte ich neugierig.

»He, he, unser Novize möchte zuviel wissen. Diese Dinge darf niemand anderer wissen als der Botanikus, sonst könnte irgendein Bruder Leichtfuß herumlaufen und den Leuten Visionen verabreichen oder Lügen eintrichtern mit Hilfe der Kräuter.«

»Aber es genügt ein wenig Brennesselwurz«, schaltete William sich ein, »oder Roybra oder Olieribus, um sich gegen die Visionen zu schützen.«

Severin sah meinen Meister überrascht von der Seite an. »Interessierst du dich für die Kräuterkunde?«

»Ein ganz klein wenig«, antwortete William bescheiden. »Ich blätterte einmal vor Jahren im *Theatrum Sanitatis* von Ububchasym de Baldach...«

»Abul Asan al Muchtar ibn Botlan.«

»Oder Ellukasim Elimittar, wie du willst. Ob es hier wohl eine Kopie davon gibt?«

»Mehrere, sehr schöne mit kunstvoll gemalten Bildern.«

»Gelobt sei der Herr. Und wie steht es mit *De virtutibus herbarum* von Platearius?«

»Auch das ist da, und dazu *De plantis* von Aristoteles in der Übersetzung des Alfred von Sareshel.«

»Ich habe gehört, dass es in Wahrheit nicht von Aristoteles sei«, bemerkte William, »ebensowenig wie, einer neuen Entdeckung zufolge, *De causis.*«

»In jedem Falle ist es ein großes Buch«, sagte Severin, und William stimmte ihm lebhaft zu, ohne nachzufragen, ob er *De plantis* oder *De causis* meinte – zwei Werke, die ich nicht kannte, die aber, nach diesem Gespräch zu urteilen, offenbar beide sehr bedeutend waren.

»Ich würde mich freuen«, schloss Severin, »gelegentlich mit dir ein offenes Gespräch über die Kräuter zu führen.«

»Ich würde mich noch mehr freuen als du«, erwiderte William, »aber wir wollen doch nicht das Schweigegebot verletzen, das uns hier die Regel eures Ordens gebietet.«

»Die Regel des heiligen Benedikt«, sagte Severin, »hat sich im Lauf der Jahrhunderte den Bedürfnissen der verschiedenen Gemeinschaften angepasst. Die Regel sah die *lectio divina* vor, nicht aber die Forschung; du weißt indessen, wie weit unser Orden das Studium der göttlichen und der menschlichen Dinge vorangebracht hat. Die Regel verlangte auch das gemeinsame Dormitorium; zuweilen ist es indessen empfehlenswert, wie hier bei uns, dass die Mönche sich auch zur Nachtzeit der Meditation widmen können, und so hat hier jeder von uns seine eigene Zelle. Die Regel ist sehr streng, was das Schweigegebot betrifft, und auch bei uns dürfen nicht nur diejenigen Brüder, die Handarbeiten verrichten, sondern auch die anderen, die ihre Tage schreibend und lesend verbringen, keine Gespräche mit ihren Confratres führen; doch die Abtei ist in erster Linie eine Gemeinschaft von Forschenden, und so ist es oft erforderlich, dass die Mönche ihr angesammeltes Wissen untereinander austauschen. Jedes Gespräch, das unsere Studien betrifft, gilt daher als legitim und nützlich – solange es nicht gerade im Refektorium oder während der Stunden des Gottesdienstes geführt wird.«

»Hattest du oft Gelegenheit, mit Adelmus von Otranto zu sprechen?« fragte William unvermittelt.

Severin schien nicht überrascht. »Wie ich sehe, hat der Abt dich bereits ins Bild gesetzt«, erwiderte er. »Nein, mit dem habe ich nicht oft gesprochen. Er verbrachte seine Zeit mit Miniaturenmalerei. Ich habe ihn nur zuweilen mit anderen Mönchen sprechen gehört, mit Venantius von Salvemec oder mit Jorge von Burgos zum Beispiel. Außerdem verbringe ich meine Tage nicht im Skriptorium, sondern drüben«, er wies mit dem Kinn in Richtung auf das Hospital, »im Laboratorium.«

»Verstehe«, sagte William. »Also weißt du auch nicht, ob Adelmus Visionen hatte.«

»Visionen?«

»Nun ja, zum Beispiel wie jene, die deine Kräuter hervorrufen.«

Severins Züge verhärteten sich: »Ich sagte doch, ich hüte die gefährlichen Kräuter sehr sorgfältig.«

»Das habe ich nicht gemeint«, beeilte sich William zu versichern. »Ich sprach von Visionen im allgemeinen.«

»Ich verstehe nicht«, beharrte der Bruder Botanikus.

»Nun, ich dachte, dass ein Mönch, der sich zur Nachtzeit im Aedificium herumtreibt, wo dem Eindringling zu verbotener Stunde, wie der Abt mir andeutete, gewisse... entsetzliche Dinge widerfahren können... nun ja, ich dachte, ich meinte, er könnte teuflische Visionen gehabt haben, die ihn dazu trieben, sich in den Abgrund zu stürzen.«

»Ich sagte doch, ich begebe mich selten in das Skriptorium, nur wenn ich ein bestimmtes Buch brauche, für den Normalfall habe ich meine Herbarien im Hospital. Aber wie gesagt, Adelmus war sehr vertraut mit Jorge, mit Venantius und... natürlich mit Berengar.«

Ich bemerkte eine leichte Erregung in Severins Stimme, die auch meinem Meister nicht entging: »Berengar? Und wieso natürlich?«

»Berengar von Arundel, der Adlatus des Bibliothekars. Sie

waren Altersgenossen, sie waren zusammen Novizen gewesen, es war also nur normal, dass sie manches miteinander zu besprechen hatten. Das wollte ich sagen.«

»Ach so, das wolltest du sagen«, nickte William. Ich wunderte mich, dass er auf diesem Punkt nicht länger insistierte, denn abrupt wechselte er das Thema und sagte: »Aber vielleicht ist es nun an der Zeit, dass wir uns ins Aedificium begeben. Willst du uns führen?«

»Gern, mit Vergnügen«, antwortete Severin, und seine Erleichterung stand ihm nur allzu deutlich im Gesicht geschrieben. So brachen wir auf, und er führte uns am Garten vorbei zur Westfassade des Aedificiums.

»Hier an der Gartenseite haben wir den Eingang, der in die Küche führt«, erklärte er. »Aber die Küche nimmt nur die westliche Hälfte des Erdgeschosses ein, in der anderen Hälfte befindet sich das Refektorium. An der Südseite gibt es noch einen zweiten Eingang, den man erreicht, wenn man hinter der Kirche um den Chor herumgeht, und von dort gelangt man durch zwei weitere Pforten in die Küche und ins Refektorium. Aber gehen wir ruhig hier hinein, wir können durch die Küche ins Refektorium gehen.«

Als wir die geräumige Küche betraten, bemerkte ich, dass sich im Innern des Aedificiums ein achteckiger Hof befand; wie ich später feststellte, handelte es sich um eine Art tiefen Schacht, auf den sich zwar keinerlei Türen, aber in jedem Stockwerk hohe Fenster öffneten, ähnlich denen, die wir an den Außenmauern gesehen hatten. Die Küche war eine lange und weite Halle voller Dunst, in der zu dieser Stunde bereits viele Köche emsig am Werk waren, um das Abendmahl vorzubereiten. An einem großen Tisch machten zwei von ihnen einen Gemüseauflauf: In eine Masse aus Grünzeug, Gerste, Hafer und Roggen schnitzelten sie gelbe Rüben, Radieschen, Karotten und Kresse. Neben ihnen hatte ein anderer Koch gerade Fische in einer Brühe aus Wein und Wasser gekocht und bestrich sie nun mit einer Soße aus Petersilie, Salbei, Thymian, Knoblauch, Pfeffer und Salz.

Unter dem Westturm am oberen Ende der Küche öffnete sich ein gewaltiger Backofen, worin rötliche Flammen züngelten. Am anderen Ende, unter dem Südturm, befand sich ein ebenso großer Kamin, über dessen Feuer sich Bratspieße drehten und Suppen in großen Töpfen brodelten. Durch die Tür, die zur Tenne hinter der Küche hinausführte, trugen Männer gerade das Fleisch der am Morgen geschlachteten Schweine herein. Wir durchquerten die Küche und gingen durch diese Tür ins Freie hinaus. Vor uns lag die Tenne: ein langer Hof, der sich hinter der Kirche am Ostrand des Plateaus nach Süden erstreckte, linker Hand begrenzt von einer Reihe flacher Bauten, bei denen es sich, wie wir von unserem Führer erfuhren, um die Ställe der Schweine, der Pferde, der Ochsen, der Hühner und schließlich den überdachten Rinderpferch handelte. Auf dem Platz vor dem Schweinestall waren Männer damit beschäftigt, in einem großen Bottich das Blut der frisch geschlachteten Schweine zu rühren, damit es, wie Severin uns erklärte, nicht gerann. Denn wenn es gut und unverzüglich gerührt werde, fügte er hinzu, bleibe es dank der kalten Witterung mehrere Tage lang frisch, und dann könne man Blutwurst daraus machen.

Wir gingen zurück ins Aedificium und warfen nur einen kurzen Blick ins Refektorium, das wir durchqueren mussten, um den Ostturm zu erreichen. Unter dem Nordturm am oberen Ende der Halle sahen wir einen großen Kamin; der Ostturm enthielt eine breite Treppe in Form einer Schnecke, die ins Obergeschoss zum Skriptorium führte. Über diese Treppe, sagte Severin, begäben die Mönche sich jeden Tag an ihre Arbeit; oder auch über zwei andere, die enger seien, aber dafür gut beheizt, da sie spiralförmig hinter dem Kamin sowie hinter dem Backofen in der Küche aufstiegen.

William fragte, ob wir auch sonntags jemanden im Skriptorium antreffen würden. Severin lächelte und gab zur Antwort, für einen Benediktinermönch sei die Arbeit Gebet, und sonntags seien die Gottesdienste zwar etwas länger, aber die mit Büchern befassten Mönche verbrächten gleichwohl ein paar Stunden droben, meist beschäftigt mit fruchtbarem Austausch gelehrter Bemerkungen, kluger Ratschläge und Reflexionen über die heiligen Schriften.

Erster Tag

Nach Nona

Worin das Skriptorium besichtigt wird und man viele fleißige Forscher, Kopisten und Rubrikatoren kennenlernt sowie einen blinden Greis, der auf den Antichrist wartet.

Während wir die gewundenen Stufen erklommen, bemerkte ich, dass William prüfend die Fenster musterte, die dem Treppenhaus Licht spendeten. Ich war vermutlich schon im Begriff, ebenso scharfsinnig wie mein Meister zu werden, denn ich sah auf den ersten Blick, dass sie dank ihrer Anlage schwer erreichbar waren. Auch die Fenster des Refektoriums – die einzigen, die sich im Erdgeschoss des Aedificiums zum Steilhang öffneten – schienen mir nicht eben leicht erreichbar zu sein, da sich unter ihnen keinerlei Möbel befanden.

Als wir am oberen Ende der Treppe angelangt waren, traten wir aus dem Ostturm in das Skriptorium, und im selben Moment entfuhr mir unwillkürlich ein bewundernder Ausruf. Das Obergeschoss war nicht zweigeteilt wie das untere, und so öffnete sich der Raum vor meinen Augen in seiner ganzen immensen Weite. Die von robusten Pfeilern gestützten Deckenbögen, rundgewölbt, aber nicht zu hoch (niedriger als in einer Kirche, aber höher als in jedem Kapitelsaal, den ich jemals gesehen), überspannten einen hellen, von herrlichem Licht durchfluteten Saal, denn an jeder der vier Hauptseiten öffneten sich drei mächtige Fenster, während fünf kleinere die fünf Außenmauern aller vier Türme durchbrachen und schließlich acht hohe und schmale Fenster das Licht aus dem achteckigen Innenhof eintreten ließen.

Die Fülle der Fenster bewirkte, dass der große Saal sich auch zu dieser spätherbstlichen Nachmittagsstunde noch eines gleichmäßigen, diffusen Lichtes erfreuen durfte. Die

Scheiben waren nicht farbig bemalt wie in Kirchen, vielmehr umspannten die bleiernen Fassungen klare Gläser, durch welche folglich das Tageslicht in denkbar reinster Form eintreten konnte, um, von keiner menschlichen Kunst moduliert, seinen hehren Zweck zu erfüllen, nämlich die Arbeit des Lesens und Schreibens aufs trefflichste zu erhellen. Ich habe in späteren Jahren und andernorts noch manches Skriptorium gesehen, aber keines, das mit den Bündeln des physischen Lichtes, welches die Umwelt erleuchtet, so wunderbar das im Licht verkörperte Geistesprinzip erstrahlen ließ, nämlich die *claritas*, Quelle aller Schönheit und Weisheit, unabtrennbares Attribut der majestätischen Proportionen des Saales. Dreierlei nämlich wirkt zusammen, um die wahre Schönheit zu schaffen: erstens die Unversehrtheit oder Vollendung, weswegen uns unvollendete Dinge hässlich erscheinen, zweitens die maßvolle Proportion oder Harmonie, und drittens eben die Klarheit oder das Licht, weswegen wir schön nennen, was von klarer Farbe ist. Und da die Vision des Schönen stets auch das Friedliche in sich enthält und es für unser Gefühl dasselbe ist, ob wir Ruhe finden im Frieden, im Guten oder im Schönen, fühlte ich mich von einem großen Trost durchdrungen und dachte, wie angenehm es doch sein musste, an diesem Ort zu arbeiten.

Ja, damals, in jener Stunde beginnender Dämmerung, erschien mir das Skriptorium wie eine fried- und freudvolle Werkstatt der Weisheit. In Sankt Gallen sah ich später ein ähnlich wohlproportioniertes Skriptorium, ebenfalls von der Bibliothek getrennt (in anderen Abteien pflegen die Mönche am selben Ort zu arbeiten, wo auch die Bücher aufbewahrt werden), aber dieses war noch viel schöner angelegt. Restauratoren, Kopisten, Rubrikatoren und Forscher saßen jeder an seinem eigenen Tisch, je einer vor jedem Fenster. Und da es insgesamt vierzig Fenster waren (eine wahrhaft vollendete Zahl, die sich der Verzehnfachung des Vierecks verdankt, als wären die Zehn Gebote mit den vier Kardinaltugenden multipliziert worden), hätten vierzig Mönche einhellig nebeneinander arbeiten können, mochten sich auch in diesem Augenblick nur knapp dreißig im Saal befinden. Severin erklärte uns, dass die im Skriptorium tätigen Mönche von den Gebeten zur Tertia, Sexta und Nona entbunden waren, damit sie das Tageslicht voll ausnutzen konnten und ihre Arbeit erst bei Einbruch der Dunkelheit zur Vesper zu unterbrechen brauchten.

Die hellsten Plätze waren den Restauratoren, den erfahrensten Miniaturenmalern und den Kopisten vorbehalten. Jeder Tisch hatte alles, was man zum Malen und zum Kopieren braucht: Tintenfässer, feine Federn, die einige Mönche mit winzigen Messerchen schärften, Bimssteine, um das Pergament zu glätten, und Lineale, um die Zeilenlinien zu ziehen. Neben jedem Schreiber oder auch am oberen Ende der schrägen Schreibfläche eines jeden Tisches stand ein Lesepult, auf dem der zu kopierende Codex ruhte, festgehalten durch eine bewegliche Maske, welche die gerade abzuschreibende Zeile einfasste. Manche hatten auch goldene oder andersfarbige Tinten. Andere Mönche sah ich nur lesen und sich Notizen machen in Hefte oder auf kleine Täfelchen.

Allerdings hatte ich keine Zeit, ihre Arbeit genauer zu beobachten, denn schon eilte der Bibliothekar herbei, den wir bereits als Malachias von Hildesheim kannten. Er gab sich Mühe, seinem Antlitz einen Ausdruck des Willkommens zu geben, aber das änderte nichts daran, dass ich angesichts dieser einzigartigen Physiognomie unwillkürlich erschrak. Seine Gestalt war hoch, und seine Glieder wirkten trotz ihrer extremen Magerkeit groß und grobknochig, und wie er da in seiner schwarzen Kutte mit langen Schritten rasch auf uns zukam, hatte er etwas Beunruhigendes, ja Unheimliches. Die Kapuze, die er noch nicht abgestreift hatte, da er gerade von draußen kam, warf auf sein bleiches Gesicht einen Schatten, der seinen großen melancholischen Augen etwas Schmerzliches gab. Tiefe Furchen in seinen Zügen kündeten von vergangenen, einstmals offenbar wilden und nun vom Willen gebändigten Leidenschaften. Wehmut und Ernst beherrschten sein Antlitz, und seine Augen waren so stechend, dass sie mit einem einzigen Blick tief ins Herz seines Gegenübers einzudringen und seine geheimsten Gedanken zu lesen vermochten, weshalb man ihr forschendes Starren kaum ertragen konnte und versucht war, ihm auszuweichen.

Nachdem der Bibliothekar uns begrüßt hatte, führte er uns durch den Saal und stellte uns zahlreiche Mönche vor. Bei jedem von ihnen nannte er nicht nur den Namen, sondern auch die Art ihrer Tätigkeit, und bei allen bewunderte ich die Hingabe an ihre Wissenschaft und an das Studium der Worte Gottes. So lernte ich Venantius von Salvemec kennen, einen Übersetzer aus dem Griechischen und Arabischen sowie großen Verehrer des Aristoteles, des gewiss größten Gelehrten aller Zeiten. Ferner Benno von Uppsala, einen jungen skandinavischen Mönch, der sich mit Rhetorik und Grammatik beschäftigte, Berengar von Arundel, den Adlatus des Bibliothekars, Aymarus von Alessandria, der Bücher kopierte, die der Bibliothek nur leihweise für ein paar Monate überlassen waren, und schließlich eine Reihe von Miniatoren aus verschiedenen Ländern, Patrick von Clonmacnois, Rhaban von Toledo, Magnus von Iona, Waldo von Herford...

Die Liste könnte noch lange fortgesetzt werden, und nichts ist gewiss erfreulicher als eine Liste, Werkzeug wunderbarer Hypotyposen. Doch ich muss zum Inhalt unserer Gespräche kommen, denn daraus ergaben sich zahlreiche nützliche Hinweise zum Verständnis der spürbaren Unruhe, die unter den Mönchen herrschte, sowie des irgendwie unausgesprochenen Etwas, das ihre Reden belastete.

William begann das Gespräch mit Malachias, indem er die Schönheit und Zweckmäßigkeit des Skriptoriums lobte und sich erkundigte, wie hier die Arbeit vonstatten gehe, denn er habe, so fügte er wohlüberlegt hinzu, allerorten von dieser trefflichen Bibliothek gehört und würde gern viele der Bücher genauer in Augenschein nehmen. Malachias erklärte ihm, wie es bereits der Abt getan hatte, dass der Mönch, der ein bestimmtes Buch haben wolle, den Bibliothekar darum bitten müsse, und dieser hole es dann aus der Bibliothek im zweiten Obergeschoss, wenn der Wunsch gerechtfertigt sei und fromm. Auf Williams Frage, woher man den Titel des Buches erfahren könne, zeigte Malachias ihm einen voluminösen, mit einem goldenen Kettchen an seinem Tisch befestigten Codex, dessen Seiten von oben bis unten eng mit Listen bedeckt waren.

William versenkte die Hand in seine Kutte, wo sie vor der Brust einen Beutel bildete, und förderte einen Gegenstand zutage, den ich bereits früher zuweilen in seinen Händen oder auf seiner Nase gesehen hatte: eine kleine zweizackige Gabel, die so geformt war, dass sie auf der Nase eines Mannes sitzen konnte (zumal auf einer so kühn gebogenen Adlernase wie der meines Meisters), wie ein Reiter auf seinem Pferd sitzt oder ein Vogel auf seiner Stange. Rechts und links an den beiden Zacken der Gabel befanden sich, in genauer Entsprechung zu den Augen, zwei ovale Metallringe, die zwei dicke mandelförmige Gläser umspannten. Mit diesen Gläsern vor seinen Augen pflegte William zu lesen, und er sagte, er könne mit ihnen besser sehen, als es ihm die Natur oder sein fortgeschrittenes Alter gestatte, vor allem wenn das Tageslicht nachzulassen beginne. Allerdings brauche er das Gerät nicht, um in die Ferne zu sehen (im Gegenteil, da waren seine Augen sogar besonders scharf), sondern nur, um etwas aus der Nähe zu betrachten, und tatsächlich konnte er mit diesen Gläsern Manuskripte in winziger Schrift lesen, die zu entziffern selbst mir nicht immer leichtfiel. Wie er mir einmal erklärte, sei es nämlich so, dass bei vielen Menschen, wenn sie die Mitte ihrer Lebenszeit überschritten hätten, die Augen leicht ermüdeten und die Pupillen sich nicht mehr so gut anpassen könnten, selbst wenn ihre Sehkraft immer hervorragend gewesen sei, weshalb leider viele Gelehrte nach ihrem fünfzigsten Lenz, was das Lesen und Schreiben betreffe, so gut wie gestorben seien. Und das sei natürlich ein schlimmes Unglück für Männer, die noch viele Jahre lang ihr Bestes an Intelligenz und Erkenntnis hätten geben können, und deshalb müsse man Gott dafür loben, dass eines Tages jemand dieses nützliche Instrument erfunden und hergestellt habe – und das zeige wieder einmal, wie gut die Ideen des Roger Bacon gewesen seien, der bekanntlich gelehrt habe, Ziel und Zweck der Weisheit sei nicht zuletzt die Verlängerung des menschlichen Lebens.

Die anderen Mönche betrachteten William mit großer Neugier, wagten es aber nicht, ihm Fragen über seine Gläser zu stellen. Und so merkte ich, dass auch ihnen, die sich so eifersüchtig und selbstbewusst dem hehren Umgang mit Büchern verschrieben hatten, dieses wunderbare Gerät nicht bekannt war. Und es erfüllte mich mit Stolz, einen Meister zu haben, der etwas besaß, was Leuten, die in der ganzen Welt berühmt waren für ihr Wissen, solchen Eindruck machte.

Mit diesem Gerät auf der Nase beugte sich William nun also über den Codex. Ich tat es ihm nach, und wir entdeckten die Namen zahlloser Bücher, nie gehörte neben hochberühmten, die sich in dieser Bibliothek befanden.

»*De pentagono Salomonis; Ars loquendi et intelligendi in lingua hebraica; De rebus metallicis* von Rüdiger von Herford; *Algebra* von Al Kuwarizmi, ins Lateinische übertragen von Robertus Anglicus; die *Punica* von Silius Italicus; die *Gesta francorum; De laudibus sanctae crucis* von Hrabanus Maurus; und *Flavii Claudii Giordani de aetate mundi et hominis reservatis singulis litteris per singulos libros ab A usque ad Z*«, las mein kluger Meister. »Glänzende Werke. Aber in welcher Reihenfolge sind sie hier aufgeführt?« Und er zitierte einen Text, den ich nicht kannte, der aber sicher dem Bibliothekar geläufig war: »›*Habeat Librarius et registrum omnium librorum ordinatum secundum facultates et auctores, reponatque eos separatim et ordinate cum signaturis per scripturam applicatis.*‹ Wie wisst Ihr, wo ein Buch steht?«

Malachias zeigte auf die kurzen Bemerkungen hinter jedem Titel, und ich las: *iii, IV gradus, V in prima graecorum; ii, V gradus, VII in tertia anglorum* und so weiter. Ich begriff, dass die erste Zahl offenbar für die Position des Buches auf dem Bord oder *gradus* stand, das seinerseits durch die zweite Zahl bezeichnet wurde, während die dritte den Schrank angab, ergänzt um Hinweise auf einen Raum oder Flur in der Bibliothek, und ich wagte die Bitte um genauere Erklärung dieser ergänzenden Distinctiones. Malachias sah mich streng an. »Vielleicht wisst Ihr nicht oder habt vergessen, dass der Zugang zur Bibliothek nur dem Bibliothekar gestattet ist. Es genügt also, wenn er allein diese Angaben zu entziffern vermag.«

»Aber sagt mir, nach welcher Reihenfolge sind die Bücher hier aufgeführt?« fragte William noch einmal. »Nach Sachgebieten doch offenbar nicht.« Eine mögliche Reihenfolge nach Autoren gemäß der traditionellen Buchstabenfolge im Alphabet erwähnte er gar nicht, da diese sinnreiche Anordnung erst vor wenigen Jahren in manchen Bibliotheken eingeführt worden ist und damals noch kaum gebräuchlich war.

»Die Ursprünge dieser Bibliothek liegen in der Tiefe der Zeiten«, sagte Malachias würdevoll, »und so sind die Bücher hier aufgeführt nach der Reihenfolge ihres Erwerbs, ob durch Kauf oder Schenkung, das heißt nach dem Zeitpunkt ihres Eingangs in unsere Mauern.«

»Schwer zu finden«, bemerkte William.

»Es genügt, dass der Bibliothekar sie kennt und bei jedem Buch weiß, wann es in die Bibliothek gekommen ist. Die anderen Mönche können sich auf sein Gedächtnis verlassen.« Es klang, als spreche er nicht von sich selbst, sondern von einer anderen Person; in Wahrheit sprach er wohl von dem Amt, als dessen Diener und treuer Verwalter er sich begriff, jüngstes Glied einer langen Kette von Vorgängern, die ihr kostbares Wissen jeweils an ihre Nachfolger weitergereicht hatten.

»Verstehe«, sagte William. »Wenn ich zum Beispiel etwas über das Pentagon Salomonis suchen würde, ohne bereits zu wissen, was es darüber gibt, so würdet Ihr mir das Buch nennen können, dessen Titel ich vorhin las, und es mir aus dem Oberstock holen.«

»Gewiss, wenn Ihr wirklich etwas über das Pentagon Salomonis wissen müsstet«, antwortete Malachias. »Bei diesem Buch würde ich allerdings lieber erst den Rat des Abtes einholen.«

William schwieg einen Augenblick und sagte dann: »Wie ich erfahren habe, ist kürzlich einer Eurer Miniaturenmaler... verschwunden. Der Abt hat mir viel von seiner Kunst erzählt. Könnte ich wohl die Handschriften sehen, die er ausgeschmückt hat?«

»Adelmus von Otranto«, antwortete Malachias und sah William misstrauisch an, »war noch jung und bemalte daher nur die Ränder der Manuskripte. Er hatte eine sehr lebhafte Phantasie und vermochte aus Bekanntem Unbekanntes und Überraschendes zu komponieren, wie wenn man Menschenleiber mit Pferdeköpfen vereint. Aber seht selbst, hier sind seine Bücher. Niemand hat sie bisher angerührt.«

Wir traten an den Tisch, an dem Adelmus gearbeitet hatte, und erblickten einen Stoß reich bemalter Bögen. Es waren Bögen aus feinstem Vellum, dem König der Pergamente, und der letzte war noch mit Klammern am Tisch befestigt. Gerade erst mit dem Bimsstein abgerieben, mit Kreide weich gemacht und mit dem Eisen geglättet, war er nur zur Hälfte mit Schrift bedeckt, doch der Maler hatte bereits begonnen, die Linien der Randfiguren mit winzigen Nadelstichen vorzuzeichnen. Die anderen Bögen waren indes schon fertig, und als wir ihrer ansichtig wurden, konnten weder William noch ich einen Ausruf der Bewunderung unterdrücken. Es handelte sich um einen Psalter, an dessen Rändern sich eine für unsere Sinne verkehrte Welt abzeichnete – als entfaltete sich an den Rändern eines Diskurses, der *per definitionem* Diskurs der Wahrheit ist, aufs innigste mit ihm verbunden durch wundersame Rätsel und Anspielungen, ein lügnerischer Diskurs über ein Universum, das auf dem Kopf steht, so dass darin die Hunde vor den Hasen fliehen und die Hirsche den Löwen jagen. Kleine Köpfchen mit Vogelfüßen, Tiere mit Menschenhänden auf dem Rücken, haarige Häupter, aus denen Füße wuchsen, zebragestreifte Drachen, Vierbeiner mit Schlangenköpfen, die Hälse verschlungen zu tausend unentwirrbaren Knoten, Affen mit Bockshörnern, Sirenen mit Vogelleibern und Libellenflügeln auf dem Rücken, Menschen ohne Arme, denen andere Menschengestalten buckelförmig aus den Schultern wuchsen, Wesen mit Mäulern voller Zähne am Bauch, Menschenleiber mit Pferdeköpfen und Pferdeleiber mit Menschenbeinen, Fische mit Vogelschwingen und Vögel mit Fischschwänzen, Misswüchsige mit einem Leib und zwei Köpfen oder mit einem Kopf und zwei Leibern, Kühe mit Hahnenschwänzen und Schmetterlingsflügeln, Frauen mit Fischschuppen auf dem Kopf, zweiköpfige Chimären, verschlungen mit eidechsenköpfigen Wasserjungfern, Zentauren, Lindwürmer, Elefanten, Mantikoren mit drei Zahnreihen im Maul, einbeinige Scinopoden, die sich auf Baumästen wanden, Greife mit Schwänzen in Form von gerüsteten Bogenschützen, teuflische Kreaturen mit endlosen Hälsen und ähnliche Monster in großer Zahl. Auf dem unteren Rand einer Seite formten sich Gruppen von menschenförmigen Tieren oder tierförmigen Zwergen zu Szenen des ländlichen Lebens: Pflügende, Säende, Erntende, Beerensammler und Spinnerinnen waren gemalt mit einer Lebendigkeit, dass man meinen konnte, sie bewegten sich wirklich; daneben erstürmten armbrustbewehrte Füchse und Marder eine Stadt, auf deren Zinnen und Türmen Affen saßen. Hier krümmte sich ein großer Anfangsbuchstabe zu einem L und gebar aus seinem unteren Teil einen Drachen, dort kroch aus einem großen V, das den Anfang des Wortes *Verba* bildete, wie als natürliche Fortsetzung seines Rumpfes eine Schlange, aus welcher andere Schlangen hervorgingen, die sich in tausend Windungen zu Trauben und Dolden formten.

Neben dem Psalter lag, gleichfalls offenbar erst vor kurzem fertiggestellt, ein zierliches goldenes Büchlein, so unglaublich klein, dass man es in der Handfläche hätte halten können. Die Miniaturen an den Seiten der winzigen Schrift waren auf den ersten Blick kaum zu erkennen und verlangten Betrachtung aus nächster Nähe, um ihre ganze Schönheit zu offenbaren (und staunend fragte man sich, mit welchem übermenschlichen Werkzeug der Künstler sie gemalt haben mochte, um auf so engem Raum so lebendige Wirkungen zu erzielen). Von oben bis unten waren die Ränder bedeckt mit winzigen Figuren, die sich, gleichsam wie in natürlicher Expansion, aus den Enden und Abschlussbögen der kunstvoll geformten Lettern ergaben: fischschwänzige Sirenen, Chimären, fliehende Hirsche, armlose menschliche Torsi, die Würmern gleich aus den Enden der Verse wuchsen. An einer Stelle sah ich, gleichsam als Fortsetzung und Kommentar eines dreifach über drei Zeilen wiederholten *Sanctus, Sanctus, Sanctus,* drei Tierleiber mit Menschenköpfen, von denen zwei sich beugten, der eine nach oben, der andere nach unten, um sich in einem Kuss zu vereinen, den als schamlos zu definieren man nicht gezögert hätte, wäre man nicht überzeugt gewesen, dass die Existenz dieser Darstellung an diesem Ort ohne Zweifel gerechtfertigt war durch eine tiefe, wenn auch nicht ohne weiteres erkennbare spirituelle Bedeutung.

Ich folgte den Bildern in einer Mischung aus stummer Bewunderung und Ergötzen, denn unwillkürlich reizten mich diese Figuren zum Lachen, obwohl sie heilige Texte kommentierten. Auch William betrachtete sie mit einem Lächeln und sagte heiter: »Babewyn nennt man sie auf meinen Inseln.«

»Babouins heißen sie in Gallien«, nickte Malachias, »und in der Tat hat Adelmus seine Kunst in Eurer Heimat erlernt, obwohl er dann später auch in Paris studierte. Paviane, Fratzengesichter, afrikanische Affen – Figuren einer verkehrten Welt, in welcher die Häuser sich auf Nadelspitzen erheben und die Erde über dem Himmel ist.«

Mir kamen einige Verse in den Sinn, die ich zu Hause in meinem heimatlichen Idiom gehört hatte, und ich konnte mich nicht enthalten, sie zu zitieren:

Aller wunder si geswigen,
das erde himel hât überstigen,
daz sult ir vür ein wunder wigen.

Malachias stimmte ein und fuhr fort:

Erd ob un himel unter,
das sult ir hân besunder
vür aller wunder ein wunder.

»Bravo, Adson«, lobte der Bibliothekar, »in der Tat sprechen diese Bilder von jener Region, in die man auf dem Rücken einer Blaugans gelangt, um dort Sperber zu finden, die Fische fangen in einem Bach, und Bären, die Falken am Himmel jagen, und Krebse, die mit den Tauben fliegen, und drei Riesen, die gefangen in einer Falle sitzen und von einem Hahn gebissen werden.«

Ein feines Lächeln erhellte seine Züge, worauf die anderen Mönche, die unserem Gespräch mit einer gewissen Scheu gefolgt waren, wie erlöst in ein allgemeines Gelächter ausbrachen, als hätten sie nur die Zustimmung des Bibliothekars abgewartet. Dieser freilich verdüsterte sich sofort wieder, doch die anderen lachten nun weiter im Chor, lobten die Kunst des armen Adelmus und zeigten einander die unwahrscheinlichsten Gestalten. Und während sie alle laut durcheinanderlachten, ertönte plötzlich in unserem Rücken eine sehr ernste und strenge Stimme:

»*Verba vana aut risui apta non loqui!*«

Wir drehten uns um. Der da gesprochen hatte, war ein greiser Mönch, gebeugt von der Last seiner Jahre und weiß wie der Schnee, nicht nur an Kopf und Händen, sondern auch im Gesicht und sogar in den Augen. Offensichtlich ein Blinder. Seine Stimme hatte majestätisch geklungen, und seine Glieder schienen mir trotz seines hohen Alters noch kraftvoll zu sein. Er fixierte uns streng, als könnte er uns sehen, und auch in den folgenden Tagen sah ich ihn stets sich bewegen und sprechen, als wäre er noch im Besitz seines Augenlichtes. Doch der Ton seiner Stimme war der eines Mannes, der nur das innere Auge besitzt, will sagen die Gabe der Prophetie.

»Der ehrwürdige und weise Mönch, der da vor Euch steht«, sagte Malachias zu William und wies auf den Neuankömmling, »ist Bruder Jorge von Burgos. Älter als jeder andere in diesem Kloster, ausgenommen Alinardus von Grottaferrata, ist er es, dem hier die meisten Brüder ihre Sündenlast anvertrauen im Geheimnis der Beichte.« Und zu dem Greis gewandt sagte er: »Vor Euch steht Bruder William von Baskerville, er ist bei uns zu Gast.«

»Ich hoffe, Euch nicht erzürnt zu haben mit meinen Worten«, sagte der Alte kühl. »Ich hörte Personen über lachhafte Dinge lachen und erinnerte sie an einen Grundsatz unserer Regel. Denn wie der Psalmist sagt: Wenn der Mönch sich der guten Reden enthalten muss aufgrund des Schweigegebotes, so hat er erst recht die üblen Reden zu meiden. Und wie es üble Reden gibt, gibt es auch üble Bilder. Und das sind solche, die Lügen verbreiten über die Formen der Schöpfung, indem sie die Welt verkehrtherum darstellen, als das Gegenteil dessen, was sie ist und sein muss und bleiben wird von Säkulum zu Säkulum bis ans Ende der Zeiten... Doch Ihr kommt ja aus einem anderen Orden, in welchem, wie mir berichtet wurde, selbst noch die unangebrachteste Heiterkeit mit Nachsicht betrachtet wird.« Die letzten Worte waren eine Anspielung auf die unter den Benediktinern verbreiteten Ansichten über die Grillen des heiligen Franz von Assisi – und vielleicht auch ein wenig auf die Grillen, die man den Fratizellen und Spiritualen aller Art, den jüngsten und beunruhigendsten Sprösslingen des Franziskanerordens, zu unterstellen pflegte. Doch Bruder William tat so, als habe er die Anzüglichkeit überhört.

»Die Bilder an den Rändern der Manuskripte reizen uns häufig zum Lachen, aber sie tun es nur zu erbaulichen Zwecken«, erwiderte er. »Wie man in Predigten vor dem Volk oft Exempla einführen muss, und nicht selten ergötzliche, um die Phantasie der frommen Zuhörer anzuregen, so muss auch die Rede der Bilder sich dieser Possen bedienen. Für jede Tugend und jede Sünde gibt es ein Beispiel in der Welt der Tiere, und die Tiere spiegeln die Welt der Menschen.«

»Oh, gewiss doch!« höhnte der Alte, ohne die Miene zu verziehen. »Jedes Bildnis ist gut, um die Menschen zur Tugend anzuhalten, damit am Ende die Krone der Schöpfung, auf den Kopf gestellt und mit den Beinen nach oben, zum Anlass groben Gelächters wird! So offenbart sich das Wort des Herrn im Esel, der auf der Leier spielt, im Tölpel, der mit dem Schilde pflügt, im Ochsen, der sich von allein vor den Pflug spannt, in Flüssen, die den Berg hinauffließen, in Meeren, die sich entzünden, im Wolf, der zum frommen Einsiedler wird! Jagt die Hasen mit Ochsen, lasst euch die Grammatik von den Spatzen beibringen, die Hunde mögen die Flöhe beißen, die Blinden mögen die Stummen betrachten, und die Stummen schreien nach Brot! Die Ameisen mögen Kälber gebären, gebratene Hühner fliegen, die Fladenkuchen wachsen auf Dächern, die Papageien halten Rhetorikkurse, die Hennen bespringen die Hähne, spannt die Karren vor die Ochsen, lasst die Hunde in Betten schlafen und lasst uns alle hinfort auf den Köpfen gehen! Was sollen all diese Possen? Eine verkehrte Welt, erfunden als Gegenteil der von Gott geschaffenen unter dem Vorwand, Gottes Gebote zu lehren!«

»Aber der große Areopagit hat gelehrt«, gab William sanft zu bedenken, »dass Gott nur durch die allerverzerrtesten Dinge benannt werden kann. Und Hugo von Sankt Viktor hat uns daran erinnert, als er sagte: Je mehr die Ähnlichkeit sich unähnlich macht, desto mehr enthüllt sich die Wahrheit unter dem Schleier erschreckender oder schamloser Figuren und desto weniger heftet sich die Phantasie ans fleischliche Verlangen, sondern sieht sich vielmehr gezwungen, die Geheimnisse aufzudecken, die sich unter der Schändlichkeit der Bilder verbergen...«

»Ich kenne das Argument! Und voller Scham muss ich zugeben, dass es das Hauptargument unseres Ordens war, als die cluniazensischen Äbte im Streit mit den Zisterziensern lagen. Aber Sankt Bernhard hatte recht: Wer ständig Monster darstellt und Missbildungen der Natur, um die Dinge Gottes zu offenbaren *per speculum et in aenigmate*, der gewinnt allmählich Gefallen an den Scheußlichkeiten, die er ersinnt, und ergötzt sich an ihnen und sieht am Ende nichts anderes mehr als sie! Schaut nur, ihr, die ihr noch euer Augenlicht habt, auf die Kapitelle in eurem Kreuzgang«, und er deutete mit erhobener Hand aus dem Fenster hinüber zur Kirche. »Was bedeuten unter den Augen der meditierenden Mönche jene lächerlichen Monstrositäten, jene deformierte Formenpracht, jene formenprächtigen Deformationen? Jene schmutzigen Affen? Jene Löwen, jene Zentauren, jene menschenähnlichen Wesen, die den Mund am Bauch haben und nur einen Fuß und Segelohren? Jene gescheckten Tiger, jene kämpfenden Krieger, jene munter in ihre Hörner stoßenden Jäger? Und jene vielen Leiber an einem einzigen Kopf und jene vielen Köpfe an einem einzigen Leib? Vierbeiner mit Schlangenhäuptern, Fische mit Vierbeinerköpfen, da ein Tier, das vorn ein Pferd zu sein scheint und hinten ein Ziegenbock, dort ein pferdeähnliches Wesen mit Hörnern, und so immer weiter! Heutzutage ist es für einen Mönch ergötzlicher, die steinernen Bilder zu lesen anstatt die gelehrten Schriften, und die Werke von Menschenhand zu bewundern anstatt fromm zu meditieren über die Gesetze Gottes! Schande, Schande über die Gier eurer Augen und euer Gelächter!«

Schweratmend hielt der Greis inne. Und ich bewunderte sein genaues Gedächtnis, hatte er doch, obwohl vielleicht schon seit Jahren erblindet, noch sämtliche Bilder im Kopf, deren Schändlichkeit er so lebhaft schilderte. Ja, mir kam der Verdacht, dass diese Bilder ihn seinerzeit sehr erregt haben mussten, als er sie sah, wenn er sie immer noch mit solcher Leidenschaft zu beschreiben vermochte. Doch es ging mir auch später in meinem Leben noch häufig so, dass ich die verführerischsten Schilderungen ausgerechnet in Texten jener höchst tugendsamen und standhaften Männer fand, die den Zauber ihrer verderblichen Wirkung am allerheftigsten brandmarkten. Was nur bezeugt, dass diese Männer von so großem Eifer für das Zeugnis der Wahrheit erfüllt sind, dass sie sich in ihrer Liebe zu Gott nicht scheuen, das Böse mit allen seinen verführerischen Reizen auszustatten, um die Menschen besser ins Bild zu setzen über die teuflische Art und Weise, wie es sie verzaubert. Und tatsächlich riefen die Worte des grimmen Jorge in mir eine große Lust hervor, die Tiger und Affen im Kreuzgang, den ich noch nicht bewundert hatte, zu betrachten. Aber Jorge unterbrach den Lauf meiner Gedanken, indem er von neuem zu sprechen anhob, diesmal etwas ruhiger.

»Unser Herr Jesus Christus bedurfte nicht solcher Narreteien, um uns den rechten Weg zu zeigen. Nichts in seinen Gleichnissen reizt uns zum Lachen oder zum Schaudern. Adelmus jedoch, den ihr heute als Toten beklagt, hatte Gefallen an den Monstern, die er ersann, er genoss ihre Ungeheuerlichkeiten so sehr, dass er die letzten Dinge, deren materielle Figur sie doch sein sollten, aus den Augen verlor. Und er durchlief alle, ich sage *alle*«, und seine Stimme wurde aufs neue ernst und drohend, »alle Wege der Schändlichkeit! Und dafür hat ihn Gott zu strafen gewusst.«

Ein lastendes Schweigen legte sich auf die Runde. Es war Venantius von Salvemec, der es zu durchbrechen wagte.

»Ehrwürdiger Jorge«, sagte er, »Eure Tugend macht Euch ungerecht. Zwei Tage bevor Adelmus starb, wart Ihr Zeuge eines gelehrten Disputes, der hier im Skriptorium stattfand. Adelmus legte großen Wert darauf, dass seine Kunst, trotz Darstellung wunderlicher und phantastischer Dinge, dem Ruhme Gottes diene als Mittel zur Erkenntnis der himmlischen Dinge. Bruder William hat vorhin die Lehre des Areopagiten über die Erkenntnis durch die Verzerrung erwähnt. Adelmus zitierte eine andere sehr große Autorität, nämlich den Doktor von Aquin, der gesagt hat, dass es richtig und gut sei, wenn die göttlichen Dinge mehr in Figuren gemeiner Körper dargestellt würden als in Figuren edler Körper. Erstens, weil die menschliche Seele dann leichter vom Irrtum befreit werde, denn so sei es evident, dass gewisse Eigenschaften nicht den göttlichen Dingen zugeschrieben werden können, was zweifelhaft wäre, wenn diese mit Hilfe edler irdischer Körper dargestellt würden. Zweitens, weil besagte Darstellungsweise angemessener sei für die Kenntnis Gottes, die wir auf Erden haben, denn er offenbare sich mehr in dem, was er *nicht* ist, als in dem, was er ist, weshalb uns die Ähnlichkeiten derjenigen Dinge, die sich am weitesten von Gott entfernen, zu einer exakteren Meinung über ihn führten, da wir nun wüssten, dass er über allem steht, was wir sagen und denken. Und drittens schließlich, weil durch diese Darstellungsweise die Dinge Gottes besser vor denen verborgen würden, die ihrer nicht würdig sind. Kurzum, es ging in jenem Disput darum, ob und wie man die Wahrheit durch überraschende Ausdrücke, treffende oder rätselhafte, zu erkennen vermag. Und ich wies darauf hin, dass sich auch im Werk des großen Aristoteles sehr klare Worte zu diesem Thema finden...«

»Ich erinnere mich nicht«, unterbrach ihn Jorge schroff. »Ich bin sehr alt. Ich erinnere mich nicht. Vielleicht bin ich allzu streng gewesen. Es ist spät geworden, ich muss gehen.«

»Ich wundere mich, dass Ihr Euch nicht erinnert«, beharrte Venantius. »Es war ein gelehrter und schöner Disput, in den auch Benno und Berengar eingriffen. Es ging um die Frage, ob die Metaphern und Rätsel und Wortspiele, die von den Dichtern anscheinend zum bloßen Vergnügen ersonnen werden, nicht zu neuen und überraschenden Spekulationen über die Dinge anregen können, und ich sagte, dass auch dies eine Tugend sei, die man vom Weisen verlange... Und auch Malachias...

»Wenn der ehrwürdige Jorge sich nicht erinnern kann, so respektiere gefälligst sein Alter und die Ermüdung seines Geistes... der ansonsten sehr lebhaft ist«, warf einer der

Mönche ein. Er hatte voller Erregung gesprochen, zumindest am Anfang, denn als er merkte, dass er, um zur Achtung vor dem Alter aufzurufen, de facto auf eine der Schwächen des Alters verwies, hatte er den Impetus seiner Worte rasch gezügelt, so dass sein Einwurf schließlich mit einer fast hingehauchten Entschuldigung endete. Es war Berengar von Arundel, der Adlatus des Bibliothekars, der so gesprochen hatte. Ein junger Mönch mit bleichem Gesicht, bei dessen Anblick mir unwillkürlich in den Sinn kam, was Ubertin von dem toten Adelmus gesagt hatte: Seine Augen glichen den Augen eines lüsternen Weibes. Eingeschüchtert von den Blicken der Umstehenden, die sich alle ihm zugewandt hatten, drehte und wand er die Hände wie einer, der eine innere Spannung zu unterdrücken versucht.

Einzigartig war die Reaktion des Venantius. Er fixierte Berengar streng, so dass dieser die Augen niederschlug, und sagte: »Schon recht, Bruder. Wenn das Gedächtnis ein Geschenk Gottes ist, so kann auch die Fähigkeit zu vergessen eine kostbare Gabe sein, die Achtung verdient. Aber ich achte sie nur bei dem ehrwürdigen Mitbruder, zu dem ich soeben sprach. Von *dir* hätte ich eine lebhaftere Erinnerung an die Dinge erwartet, die damals passiert sind, als wir hier standen, zusammen mit einem deiner liebsten Freunde...«

Ich könnte nicht sagen, ob Venantius den Worten »deiner liebsten« besonderen Nachdruck gegeben hatte. Tatsache ist jedoch, dass sich plötzlich eine allgemeine Verlegenheit über die Runde senkte. Jeder blickte in eine andere Richtung, und niemand schaute auf Berengar, der heftig errötete. Schließlich griff Malachias ein und sagte mit Entschiedenheit: »Kommt, Bruder William, ich werde Euch noch einige andere interessante Bücher zeigen.«

Die Gruppe löste sich auf. Ich konnte gerade noch sehen, wie Berengar dem Venantius einen grollenden Blick zuwarf, den dieser mit stummer Herausforderung zurückgab. Zugleich aber sah ich, dass der alte Jorge sich zurückziehen wollte, und bewegt von einem spontanen Impuls, ihm meine Verehrung zu bezeugen, neigte ich mich, um seine Hand zu küssen. Der Alte nahm meinen Kuss entgegen, legte mir die

Hand auf den Kopf und fragte, wer ich sei. Als ich ihm meinen Namen nannte, erhellte sich sein Gesicht.

»Du trägst einen großen und schönen Namen«, sagte er. »Weißt du, wer Adson von Montier-en-Der war?« Ich gestand, dass ich es nicht wusste. Woraufhin Jorge erklärte: »Er war der Autor eines großen und erschütternden Buches, des *Libellus de Antichristo*, in welchem er Dinge sah, die eines Tages geschehen werden. Doch er fand kaum Gehör...«

»Das Buch wurde vor der Jahrtausendwende geschrieben«, sagte William, »und seine Voraussagen haben sich nicht erfüllt...«

»Nur für jene nicht, die keine Augen haben zu sehen«, sagte der Blinde. »Die Wege des Antichrist sind langwierig und verschlungen. Er kommt, wenn wir ihn am wenigsten erwarten – und nicht, weil die Berechnungen falsch wären, die der Apostel uns nahegelegt, sondern weil wir nicht gelernt haben, sie zu deuten.« Und mit donnernder Stimme rief er, das Antlitz zum Saale gewandt, so dass die Deckengewölbe erbebten: »Er ist schon im Kommen! Vergeudet nicht eure letzten Tage mit Lachen über die albernen kleinen Monster mit scheckigem Fell und gewundenen Schwänzen! Nutzet die letzten sieben Tage!«

Erster Tag

Vesper

Worin der Rest der Abtei besichtigt wird und William erste Schlussfolgerungen über den Tod des Adelmus zieht sowie mit dem Bruder Glaser spricht, erst über Lesegläser und dann über die Hirngespinste der allzu Lesebegierigen.

In diesem Augenblick läutete es zur Vesper, und die Mönche schickten sich an, ihren Arbeitsplatz zu verlassen. Malachias bedeutete uns, dass auch wir nun zu gehen hätten; er werde mit seinem Adlatus noch bleiben, um aufzuräumen und, wie er sich ausdrückte, die Bibliothek für die Nacht herzurichten. William fragte ihn, ob er danach die Türen verschließen werde.

»Es gibt keine Türen«, erklärte der Bibliothekar, »die den Zugang zum Skriptorium von der Küche und vom Refektorium versperren, ebensowenig wie den vom Skriptorium zur Bibliothek. Das Verbot des Abtes muss stärker sein als jedes Schloss. Die Mönche haben Küche und Refektorium bis Komplet zu verlassen, und zu dieser Stunde verschließe ich eigenhändig die beiden unteren Pforten, damit keine Fremden und keine Tiere, für die das Verbot keine Wirkung hat, ins Aedificium gelangen. Danach bleibt das Gebäude leer.«

Wir gingen hinunter. Während die Mönche sich in die Kirche begaben, entschied William, dass der Herr uns gewiss vergeben werde, wenn wir für diesmal nicht am Vespergottesdienst teilnähmen (der Herr hatte uns in den folgenden Tagen noch viel zu vergeben!), und schlug mir einen kleinen Rundgang vor, um uns mit dem Gelände besser vertraut zu machen.

Wir gingen durch die Küche hinaus und schritten über den Friedhof. Einige Gräber waren sichtlich jüngeren Datums, andere trugen die Spuren der Zeit und kündeten von den irdischen Tagen der Mönche, die in den vergangenen Jahrhunderten hier gelebt hatten. Namen standen allerdings nicht auf den Gräbern, nur schlichte steinerne Kreuze.

Das Wetter verschlechterte sich. Ein kalter Wind war aufgekommen, und der Himmel hatte sich bezogen. Im Westen hinter den Gärten erriet man eine untergehende Sonne, und im Osten war es schon fast dunkel. Dorthin wandten wir unsere Schritte, gingen am Chor der Kirche vorbei und erreichten den Hinterhof, in den wir bereits am Nachmittag einen kurzen Blick hatten werfen können. Vor unseren Augen lagen die Ställe, im Norden fast an die Umfassungsmauer gelehnt, wo sie an den Sockel des Aedificiums stieß und einige Männer damit beschäftigt waren, den Bottich mit dem frischen Schweineblut abzudecken. Wir bemerkten, dass die Mauer an einer Stelle hinter dem Schweinestall etwas niedriger war, so dass man hinübersehen konnte. Als wir uns über die Brüstung beugten, sahen wir auf dem steil abfallenden Hang darunter allerlei Scherben, die der Schnee nicht ganz zu bedecken vermochte. Offenbar handelte es sich um Teile des Abfalls, der hier hinausgekippt wurde und sich den Berg hinunter ergoss bis zu jenem Seitenpfad, in den der entsprungene Brunellus sich heute morgen geflüchtet hatte. Ich sage ergoss, denn es handelte sich um einen breiten Strom von stinkendem Müll, dessen Geruch bis zu uns heraufdrang. Vermutlich pflegten die Bauern sich unten zu holen, was sie zum Düngen ihrer Felder gebrauchen konnten. Doch mit den Ausscheidungen der Tiere und Menschen vermischten sich andere Abfälle, festere Gegenstände, der ganze Auswurf, den die Abtei tagtäglich absonderte, um sich rein zu halten in ihrer Beziehung zum Gipfel des Berges und zum Himmel.

Wir wandten uns ab und gingen weiter. Unser Weg führte uns den Hof hinunter, vorbei an den Ställen der Pferde, die gerade zur Futterraufe geführt wurden, und an den übrigen Stallungen, die sich längs der Mauer aneinanderreihten, während sich gegenüber, also zu unserer Rechten, an den Chor der Kirche gelehnt, das Dormitorium erstreckte, gefolgt von einem flachen Latrinenbau. Am unteren Ende des Hofes, wo die Mauer nach Westen abbog, lag im Winkel die Schmiede. Die letzten Handwerker sammelten gerade ihre Werkzeuge ein und löschten die Esse, um sich zum Vespergottesdienst zu begeben. William trat näher und schaute neugierig in einen Seitenraum, der vom Rest der Werkstatt abgeteilt war und worin wir einen Mönch seine Gerätschaften ordnen sahen. Auf dem Tisch in der Mitte des Raumes lag eine prächtige Sammlung farbiger kleiner Gläser, größere Scheiben lehnten an der Wand. Ein noch unvollendeter Reliquienschrein, von dem bisher nur das silberne Gehäuse existierte, stand vor dem Mönch, der offensichtlich damit beschäftigt war, Gläser und kostbare Steine daran zu befestigen, die er mit Hilfe seiner Instrumente zur Größe von Gemmen reduziert hatte.

Wir machten Bekanntschaft mit Bruder Nicolas von Morimond, dem Glasermeister der Abtei. Er erklärte uns freundlich, dass im hinteren Teil der Werkstatt auch Glas geblasen werde, während vorn, wo wir die Handwerker aufräumen sahen, die Scheiben in bleierne Fassungen eingesetzt würden, um Fenster daraus zu machen. Allerdings, so fügte er traurig hinzu, sei das große Werk der Glaskunst, das der Kirche und dem Aedificium ihren Glanz verleihe, bereits vor mindestens zweihundert Jahren vollendet worden, und heute beschränke man sich auf kleinere Arbeiten sowie auf Reparaturen der im Laufe der Zeit entstandenen Schäden.

»Und glaubt mir, das ist sehr mühsam«, versicherte er, »denn es gelingt uns nicht mehr, die Farben von einst zu finden, besonders das Blau, das ihr noch im Chor bewundern könnt und dessen Klarheit so herrlich ist, dass es die Kirche bei hohem Sonnenstand mit einem geradezu paradiesischen Licht erfüllt. Die Fenster im Westteil der Kirche, die wir erst vor kurzem erneuern mussten, sind längst nicht so gut geworden. Es hat keinen Zweck mehr«, seufzte er traurig, »wir haben nicht mehr das Können der Alten, die Zeit der Riesen von einst ist vorbei!«

»Ja, wir sind Zwerge«, nickte William, »aber Zwerge, die auf den Schultern der Riesen von einst sitzen, und so können wir trotz unserer Kleinheit manchmal weiter sehen als sie.«

»Was, sag mir, was können wir besser als sie?« rief Nicolas

aus. »Wenn du hinuntersteigst in die Krypta der Kirche, wo der Klosterschatz aufbewahrt wird, findest du dort Reliquienschreine von so unendlich feiner Machart, dass dieses elende Ding hier, das ich erbärmlich zusammenbastle« – mit einer verächtlichen Handbewegung zeigte er auf sein Werkstück – »dagegen wie plumper Hohn erscheint!«

»Nirgendwo steht geschrieben, dass fähige Glasermeister immer nur Kirchenfenster und Reliquienschreine herstellen müssen, wenn die Meister von einst so treffliche und gewiss auch noch für Jahrhunderte dauerhafte zu machen verstanden. Sonst würde die Welt bald voller Reliquienschreine sein, und das in einer Zeit, da die Heiligen, aus denen man Reliquien gewinnt, so rar geworden sind«, lächelte William tröstend. »Auch braucht man nicht immer nur Fenster zu reparieren. Ich habe in anderen Ländern Dinge aus Glas gesehen, die an eine Welt von morgen denken lassen, in welcher das Glas nicht nur im Dienst der Verehrung Gottes und seiner Kirche stehen wird, sondern auch im Dienst der Menschen, um ihnen zu helfen, ihre Schwächen zu überwinden. Ich möchte dir gern ein Werk unserer Tage zeigen, von dem ich mich glücklich schätze, ein überaus nützliches Exemplar zu besitzen.« Mit diesen Worten griff William in seine Kutte und zog zur Verblüffung unseres wackeren Meisters seine Augengläser hervor.

Nicolas nahm das Gerät, das William ihm reichte, mit großer Neugier in beide Hände. »*Oculi de vitro cum capsula!*« rief er bewundernd aus. »Ich habe davon schon gehört. Ein gewisser Fra Giordano, den ich früher einmal in Pisa kannte, sagte mir damals, sie seien vor etwa zwanzig Jahren erfunden worden. Aber das ist mehr als zwanzig Jahre her.«

»Ich glaube, dass die Erfindung viel älter ist«, sagte William.

»Aber die Herstellung ist sehr schwierig und verlangt erfahrene Hände. Sie kostet Zeit und Arbeit. Vor zehn Jahren wurde in Bologna ein Paar dieser *vitrei ab oculis ad legendum* für sechs Silbergroschen verkauft. Ich hatte damals bereits ein Paar, das mir ein großer Meister, Salvino degli Armati, vor über zehn Jahren geschenkt hatte, und ich habe diese kostbaren Gläser während der ganzen Zeit so sorgsam gehütet, als wären sie – was sie inzwischen tatsächlich geworden sind – ein Teil meines Körpers.«

»Ich hoffe, du lässt sie mich irgendwann dieser Tage einmal genauer untersuchen. Es würde mir nicht missfallen, ähnliche herzustellen«, sagte Nicolas aufgeregt.

»Gewiss«, erwiderte William. »Aber bedenke, dass die Form und Dicke der Linsen verschieden sein muss, je nachdem, an welches Auge sie sich anpassen sollen. Man muss eine ganze Reihe von Linsen direkt am Patienten ausprobieren, bevor man die richtigen für ihn gefunden hat.«

»Wahrlich ein Wunder, ein echtes Wunder!« staunte Nicolas, immer noch ganz ergriffen. »Und doch werden viele, wenn sie das sehen, von Hexerei und Teufelswerk sprechen...«

»Sicher kann man bei diesen Dingen auch von Magie, sprechen«, gab William zu. »Doch es gibt zwei Arten von Magie. Die eine ist Teufelswerk und zielt darauf ab, die Menschen durch Machenschaften, von denen zu sprechen sich nicht geziemt, zu zerstören. Die andere aber ist Gottes Werk, und sie liegt immer dann vor, wenn die göttliche Weisheit sich in der menschlichen Wissenschaft ausdrückt mit dem Ziel, die Natur zu verändern und das Leben der Menschen zu verlängern. Dies ist zweifellos eine heilige Magie, der die Wissenschaftler sich mehr und mehr zuwenden sollten. Nicht nur um Neues zu entdecken, sondern auch um die vielen Geheimnisse der Natur wieder freizulegen, die Gottes Weisheit bereits den Juden und Griechen und anderen antiken Völkern offenbart hatte und die Gott auch heute noch manchen Ungläubigen offenbart (du glaubst gar nicht, wie viele Wunderdinge der Optik oder der Wissenschaft vom Sehen sich in den Schriften der Ungläubigen finden!). All diese Kenntnisse muss eine christliche Wissenschaft sich wieder aneignen und sich gewissermaßen zurückholen von den Heiden und Ungläubigen *tamquam ab iniustis possessoribus*.«

»Aber warum lassen dann diejenigen«, fragte Nicolas interessiert, »die bereits im Besitz dieser Wissenschaft sind, nicht das ganze Gottesvolk an ihr teilhaben?«

»Weil nicht das ganze Gottesvolk reif ist für so viele Geheimnisse«, antwortete mein Meister. »Und es ist ja auch oft schon geschehen, dass die Inhaber dieser Wissenschaft mit dämonischen Magiern verwechselt wurden, mit Leuten, die sich dem Teufel verschrieben hatten und nun mit ihrem Leben bezahlen mussten für ihren Wunsch, die anderen teilhaben zu lassen an ihrem Wissensschatz. Ich selber musste mich in meiner früheren Tätigkeit bei Prozessen, bei denen es um den Verdacht des Umgangs mit dem Dämon ging, oft sorgsam vor dem Gebrauch dieser Linsen hüten und mir die Akten von Sekretären vorlesen lassen, um nicht in einer Zeit, in der die Präsenz des Teufels so nahe schien, dass alle schon sozusagen den Schwefel rochen, der Komplizenschaft mit dem Angeklagten verdächtigt zu werden. Im übrigen hat schon der große Roger Bacon zu Recht darauf hingewiesen, dass nicht alle Geheimnisse der Wissenschaft in alle Hände gelangen dürfen, da einige sie für üble Zwecke missbrauchen könnten. Oft muss der Wissende Bücher als magisch ausgeben, die gar nicht magisch sind, sondern durchaus von guter Wissenschaft, um sie vor indiskreten Augen zu schützen.«

»Dann fürchtest du also, dass die Laien schlechten Gebrauch von diesen Geheimnissen machen könnten?« wollte Nicolas wissen.

»Bei den Laien fürchte ich nur, dass sie sich von ihnen erschrecken lassen und sie mit jenem Teufelswerk verwechseln, von dem unsere Prediger allzuoft sprechen. Stell dir vor, ich habe sehr tüchtige Ärzte gekannt, die hervorragende Medizinen zu mischen wussten, mit denen sie schlimme Krankheiten unverzüglich zu heilen vermochten. Aber den Laien verabreichten sie ihre Salben und Säfte nur unter Rezitation von heiligen Worten und Sprüchen, die wie Gebete klangen. Nicht weil diese Sprüche irgendeine heilende Kraft gehabt hätten, sondern damit die Patienten glaubten, während sie das Zeug schluckten oder sich damit einreiben ließen, dass die Heilung durch die Gebete käme, so dass sie gesund wurden, ohne allzusehr auf die Medikamente zu achten. Außerdem hat der Körper, wenn die Seele aufrechte Weise zum Vertrauen in die fromme Formel gebracht wird, mehr Aufnahmebereitschaft für die heilende Wirkung der Medikamente. Oft jedoch müssen die Schätze der Wissenschaft nicht so sehr vor den Laien verborgen werden als vielmehr vor den anderen Wissenschaftlern. Heutzutage werden Wundermaschinen gebaut, von denen ich dir eines Tages erzählen werde, Wundermaschinen, sage ich dir, mit denen man effektiv und realiter den Lauf der Natur zu ändern vermag. Doch wehe, wenn sie in die Hände von Leuten fallen, die sie zur Ausweitung ihrer irdischen Macht benutzen oder zur Befriedigung ihrer Besitzgier! In Kathai, so ist mir berichtet worden, soll es einem Weisen gelungen sein, ein Pulver herzustellen, das bei Berührung mit Feuer einen gewaltigen Knall und eine große Flamme hervorbringt und alle Dinge im Umkreis von vielen Klaftern zerstört. Ein treffliches Mittel, wenn es zur Urbarmachung des Bodens benutzt wird, etwa um Flüsse umzuleiten oder um Felsbrocken zu zertrümmern. Was aber, wenn es jemand benutzt, um seinen persönlichen Feinden zu schaden?«

»Das wäre vielleicht gar nicht so schlecht, wenn es sich um Feinde des Gottesvolkes handelt«, meinte Nicolas fromm.

»Ja, vielleicht«, nickte William. »Aber wer ist heute der Feind des Gottesvolkes? Ludwig der Kaiser oder Johannes der Papst?«

»Oh Gott, nein!« rief Nicolas erschrocken aus. »So was Schwieriges möchte ich nicht entscheiden müssen!«

»Siehst du?« sagte William. »Manchmal ist es ganz gut, wenn gewisse Geheimnisse unter okkulten Reden verborgen bleiben. Die Geheimnisse der Natur werden nicht in Ziegen- und Rinderhäuten aufbewahrt. Aristoteles sagt im Buch der verborgenen Dinge, wenn man zu viele Geheimnisse der Natur und der Kunst verrät, zerbricht ein himmlisches Siegel, und viele Übel könnten die Folge sein. Das soll nun gewiss nicht heißen, dass die Geheimnisse niemals aufgedeckt werden dürften, wohl aber, dass es allein den Wissenden und Gelehrten zukommt, über das Wie und Wann zu entscheiden.«

»Und deswegen ist es gut, dass an Orten wie diesem hier«, sagte Nicolas, »nicht alle Bücher für jedermann zugänglich sind.«

»Das ist nun wieder etwas ganz anderes«, widersprach William. »Man kann durch zu große Geschwätzigkeit sündigen und durch zu große Zurückhaltung. Ich wollte nicht sagen, dass die Quellen der Wissenschaft unter Verschluss bleiben müssten. Im Gegenteil, das wäre sogar ein großes Übel. Ich wollte sagen, dass bei Geheimnissen, aus denen sich Gutes wie Böses ergeben kann, der Gelehrte das Recht und die Pflicht hat, sich einer dunklen Sprache zu bedienen, die nur seinesgleichen verständlich ist. Die Wege der Wissenschaft sind verschlungen, und es ist schwierig, die guten von den bösen zu unterscheiden. Und oft sind die Gelehrten unserer Tage nur Zwerge auf den Schultern von Zwergen.«

Die liebenswürdige Unterhaltung mit meinem klugen Meister hatte den guten Nicolas wohl zu Vertraulichkeiten ermuntert, jedenfalls zwinkerte er ihm zu (wie um zu sagen: wir beide verstehen uns, wir sprechen von denselben Dingen) und sagte mit einem Seitenblick zum Aedificium hinüber: »Dort oben sind die Geheimnisse der Wissenschaft gut geschützt durch allerlei raffinierten Zauber...«

»Ach ja?« meinte William mit gespielter Gleichgültigkeit. »Du meinst sicher verriegelte Türen, strenge Verbote, Drohungen und dergleichen?«

»Oh nein, mehr...«

»Was zum Beispiel?«

»Nun ja, ich weiß nicht genau, ich beschäftige mich mit Gläsern und nicht mit Büchern, aber in der Abtei erzählt man sich... seltsame Geschichten.«

»Was für welche?«

»Seltsame eben. Zum Beispiel von einem Mönch, der sich nachts in die Bibliothek wagte, um ein Buch zu suchen, das Malachias ihm nicht geben wollte, und der dann auf einmal Schlangen und Männer ohne Köpfe und Männer mit zwei Köpfen sah. Fast wäre der Ärmste verrückt geworden in dem Labyrinth...«

»Warum sprichst du bei diesen Dingen von Zauberei und nicht von teuflischen Erscheinungen?«

»Ich bin zwar ein ungebildeter Handwerker, aber so ungebildet bin ich nun auch wieder nicht. Der Teufel (Gott schütze uns!) würde doch einen Mönch nicht mit Schlangen und zweiköpfigen Männern in Versuchung führen. Allenfalls mit lasziven Visionen, wie er es bei den heiligen Vätern in der Wüste getan hat. Und außerdem, wenn es von Übel ist, dass ein Mönch gewisse Bücher anrührt, warum sollte der Teufel dann diesen Mönch daran hindern, Übles zu tun?«

»Ein gutes Enthymem«, gab William zu.

»Und schließlich noch etwas: Als ich vor einiger Zeit die Fenster im Hospital reparierte, habe ich ein bisschen in Severins Büchern geblättert, und da war ein Buch der Geheimnisse, ich glaube von Albertus Magnus, an dem mich ein paar seltsame Miniaturen reizten, und da habe ich eine Seite gelesen, auf der geschrieben stand, womit man den Docht einer Öllampe einreiben kann, so dass er Visionen macht, wenn man den Rauch einatmet. Du wirst bemerkt haben (oder vielmehr, du wirst es noch nicht bemerkt haben, weil du noch keine Nacht in unserer Abtei verbracht hast), dass der Oberstock des Aedificiums in der Nacht irgendwie erleuchtet ist, jedenfalls scheint aus den Fenstern an manchen Stellen ein flackerndes Licht. Viele haben sich schon gefragt, was das sein mag, manche haben von Irrlichtern gesprochen, andere von den Seelen der früheren Bibliothekare, die an den Ort ihres einstigen Wirkens zurückkehren. Viele glauben hier so was. Ich glaube eher, dass es Lampen sind, die jemand präpariert hat, so dass sie Visionen machen. Weißt du, wenn du zum Beispiel das Ohrenschmalz eines Hundes nimmst und den Docht damit einreibst, dann meint jeder, der den Rauch einatmet, dass er den Kopf eines Hundes hätte, und wenn er jemanden bei sich hat, sieht er ihn mit einem Hundekopf. Und es gibt eine Salbe, die macht, dass alle, die in die Nähe der Lampe kommen, sich riesengroß wie Elefanten wähnen. Und mit den Augen einer Fledermaus und zwei Fischen, deren Namen ich nicht mehr weiß, und dazu einer Wolfsgalle kannst du einen Docht machen, dessen Rauch dich die Tiere sehen lässt, deren Fett du genommen hast. Und mit dem Schwanz einer Eidechse kannst du alle Dinge um dich herum wie aus Silber erscheinen lassen, und mit dem Fett einer schwarzen Schlange und einem Stück Leichentuch erscheint dir das Zimmer ganz voller Schlangen. Ich weiß das. Es gibt da jemanden in der Bibliothek, der ist sehr schlau...«

»Aber könnten *das* nicht die Geister der verstorbenen Bibliothekare sein? Vielleicht veranstalten sie diesen ganzen Zauber mit Lampen und Dochten?«

Nicolas erstarrte wie vom Donner gerührt. »Donnerwetter, daran habe ich nicht gedacht. Vielleicht sind sie es. Gott schütze uns! Aber ich muss mich jetzt sputen. Es ist spät geworden, die Vesper hat schon begonnen. Gehabt euch wohl!« Sprach's und eilte davon in die Kirche.

Wir setzten unseren Rundgang fort. Rechts lagen die Unterkünfte der Pilger und der Kapitelsaal mit dem Garten, links die Olivenpressen, die Mühle, die Speicher, der Weinkeller und das Novizenhaus. Und überall sahen wir Mönche zur Kirche eilen.

»Was haltet Ihr von Nicolas' Worten?« fragte ich William.

»Ich weiß nicht. Sicher ist, dass in der Bibliothek etwas vorgeht, und ich glaube nicht, dass es die Geister der verstorbenen Bibliothekare sind...«

»Warum nicht?«

»Weils sie, wie ich annehme, doch wohl so tugendhaft waren, dass sie jetzt eher im Himmel sitzen und das Antlitz der göttlichen Weisheit schauen, wenn dir diese Antwort genügt. Was die Lampen betrifft, so werden wir ja sehen, ob es dort welche gibt. Und was die magischen Salben betrifft, von denen uns unserer wackerer Glasmeister erzählt hat, so gibt es einfachere Methoden, um Visionen hervorzurufen, und Severin kennt sie genau, wie du heute bemerkt hast. Sicher ist, dass jemand in dieser Abtei die Mönche partout daran hindern will, nachts in die Bibliothek einzudringen, und dass es viele trotzdem versucht haben.«

»Und das Verbrechen, das wir untersuchen, hat mit diesen Dingen zu tun?«

»Verbrechen? Je mehr ich darüber nachdenke, desto mehr gelange ich zu dem Schluss, dass Adelmus sich selber umgebracht hat.«

»Wieso?«

»Erinnerst du dich an den Morgen, als wir den Kehrweg

unter dem Ostturm hinaufstiegen und ich die Müllhalde sah? An jener Stelle fand ich die Spuren eines kleinen Erdrutsches: Ganz offensichtlich war ein Teil des lockeren Erdreichs, ungefähr dort, wo der Müll sich häufte, abgerutscht und den Steilhang hinuntergeglitten bis unter den Turm. deswegen erschien uns vorhin, als wir über die Mauer hinunterblickten, der Müll so wenig mit Schnee bedeckt: Er war gerade nur vom Schnee der letzten Nacht überzogen, nicht aber von dem der Tage zuvor. Was nun die Leiche des armen Adelmus betrifft, so hat uns der Abt gesagt, dass sie über scharfe Felsvorsprünge gefallen sein musste. Doch unter dem Ostturm wachsen Pinien. Die Felsen sind genau an dem Ort, wo die Mauer im Hinterhof an den Turm stößt und der Abfall hinuntergekippt wird.«

»Und weiter.«

»Nun ja, wäre es nicht... wie soll ich sagen... weniger aufwändig für unser Kombinationsvermögen, wenn wir annähmen, dass Adelmus sich aus Gründen, die noch zu klären sein werden, kraft eigenen Entschlusses von jener Mauerbrüstung gestürzt hat, über die Felsen hinuntergefallen und schließlich, tot oder tödlich verletzt, im Müll gelandet ist? Und dass dann ein Erdrutsch, ausgelöst durch den Sturm jener Nacht, den Müll und einen Teil des Bodens mitsamt dem Körper des Unseligen bis unter den Ostturm gespült hat?«

»Warum sagt Ihr, dass diese Annahme weniger aufwändig für unser Kombinationsvermögen sei?«

»Mein lieber Adson, man soll die Erklärungen und Kausalketten nicht komplizierter machen, als es unbedingt nötig ist. Wenn Adelmus aus dem Ostturm gefallen wäre, müsste jemand in die Bibliothek eingedrungen sein, ihn niedergeschlagen haben, damit er keinen Widerstand leistete, es dann fertiggebracht haben, mit dem leblosen Körper auf den Schultern zu einem Fenstersims hochzuklettern, das Fenster zu öffnen und den Körper schließlich hinauszuwerfen. Bei meiner Hypothese genügen Adelmus, sein Todeswille und ein kleiner Erdrutsch. Alles erklärt sich mit einer viel geringeren Anzahl von Elementen.«

»Aber warum sollte er sich umgebracht haben?«

»Warum sollte ihn jemand anders umgebracht haben? In jedem Fall müssen wir Gründe suchen. Und ich bin sicher, dass es welche gibt. Im Aedificium herrscht dicke Luft, du kannst sie förmlich mit Händen greifen, jeder verschweigt uns etwas. Bislang haben wir nur ein paar vage Andeutungen über eine besondere Beziehung zwischen Adelmus und Berengar mitbekommen. Wir sollten also den Bibliothekarsgehilfen im Auge behalten.«

Bei diesen Worten bogen wir um die Ecke und sahen, dass der Vespergottesdienst gerade zu Ende war. Alles strömte aus der Kirche, die Knechte und Diener kehrten an ihre Arbeitsplätze zurück, die Mönche begaben sich ins Refektorium. Es war inzwischen ganz dunkel geworden und hatte zu schneien begonnen – ein leichter Schneefall mit kleinen weichen Flocken, der wohl die ganze Nacht lang anhielt, denn am nächsten Morgen war das ganze Gelände mit einem weißen Schleier bedeckt, wie ich noch berichten werde.

Ich hatte Hunger und freute mich auf das Essen.

Erster Tag

Komplet

Worin William und Adson
die üppige Gastfreundlichkeit des Abtes genießen
und die grimmige Konversation mit Jorge.

Das Refektorium erstrahlte im Schein großer Fackeln. Die Tische der Mönche waren zu einer langen Reihe geordnet, an deren oberem Ende, quergestellt in Form eines T-Balkens und erhöht auf einem breiten Podest, der Tisch des Abtes stand. Am unteren Ende erhob sich ein Pult, an welches bereits der Mönch getreten war, der die Lesung während der Mahlzeit vornehmen sollte. Der Abt erwartete uns neben einem Wasserbecken mit einem weißen Tuch in der Hand, um uns die Hände zu trocknen nach der Waschung, wie es die uralte Regel des heiligen Pachomius gebot.

Alsdann bat er William an seinen Tisch und gewährte auch mir dieses Privileg, jedenfalls für diesen ersten Abend, wie er sagte, da ich, wiewohl nur ein Benediktinernovize, gleichfalls ein neuer Gast der Abtei sei. An den folgenden Tagen, so gab er mir väterlich zu verstehen, könne ich dann ja zwischen den Mönchen Platz nehmen oder, wenn mein Meister mir eine besondere Aufgabe anvertraut habe, vor oder nach der gemeinsamen Mahlzeit in der Küche speisen, wo die Köche sich meiner annehmen würden.

Die Mönche standen allesamt stumm hinter ihren Stühlen, das Haupt verhüllt in der Kapuze und die Hände gefaltet unter dem Skapulier. Der Abt trat an seinen Tisch und sprach das *Benedicite*, woraufhin der Cantor am Pult das *Edent pauperes* intonierte. Dann gab der Abt seinen Segen, und alle setzten sich.

Die Regel unseres Ordensgründers sieht eine recht karge Speisung der Mönche vor, stellt es aber ins Ermessen des Abtes, ihnen mehr zu gewähren, wenn es ihn gutdünkt. Heutzutage wird freilich in unseren Abteien meistens recht ausgiebig den Genüssen des Gaumens gefrönt, und ich spreche hier nicht nur von jenen Klöstern, die sich leider in Schlemmerhöhlen verwandelt haben. Denn auch in denen, die sich weiterhin an den Kriterien der Gottesfurcht und der Buße orientieren, wird den Mönchen, die sich fast alle der schweren Arbeit des Geistes widmen, eher solide Nahrung geboten. Andererseits war der Tisch des Abtes seit jeher schon privilegiert, auch weil nicht selten Gäste dort sitzen, die man besonders ehren will, und die Klöster sind stolz auf die reichen Erzeugnisse ihrer Felder und Ställe sowie auf die Kunst ihrer Küchenmeister.

Während des Essens schwiegen die Mönche, wie es die Regel gebot; wenn es erforderlich war, verständigten sie sich mit den üblichen Fingerzeichen. Die Novizen und jüngeren Mönche wurden zuerst bedient, sobald die für alle bestimmten Speisen den Tisch des Abtes passiert hatten.

Am Tisch des Abtes saßen außer uns der Bibliothekar, der Cellerar und die beiden ältesten Mönche, Jorge von Burgos, der blinde Greis, den wir bereits im Skriptorium kennengelernt hatten, und der steinalte Alinardus von Grottaferrata, ein nahezu Hundertjähriger, zittrig und schwach auf den Beinen und, wie mir schien, geistig ein wenig abwesend. Er sei, so sagte der Abt uns leise, schon als Novize in dieser Abtei gewesen und habe sein ganzes Leben hier verbracht; er könne sich an Ereignisse aus mehr als achtzig Jahren erinnern. Der Abt sagte uns das halb flüsternd zu Beginn der Mahlzeit, danach hielt er sich im wesentlichen an den Gebrauch unseres Ordens und folgte der Lesung schweigend. Im wesentlichen, denn, wie gesagt, am Tisch des Abtes nahm man sich schon mal die eine oder andere Freiheit heraus, und so kam es vor, dass wir die Speisen lobten, die uns dargereicht wurden, indes der Abt die Qualitäten seines Olivenöls rühmte oder auch seines in der Tat vorzüglichen Weines. Einmal sogar, als er uns nachschenkte, zitierte er jenes Kapitel der Regel des heiligen Benedikt, in welchem der Ordensgründer bemerkt, dass der Wein zwar gewiss nichts für Mönche sei, doch da man die Mönche in unseren Zeiten nicht davon überzeugen könne, sollten sie wenigstens nicht bis zur

Sättigung trinken, denn der Wein bringe, wie schon der Ekklesiast hervorhob, sogar die Weisen zur Apostasie. Und man bedenke: Benedikt sagte »in unseren Zeiten« und bezog sich damit auf die seinen, die heute weit zurückliegen. Wie anders waren bereits die Zeiten, da wir in jener Abtei am Tische des Abtes saßen, nach soviel Sittenverfall seit der Gründung des Ordens (und ich spreche hier gar nicht von unseren *heutigen* Zeiten, da ich dies niederschreibe, obwohl man in Melk vorwiegend Bier trinkt)! Kurzum, wir tranken. Zwar nicht im Übermaß, aber auch nicht ohne ein gewisses Wohlgefallen.

Dazu aßen wir frischen Schweinebraten vom Spieß, und mir fiel auf, dass man für die anderen Speisen nicht tierisches Fett noch Rapsöl genommen hatte, sondern das feine Olivenöl aus den Ländereien, die der Abtei in den sonnigen Tälern drunten auf der Südseite des Gebirges gehörten. Der Abt ließ uns von einem knusprigen Hähnchen kosten, das speziell für seinen Tisch zubereitet worden war, und ich bemerkte, dass er etwas sehr Seltenes besaß: eine kleine metallene Gabel, deren Form mich an Williams Lesegerät erinnerte. Zweifellos wollte er sich als Mann von nobler Herkunft nicht die Hände an den fettigen Speisen besudeln. Er bot uns sein Utensil sogar zur Benutzung an, zumindest um das Fleisch von der großen Platte zu nehmen und es auf unsere Teller zu legen. Ich lehnte dankend ab, doch William nahm es gern und bediente sich dieses vornehmen Instrumentes mit zwangloser Eleganz, als ob er dem Abt beweisen wollte, dass die Franziskaner keineswegs immer Leute von plumpen Manieren und niederer Herkunft sind.

In meiner Begeisterung über all diese Speisen (nach mehreren Tagen der Wanderschaft, in denen wir uns ernährt hatten, so gut es eben ging) war meine Aufmerksamkeit für die fromme Lesung ein wenig schwächer geworden. Sie wurde aufs neue geschärft durch ein heftig zustimmendes Grunzen des alten Jorge, das, wie ich gleich darauf merkte, einer Stelle aus der Regel des heiligen Benedikt galt. Einer Stelle, die den gestrengen Jorge zweifellos sehr befriedigen musste, wenn man bedenkt, was er am Nachmittag im Skriptorium gesagt hatte. Denn der Vorleser las gerade: »Lasset uns tun, was der Prophet verkündet: ›Ich sagte, behüten will ich meine Wege, dass ich nicht sündige mit meiner Zunge. Ich stellte an meinen Mund eine Wache; stumm blieb ich, demütigte mich und schwieg sogar vom Guten.‹ Hier lehrt uns der Prophet, dass man dem Schweigen zuliebe bisweilen sogar der guten Rede entsagen soll. Um wieviel mehr muss man dann um der Sündenstrafe willen das böse Reden vermeiden!« Und weiter hieß es: »Leichtfertige Späße aber und albernes oder zum Lachen reizendes Geschwätz verdammen wir allezeit und überall, und keinem Jünger erlauben wir, zu derlei Reden den Mund zu öffnen.«

»Jawohl, und das gilt auch für die Marginalien, von denen wir heute sprachen«, konnte sich Jorge nicht enthalten, leise zu kommentieren. »Wie Johann Chrysostomus sagte: Christus hat nie gelacht!«

»Nichts in seiner menschlichen Natur untersagte es ihm«, warf William ein, »denn das Lachen ist, wie uns die Theologen lehren, dem Menschen eigentümlich.«

»*Forte potuit, sed non legitur eo usus fuisse*«, sagte Jorge mit fester Stimme, ein Diktum von Petrus Cantor zitierend.

»*Manduca, iam coctum est*«, murmelte William.

»Was?« fragte Jorge verwirrt, offenbar in der Meinung, William spreche von einem Braten, den man essen solle, solange er knusprig ist.

»Diese Worte sprach, wie Ambrosius berichtet, der heilige Lorenz auf dem Feuerrost, als er seine Henker aufforderte, ihn auf die andere Seite zu drehen, wie auch Prudentius in seinem *Peristephanon* zu berichten weiß«, sagte William mit der Miene eines Heiligen. »Sankt Lorenz war also durchaus imstande, zu lachen und Späße zu machen, sei's auch nur, um seine Feinde zu demütigen...«

»Was nur beweist, wie nah das Lachen dem Tod und dem Verderben des Körpers ist«, knurrte Jorge, und ich muss zugeben, dass er wie ein guter Logiker argumentierte.

An diesem Punkt mahnte der Abt uns gütig zu schweigen. Als das Mahl beendet war, erhob er sich und stellte William den Mönchen vor. Er lobte seine Weisheit, hob seinen Scharfsinn hervor und erklärte den Versammelten, dass er ihn gebeten habe, den Tod des Adelmus zu untersuchen. Die Brüder seien mithin gehalten, seine Fragen getreulich zu beantworten und die ihnen Unterstellten in der ganzen Abtei anzuweisen, ein gleiches zu tun. Auch sollten sie ihm die Untersuchung soweit wie möglich erleichtern – sofern er nicht etwas von ihnen verlange, was gegen die Ordnung des Klosters verstoße, in welchem Falle sie vorher seine, des Abtes, Erlaubnis einholen müssten.

Als die Mahlzeit beendet war, standen die Mönche auf, um sich zur Komplet in den Chor zu begeben. Sie zogen ihre Kapuzen über und ordneten sich vor der Tür zu einer Reihe. Dann bewegten sie sich in langer Prozession hinaus und über den Friedhof durchs Nordportal in die Kirche.

Wir gingen neben dem Abt. »Zu dieser Stunde, nicht wahr, wird das Aedificium verschlossen?« fragte William.

»Sobald die Diener das Refektorium und die Küche gereinigt haben, schließt Malachias eigenhändig beide Pforten und verriegelt sie von innen.«

»Von innen? Und wo geht er dann hinaus?«

Der Abt sah William streng ins Gesicht und schwieg. »Zweifellos schläft er nicht in der Küche«, sagte er schließlich schroff und beschleunigte seinen Schritt.

»Gut, gut!« flüsterte William mir zu. »Es gibt also noch einen anderen Eingang, und den sollen wir nicht kennen.« Ich grinste, stolz über diese treffliche Deduktion meines klugen Meisters, aber der schalt mich leise: »Lach nicht! Du hast doch gemerkt, in diesen Mauern hält man nicht sehr viel vom Lachen!«

Wir traten in den Chor. Nur ein einziger Leuchter brannte, hoch auf einem schweren bronzenen Dreifuß von doppelter Mannesgröße. Die Mönche begaben sich schweigend ins Chorgestühl, während der Vorleser aus einer Homilie des heiligen Gregor las.

Als alle versammelt waren, gab der Abt ein Zeichen, und der Cantor intonierte *Tu autem Domine miserere nobis*. Der Abt respondierte *Adjutorium nostrum in nomine Domini*, und alle sangen gemeinsam *Qui fecit coelum et terram*. Dann folgte das Psalmensingen: *Erhöre mich, wenn ich rufe, Gott meiner Gerechtigkeit; Danken will ich dir, Herr, von ganzem Herzen; Auf, lobet den Herrn, alle Knechte des Herrn!*

William und ich hatten nicht im Chorgestühl Platz genommen, sondern uns in das Hauptschiff zurückgezogen. Dort sahen wir plötzlich Malachias aus dem Dunkel einer Seitenkapelle auftauchen.

»Merk dir die Stelle«, raunte William mir zu. »Vielleicht ist da ein Gang, der zum Aedificium führt.«

»Unter dem Friedhof hindurch?«

»Warum nicht? Es muss sogar, wenn man es recht bedenkt, irgendwo ein Ossarium geben, Katakomben oder dergleichen. Es kann doch unmöglich sein, dass alle Mönche, die in den Jahrhunderten hier gestorben sind, allein auf diesem kleinen Friedhof begraben wurden.«

»Ja wollt Ihr denn wirklich nachts in die Bibliothek eindringen?« fragte ich erschrocken.

»Wo die Geister verstorbener Mönche umgehen? Wo Schlangen und mysteriöse Irrlichter sind? Nein, lieber Adson. Ich hatte zwar heute morgen daran gedacht, nicht aus Neugier, sondern weil ich mich fragte, wie Adelmus gestorben sein könnte. Aber jetzt, da ich zu einer logischeren Erklärung neige, will ich, wenn ich alles in allem bedenke, die Consuetudines dieser Abtei respektieren.«

»Warum wollt Ihr dann aber wissen, wie man in die Bibliothek gelangt?«

»Weil die Wissenschaft, mein lieber Adson, nicht nur darin besteht, zu wissen, was man tun muss oder kann, sondern auch, was man tun könnte, aber lieber nicht tun sollte. Deswegen sagte ich vorhin zu unserem guten Glasermeister, dass der Wissende die Geheimnisse, die er aufdeckt, sorgsam hüten muss, damit nicht andere schlechten Gebrauch davon machen. Aber aufdecken muss er sie dennoch, und diese Bibliothek sieht mir ganz so aus, als ob die Geheimnisse dort eher zugedeckt blieben.«

Mit diesen Worten traten wir aus der Kirche, denn der Gottesdienst war zu Ende. Wir fühlten uns beide sehr müde und gingen in unsere Zellen. Ich rollte mich in meinen Winkel, den William scherzhaft meinen *loculus* nannte, und schlief sofort ein.

Zweiter Tag

Zweiter Tag

Mette

Worin kurze Stunden mystischen Glücksgefühls unterbrochen werden von einem überaus blutrünstigen Ereignis.

Sinnbild und Wahrzeichen bald des lodernden Feuerteufels, bald des auferstandenen Christus, ist der Hahn das unzuverlässigste aller Tiere. Wir hatten in unseren Abteien sogar Exemplare, die zu träge waren, bei Sonnenaufgang zu krähen. Andererseits wird die Mette bei uns so früh gefeiert, dass es, zumal im Winter, noch tiefe Nacht ist und die ganze Natur noch schläft, denn die Mönche haben sich lange vor Tagesanbruch zu erheben und im Dunkeln zu beten, um in Erwartung des dämmernden Morgens die Finsternis zu erhellen mit der Glut ihrer frommen Andacht. Und so verlangt denn ein kluger Brauch unserer Klöster, dass einige Brüder am Abend nicht schlafen gehen, sondern die Nacht verbringen mit rhythmischer Rezitation einer vorgeschriebenen Anzahl von Psalmen, die so bemessen ist, dass sie ihnen die Stunden der Nacht anzeigt, dergestalt dass diese Fratres Vigilantes, wenn die Zeit gekommen ist, ihre Mitbrüder wecken können.

So wurden auch wir nun in jener Nacht von Mönchen geweckt, die mit einer Glocke durchs Dormitorium und durchs Pilgerhaus zogen, während einer von Zelle zu Zelle ging und in jede hineinrief *Benedicamus Domino*, was dann der also Geweckte mit einem *Deo gratias* beantwortete.

William und ich hielten uns an den benediktinischen Brauch: In weniger als einer halben Stunde waren wir bereit, den neuen Tag zu empfangen, und begaben uns in den Chor, wo die Mönche ausgestreckt auf dem Boden lagen und die ersten fünfzehn Psalmen rezitierten, bis die Novizen eintrafen, angeführt von ihrem Meister. Dann nahmen alle im

Chorgestühl Platz und intonierten das *Domine labia mea aperies et os meum adnuntiabit laudem tuam*. Der Gesang stieg zum hohen Gewölbe der Kirche empor wie das Bittgebet eines Kindes. Alsdann bestiegen zwei Mönche die Kanzel und sangen den vierundneunzigsten Psalm, *Venite exultemus*, und heiß überkam mich das Glücksgefühl eines erneuerten Glaubens.

Die Mönche saßen im Chorgestühl, sechzig dunkle Gestalten, alle gleich anzusehen in ihren schwarzen Kapuzen und Kutten, sechzig Schatten, kaum aufgehellt vom Fackelschein auf dem hohen Dreifuß, und sechzig Stimmen erhoben sich fromm zum Lobe des Höchsten. Und während ich andächtig diesem bewegenden Wohlklang lauschte, diesem klingenden Vorhof der Freuden des Paradieses, fragte ich mich, ob denn wirklich diese Abtei ein Ort verstohlener Geheimnisse, sündhafter Heimlichkeiten und finsterer Drohungen war – erschien sie mir nun doch ganz wie ein Heiligenschrein, ein Hort der Tugend, Gehege der Weisheit, Gefäß der Besonnenheit, Turm der Gelehrsamkeit, Garten der Demut, Born des Friedens, Bollwerk der Festigkeit und Rezeptakulum aller Gottesfurcht.

Nachdem sechs Psalmen verklungen waren, begann die Lesung aus der Heiligen Schrift. Die Mönche folgten ihr reglos, den Kopf auf die Brust gesenkt. Bei manchen neigte er sich auch ein wenig zur Seite, und um zu verhindern, dass sie endgültig einnickten, ging zwischen den Reihen einer der Vigilantes umher mit einer kleinen Lampe: Wer in des Morpheus Armen ertappt wurde, musste zur Sühne die Lampe nehmen und selber den Rundgang fortsetzen. Nach der Lesung wurden noch einmal sechs Psalmen gesungen. Dann erteilte der Abt seinen Segen, der Vorleser sprach das Gebet, und alle neigten ihre entblößten Häupter vor dem Altar zu einer Minute der Sammlung – ein Augenblick, dessen Süße niemand ermessen kann, der solche Stunden mystischer Glut und tiefsten inneren Friedens nicht selber erlebt hat. Schließlich setzten sich alle wieder, zogen erneut die Kapuzen über und sangen feierlich das *Te Deum*. Und auch ich lobte den Herrn, weil er mich erlöst hatte von meinen Zweifeln und mir das Gefühl des Unbehagens genommen, in welches mein erster Tag in dieser Abtei mich gestürzt hatte. Schwache und schwankende Wesen sind wir allzumal, sagte ich mir; auch unter diesen gelehrten und frommen Mönchen säet der Böse zuweilen Streit, Neidereien und Hader, doch all das vergehet wie flüchtiger Rauch vor dem Sturmwind des Glaubens, sobald sich die Bruderschaft wieder zusammenfindet im Namen des Vaters, des Sohnes und des Heiligen Geistes.

Zwischen Mette und Laudes pflegen die Mönche nicht wieder in ihre Zellen zu gehen, auch wenn es noch dunkel ist. Die Novizen begaben sich mit ihrem Meister in den Kapitelsaal, um gemeinsam die Psalmen zu lernen, einige Mönche blieben gleich in der Kirche, um die geweihten Geräte zu pflegen, die meisten verbrachten die Zeit meditierend im Kreuzgang, und so taten es auch wir. Die Knechte und Diener schliefen noch, und sie schliefen weiterhin fest, als wir uns, bei immer noch dunklem Himmel, zu Laudes erneut in den Chor begaben.

Wieder begann das Singen der Psalmen. Doch einer von ihnen, einer der für den Montag vorgeschriebenen, weckte diesmal mein Unbehagen aufs neue, hieß es doch da: »Die Sünde erfasst den Gottlosen in seinem Herzen, keine Gottesfurcht ist in seinen Augen – voller Hinterlist handelt er, seine Worte sind schädlich und erlogen – Übles sinnt er auf seinem Lager und stehet fest auf dem bösen Weg und scheuet kein Arges!« Ein schlimmes Omen schien es mir, dass die Regel des heiligen Benedikt gerade für diesen Tag eine so dräuende Mahnung vorschrieb. Auch die anschließende Lesung aus der Apokalypse konnte mich nicht beruhigen, sondern erinnerte mich an die Figuren des Kirchenportals, die mir am Vortag das Herz und den Blick so schwer gemacht hatten. Doch nach dem Responsorium, dem Ambrosianischen Hymnus und dem Vers, als der Cantus des Evangeliums gerade begann, gewahrte ich hinter den Fenstern des Chores, genau über dem Altar, einen schwachen Schimmer, der die herrlichen Farben der Gläser, die bis dahin im Dunkel gelegen hatten, erstmals aufleuchten ließ. Es war noch längst nicht die Morgenröte, die erst während der Prima durchbrechen sollte, genau am Ende der Gesänge *Deus qui est sanctorum splendor mirabilis* und *Iam lucis orto sidere*. Es war nur der erste zaghafte Vorschein der winterlichen Morgendämmerung. Doch er genügte, die Farben aufleuchten zu lassen und damit zugleich den leichten Schatten aus meinem Gemüt zu vertreiben, der nun im Kirchenschiff anfing, als Zwielicht an die Stelle des nächtlichen Dunkels zu treten.

Wir sangen gerade die ersten Worte des Evangeliums, und als wir das *Verbum* bezeugten, das da gekommen ist, den Menschen Leben und Licht zu sein, schien mir, als breche das Tagesgestirn in all seinem Glanze hervor. Mich dünkte, das Licht (das noch gar nicht da war) leuchtete auf in den Worten des Cantus gleich einer mystischen Lilie, die wohlriechend sich entfaltete zwischen den Bögen des hohen Gewölbes, und ich betete stumm: »Dank dir, oh Herr, für diesen Augenblick unbeschreiblicher Freude!« Und zu meinem verzagten Herzen sagte ich: »Törichtes Ding, was fürchtest du noch?«

In diesem Moment erhob sich ein großer Lärm vor dem Nordportal draußen im Hof. Ich fragte mich, wie die Knechte es wagen konnten, derart das fromme Gebet der Mönche zu stören, denn zweifellos waren es Knechte auf dem Wege zu ihrer Arbeit. Da wurde auch schon die Tür aufgerissen, und hereingestürzt kamen drei Schweinehirten mit schreckverzerrten Gesichtern, eilten zum Abt und flüsterten ihm etwas zu. Der wies sie mit einer Geste zur Ruhe, um den Gottesdienst nicht unterbrechen zu müssen, doch schon folgten andere, und das Geschrei wurde lauter. »Ein Mensch, es ist ein toter Mensch!« rief einer erregt, und andere schrien dazwischen: »Ein Mönch! Hast du nicht das Schuhwerk gesehen?«

Die Betenden hielten inne, der Abt stürzte eilends zur Tür und hieß den Cellerar, ihm zu folgen. William heftete sich an seine Fersen, doch schon erhoben sich auch die anderen Mönche und strömten hinaus.

Der Himmel war klar und wolkenlos, im Osten tagte es, und die weiße Schneedecke ließ das Gelände noch heller erscheinen. Hinter der Kirche, im Hof vor den Ställen, drängten sich Männer um den großen Bottich mit Schweineblut, der seit dem Vortag dort stand. Über den Rand des Bottichs ragte ein seltsam längliches Etwas, x-förmig und schief, als wären es zwei überkreuzte Stangen, wie man sie auf den Feldern in den Boden steckt und mit Lumpen behängt, um die Vögel zu schrecken.

Es waren indes zwei menschliche Beine: die Beine eines kopfüber in den Bottich gestürzten Mannes.

Der Abt befahl, dass man die Leiche (denn nur eine Leiche konnte es sein: kein Lebender hätte in einer so widernatürlichen Stellung so lange ausgehalten) aus der eklen Flüssigkeit ziehe. Widerwillig, doch folgsam traten die Schweinehirten an den Kübelrand und hievten den blutigen Körper heraus, nicht ohne sich selber dabei aufs heftigste zu besudeln. Das Schweineblut war in der Tat nicht geronnen, da man es, wie mir am Vortag erklärt worden war, gleich nach der Schlachtung gründlich gerührt und dann in der Kälte stehengelassen hatte, doch die klebrige Schicht, die den Leichnam bedeckte, seine Kleidung durchtränkte und seine Züge unkenntlich machte, wurde nun zusehends stockig und zäh. Ein Diener eilte mit einem Eimer voll Wasser herbei und goß davon auf das Gesicht des grausigen Toten, ein anderer beugte sich mit einem Tuch darüber und wusch das Blut ab – und so erschienen vor unseren Augen allmählich die bleichen Züge des Mönches Venantius von Salvemec, jenes Kenners der griechischen Welt, den wir am Vortag noch im Skriptorium bei den Büchern des toten Adelmus gesprochen hatten.

»Adelmus mag Selbstmord begangen haben«, sagte William bedächtig, während er die Züge des Toten musterte. »Aber der hier bestimmt nicht, und es ist wohl auszuschließen, dass er zufällig auf den Rand des Bottichs hinaufgeklettert ist und aus Versehen hineinfiel.«

Der Abt trat näher und sagte erregt: »Bruder William, Ihr seht, es geht etwas vor in dieser Abtei! Etwas, das Eure ganze Klugheit fordert! Ihr müsst rasch handeln, ich bitte Euch dringlichst!«

»War Venantius heute früh während der Mette im Chor?« fragte William.

»Nein. Ich hatte sein Fehlen schon bemerkt.«

»Hat sonst noch jemand gefehlt?«

»Nicht dass ich wüsste.«

William zögerte einen Moment, bevor er die nächste Frage stellte, und fragte dann leise, so dass ihn möglichst kein anderer hören konnte: »War Berengar an seinem Platz?«

Der Abt sah ihn mit einer Mischung aus Unruhe und Bewunderung an, als wollte er seine Überraschung darüber zum Ausdruck bringen, dass William einen Verdacht hegte, der ihm selber gerade gekommen war, freilich aus verständlicheren Gründen. Dann sagte er rasch: »Ja, er war da, in der ersten Reihe, fast direkt neben mir.«

»Natürlich«, sagte William, »bedeutet das alles gar nichts. Ich glaube nicht, dass jemand über den Hof gegangen ist, um sich dann von hier aus in die Kirche zu begeben. Folglich kann der Leichnam schon seit Stunden im Blut gesteckt haben, möglicherweise schon seit der ersten Stunde nach Komplet, als alle schlafen gingen.«

»Gewiss, die ersten Knechte stehen auf, wenn es hell zu werden beginnt, und deshalb haben sie ihn auch erst jetzt entdeckt.«

William beugte sich über den Toten und musterte ihn, als wäre er den Umgang mit Leichen gewohnt. Er tauchte das Tuch ins Wasser und wischte die restlichen Blutspuren vom Gesicht. Inzwischen waren die anderen Mönche alle gekommen, standen erschrocken im Kreis um den Bottich und schwatzten aufgeregt durcheinander, bis der Abt ihnen Ruhe gebot. Severin drängte sich durch die Reihen, der Bruder Botanikus, der sich auch um die Leichen in der Abtei zu kümmern hatte, und beugte sich neben William über den Toten. Ich überwand mein Grauen und trat als Dritter hinzu, um meinem Meister zu helfen, falls er ein neues Tuch und mehr Wasser brauchte, und um zu hören, was die beiden miteinander redeten.

»Hast du schon mal einen Ertrunkenen gesehen?« fragte William.

»Schon viele«, sagte Severin. »Und wenn ich deine Frage richtig verstehe: Sie sehen anders aus, ihre Züge sind aufgedunsen.«

»Dann war dieser Mann schon tot, als ihn jemand in den Bottich geworfen hat.«

»Warum sollte das jemand getan haben?«

»Warum sollte ihn jemand getötet haben? Wir stehen vor dem Werk eines kranken Hirns. Aber lass uns erst nachsehen, ob sich Verletzungen oder Prellungen oder dergleichen am Körper finden. Am besten, du lässt ihn jetzt gleich ins Badehaus bringen, entkleiden und waschen, und dann untersuchen wir ihn gründlich. Fang schon mal an, ich komme gleich nach.«

Während Severin den Vorschlag befolgte und den Toten mit Erlaubnis des Abtes ins Badehaus bringen ließ, bat William den Abt, er möge nun alle Mönche zurück in die Kirche schicken, und zwar auf demselben Weg, den sie gekommen waren, desgleichen die Knechte und Diener, so dass niemand mehr auf dem Platz zurückbleibe. Der Abt befolgte den Wunsch, ohne sich nach dem Grund zu erkundigen, und so blieben William und ich allein bei dem Bottich. Viel Blut war herausgeschwappt während der makabren Operation der Leichenbergung, so dass der Schnee ringsum rot war. An mehreren Stellen war er auch aufgelöst durch das verspritzte Wasser, und wo der Leichnam gelegen hatte, war jetzt ein großer dunkler Fleck.

»Schönes Durcheinander hier«, sagte William und schaute auf die kreuz und quer laufenden Spuren der Mönche und Knechte. »Schnee, lieber Adson, ist ein wunderbares Pergament, auf dem die Füße der Menschen deutlich lesbare Schriftzüge hinterlassen. Aber dies hier ist leider ein schlecht abgeschabtes Palimpsest, auf dem wir kaum etwas Interessantes entziffern werden. Von hier bis zur Kirche hat es ein großes Gerenne von Mönchen gegeben, und auf dem Weg von hier zu den Ställen sind Knechte in Scharen gelaufen. Die einzige Zone, die noch unberührt ist, ist die zwischen dem Schweinestall und dem Aedificium. Komm, lass uns sehen, ob wir dort etwas Interessantes finden.«

»Aber was wollt Ihr denn finden?« fragte ich.

»Wenn der arme Venantius sich nicht von selbst in den Bottich gestürzt hat, muss ihn jemand hergetragen haben, wahrscheinlich schon tot. Und wer den Körper eines anderen trägt, macht tiefe Spuren im Schnee. Also schau dich mal um, ob du hier irgendwo Spuren entdeckst, die anders aussehen als die Spuren all dieser schwatzhaften Mönche, die unser Pergament ruiniert haben.«

Wir machten uns auf die Suche, und ich will gleich verraten, dass ich es war (Gott schütze mich vor der Eitelkeit!), der zwischen Bottich und Aedificium etwas entdeckte. Es waren Abdrücke menschlicher Füße in einem Teil des Hofes, den heute morgen noch niemand betreten hatte; ziemlich tiefe Abdrücke sogar, deren Ränder, wie mein kluger Lehrer sofort erkannte, nicht so scharf waren wie die der Mönche und Knechte, was bedeutete, dass frischer Schnee darauf gefallen war und sie folglich älter sein mussten. Doch am bemerkenswertesten an diesen Abdrücken war, dass zwischen ihnen eine ununterbrochene dünne Spur verlief, wie wenn derjenige, der hier gegangen war, etwas hinter sich hergeschleift hätte. Mit einem Wort: ein Streifen im Schnee, der vom Bottich zum Refektorium führte, zur Mauer des Aedificiums zwischen dem Süd- und dem Ostturm.

»Refektorium, Skriptorium, Bibliothek«, sagte William. »Schon wieder die Bibliothek! Ich sage dir: Venantius ist im Aedificium gestorben – und zwar aller Wahrscheinlichkeit nach in der Bibliothek!«

»Warum ausgerechnet in der Bibliothek?«

»Ich versuche, mich in die Lage des Mörders zu versetzen. Hätte er Venantius im Refektorium, in der Küche oder im Skriptorium umgebracht, warum ließ er ihn dann nicht einfach dort liegen? Hat er ihn aber in der Bibliothek ermordet, dann musste er ihn woandershin bringen, sei's weil die Leiche in der Bibliothek nie gefunden worden wäre (und vielleicht war dem Mörder daran gelegen, dass man sie findet), sei's weil der Mörder nicht wollte, dass sich die Aufmerksamkeit auf die Bibliothek konzentriert.«

»Und wieso sollte dem Mörder daran gelegen sein, dass man die Leiche findet?«

»Ich weiß nicht, ich stelle nur Hypothesen auf. Wer sagt dir zum Beispiel, dass der Mörder Venantius getötet hat, weil er Venantius hasste? Er könnte ihn auch statt eines anderen getötet haben, als Zeichen, um auf etwas anderes hinzuweisen.«

»*Omnis mundi creatura quasi liber et scriptura...*«, murmelte ich unwillkürlich. »Aber was wäre das dann für ein Zeichen?«

»Eben das ist es, was ich nicht weiß. Aber vergessen wir nie, dass es auch Zeichen gibt, die nur scheinbar etwas bedeuten, in Wahrheit aber ganz sinnlos sind, wie *blitiri* oder *bu-ba-baff...*«

»Es wäre grässlich«, sagte ich, »einen Menschen zu töten, um nichts als *bu-ba-baff* zu sagen!«

»Es wäre auch grässlich«, versetzte William, »einen Menschen zu töten, um *Credo in unum Deum* zu sagen...«

In diesem Moment kam Severin zurück und berichtete uns, der Leichnam sei gewaschen und sorgfältig untersucht worden. Keine Verletzung und keine Prellung. Venantius sei offenbar wie durch Zauber gestorben.

»Vielleicht durch Gottes strafende Hand?« fragte William.

»Vielleicht«, antwortete Severin.

»Oder durch Gift?«

Severin zögerte: »Möglich, auch das.«

»Hast du Gift in deinem Laboratorium?« fragte William, während wir uns zum Spital begaben.

»Gewiss, auch. Das hängt ganz davon ab, was du unter Gift verstehst. Es gibt Substanzen, die in kleiner Dosierung heilend wirken und in zu großer tödlich sind. Wie jeder gute Botaniker habe ich solche natürlich und mache diskret von ihnen Gebrauch. Zum Beispiel züchte ich Baldrian in meinem Garten. Wenige Tropfen davon in einen Aufguss aus anderen Kräutern wirken beruhigend auf das Herz, wenn es unregelmäßig schlägt. Eine übertriebene Dosis führt zum Starrkrampf und schließlich zum Tod.«

»Und an der Leiche hast du keine Spuren eines besonderen Giftes gefunden?«

»Keine. Aber viele Gifte hinterlassen auch gar keine Spuren.«

Wir gelangten zum Hospital. Die Leiche war, nachdem man sie im Badehaus gewaschen hatte, hierher gebracht worden und lag nun auf einem großen Tisch in Severins Laboratorium. Destillierkolben und ähnliche Gegenstände aus Glas und Ton ließen mich sofort (obwohl ich nur aus Erzählungen davon wusste) an eine Alchimistenwerkstatt denken. Phiolen, Flaschen, Krüge und Schalen reihten sich auf einem langen Regal an der Wand.

»Prächtige Heilkräutersammlung«, sagte William. »Alles Erzeugnisse eures Gartens?«

»Nein«, antwortete Severin. »Viele Substanzen, seltene und solche, die nicht in dieser Gegend wachsen, sind mir im Lauf der Jahre von Mönchen aus allen Teilen der Welt gebracht worden. Ich habe sehr kostbare, die man kaum auftreiben kann, neben anderen, die sich leicht aus der hiesigen Vegetation gewinnen lassen. Sieh mal, hier zum Beispiel... gestoßenes Alghalingho, kommt aus Kathai, ich erhielt es von einem arabischen Gelehrten. Aloesaft aus Indien, gibt einen sehr guten Wundverband. Quecksilber, macht Tote wieder lebendig, oder sagen wir lieber: macht Ohnmächtige wieder munter. Arsenik: sehr gefährlich, ein tödliches Gift, wenn man es schluckt. Borax, gut für kranke Lungen. Betonica officinalis, auch Heilziest genannt, ein gutes Mittel bei Schädelbrüchen. Mastix: mildert das Lungenpfeifen und die lästigen Katarrhe. Und hier Myrrhen...«

»Die der drei Weisen aus dem Morgenland?« fragte ich neugierig.

»Ja, aber hier im Abendland ist sie gut gegen Fehlgeburten. Sie wächst auf einem Baum namens Balsamodendron myrrha. Und dies hier ist Mumia, etwas sehr Seltenes, man gewinnt es aus der Zersetzung mumifizierter Leichen, es dient zur Zubereitung vieler geradezu mirakulöser Medikamente. Und hier die Alraunwurzel, Mandragola officinalis, fördert den Schlaf...«

»... und die fleischliche Lust«, warf William ein.

»So sagt man, aber hier bei uns wird sie nicht zu diesem Zweck benutzt, wie ihr euch denken könnt«, sagte Severin lächelnd. »Und seht dies hier: Tutia, wunderbar für die Augen...«

»Und was ist das?« fragte William lebhaft und zeigte auf einen Stein, der zwischen den Gläsern lag.

»Das? Der ist mir vor langer Zeit geschenkt worden. Ein Stein, der verschiedene Heilkräfte haben soll, aber ich habe noch nicht herausgefunden, welche. Kennst du ihn?«

»Ja«, sagte William, »aber nicht als Medizin.« Er zog ein kleines Messer aus seiner Kutte und führte es langsam an den Stein heran. Als das Messer, das seine Hände mit äußerster Vorsicht bewegten, kurz vor dem Stein angelangt war, tat die Klinge plötzlich einen Sprung, als hätte William mit der Hand gezuckt (er hatte sie aber ganz ruhig gehalten), und schlug an den Stein mit einem leichten metallischen Klick.

»Siehst du«, sagte William zu mir, »er zieht Eisen an.«

»Und wozu dient er?« fragte ich.

»Zu verschiedenen Zwecken, ich werde dir später davon erzählen. Jetzt möchte ich erstmal von Severin wissen, ob hier etwas ist, was einen Menschen töten könnte.«

Severin überlegte einen Moment lang, fast ein wenig zu lange für die klare Antwort, die er dann gab: »Vieles. Ich sagte doch: die Grenze zwischen Medikament und Gift ist fließend, die Griechen nannten beides *pharmakon*.«

»Und ist dir in letzter Zeit irgend etwas abhanden gekommen?«

»Nein, in letzter Zeit nicht.«

»Und früher?«

»Wer weiß? Ich kann mich nicht erinnern. Ich bin seit dreißig Jahren in dieser Abtei und im Hospital seit fünfundzwanzig.«

»Zu lange für ein menschliches Gedächtnis«, sagte William verständnisvoll. Dann, unvermittelt: »Wir sprachen gestern von Pflanzen, die Visionen hervorrufen. Welche sind das?«

Severins Gesicht und sein ganzes Verhalten drückten den lebhaften Wunsch aus, dieses Thema umgehen zu können. »Darüber müsste ich erstmal nachdenken. Weißt du, ich habe hier so viele Wundersubstanzen... Sprechen wir lieber von Venantius. Was hältst du von der Sache?«

»Darüber müsste ich erstmal nachdenken«, sagte William.

Zweiter Tag

Prima

Worin Benno von Uppsala einiges zu erzählen hat, anderes dann auch Berengar von Arundel, und Adson am Ende lernt, was wahre Buße ist.

Der unselige Zwischenfall hatte den Tagesablauf der Abtei zutiefst erschüttert. Die Entdeckung der grausigen Leiche mit all dem Wirrwarr und Lärm in ihrem Gefolge war mitten ins heilige Morgengebet hineingeplatzt. So rasch wie möglich hatte daher der Abt die erregten Mönche in die Kirche zurückgeschickt, um für das Seelenheil ihres toten Mitbruders zu beten.

Die Stimmen der Mönche klangen gebrochen. Wir setzten uns so, dass wir ihre Gesichter studieren konnten, wenn sie gemäß den Anforderungen der Liturgie ihre Kapuzen abstreiften. Als erstes sahen wir das Gesicht Berengars. Bleich, verkniffen und glänzend vor Schweiß. Am Vortag hatten wir zwei Andeutungen über ihn gehört, aus denen hervorging, dass zwischen ihm und Adelmus offenbar ein besonderes Verhältnis bestanden hatte, und das Bemerkenswerte daran war nicht die Tatsache, dass die beiden Gleichaltrigen befreundet gewesen waren, sondern der anzügliche Ton, in dem die anderen von dieser Freundschaft sprachen.

Neben ihm saß Malachias. Dunkel, die Augenbrauen finster zusammengezogen, undurchdringlich. An seiner Seite, ebenso undurchdringlich, der blinde Jorge. Auffällig erregt dagegen erschien uns Benno von Uppsala, der junge Rhetorikforscher, den wir ebenfalls im Skriptorium kennengelernt hatten. Gerade warf er Malachias einen hastigen Seitenblick zu.

»Benno ist nervös, Berengar ist verstört«, raunte William mir zu. »Wir müssen sie beide gleich verhören.«

»Warum?« fragte ich naiv.

»Wir haben hier einen harten Beruf auszuüben, lieber Adson: den harten Beruf des Inquisitors. Wir müssen die Schwachen packen, wenn sie am schwächsten sind.«

Als ersten griffen wir uns gleich nach dem Gottesdienst den jungen Benno, der sich ins Skriptorium begeben wollte. Er schien verwirrt, als William ihn anrief, und versuchte sich uns mit fadenscheinigen Hinweisen auf irgendeine dringende Arbeit zu entziehen. Doch streng erinnerte ihn mein Meister daran, dass hier eine Untersuchung im Auftrag des Abtes durchgeführt werde, und nahm den Widerstrebenden mit in den Kreuzgang. Wir setzten uns auf die Brüstung zwischen zwei Säulen. Benno schwieg abwartend und schaute nervös zum Aedificium hinüber.

»Also«, begann William, »erzähl mir, was neulich geredet wurde, als ihr im Skriptorium über die Miniaturen eures Mitbruders Adelmus diskutiertet – du, Berengar, Venantius, Malachias und Jorge.«

»Ihr habt es gestern gehört, es fing damit an, dass Jorge sagte, es sei nicht recht, die ernsten Bücher, in denen die Wahrheit steht, mit unernsten Bildern zu verzieren. Venantius hielt dagegen, dass sogar der große Aristoteles die Meinung vertreten habe, Witze und Wortspiele könnten Mittel zur Enthüllung der Wahrheit sein, und folglich könne das Lachen ja wohl nichts Schlechtes sein, wenn es der Wahrheit als Vehikel zu dienen vermag. Worauf Jorge erwiderte, soweit er sich entsinnen könne, habe Aristoteles diese Dinge in seinem Buch der Rhetorik anlässlich der Metapher behandelt, und das seien bereits zwei bedenkliche Umstände: erstens, weil das Buch der Rhetorik, das der christlichen Welt so lange verborgen geblieben war, was vielleicht Gott so gewollt habe, nur durch Vermittlung der heidnischen Mauren zu uns gelangt sei...«

»Aber es wurde von einem Freund des Doctor Angelicus von Aquin ins Lateinische übersetzt«, warf William ein.

»Genau das habe ich auch gesagt«, fuhr Benno eifrig und sichtlich erleichtert fort. »Ich lese nicht sehr gut griechisch und konnte daher dieses große Buch nur in der Übersetzung Wilhelms von Moerbeke kennenlernen. Das war es, was ich zu Jorge sagte. Aber der ließ sich nicht erschüttern und fügte hinzu, die zweite Bedenklichkeit sei, dass der Stagirit in besagtem Buch von der Poesie gesprochen habe, die eine niedere Kunst sei und von Unstetigkeiten lebe. Worauf ihm Venantius zu bedenken gab, dass auch die Psalmen schließlich Werke der Poesie seien und Metaphern benutzten, und Jorge erregte sich sehr und erklärte, die Psalmen seien Werke aus göttlicher Inspiration und benutzten Metaphern, um die Wahrheit ans Licht zu bringen, während die Werke der heidnischen Dichter Metaphern benutzten, um Lügen zu verbreiten oder zur schieren Ergötzung, was nun wieder mich sehr aufbrachte.«

»Warum?«

»Weil ich die Rhetorik studiere, und da muss ich viele heidnische Dichter lesen, und daher weiß ich... oder glaube zu wissen... dass durch ihre Worte sehr wohl auch Wahrheiten aufgedeckt werden, Wahrheiten, die *naturaliter* christlich sind... Nun ja, und an diesem Punkt, wenn ich mich recht entsinne, erwähnte Venantius andere Bücher, und Jorge wurde sehr zornig.«

»Welche Bücher?«

Benno zögerte: »Ich kann mich nicht mehr erinnern. Was spielt es für eine Rolle, von welchen Büchern gesprochen wurde?«

»Es spielt eine große Rolle, denn wir wollen herausbekommen, was zwischen Männern geschehen ist, die zwischen Büchern leben, mit Büchern und von Büchern, und daher ist es für uns auch wichtig, wie sie über die Bücher reden.«

»Das stimmt«, nickte Benno, wobei er zum ersten Mal glücklich lächelte und fast zu strahlen begann. »Wir haben unser Leben den Büchern geweiht – eine wunderbare Mission in dieser von Unordnung und Verfall beherrschten Welt! Vielleicht versteht Ihr jetzt, was an jenem Tage geschehen ist. Venantius ist... war ein großer Kenner der griechischen Philosophie und sagte, Aristoteles habe das zweite Buch seiner Poetik speziell dem Lachen gewidmet, und wenn ein so großer Philosoph ein ganzes Buch allein über das Lachen geschrieben habe, dann müsse das Lachen doch wohl eine wichtige Sache sein. Worauf Jorge entgegnete, dass viele bedeutende

Patres ganze Bücher über die Sünde geschrieben hätten, die auch eine wichtige Sache sei, aber zweifellos eine üble, wogegen Venantius einwandte, soweit er wisse, habe Aristoteles aber vom Lachen als einer guten Sache und einem Vehikel der Wahrheit gesprochen. Da fragte Jorge ihn höhnisch, ob er denn dieses Buch des Aristoteles zufällig schon mal gelesen habe, worauf Venantius antwortete, noch niemand habe es lesen können, da es nicht gefunden worden und vermutlich verlorengegangen sei. Und in der Tat hat noch niemand das zweite Buch der Poetik des Aristoteles lesen können, auch Wilhelm von Moerbeke hatte es nie in der Hand. Worauf nun Jorge erklärte, wenn man es nicht gefunden habe, dann läge das eben daran, dass es niemals geschrieben worden sei, weil die Vorsehung nicht gewollt habe, dass dergleichen nichtige Dinge verherrlicht würden. Ich wollte nun die Gemüter besänftigen, denn Ihr müsst wissen: Jorge ist leicht zu erzürnen, und Venantius redete in provozierendem Ton, und so sagte ich, dass auch in dem uns bekannten Teil der Poetik des Aristoteles – ebenso wie in seiner Rhetorik – viele kluge Bemerkungen über geistreiche Rätsel zu finden seien, und Venantius stimmte mir zu. An dieser Stelle griff nun Pacificus von Tivoli ein, der ein großer Kenner der heidnischen Dichter ist, und sagte, in Sachen geistreiche Rätsel übertreffe niemand die Afrikaner. Zum Beweis zitierte er gleich das Fischrätsel des Symphosius:

Est domus in terris, clara quae voce resultat.
Ipsa domus resonat, tacitus sed non sonat hospes.
Ambo tamen currunt, hospes simul et domus una.

Darauf erwiderte Jorge streng, Jesus habe uns geboten, unsere Rede sei ja oder nein, und was darüber ist, ist von Übel; und es genüge, Fisch zu sagen, um den Fisch zu benennen, ohne seinen Begriff zu verschleiern unter täuschenden Lauten. Und er fügte hinzu, es erscheine ihm nicht gerade klug, sich ausgerechnet die Afrikaner zum Vorbild zu nehmen... Und da...«

»Da?«

»Da geschah etwas, das ich nicht ganz verstand. Berengar fing plötzlich zu lachen an, und als Jorge ihn dafür tadelte, sagte er, ihm sei gerade in den Sinn gekommen, dass man bei den Afrikanern noch ganz andere Rätsel finden könnte, und nicht so leichte wie das vom Fisch. Als Malachias das hörte, wurde er wütend, packte Berengar an der Kapuze und schickte ihn weg, er solle sich gefälligst um seine eigenen Dinge kümmern... Ihr wisst ja, Berengar ist sein Adlatus...«

»Und dann?«

»Dann beendete Jorge die Diskussion, indem er sich umdrehte und davonging. Wir setzten uns alle wieder an unsere Arbeit. Aber von meinem Tisch aus sah ich, dass erst Venantius und dann Adelmus zu Berengar gingen und ihn etwas fragten. Wie mir schien, wich er zwar ihren Fragen aus, doch im Laufe des Tages gingen die beiden noch mehrmals zu ihm hin. Und am Abend sah ich dann Berengar und Adelmus im Kreuzgang miteinander tuscheln, bevor sie ins Refektorium gingen. Und das ist alles, was ich Euch berichten kann, mehr weiß ich nicht.«

»Immerhin weißt du also, dass die beiden Brüder, die hier vor kurzem unter mysteriösen Umständen zu Tode gekommen sind, vorher Berengar etwas gefragt hatten...«

Benno wehrte sich heftig: »*Das* habe ich nicht gesagt! Ich habe Euch nur erzählt, was an jenem Tage geschehen ist, wie Ihr es verlangt habt...« Er unterbrach sich, überlegte einen Moment und fügte dann hastig hinzu: »Aber wenn Ihr meine Meinung wissen wollt: Berengar hat mit den beiden über etwas in der Bibliothek gesprochen. Dort müsstet Ihr suchen.«

»Wieso in der Bibliothek? Was meinte Berengar, als er sagte, man müsse die schwierigen Rätsel bei den Afrikanern suchen? Meinte er damit, man solle die afrikanischen Dichter mehr lesen?«

»Mag sein, so schien es jedenfalls, aber warum wurde Malachias dann so wütend? Schließlich entscheidet er letzten Endes, ob man ein Buch eines afrikanischen Dichters lesen darf oder nicht. Eins weiß ich allerdings: Wenn man den Katalog der Bücher durchblättert, findet man unter den Bemerkungen, die nur der Bibliothekar versteht, oft eine, die heißt ›Africa‹, und ich habe sogar schon ›finis Africae‹ gefunden. Einmal habe ich ein Buch mit dieser Signatur bestellt, ich weiß nicht mehr, wie es hieß, aber der Titel hatte mich neugierig gemacht, und da sagte mir Malachias, die Bücher mit diesem Zeichen seien verlorengegangen. Das weiß ich. Und deswegen sage ich Euch: Es stimmt, Ihr solltet auf Berengar achten, besonders wenn er in die Bibliothek geht. Man kann nie wissen.«

»Ja, man kann nie wissen«, nickte William und entließ den jungen Studiosus.

Als wir allein waren, machten wir ein paar Schritte im Kreuzgang, und William fasste zusammen: Erstens sei Berengar offenbar wieder einmal Anlass zu vagen Anspielungen seiner Mitbrüder geworden, und zweitens sei Benno anscheinend daran interessiert, unser Augenmerk auf die Bibliothek zu lenken. Ich meinte, vielleicht sei er daran interessiert, dass wir dort oben etwas entdeckten, was er selber gern wissen möchte, worauf William sagte, das könne schon sein, aber es könne auch sein, dass er uns mit seinem Hinweis auf die Bibliothek von einem anderen Ort ablenken wollte. Welcher Ort das denn sein könnte, fragte ich, und William sagte, das wisse er nicht, vielleicht das Skriptorium, vielleicht die Küche, vielleicht auch der Chor, das Dormitorium oder das Hospital. Ich gab zu bedenken, dass William doch selber am Vortag so interessiert gewesen sei an der Bibliothek, worauf er knurrend zurückgab, er wolle an etwas interessiert sein, wenn es ihm passe, und nicht, wenn andere ihn darauf hinzustoßen versuchten. Aber natürlich müsse man die Bibliothek im Auge behalten, und jetzt, nach allem, was inzwischen geschehen ist, sei es vielleicht nicht schlecht, einmal zu sehen, ob man nicht irgendwie in sie eindringen könnte. Ja, die Umstände gäben uns nun wohl das Recht, unsere Neugier auszudehnen bis an die Grenzen der Höflichkeit und des Respekts vor den Bräuchen und Regeln dieser Abtei.

Wir verließen den Kreuzgang. Novizen und Knechte strömten gerade aus dem Hauptportal der Kirche, wo eben die Messe zu Ende gegangen war. Als wir um die Nordwestecke des Gotteshauses bogen, sahen wir Berengar aus dem Querschiff kommen und über den Friedhof zum Aedificium gehen. William rief seinen Namen, der Angerufene blieb stehen, und wir holten ihn ein. Er war sichtlich noch tiefer erschüttert als vorhin im Chor, und so beschloss William, seinen Gemütszustand auszunutzen, wie er es soeben bei Benno getan.

»Du warst anscheinend der letzte, der Adelmus lebend gesehen hat«, sagte er unvermittelt.

Berengar schwankte, als werde er gleich in Ohnmacht fallen. »Ich?« hauchte er wie betäubt. William hatte die Frage aufs Geratewohl hingeworfen, vermutlich weil Benno gesagt hatte, er habe die beiden Freunde an jenem Abend im Kreuzgang miteinander tuscheln gesehen. Doch er hatte damit voll ins Schwarze getroffen: Berengar dachte offenkundig an eine andere, nun wirklich letzte Begegnung mit Adelmus, denn er begann stammelnd und mit gebrochener Stimme zu reden:

»Wie könnt Ihr so etwas sagen! Ich sah ihn vor dem Schlafengehen wie alle anderen Brüder!«

Es klang alles andere als überzeugend, und so beschloss William, es auf einen Versuch ankommen zu lassen: »Nein, du hast ihn danach noch einmal gesehen, und du weißt mehr, als du uns glauben machen willst! Aber inzwischen geht es um zwei Todesfälle, du kannst nicht mehr schweigen. Du weißt sehr gut, dass es vielerlei Mittel und Wege gibt, jemanden zum Reden zu bringen!«

William hatte mir mehr als einmal gesagt, dass er die Folter stets abgelehnt habe, auch während seiner Tätigkeit als Inquisitor. Aber Berengar missverstand ihn (und sollte ihn wohl auch missverstehen), jedenfalls ging Williams Rechnung auf.

»Ja, ja!« gestand Berengar aufschluchzend. »Ich habe Adelmus an jenem Abend gesehen, aber da war er schon tot!«

»Wie das?« fragte William überrascht. »Unten am Steilhang?«

»Nein, nein, auf dem Friedhof, er wandelte zwischen den Gräbern umher, als Larve unter den Larven! Ich sah sofort, dass ich keinen Lebenden vor mir hatte, sein Antlitz war das eines Toten, seine flackernden Augen schauten bereits die ewigen Höllenstrafen! Natürlich wusste ich erst am nächsten Morgen, als ich von seinem Tod erfuhr, dass ich ein Gespenst gesehen hatte, aber ich fühlte sogleich, dass ich vor einer Erscheinung stand, vor einem Verdammten, einem unseligen Geist... Oh Gott, mit welcher Grabesstimme er zu mir sprach!«

»Und was sagte er?«

»›Verdammt bin ich‹, sagte er. ›Du siehst mich als einen, der aus der Hölle kommt, und zur Hölle muss ich zurück.‹ So sprach er. Und ich schrie: ›Adelmus, kommst du wahrhaftig aus der Hölle? Sag mir, wie sind die Strafen der Hölle?‹ Und ich bebte, denn eben erst war ich im Spätgottesdienst gewesen und hatte dort schreckliche Worte über den Zorn des Herrn gehört. Und der Geist sprach zu mir: ›Die Strafen der Hölle sind schlimmer, unendlich viel schlimmer, als unsere Zunge zu sagen vermag. Sieh hier‹, sagte er, ›diesen leichten Mantel, mit dem ich bekleidet war bis heute. Er lastet auf mir und bedrückt mich, als hätt' ich auf meinen Schultern den größten Turm von Paris oder alle Berge der Welt und könnt' sie nimmermehr abwerfen. Und diese Strafe ward mir zuteil für meine Gefallsucht, auferlegt hat sie mir Gottes Gerechtigkeit, weil ich meinen Körper für einen Ort der Lüste hielt, und weil ich mehr zu wissen vermeinte als andere, und weil ich Ergötzen fand an monströsen Dingen, die in meiner Phantasie umgingen und in meiner Seele noch weit monströsere Dinge zeugten – und mit diesen muss ich nun leben ewiglich! Sieh hier, das Futter dieses Mantels ist, als wäre es ganz aus Glut und brennendem Feuer, und dieses Feuer brennt meinen Körper, und diese Strafe ward mir verhängt für die Sünde des Fleisches, mit welcher ich mich befleckte, und dieses nimmermehr endende Feuer frisst mich von innen und verzehrt mich! Reiche mir deine Hand, mein schöner Lehrer‹, so sprach er, ›damit dir diese Begegnung eine nützliche Lehre sei, mit welcher ich dir vergelte die vielen Lehren, die du mir erteiltest. Reiche mir deine Hand, mein schöner Lehrer!‹ Und dabei schüttelte er einen Finger seiner brennenden Hand, und ein kleiner Tropfen von seinem Schweiß fiel auf meine Hand, und mich dünkte, dass er meine Hand durchbohre, und noch tagelang trug ich das Mal, nur dass ich es vor den anderen verbarg. Dann verschwand er zwischen den Gräbern, und am nächsten Morgen erfuhr ich, dass jener Körper, der mich so furchtbar erschreckt hatte, tot zu Füßen des Felsens lag.«

Berengar atmete schwer, und Tränen strömten ihm übers Gesicht. »Wieso«, fragte William, »nannte er dich ›mein schöner Lehrer?‹ Hattest du ihm etwas beigebracht?«

Berengar verhüllte sein Haupt in der Kapuze und sank vor William auf die Knie. »Ich weiß nicht, ich weiß nicht, warum er mich so nannte, ich habe ihm nichts beigebracht!« Heftig aufschluchzend umschlang er Williams Beine. »Pater, ich habe Angst, ich möchte beichten, erbarmt Euch meiner, ein Teufel frisst mir die Eingeweide!«

William schüttelte ihn ab und reichte ihm die Hand, um ihn aufzurichten. »Nein, Berengar, nicht beichten sollst du mir. Verschließe nicht meine Lippen, indem du die deinen öffnest! Was ich von dir wissen will, musst du mir auf andere Weise sagen. Und wenn du es mir nicht sagen kannst, werde ich es auf meine Weise herausbekommen. Bitte mich um Erbarmen, wenn du willst, aber nicht um Schweigen! Zuviel wird in dieser Abtei schon geschwiegen. Sag mir lieber, wie du mitten in der finsteren Nacht sehen konntest, dass sein Gesicht bleich war, und wie du dir mitten im Regen und Schneesturm die Hand verbrennen konntest. Was hast du zu dieser späten Stunde auf dem Friedhof gemacht? Los, rede!« Er schüttelte ihn an den Schultern. »Sag mir wenigstens das!«

Berengar zitterte an allen Gliedern. »Ich weiß nicht, was ich auf dem Friedhof machte, ich kann mich nicht mehr erinnern. Ich weiß nicht, warum ich sein Gesicht sehen konnte, vielleicht hatte er ein Licht, nein... er *hatte* ein Licht, er trug eine Flamme, vielleicht sah ich sein Gesicht im Schein dieser Flamme...«

»Wie konnte er ein Licht tragen, wenn es schneite und regnete?«

»Es war nach Komplet, gleich nach Komplet, und es schneite noch nicht, es begann erst danach zu schneien... Jetzt fällt es mir ein, die ersten Sturmböen kamen auf, als ich zum Dormitorium floh. Denn ich floh zum Dormitorium, in die entgegengesetzte Richtung, in die das Gespenst entschwand... Und mehr weiß ich wirklich nicht. Ich bitte Euch, fragt mich nicht weiter, wenn ich Euch nicht beichten darf!«

»Gut«, sagte William. »Geh nun, geh in die Kirche und sprich mit dem Herrn, wenn du nicht mit den Menschen sprechen willst, oder suche dir einen Bruder, der deine Beichte anhören will, denn wenn du seither nicht gebeichtet hast, hast du die heiligen Sakramente entweiht. Geh! Wir sehen uns noch.«

Berengar eilte stolpernd davon. Und William rieb sich die Hände, wie ich es oft bei ihm gesehen hatte, wenn er von etwas befriedigt war.

»Sehr gut«, freute er sich, »jetzt wird mir vieles klar.«

»Klar?« fragte ich erstaunt. »Klar, Meister? Jetzt, wo wir zu allem anderen auch noch das Gespenst des Adelmus haben?«

»Mein lieber Adson«, erklärte William, »dieses Gespenst scheint mir alles in allem recht harmlos gewesen zu sein, und jedenfalls rezitierte es eine Seite, die ich schon einmal in einem Lehrbuch für Prediger las. Ich sage dir, diese Mönche lesen zuviel, und wenn sie erregt sind, sehen sie all die Visionen wieder, die sie beim Lesen der Bücher hatten. Ich weiß nicht, ob Adelmus wirklich all diese Dinge gesagt hat oder ob Berengar sie nur hörte, weil er sie hören *wollte*. Tatsache ist, dass diese Gespenstergeschichte viele meiner Vermutungen bestätigt. Zum Beispiel weiß ich nun: Adelmus hat sich selbst in den Tod gestürzt. Und Berengars Geschichte sagt uns, dass er kurz vor seinem Tod in großer Erregung herumlief, voller Gewissensbisse über etwas, das er getan hatte. Und dass er so tief erschrocken war über seine Missetat, lag daran, dass ihn jemand sehr gründlich erschreckt hatte. Ja, möglicherweise hatte ihm dieser Jemand genau die Höllengeschichte erzählt, die er dann mit so markerschütternden Worten unserem armen Berengar weitererzählte. Und über den Friedhof ging er, weil er gerade aus dem Chor kam, wo er sich jemandem anvertraut (oder jemandem gebeichtet) hatte. Jemandem, der ihm vermutlich einen höllischen Schrecken eingejagt und schlimmste Gewissensbisse gemacht hatte. Und vom Friedhof verschwand er, wie Berengar uns zu verstehen gab, in die dem Dormitorium entgegengesetzte Richtung. Also zum Aedificium – oder auch (ja, das wäre schon möglich) zur Umfassungsmauer hinter dem Schweinestall, das heißt zu der Stelle, wo er sich meiner Hypothese zufolge hinuntergestürzt haben muss. Und er hat sich in den Abgrund gestürzt, bevor der Sturm aufkam, das heißt: Er starb zu Füßen der Mauer im Müllhaufen, und erst danach hat der Erdrutsch seine Leiche hinunter ins Tal gerissen.«

»Aber was ist mit dem brennenden Schweißtropfen?«

»Der kam entweder bereits in der Geschichte vor, die Adelmus gehört und dann weitererzählt hatte, oder Berengar hat ihn in seiner Erregung und seiner eigenen Gewissensqual hinzuerfunden. Denn als Antistrophe zu Adelmus' schlechtem Gewissen gibt es, wie du gemerkt hast, ein schlechtes Gewissen Berengars. Möglich ist auch, dass Adelmus, wenn er aus dem Chor kam, eine Kerze trug, und vielleicht war der Tropfen auf der Hand seines Freundes nur ein Tropfen von heißem Wachs. Wirklich *verbrannt* fühlte Berengar sich wohl eher von etwas anderem, nämlich von der gewiss nicht erfundenen Anrede ›mein schöner Lehrer‹, die ihm zeigte, dass Adelmus ihm vorwarf, etwas von ihm gelernt zu haben, das ihn nun zur Verzweiflung trieb. Und Berengar leidet, weil er weiß, dass er Adelmus in den Tod getrieben hat, indem er ihn etwas tun ließ, was man nicht darf. Und nach allem, was wir über unseren Bibliothekarsgehilfen gehört haben, mein armer Adson, ist es nicht schwer zu raten, was das war.«

»Ich glaube verstanden zu haben, was zwischen den beiden vorgefallen ist«, sagte ich, nicht ohne Scham über meine Weltklugheit. »Aber sagt mir, wir glauben doch alle an einen barmherzigen Gott, und Adelmus hatte doch sicher gebeichtet. Warum hat er sich dann für seine erste Sünde bestrafen wollen, indem er eine gewiss noch viel schlimmere oder jedenfalls ebenso schlimme Sünde beging?«

»Weil ihn jemand zu Tode erschreckt hat, weil ihm jemand Dinge gesagt hat, die ihn zur Verzweiflung trieben. Ich erwähnte vorhin, dass die höllischen Worte, die Adelmus so große Angst gemacht hatten und mit denen er dann seinem Freund Berengar so große Angst machte, sehr stark an eine bestimmte Stelle in einem Predigerhandbuch unserer Tage erinnern. Und nie zuvor, lieber Adson, haben die Prediger so schauerliche, furchterregende und makabre Worte gebraucht wie heutzutage, um das Volk zu erschrecken und zur Frömmigkeit anzuhalten (und zum Glaubenseifer und zur Ehrfurcht vor den Gesetzen Gottes und der Menschen). Nie zuvor war in den Gesängen der Büßer so viel von den Schmerzen Christi und der Heiligen Jungfrau die Rede, denk nur an die Flagellantenprozessionen! Nie zuvor waren die Priester so sehr darauf aus, den Glauben der Laien durch die Beschwörung der Höllenqualen zu schüren!«

»Vielleicht besteht ein Bedürfnis nach Buße«, sagte ich.

»Adson, ich habe niemals zuvor so viele Aufrufe zur Buße gehört wie heute – in einer Zeit, da weder die Prediger noch die Bischöfe, ja nicht einmal meine spiritualen Mitbrüder wirklich imstande sind, wahre Buße zu tun!«

»Aber«, rief ich bestürzt, »das Dritte Zeitalter, der Papa Angelicus, das Kapitel zu Perugia...«

»Nostalgien, Illusionen! Die große Zeit der Bußfertigkeit ist vorbei, und deswegen kann heute auch das Generalkapitel des Ordens von Buße reden. Vor hundert oder zweihundert Jahren gab es eine große Erneuerungsbewegung. Das war, als jeder, der von der Notwendigkeit einer Umkehr sprach, ob Heiliger oder Ketzer, auf dem Scheiterhaufen verbrannt wurde. Heute reden alle davon. In gewissem Sinne diskutiert sogar der Papst darüber. Misstraue den Erneuerungen der menschlichen Gattung, wenn die Kurie und die Fürstenhöfe davon zu reden beginnen!«

»Aber Fra Dolcino«, warf ich aufs Geratewohl ein, begierig, mehr über diesen Mann zu erfahren, dessen Name seit unserer Ankunft in der Abtei schon mehrmals gefallen war.

»Er ist tot, und er starb so schlimm, wie er lebte, denn auch er war zu spät gekommen. Was weißt du überhaupt von ihm?«

»Nichts, deshalb frage ich ja.«

»Ich spreche nicht gern über ihn. Ich habe mit einigen der sogenannten Apostler zu tun gehabt, ich habe sie aus der Nähe beobachtet. Eine traurige Geschichte, sie würde dich sehr beunruhigen. Mich hat sie jedenfalls sehr beunruhigt, und noch mehr beunruhigen würde dich meine Unfähigkeit, ein klares Urteil über sie abzugeben. Es ist die Geschichte eines Mannes, der schlimme und sinnlose Dinge tat, weil er praktizierte, was viele Heilige ihm gepredigt hatten. Von einem bestimmten Punkt an habe ich nicht mehr verstanden, wer die Schuld daran trug, ich war wie... wie benebelt angesichts einer gewissen Familienähnlichkeit zwischen den beiden Lagern, dem der Heiligen, die den Menschen die Buße predigten, und dem der Sünder, die sie dann praktizierten, oft auf Kosten der anderen... Aber ich sprach von etwas anderem. Oder nein, ich meinte immer dasselbe: Die Zeit der wahren Bußfertigkeit ist vorbei, für die Büßenden ist das Bedürfnis nach Buße zu einem Bedürfnis nach Tod geworden. Und jene, die ihrerseits nun diese wildgewordenen Büßer töteten, womit sie Tod zu Tod fügten, um die wahre Buße, die todbringend war, zu vernichten, haben die Bußfertigkeit der Seele ersetzt durch eine Bußfertigkeit der Einbildung, eine Beschwörung übernatürlicher Leidens- und Blutvisionen, die sie dann ›Spiegel‹ der wahren Buße nannten. Ein Spiegel, der in den Phantasien der Laien, aber zuweilen auch der Gelehrten, die Qualen der Hölle lebendig macht. Damit künftig – so heißt es – niemand mehr sündigen mag. So hofft man, durch Angst die Seelen vom Sündigen abzubringen, und so versucht man, das Aufbegehren durch Angst zu ersetzen.«

»Und werden sie nun wirklich nicht mehr sündigen?« fragte ich zweifelnd.

»Das hängt ganz davon ab, was du unter sündigen verstehst, lieber Adson«, sagte mein Lehrer. »Ich will nicht ungerecht sein mit den Bewohnern dieses Landes, in dem ich nun schon seit einigen Jahren lebe, aber es scheint mir typisch für die geringe Tugend der Italiener, dass sie nur aus Angst vor irgendeinem magischen Bildnis nicht sündigen, solange es nur den Namen eines Heiligen trägt. Sie haben mehr Angst vor den Bildern des heiligen Sebastian oder des heiligen Antonius als vor Christus. Wenn hierzulande jemand einen Platz sauberhalten will, auf dass niemand darauf sein Wasser abschlage, wie es die Italiener nach Art der Hunde tun, so hängt er einfach ein Bild des heiligen Antonius mit der Holzspitze auf, und das verjagt dann die Pinkler. So laufen die Italiener Gefahr, in den alten Aberglauben zurückzufallen. Sie glauben nicht mehr an die Auferstehung des Fleisches, sie fürchten sich nur noch vor Unglück und körperlichen Verletzungen, und deswegen haben sie mehr Angst vor dem heiligen Antonius als vor Christus.«

»Aber Berengar ist nicht Italiener«, gab ich zu bedenken.

»Das macht nichts, er lebt hier, und ich spreche vom geistigen Klima, das die Kirche und die Predigerorden in diesem Lande verbreitet haben und das hier alles durchdringt. Es erreicht sogar diese ehrwürdige Abtei voller gelehrter Mönche.«

»Aber *die* sündigen doch wenigstens nicht«, beharrte ich, bereit, mich mit diesem geringen Trost zufriedenzugeben.

»Wenn die Abtei ein *speculum mundi* wäre, hättest du schon die Antwort.«

»Ist sie denn einer?« fragte ich.

»Damit es einen Spiegel der Welt geben kann, muss die Welt eine Form haben«, schloss William mit einem Satz, der für meinen jugendlichen Verstand zu philosophisch war.

Zweiter Tag

Tertia

Worin man Zeuge eines vulgären Streites wird, Aymarus von Alessandria sich in Anspielungen ergeht und Adson über die Heiligkeit meditiert sowie über den Kot des Teufels. Anschließend begeben sich William und Adson erneut ins Skriptorium, William sieht etwas Interessantes, führt ein drittes Gespräch über das Erlaubtsein des Lachens und kann schließlich doch nicht sehen, was er gern sehen möchte.

Bevor wir ins Skriptorium hinaufgingen, setzten wir uns in die Küche, um uns ein wenig zu stärken, denn wir hatten den ganzen Morgen noch nichts zu uns genommen. Ein Becher warmer Milch belebte mich rasch. Der große Kamin am Südende der langen Halle brannte schon hell wie eine Esse, und im Ofen am anderen Ende wurde das Brot für den Tag gebacken. Zwei Hirten kamen gerade herein und brachten den Rumpf einer frisch geschlachteten Ziege. Unter den Küchendienern entdeckte ich Salvatore, der mir aus seinem wölfischen Mund ein schiefes Lächeln zuwarf. Dabei nahm er von einem Tisch die Reste des gebratenen Hähnchens, das am Abend zuvor dem Abt serviert worden war, und steckte sie heimlich einem der Hirten zu, der sie mit zufriedenem Grinsen in seinem ledernen Wams verbarg. Aber der Küchenmeister hatte es auch gesehen und tadelte nun Salvatore: »Cellerar, Cellerar«, sagte er, »du sollst die Klostergüter verwalten und nicht verschwenden!«

»Filii Dei sunt«, rechtfertigte sich Salvatore. »Und Jesu Christo hat gesagt, dass facite für ihn, was facite für einen von diese poveri!«

»Frechling von einem Fratizellen, Mistkerl von einem Minoriten!« fuhr ihn der Küchenmeister barsch an. »Du bist hier nicht mehr bei deinen Bettelbrüdern! Für milde Gaben an die Kinder Gottes sorgt hier der Abt in seiner Barmherzigkeit!«

Salvatore lief rot an und schrie sehr wütend zurück: »Bin kein Fratizell von Minoriten! No! Bin ein richtiger Mönch von Sancti Benedicti! Merde à toi, Scheißbogomile!«

»Selber Scheißbogomile!« tobte der Küchenmeister. »Und Bogomila die große Hure besorgt's dir von hinten bei Nacht, du altes Schwein, du mit deiner Ketzerfresse!«

Salvatore sah bekümmert zu uns herüber und führte die Hirten rasch hinaus. »Bruder«, sagte er laut zu William, als er an unserem Tisch vorbeikam, »tu du verteidigen dein Orden, que no es il mio! Sag dem hier, dass Filios Sancti Francisci non ereticos esse!« Dann raunte er mir ins Ohr: »Menteur, ille! Pah!« und spuckte verächtlich aus.

Der Küchenmeister kam wütend angerannt, stieß Salvatore zur Tür hinaus und knallte sie donnernd zu. Dann drehte er sich zu William um und sagte in respektvollem Ton: »Bruder, glaubt mir, nicht Euren Orden und die heiligen Männer in seinen Reihen wollte ich schlecht machen. Ich meinte nur diesen falschen Minoriten und falschen Benediktiner, der nicht Fisch und nicht Fleisch ist.«

»Ich weiß Bescheid über seine Herkunft«, sagte William versöhnlich. »Aber jetzt ist er ein Mönch wie du, und du schuldest ihm brüderlichen Respekt.«

»Ja schon, aber er steckt seine Nase dauernd in Sachen rein, die ihn nichts angehen, weil er unter dem Schutz des Cellerars steht, und er hält sich selber schon für den Cellerar. Er benutzt die Abtei, als ob sie ihm gehörte, bei Tag und bei Nacht.«

»Wieso bei Nacht?« fragte William, aber der Küchenmeister hob nur stumm die Hände zu einer Geste, die wohl besagen sollte, dass er von so schändlichen Dingen nicht sprechen wolle. William fragte denn auch nicht weiter und schlürfte friedlich seine Milch.

Meine Neugier wurde größer und größer. Die Begegnung mit Ubertin, die Andeutungen über die Vergangenheit Salvatores und des Cellerars, die immer häufigeren Anspielungen auf die Fratizellen und häretischen Minoriten, die ich in diesen Tagen gehört, schließlich Williams Zurückhaltung heute morgen auf meine Frage nach Fra Dolcino – all das ging mir durch den Sinn und verband sich mit anderen Bildern zu einem verwirrenden Reigen. So waren wir auf unserer Reise mindestens zweimal einer Bußprozession von Flagellanten begegnet. Das eine Mal schienen die Leute im Ort sie fast als Heilige zu betrachten, das andere Mal murrten sie etwas von Ketzern. Dabei handelte es sich beide Male um dieselben Büßer. Sie zogen in Zweierreihen durch die Stadt, bekleidet nur mit einem knappen Lendenschurz, denn offenbar hatten sie jedes Gefühl der Scham verloren. Mit kurzen Lederpeitschen schlugen sie sich und einander die Rücken blutig, und dabei schrien sie, heulten laut und vergossen heiße Tränen, als ob sie mit eigenen Augen die Passion des Erlösers schauten, und flehten mit schrillen Klagegesängen um die Barmherzigkeit Gottes und die Fürbitte der Heiligen Jungfrau. Und nicht nur bei Tag, auch nachts in der eisigen Kälte zogen sie mit Kerzen in langer Prozession durch die Kirchen und warfen sich demütig vor den Altären nieder, geführt von Priestern mit Fackeln und Weihrauchgefäßen, und nicht nur Männer und Frauen aus dem einfachen Volk waren es, auch noble Damen und reiche Kaufleute... Und dann taten sie allesamt feierlich Buße, wer etwas geraubt hatte, gab es reuig zurück, andere beichteten laut ihre schlimmen Verbrechen...

William aber hatte das Schauspiel kühl betrachtet und mir gesagt, das sei keine wahre Buße. Schon damals hatte er ähnlich gesprochen wie heute morgen: Die Zeit der großen büßerischen Erneuerung sei vorbei, und dies hier seien die Formen, in welche die Priester das Verlangen des Volkes nach frommer Hingabe kanalisierten, damit es nicht einem anderen Verlangen anheimfalle, einem Verlangen nach Buße, das als ketzerisch gelte und allen Angst mache. Mir gelang es allerdings nicht, den Unterschied zu erkennen, wenn es denn einen gab. Mir schien, dass der Unterschied weniger aus den verschiedenen Akten der Büßer kam als aus den verschiedenen Blickwinkeln, unter welchen die Kirche diese Akte betrachtete und beurteilte.

Als ich weiter darüber nachdachte, kam mir Williams Disput mit Ubertin in den Sinn. Zweifellos hatte William dem Alten sehr zugesetzt, als er ihm weismachen wollte, dass zwischen seinem mystischen (und orthodoxen) Glauben und dem Irrglauben der Ketzer kein großer Unterschied sei. Ubertin hatte sich sehr darüber erregt wie einer, der den Unterschied klar erkennt. Ich hatte daraus den Eindruck gewonnen, dass Ubertin eben deswegen anders war, weil er den Unterschied klar zu sehen vermochte. William dagegen hatte das Amt des Inquisitors niedergelegt, weil er den Unterschied nicht mehr hinreichend klar zu sehen vermochte. Und deswegen hatte er auch heute morgen nicht offen mit mir über jenen geheimnisvollen Fra Dolcino sprechen können. Aber wenn das so war, dann hatte William – so sagte ich mir – offensichtlich den Beistand des Herrn verloren, der nicht nur den Unterschied zu erkennen lehrt, sondern der seine Erwählten mit dieser Differenzierungsfähigkeit gleichsam durchtränkt. Ubertin und Clara von Montefalco waren Heilige geblieben (obwohl letztere von Sündern umgeben war), eben weil sie zu differenzieren vermochten. Das nämlich und nichts anderes ist die wahre Heiligkeit.

Aber *warum* vermochte William in dieser Sache nicht mehr zu differenzieren? Er war doch sonst ein so scharfsichtiger Mann, und was die Erscheinungen der Natur betraf, so konnte er noch die kleinsten Unterschiede und die geringsten Verwandtschaften zwischen den Dingen erkennen...

In diese Gedanken war ich versunken, während mein Meister still seine Milch trank, als uns plötzlich jemand von hinten seinen Gruß entbot. Es war Aymarus von Alessandria, den wir bereits im Skriptorium kennengelernt hatten und dessen Gesichtsausdruck mir schon beim ersten Mal als bemerkenswert aufgefallen war: ein unaufhörliches spöttisches Lächeln, als schüttelte er fortwährend verwundert den Kopf über die unausweichliche Dummheit und Hinfälligkeit aller menschlichen Wesen, ohne jedoch dieser Tragödie kosmischen Ausmaßes allzu große Bedeutung beizumessen.

»Nun, Bruder William«, hob er an, »habt Ihr Euch schon an dieses Irrenhaus hier gewöhnt?«

»Mir scheint die Abtei eher eine Stätte hochwürdiger und gelehrter Mönche zu sein«, sagte William behutsam.

»Das war sie einmal. Als die Äbte noch Äbte waren und die Bibliothekare noch Bibliothekare. Aber jetzt habt Ihr ja selbst gesehen: Dort droben« – er deutete zum Skriptorium hinauf »horcht dieser halbtote Deutsche mit den Augen eines Blinden voller Andacht und Hingabe auf das irre Gefasel dieses blinden Spaniers mit den Augen eines Toten, man möchte meinen, dass der Antichrist jeden Moment hereinspaziert kommt, an alten Pergamenten wird fleißig herumgeschabt, aber neue Bücher kommen nur selten in die Bibliothek... Wir reden hier oben auf unserem Berg, und drunten in den modernen Städten wird unterdessen gehandelt... Früher wurde von unseren Abteien aus die Welt regiert. Heute seht Ihr ja selbst, was daraus geworden ist: Der Kaiser benutzt uns zwar noch, um seine Freunde zu uns heraufzuschicken, damit sie sich hier mit seinen Feinden treffen (ja, ja, ich weiß ein wenig über Eure Mission, die Mönche reden und reden, sie haben ja auch nichts anderes zu tun), aber wenn er die Dinge in diesem Land kontrollieren will, begibt er sich in die Städte. Wir ernten hier Korn und züchten Federvieh, aber drunten tauschen sie Seide und Linnen und Spezereien und lassen sich gutes Geld dafür geben. Wir hüten hier oben unseren Schatz, aber drunten akkumulieren sie Güter und Reichtümer. Und Bücher. Schönere Bücher, als wir sie haben...«

»Gewiss tut sich in der Welt viel Neues. Aber warum meint Ihr, dass der Abt daran schuld sei?«

»Weil er die Bibliothek in die Hände von Ausländern gelegt hat, und weil er die Abtei führt, als wäre sie eine Zitadelle zur Verteidigung der Bibliothek. Eine Benediktinerabtei in dieser Gegend Italiens müsste ein Ort sein, worin Italiener über italienische Dinge entscheiden. Was tun die Italiener draußen im Lande, heute, da sie nicht mal mehr einen Papst haben? Sie treiben Handel, sie stellen Waren her, sie sind reicher als der König von Frankreich. Also tun wir es ihnen gleich! Wenn wir schöne Bücher herstellen können, nun gut, so bieten wir unsere Dienste den Universitäten an! Und kümmern wir uns um das, was drunten im Tal geschieht! Ich denke dabei gar nicht an den Kaiser (mit allem Respekt vor Eurer Mission, Bruder William), ich denke an das, was die Bologneser oder die Florentiner tun. Wir könnten von hier aus sehr gut den Paßweg der Pilger und Kaufleute kontrollieren, die von Italien übers Gebirge in die Provence ziehen und umgekehrt. Und öffnen wir unsere Bibliothek den Texten in der Sprache des Volkes, dann werden bald auch jene zu uns heraufkommen, die heute nicht mehr lateinisch schreiben... Aber statt dessen werden wir von einer Handvoll verkalkter Ausländer kontrolliert, die unsere Bibliothek noch immer so führen, als wäre der gute alte Odillon immer noch Abt von Cluny...«

»Aber Euer Abt ist doch Italiener«, sagte William.

»Der Abt hat hier nichts zu sagen«, antwortete Aymarus verächtlich mit seinem steten spöttischen Grinsen. »Wo er einen Kopf haben sollte, hat er einen alten Bücherschrank. Einen wurmstichigen. Um den Papst zu ärgern, lässt er es zu, dass die Abtei von Fratizellen überschwemmt wird (ich spreche von den häretischen, Bruder, von den Überläufern aus Eurem heiligen Orden...). Und um dem Kaiser zu gefallen, ruft er Mönche aus allen Klöstern Nordeuropas hierher, als hätten wir in Italien nicht genügend tüchtige Schreiber und Gelehrte, die des Griechischen und des Arabischen mächtig sind, als gäbe es in Florenz oder Pisa nicht genug Söhne reicher und großzügiger Kaufleute, die gern in unseren Orden eintreten würden, wenn er ihnen die Möglichkeit böte, dadurch die Macht und das Ansehen ihrer Väter zu mehren! Aber Nachsicht gegenüber den säkularen Interessen wird hier nur geübt, wenn es darum geht, den Deutschen zu erlauben, die... Oh gütiger Herr, verschließ mir den Mund, ich sage sonst Dinge, die sich nicht ziemen!«

»Geschehen in dieser Abtei unziemliche Dinge?« fragte William zerstreut, während er sich noch ein wenig Milch eingoss.

»Auch Mönche sind Menschen«, sagte Aymarus sentenziös. Dann fügte er hinzu: »Aber hier sind sie es weniger als woanders. Und was ich Euch gesagt habe, habe ich selbstverständlich niemals gesagt.«

»Sehr interessant«, kommentierte William. »Und sind das

nur Eure Ansichten, Bruder Aymarus, oder denken hier viele so?«

»Viele. Viele von denen, die jetzt das Unglück des armen Adelmus beklagen – aber wenn jemand anders in den Abgrund gestürzt wäre, jemand, der sich mehr in der Bibliothek zu schaffen macht, als er sollte, wären sie nicht so betrübt...«

»Was wollt Ihr damit sagen?«

»Ich habe schon zuviel gesagt. Wir reden hier alle zuviel, das habt Ihr gewiss schon bemerkt. Niemand respektiert mehr das Schweigegebot – auf der einen Seite. Auf der anderen wird es zu sehr respektiert. Statt zu reden oder zu schweigen müsste hier endlich einmal gehandelt werden. In den goldenen Zeiten unseres Ordens genügte ein schöner Becher vergifteten Weines, wenn der Abt nicht die nötigen Qualitäten besaß, und schon war die Nachfolgefrage offen... Ihr versteht mich doch hoffentlich recht, Bruder William, ich habe das alles nicht etwa gesagt, um gegen den Abt oder andere Mitbrüder zu intrigieren! Gott behüte, ich bin glücklicherweise völlig unfähig, irgendwelche Intrigen zu spinnen. Aber ich fände es schlimm, wenn der Abt Euch etwa gebeten hätte, über mich oder Mitbrüder wie zum Beispiel Pacifico von Tivoli oder Pietro von Sant'Albano Nachforschungen anzustellen. Wir Italiener haben mit diesen Geschichten um die Bibliothek nichts zu tun. Allerdings würden wir gern ein wenig genauer wissen, was in ihr vorgeht. Also los, Bruder William, hebt den Deckel von diesem Schlangennest, Ihr, die Ihr schon so viele Ketzer verbrannt habt!«

»Ich habe noch nie einen Menschen verbrannt«, erwiderte William kühl.

»Ich habe das auch nur so hingesagt«, entschuldigte sich Aymarus mit breitem Grinsen. »Gute Jagd, Bruder William! Aber seid bei Nacht auf der Hut!«

»Wieso nicht auch bei Tage?«

»Bei Tage werden hier die Körper mit guten Kräutern gepflegt, und bei Nacht werden dann die Geister mit bösen Kräutern vergiftet. Glaubt nicht, dass Adelmus von der Hand eines Menschen in die Tiefe gestürzt worden ist, glaubt nicht, dass die Hand eines Menschen Venantius ins Blut getaucht hat! Es gibt hier jemanden, der nicht will, dass die Mönche selber entscheiden können, wohin sie gehen, was sie tun und welche Bücher sie lesen. Und um die Sinne der Neugierigen zu verwirren, benutzt dieser Jemand die Kräfte der Hölle, beziehungsweise die Kräfte der mit der Hölle verbündeten Schwarzen Magie...«

»Sprecht Ihr vom Bruder Botanikus?«

»Severin von Sankt Emmeram ist ein braver Mann. Aber natürlich, auch er ist ein Deutscher, genau wie Malachias...« Und nach dieser erneuten Demonstration seiner Unfähigkeit, Intrigen zu spinnen, verließ uns der brave Aymarus von Alessandria, um sich an seine Arbeit zu machen.

»Was hat er uns sagen wollen?« fragte ich William.

»Alles und nichts. In jeder Abtei gibt es Mönche, die einander befehden, um sich das Regiment über die Gemeinschaft zu sichern. Auch in Melk wird es kaum anders sein, du hast es nur als Novize noch nicht bemerkt. Aber wer in deiner Heimat die Herrschaft über eine Abtei gewinnt, beherrscht damit einen Ort, von dem aus unmittelbar mit dem Kaiser verhandelt wird. Hier in Italien ist das anders, der Kaiser ist weit, auch wenn er zuweilen nach Rom fährt. Hier gibt es keinen zentralen Hof, inzwischen nicht einmal mehr den des Papstes. Aber dafür gibt es hier Städte, du hast sie gesehen.«

»Ja, und ich habe gestaunt. Die Städte hier in Italien sind etwas ganz anderes als in meiner Heimat. Sie sind nicht nur Orte zum Wohnen, sondern auch Orte, an denen Entscheidungen gefällt werden. Alle Bürger sind ständig im Freien, auf den Straßen und Plätzen, der Magistrat hat mehr zu sagen als der Kaiser oder der Papst. Sie sind fast ein wenig... wie kleine Reiche...«

»Ja, und ihre Könige sind die Kaufleute. Und ihre Waffe ist das Geld. Das Geld hat in Italien eine ganz andere Funktion als in deiner Heimat oder in meiner. Geld zirkuliert in allen Ländern, aber bei uns wird ein Großteil des Lebens noch durch den Austausch von Gütern geregelt, Hühner für Korn oder eine Sichel für einen Karren, und das Geld dient dazu, sich diese Güter zu beschaffen. In den italienischen Städten dienen die Güter dazu, sich Geld zu beschaffen. Auch die Priester, die Bischöfe und sogar die heiligen Orden müssen ihre Rechnung mit diesem Geld machen. Und deswegen drückt sich natürlich die Rebellion gegen die Mächtigen als Appell zur Armut aus, und gegen die Mächtigen rebellieren jene, die nicht teilhaben dürfen an dieser Beziehung zum Geld, und jeder Appell zur Armut ruft große Spannungen und lebhafte Diskussionen hervor, und die ganze Stadt, vom Bischof bis zum Magistrat, empfindet jeden, der zuviel Armut predigt, als ihren persönlichen Feind. Die Inquisitoren riechen den Schwefelgestank des Teufels, sobald jemand auf den Gestank hinweist, der vom Kot des Teufels aufsteigt Und nun verstehst du auch, was dem guten Aymarus vorschwebt. In den goldenen Zeiten des Ordens war eine Benediktinerabtei ein Ort, von dem aus die Hirten die Herde der Gläubigen kontrollierten. Aymarus will, dass diese Abtei zur Tradition zurückkehrt. Nur hat sich das Leben der Herde inzwischen geändert, und daher kann die Abtei nur zur Tradition zurück (und zu ihrem Ruhm und zu ihrer Macht von einst), wenn sie die neuen Lebensweisen der Herde akzeptiert und sich selber verändert. Und da man die Herde hier und heute nicht mehr mit Waffen beherrscht oder durch prächtige Zeremonien, sondern durch die Kontrolle über das Geld, will Aymarus, dass die ganze Abtei mitsamt der Bibliothek zu einer großen Werkstatt werde, zu einer Manufaktur, einer geldheckenden Fabrik.«

»Und was hat das alles mit dem oder den Verbrechen zu tun?«

»Das weiß ich noch nicht. Aber lass uns jetzt hinaufgehen ins Skriptorium.«

Die Mönche saßen bereits wieder an ihrer Arbeit. In dem großen Saal herrschte Stille, aber es war nicht die Stille, die dem emsig tätigen Frieden der Herzen entströmt. Berengar, der kurz zuvor ins Skriptorium gekommen war, empfing uns mit einem ängstlichen Blick. Auch die anderen Mönche hoben die Köpfe, als wir eintraten. Sie wussten, dass wir gekommen waren, um etwas über Venantius herauszufinden, und die Richtung ihrer Blicke lenkte unsere Aufmerksamkeit auf einen leeren Platz unter einem der Fenster, die zu dem achteckigen Innenhof hinausgingen.

Obwohl es ein ziemlich kühler Morgen war, herrschte eine milde Temperatur im Skriptorium. Es war nicht zufällig über der Küche angelegt worden, aus der genug Wärme heraufdrang, zumal die Rauchabzüge der beiden unteren Feuerstätten durch die Mittelpfeiler der beiden Wendeltreppen im West- und Südturm gingen. Der Nordturm am oberen Ende des großen Saales barg keine Treppe, aber dafür einen breiten Kamin, der eine freundliche Wärme verbreitete. Außerdem war der Boden mit einem dicken Strohteppich belegt, der unsere Schritte fast unhörbar machte. Der kühlste Winkel des ganzen Saales war der vor dem Ostturm, durch den wir vom Refektorium aus hinaufgestiegen waren, und in der Tat bemerkte ich gleich, dass die Mönche es offenbar vermieden, sich an einen der hier aufgestellten Tische zu setzen, solange genügend andere verfügbar waren. Als ich später feststellte, dass die große Wendeltreppe im Ostturm als einzige nicht nur bis zum Skriptorium führte, sondern noch weiter hinauf zur Bibliothek, fragte ich mich, ob möglicherweise die Heizung des Saales bewusst und in voller Absicht so angelegt worden war, um die Mönche in raffiniertem Kalkül davon abzuhalten, sich in jener Ecke herumzutreiben, so dass der Bibliothekar den Zugang zum Oberstock leichter bewachen konnte. Aber das war vielleicht ein übertriebener Verdacht, und ich wurde allmählich zum albernen Nachäffer meines Lehrers, denn gleich darauf fiel mir ein, dass ein solches Kalkül im Sommer ja wohl kaum aufgehen konnte – es sei denn (so sagte ich mir), dass besagte Ecke im Sommer womöglich die sonnigste war und folglich erneut die am meisten gemiedene.

Der Tisch des Venantius stand direkt gegenüber dem großen Kamin und war vermutlich einer der erstrebenswertesten. Ich hatte damals erst wenige Jahre meines Lebens in einem Skriptorium verbracht, aber viele sollte ich später darin verbringen, und daher weiß ich sehr wohl um die Leiden eines Kopisten, Rubrikators oder Forschers, der lange Winterstunden an seinem Tisch sitzen muss mit klammen Fingern, denen die Feder entgleitet (wenn schon bei normaler Temperatur nach sechs Stunden Arbeit der schreckliche Schreibkrampf droht und einen der Daumen schmerzt, als hätte man sich mit dem Hammer darauf gehauen!). Das erklärt auch, weshalb wir so oft an den Rändern der Handschriften kurze Bemerkungen finden, die der Schreiber als Zeugnis seines Duldens (oder seiner Ungeduld) hinterlassen hat. Bemerkungen wie etwa »Gott sei Dank, bald wird es dunkel!« oder »Ach, hätte ich nur ein schönes Glas Wein!« oder auch »Kalt ist es heute, das Licht ist schlecht, dieses Vellum ist filzig: irgendwie geht es nicht!« Mit Recht sagt ein altes Sprichwort: Drei Finger halten die Feder, aber der ganze Körper schafft mit. Und leidet.

Doch ich sprach vom Tisch des Venantius. Er war etwas kleiner als die anderen, wie übrigens alle Tische unter den Fenstern zum Innenhof, an denen die Forscher saßen, während die breiteren Tische unter den Außenfenstern den Miniatoren und Kopisten vorbehalten waren. Allerdings arbeitete auch Venantius mit einem Lesepult, vermutlich weil er Manuskripte benutzte, die der Abtei leihweise überlassen waren, um kopiert zu werden. Unter dem Tisch befand sich ein flaches Regal, auf welchem lose Bögen säuberlich übereinandergeschichtet lagen, und da sie alle lateinisch beschrieben waren, nahm ich an, dass es sich um Venantius' letzte Übersetzungen handelte. Die Bögen waren mit einer raschen, schwer lesbaren Schrift beschrieben, es waren keine fertigen Buchseiten, sondern Vorlagen, die später einem Kopisten und einem Miniaturenmaler anvertraut werden sollten. Neben dem Stapel fanden wir ein paar griechische Bücher. Ein weiteres griechisches Buch stand aufgeschlagen auf dem Lesepult, offensichtlich das Werk, an welchem Venantius in den letzten Tagen seine Übersetzerkünste geübt hatte. Ich konnte damals noch kein Griechisch, aber William las den Titel und sagte, es sei von einem gewissen Lukianos und handle von einem Manne, der in einen Esel verwandelt worden war. Das erinnerte mich an eine ähnliche Fabel des Apuleius, von deren Lektüre man uns Novizen in Melk nachdrücklich abzuraten pflegte.

»Wieso machte Venantius gerade diese Übersetzung?« fragte William den Bibliothekarsgehilfen, der zu uns getreten war.

»Sie ist vom Herrn der Stadt Mailand bei uns bestellt worden, die Abtei erhält dafür als Gegenleistung ein Vorkaufsrecht auf die Weinproduktion einiger Güter drüben im Osten«, erklärte Berengar und deutete mit der Hand in die Ferne. Dann fügte er rasch hinzu: »Nicht dass die Abtei sich zu käuflicher Arbeit für weltliche Herren feilböte! Aber der Auftraggeber hat sich dafür verwandt, dass diese kostbare Handschrift uns leihweise überlassen wurde. Sie gehört nämlich dem Dogen von Venedig, der sie vom Kaiser von Byzanz erhielt, und sobald Venantius sie nicht mehr brauchen würde, wollten wir zwei Kopien davon machen, eine für den Auftraggeber der Übersetzung und eine für unsere Bibliothek.«

»Die es demnach also nicht verschmäht, auch heidnische Fabeln zu sammeln«, sagte William.

»Die Bibliothek ist Zeugnis der Wahrheit wie des Irrtums«, erklang in diesem Moment eine Stimme in unserem Rücken. Es war Jorge, und abermals war ich überrascht (ich sollte es in den nächsten Tagen noch viel häufiger sein) von der lautlosen Art, wie dieser blinde Greis plötzlich aus dem Nichts auftauchte, als wäre er unsichtbar für unsere Augen, nicht aber wir für die seinen. Auch fragte ich mich verwundert, was wohl ein Blinder im Skriptorium tun mochte. Später sollte ich allerdings merken, dass Jorge überall in der Abtei so gut wie omnipräsent war. Oft saß er im Skriptorium auf einem Lehnstuhl nahe dem Kamin und schien alles, was in dem großen Saal vorging, aufs genaueste zu verfolgen. Einmal hörte ich ihn von seinem Platz aus mit lauter Stimme fragen: »Wer geht da hinauf?« – als Malachias, die Schritte gedämpft durch den Strohteppich, gerade am anderen Ende des Saales bei der Treppe zur Bibliothek angelangt war. Die Mönche hatten allesamt große Hochachtung vor dem Alten und wandten sich häufig an ihn, um sich eine schwerverständliche Stelle erklären zu lassen, eine Scholie mit ihm zu besprechen oder ihn um Rat zu fragen wegen der richtigen Darstellung eines mythischen Tieres oder eines Heiligen. Er pflegte dann mit seinen erloschenen Augen ins Leere zu starren, als lese er Buchseiten, die er alle genauestens im Gedächtnis hatte, und erklärte etwa, dass die falschen Propheten gekleidet seien wie Bischöfe, aber Kröten kämen aus ihrem Mund, oder welche Steine die Mauern des himmlischen Jerusalem schmückten, oder dass die Arimaspen auf den Landkarten nahe dem Land Aithiopia dargestellt werden müssten – aber man solle sie nicht zu verführerisch in ihrer Scheußlichkeit darstellen, es genüge, sie emblematisch anzudeuten, so dass sie erkennbar seien, aber nicht begehrenswert oder abstoßend bis zur Lächerlichkeit.

Einmal hörte ich ihn einem Scholiasten raten, wie er die Recapitulatio in den Texten des Tyconius dergestalt interpretieren könne, dass der Geist des heiligen Augustinus gewahrt bleibe und die donatistische Häresie vermieden werde. Ein andermal hörte ich ihn erklären, wie man beim Kommentieren den Unterschied zwischen Häretikern und Schismatikern klar herausstellt. Auch hörte ich ihn dabei einem verblüfften Studiosus sagen, welches Buch er im Bibliothekskatalog hätte suchen müssen und auf welcher Seite er es gefunden hätte – nicht ohne dem also Beratenen zu versichern, dass der Bibliothekar es ihm gewiss aushändigen würde, da es sich um ein von Gott inspiriertes Werk handele. Dann wiederum hörte ich ihn erklären, dass man ein bestimmtes Buch gar nicht erst zu suchen brauche; es sei zwar im Katalog aufgeführt, aber bereits vor fünfzig Jahren so gründlich von Mäusen zerfressen worden, dass es nun bei der geringsten Berührung zu Staub zerfallen werde... Kurzum, Jorge war das personifizierte Gedächtnis der Bibliothek und die Seele des Skriptoriums. Von Zeit zu Zeit pflegte er die Mönche, wenn er sie miteinander schwatzen hörte, streng zu ermahnen: »Sputet euch, Zeugnis der Wahrheit abzulegen, die Zeit ist nahe!« – und alle wussten dann, dass er die baldige Ankunft des Antichrist meinte.

»Die Bibliothek ist Zeugnis der Wahrheit wie des Irrtums«, sagte er also nun.

»Zweifellos haben Lukianos und Apuleius viele Irrtümer begangen«, sagte daraufhin William. »Aber diese Fabeln enthalten unter dem Schleier ihrer dichterischen Fiktionen auch eine gute Moral, denn sie lehren, wie teuer der Mensch für seine Sünden bezahlen muss, und außerdem glaube ich, dass die Fabel von dem in einen Esel verwandelten Manne auf die Metamorphose der sündig gewordenen Seele anspielt.«

»Mag sein«, knurrte Jorge.

»Und nun wird mir auch klar, warum Venantius neulich in jenem Streitgespräch, auf das er Euch gestern ansprach, so an den Problemen der Komödie interessiert war. Tatsächlich lassen sich nämlich diese Fabeln mit den Komödien der Alten vergleichen: Beide erzählen sie nicht von Menschen, die in der Wirklichkeit existiert haben, wie es die Tragödien tun, sondern sind Fiktionen. Wie Isidor sagte: ›*fabulas poetae a fando nominaverunt, quia non sunt res factae sed tantum loquen do fictae*‹...«

Im ersten Moment verstand ich nicht, wieso William plötzlich solch einen gelehrten Disput vom Zaun brach, noch dazu mit einem Manne, der diese Themen nicht gerade liebte. Aber die Antwort Jorges zeigte mir einmal mehr, wie subtil und geschickt mein kluger Meister vorging.

»An jenem Tage wurde nicht über Komödien diskutiert, sondern allein über das Erlaubtsein des Lachens«, erwiderte nämlich der Alte schroff – und sofort musste ich daran denken, dass er am Vortag, als Venantius ihn auf jene Diskussion angesprochen hatte, sich angeblich nicht mehr daran erinnern konnte.

»Ach so«, sagte William ohne besondere Betonung, »ich dachte, Ihr hättet über die Lügen der Dichter und über die geistreichen Rätsel gesprochen.«

»Wir sprachen über das Lachen«, erklärte der Blinde bündig. »Die Komödien wurden von Heiden geschrieben, um die Leute zum Lachen zu bringen, und das war schlecht. Unser Herr Jesus hat weder Komödien noch Fabeln erzählt, ausschließlich klare Gleichnisse, die uns allegorisch lehren, wie wir ins Paradies gelangen, und so soll es bleiben!«

»Ich frage mich«, sagte William, »warum Ihr so abweisend gegen den Gedanken seid, dass Jesus gelacht haben könnte. Ich für meinen Teil halte das Lachen durchaus für ein gutes Heilmittel, ähnlich dem Baden, um die schlechten Körpersäfte und andere Leiden des Körpers zu kurieren, insbesondere die Melancholie.«

»Das Baden ist eine gute Sache«, pflichtete Jorge ihm bei, »und selbst der Aquinate empfiehlt es als Mittel gegen die Trübsal, die eine schlimme Leidenschaft sein kann, wenn sie nicht aus einem Leiden kommt, das sich durch Tapferkeit überwinden lässt. Das Baden bringt die Körpersäfte ins Gleichgewicht. Das Lachen dagegen schüttelt den Körper, entstellt die Gesichtszüge und macht die Menschen den Affen gleich.«

»Die Affen lachen nicht, das Lachen ist dem Menschen eigentümlich, es ist ein Zeichen seiner Vernunft«, entgegnete William.

»Auch die Sprache ist ein Zeichen der menschlichen Vernunft, und mit der Sprache kann man Gott lästern! Nicht alles, was dem Menschen eigentümlich ist, ist deswegen auch schon gut. Das Lachen ist ein Zeichen der Dummheit. Wer lacht, glaubt nicht an das, worüber er lacht, aber er hasst es auch nicht. Wer also über das Böse lacht, zeigt damit, dass er nicht bereit ist, das Böse zu bekämpfen, und wer über das Gute lacht, zeigt damit, dass er die Kraft verkennt, dank welcher das Gute sich wie von selbst verbreitet. Darum heißt es in der Regel des heiligen Benedikt: ›*Decimus humilitatis gradus est si non si facilis ac promptus in risu, quia scriptum est: stultus in risu exaltat vocem suam.*‹«

»Quintilian sagte«, unterbrach mein Meister, »im Panegyrikus müsse das Lachen zwar unterdrückt werden, um der Würde willen, aber in vielen anderen Fällen solle man es ermuntern. Plinius der Jüngere schrieb: ›*Aliquando praeterea rideo, iocor, ludo, homo sum.*‹«

»Sie waren Heiden«, versetzte Jorge. »Die Regel des heiligen Benedikt sagt: ›*Scurrilitates vero vel verba otiosa et risum moventia aeterna clausura in omnibus locis damnamus, et ad talia eloquia discipulum aperire os non permittimus.*‹«

»Aber zu einer Zeit, als das Wort Christi bereits auf Erden siegreich war, sagte Synesios von Kyrene, die Gottheit habe das Komische und das Tragische harmonisch zu verbinden gewusst, und Aelius Spartianus berichtet von Kaiser Hadrian, einem hochgebildeten Manne von *naturaliter* christlichem Geist, er habe Momente von Fröhlichkeit mit Momenten von Ernst zu mischen verstanden. Und Ausonius schließlich empfiehlt, Ernst und Spaß in wohlabgewogenem Maß zu dosieren.«

»Aber Paulinus von Nola und Clemens von Alexandria warnten vor dergleichen Dummheiten, und Sulpicius Severus berichtet, den heiligen Martin habe man weder je wütend gesehen noch jemals von lautem Gelächter geschüttelt.«

»Aber er berichtet auch von einigen höchst geistreichen Repliken des Heiligen.«

»Sie waren prompt und treffend, aber nicht komisch. Sankt Ephraim hat eine Paränese gegen das Lachen der Mönche, geschrieben, und in *De habitu et conversatione monachorum* heißt es, Schamlosigkeiten und Witze seien zu meiden, als ob sie das Gift der Sandvipern wären.«

»Aber Hildebert von Lavardin sagte: ›*Admittenda tibi joca sunt post seria quaedam, sed tamen et dignis ipsa gerenda modis.*‹ Und Johann von Salisbury hat eine maßvolle Heiterkeit ausdrücklich erlaubt. Und schließlich der Ekklesiast, von dem Ihr selber soeben die Stelle zitiertet, auf welche sich Eure Ordensregel bezieht: Wenn er sagt: ›Der Dumme erhebt seine Stimme zu lautem Lachen‹, so akzeptiert er zumindest ein stilles Lachen, ein Lachen der heiteren Seele.«

»Die Seele ist heiter nur, wenn sie die Wahrheit schaut und sich am vollendeten Schönen ergötzt, und über die Wahrheit und Schönheit lacht man nicht. Eben darum hat Christus niemals gelacht. Das Lachen schürt nur den Zweifel.«

»Manchmal ist Zweifel durchaus geboten.«

»Ich sehe nicht ein, warum. Wer zweifelt, wende sich an eine Autorität, befrage die Schriften eines heiligen Vaters oder Gelehrten, und schon endet jeder Zweifel. Ihr scheint mir durchtränkt von fragwürdigen Doktrinen gleich denen der Logiker zu Paris. Aber Sankt Bernhard wusste sehr wohl gegen den Kastraten Abaelard vorzugehen, der alle Probleme dem kalten und gnadenlos prüfenden Blick einer nicht von den Schriften erleuchteten Ratio unterwerfen wollte, um dann zu allem und jedem sein ›So ist es und so ist es nicht‹ zu verkünden. Gewiss, wer solche äußerst gefährlichen und gewagten Ideen billigt, mag auch das Spiel des Narren genießen, der sich lustig macht über Dinge, von denen man nur die ein für allemal offenbarte Wahrheit zu wissen hat. Aber so lachend sagt der Narr implizit: *Deus non est.*«

»Ehrwürdiger Jorge, es scheint mir ungerecht, wenn Ihr den armen Abaelard als Kastraten bezeichnet. Ihr wisst doch, dass er durch fremde Heimtücke in jene traurige Lage geriet.«

»Sie war die Strafe für seine Sünden. Für die Anmaßung seines Vertrauens in die Vernunft der Menschen. Der Glaube des einfachen Volkes wurde verhöhnt, Gottes Geheimnisse wurden ergründet (will sagen: man versuchte sie zu ergründen – Narren, die solches versuchen!), Fragen, welche die höchsten Dinge betrafen, wurden tollkühn in Angriff genommen, und die Patres wurden verhöhnt, weil sie der Ansicht gewesen, dass solche Fragen lieber zugedeckt und verdrängt als gelöst werden sollten.«

»Ich kann Eure Meinung nicht teilen, ehrwürdiger Jorge. Gott will, dass wir unsere Vernunft gebrauchen, um viele dunkle Fragen zu lösen, deren Lösung uns die Heilige Schrift freigestellt hat. Und wenn uns jemand eine Meinung vorträgt, sollen wir prüfen, ob sie akzeptabel ist, bevor wir sie übernehmen, denn unsere Vernunft ist von Gott geschaffen, und was ihr gefällt, kann Gottes Vernunft schlechterdings nicht missfallen – über die wir freilich nur das wissen, was wir durch Analogie und häufig durch Negation aus den Vorgehensweisen unserer eigenen Vernunft ableiten. Und seht nun, um die falsche Autorität einer absurden, also unserer Vernunft widerstrebenden Meinung zu untergraben, kann manchmal das Lachen ein gutes Mittel sein, das die Übeltäter verwirrt und ihre Dummheit ans Licht bringt. So wird zum Beispiel vom heiligen Maurus erzählt, dass er, als die Heiden ihn in kochendes Wasser tauchten, sich lauthals beklagte, das Bad sei zu kalt woraufhin der Häuptling der Heiden, dumm wie er war, seine Hand ins Wasser tauchte und sich elendiglich verbrühte. Ein schöner Streich dieses heiligen Märtyrers, mit dem er die Feinde des Glaubens lächerlich machte!«

»Ja, ja«, sagte Jorge spöttisch, »in den Geschichten, die viele Prediger so gern erzählen, finden sich mancherlei Märchen. Ein Heiliger, den man in kochendes Wasser taucht, leidet um Christi willen und unterdrückt seine Schreie; er denkt nicht daran, den Heiden kindische Streiche zu spielen!«

»Seht Ihr«, versetzte William, »diese Geschichte widerstrebt Eurer Vernunft, und so verurteilt Ihr sie als lächerlich. Stillschweigend und ohne die Lippen zu verziehen, lacht Ihr jetzt selbst über etwas, das Ihr nicht ernst nehmen könnt und von dem Ihr wollt, dass auch ich es nicht ernst nehme. Ihr lacht über das Lachen, aber Ihr lacht!«

Jorge schnaubte ärgerlich: »Mit Euren Spielchen über das Lachen verleitet Ihr mich zu leerem Gerede! Aber Ihr wisst sehr genau: Christus hat nie gelacht!«

»Da bin ich mir gar nicht so sicher«, erwiderte William heiter. »Als er die Pharisäer aufforderte, den ersten Stein zu werfen, als er fragte, wessen Bildnis auf der Münze sei, die dem Kaiser als Tribut gezahlt werden sollte, als er mit Worten spielte und sagte: *›Tu es petrus‹* – in all diesen Fällen sprach er meines Erachtens mit Witz, um die Sünder zu verwirren. Und witzig war auch, wie er dem Kaiphas antwortete: ›Du sagst es.‹ Und die Stelle bei Jeremias, wo Gott zu Jerusalem sagt: *›nudavi femora contra faciem tuam‹*, kommentiert Hieronymus mit den Worten: *›sive nudabo et relevabo femora et posteriora tua.‹*. Demnach hat sogar Gott sich durch witzige Wortspiele ausgedrückt, um die Missetäter in Verwirrung zu bringen. Und Ihr wisst sehr genau: Als der Streit zwischen Cluniazensern und Zisterziensern am heftigsten tobte, warfen erstere letzteren vor, um sie lächerlich zu machen, dass sie kein Hosen trügen. Und im *Speculum Stultorum* wird von dem Esel Brunellus erzählt, dass er sich fragte, was wohl passieren würde, wenn dann der Wind in der Nacht die Decken lüftete und man die Scham der Mönche sehen könnte...«

Die Mönche im Umkreis prusteten los, und Jorge ergrimmte sehr: »Ihr verführt die Brüder zu einer schamlosen Heiterkeit! Ich weiß, dass es bei den Franziskanern üblich ist, sich die Sympathien des Volkes mit solchen Narreteien zu sichern, aber zu diesen Spielchen sage ich Euch, was ein Vers besagt, den ich einmal von einem Eurer Prediger hörte: *Tum podex carmen extulit horridulum!*«

Die Zurechtweisung war ein wenig zu stark. William war impertinent gewesen, sicher, aber jetzt warf Jorge ihm vor, er lasse Maulfurze fahren! Ich fragte mich, ob diese scharfe Replik des gestrengen Greises nicht eine Aufforderung an uns sein sollte, das Skriptorium umgehend zu verlassen. Aber William, der eben noch so kämpferisch aufgetrumpft hatte, wurde nun plötzlich ganz sanft.

»Ich bitte Euch um Vergebung, ehrwürdiger Jorge«, sagte er. »Mein Mund hat meine Gedanken verraten, ich wollte Euch nicht zu nahe treten. Vielleicht habt Ihr recht und ich war im Irrtum.«

Jorge quittierte diesen Akt subtiler Demut mit einem Grunzen, das ebensogut Befriedigung wie Vergebung ausdrücken mochte, und begab sich – es blieb ihm nichts anderes übrig – an seinen Platz zurück, während die Mönche, die im Laufe der Diskussion herbeigeströmt waren, sich wieder an ihre Arbeit machten. William kniete sich vor den Arbeitstisch des Venantius und durchforschte weiter das flache Regal. Mit seiner unterwürfigen Antwort hatte er sich ein paar Sekunden Ruhe erkämpft. Und was er in diesen wenigen Augenblicken sah, veranlasste ihn zu den Nachforschungen der kommenden Nacht.

Es waren jedoch in der Tat nur ein paar Sekunden, denn schon trat Benno von Uppsala näher, tat so, als habe er seinen Stift auf dem Tisch liegengelassen, als er gekommen war, um der Diskussion zu folgen, und flüsterte William ins Ohr, er müsse ihn dringend sprechen, er bitte ihn um ein Treffen hinter dem Badehaus, es sei vielleicht gut, schon einmal vorauszugehen, er werde gleich nachkommen.

William zögerte einen Moment. Dann rief er Malachias, der den ganzen Vorfall von seinem Tisch aus verfolgt hatte, und bat ihn im Namen seines vom Abt erteilten Mandates (und William betonte nachdrücklich dieses sein Privileg), unverzüglich jemanden als Wache an Venantius' Tisch zu postieren, denn es sei für die Untersuchung sehr wichtig, dass niemand diesen Tisch berühre, bis er, William, wieder zurückkehren werde. Er sagte das mit lauter Stimme, um auf diese Weise nicht nur Malachias zur Bewachung der Mönche zu verpflichten, sondern auch die Mönche zur Bewachung Malachias'. Dem Bibliothekar blieb nichts anderes übrig, als die Bitte zu gewähren, und so ging William mit mir hinaus.

Während wir durch den Garten schritten, um das Badehaus zu erreichen, das auf der Rückseite des Hospitals lag, sagte William:

»Es scheint vielen zu missfallen, dass ich etwas in die Hand bekomme, was sich auf oder unter Venantius' Tisch befindet.«

»Und was sollte das sein?«

»Das wissen wohl nicht einmal jene genau, denen es missfällt.«

»Demnach hätte Benno uns gar nichts zu sagen, sondern will uns nur möglichst weit vom Skriptorium weglocken?«

»Das werden wir ja gleich sehen«, erwiderte William. Und tatsächlich traf Benno kurz darauf ein.

Zweiter Tag

Sexta

Worin Benno seltsame Dinge erzählt,
aus denen man
wenig Erbauliches über das Klosterleben erfährt.

Was uns Benno zu sagen hatte, klang einigermaßen konfus. Es schien wirklich, als hätte er uns nur an diesen entlegenen Ort gelockt, um uns aus dem Skriptorium zu entfernen. Aber es schien auch, dass er – unfähig, einen halbwegs glaubwürdigen Vorwand zu erfinden – uns Bruchstücke einer Wahrheit aufdeckte, die weiterreichte, als er selber es ahnte.

Heute morgen, so begann er, habe er noch gezögert, aber jetzt sei er nach reiflicher Überlegung der Ansicht, dass William die ganze Wahrheit erfahren müsse. Während jener berühmten Diskussion über das Lachen neulich habe Berengar auf ein »finis Africae« angespielt. Was könnte er damit gemeint haben? Die Bibliothek sei voller Geheimnisse und insbesondere voller Bücher, die noch keiner der Mönche hier je habe lesen dürfen. Was William vorhin über die rationale Prüfung der Meinungen sagte, habe ihm sehr gefallen, erklärte uns Benno. Er legte dar, dass seines Erachtens ein forschender Mönch das Recht haben müsse, alle Schätze der Bibliothek zu kennen, er sagte heftige Worte gegen das Konzil zu Soissons, das Abaelard als Ketzer verurteilt hatte, und während er redete, wurde uns klar, dass dieser noch junge Mönch und Student der Rhetorik von einem heißen Unabhängigkeitsstreben erfüllt war und nur mit Mühe die Fesseln ertrug, die das strenge Reglement der Abtei dem Wissensdrang seines Intellekts auferlegte. Mir war seit jeher beigebracht worden, solchem Wissensdrang zu misstrauen, aber ich wusste, dass er meinem neuen Lehrer durchaus nicht missfiel, und tatsächlich bemerkte ich, dass William den jungen Eiferer mit Sympathie betrachtete und ihm ein gewisses Vertrauen schenkte. Kurzum, Benno gab uns zu verstehen, er wisse zwar nicht, von welchen Geheimnissen neulich zwischen Adelmus, Venantius und Berengar die Rede gewesen sei, aber es würde ihm nicht missfallen, wenn diese trübe Geschichte ein wenig Licht auf die seltsame Art werfen würde, wie hier die Bibliothek verwaltet werde, und es wäre ihm keineswegs unlieb, wenn Bruder William, wie immer er die zu untersuchende Angelegenheit auch entwirren werde, daraus Elemente gewönne, die den Abt dazu brächten, die geistige Disziplin ein wenig zu lockern, die hier auf den Mönchen laste. Auf Mönchen, so fügte Benno hinzu, die schließlich von weit her gekommen seien, um ihren Geist an den Wunderdingen zu nähren, die der voluminöse Bauch dieser Bibliothek enthalte.

Ich glaube, dass Benno ehrlich war in dem, was er sagte. Vermutlich wollte er allerdings, wie William es vorausgesehen hatte, sich im gleichen Zuge die Möglichkeit sichern, als erster den Tisch des Venantius zu untersuchen, und um uns von diesem Tisch wegzulocken, war er bereit, uns gleichsam als Preis für die erhoffte Befriedigung seiner Wissbegier andere Informationen zu geben. So erfuhren wir folgendes.

Berengar litt, was viele Mönche inzwischen wussten, an einer verzehrenden Leidenschaft für Adelmus – an derselben, deren Schändlichkeit einst den Zorn Gottes auf Sodom und Gomorra niederfahren ließ. So drückte Benno sich aus, vermutlich aus Rücksicht auf mein jugendliches Alter. Indessen weiß jeder, der seine Jugend in einem Kloster verbracht hat, auch wenn er selber stets keusch geblieben ist, dass es diese Leidenschaft gibt, und jeder hat sich gewiss auch schon hüten müssen vor den Nachstellungen derer, die ihr verfallen sind. Hatte ich selbst nicht zuweilen heimliche Briefchen von einem älteren Mönch erhalten, in denen Verse standen, wie sie Laien gewöhnlich an Frauenspersonen schreiben? Unsere Keuschheitsgelübde halten uns Mönche fern von der Lasterhöhle des weiblichen Körpers, aber sie bringen uns häufig genug auf andere Irrwege. Kann ich mir schließlich verhehlen, dass ich selber auf meine alten Tage gelegentlich heimgesucht werde vom Dämon der Mittagsstunde, wenn unwillkürlich mein Blick beim Chorgebet auf dem bartlosen Antlitz eines Novizen verweilt, das mir rein und frisch erscheint wie das eines blühenden Mädchens?

Ich sage das nicht, um meine Entscheidung für das mönchische Leben anzuzweifeln, sondern nur um Verständnis zu wecken für die Verfehlungen jener vielen Mitbrüder, denen diese heilige Bürde gar oft eine drückende Last ist. Vielleicht sage ich es auch ein wenig, um das schlimme Vergehen Berengars zu entschuldigen. Freilich schien dieser Mönch, den Worten Bennos zufolge, seinem Laster in einer noch schändlicheren Weise zu frönen, nämlich indem er die Waffen der Erpressung benutzte, um von anderen zu erhalten, was zu geben Tugend und Anstand ihnen gewiss hätten abraten sollen.

Seit geraumer Zeit also pflegten die Mönche zu spötteln über die zärtlichen Blicke, die Berengar dem anscheinend sehr anmutigen Adelmus zuwarf. Der jedoch hatte nur Blicke für seine Arbeit, aus welcher er offenbar all seine Freude bezog, und so kümmerte ihn die Leidenschaft Berengars kaum. Freilich, wer weiß, vielleicht war er sich auch nur noch nicht bewusst, dass seine Seele im tiefsten Innern zur selben Schändlichkeit neigte. Jedenfalls offenbarte uns Benno, er habe zufällig ein Gespräch zwischen Berengar und Adelmus belauscht, in welchem ersterer unter Anspielung auf ein Geheimnis, das letzterer von ihm erfahren wollte, dem also Begehrten jenen ruchlosen Handel vorschlug, den selbst der allerunschuldigste Leser nun leicht errät. Und wie es schien, vernahm Benno von des Adelmus Lippen Worte der Einwilligung, Worte, die fast erleichtert klangen. Als hätte, mutmaßte Benno, Adelmus im Grunde seines Herzens diesen Moment herbeigesehnt und lediglich einen anderen Grund als den seiner Fleischeslust gebraucht, um endlich einwilligen zu können. Woraus zu schließen sei, dass Berengars Geheimnis wahrscheinlich verborgene Dinge der Wissenschaft betraf, so dass nun Adelmus die Illusion hegen konnte, er füge sich einer Sünde des Fleisches nur, um einer Begierde des Geistes Genüge zu tun. Und wie oft, fügte Benno lächelnd hinzu, sei er nicht selbst schon von so heftigen Geistesbegierden geplagt worden, dass er, um sie zu befriedigen, durchaus bereit gewesen wäre, sich den Fleischesbegierden anderer willfährig zu zeigen, auch gegen die eigenen Fleischesbegierden.

»Gibt es nicht Augenblicke«, fragte er William eifrig, »da auch Ihr bereit wäret, ungute Dinge zu tun, nur um ein Buch in die Hand zu bekommen, das Ihr seit Jahren sucht?«

»Sylvester II., ein überaus tugendhafter und weiser Papst, gab vor Jahrhunderten einmal sogar eine Armillarsphäre her für eine Handschrift von Statius, glaube ich, oder von Lukan«, sagte William, nicht ohne rasch hinzuzufügen: »Aber es war eine Armillarsphäre, nicht die eigene Tugend!«

Benno gab zu, dass er in seinem Eifer wohl etwas zu weit gegangen war, und fuhr fort mit seinem Bericht. In der Nacht vor dem Tod des Adelmus habe er schließlich, getrieben von seiner Neugier, die beiden verfolgt. Am Abend nach der Komplet habe er sie zusammen ins Dormitorium gehen sehen. Lange habe er daraufhin in seiner Zelle, nicht weit von den Zellen der beiden entfernt, hinter der angelehnten Tür gewartet, und als die anderen Mönche fest schliefen, habe er deutlich gesehen, wie Adelmus in Berengars Zelle geschlüpft sei. Erregt von seiner Beobachtung, habe er dann keinen Schlaf finden können, und so habe er nach einer Weile gehört, wie Berengars Zellentür plötzlich aufsprang und Adelmus fluchtartig herausgestürmt kam, gefolgt von seinem Freund, der ihn zurückzuhalten versuchte. Der Flüchtende sei die Treppe hinuntergelaufen und Berengar hinterher, woraufhin Benno als Dritter den beiden gefolgt sei, bis er am Fuß der Treppe, also am Eingang zum Korridor vor dem unteren Zellentrakt, gesehen habe, wie Berengar zitternd in einem Winkel stand und die Tür der Zelle von Jorge anstarrte. Offenbar hatte Adelmus sich dem greisen Mitbruder zu Füßen geworfen, um seine Sünde zu beichten. Und Berengar zitterte, weil er wusste, dass sein Geheimnis in diesem Moment enthüllt wurde, wenn auch unter dem Siegel des Sakraments.

Nach einer Weile sei dann Adelmus bleichen Gesichtes herausgekommen, habe Berengar, der mit ihm sprechen wollte, heftig zurückgestoßen, sei ins Freie hinausgestürzt und um die Apsis herum durch das Nordportal (das nachts immer offen war) in die Kirche geflohen, wohl um zu beten. Berengar sei ihm gefolgt, habe jedoch vor der Kirchentür Halt gemacht und sei dann auf dem Friedhof händeringend zwischen den Gräbern umhergelaufen.

Nun habe Benno nicht mehr gewusst, was er tun sollte, als er plötzlich eine vierte Person in der Nähe bemerkte, die anscheinend gleichfalls den beiden gefolgt war, aber Benno kaum gesehen haben dürfte, da er sich eng an den Stamm einer Eiche am Rande des Friedhofs drückte. Es war Venantius. Als Berengar seiner ansichtig wurde, habe er sich rasch in den Schatten der Grabsteine gekauert, und Venantius sei dann geradewegs zu Adelmus in die Kirche gegangen. An diesem Punkt habe Benno, um nicht entdeckt zu werden, den Rückzug ins Dormitorium angetreten. Und am nächsten Morgen habe er dann erfahren, dass die Leiche des armen Adelmus unten am Steilhang lag. Soweit Bennos Bericht.

Die Stunde des Mittagsmahles näherte sich, und Benno verließ uns, da William ihm keine Fragen mehr stellte. Wir blieben noch ein paar Minuten hinter dem Badehaus und gingen dann langsam durch den Garten, schweigend den einzigartigen Enthüllungen nachsinnend, die wir soeben vernommen hatten.

»Frangula«, sagte William plötzlich und beugte sich über einen dürren Strauch, den er offenbar an seinen Winterstauden erkannt hatte. »Ein guter Rindentee gegen Hämorrhoiden. Und das hier ist Arctium lappa, ein kräftiger Breiumschlag aus seinen frischen Wurzeln heilt die Ekzeme der Haut.«

»Ihr seid besser als Meister Severin«, unterbrach ich ihn, »aber sagt mir jetzt, was Ihr von alledem haltet.«

»Mein lieber Adson, du solltest lernen, mit deinem eigenen Kopf zu denken. Benno hat uns wahrscheinlich die Wahrheit gesagt. Sein Bericht passt zu dem, was uns Berengar heute morgen erzählt hat, wenn auch durchsetzt mit Halluzinationen. Rekonstruieren wir. Berengar und Adelmus tun etwas sehr Schlimmes miteinander, wie wir bereits vermuteten. Dabei wird Berengar dem Adelmus jenes Geheimnis verraten haben, das nun leider wohl ein Geheimnis bleibt. Adelmus, entsetzt über sein Vergehen gegen die Keuschheit und gegen die Regeln der Natur, denkt nur daran, sich jemandem anzuvertrauen, der ihm Absolution erteilen kann, und rennt Hals über Kopf zu Jorge. Der aber ist ein gestrenger Herr, wie wir selber vorhin bemerkten. Er wird den Beichtenden hart getadelt und ihm höllische Strafen angedroht haben. Vielleicht hat er ihm die Absolution verweigert, vielleicht hat er ihm eine unmögliche Buße auferlegt, wir wissen es nicht, und Jorge wird es uns niemals verraten. Tatsache ist jedenfalls, dass Adelmus danach in die Kirche rennt, um sich vor dem Altar niederzuwerfen, aber auch das besänftigt nicht seine Gewissensbisse. Nun tritt Venantius zu ihm. Wir wissen nicht, was sie einander sagen. Vielleicht verrät ihm Adelmus das Geheimnis, das Berengar ihm als Geschenk (oder als Bezahlung) anvertraut hatte und das ihm nun wohl nichts mehr bedeutet, seit er ein viel schrecklicheres Geheimnis hat. Was tut daraufhin Venantius? Vielleicht eilt er mit Berengars Geheimnis davon, erfasst von der gleichen Wissbegier, die heute auch unseren guten Benno gepackt hat, und überlässt Adelmus seinen Gewissensbissen. Adelmus jedenfalls sieht sich von allen verlassen, beschließt zu sterben, läuft verzweifelt hinaus auf den Friedhof und trifft dort Berengar. Er droht ihm mit furchtbaren Worten, macht ihn verantwortlich für sein Unglück und nennt ihn seinen Lehrer im schändlichen Treiben. Ich glaube wirklich, dass Berengars Erzählung, wenn man sie von allen halluzinatorischen Elementen reinigt, der Wahrheit entspricht. Adelmus hat einfach die Drohungen wiederholt, die er von Jorge gehört haben dürfte. Daraufhin läuft Berengar voller Entsetzen zur einen Seite davon und Adelmus voller Verzweiflung zur anderen, um sich in den Abgrund zu stürzen. Den Rest kennen wir, er hat sich fast vor unseren Augen abgespielt. Alle glauben, dass Adelmus umgebracht worden sei. Venantius hat nun den Eindruck, dass dem Geheimnis der Bibliothek eine noch viel größere Bedeutung zukommt, als er bisher gedacht hatte, und versucht es auf eigene Faust zu ergründen. Bis ihn jemand aufhält, entweder bevor er ans Ziel gelangt ist oder danach…«

»Wer mag ihn getötet haben? Berengar?«

»Kann sein. Oder Malachias, der das Aedificium zu hüten hat. Oder jemand anders. Berengar ist verdächtig, weil er Angst hat und weil er wusste, dass Venantius sein Geheimnis kannte. Malachias ist verdächtig: Als Verantwortlicher für die Unantastbarkeit der Bibliothek entdeckt er, dass jemand sie verletzt hat, und tötet. Jorge weiß alles von allen, kennt das Geheimnis des armen Adelmus und will nicht, dass ich finde, was Venantius entdeckt haben könnte... Vieles lässt ihn verdächtig erscheinen. Aber bitte, sag du mir, wie kann ein Blinder jemanden töten, der im Vollbesitz seiner Kräfte ist? Und wie kann ein Greis, so rüstig er auch noch sein mag, die Leiche dann bis zu jenem Bottich im Hof schleppen? Doch warum könnte nicht schließlich auch Benno der Mörder sein? Er kann uns belogen haben, aus Gründen, die wir nicht kennen. Und warum sollten wir überhaupt den Kreis der Verdächtigen auf die Teilnehmer an jenem vielbeschworenen Streitgespräch über das Lachen beschränken? Vielleicht hat das Verbrechen ganz andere Motive, die gar nichts mit der Bibliothek zu tun haben? In jedem Fall gilt es jetzt zwei Dinge zu tun: herauszufinden, wie man nachts in die Bibliothek gelangt, und eine Lampe zu beschaffen. Kümmere du dich um die Lampe. Geh in die Küche, wenn das Essen bereitet wird, und sieh zu, dass du dir unbemerkt eine besorgen kannst...«

»Stehlen?!«

»Ausleihen, zur höheren Ehre Gottes.«

»Wenn das so ist, könnt Ihr auf mich zählen.«

»Bravo! Was den Zugang zum Aedificium betrifft, so haben wir gestern abend gesehen, wo Malachias aufgetaucht ist. Ich werde heute nachmittag einen Besuch in der Kirche machen und mir insbesondere jene Seitenkapelle ansehen. In einer Stunde gehen wir zum Essen. Danach sind wir zu einem Gespräch mit dem Abt verabredet. Du wirst dabeisein, denn ich habe ihn gebeten, einen Sekretär mitbringen zu dürfen, der sich Notizen über unsere Besprechung macht.«

Zweiter Tag

Nona

Worin der Abt sich stolz auf die Reichtümer seiner Abtei und furchtsam vor Ketzern erweist und Adson am Ende bezweifelt, ob er gut daran tat, sich hinaus in die weite Welt zu begeben.

Wir fanden den Abt in der Kirche vor dem Hochaltar. Er überwachte die Tätigkeit einer Handvoll Novizen, die gerade aus dem Tabernakel eine Reihe geweihter Schalen, Kelche, Monstranzen und Hostienteller geholt hatten sowie ein Kruzifix, das mir beim Morgengottesdienst noch nicht aufgefallen war. Unwillkürlich entfuhr mir ein bewundernder Ausruf beim Anblick all dieser herrlichen Kultgeräte. Es war um die Mittagsstunde, das Sonnenlicht fiel in gebündelten Strahlen durch die Fenster des Chors ein und mehr noch durch die der Seitenschiffe, so dass es helle Kaskaden bildete, die gleich mystischen Strömen von wahrhaft göttlicher Substanz einander an mehreren Stellen des weiten Kirchenraums überkreuzten und den Altar regelrecht überfluteten.

Die Schalen, die Kelche, das Kruzifix, alles offenbarte sein kostbares Material. Zwischen dem blitzenden Gelb des Goldes, dem fleckenlosen Weiß des Elfenbeins und dem transparenten Glanz der Kristalle sah ich Gemmen in allen Farben und Formen aufleuchten und erkannte die edelsten Steine, Hyazinth und Topas, Rubin und Smaragd, Saphir, Chrysolith und Karfunkel, Onyx, Achat und Jaspis. Und ich bemerkte, was ich am Morgen, als ich zuerst im Gebet entrückt und dann vom Schrecken erfasst war, noch nicht so recht wahrgenommen: Das Antependium des Altars und drei weitere Beschläge, die ihn schmückten, waren gänzlich aus Gold, ja aus Gold erschien der gesamte Altar, von welcher Seite man ihn auch betrachtete.

Der Abt sah mein Staunen und lächelte. »Die Reichtümer, die Ihr hier seht«, erklärte er meinem Meister und mir, »und andere, die Ihr noch sehen werdet, sind das Vermächtnis von Jahrhunderten frommer Andacht und Devotion, ein Zeugnis der Macht und Heiligkeit dieser Abtei. Fürsten und Potentaten der Erde, Erzbischöfe und Bischöfe haben für diesen Altar und seine Geräte die Ringe ihrer Investitur gespendet sowie das Gold und die Edelsteine, die ihre Größe bezeugten, auf dass alles hier eingeschmolzen werde zur höheren Ehre Gottes und dieses seines heiligen Ortes. Mag die Abtei auch heute erneut von einem schmerzlichen Trauerfall heimgesucht worden sein, so dürfen wir angesichts unserer Hinfälligkeit auf Erden doch nicht die Kraft und Herrlichkeit des Allmächtigen vergessen. Das Fest der heiligen Weihnacht naht, und so beginnen wir, die geweihten Geräte zu putzen, auf dass die Geburt des Erlösers gefeiert werde in allem gebotenen Prunk und aller gebührenden Pracht. Alles hier muss in herrlichstem Glanze erstrahlen…«, fügte er an und sah William fest in die Augen, und gleich danach begriff ich, warum er so stolz darauf beharrte, sein Tun zu rechtfertigen, »denn wir halten dafür, dass es nützlich und gut ist, die Wohltaten Gottes nicht zu verbergen, sondern im Gegenteil offen zu zeigen.«

»Gewiss«, sagte William höflich, »wenn Eure Erhabenheit es für richtig hält, dass der Herr auf diese Weise gepriesen sei, so hat Eure Abtei die höchste Stufe in dieser Form der Lobpreisung erreicht.«

»Und so soll es sein«, erklärte der Abt. »Wenn goldene Krüge und goldene Phiolen und kleine goldene Mörser nach Gottes Wort oder dem Geheiß der Propheten im Tempel Salomons dazu dienten, das Blut der geopferten Ziegen und Kälber und der roten Färse aufzufangen, um wieviel mehr müssen dann goldene Schalen und kostbare Steine und alle wertvollen Dinge der Schöpfung in steter Ehrfurcht und größter Andacht ausgelegt werden, wenn es gilt, das Blut Christi aufzunehmen! Gliche dank einer zweiten Schöpfung unsere Substanz selbst jener der Cherubim und Seraphim, so wäre der Dienst, den sie einem so unbeschreiblichen Opfer zu leisten vermöchte, noch immer nicht seiner würdig…«

»So ist es«, sagte ich fromm.

»Viele wenden hier ein«, fuhr der Abt fort, »dass ein von Andacht durchdrungener Geist, ein reines Herz und eine redliche Absicht für dieses heilige Amt genügen müssten. Wir sind gewiss die ersten, die ausdrücklich und entschieden erklären, dass dies das wesentliche ist. Aber wir sind zugleich überzeugt, dass man Gott auch durch den äußeren Zierat der Weihegeräte huldigen muss, denn es ist in höchstem Maße nur recht und billig, dass wir unserem Erlöser mit allen Dingen restlos dienen – Ihm, der es nicht verschmäht hat, für uns mit allen Dingen restlos und ohne Vorbehalt zu sorgen.«

»Seit jeher war dies die Ansicht der Großen Eures Ordens«, pflichtete William bei, »und ich entsinne mich schönster Ausführungen über die Ornamente der Kirchen aus der Feder Eures hochbedeutenden und venerablen Abtes Suger.«

»So ist es«, sagte der Abt. »Seht dieses Kruzifix hier. Es ist noch nicht vollendet...« Er nahm es unendlich liebevoll in die Hand und betrachtete es, wobei sein Gesicht vor Glückseligkeit leuchtete. »Es fehlen noch einige Perlen, ich habe noch keine von der richtigen Größe gefunden. Einst sagte Sankt Andreas vom Kreuz auf Golgatha, es sei mit den Gliedern Christi geschmückt wie mit Perlen. Mit Perlen muss also dies schwache Abbild jenes großen Wunders geschmückt sein. Auch wenn ich es für angebracht hielt, an dieser Stelle, just über dem Haupt des Erlösers, den schönsten Diamanten einfügen zu lassen, den Ihr je gesehen habt...« Andächtig streichelten seine langen weißen Finger die kostbarsten Teile des heiligen Holzes, will sagen des heiligen Elfenbeins, denn aus diesem herrlichen Material waren die Arme des Kreuzes gemacht.

»Immer wenn mich, während ich voller Entzücken die Schönheiten dieses Gotteshauses betrachte, der Zauber seiner vielfarbigen Steine den äußeren Sorgen entrissen hat und eine würdige Meditation mich dazu bringt, durch Übertragung des Materiellen aufs Immaterielle nachzudenken über die Mannigfaltigkeit der heiligen Kräfte, dünkt mich, als sei ich gleichsam versetzt worden in eine sonderbare Region des Universums, die weder völlig befangen im Schlamm der Erde ist, noch völlig frei in der Reinheit des Himmels. Und mir ist, als könnte ich dank Gottes Gnade aus dieser niederen Welt anagogisch entrückt werden in jene höhere...«

Der Abt hatte sich umgewandt und schaute versonnen ins Kirchenschiff. Ein Lichtstrahl, der aus der Höhe kam, erleuchtete ihm dank einer besonderen Güte des Tagesgestirns das Antlitz und beide Hände, die er hingerissen von seiner eigenen Inbrunst zur Form eines Kreuzes geöffnet hatte, und beseelt fuhr er fort: »Alle Kreatur, ob sichtbar oder unsichtbar, ist Licht, zum Dasein gebracht vom Vater des Lichtes. Dieses Elfenbein, dieser Onyx, doch ebenso auch der Stein, der uns umgibt, sind Licht, denn ich erkenne, dass sie gut und schön sind, dass sie nach ihren richtigen Proportionsregeln existieren, dass sie sich nach Art und Gattung von allen anderen Arten und Gattungen unterscheiden, dass sie durch ihre eigene Zahl definiert sind, dass sie nicht abnehmen in ihrer Ordnung, dass sie sich ihren spezifischen Ort gemäß ihrer Schwerkraft suchen. Und je mehr diese Dinge mir offenbar werden, desto mehr wird die Materie, die ich betrachte, ihrer Natur nach kostbar und desto mehr verwandelt sie sich zum Licht der göttlichen Schöpfungsmacht, denn wenn ich von der Erhabenheit einer Wirkung zurückschließen muss auf die Erhabenheit ihrer Ursache, die mir in ihrer ganzen Fülle stets unerreichbar bleibt, um wieviel mehr spricht dann eine so herrliche Wirkung wie die des Goldes und der Diamanten von der göttlichen Kausalität, wenn selbst der Kot und das kleinste Insekt von ihr zu künden vermögen! Stets also, wenn ich in diesen Steinen so hohe Dinge erkenne, geht mir die Seele über vor freudiger Rührung – und das nicht aus irdischer Eitelkeit oder Liebe zum Reichtum, sondern aus reinster Liebe zur *causa prima non causata.*«

»Wahrlich, das ist die süßeste aller Theologien«, sagte William in vollendeter Demut, und mir schien, dass er dabei jene hinterhältige Denkfigur gebrauchte, die von den Rhetorikern Ironie genannt wird und die man stets nur gebrauchen sollte, nachdem man ihr die Pronuntiatio vorausgeschickt hat, die ihr Signal und ihre Rechtfertigung darstellt. Was William so gut wie niemals tat, weshalb ihn der Abt, der mehr dem korrekten Gebrauch der Redefiguren zugeneigt war, nun wörtlich nahm und, immer noch entrückt in seiner mystischen Verzückung, anfügte: »Sie ist die kürzeste aller Straßen, die uns in Kontakt mit dem Höchsten bringen, die materielle Theophanie.«

William hüstelte wohlerzogen und machte »Hm, äh...« So tat er es immer, wenn er auf ein neues Thema überleiten wollte, und er konnte das sehr elegant, denn er pflegte (wie es, glaube ich, typisch ist für die Menschen aus seiner Heimat) seine Interventionen stets mit langem Geächz und Gehüstel vorzubereiten, als kostete es ihn große Anstrengungen, einen neuen Gedanken darzulegen. Doch je mehr Geächz und Gehüstel er seiner Darlegung vorausschickte, desto überzeugter war er gewöhnlich, wie ich inzwischen wusste, von der Richtigkeit seiner Argumente.

»Hm, ah...«, machte William also. »Wir sollten jetzt vielleicht von dem bevorstehenden Treffen reden und von der Debatte über die Armut...«

»Die Armut, ach ja...«, der Abt war noch ganz versunken, als hätte er Mühe, herabzusteigen aus jener schönen Region des Universums, in welche ihn seine Gemmen entrückt. »Das Treffen, natürlich...«

Und alsbald begannen die beiden geschäftig über Dinge zu reden, die ich zum Teil schon wusste und zum Teil nun aus ihrem Gespräch erfuhr. Es ging, wie ich bereits zu Beginn dieser meiner getreuen Chronik berichtet habe, um jenen zwiefachen Streit, in welchem zum einen der Kaiser und der Papst einander gegenüberstanden und zum anderen der Papst und die Franziskaner, die sich in ihrem Kapitel zu Perugia, wenn auch mit einigen Jahren Verspätung, die Thesen der Spiritualen über die Armut Christi zu eigen gemacht hatten; darüber hinaus ging es um die Verwicklung, die sich durch das Bündnis der Franziskaner mit dem Reich gebildet hatte, eine Verwicklung, die neuerdings aus einem Dreieck von Gegensätzen und Allianzen zu einem Quadrat angewachsen war durch den (mir noch heute keineswegs völlig klaren) Eingriff der Äbte des heiligen Benediktinerordens.

Ich habe nie ganz verstanden, warum die benediktinischen Äbte den spiritualen Franziskanern Schutz und Zuflucht gewährt hatten, noch ehe ihr Orden als ganzer deren Meinungen in gewissem Maße zu teilen begann. Denn während die Spiritualen den Verzicht auf alle irdischen Güter predigten, gingen die Äbte meines Ordens – ich hatte selber soeben die schönste Bestätigung dafür erlebt – einen zwar nicht minder tugendhaften, aber völlig entgegengesetzten Weg. Mir scheint indessen, dass die Äbte der Ansicht waren, eine zu große Macht des Papstes werde eine zu große Macht der städtischen Bischöfe nach sich ziehen – hatte mein Orden doch seine Macht jahrhundertelang gerade im Kampf mit dem säkularen Klerus und den städtischen Kaufleuten zu behaupten vermocht, indem er sich selbst zum direkten Mittler zwischen Himmel und Erde und zum Berater der Souveräne machte.

Oftmals hatte ich jenen Lehrsatz gehört, dem zufolge sich das Volk Gottes auf Erden teilt in Hirten (die Kleriker), Hunde (die Krieger) und Herde (das einfache Volk). Später lernte ich freilich, dass dieser Satz sich auf mancherlei Weise neu formulieren lässt. Die Benediktiner sprachen häufig nicht von drei Ordnungen, sondern von zwei großen Abteilungen, deren eine die Verwaltung der irdischen Dinge betraf und deren andere die der himmlischen Dinge. Für die Verwaltung der irdischen Dinge galt dabei weiter die Trennung zwischen Klerus, weltlicher Herrschaft und Volk, doch über dieser Dreiteilung erhob sich der Ordo Monachorum als unmittelbare Verbindung zwischen dem Gottesvolk und dem Himmel, und die Mönche hatten nichts mit jenen säkularen Hirten zu tun, die als Priester und Bischöfe in den Städten saßen, ignorant und korrupt und mittlerweile gänzlich den Interessen ihrer Städte zugetan, in denen die Herde nicht mehr überwiegend aus frommen und gläubigen Bauern bestand, sondern aus Händlern und Handwerksleuten. So war es dem benediktinischen Orden ganz recht, wenn die geistliche Herrschaft über die Laien allmählich dem säkularen Klerus anvertraut wurde, solange es nur den Mönchen weiterhin zukam, die verbindliche Regel dieses Verhältnisses festzusetzen in ebenso unmittelbarem Kontakt zum Reich als dem Ausfluss aller irdischen Macht, wie sie ihn zum Ausfluss aller himmlischen Macht seit jeher gewohnt waren. Und darum eben, so glaube ich, waren viele Benediktineräbte bereit, zur Wahrung oder Wiederherstellung der Würde des Reiches gegen die Stadtregierungen (Bischöfe und Bürger in trautem Verein) den spiritualen Franziskanern Schutz zu gewähren, also Brüdern, deren Ideen sie zwar nicht teilten, aber deren Präsenz ihnen gut zupass kam, erlaubte sie doch den Vertretern des Reiches treffliche Syllogismen gegen den päpstlichen Machtmissbrauch.

Dies waren denn wohl auch die Gründe, so folgerte ich, aus denen Abbo sich nun bereit fand zu einer taktischen Zusammenarbeit mit William als einem Abgesandten des Kaisers, der zwischen dem franziskanischen Orden und dem pontifikalen Hof vermitteln sollte. Bei aller Heftigkeit des Disputes, der die Einheit der Kirche so sehr gefährdete, hatte sich nämlich Michael von Cesena, mehrfach von Papst Johannes nach Avignon gebeten, schließlich bereit erklärt, der Einladung Folge zu leisten, da er nicht wollte, dass sein Orden sich endgültig mit dem Papst überwarf. Als Generalminister der Franziskaner war er darauf aus, die Armutsthesen des Kapitels zu Perugia triumphieren zu lassen und zugleich den Konsens des Papstes dafür zu gewinnen, nicht zuletzt wohl, weil er ahnte, dass er sich ohne diesen Konsens kaum noch lange an der Spitze des Ordens würde halten können.

Viele hatten ihm dann allerdings zu bedenken gegeben, dass der Papst ihn in Frankreich vermutlich nur haben wollte, um ihn in eine Falle zu locken, der Ketzerei zu bezichtigen und vor Gericht zu stellen. Daher rieten sie zu einer Reihe von Vorverhandlungen als Voraussetzung für Michaels Gang nach Avignon. Marsilius von Padua hatte jedoch eine bessere Idee: Zusammen mit Michael sollte ein kaiserlicher Gesandter nach Avignon gehen, um dem Papst den Standpunkt der Vertreter des Reiches vorzutragen. Nicht so sehr um den alten Cahors zu überzeugen, als vielmehr um Michaels Position zu stärken, denn als Teil einer kaiserlichen Gesandtschaft würde das Oberhaupt der Franziskaner nicht so leicht der päpstlichen Rache anheimfallen können.

Indessen hatte auch diese Idee zahlreiche Nachteile und ließ sich nicht unverzüglich verwirklichen. So entstand schließlich die Idee eines vorbereitenden Treffens zwischen Mitgliedern der kaiserlichen Gesandtschaft und einigen Abgesandten des Papstes zwecks Prüfung der beiderseitigen Positionen und Formulierung der Abkommen für ein Treffen in Avignon, bei welchem die Sicherheit der italienischen Besucher gewährleistet sein würde. Mit der Organisation dieses vorbereitenden Treffens wurde just mein Meister William von Baskerville betraut, der anschließend auch den Standpunkt der kaiserlichen Theologen vertreten sollte, falls er zu der Ansicht gelangen würde, dass die Reise nach Avignon ohne Gefahren möglich war. Ein nicht eben leichtes Unterfangen, da man annehmen musste, dass der Papst, der Michael allein bei sich haben wollte, um ihn leichter in die Knie zwingen zu können, eine Legation nach Italien schicken werde mit dem Auftrag, die Reise der kaiserlichen Gesandten an seinen Hof nach Möglichkeit scheitern zu lassen. Bisher hatte William sich sehr geschickt verhalten. Nach langen Besprechungen mit verschiedenen Benediktineräbten in Mittel- und Norditalien (dies war der Grund für die vielen Etappen auf unserer Reise gewesen) hatte er schließlich eben diese Abtei gewählt, in der wir uns nun befanden, weil der Abt Abbo bekannt war für seine Ergebenheit gegenüber dem Reich und gleichwohl dank seiner diplomatischen Geschicklichkeit am päpstlichen Hof keinen schlechten Ruf hatte. Mithin war die Abtei ein neutrales Gebiet, bestens geeignet zum Treffen der beiden Legationen.

Dennoch waren damit die Widerstände des Pontifex nicht überwunden. Er wusste, dass seine Legaten, einmal auf dem Gebiet der Abtei, der Jurisdiktion des Abtes unterstehen würden, und da er auch Mitglieder des säkularen Klerus zu entsenden gedachte, akzeptierte er diese Bedingung nicht, wobei er Furcht vor einer Falle der Kaiserlichen vorschützte. Statt dessen stellte er seinerseits die Bedingung, dass die Sicherheit seiner Legaten von einer Abteilung bewaffneter Bogenschützen des Königs von Frankreich unter dem Kommando einer Person seines Vertrauens gewährleistet sein müsse. Davon hatte ich William mit einem Botschafter des Papstes in Bobbio reden hören. Soweit ich begriff, ging es bei ihrer Verhandlung um die Definition der Rechte und Pflichten dieser Abteilung, beziehungsweise um die Frage, was unter dem

Schutz der Sicherheit der päpstlichen Legation zu verstehen sei. Man hatte sich schließlich auf eine Formel geeinigt, die von den Avignonesern vorgeschlagen worden war und allseits vernünftig erschien: Die Bewaffneten und ihr Kommandant sollten Jurisdiktion über alle jene Personen haben, »die in irgendeiner Weise versuchten, Anschläge auf das Leben der Mitglieder der pontifikalen Legation zu verüben oder deren Verhalten und Urteil durch gewaltsame Akte zu beeinflussen«. Damals erschien das Abkommen als eine reine Formsache, geboren aus formaljuristischem Geiste. Nun aber, nach den jüngsten Vorfällen hier in der Abtei, war der Abt sehr beunruhigt und legte William seine Besorgnis dar: Wenn es bis zum Eintreffen der päpstlichen Legation nicht gelungen sein sollte, den Urheber der beiden hier geschehenen Verbrechen zu finden (am nächsten Tag sollte der Abt noch besorgter sein, hatte er es dann doch bereits mit drei Verbrechen zu tun...), so werde man wohl oder übel zugeben müssen, dass hier jemand umging, der durchaus in der Lage war, das Verhalten und Urteil der pontifikalen Legation durch gewaltsame Akte zu beeinflussen.

Gar nichts würde es bringen, die geschehenen Verbrechen etwa verschweigen zu wollen, denn sollte womöglich ein weiteres geschehen, so würden die pontifikalen Legaten sicherlich meinen, es handele sich um einen Anschlag gegen sie. Folglich gab es nur zwei Lösungen: Entweder fand William den Mörder, bevor die Legation eintraf (und bei diesen Worten sah der Abt meinem Herrn streng ins Gesicht, als wollte er ihn stillschweigend dafür tadeln, dass er den Mörder noch nicht gefunden hatte), oder man musste den Vertreter des Papstes loyal über das Geschehene informieren und offiziell um Unterstützung bitten, damit er die Abtei für die Dauer der Verhandlungen unter strenge Bewachung stellen ließ. Das aber missfiel dem Abt sehr, würde es doch bedeuten, dass er auf einen Teil seiner Souveränität verzichten und seine Mönche unter die Kontrolle der Franzosen stellen müsste. Andererseits durfte man aber auch nichts riskieren. William und er waren beide nicht sonderlich angetan von dieser Aussicht, doch sie hatten kaum eine andere Wahl. So kamen sie überein, am Abend des folgenden Tages eine endgültige Entscheidung zu treffen. Bis dahin blieb ihnen nichts weiter übrig, als sich der Barmherzigkeit Gottes und dem Scharfsinn Williams anzuvertrauen.

»Ich werde mein möglichstes tun«, versicherte William. »Auf der anderen Seite sehe ich aber nicht recht, inwiefern diese Sache das Treffen ernsthaft kompromittieren könnte. Auch der Vertreter des Papstes wird doch schließlich begreifen, dass es einen Unterschied gibt zwischen dem Treiben eines Verrückten oder Blutgierigen – oder auch nur einer verirrten Seele – und den ernsten Problemen, die nüchterne Männer hier zu erörtern haben.«

»Meint Ihr?« fragte der Abt und sah William fest in die Augen. »Vergesst nicht, dass die Avignoneser sich bewusst sind, hier Minoriten zu treffen, also gefährliche Leute, die den Fratizellen nahe stehen und anderen, noch verbohrteren als den Fratizellen, blutrünstigen Ketzern, die sich schlimmster Verbrechen schuldig gemacht haben« – der Abt senkte die Stimme – »Verbrechen, mit denen verglichen die hier geschehenen Missetaten wie Nebelschwaden vor der Sonne verblassen!«

»Das kann man doch nicht in einem Atemzug nennen!« rief William lebhaft aus. »Ihr könnt doch nicht ernsthaft die Minoriten des Kapitels zu Perugia auf ein und dieselbe Stufe stellen mit einer Bande von Häretikern, die in falschem Verständnis der Botschaft des Evangeliums den Kampf gegen die Reichtümer dieser Welt verwandelt haben in eine Reihe privater Racheakte und sinnloser Morde!«

»Erst vor wenigen Jahren«, antwortete kühl der Abt, »und nur wenige Tagereisen von hier entfernt hat eine dieser Banden, wie Ihr sie nennt, die Ländereien des Bischofs von Vercelli und die Berge von Novara mit Brandschatzung, Raub und Mord überzogen.«

»Ihr sprecht von Fra Dolcino und den Apostoli...«

»Den Pseudo-Apostoli«, korrigierte der Abt. Und wieder hörte ich diese Namen, und wieder wurden sie mit einer spürbaren Scheu ausgesprochen und mit einem Hauch von Erschrecken.

»Den Pseudo-Apostoli«, bestätigte William gern. »Aber sie hatten nichts mit den Minoriten zu tun...«

»Mit denen sie immerhin die Verehrung für Joachim von Fiore teilten«, beharrte der Abt. »Fragt doch Euren Mitbruder Ubertin!«

»Ich weise Eure Erhabenheit darauf hin, dass Ubertin von Casale jetzt Euer Mitbruder ist«, erwiderte William lächelnd und mit einer leichten Verbeugung, als wollte er dem Abt gratulieren, dass er nun einen so bedeutenden Mann zu den Seinen zählen konnte.

»Ich weiß, ich weiß«, sagte der Abt. »Und Ihr wisst, mit welch brüderlicher Fürsorge unser Orden die Spiritualen aufnahm, als sie vom Zorn des Papstes verfolgt wurden. Ich spreche nicht nur von Ubertin, sondern auch von vielen anderen, weniger hochberühmten Brüdern, von denen man nicht viel weiß, aber mehr wissen sollte. Denn es hat sich ergeben, dass wir Flüchtlinge aufnahmen, die in der Kutte der Minoriten bei uns angeklopft hatten, und später erfuhr ich dann, dass sie durch die Wechselfälle ihres Lebens eine Zeitlang den Dolcinianern recht nahe gekommen waren...«

»Auch hier?« fragte William.

»Auch hier. Ich will Euch etwas enthüllen, worüber ich in Wahrheit leider recht wenig weiß und in keinem Falle genug, um Anklage erheben zu können. Doch da Ihr dabei seid, Nachforschungen über das Leben dieser Abtei anzustellen, sollt Ihr nun auch diese Dinge wissen. Ich sage Euch also: Ich hege den Verdacht – den Verdacht, wohlgemerkt, aufgrund von Dingen, die mir zu Ohren gekommen sind oder die ich erraten habe –, dass es einen sehr dunklen Punkt im Leben unseres Cellerars gegeben hat, der hier vor Jahren genau nach dem Exodus der Minoriten eintraf...«

»Der Cellerar?« rief William überrascht aus. »Remigius von Varagine ein Dolcinianer? Er scheint mir harmloser und in jedem Falle weniger um Frau Armut besorgt als irgendeiner...«

»Ich kann in der Tat nichts Konkretes gegen ihn sagen und erfreue mich seiner guten Dienste, für welche die ganze Bruderschaft ihm hier Dank weiß. Ich sagte Euch dies nur, um

Euch begreiflich zu machen, wie leicht man Verbindungen findet zwischen einem Frater und einem Fratizellen...«

»Schon wieder seid Ihr ungerecht in Eurer Güte, wenn ich das sagen darf«, unterbrach ihn William. »Wir sprachen von den Dolcinianern, nicht von den Fratizellen. Von letzteren kann man vieles sagen (auch ohne zu wissen, wovon man eigentlich spricht, denn es gibt vielerlei Arten von ihnen), nicht aber, dass sie blutrünstig seien. Schlimmstenfalls kann man ihnen vorwerfen, dass sie ohne allzuviel Überlegung Dinge tun, die von den Spiritualen maßvoller und im Geist der wahren Gottesliebe gepredigt worden sind – und in diesem Punkt gebe ich zu, dass die Grenzen zwischen den einen und den anderen manchmal recht fließend sind...«

»Aber die Fratizellen sind Ketzer!« unterbrach der Abt schroff. »Sie beschränken sich nicht darauf, die Armut Christi und der Apostel zu vertreten, eine Lehre, die, auch wenn ich mich nicht gedrängt fühle, sie zu teilen, durchaus von Nutzen sein kann, um sie dem Dünkel der Avignoneser entgegenzuhalten. Aber die Fratizellen ziehen aus dieser Lehre eine praktische Folgerung, sie leiten daraus ein Recht auf Rebellion, auf Plünderung, auf Verkehrung der Sitten ab!«

»Welche Fratizellen tun das?«

»Alle, ganz allgemein. Ihr wisst, dass sie sich unsäglicher Verbrechen schuldig gemacht haben, dass sie die Ehe nicht anerkennen, dass sie die Existenz der Hölle verneinen, dass sie Sodomie begehen, dass sie die bogomilische Häresie des Ordo Bulgarii und des Ordo Drygonthii teilen...«

»Ich bitte Euch«, sagte William, »vermischt nicht, was verschieden ist! Ihr sprecht, als ob Fratizellen, Patarener, Waldenser und Katharer und unter letzteren die Bogomilen aus Bulgarien und die Häretiker aus Dragovitsa alle dasselbe wären!«

»Sie sind es«, beharrte der Abt. »Sie sind alle dasselbe, weil sie allesamt Ketzer sind, weil sie die Ordnung der zivilisierten Welt auf den Kopf stellen, auch die Ordnung des Reiches, die Ihr doch anscheinend begrüsst. Vor mehr als einem Jahrhundert steckten die Anhänger des Arnaldus von Brescia in Rom die Häuser der Adligen und der Kardinäle in Brand, und das war die Frucht der lombardischen Häresie der Patarener. Ich weiß schreckliche Geschichten über diese Häretiker, ich las sie bei Cäsarius von Heisterbach. In Verona bemerkte eines Tages der Kanonikus von Sankt Gideon, Eberhardus mit Namen, dass sein Zimmerwirt jede Nacht mit Frau und Tochter das Haus verließ. Er fragte, ich weiß nicht mehr wen der drei, wohin sie gingen und was sie dort taten. Komm und sieh selbst, wurde ihm geantwortet, und er folgte ihnen in ein unterirdisches Haus, worin Personen beiderlei Geschlechtes versammelt waren. Ein Häresiarch hielt ihnen, während sie alle still lauschten, eine höchst lästerliche Rede mit dem Vorsatz, ihr Leben und ihre Sitten zu verderben. Dann wurde die Kerze gelöscht, und jeder warf sich auf seine Nachbarin, ohne zu unterscheiden zwischen der legitimen Ehefrau und der Ledigen, zwischen Witwe und Jungfrau, zwischen Herrin und Magd noch auch (was das Allerschlimmste war, der Herr vergebe mir, dass ich so etwas ausspreche!) zwischen Tochter und Schwester. Als Eberhardus das alles sah, gab er – jung und wollüstig, wie er war – sich als neuer Anhänger der Bewegung aus, näherte sich, ich weiß nicht mehr, ob der Tochter seines Wirtes oder einer anderen Maid, wartete, bis die Kerze gelöscht war, und sündigte mit ihr. Solches tat er, Gott sei's geklagt, mehr als ein Jahr lang, bis schließlich der Herr des Hauses sagte, dieser Jüngling habe nun ihre Sitzungen mit soviel Gewinn besucht, dass er bald in der Lage sein werde, die Neulinge zu unterweisen. Da erst begriff Eberhardus, in welchen Abgrund er geraten war, und entzog sich ihrer Verführung mit den Worten, er habe das Haus nicht aus Interesse an der Häresie besucht, sondern nur aus Interesse an den Mädchen. Sie jagten ihn fort. Aber seht Ihr, dies eben ist das Gesetz und die Lebensweise der Ketzer, seien sie nun Patarener, Katharer, Joachimiten oder Spiritualen aller Schattierungen! Und wen wundert es: Sie glauben nicht an die Auferstehung des Fleisches noch an die Hölle als Strafe der Sünder, und sie meinen, sie könnten ungestraft tun, was sie wollen. Ja, sie nennen sich *Katharoi*, das heißt: die Reinen!«

»Ehrwürdiger Abbo«, sagte William, »Ihr lebt isoliert in dieser glanzvollen und heiligen Abtei, weit entfernt von den

Schändlichkeiten der Welt. Das Leben in den Städten ist viel komplexer, als Ihr denkt, und wie Ihr wisst, gibt es Abstufungen auch im Irrtum und im Bösen. Lot war viel weniger sündig als seine Mitbürger, die ihre schändlichen Gedanken sogar auf die von Gott ausgesandten Engel warfen, und der Verrat des Apostels Petrus war nichts im Vergleich zu dem des Judas, weshalb der eine ja auch vergeben wurde und der andere nicht. Ihr könnt die Patarener nicht mit den Katharern auf dieselbe Stufe stellen. Die Patarener waren eine Bewegung zur Reform der Sitten innerhalb der Gesetze unserer heiligen Mutter Kirche. Sie wollten stets nur die Lebensweise der Kleriker verbessern...«

»Indem sie lehrten, man dürfe die Sakramente nicht von unreinen Priestern annehmen...«

»Womit sie irrten, aber das war ihre einzige Irrlehre. Sie hatten niemals die Absicht, Gottes Gebote anzutasten.«

»Aber die patarenische Predigt des Arnaldus von Brescia, damals vor etwa zweihundert Jahren in Rom, trieb den Pöbel der Bauern dazu, die Häuser der Adligen und der Kardinäle anzuzünden!«

»Arnaldus versuchte, die Magistrate der Städte in seine Reformbewegung hineinzuziehen. Sie folgten ihm nicht. Stattdessen fand er Anklang bei den Massen der Armen und Entrechteten. Er war nicht verantwortlich für die wütende Energie, mit welcher diese auf seine Appelle zu einer weniger sittenverderbten Stadt reagierten.«

»Die Stadt ist immer sittenverderbt.«

»Die Stadt ist der Ort, wo heute die Kinder Gottes wohnen, deren Hirte Ihr seid, deren Hirten wir sind. Und sie ist der Ort des Skandals, wo der reiche Prälat dem hungernden Volk die Armut predigt. Die Unruhen der Patarener sind die Folgen dieser Situation. Sie sind traurig, aber nicht unverständlich. Die Katharer sind etwas anderes. Sie sind eine orientalische Häresie außerhalb der kirchlichen Lehre. Ich weiß nicht, ob sie tatsächlich die Verbrechen begangen haben, die man ihnen zur Last legt. Ich weiß, dass sie die Ehe ablehnen und die Hölle verneinen. Und ich frage mich, ob viele Taten, die sie nicht begangen haben, ihnen womöglich nur aufgrund ihrer (gewiss verwerflichen) Ideen zur Last gelegt worden sind.«

»Wollt Ihr mir sagen, dass die Katharer sich nicht mit den Patarenern vermischt haben, dass sie nicht beide nur zwei der zahllosen Erscheinungsformen des Bösen sind?«

»Ich sage, dass viele dieser Häresien, unabhängig von ihren Lehren, Anklang unter den einfachen Leuten finden, weil sie ihnen die Möglichkeit eines anderen Lebens nahelegen. Ich sage, dass die einfachen Leute oft nicht viel von der Lehre verstehen. Ich sage, dass es nicht selten geschehen ist, dass Massen von einfachen Leuten die Predigt der Katharer mit der Predigt der Patarener verwechselt haben und diese ganz allgemein mit der Predigt der Spiritualen. Das Leben der einfachen Leute, verehrter Abbo, ist nicht von Weisheit erleuchtet und von jenem wachen Sinn für Unterschiede, der unsere Vernunft ausmacht. Es ist durchzogen von Krankheit, Armut und Unwissenheit, nie haben sie gelernt, sich anders als stammelnd auszudrücken. Oft ist das Mitlaufen in einer Ketzergruppe für viele von ihnen nur eine Art, die eigene Verzweiflung hinauszuschreien. Man kann das Haus eines Kardinals aus verschiedenen Gründen anzünden, sei's weil man die Lebensformen des Klerus verbessern will, sei's weil man meint, dass die von ihm gepredigte Hölle nicht existiert. Stets aber tut man es, weil eine irdische Hölle existiert, in welcher die Herde lebt, deren Hirten wir sind. Doch wie die einfachen Leute nicht unterscheiden zwischen bulgarischer Kirche und den Anhängern des Priesters Liprandus, so haben, Ihr wisst es genau, die kaiserlichen Behörden und ihre Vertreter oft nicht zwischen Spiritualen und Häretikern unterschieden. Nicht selten haben ghibellinische Gruppen, um ihre guelfischen Gegner zu schlagen, im Volk katharische Neigungen unterstützt. Ich fand das nicht gut. Aber heute weiß ich, dass dieselben Gruppen, um sich dieser unruhig und gefährlich gewordenen allzu ›einfachen‹ Hilfstruppen dann wieder zu entledigen, oftmals den einen die Häresien der anderen vorwarfen und sie schließlich allesamt auf den Scheiterhaufen schickten. Ich schwöre Euch, Abbo, ich habe mit eigenen Augen gesehen, wie Männer von tugendhafter Lebensführung, ehrliche Anhänger der Armut und Keuschheit, aber Gegner der Bischöfe, von diesen Bischöfen kaltblütig dem weltlichen Arm überantwortet wurden, mochte er nun im Dienst des Reiches oder in dem der freien Städte stehen, wobei ihnen sexuelle Promiskuität und Sodomie und ähnliche schamlose Praktiken unterstellt wurden – derer sich vielleicht andere, nicht aber diese schuldig gemacht hatten! Das einfache Volk war immer nur Schlachtvieh und Werkzeug, man bediente sich seiner, um die gegnerische Macht zu erschüttern, und man warf es fort, wenn man es nicht mehr brauchte.«

»Waren demnach«, fragte der Abt maliziös, »Fra Dolcino und seine Besessenen oder Gerhardus Segarelli mit seinen Mordbrennern irregeleitete Katharer oder tugendhafte Fratizellen, sodomitische Bogomilen oder reformatorische Patarener? Sagt mir doch bitte, Bruder William, Ihr, die Ihr alles über die Ketzer wisst, so dass man fast meinen möchte, Ihr wäret selber einer: Wo liegt die Wahrheit?«

»Manchmal nirgendwo«, antwortete William traurig.

»Seht Ihr, auch Ihr wisst nicht mehr zwischen Ketzern und Ketzern zu unterscheiden! Ich habe da wenigstens eine Regel. Ich weiß, dass alle diejenigen Ketzer sind, welche die Ordnung, in der das Gottesvolk lebt, auf den Kopf stellen. Und ich verteidige das Reich, weil es mir diese Ordnung garantiert. Den Papst bekämpfe ich, weil er im Begriff ist, die geistliche Macht den Stadtbischöfen zu übertragen, die sich mit den Kaufleuten und Zünften verbünden und diese Ordnung nicht mehr zu wahren vermögen. Wir haben sie jahrhundertelang gewahrt. Und was schließlich den Umgang mit Ketzern betrifft, so habe ich dafür auch eine Regel. Sie lässt sich resümieren in der Antwort des Abtes von Citeaux, Arnaldus Amalric, auf die Frage, was mit den Bürgern von Béziers geschehen sollte, als man die Stadt der Häresie verdächtigte. Arnaldus sagte: Tötet sie alle, der Herr wird die Seinen erkennen.«

William senkte die Augen und blieb eine Zeitlang stumm. Dann sagte er leise: »Die Stadt Béziers wurde eingenommen, und die Unseren sahen weder auf Würde noch auf Alter noch auf Geschlecht, und nahezu zwanzigtausend Menschen starben durchs Schwert. Nach derart vollbrachtem Gemetzel wurde die Stadt geplündert und in Brand gesteckt.«

»Auch ein heiliger Krieg ist ein Krieg.«

»Auch ein heiliger Krieg ist ein Krieg. Und darum sollte es vielleicht keine heiligen Kriege mehr geben. Aber was rede ich, ich bin hierhergekommen, um Kaiser Ludwigs Rechte zu vertreten, der im Begriff ist, ganz Italien in Brand zu stecken! Auch ich bin nur ein Spielball seltsamer Allianzen. Seltsame Allianz der Spiritualen mit dem Kaiser, seltsame Allianz des Kaisers mit Marsilius, der die Souveränität für das Volk verlangt, und seltsam ist auch die Allianz zwischen uns beiden, die wir durch Herkunft und Ziele so verschieden sind. Aber wir haben zwei gemeinsame Aufgaben: das Treffen erfolgreich durchzuführen und den Mörder zu finden. Versuchen wir also, sie in Frieden zu lösen.«

Der Abt breitete seine Arme aus. »Gebt mir den Friedenskuss, Bruder William! Mit einem Manne von Eurer Bildung könnte man lange disputieren über subtile Fragen der Theologie und Moral. Aber wir dürfen uns nicht der Disputierlust ergeben wie die gelehrten Herrn zu Paris. Es ist wahr, wir haben eine Aufgabe vor uns und müssen versuchen, sie gemeinsam und im Geiste der Eintracht zu lösen. Ich habe von all diesen Dingen auch nur gesprochen, weil ich glaube, dass sie in einem Zusammenhang stehen, in einem möglichen Zusammenhang, versteht Ihr? Beziehungsweise weil andere einen Zusammenhang herstellen könnten zwischen den Verbrechen, die hier geschehen sind, und den Thesen Eurer Mitbrüder. Nur darauf wollte ich Euch hinweisen, denn wir müssen jedem Verdacht und jeder Unterstellung der Avignoneser zuvorkommen.«

»Sollte ich nicht auch annehmen, dass Eure Erhabenheit mir zugleich eine Spur für meine Nachforschungen gewiesen hat? Meint Ihr, dass den jüngsten Vorfällen hier eine dunkle Geschichte zugrunde liegen könnte, die möglicherweise mit der häretischen Vergangenheit eines Eurer Mönche zu tun hat?«

Der Abt sah William einen Moment lang schweigend an, ohne dass seine Züge verrieten, was er dachte. Dann sagte er: »Ihr seid der Inquisitor in dieser traurigen Angelegenheit. Euch kommt es zu, jemanden zu verdächtigen und eventuell sogar einen ungerechten Verdacht zu hegen. Ich bin hier nur der gemeinsame Vater. Und seid gewiss: Wenn ich *wüsste*, dass die Vergangenheit eines meiner Mönche Anlass zu einem ernsthaften Verdacht gäbe, hätte ich selber bereits das Notwendige unternommen, um die üble Pflanze auszurotten. Was ich weiß, habe ich Euch gesagt. Was ich nicht weiß, möge allein dank Eurer Klugheit ans Licht kommen. Doch was immer Ihr findet, in jedem Falle bitte ich Euch: informiert mich unverzüglich und zuerst!«

Sprach's, grüßte und ging aus der Kirche.

»Die Geschichte wird immer komplizierter, mein lieber Adson«, sagte William mit verdunkelter Miene. »Wir sind hinter einer geheimnisvollen Handschrift her, interessieren uns für das Treiben einiger allzu lustvoller Mönche, und da zeichnet sich plötzlich immer nachdrücklicher eine ganz andere Spur ab... Der Cellerar also... Und mit dem Cellerar kam damals jenes seltsame Wesen namens Salvatore... Doch lass uns jetzt ein paar Stunden schlafen, wir haben schließlich vor, die Nacht über wach zu bleiben.«

»Dann wollt Ihr also immer noch heute Nacht in die Bibliothek? Gebt Ihr die erste Spur nicht auf?«

»Keineswegs. Und wer hat überhaupt gesagt, dass es sich um zwei verschiedene Spuren handelt? Außerdem könnte die ganze Geschichte mit dem Cellerar auch nur ein falscher Verdacht des Abtes sein...«

Wir verließen die Kirche und gingen hinüber zum Pilgerhaus. Auf der Schwelle blieb William stehen und redete weiter, als hätte er gar nicht aufgehört.

»Im Grunde hatte der Abt mich gebeten, den Tod des Adelmus zu untersuchen, als er lediglich dachte, dass einige seiner jüngeren Mönche schamlose Dinge trieben. Nun aber hat der Tod des Venantius einen anderen Verdacht in ihm geweckt, vielleicht ahnt der Abt, dass der Schlüssel zum ganzen Geheimnis in der Bibliothek liegt, und will nicht, dass ich meine Nachforschungen auf sie ausdehne. Und deshalb setzt er mich jetzt auf die Spur des Cellerars, um meine Aufmerksamkeit vom Aedificium abzulenken...«

»Aber warum sollte er nicht wollen, dass...«

»Frag nicht soviel. Er hatte mir gleich zu Anfang gesagt, dass die Bibliothek tabu sei. Er könnte doch selber in eine Sache verwickelt sein, von der er zunächst annahm, dass sie in keiner Beziehung zu Adelmus' Tod stünde. Aber nun muss er feststellen, dass der Skandal um sich greift und auch ihn zu erfassen droht. Und darum will er nicht, dass die Wahrheit ans Licht kommt, jedenfalls nicht durch mich...«

»Aber dann ist dieser Ort ganz von Gott verlassen«, sagte ich verzagt.

»Hast du jemals einen Ort gefunden, in dem sich Gott rundum wohlfühlen könnte?« fragte William und sah mich ernst von der Höhe seiner Statur herab an.

Dann schickte er mich in meine Zelle. Und während ich mich unter meiner Decke verkroch, fand ich, dass mein Vater mich besser nicht hätte in die Welt hinausschicken sollen, die viel größer und komplizierter war, als ich je gedacht. Allzuviel Neues musste ich lernen!

»*Salva me ab ore leonis*«, betete ich, schon halb im Schlaf.

Zweiter Tag

Nach Vesper

Worin, obwohl das Kapitel kurz ist, der Greis Alinardus recht interessante Dinge über das Labyrinth andeutet und über die Art, wie man hineingelangt.

Ich wachte erst auf; als es zur Vesper läutete, und war ganz benommen, denn der Schlaf am Tage ist wie die Sünde des Fleisches: Je mehr man davon gekostet hat, desto mehr will man davon haben, und dennoch fühlt man sich immer unwohl, befriedigt und unbefriedigt zugleich. William war nicht in seiner Zelle, gewiss hatte er sich schon viel früher erhoben. Ich fand ihn nach kurzer Suche, wie er gerade aus dem Aedificium kam. Er sagte mir, er sei im Skriptorium gewesen, habe ein wenig im Katalog geblättert, die Mönche bei ihrer Arbeit beobachtet und versucht, sich dem Tisch des Venantius zu nähern, um seine Inspektion fortzusetzen. Doch aus welchen Gründen auch immer, dauernd sei er dabei gestört worden. Erst sei Malachias gekommen, um ihm einige kostbare Miniaturen zu zeigen, dann habe Benno unter allerlei nichtigen Vorwänden seine Aufmerksamkeit beansprucht, und als er sich gerade niedergekniet habe, um das flache Regal unter dem ominösen Tisch zu inspizieren, sei Berengar aufgetaucht mit der dummen Frage, ob er ihm irgendwie behilflich sein könne.

Schließlich habe Malachias, als er sah, dass William nun ernstlich begann, sich mit Venantius' Büchern zu beschäftigen, klar und deutlich gesagt, er solle doch lieber zuerst die Erlaubnis des Abtes einholen; er selbst, obwohl er doch immerhin der Bibliothekar sei, habe sich diszipliniert und respektvoll zurückgehalten, niemand habe sich bisher dem Tisch genähert, William könne da ganz beruhigt sein, und es werde sich auch niemand nähern, ehe der Abt nicht entschieden habe, was weiter geschehen solle. Auf Williams Hinweis, dass der Abt ihn ermächtigt habe, sich frei und ungehindert in der ganzen Abtei zu bewegen, habe Malachias nur mit der maliziösen Frage geantwortet, ob diese Ermächtigung etwa auch für das Skriptorium gelte oder gar, Gott behüte, für die Bibliothek. William sei daraufhin zu der Einsicht gelangt, dass es in diesem Augenblick wohl nicht ratsam wäre, sich auf eine Kraftprobe mit Malachias einzulassen, obwohl natürlich all dieses Hin- und Hergezerre um die Bücher des Toten sein Interesse an ihnen nur noch gesteigert habe. Doch da er nun fest entschlossen sei, in der Nacht erneut ins Skriptorium zurückzukehren, wenn er auch noch nicht wisse, wie, habe er keine weiteren Zwischenfälle mehr provozieren wollen, erklärte er mir. Allerdings war ihm dabei anzusehen, dass er heftige Rachegedanken hegte, die man, wären sie nicht von reinem Streben nach Wahrheit beseelt gewesen, wohl hätte tadelnswert finden können.

Bevor wir uns zur gemeinsamen Abendmahlzeit ins Refektorium begaben, machten wir noch ein paar Schritte im Kreuzgang, um die kühle Abendluft zu genießen. Einige Mönche wandelten dort meditierend umher. Im Garten vor dem Kreuzgang stießen wir auf den uralten Alinardus von Grottaferrata, der seine Tage, geschwächt an Körper und Geist, wie er war, gewöhnlich bei den Pflanzen verbrachte, wenn er nicht gerade zum Gebet in der Kirche weilte. Er schien nicht zu frieren und saß auf einer steinernen Bank vor dem Laubengang in der Abendsonne.

William grüßte ihn freundlich, und der Alte lächelte, sichtlich erfreut, dass jemand Notiz von ihm nahm.

»Schöner Abend heute«, sagte William.

»Dank der Güte des Herrn«, gab der Alte zurück.

»Der Himmel ist klar, aber die Erde hat sich verdüstert. Kanntet Ihr Venantius gut?«

»Venantius, wer ist das?« fragte der Alte, doch dann erhellten sich seine Züge. »Ach ja, der Junge, der nun tot ist. Das Tier geht um in der Abtei.«

»Welches Tier?«

»Das große Tier, das aus dem Meer steigt... Sieben Häupter

und zehn Hörner und auf seinen Hörnern zehn Kronen und auf seinen Häuptern drei Namen der Lästerung. Das Tier, das einem Parder gleicht, mit Füßen wie Bärenfüßen und einem Maule wie eines Löwen Maul... Ich hab's gesehen.«

»Wo habt Ihr es gesehen? In der Bibliothek?«

»Bibliothek? Wieso? Seit Jahren gehe ich nicht mehr ins Skriptorium, und nie war ich in der Bibliothek. Niemand geht in die Bibliothek. Ich kannte die, die hinaufgingen...«

»Wen meint Ihr? Malachias? Berengar?«

»Oh, nein...«, der Alte lachte glucksend. »Früher. Den Bibliothekar vor Malachias, vor vielen Jahren...«

»Wer war das?«

»Ich weiß nicht mehr, er starb, als Malachias jung war. Ich kannte auch den vor Malachias' Lehrer. Er war Adlatus, als ich jung war... Aber nie habe ich einen Fuß in die Bibliothek gesetzt. Labyrinth...«

»Die Bibliothek ist ein Labyrinth?«

»*Hunc mundum tipice laberinthus denotat ille*«, rezitierte der Greis versunken. »*Intranti largus, redeunti sed nimis artus.* Die Bibliothek ist ein großes Labyrinth, Zeichen des Labyrinthes der Welt. Trittst du ein, weisst du nicht, wie du wieder herauskommst. Man soll die Säulen des Herkules nicht antasten...

»Also wisst Ihr nicht, wie man in die Bibliothek hineingelangt, wenn die Pforten des Aedificiums geschlossen sind?«

»Oh, doch«, kicherte der Alte. »Viele wissen es. Du musst durchs Ossarium unter dem Friedhof. Du kannst durchs Ossarium, aber du willst nicht durch. Die toten Mönche bewachen es.«

»Dann wird die Bibliothek von den toten Mönchen im Ossarium bewacht und nicht von denen, die nachts mit Lampen in ihr herumgehen?«

»Mit Lampen?« Der Alte schien überrascht. »Davon hab ich noch nie gehört. Die toten Mönche sind im Ossarium. Ihre Knochen fallen langsam, ganz langsam aus den Gräbern hinab und sammeln sich dort, um den Durchgang zu bewachen. Hast du nicht den Altar in der Seitenkapelle gesehen, von wo aus man ins Ossarium gelangt?«

»Es ist die dritte links vor dem Querschiff, nicht wahr?«

»Die dritte? Mag sein. Die mit dem Altar, dessen Sockel aus tausend Skeletten ist. Vierter Schädel von rechts, drück in die Augen... und du bist im Ossarium. Aber geh nicht hin. Ich bin nie hingegangen. Der Abt will es nicht.«

»Und das Tier, wo habt Ihr das Tier gesehen?«

»Das Tier? Ah, der Antichrist... Er wird bald kommen. Das Jahrtausend ist um, wir erwarten ihn...«

»Aber das Jahrtausend ist schon vor dreihundert Jahren um gewesen, und da ist er nicht gekommen.«

»Der Antichrist kommt, wenn die tausend Jahre vollendet sind. Wenn die tausend Jahre vollendet sind, beginnt das Reich der Gerechten, danach kommt der Antichrist, um die Gerechten zu verwirren, und dann kommt das Letzte Gefecht...«

»Aber die Gerechten werden tausend Jahre regieren«, sagte William. »Entweder haben sie also bereits von Christi Tod bis zum Ende des ersten Jahrtausends regiert, und dann hätte der Antichrist damals kommen müssen, oder aber sie haben noch gar nicht regiert, und dann ist der Antichrist noch fern...«

»Das Jahrtausend zählt nicht seit Christi Tod, sondern seit der Konstantinischen Schenkung. Das ist jetzt tausend Jahre her.«

»Und jetzt endet das Reich der Gerechten?«

»Ach, ich weiß nicht, ich weiß es nicht mehr... Ich bin müde. Die Berechnung ist schwierig. Beatus von Liébana hat sie gemacht, frag Jorge, er ist jung, er erinnert sich gut... Aber die Zeit ist reif. Hast du nicht die sieben Posaunen gehört?«

»Wieso die sieben Posaunen?«

»Hast du nicht gehört, wie der andere Junge gestorben ist, neulich, der Miniaturenmaler? Der erste Engel blies in die erste Posaune, und es ward ein Hagel und Feuer, mit Blut gemengt. Und der zweite Engel blies in die zweite Posaune, und der dritte Teil des Meeres ward Blut... Starb nicht der zweite Junge in einem Meer von Blut? Pass auf, wenn die dritte Posaune ertönt! Sterben wird dann der dritte Teil aller Geschöpfe, die im Wasser leben. Gott straft. Die ganze Welt ist verseucht von Häresie. Man hat mir gesagt, auf dem Heiligen

Stuhl in Rom sitze ein perverser Papst, der Hostien zu negromantischen Zwecken missbraucht und sie an die Muränen verfüttert...« auch hier bei uns hat jemand das Verbot verletzt und die Siegel des Labyrinthes erbrochen...«

»Wer hat Euch das gesagt?«

»Ich hab's gehört. Alle munkeln, dass die Sünde Eingang gefunden hat in die Abtei. Hast du Kichererbsen?«

Die Frage galt mir, und ich antwortete verwirrt: »Nein, ehrwürdiger Vater, ich habe keine Kichererbsen.«

»Das nächste Mal bring mir Kichererbsen mit. Ich nehme sie in den Mund, sieh meinen armen zahnlosen Mund, und kaue sie weich. Ist gut für die Speichelbildung, *aqua fons vitae.* Bringst du mir morgen Kichererbsen?«

»Bestimmt bringe ich Euch morgen Kichererbsen«, versprach ich dem Greis. Aber er hatte sich schon wieder abgewandt. Wir überließen ihn seinen Gedanken und gingen zum Refektorium.

»Was haltet Ihr von seinen Worten?« fragte ich meinen Lehrer.

»Er genießt den göttlichen Wahn der Hundertjährigen. Schwer zu sagen, was an seinen Worten richtig ist und was falsch. Doch ich glaube, er hat uns einen Wink gegeben, wie man ins Aedificium gelangt. Ich habe mir die Seitenkapelle angesehen, aus der Malachias gestern abend kam. Es gibt da wirklich einen Altar, dessen Sockel mit Skulpturen von Totenköpfen bedeckt ist. Wir werden es nachher prüfen.«

Zweiter Tag

Komplet

Worin man auf finsteren Wegen ins Aedificium gelangt, einen mysteriösen Besucher entdeckt und eine Geheimbotschaft mit nekromantischen Zeichen findet, während ein Buch, kaum richtig gefunden, wieder verschwindet, um viele weitere Kapitel hindurch verschwunden zu bleiben, fast so lange wie Williams gleichfalls entwendete kostbare Augengläser.

Während des Abendmahls herrschte bedrücktes Schweigen. Es waren kaum mehr als zwölf Stunden vergangen, seit man Venantius' Leiche gefunden hatte. Immer wieder gingen die Blicke verstohlen zu seinem leeren Platz. Die Prozession der Mönche zum Nachtgebet in die Kirche wirkte wie ein Trauerzug. Während des Gottesdienstes standen wir wieder im Hauptschiff und behielten die dritte Seitenkapelle im Auge. Doch als Malachias dann aus dem Dunkel auftauchte, konnten wir nicht genau erkennen, wo er herausgekommen war. Langsam drückten wir uns immer mehr in den Schatten des Seitenschiffes, damit es niemandem auffiel, wenn wir nach dem Gottesdienst nicht mit den anderen die Kirche verließen. Die Lampe, die ich am Mittag in der Küche entwendet hatte, hielt ich wohlverborgen unter meinem Skapulier. Wir wollten sie an dem großen Leuchter im Chor entzünden, der die ganze Nacht über brannte. Einen neuen Docht und genügend Öl hatte ich gleichfalls besorgt, wir würden also für viele Stunden Licht haben.

Ich war viel zu aufgeregt über unser Vorhaben, um auf die Zeremonie zu achten, und so war sie plötzlich zu Ende, ohne dass ich es recht bemerkt hatte. Die Mönche zogen ihre Kapuzen über und verließen in langer Reihe den Chor, um sich in ihre Zellen zu begeben. Wir blieben allein in der dunklen, nur vom flackernden Schein auf dem hohen Dreifuß matt erleuchteten Kirche. »Auf«, sagte William, »an die Arbeit!«

Wir traten in die dritte Seitenkapelle. Der Sockel des steinernen Altars gemahnte wirklich an ein Ossarium, eine Reihe von Totenschädeln mit leeren Augenhöhlen ließen den Betrachter erschauern. Unter den Schädeln häuften sich, in wunderbarem Relief aus dem Stein gehauen, zahllose Gebeine. William wiederholte leise die Worte, die er von Alinardus vernommen (vierter Schädel von rechts, drück in die Augen...), führte zwei gespreizte Finger in die tiefen Augenhöhlen des entsprechenden Totenkopfes, und sogleich ertönte ein dumpfes Knirschen. Der Altar bewegte sich. Langsam drehte er sich um einen verborgenen Zapfen und gab eine dunkle Öffnung frei. Im Schein der Lampe erkannten wir feuchte Stufen. Wir stiegen behutsam hinunter, nachdem wir uns kurz beraten hatten, ob wir den Eingang hinter uns schließen sollten. Lieber nicht, hatte William gemeint, denn wer weiß, ob wir ihn hinterher wieder öffnen könnten. Und dass uns jemand zufällig entdecken würde, sei wohl auszuschließen, denn wer um diese Zeit hierher käme, kenne gewiss den Mechanismus und werde sich nicht von einem geschlossenen Eingang abhalten lassen.

Nach zehn bis zwölf Stufen gelangten wir in einen schmalen Gang, in dessen Seitenwänden sich waagerechte Nischen auftaten, wie ich sie später in vielen Katakomben sah. Doch es war das erste Mal, dass ich ein Ossarium betrat, und mir pochte das Herz bis zum Hals vor Schauder. Die Gebeine zahlloser Mönche waren im Lauf der Jahrhunderte hier versammelt worden, aus der Erde gegraben und aufgehäuft in den Nischen, ohne dass man versucht hätte, sie gemäß ihrer natürlichen Ordnung im Körper zu legen. Einige Nischen enthielten nur winzige Knochen, andere nur Schädel, säuberlich zu Pyramiden gestapelt. Wahrlich ein schreckenerregender Anblick, zumal im flackernden Wechselspiel von Schatten und Licht, das meine Lampe hervorrief, während wir uns Schritt für Schritt durch den Gang vorantasteten. In einer Nische sah ich nur Hände, unzählige Knochenhände, die Finger unentwirrbar verschränkt zu einem reglosen Totenreigen.

Ein Schrei entfuhr mir, als ich plötzlich zwischen all diesen Gebeinen etwas Lebendiges wahrzunehmen vermeinte, ein Pfeifen und rasches Huschen im Dunkel.

»Mäuse«, sagte William beruhigend.

»Was tun denn hier Mäuse?«

»Sie laufen durch, genau wie wir. Der Gang führt ins Aedificium, mithin in die Küche. Und zu den schönen Büchern in der Bibliothek. Doch nun verstehst du vielleicht auch, warum Malachias immer so finster dreinblickt. Sein Amt zwingt ihn, zweimal täglich hier durchzugehen, abends und morgens. Er hat wirklich nichts zu lachen...«

»Warum steht eigentlich nirgendwo im Evangelium, dass Christus gelacht hat«, fragte ich ohne vernünftigen Grund. »Ist es wirklich so, wie Jorge sagt?«

»Viele Leute haben sich schon gefragt, ob Christus gelacht hat. Ich finde die Frage gar nicht so interessant. Ich glaube, dass Christus nie gelacht hat, weil er in seiner Allwissenheit sicher schon wusste, was wir Christen alles anstellen würden... Aber schau, wir sind da.«

In der Tat, der Gang war zu Ende, (Gott sei Dank. Wir erklommen erneut eine Reihe von Stufen, drückten oben eine schmale, mit Eisenbändern beschlagene Holztüre auf und fanden uns hinter dem großen Kamin in der Küche, genau unter der Wendeltreppe, die zum Skriptorium führte. Als wir sie hinaufstiegen, schien uns plötzlich, als hörten wir über uns ein Geräusch.

Wir verharrten einen Moment lang reglos, dann sagte ich: »Unmöglich! Niemand ist vor uns hier eingedrungen...«

»Vorausgesetzt, dies hier ist der einzige heimliche Zugang«, flüsterte William. »In früheren Jahrhunderten war das Aedificium eine Felsenburg, es gibt hier wahrscheinlich mehr Geheimgänge, als wir wissen. Gehen wir vorsichtig weiter, es bleibt uns gar keine andere Wahl. Wenn wir das Licht löschen, sehen wir nichts, und wenn wir es brennen lassen, sieht uns der Unbekannte, falls sich dort oben einer befindet. Unsere einzige Hoffnung ist, dass er mehr Angst vor uns hat als wir vor ihm.«

Wir traten aus dem Südturm und waren im Skriptorium.

Der Tisch des Venantius befand sich genau am anderen Ende des Saales. Unsere Lampe vermochte in dem weiten Raum nur wenige Ellen weit zu leuchten, und während wir uns zwischen den Pfeilern und Tischen hindurchtasteten, hofften wir, dass niemand draußen im Hof war, der den Lichtschein in den Fenstern erblickte. Venantius' Tisch schien unberührt. Doch als William niederkniete, um das flache Regal zu durchforschen, entfuhr ihm ein enttäuschter Ausruf.

»Fehlt etwas?« fragte ich.

»Heute morgen habe ich hier zwei Bücher gesehen, eins davon war griechisch. Das ist jetzt nicht mehr da. Jemand hat es weggenommen, anscheinend in großer Hast, denn schau mal, hier ist ein Blatt auf den Boden gefallen.«

»Aber der Tisch war doch bewacht...«

»Gewiss. Vielleicht hat ihn jemand erst vor kurzem durchsucht. Vielleicht ist dieser Jemand noch hier.« William stand auf, drehte sich um und rief laut in den dunklen Saal: »Wenn du hier bist, sei auf der Hut!« Das war eine gute Idee, fand ich, denn William hatte ganz recht: Es ist immer besser, wenn der Unbekannte, der uns Angst macht, mehr Angst vor uns hat als wir vor ihm.

William legte das Blatt, das er auf dem Boden gefunden hatte, vorsichtig auf den Tisch und beugte sich darüber. Er bat mich, mit der Lampe näherzukommen, und als ich das tat, sah ich einen Pergamentbogen, der oben leer war und ungefähr ab der Mitte bedeckt mit winzigen Lettern, die mich an ein mir vage bekanntes Alphabet erinnerten.

»Griechisch?« fragte ich.

»Ja, aber ich kann es nicht gut erkennen.« William zog seine Augengläser hervor und setzte sie rittlings auf seine Nase. Dann beugte er sich noch tiefer über die Schrift.

»Es ist Griechisch, aber sehr klein und sehr schwer zu lesen. Auch mit den Linsen kann ich es kaum entziffern. Ich bräuchte mehr Licht. Komm noch etwas näher...«

Er hatte das Pergament in die Hand genommen und hielt es sich dicht vor die Augen. Anstatt ihm über die Schulter zu leuchten, trat ich törichterweise direkt vor ihn hin. Er sagte, ich solle ihm von der Seite leuchten, und als ich das gerade tun wollte, berührte die Flamme versehentlich das Pergament. William gab mir einen Stoß, fragte ärgerlich, ob ich das Blatt verbrennen wollte – und tat gleich darauf einen erstaunten Ausruf: Auf der leeren oberen Hälfte des Bogens erschienen undeutlich Zeichen von bräunlicher Farbe. William nahm die Lampe und bewegte sie vorsichtig hinter dem Bogen hin und her, wobei er die Flamme so hielt, dass sie das Pergament erwärmte, aber nicht versengte. Langsam, als schriebe eine unsichtbare Hand die Worte *Mene, Tekel, Ufarsin,* erschienen auf der weißen Vorderseite des Bogens Zug um Zug, wie William die Lampe bewegte, während der dünne Rauch aus dem spitzen Ende der Flamme die Rückseite schwärzte, seltsam geformte Zeichen, die mich an keinerlei auch nur vage bekanntes Alphabet erinnerten, es sei denn ein negromantisches.

»Phantastisch!« rief William aus. »Es wird immer interessanter!« Er sah sich um. »Aber zeigen wir diese Entdeckung lieber nicht unserem mysteriösen Besucher, wenn er noch da ist...« Er nahm sich die Gläser ab, legte sie auf den Tisch, rollte das Pergament sorgfältig zusammen und schob es in seine Kutte. Noch ganz benommen von dieser Abfolge wahrhaft wundersamer Ereignisse wollte ich meinen Meister gerade um nähere Erklärungen bitten, als ein lauter Krach uns heftig zusammenfahren ließ. Er war aus der Richtung des Ostturms gekommen, wo es zur Bibliothek hinaufging.

»Unser Mann ist noch da, fang ihn!« rief William, und beide rannten wir los, er etwas schneller und ich etwas langsamer, weil ich die Lampe trug. Auf halber Strecke vernahm ich ein wildes Gepolter, wie wenn jemand stolpert und der Länge nach hinfällt, rannte noch schneller und fand meinen Meister am Boden vor der Treppe zum Oberstock, zu seinen Füßen ein schweres Buch mit Metallbeschlägen. Im gleichen Moment hörten wir ein neues Geräusch, diesmal aus der Richtung, aus der wir gerade gekommen waren. »Ich Dummkopf!« schrie William. »Rasch zurück zum Tisch des Venantius!«

Im Laufen begriff ich, dass offenbar jemand, der hinter uns im Dunkeln verborgen gewesen sein musste, das Buch durch den Saal geworfen hatte, um uns von Venantius' Tisch wegzulocken.

Auch diesmal war William schneller, doch während ich hinter ihm herlief, bemerkte ich zwischen den Säulen eine dunkle Gestalt, die zur Wendeltreppe im Westturm entfloh. Gepackt von feurigem Kampfesmut, drückte ich William die Lampe in die Hand und stürzte mich blindlings auf die Treppe, in welcher der Flüchtling gerade entschwand. Jetzt oder nie, dachte ich grimmig, kam mir vor gleich einem Soldaten Christi im Kampf mit allen Legionen der Hölle und brannte darauf, den Unbekannten zu fangen und meinem Meister zu übergeben. Hals über Kopf purzelte ich die Wendeltreppe hinunter, über den Saum meiner Kutte gestolpert – dies war der einzige Augenblick in meinem Leben (ich schwöre es!), da ich bereute, Mönch geworden zu sein –, tröstete mich indessen sofort bei dem Gedanken, dass mein Gegner an der gleichen Behinderung leiden dürfte; außerdem würde er kaum die Hände frei haben, wenn er das griechische Buch entwendet hatte. Ich landete in der Küche hinter dem Backofen, sah im Licht der sternklaren Nacht, das durch die Fenster der langen Halle einfiel, wie der Schatten des Flüchtlings gerade am anderen Ende im Refektorium verschwand und die Tür hinter sich zuschlug, hastete durch den Raum, brauchte ein paar Sekunden, bis ich die Tür aufbekommen hatte, und stürzte ins Refektorium. Es war leer. Die Pforte zum Hof war fest verriegelt. Ich drehte mich um. Schweigen und reglose Schatten. Schritte näherten sich in der Küche. Ich drückte mich an die Wand. Auf der Schwelle erschien eine hohe Gestalt mit einer Lampe. Ich schrie... Es war William.

»Keiner mehr da? Dachte ich mir. Ist der Flüchtende nicht durch die Tür hinaus? Hat er nicht den Weg durchs Ossarium genommen?«

»Nein, er ist ganz bestimmt hier verschwunden. Ich weiß nur nicht wo!«

»Wie ich vermutet habe: Es gibt noch andere Geheimgänge, und es hat gar keinen Zweck, danach zu suchen. Vielleicht taucht unser Mann in diesem Augenblick gerade irgendwo weit entfernt aus dem Untergrund auf. Und mit ihm mein Lesegerät...«

»Eure Augengläser?«

»Genau. Unser Freund hat mir zwar nicht das Pergament zu entreißen vermocht, aber dafür hat er sich geistesgegenwärtig meine Linsen vom Tisch geschnappt.«

»Und warum?«

»Weil er kein Dummkopf ist. Er hat mich von diesem Pergament mit den seltsamen Zeichen reden hören, hat begriffen, dass es wichtig ist, hat sich gedacht, dass ich ohne die Gläser nicht in der Lage sein werde, es zu entziffern, und weiß mit Sicherheit, dass ich es niemandem zeigen werde. Und in der Tat: es ist jetzt so, als ob ich das Pergament gar nicht hätte.«

»Aber woher wusste er um den Wert Eurer Augengläser?«

»Nun, das war nicht schwer zu erraten. Wir hatten gestern nicht nur mit dem Glasermeister darüber gesprochen, ich hatte sie auch heute morgen im Skriptorium auf, um mir Venantius' Bücher anzusehen. Es gab also viele, die sich denken konnten, wie kostbar diese Linsen für mich sind. Und in der Tat, ein normales Manuskript könnte ich notfalls auch ohne sie lesen, aber dieses hier nicht.« William entrollte das mysteriöse Pergament von neuem. »Die griechische Schrift im unteren Teil ist zu klein, und der obere Teil ist zu ungewiss...«

Er zeigte mir die geheimnisvollen Zeichen, die wie durch Zauber in der Wärme der Flamme erschienen waren. »Venantius wollte sich ganz offenbar ein wichtiges Geheimnis notieren und hat dazu eine jener Tinten genommen, die beim Schreiben keine Spur hinterlassen und erst sichtbar werden, wenn man sie erwärmt. Vielleicht hat er auch Zitronensaft genommen. Und da ich nicht weiß, was für eine Substanz er benutzt hat, und wir damit rechnen müssen, dass diese Zeichen bald wieder verschwinden, ist es besser, wenn du sie jetzt rasch kopierst. Du hast gute Augen, los, zeichne sie nach, so genau du kannst, möglichst ein wenig größer!« Und so tat ich es, ohne zu wissen, was ich da nachzeichnete. Es handelte sich um vier oder fünf wahrhaft nekromantische Zeilen, von denen ich hier nur den Anfang der ersten wiedergebe, um dem Leser eine Ahnung zu vermitteln, vor welchem Rätsel wir standen:

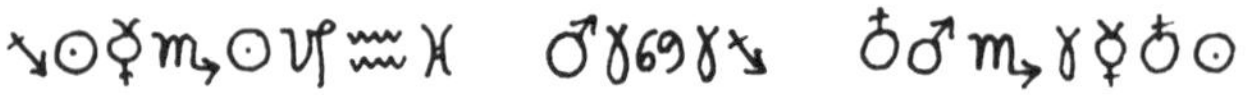

Als ich fertig war, nahm William meine Tafel, hielt sie hoch und musterte die Kopie, leider ohne seine Augengläser. »Zweifellos eine Geheimschrift, die wir entziffern müssen«, sagte er. »Die Zeichen sind schlecht gemalt, und vielleicht hast du sie in deiner Kopie noch mehr verzerrt, aber es handelt sich fraglos um ein Alphabet aus Tierkreiszeichen. Sieh hier, in der ersten Zeile haben wir« – er hielt die Tafel mit gestreckten Armen weit von sich und kniff die Augen zusammen – »Schütze, Sonne, Merkur, Skorpion...«

»Und was bedeuten sie?«

»Nun, wenn Venantius naiv gewesen wäre, hätte er das gewöhnlichste Tierkreiszeichen-Alphabet benutzt: A gleich Sonne, B gleich Jupiter und so fort... Die erste Zeile hieße dann also... schreib das mal mit... RAIQASVL...« Er unterbrach sich. »Nein, das ergibt keinen Sinn, Venantius war nicht naiv. Er hat das Alphabet in eine andere Ordnung gebracht. Ich muss sie herausbekommen.«

»Ja ist das denn möglich?« fragte ich voller Bewunderung.

»Gewiss, wenn man ein wenig von der arabischen Wissenschaft weiß. Die besten Traktate über Kryptographie sind Werke ungläubiger Gelehrter, ich hatte in Oxford die Möglichkeit, mir einige davon vorlesen zu lassen. Roger Bacon sagte zu Recht, dass der Erwerb des Wissens mit dem Erlernen der Sprachen beginnt. Abu Bakr Ahmad ben Ali ben Washiyya an Nabati schrieb vor Jahrhunderten ein *Buch der unbezähmbaren Begierde des Frommen, die Rätsel der alten Schriften zu lösen.* Darin finden sich viele Regeln zur Bildung und zur Entzifferung von Geheimschriften, die man zu magischen Zwecken benutzen kann, aber auch zur Verschlüsselung der Korrespondenz zwischen zwei Armeen oder zwischen einem König und seinen Botschaftern. Ich habe auch andere arabische Bücher gesehen, in denen sehr sinnreiche Kunstgriffe aufgeführt werden. Du kannst zum Beispiel einen Buchstaben durch einen anderen ersetzen, du kannst ein Wort von hinten nach vorn schreiben, du kannst die Buchstaben des Alphabets in eine verkehrte Reihenfolge bringen, aber dabei immer einen überspringen und dann das Ganze nochmal von vorn, du kannst auch, wie hier in diesem Fall, die Buchstaben durch Tierkreiszeichen ersetzen, aber dabei den verschlüsselten Buchstaben ihren Zahlenwert zuschreiben und dann diese Zahlen nach einem anderen Alphabet in andere Buchstaben verwandeln...«

»Und welches dieser Systeme wird Venantius benutzt haben?«

»Wir müssen sie alle durchprobieren und noch andere dazu. Aber die erste Regel beim Entziffern einer Geheimbotschaft ist, zu raten, was sie uns sagen will.«

»Ja aber dann braucht man sie doch gar nicht mehr zu entziffern«, lachte ich.

»Nicht in diesem Sinne. Man kann Hypothesen über die ersten Worte der Botschaft aufstellen und dann prüfen, ob die daraus ableitbare Regel für den ganzen übrigen Rest der Handschrift gilt. Zum Beispiel kann man vermuten, dass Venantius sich hier den Schlüssel zum Finis Africae notiert hat. Nehmen wir einmal an, dass die Botschaft davon handelt... Ja, da fällt mir ein bestimmter Rhythmus auf... Sieh dir doch mal die ersten drei Zeichengruppen an, nicht die Zeichen selbst, nur ihre Anzahl... OOOOOOOO OOOOO OOOOOOO. Nun versuch mal, jede Gruppe in Silben von mindestens zwei Zeichen aufzuteilen, und sag laut, was dabei herauskommt: tata-tam ta-ta ta-ta-ta... Kommt dir dabei nichts in den Sinn?«

»Nein, mir nicht.«

»Mir schon: *Secretum finis Africae*... Aber wenn es so wäre, müssten im dritten Wort der erste und der sechste Buchstabe gleich sein, und tatsächlich sind sie es, schau hier, zweimal das Symbol der Erde. Und der erste Buchstabe des ersten Wortes, das S, müsste derselbe sein wie der letzte des zweiten Wortes, und wirklich steht hier zweimal das Zeichen des Schützen. Vielleicht sind wir auf dem richtigen Weg. Es kann sich natürlich auch um eine Reihe schierer Zufälle handeln. Man bräuchte eine Bestätigung...«

»Wo soll man die finden?«

»Im Text. Man muss einen Text erfinden und dann prüfen,

ob er die Hypothesen bestätigt. Freilich kann zwischen einer solchen Prüfung und der nächsten manchmal ein ganzer Tag vergehen. Mehr allerdings auch nicht, denn merk dir: Es gibt keine Geheimschrift, die sich nicht mit ein wenig Geduld entziffern ließe! Aber lass uns jetzt nicht soviel Zeit verlieren, wir wollen schließlich noch in die Bibliothek. Zumal ich ohne meine Augengläser niemals imstande sein werde, den zweiten Teil dieser Botschaft zu lesen. Und du kannst mir leider nicht helfen, weil diese Schrift für dich...«

»*Graecum est, non legitur*«, vollendete ich beschämt den Satz.

»Eben, und daran siehst du wieder einmal, wie recht Roger Bacon hatte. Sei fleißig und lerne! Aber was stehen wir hier noch herum, packen wir das Pergament zusammen und gehen hinauf! Heute nacht können uns keine zehn höllischen Heerscharen mehr davon abhalten, in die Bibliothek einzudringen!«

Ich bekreuzigte mich. »Aber sagt mir noch eins: Wer könnte das vorhin gewesen sein? Benno vielleicht?«

»Benno glühte vor Neugier auf Venantius' Bücher, aber ich kann mir nicht vorstellen, dass er uns solche üblen Streiche spielen würde. Im Grunde hat er uns doch eine Art Bündnis oder Pakt angeboten. Außerdem scheint er mir nicht den Mut zu haben, sich nachts ins Aedificium zu wagen.«

»Also Berengar? Oder Malachias?«

»Berengar würde ich so was schon eher zutrauen. Schließlich ist er mitverantwortlich für die Bibliothek und macht sich heftige Vorwürfe, weil er eines ihrer Geheimnisse verraten hat. Möglicherweise nahm er an, dass Venantius jenes verschwundene Buch entwendet hatte, und wollte es heimlich wieder an seinen Ort zurückbringen. Dabei haben wir ihn gestört, und nun versteckt er das Buch irgendwo, und mit Gottes Hilfe wird es uns vielleicht gelingen, ihn zu packen, wenn er es zum zweiten Mal in die Bibliothek zurückzubringen versucht.«

»Aber aus denselben Gründen könnte es auch Malachias gewesen sein.«

»Das glaube ich eigentlich nicht. Malachias hatte Zeit genug, den Tisch des Venantius zu untersuchen, als er allein im

Skriptorium zurückgeblieben war, um das Aedificium für die Nacht zu verschließen. Ich wusste das, aber ich konnte ihn nicht daran hindern. Jetzt wissen wir, dass er es nicht getan hat. Und wenn wir es genau bedenken, haben wir auch gar keinen Grund anzunehmen, dass Malachias etwas von Venantius' Einbruch in die Bibliothek weiß. Nur Berengar und Benno wissen davon, außer dir und mir. Jorge könnte es durch Adelmus' Beichte erfahren haben, aber Jorge ist gewiss nicht der Mann, der sich vorhin mit solchem Ungestüm in die steile Wendeltreppe gestürzt hat...«

»Also entweder Berengar oder Benno...«

»Und warum nicht Pacificus von Tivoli oder ein anderer Mönch? Oder der Glasermeister Nicolas, der von meinen Augengläsern weiß? Oder jener zwielichtige Bursche Salvatore, der nachts angeblich wer weiß was für finstere Dinge treibt? Hüten wir uns, den Kreis der Verdächtigen allzu eng zu ziehen, bloß weil Bennos Enthüllungen nur in eine Richtung deuten! Benno wollte uns vielleicht in die Irre führen.«

»Aber Euch ist er doch ehrlich erschienen.«

»Gewiss. Aber merke dir: Die erste Pflicht eines guten Inquisitors ist stets, diejenigen zu verdächtigen, die einem am ehrlichsten erscheinen.«

»Scheußliche Arbeit, die eines Inquisitors«, sagte ich.

»Deswegen habe ich sie ja auch niedergelegt. Doch wie du siehst, komme ich nicht davon los«, erwiderte William lächelnd. »Aber Schluss jetzt mit diesem Gerede! Auf in die Bibliothek!«

Zweiter Tag

Nacht

Worin man endlich ins Labyrinth eindringt, sonderbare Visionen hat und sich, wie es in Labyrinthen vorkommt, verirrt.

Wir stiegen erneut zum Skriptorium hinauf, diesmal über die breite Treppe im Ostturm, die uns auch weiter hinauf zum verbotenen Oberstock führte. Während ich die Lampe hoch vor uns hertrug, dachte ich an die Worte des greisen Alinardus über das Labyrinth und machte mich auf Entsetzliches gefasst.

Überrascht stellte ich fest, als wir an den geheimnisumwitterten Ort gelangten, dass wir uns in einem nicht sehr großen fensterlosen Raum mit sieben Wänden befanden, in dem – wie übrigens im gesamten Oberstock – eine muffige, abgestandene Luft herrschte. Nichts, wovor man sich entsetzen musste.

Der Raum hatte, wie gesagt, sieben Wände, aber nur vier davon enthielten Öffnungen, breite Durchgänge zwischen schlanken, halb in die Mauer eingelassenen Säulen, überwölbt von Rundbögen. Vor den Wänden erhoben sich mächtige Bücherschränke voller säuberlich aufgereihter Bände. Jeder Schrank trug ein Schild mit einer Zahl, desgleichen jedes einzelne Bord – offensichtlich die gleichen Zahlen, die ich im Katalog hinter den einzelnen Buchtiteln gesehen hatte. In der Mitte des Raumes stand ein großer Tisch, gleichfalls voller Bücher. Auf allen Bänden lag eine feine Staubschicht, ein Zeichen dafür, dass sie in regelmäßigen Abständen gereinigt wurden. Auch auf dem Boden lag keinerlei Unrat. Über einem der Türbögen las ich eine gemalte Inschrift: *Apocalypsis Iesu Christi.* Sie wirkte nicht verblasst, obwohl die Lettern sehr altertümlich aussahen. Später, als wir in den anderen Räumen ähnliche Inschriften fanden, bemerkten wir, dass sie in Wahrheit eingraviert waren, sogar recht tief in den Stein geschnitten und dann ausgemalt mit einer Farbe, wie man sie für die Fresken auf Kirchenwänden benutzt.

Wir schritten durch einen der Türbögen und gelangten in einen annähernd rechteckigen Raum. Die Wand vor uns hatte ein Fenster, dessen Scheiben jedoch nicht aus Glas, sondern aus hauchdünn geschliffenem Alabaster waren. Links führte uns ein Türbogen von der gleichen Art, wie wir ihn soeben durchschritten hatten, in einen weiteren Raum, der ebenfalls vier Wände hatte, eine davon wieder mit einem Fenster und eine mit einem weiteren Durchgang. Beide Räume trugen ähnliche Inschriften über dem Türbogen wie der erste, nur dass die Texte anders lauteten: der eine hieß *Super thronos viginti quatuor*, der andere *Nomen illi mors*. Ansonsten waren die Räume zwar kleiner (und wie gesagt nicht sieben-, sondern viereckig), aber genauso möbliert wie der erste: Schränke voller Bücher und in der Mitte ein Tisch.

Wir gingen weiter in den nächsten Raum. Er war leer und trug keine Inschrift. Unter dem Fenster stand ein kleiner Altar aus Stein. Hier gab es drei Türen; durch die eine waren wir gekommen, die zweite öffnete sich zu dem siebeneckigen Innenraum, den wir schon kannten, die dritte führte in einen neuen Raum, nicht unähnlich den bisherigen, aber mit der Inschrift *Obscuratus est sol et aer.* Von ihm aus gelangten wir zu einem fünften rechteckigen Raum mit der Inschrift *Facta est grando et ignis.* Hier gab es keine weitere Tür.

»Überlegen wir«, sagte William. »Fünf rechteckige oder leicht trapezförmige Zimmer, jedes mit einem Fenster, umgeben den siebeneckigen fensterlosen Innenraum, in den die Treppe mündet. Das scheint mir elementar. Wir befinden uns im Ostturm. Jeder Eckturm des Aedificiums hat von außen gesehen fünf Seiten, jede davon mit einem Fenster. Ja, die Sache ist klar. Das leere Zimmer geht genau nach Osten, in dieselbe Richtung wie der Chor der Kirche, die Strahlen der Morgensonne fallen auf den Altar, wie es sich gehört und frommt. Der einzige raffinierte Einfall ist die Sache mit den Alabasterscheiben: Bei Tage filtern sie das grelle Sonnenlicht zu einem milden Schimmer, bei Nacht lassen sie nicht einmal das Mondlicht durchscheinen. Sehr labyrinthisch ist die Anlage bisher nicht. Komm, lass uns sehen, wohin die anderen Türen aus dem Siebeneck führen. Ich denke, wir werden uns leicht zurechtfinden.«

Er irrte, die Erbauer der Bibliothek waren einfallsreicher gewesen, als er geglaubt hatte. Ich weiß nicht, wie es kam, aber als wir den Ostturm verließen, wurde die Abfolge der ineinandergehenden Räume wirrer. Einige hatten zwei, andere drei Türbögen. Jeder hatte ein Fenster, auch wenn wir ihn aus einem Raum mit Fenster betraten und meinten, er müsse im Innern des Aedificiums liegen. In jedem fanden wir stets die gleiche Art von Bücherschränken und Tischen, und die säuberlich aufgereihten Bände sahen allesamt gleich aus, was uns ein Wiedererkennen schon betretener Räume nicht gerade erleichterte. Wir versuchten, uns an den Inschriften zu orientieren. Einmal hatten wir einen Raum durchquert, in welchem *In diebus illis* über der Tür stand, und nach einiger Zeit war uns, als hätten wir ihn wieder erreicht. Doch dann fiel uns ein, dass beim ersten Mal die Tür gegenüber dem Fenster zu einem Raum mit der Inschrift *Primogenitus mortuorum* geführt hatte, und diesmal stand dort *Apocalypsis Iesu Christi*, aber es war nicht der siebeneckige Treppenraum, in dem wir unsere Erkundung begonnen hatten. Offenbar wiederholten sich manche Inschriften mehrmals. So fanden wir auch zwei nahe benachbarte Räume, in denen beide Male *Apocalypsis Iesu Christi* stand, und gleich darauf folgte einer mit *Cecidit de coelo stella magna*.

Woher diese kurzen Texte stammten, war klar, es handelte sich um Satzfragmente aus der Offenbarung Johannis. Keineswegs klar war indessen, warum sie über den Türbögen standen und in welcher Ordnung sie auf die Räume verteilt waren. Unsere Verwirrung wuchs noch, als wir entdeckten, dass einige Inschriften, nicht sehr viele, mit roter Farbe ausgemalt waren statt mit schwarzer.

Nach einer Weile gelangten wir plötzlich wieder in den siebeneckigen Innenraum (er war leicht wiederzuerkennen, da in ihm die Treppe aus dem Skriptorium endete). So beschlossen wir, es mit der vierten Tür zu versuchen und möglichst geradlinig durch die Räume zu gehen. Wir durchquerten drei Räume und standen im vierten vor einer Wand. Der einzige Durchgang führte seitlich in einen Raum, der gleichfalls nur seitlich eine weitere Tür hatte. Danach konnten wir vier weitere Räume geradewegs durchqueren, bis wir erneut vor einer Wand standen. Wir kehrten in das davorliegende Zimmer zurück, in dem wir seitlich eine zweite Tür gesehen hatten, gelangten durch diese in ein neues Zimmer und fanden uns plötzlich wieder in dem siebeneckigen Treppenraum.

»Wie hieß das letzte Zimmer, durch das wir vorhin hierher zurückgekommen waren?« fragte William.

Ich dachte angestrengt nach. »*Equus albus*, glaube ich.«

»Gut, suchen wir es!« Es war leicht zu finden. Wir wollten jedoch nicht noch einmal den gleichen Weg zurückgehen, sondern wählten von hier aus den Durchgang zu einem Raum namens *Gratia vobis et pax*, in dem wir rechts einen weiteren Durchgang fanden, der uns nicht an unseren Ausgangspunkt zurückbrachte. Zunächst fanden wir noch einmal *In diebus illis* und *Primogenitus mortuorum* (waren es dieselben Räume wie vorhin?), aber schließlich standen wir in einem Raum, den wir bestimmt noch nicht gesehen hatten. Die Inschrift hieß *Tertia pars terrae combusta est*. Doch nun wussten wir nicht mehr, wo wir uns im Verhältnis zum Ostturm befanden.

Ich hielt die Lampe hoch und trat in den nächsten Raum. Ein Riese von gewaltiger Größe, die Glieder verschwommen und fließend wie bei einem Gespenst, trat mir entgegen.

»Ein Teufel!« schrie ich entsetzt, und fast wäre mir die Lampe entfallen, als ich zurückfuhr und mich in Williams Arme flüchtete. Der nahm mir die Lampe aus der Hand, schob mich beiseite und ging mit einer Beherztheit, die mir fast übermenschlich erschien, durch die Tür. Auch er musste etwas erblickt haben, denn plötzlich verharrte er reglos. Dann aber ging er weiter, hob die Lampe und lachte laut auf.

»Wirklich genial. Ein Spiegel!«

»Ein Spiegel?«

»Ja, mein wackerer Krieger. Vorhin im Skriptorium hast du dich todesmutig auf einen wirklichen Feind gestürzt, und jetzt erschrickst du vor deinem eigenen Abbild. Ein Spiegel hat dir dein eigenes Abbild verzerrt und vergrößert zurückgeworfen.«

Er nahm mich bei der Hand und führte mich vor die Wand gegenüber dem Eingang jenes Raumes. In einem mannshohen Spiegel mit unregelmäßig gewellter Oberfläche erblickte ich unsere Gestalten, grotesk verzerrt und von wechselnder Form und Größe, je nachdem, ob wir vor- oder zurücktraten.

»Du solltest gelegentlich einen Traktat über Optik lesen«, sagte William heiter, »wie es die Gründer dieser Bibliothek zweifelsohne getan haben. Die besten sind auch hier wieder die arabischen. Von Alhazen gibt es einen Traktat *De aspectibus*, in dem mit genauen geometrischen Demonstrationen die verschiedenen Möglichkeiten der Spiegel dargelegt werden. Je nachdem, wie die Oberfläche geformt ist, können manche Spiegel kleine Dinge vergrößern (und was tun meine Linsen anderes?), manche zeigen die Dinge verkehrt herum oder schief, andere wiederum zeigen alles verdoppelt, zwei Gegenstände statt einem oder vier statt zweien. Andere schließlich, wie dieser hier, machen aus einem Zwerg einen Riesen oder aus einem Riesen einen Zwerg.«

»Jesus Domine Nostrum!« rief ich aus. »Sind *das* vielleicht die Visionen, die manche in der Bibliothek gesehen haben wollen?«

»Möglich. Die Idee ist jedenfalls genial.« William las die Inschrift über dem Spiegel: »*Super thronos viginti quatuor.* Das haben wir schon einmal gesehen, aber es war in einem Raum ohne Spiegel. Und dieser hier hat außerdem kein Fenster, aber er ist nicht siebeneckig. Wo sind wir?« Er schaute sich um und trat an einen der Schränke. »Adson, ohne meine verflixten *oculi ad legendum* kann ich nicht lesen, was auf diesen Büchern steht. Lies mir ein paar Titel vor.«

Ich nahm aufs Geratewohl ein Buch heraus. »Meister, da steht nichts geschrieben.«

»Wieso, ich sehe doch, dass da etwas geschrieben steht, lies es mir vor!«

»Ich lese nichts. Das ist keine Schrift, auch nicht Griechisch, das würde ich erkennen. Das sieht aus wie Würmer, Schlangen, Fliegendreck…«

»Aha, Arabisch! Siehst du noch mehr solche Bücher?«

»Ja, einige. Aber hier ist ein lateinisches, so Gott will. *Al… Al Kuwarizmi, Tabulae…*«

»Die astronomischen Tafeln von Al Kuwarizmi, übersetzt von Adelardus de Bath! Ein sehr seltenes Buch. Weiter!«

»Isa ibn Ali, *De oculis*. Alkindi, *De radiis stellatis…*«

»Schau jetzt auf dem Tisch, was liegt da?«

Ich trat an den Tisch und schlug einen Folianten auf, er hieß *De bestiis*. Eine mit feinen Miniaturen versehene Seite zeigte ein prächtiges Einhorn.

»Schöne Arbeit«, kommentierte William, der die Bilder erkennen konnte. »Und dies hier?«

Ich las: »*Liber monstrorum de diversis generibus*. Auch hier sind schöne Bilder, aber die scheinen mir älter zu sein.«

William beugte sich über das Buch. »Von irischen Mönchen vor mindestens fünfhundert Jahren gemalt. Das Buch mit dem Einhorn ist wesentlich jünger, offenbar in der Manier der Franzosen gestaltet.« Erneut bewunderte ich die große Gelehrtheit meines Meisters. Wir begaben uns in das nächste Zimmer und durchquerten die anschließenden vier Räume. Alle hatten Fenster, und alle waren voller Bücher in unbekannten Sprachen, dazu offenbar einige Texte über okkulte Wissenschaften. Schließlich gelangten wir erneut vor eine türlose Wand, die uns zwang, den Weg zurückzugehen, denn die letzten vier Räume hatten allesamt keine weiteren Türen.

»Aus der Neigung der Wände zu schließen, müssten wir uns in einem der Ecktürme befinden«, sagte William. »Aber es fehlt der siebeneckige Innenraum, vielleicht täusche ich mich.«

»Aber die Fenster«, sagte ich. »Wie kommt es, dass hier so viele Fenster sind? Es können doch unmöglich alle Räume an der Außenwand liegen?«

»Vergiss nicht den Innenhof, viele der Fenster, die wir gesehen haben, gehen zu jenem achteckigen Schacht. Wenn es Tag wäre, könnten wir an den Helligkeitsunterschieden erkennen, welche Fenster nach außen gehen und welche zum Innenhof; vielleicht könnten wir sogar am Stand der Sonne die Lage der Räume erkennen. Aber nachts ist kein Unterschied bemerkbar. Gehen wir zurück.«

Wir kehrten in das Spiegelzimmer zurück und näherten uns der dritten Tür, die wir noch nicht probiert hatten. Vor uns tat sich eine Flucht von mehreren Räumen auf. Aus dem letzten ganz hinten drang ein schwacher Lichtschimmer.

»Da ist jemand«, flüsterte ich erregt.

»Wenn da jemand ist, hat er unser Licht schon bemerkt«, sagte William, hielt aber gleichwohl die Hand vor die Lampe. Wir warteten eine Weile reglos. Das schwache Licht schimmerte weiter, ohne heller oder dunkler zu werden.

»Vielleicht ist es nur eine Öllampe«, meinte William schließlich. »Eine von denen, die den Mönchen hier vorgaukeln sollen, dass die Bibliothek von den Seelen der toten Bibliothekare bewacht wird. Ich muss das genauer wissen. Bleib hier und halt die Lampe verdeckt. Ich gehe vorsichtig hin.«

Noch ganz beschämt über das erbärmliche Bild, das ich vorhin vor dem Spiegel abgegeben hatte, wollte ich mich jetzt vor William bewähren und sagte daher entschlossen: »Nein, ich gehe hin, Ihr bleibt hier. Ich werde vorsichtig sein, ich bin kleiner und leichter. Sobald ich glaube, dass keine Gefahr besteht, rufe ich Euch.«

Und schon war ich unterwegs. Vorsichtig tastete ich mich durch zwei Räume an den Wänden entlang, leichtfüßig wie eine Katze (oder wie ein Novize, der sich nachts in die Küche schleicht, um Käse aus der Speisekammer zu naschen – darin war ich zu Hause in Melk sehr gut gewesen). Vor der Schwelle des Raumes, aus dem der Lichtschimmer kam, drückte ich mich an die Wand hinter der rechten Säule, die den Türbogen stützte, und spähte hinein. Niemand war zu sehen. Auf dem Tisch stand eine rußig blakende Lampe. Es war keine Öllampe wie die unsere, sie glich eher einem gedeckten Weihrauchfässchen, und sie leuchtete auch nicht richtig, sondern glomm nur schwach. Ich fasste mir ein Herz und trat in den Raum. Auf dem Tisch neben dem glimmenden Fässchen lag aufgeschlagen ein großes farbig bemaltes Buch. Ich trat näher und entdeckte vier Streifen von verschiedener Farbe: gelb, zinnober, türkis und hellbraun. Darauf ein schrecklich anzusehendes Untier, ein Drache mit zehn Köpfen, der mit dem Schweif die Sterne am Himmel erfasste und niederwarf auf die Erde. Und plötzlich vervielfachte sich der Drache, und die Schuppen seiner Haut wuchsen zu einem Wald von feurigen Zacken, die sich aus dem Buch erhoben und meinen Kopf umtanzten. Ich prallte zurück, taumelte, fiel auf den Rücken und sah die Decke über mir bersten. Dann hörte ich ein Zischen wie von tausend Schlangen, aber es klang nicht schrecklich, sondern eher verführerisch, und in einem Lichtkranz erschien ein Weib, das seine Lippen den meinen näherte und mich anhauchte. Mit gestreckten Armen schob ich das Weib von mir weg, und mir war, als ob meine Hände die Bücher im Schrank vor mir berührten, die sich ausdehnten und ins Unermessliche wuchsen. Ich wusste nicht mehr, wo ich war, noch wo sich Himmel und Erde befanden. Mitten im Zimmer erblickte ich Berengar, der mich widerlich grinsend anstarrte, bebend vor Wollust. Ich schlug mir die Hände vors Gesicht, und sie kamen mir vor wie Krötenkrallen, kalt und glibberig. Entsetzt schrie ich auf, spürte einen bitteren Geschmack im Munde und sank in ein unendliches Dunkel, das sich weiter und weiter unter mir auftat. Dann wusste ich nichts mehr.

Nach einer halben Ewigkeit weckten mich harte Donnerschläge, die in meinem Kopf explodierten. Ich lag auf dem Boden, und William gab mir leichte Klapse auf die Wangen. Wir waren nicht mehr in jenem Zimmer, meine Augen fielen auf eine Inschrift mit den Worten *Requiescant a laboribus suis.*

»Auf, auf, Adson!« ermunterte mich William. »Es ist nichts...«

»Aber die Gesichter...«, stammelte ich benommen, »dort drüben, der Drache...«

»Kein Drache ist da. Ich fand dich ohnmächtig auf dem Boden vor einem Tisch, auf dem eine prächtige mozarabische Apokalypse lag, aufgeschlagen auf der Seite, wo das mit der Sonne bekleidete Weib – *mulier amicta sole* – dem roten Drachen entgegentritt. Am Geruch merkte ich gleich, dass du etwas Schlechtes eingeatmet hattest, und trug dich rasch hinaus. Auch mir dröhnt der Kopf«

»Und was habe ich gesehen?«

»Gar nichts hast du gesehen. In der Lampe werden Substanzen verbrannt, die Visionen hervorrufen. Ich habe den Geruch wiedererkannt, es ist ein arabisches Zeug – möglicherweise das gleiche, das der Alte vom Berge seinen Assassinen eingab, bevor er sie zu ihren Meuchelmorden aussandte. Das Geheimnis der Visionen hätten wir also geklärt: Jemand füllt diese Lampe mit Zauberkräutern für die Nacht, damit ungebetene Besucher glauben, die Bibliothek werde durch höllische Mächte beschützt. Aber erzähl doch mal, was hast du gesehen?«

Ich erzählte ihm reichlich wirr von meiner Vision, und William lachte: »Zur Hälfte hast du vergrößert, was du in dem Buch erblicktest, und zur anderen Hälfte hast du einfach deinen Wünschen und Ängsten freien Lauf gelassen. Genau das ist die Wirkung dieser Kräuter. Ich muss morgen mit Severin darüber sprechen, er weiß mehr darüber, als er uns glauben machen will. Es sind Kräuter, nichts als Kräuter, es bedarf gar nicht jener magischen Operationen, von denen der gute Glasermeister gesprochen hat. Kräuter und Spiegel... Dieser Ort des verbotenen Wissens wird mit Hilfe sehr wertvoller Erkenntnisse geschützt. Wissenschaft im Dienst der Verschleierung statt im Dienst der Erleuchtung. Gefällt mir nicht. Ein perverser Geist beherrscht die fromme Verteidigung dieser Bibliothek... Doch die Nacht war lang und ereignisreich, wir sollten jetzt hinausgehen. Du bist ohnmächtig geworden, du brauchst dringend einen Schluck Wasser und frische Luft, und es hat leider gar keinen Zweck zu versuchen, eins dieser Fenster zu öffnen, sie sind zu hoch und vielleicht seit Jahrhunderten nicht geöffnet worden. Wie hat man nur denken können, dass Adelmus hier irgendwo in die Tiefe gestürzt worden sei?«

Hinausgehen hatte William gesagt. Das war freilich leichter gesagt als getan! Wir wussten, dass der einzige Ausgang im Ostturm war, aber wo befanden wir uns in diesem Moment? Wir hatten völlig die Orientierung verloren. Das lange Herumirren, das sich nun anschloss, mit der wachsenden Angst, nie wieder aus diesem Labyrinth hinauszufinden, ich immer noch schwach auf den Beinen und von Übelkeitsanfällen geschüttelt, William sichtlich um mich besorgt und beschämt über die geringe Reichweite seines Wissens, brachte uns, beziehungsweise ihn auf einen Gedanken für den nächsten Tag: Wir würden, falls wir je hier hinausgelangten, erneut in die Bibliothek eindringen, aber diesmal ausgerüstet mit einem rußigen Holzscheit oder einem anderen Gerät, mit dem man Zeichen an Wänden anbringen kann.

»Um den Ausgang aus einem Labyrinth zu finden«, dozierte William, »gibt es nur ein Mittel. An jedem neuen, das heißt noch niemals zuvor erreichten Kreuzungspunkt wird der Durchgang, durch den man gekommen ist, mit drei Zeichen markiert. Erkennt man an den bereits vorhandenen Zeichen auf einem der Durchgänge, dass man an der betreffenden Kreuzung schon einmal gewesen ist, bringt man an dem Durchgang, durch den man gekommen ist, nur ein Zeichen an. Sind alle Durchgänge schon mit Zeichen versehen, so muss man umkehren und zurückgehen. Sind aber einer oder zwei Durchgänge der Kreuzung noch nicht mit Zeichen versehen, so wählt man einen davon und bringt zwei Zeichen an. Durchschreitet man einen Durchgang, der nur ein Zeichen trägt, so markiert man ihn mit zwei weiteren, so dass er nun drei Zeichen trägt. Alle Teile des Labyrinthes müssten durchlaufen worden sein, wenn man, sobald man an eine Kreuzung gelangt, niemals den Durchgang mit drei Zeichen nimmt, sofern noch einer der anderen Durchgänge frei von Zeichen ist.«

»Woher wisst Ihr das? Seid Ihr Experte in Labyrinthen?«

»Nein, ich rezitiere nur einen alten Text, den ich einmal gelesen habe.«

»Und nach dieser Regel gelangt man hinaus?«

»Nicht dass ich wüsste. Aber versuchen wir es trotzdem. In den nächsten Tagen werde ich außerdem Linsen haben, kann also besser auf die Bücher achten. Es könnte sein, dass dort, wo die Abfolge der Inschriften uns verwirrt, die der Bücher uns weiterhilft.«

»Ihr werdet Eure Linsen wiederhaben? Wie wollt Ihr sie finden?«

»Ich sagte: ich werde Linsen haben. Ich werde mir welche machen lassen. Der Glasermeister wartet doch nur auf eine solche Gelegenheit, seine Kunst zu beweisen und etwas Neues zu lernen. Hoffentlich hat er das richtige Werkzeug, um Gläser zu schleifen. Glasscherben gibt es bei ihm genug.«

Während wir weiter durch die Räume irrten, war mir plötzlich mitten in einem Raum, als ob meine Stirn von einer unsichtbaren Hand berührt worden sei. Zugleich erklang ein Seufzen, das weder tierisch noch menschlich schien, bald aus der Nähe, bald aus der Ferne, als ginge ein Gespenst durch die verwinkelten Räume. Ich hätte wahrhaftig inzwischen auf Überraschungen gefasst sein müssen, aber von neuem fuhr ich zusammen und machte einen Satz zurück. Auch William musste etwas gespürt haben, denn er fasste sich überrascht an die Wange, hob die Lampe und schaute sich um.

Er hielt eine Hand vor das Licht und beobachtete die Flamme. Sie schien etwas lebhafter aufzuflackern. Dann befeuchtete er sich einen Finger und streckte ihn gerade empor.

»Klar«, sagte er und zeigte mir an zwei Wänden des Raumes in Augenhöhe zwei genau gegenüberliegende Stellen, an denen sich schmale Schlitze im Mauerwerk öffneten. Als ich die Hand davor hielt, spürte ich einen frischen Luftzug von draußen, und als ich das Ohr daran legte, hörte ich ein Rauschen, als ginge draußen der Wind.

»Schließlich musste die Bibliothek ja irgendein Belüftungssystem haben«, erklärte William, »sonst wäre die Luft hier bald unerträglich, besonders im Sommer. Außerdem dringt durch diese Kanäle die richtige Dosis Feuchtigkeit ein, so dass die Pergamente nicht austrocknen. Aber die Findigkeit der Baumeister geht noch weiter: Indem sie die Schlitze in bestimmten Winkeln anordneten, sorgten sie dafür, dass die Luftzüge, die in windigen Nächten hier eindringen, sich mit anderen Luftzügen überschneiden und sich in den Räumen stauen, um jene Töne hervorzurufen, die wir soeben vernahmen. Und die dann zusammen mit den Spiegeln und Kräutern dem unerwünschten Eindringling Angst machen sollen. Selbst wir haben einen Moment lang geglaubt, dass Gespenster uns im Gesicht berührten. Dass wir erst jetzt darauf gestoßen sind, liegt einfach daran, dass draußen der Wind sich erst jetzt erhoben hat. Somit wäre auch dieses Geheimnis erklärt. Aber mit alledem wissen wir immer noch nicht, wie wir hier rauskommen!«

So redend irrten wir weiter herum, nun bereits ziemlich verloren. Wir hatten längst aufgehört, die Inschriften zu lesen, sie schienen uns alle gleich. Wir gerieten erneut in einen siebeneckigen Raum, durchquerten die Räume um ihn herum, fanden keinen Ausgang. Wir machten kehrt, eilten fast eine Stunde lang von Raum zu Raum und hatten jegliche Orientierung verloren. Schließlich gab sich William geschlagen. Es blieb uns nichts anderes übrig, als uns irgendwo niederzulegen und zu hoffen, dass Malachias uns am nächsten Tag finden würde. Während wir ganz verzagt das erbärmliche Ende unserer kühnen Unternehmung beklagten, traten wir durch eine Tür und standen auf einmal wieder in jenem siebeneckigen Raum, in dem unsere Odyssee begonnen hatte. Voller Freude dankten wir dem Herrn und stiegen erleichtert die Treppe hinunter.

Kaum in der Küche angelangt, stürzten wir uns sogleich in den unterirdischen Gang, und ich schwöre: Das tote Grinsen der nackten Schädel erschien mir diesmal wahrhaftig wie das freundlichste Lächeln geliebter Personen! Wir erreichten die Kirche, eilten durchs Nordportal hinaus auf den Friedhof und setzten uns glücklich auf die steinerne Einfassung eines Grabes. Die herrliche Nachtluft war wie göttlicher Balsam. Über uns glänzten die Sterne, und die Visionen der Bibliothek lagen weit in der Ferne.

»Wie schön ist die Welt, und wie grässlich sind Labyrinthe!« rief ich erleichtert aus.

»Wie schön wäre die Welt, wenn es eine Regel für die Begehung von Labyrinthen gäbe!« sagte William.

»Wie spät mag es sein?«

»Ich weiß nicht, ich habe das Zeitgefühl verloren. Aber wir sollten in unseren Zellen sein, wenn es zur Frühmette läutet.«

So erhoben wir uns, gingen um die Kirche, passierten das Hauptportal (ich drehte den Kopf zur Seite, um nicht die vierundzwanzig Greise der Apokalypse zu sehen – *super thronos viginti quatuor!*) und erreichten durch den Kreuzgang das Pilgerhaus.

Vor der Schwelle empfing uns der Abt mit strengem Blick. »Die ganze Nacht schon suche ich Euch«, sagte er zu William. »Ich fand Euch nicht in der Zelle, ich fand Euch nicht in der Kirche...«

»Wir sind einer Spur nachgegangen...«, antwortete William vage und sichtlich verlegen. Der Abt fixierte ihn lange und sagte dann ernst und langsam: »Ich habe Euch gleich nach Komplet zu suchen begonnen. Berengar war nicht im Chor.«

»Ach, das ist ja interessant!« rief William erleichtert aus – und in der Tat war damit nun wohl geklärt, wer der nächtliche Unbekannte im Skriptorium gewesen war.

»Er war nicht zum Abendgebet im Chor«, wiederholte der Abt, »und er war auch die ganze Nacht nicht in seiner Zelle. Gleich wird es zur Mette läuten, sehen wir, ob er jetzt wieder da ist. Andernfalls fürchte ich ein neues Unheil.«

Berengar war auch zur Mette nicht da.

Dritter Tag

Dritter Tag

Von Laudes bis Prima

Worin man in der Zelle des verschwundenen Berengar ein blutiges Leintuch findet, und das ist alles.

Müdigkeit überfällt mich, während ich dieses schreibe, Müdigkeit und Erschöpfung wie damals im Morgengrauen nach jener langen Nacht. Was soll ich sagen? Sobald die Mette beendet war, schickte der Abt den größten Teil seiner Mönche – alle waren nun sehr beunruhigt – auf die Suche nach ihrem verschwundenen Mitbruder. Ohne Ergebnis.

Gegen Laudes fand einer unter dem Strohsack in Berengars Zelle ein blutiges Leintuch. Man zeigte es dem Abt, der darin ein böses Vorzeichen sah. Jorge, der anwesend war und davon hörte, fragte nur: »Blut?«, als wollte er den Befund nicht recht glauben. Der greise Alinardus, dem man davon erzählte, schüttelte den Kopf und sagte: »Nein, nein, wenn die dritte Posaune ertönt, kommt der Tod durch Wasser...«

William betrachtete das Leintuch und sagte: »Jetzt ist alles klar.«

»Und wo ist dann Berengar?« fragte einer der Umstehenden verblüfft.

»Ich weiß nicht«, antwortete er. Woraufhin Aymarus von Alessandria die Augen zum Himmel verdrehte und leise zu seinem Landsmann Petrus von Sant'Albano sagte: »So sind die Engländer eben.«

Gegen Prima, als es hell zu werden begann, wurden Knechte ausgeschickt, das Tal und die Felshänge unter den Mauern abzusuchen. Sie kamen drei Stunden später zurück, ohne etwas gefunden zu haben.

William nahm mich beiseite, sagte, es bliebe uns nun nichts anderes übrig, als die weiteren Ereignisse abzuwarten, und begab sich in die Glaserwerkstatt, um mit Meister Nicolas ein intensives Gespräch zu führen.

Ich ging in die Kirche und setzte mich nahe dem Hauptportal auf eine Bank, während vorn im Chor die Messe zelebriert wurde. So dauerte es nicht lange, bis ich andächtig lauschend einnickte – und zwar für geraume Zeit, denn offensichtlich brauchen die Jungen mehr Schlaf als die Alten, die schon soviel geschlafen haben und bald in Ewigkeit schlafen werden.

Dritter Tag

Tertia

Worin Adson im Skriptorium über die Geschichte seines Ordens nachdenkt sowie über das Schicksal der Bücher.

Schlafbenommen trat ich aus der Kirche, nicht mehr so müde, aber mit schwerem Kopf, denn wahrhaft erfrischende Ruhe findet der Leib nur in den Stunden der Nacht. So stieg ich hinauf ins Skriptorium, bat den Bibliothekar um Erlaubnis und begann, im Verzeichnis der Bücher zu blättern. Doch während meine Augen zerstreut über die Seiten des schweren Folianten glitten, beobachtete ich in Wahrheit die Mönche.

Eindrucksvoll schien mir, mit welcher Ruhe und Gelassenheit sie ihrer Arbeit nachgingen, als würde nicht gerade einer der ihren fieberhaft in der ganzen Abtei gesucht, als wären nicht erst vor kurzem zwei andere unter erschreckenden Umständen aus ihrer Mitte gerissen worden. Ja, sagte ich mir, das eben ist die Größe unseres Ordens: Jahrhundertelang haben Männer wie diese mit ansehen müssen, wie barbarische Horden einbrachen, ihre Abteien plünderten, ganze Reiche in Schutt und Asche legten, und doch oblagen sie unbeirrt weiter ihrer Liebe zu Pergament und Tinte, wälzten unbeirrt weiter kostbare Bücher und lasen mit spitzen Lippen Worte, die ihnen tradiert worden waren durch die Jahrhunderte und die sie weitertradierten an die Jahrhunderte nach ihnen. Sie lasen und schrieben selbst weiter, als das Jahrtausend zu Ende ging, warum sollten sie also jetzt damit aufhören?

Am Vortag hatte uns Benno gestanden, dass er zur Sünde bereit wäre, um ein seltenes Buch zu bekommen. Es war keine Lüge gewesen und auch kein Scherz. Gewiss, ein Mönch sollte seine Bücher in Demut lieben, sich lediglich ihrer Erhaltung widmen und nicht der Befriedigung seiner Neugier. Doch was für den Laien die Verlockung des Ehebruchs ist und für den städtischen Priester der Zauber des Reichtums, das ist für den Mönch die Versuchung des Wissens und der Erkenntnis.

Ich blätterte im Katalog, und ein Reigen geheimnisumwitterter Buchtitel tanzte vor meinen Augen: *Quinti Sereni de medicamentis, Phaenomena, Liber Aesopi de natura animalium, Liber Aethici peronymi de cosmographia, Libri tres quos Arculphus episcopus Adamnano escipiente de locis sanctis ultramarinis designavit conscribendos, Libellus Q. Iulii Hilarionis de origine mundi, Solini Polyhistor de situ orbis terrarum et mirabilibus, Almagesthus*... Kein Wunder, so schien mir, wenn sich das Geheimnis der Verbrechen in dieser Abtei um die Bibliothek drehte. Für diese den Schriften geweihten Mönche war die Bibliothek gleichzeitig das himmlische Jerusalem und ein verborgenes Reich an der Grenze zwischen Terra incognita und heidnischer Unterwelt. Sie wurden beherrscht von der Bibliothek, von ihren Verheißungen wie von ihren Verboten. Sie lebten mit ihr, für sie und vielleicht auch gegen sie, in der sündigen Hoffnung, eines Tages all ihre Geheimnisse lüften zu können. Warum sollten sie nicht den Tod riskieren, um ein Verlangen ihres wissbegierigen Geistes zu stillen, warum nicht schließlich auch töten, um zu verhindern, dass jemand sich eines ihrer kostbaren Geheimnisse bemächtigte?

Versuchungen, gewiss, Hoffart des Geistes. Wie anders war dagegen der schreibende Mönch, den sich einst unser heiliger Ordensgründer vorgestellt hatte: fähig, ein Buch zu kopieren, ohne es zu verstehen, entsagungsvoll Gottes Willen verrichtend, schreibend, weil betend, und betend, solange er schrieb. Warum war das jetzt nicht mehr so? Und dies war gewiss nicht die einzige Degenerationserscheinung unseres Ordens, oh nein! Er war zu mächtig geworden, seine Äbte wetteiferten mit den Königen; bot nicht Abbo das Beispiel für einen Monarchen, der mit monarchischer Miene Fehden zwischen Monarchen beizulegen versuchte? Selbst das Wissen, das unsere Abteien aufgehäuft hatten, wurde heutzutage als Tauschware eingesetzt, als Grund zu Hoffart und eitlem Prahlen missbraucht. Wie die Ritter prahlten mit ihren Rüstungen und Standarten, so prahlten unsere Äbte mit ihren bebilderten Codizes... Jawohl, und das umso lauter (welch ein Wahn!), als unsere Klöster längst schon die Siegespalme der Weisheit verloren hatten: Längst schon kopierten die Domschulen, Universitäten und städtischen Zünfte ebenfalls Bücher, mehr und besser womöglich als wir, und sie produzierten neue Bücher – und das war vielleicht überhaupt der Grund für all dieses Unheil.

Die Abtei, in welcher ich mich befand, war vermutlich die letzte, die sich noch einer überragenden Meisterschaft im Herstellen und Kopieren von Büchern rühmen konnte. Doch gerade darum vielleicht begnügten sich ihre Mönche nicht mehr mit dem frommen Werk des Kopierens, sondern wollten in ihrer Gier nach Neuem ebenfalls neue Ergänzungen der Natur produzieren. Und dabei merkten sie gar nicht (wie ich damals undeutlich ahnte und heute, reich an Jahren und Erfahrungen, weiß), dass sie gerade durch dieses ihr Streben den Zusammenbruch ihrer Einmaligkeit noch beschleunigten. Denn wäre das neue Wissen, das sie hervorbringen wollten, ungehindert über die Mauern dieser Abtei in die Welt hinausgedrungen, so hätte sich dieser heilige Ort in nichts mehr von einer Domschule oder städtischen Universität unterschieden. Blieb es indessen verborgen, so behielt es sein Ansehen und seine Kraft und wurde nicht durch Dispute verdorben, durch den quodlibetalen Dünkel, der alle Geheimnisse und alle Größe der kühlen Prüfung des *sic et non* unterziehen will. Dies eben, sagte ich mir, sind die Gründe für all das Schweigen und Zwielicht, das hier die Bibliothek umgibt: Sie ist ein Hort des Wissens, doch sie kann dieses Wissen nur unversehrt erhalten, wenn sie verhindert, dass es jedem Beliebigen zugänglich wird, sei er auch ein Mönch. Denn das Wissen ist eben nicht wie das Geld, das noch die schändlichsten Tauschhändel physisch unversehrt übersteht. Das Wissen gleicht eher einem kostbaren Kleid, das durch Gebrauch und stolzes Vorzeigen abgenutzt wird. Und gilt nicht dasselbe auch für den Träger des Wissens, das Buch? Seine Seiten knittern, seine Tinten und Goldfarben werden matt, wenn zu viele Hände sie berühren. Wenige Schritte vor mir blätterte Bruder Pacificus von Tivoli in einem alten Folianten, dessen

Seiten der Feuchtigkeit wegen leicht aneinanderklebten. Um besser umblättern zu können, benetzte er sich mit der Zunge jedesmal Daumen und Zeigefinger, und bei jeder Berührung mit seinem Speichel verloren die Seiten etwas von ihrer Konsistenz; sie aufzuschlagen hieß also, sie zu biegen, sie der zerstörerischen Einwirkung von Luft und Staub auszusetzen, die das feine Geäder, mit dem sich das Pergament im Laufe der Zeit überzogen hatte, aufplatzen lassen und neue Schimmelbildung hervorrufen würde an jenen Stellen, wo der Speichel die Ecken des Blattes biegsam, aber eben auch mürbe machte. Genau wie allzu große Verzärtelung den Krieger verweichlicht und kampfesuntüchtig macht, so macht allzu große Besitzerhebe und Wissbegier das Buch für die Krankheit empfänglich, an der es am Ende unweigerlich sterben wird.

Was also hätte man tun sollen? Aufhören zu lesen und nur noch pfleglich bewahren? War meine Sorge berechtigt? Und was würde mein Meister wohl dazu sagen?

Nicht weit von mir sah ich einen Rubrikator, Magnus von Iona, der gerade sein Vellum mit dem Bimsstein abgerieben hatte und nun dabei war, es mit Kreide mürbe zu machen, um es anschließend mit dem Eisen zu glätten. Neben ihm saß ein anderer, Rhaban von Toledo, er hatte sein Pergament auf dem Tisch befestigt und die Ränder auf beiden Seiten mit winzigen Löchern markiert, zwischen denen er nun mit einem Metallstift feine waagerechte Linien zog. Bald würden die beiden Blätter sich füllen mit Farben und Formen, der Pergamentbogen würde gleich einem Reliquienschrein funkeln von Gemmen inmitten dessen, was schließlich die fromme Textur der Schrift sein sollte. Kein Zweifel, sagte ich mir, diese beiden Mitbrüder erlebten bereits paradiesische Stunden auf Erden: Sie schufen neue Bücher, ebenso prachtvolle wie die alten, die unvermeidlich vom Zahn der Zeit zernagt werden würden... Also konnte die Bibliothek von keiner irdischen Macht bedroht sein, also war sie lebendig... Doch wenn sie lebendig war, warum wollte sie sich dann nicht öffnen und dem Risiko der Erkenntnis aussetzen? War es das, was Benno von Uppsala wollte und was vielleicht auch Venantius von Salvemec angestrebt hatte?

Verwirrt hielt ich inne, meine Gedanken bestürzten mich. Sie waren wohl auch nicht passend für einen Novizen, der lernen sollte, sein Leben gewissenhaft und in Demut ausschließlich an der Regel zu orientieren – was ich seither auch getan habe, ohne mir weitere Fragen zu stellen, während rings um mich her die Welt immer tiefer in einem Chaos aus Blut und Wahnsinn versank.

Die Stunde des Morgenmahls war gekommen, und so begab ich mich in die Küche, wo ich inzwischen gut mit den Köchen befreundet war, die mir denn auch prompt einen Teller von ihrem Besten vorsetzten.

Dritter Tag

Sexta

Worin Adson die Lebensgeschichte Salvatores erfährt, die sich nicht in wenigen Worten zusammenfassen lässt, aber ihm viel zu denken und Anlass zu großer Unruhe gibt.

Während ich aß, erblickte ich Salvatore in einer Ecke. Er hatte sich offenbar mit dem Küchenmeister wieder versöhnt und saß nun vor einer Fleischpastete, die er mit großer Inbrunst verzehrte, ja geradezu verschlang, als hätte er in seinem ganzen Leben noch niemals etwas gegessen. Nicht das kleinste Häppchen ließ er fallen, und bei jedem Bissen strahlte er glücklich, als danke er Gott für dieses außerordentliche Ereignis.

Er nickte mir freundlich zu, kam mit seinem Teller an meinen Tisch und erklärte mir, er esse hier für die vielen Jahre, in denen er früher gehungert habe. Ich fragte ihn, wann das gewesen sei, und er erzählte mir von einer elenden Kindheit in einem Dorf zwischen Sümpfen, wo es immerzu regnete und die Felder verfaulten und die Luft von tödlichen Giften erfüllt war. Es gab dort, soweit ich verstand, monatelang Überschwemmungen, so dass die Felder gar keine Furchen mehr hatten und man mit einem Scheffel Saatgut gerade noch einen Sester erntete, und meist zerrann auch noch dieser Sester zu nichts. Selbst die adligen Herren waren bleich im Gesicht wie die Armen, obwohl, wie Salvatore bemerkte, die Armen viel schneller starben, vielleicht (wie er lächelnd hinzufügte) weil sie zahlreicher waren... Ein Sester kostete fünfzehn Groschen, ein Scheffel sechzig, die Prediger sprachen vom nahen Ende der Zeit, doch Salvatores Eltern und Großeltern konnten sich daran erinnern, dass es auch früher schon oft so gewesen war, woraus sie schlossen, dass die Zeiten schon immer dem Ende entgegengingen... Groß also war der Hunger, und als die Dörfler alles erreichbare Aas der Vögel und alle unreinen Tiere verzehrt hatten, gingen Gerüchte um, dass jemand begonnen habe, die Toten auszugraben. Mit lebhaften Gesten erzählte mir Salvatore, als wäre er ein Komödiant auf der Bühne, wie jene »homini malissimi« am Tage nach einem Begräbnis auf den Friedhof zu schleichen pflegten und mit bloßen Händen das frische Grab aufwühlten. »Gnam!« sagte er und schlug die Zähne in seine Fleischpastete, doch in seinen glitzernden Augen sah ich den Blick des Verzweifelten, der den menschlichen Leichnam fraß. Und nicht genug mit dieser Schändung geheiligter Erde, versteckten sich manche, die noch schlimmer als die anderen waren, wie Straßenräuber im Walde und überfielen die Reisenden. »Krrk!« machte Salvatore, das Messer an seiner Kehle, und »Gnam!«... Und die Allerschlimmsten lockten kleine Kinder mit einem Ei oder einem Apfel und zerfleischten sie dann, nicht ohne sie, wie Salvatore mit großem Ernst präzisierte, vorher zu kochen. Von einem Manne erzählte er mir, der eines Tages ins Dorf kam und gekochtes Fleisch verkaufte für wenig Geld, und niemand konnte so großes Glück fassen, bis dann der Pfarrer sagte, es handle sich um Menschenfleisch, woraufhin die wütende Menge den Mann in Stücke riß. Aber noch in derselben Nacht schlich einer der Dörfler zum Grab des Getöteten, grub ihn aus und fraß vom Fleisch des Menschenfressers, so dass er, als man ihn fasste, gleichfalls zum Tode verurteilt wurde.

Doch nicht nur diese Geschichten erzählte mir Salvatore. In abgehackten Worten und Sätzen, die mich zwangen, meine geringen Kenntnisse des Provençalischen und der italienischen Dialekte zu versammeln, erzählte er mir die lange Geschichte seiner Flucht aus dem Dorf und seiner Irrfahrten durch die Welt. Und in seiner Erzählung erkannte ich vieles wieder, was ich früher schon oder auf meiner Reise erfahren hatte, und vieles andere, was ich später erfuhr, erkenne ich heute darin, so dass ich nicht sicher bin, ob ich ihm nicht zuweilen die Abenteuer und Untaten anderer zuschreibe – Dinge also, die vor ihm und nach ihm geschehen sind und die sich heute in meinem müden Geist zu einem einzigen Bilde vereinen dank jener Einbildungskraft, die durch Zusammenfügung der im Gedächtnis bewahrten Bilder von Gold und Bergen die Vorstellung eines goldenen Berges zu erzeugen vermag.

Oft hatte ich William während unserer gemeinsamen Reise von einfachen Leuten oder *simplices* reden gehört, ein Begriff, mit dem manche seiner Mitbrüder nicht nur das Volk zu bezeichnen pflegten, sondern auch die Ungebildeten oder Laien, und der mir stets recht allgemein erschienen war, denn in den italienischen Städten hatte ich Handels- und Handwerksleute getroffen, die keine Kleriker waren, aber auch keine Ungebildeten, mochte sich ihre Bildung auch in der Volkssprache ausdrücken; desgleichen waren auch manche Tyrannen, die damals auf der Halbinsel herrschten, zwar Ignoranten in Fragen der Theologie und der Medizin und der Logik und der lateinischen Sprache, aber gewiss keine Simpel von schlichtem Gemüt. Daher glaube ich, dass auch mein Meister, wenn er so allgemein von den *simplices* sprach, einen recht simplen Begriff gebrauchte. Salvatore indessen war ohne Zweifel ein Mann aus dem einfachen Volke. Er stammte aus einer Gegend, die seit Jahrhunderten unter Entbehrungen und Feudalherrenwillkür gelitten hatte. Er war ein schlichtes Gemüt, aber kein Dummkopf. Er sehnte sich nach einer anderen Welt, die ihm zur Zeit seiner Flucht aus dem Dorf, wenn ich ihn recht verstand, als eine Art Schlaraffenland vorschwebte, ein Paradies für Hungernde, worin gebratene Hühner durch die Luft fliegen und auf den Bäumen, die Honig statt Harz aus der Rinde schwitzen, Käselaiber und geräucherte Hartwürste wachsen.

Von solcher Hoffnung getrieben und nicht bereit, die Welt hinieden demütig als ein Jammertal hinzunehmen, in welchem (wie man mich gelehrt hatte) auch das Unrecht gottgewollt ist, eine Fügung, um das Gleichgewicht der Dinge zu wahren, mag uns deren Sinn auch häufig entgehen (die Pläne des Herrn sind unerforschlich), zog Salvatore durch vielerlei Länder, von seinem heimatlichen Monferrat nach Ligurien und weiter in die Provence und die Länder des Königs von Frankreich.

Er vagabundierte herum, bettelnd, stehlend, Krankheiten vortäuschend, gelegentlich Dienste für weltliche Herren verrichtend, dann weiterziehend von Stadt zu Stadt, durch die Wälder und über die großen Straßen. Aus seiner Erzählung entnahm ich, dass er sich offenbar mit jenen Landstreicherbanden zusammengetan hatte, die ich im Laufe dieses Jahrhunderts immer häufiger durch Europa ziehen sah: Vaganten, Scharlatane und falsche Mönche, Schwindler, Betrüger, Bettler und Strolche, Aussätzige und Verkrüppelte, kriegsversehrte Landsknechte, Komödianten, Bänkelsänger und Bauchredner, Falschspieler, Zauberkünstler und Negromanten, fahrende Studenten, entsprungene Konventszöglinge, expatriierte Kleriker, schweifende Juden, den Ungläubigen entkommen mit verwirrtem Geist, Schwachsinnige, Verrückte, Narren, Verbannte, vogelfreie Gesellen, Sträflinge mit abgeschnittenen Ohren, Zigeuner und Sodomiten; dazwischen wandernde Handwerksburschen, Weber und Wollschläger, Kesselflicker und Kleinschmiede, Stuhlmacher, Korbflechter, Riemenschneider, Scherenschleifer; das Ganze durchsetzt mit Gaunern und Spitzbuben, Schuften und Schurken, Halunken und Taugenichtsen aller Arten und Sparten: Dieben, Schiebern, Fälschern, Hehlern, Blendern, Lügnern, Zechprellern, Gauklern, Wundertätern und simonistischen Priestern, Menschen, die von der Leichtgläubigkeit anderer lebten als Ablasshändler, Imitatoren päpstlicher Bullen und Siegel, falsche Gelähmte, die sich vor die Tore der Kirchen postierten, Reliquienverkäufer, Wahrsager und Chiromanten, Quacksalber, Kurpfuscher, Handaufleger, falsche Bettler und schamlose Sittenverderber aller Art, Zuhälter, Huren und Kupplerinnen, Verführer von Mönchen und jungen Mädchen mit List oder mit Gewalt, Simulanten, die allerlei Krankheiten vortäuschten, Wassersucht, Fallsucht, Hämorrhoiden, Gicht und Zipperlein, Schwären und offene Wunden oder auch melancholische Geistesumnachtung. Manche legten sich Pflaster und Binden auf, um unheilbare Geschwüre zu heucheln, andere nahmen eine schwarzrote Flüssigkeit in den Mund, um Blutstürze zu simulieren, oder sie täuschten gebrochene Gliedmaßen vor, indem sie an Stöcken gingen ohne Notwendigkeit, oder sie imitierten Kröpfe und eitrige Beulen mit Hilfe von safrangetränkten Tüchern um Kopf und Hals, wieder andere trugen Ketten an ihren Händen, schlichen sich stinkend in die Kirchen ein und warfen sich auf den Boden, geifernd, Schaum vor dem Mund, die Augen verdreht, Blut aus den Nasenlöchern verströmend, das in Wahrheit aus Maulbeersaft und Zinnober gefertigt war... All das, um eine milde Gabe zu ergattern von den erschrockenen Leuten, die sich beim Anblick dieser Jammergestalten des Barmherzigkeitsgebotes der heiligen Väter entsinnen sollten: Teile dein Brot mit dem Hungernden, gib dem Obdachlosen ein Dach, lasset uns in diesen Ärmsten der Armen Christum aufnehmen, Christum pflegen und Christum kleiden, denn wie das Wasser die Feuersbrunst löscht, so löschen die Almosen unsere Sünden!

Auch nach den Ereignissen, die ich in diesem Buche erzähle, sah ich häufig und sehe noch heute nicht selten viele von diesen Scharlatanen an den Ufern der Donau vorbeiziehen. Sie haben eigene Namen, und ihre Zahl nach Arten und Gattungen ist Legion wie die der Dämonen: Acapones, Biantes, Affratres, Protomedici, Pauperes verecundi, Asciones, Crociarii, Alacerbati, Reliquiarii, Affarinati, Falpatores, Iucchi, Spectini, Confitentes und Compatrizantes, Apezentes und Atarantes, Acconi und Admiracti, Mutuatores, Atrementes, Cagnabaldi, Falsibordones, Acadentes, Alacrimantes und Affarfantes.

Es war wie eine Schlammflut, die sich über die Straßen unserer Welt ergoss, und zwischen all diesem fahrenden Volk bewegten sich Prediger guten Glaubens, Häretiker auf der Suche nach neuen Opfern, Aufrührer und Agitatoren. Kein Wunder also, dass Papst Johannes in seiner steten Furcht vor den Bewegungen der einfachen Leute, die ein Leben in Armut predigten und praktizierten, so heftig gegen die Wanderprediger vorging, die seinen Worten zufolge die Neugierigen anlockten, indem sie farbenprächtige Banner hissten, um dann nach der Predigt den Leuten das Geld aus der Tasche zu ziehen. Hatte der simonistische und korrupte Papst etwa recht, als er die Armut predigenden Bettelmönche gleichsetzte mit diesen Banden von Entwurzelten und Gesetzlosen? Mir war, nachdem ich ein wenig die italienische Halbinsel bereist hatte, die Sache alles andere als klar. Ich hatte von jenen Brüdern in Altopascio gehört, die in ihren Predigten mit Exkommunikationen drohten und Sündenablass versprachen, die gegen Bezahlung Absolution erteilten für Raub und Mord und Totschlag und Meineid, die auch behaupteten, in ihrem Hospital würden jeden Tag bis zu hundert Messen gelesen, wofür sie Spenden sammelten von den Leuten, und mit ihren Reichtümern würden zweihundert arme Mädchen dotiert. Ich hatte auch von jenem Fra Paolo Zoppo gehört, der im Wald von Rieti als Einsiedler lebte und sich rühmte, direkt vom Heiligen Geist die Offenbarung erhalten zu haben, dass der fleischliche Akt keine Sünde sei – wie es hieß, verführte er seine Opfer, die er Schwestern nannte, indem er sie zwang, sich nackt von ihm peitschen zu lassen, wobei sie fünf Kniefälle auf den Boden in Form eines Kreuzes vollführen mussten, bevor er sie Gott präsentierte und von ihnen verlangte, was er den Friedenskuss nannte. Aber stimmten diese Geschichten? Und wenn sie stimmten, was verband diese Einsiedler, die sich Erleuchtete nannten, mit jenen kleinen Brüdern des armen Lebens, die durch Italien zogen und sich bemühten, wahre Buße zu tun, gehasst und verfolgt von den reichen Prälaten, deren Laster und Habsucht sie geißelten?

Aus Salvatores Erzählung, die sich in meinem Kopfe vermengte mit dem, was ich von früher wusste, traten diese Differenzierungen nicht hervor: alles schien allem zu gleichen. Einmal wirkte er fast wie einer jener verkrüppelten Bettler in der Touraine, die der Legende zufolge die Flucht ergriffen, als der wundertätige Leichnam des heiligen Martin nahte, weil sie fürchteten, der Heilige werde sie heilen und ihnen damit die Grundlage ihres Lebensunterhaltes entziehen, doch gnadenlos erbarmte Sankt Martin sich ihrer, indem er sie, bevor sie die Grenze erreichten, für ihre Niedertracht bestrafte durch Wiederherstellung ihrer Arbeitskraft. Ein andermal aber ging ein glückliches Strahlen über das wüste Gesicht Salvatores, als er mir erzählte, wie er eines Tages die Worte franziskanischer Wanderprediger vernommen, einfacher Minoriten, die gleich ihm auf den Straßen lebten, und wie er begriffen hatte, dass sein Landstreicherdasein nicht unbedingt als eine dumpfe Notwendigkeit erlitten, sondern auch als ein fröhlicher Ausdruck der Demut erlebt werden konnte – woraufhin er sich verschiedenen Sekten und Büßergruppen anschloss, deren Namen er mir verunstaltet nannte und deren Lehren er reichlich ungeschlacht definierte. Soviel ich verstand, hatte er wohl eine Zeitlang mit Patarenern und mit Waldensern gelebt, vielleicht auch mit Katharern, Arnoldisten und Humiliaten. Er war von Gruppe zu Gruppe gewechselt und hatte dabei gelernt, sein Vagantenleben mehr und mehr als eine Art Mission zu sehen und für den Herrn zu tun, was er zuvor für seinen Bauch getan.

Doch wie und bis wann? Wenn ich ihn richtig verstand, war er ungefähr drei Jahrzehnte vor unserem Gespräch, also kurz vor der Jahrhundertwende, in ein toskanisches Minoritenkloster gegangen und hatte die Kutte des heiligen Franz angelegt, ohne sich freilich ordinieren zu lassen. Dort, denke ich, hatte er wohl das bisschen Latein gelernt, das er sprach, vermischt mit den Idiomen sämtlicher Landstriche, die er durchzogen, und sämtlicher Weggefährten seines unsteten Daseins, von deutschen Landsknechten his zu dalmatinischen Bogomilen. Dort auch, so sagte er mir, hatte er sich dem Büßerleben geweiht (»Penitenziagite!« rief er mit leuchtenden Augen, und wieder hörte ich jene Formel, die meinen Meister so sehr hatte aufhorchen lassen). Doch wie es scheint, hatten auch die Minderen Brüder, bei denen er damals lebte, wirre Ideen im Kopf, denn eines Tages, erzürnt über den Kanonikus der benachbarten Kirche, den sie des Raubes und anderer Ruchlosigkeiten ziehen, überfielen sie seine Pfarrei, stürzten ihn heftig die Treppe hinunter, so dass der Sünder daran verstarb, und plünderten seine Kirche. Woraufhin der Bischof Bewaffnete schickte und die Brüder sich in alle Winde zerstreuten. Von neuem zog Salvatore lange durch Oberitalien, diesmal mit einer Bande von Fratizellen, die keinerlei Gesetz und Ordnung mehr anerkannten.

Danach verschlug es ihn in die Gegend von Toulouse, und dort geriet er in eine sonderbare Geschichte, die ihn, als er davon erfuhr, für die große Sache der heiligen Kreuzzüge entbrennen ließ. Eine Schar von Hirten und hungerndem Landvolk hatte sich eines Tages versammelt, um übers Meer zu ziehen und gegen die Feinde des Glaubens zu kämpfen. Man nannte sie *Pastoureaux* oder *Pastorelli*, die kleinen Hirten. In Wahrheit wollten sie einfach weg von ihrem verfluchten Land. Es gab zwei Anführer, einen exkommunizierten Priester und einen abtrünnigen Benediktinermönch, die jene schlichten Gemüter so sehr in Wallung gebracht hatten, dass sie ihnen blind wie eine Herde folgten und immer mehr Zulauf bekamen, sogar sechzehnjährige Knaben verließen in Scharen die Felder und schlossen sich ihnen an, ohne Geld, nur mit einem Schultersack und einem Stock, so dass es ein großer Haufe wurde. Bald achteten sie kein Recht und keine Vernunft mehr, sondern folgten nur noch ihrem Willen und ihrer eigenen Schwerkraft. Das Beisammensein in der Menge, endlich frei und mit einer vagen Hoffnung auf das Gelobte Land, machte sie regelrecht trunken. So zogen sie durch die Dörfer und Städte, nahmen sich überall, was sie fanden, und sobald einer von ihnen gefasst wurde, stürmten sie das Gefängnis und befreiten ihn wieder. Als sie in die Festung Paris eindrangen, wo einige ihrer Genossen eingesperrt worden waren, wollte der Stadtvogt sich ihnen entgegenstellen, doch sie schlugen ihn nieder, warfen ihn von den Zinnen der Festung und sprengten die Gefängnistore. Danach verschanzten sie sich auf der Wiese von Saint Germain, doch niemand wagte gegen sie vorzugehen, so dass sie ungehindert Paris verlassen konnten, um wieder nach Süden zu ziehen. Und auf ihrem Wege nach Aquitanien schlugen sie alle Juden tot, die sie zu fassen bekamen, und nahmen sich ihre Habe...

»Warum die Juden?« fragte ich Salvatore.

»Warum nicht?« erwiderte er und fügte erklärend hinzu, schließlich hätten die Leute ihr Leben lang von den Priestern gehört, dass die Juden die Feinde der Christenheit seien und dass sie außerdem jene Reichtümer aufhäuften, die ihnen, den armen Christen, verwehrt waren. Ich fragte ihn, ob es nicht eher wohl so gewesen sei, dass die Reichtümer von den adligen Herren und von den Bischöfen aufgehäuft wurden mit Hilfe der Zwangsabgabe des Zehnten und dass mithin die Pastorellen nicht ihre wahren Feinde bekämpften. Worauf Salvatore antwortete, wenn die wahren Feinde zu mächtig seien, müsse man sich eben schwächere Feinde suchen. Ja, dachte ich mir, das war es wohl, warum man die einfachen Leute einfach nannte. Denn nur die Mächtigen wissen immer genau, wer ihre wahren Feinde sind. Und da die adligen Herren nicht wollten, dass die Pastorellen sich ihrer Güter bemächtigten, war es ein großes Glück für sie, dass die Führer der Pastorellen ihre Leute auf die Idee gebracht hatten, es gebe große Reichtümer bei den Juden zu holen.

Ich fragte Salvatore, wer diesen einfachen Leuten die Idee in den Kopf gesetzt hatte, dass man die Juden umbringen müsse. Er wusste es nicht, und ich glaube, wenn sich so große Menschenhaufen zusammenrotten, die einem Versprechen folgen und sofort etwas haben wollen, weiß man nie genau, wer einen Gedanken zuerst aufgebracht hat. Freilich, die Führer der Pastorellen waren in Kloster- und Bischofsschulen erzogen worden und sprachen die Sprache der Herren, wenn auch übersetzt in Begriffe, die den einfachen Hirten und Bauern verständlich waren. Und diese Hirten und Bauern wussten nicht, wo der Papst residierte, aber sie wussten, wo die Juden zu finden waren... So stürmten sie eines Tages einen hohen und wohlbefestigten Turm des Königs von Frankreich, in den sich viele verschreckte Juden geflüchtet hatten. Die Juden auf und unter den Mauern wehrten sich tapfer und heldenmütig mit Balken und Steinen, doch die Pastorellen steckten das hölzerne Tor in Brand und quälten die Juden im Turm mit Feuer und Rauch. Als diese sahen, dass es für sie keine Rettung mehr gab, und da sie lieber von eigener Hand sterben wollten als von der Mörderhand eines Unbeschnittenen, baten sie einen der ihren, den Mutigsten, dass er sie alle töte mit seinem Schwert. Er willigte ein und tötete fast fünfhundert. Dann trat er mit den Kindern der Juden vors Tor und bat um die Taufe. Die Pastorellen aber sagten: »Du hast ein so großes Gemetzel unter deinen Leuten angerichtet und willst nun selber dem Tod entgehen?« Und rissen ihn in Stücke, verschonten jedoch die Kinder, um sie zu taufen. Anschließend zogen sie sengend und mordend weiter nach Carcassonne. Da aber wurde es endlich dem König von Frankreich zuviel, und er befahl, man solle ihnen Widerstand leisten in jeder Stadt, in die sie kämen, ja man solle sogar die Juden verteidigen, als wären sie Leute des Königs...

Warum war der König auf einmal so sehr um die Juden besorgt? Vielleicht weil er sich klarzumachen begann, was die wachsende Horde der Pastorellen seinem Reich hätte antun können? Jedenfalls empfand er nun Mitleid mit den Juden, sei's weil sie nützlich waren für den Handel des Reiches, sei's weil es jetzt galt, die Pastorellen zu vernichten, und darum musste er allen guten Christen einen Grund geben, die Verbrechen der Horde zu beklagen. Doch viele Christen gehorchten dem König nicht, da sie es nicht richtig fanden, die Juden zu verteidigen, die seit jeher die Feinde des christlichen Glaubens gewesen seien. Außerdem waren die Leute in vielen Städten froh, dass die Juden, denen sie Wucherzinsen hatten bezahlen müssen, nun von den Pastorellen für ihren Geiz und Reichtum bestraft wurden. Schließlich verbot der König bei Strafe des Todes, den Pastorellen in irgendeiner Weise behilflich zu sein. Er stellte ein großes Heer auf und griff sie an, und viele von ihnen wurden getötet, andere entkamen in die Wälder, wo sie elendiglich zugrunde gingen. Im Handumdrehen war die ganze Horde vernichtet. Der Beauftragte des Königs fing die Überlebenden ein und knüpfte sie an den höchsten Bäumen auf, zwanzig bis dreißig auf einmal, damit der Anblick ihrer Leichen als ewige Mahnung und abschreckendes Beispiel diene, so dass es fortan niemand mehr wage, den Frieden des Reiches zu stören.

Einzigartig an dieser Geschichte war indessen, dass Salvatore sie mir erzählte, als habe es sich um eine fromme und gottesfürchtige Unternehmung gehandelt. Tatsächlich war er immer noch fest davon überzeugt, dass die Horde der Pastorellen durchs Land gezogen sei, um das Heilige Grab aus den Händen der Ungläubigen zu befreien, und ich konnte ihm nicht begreiflich machen, dass diese schönste aller Befreiungen längst vollbracht worden war, zu Zeiten Peters des Eremiten und zu Zeiten des heiligen Bernhard und zuletzt unter der Herrschaft Ludwigs des Heiligen von Frankreich. Doch trotz seiner großen Begeisterung für diese Sache ging Salvatore damals nicht zu den Ungläubigen, da er Frankreich so rasch wie möglich verlassen musste. Er kehrte zurück nach Oberitalien, hielt sich, wie er mir sagte, eine Zeitlang im Novaresischen auf (doch über das, was ihm dort widerfuhr, sprach er nur sehr vage) und erreichte schließlich Casale, wo er sich in das Minoritenkonvent aufnehmen ließ (dort war er dann wohl seinem späteren Gönner Remigius begegnet). Das war genau zu der Zeit, als zahlreiche Minoriten, verfolgt vom Papst, die Kutte wechselten und in den Klöstern anderer Orden Zuflucht suchten, um nicht als Ketzer verbrannt zu werden – genau wie es auch Ubertin erzählt hatte. Dank seiner Geschicklichkeit in vielerlei Handarbeiten (die er zu unfrommen Zwecken ausgeübt hatte, solange er frei vagabundierte, und zu frommen Zwecken, seit er aus Liebe zu Christus vagabundierte) wurde der Mönch Salvatore bald als Gehilfe des Cellerars angestellt. Und in eben dieser Eigenschaft lebte er nun schon seit langen Jahren hier oben in dieser Abtei, wenig am Schicksal des Ordens interessiert, doch umso mehr an der Verwaltung des Kellers und seiner Vorräte, endlich frei, nach Herzenslust essen zu können, ohne rauben zu müssen, und den Herrn zu loben, ohne verbrannt zu werden.

Dies war die Geschichte, die ich zwischen einem Bissen und dem nächsten von ihm erfuhr, und ich fragte mich, wieviel er davon erfunden und was er mir dabei verschwiegen hatte.

Nachdenklich und voller Neugier sah ich ihn an, nicht so sehr wegen der Einzigartigkeit seiner Erfahrungen als vielmehr, weil mir sein wechselvolles Lebensschicksal auf exemplarische Weise all die vielen Ereignisse und Bewegungen widerzuspiegeln schien, die das Italien jener Jahre so faszinierend wie unverständlich machten.

Was ergab sich aus dieser wilden Lebensgeschichte? Das Bild eines Menschen, der schreckliche Dinge gesehen und schreckliche Dinge getan hatte, der wohl auch fähig war, einen Mitmenschen umzubringen, ohne sich des Verbrecherischen seines Tuns innezuwerden. Doch obwohl mir damals noch jede Verletzung der Zehn Gebote gleichermaßen verwerflich erschien, begann ich doch schon ein wenig zu differenzieren und begriff, dass das Massaker, das eine erregte Menschenmenge anrichten kann, wenn sie von ekstatischer Verzückung gepackt wird und die Gesetze der Hölle mit denen des Himmels verwechselt, etwas anderes ist als das individuelle Verbrechen, das einer kaltblütig, heimtückisch und verschwiegen begeht. Und es schien mir unwahrscheinlich, dass Salvatore sich mit einem solchen Verbrechen befleckt haben könnte.

Andererseits gingen mir jene vagen Andeutungen durch den Kopf, die der Abt am Vortag gemacht hatte, und ich musste immerfort an jenen mysteriösen Fra Dolcino denken, über den ich zwar so gut wie nichts wusste, dessen Schatten aber auf vielen Gesprächen zu liegen schien, die ich in diesen Tagen vernommen.

So fragte ich Salvatore unvermittelt: »Hast du auf deinen Reisen niemals Bekanntschaft mit Fra Dolcino gemacht?«

Seine Reaktion war bemerkenswert. Er riss die Augen weit auf, so weit ihm das überhaupt möglich war, bekreuzigte sich mehrmals rasch hintereinander und murmelte ein paar hastige Worte in einer Sprache, die ich nun wirklich nicht mehr verstand. Es schienen mir allerdings verneinende Worte zu sein. Bisher hatte er mich mit Sympathie und Vertrauen betrachtet, ja sogar mit einer gewissen Freundschaftlichkeit. In diesem Moment sah er mich wütend und beinahe hasserfüllt an. Dann eilte er unter einem nichtigen Vorwand davon.

Jetzt gab es für mich kein Halten mehr. Wer war dieser Fra Dolcino, dessen bloßer Name hier allen so großen Schrecken einjagte? Ich *musste* es endlich wissen, allzusehr plagte mich meine Neugier. Eine Idee schoss mir durch den Kopf: Ubertin! Er hatte den Namen selber erwähnt, als wir ihn am ersten Tag trafen, er wusste alles über die klaren und weniger klaren Geschichten der Fratres und Fratizellen und anderen unruhigen Geister jener Jahre, *er* musste es mir erzählen! Wo mochte ich ihn zu dieser Tageszeit finden? Gewiss in der Kirche, tief im Gebet versunken. Dorthin begab ich mich also, da ich gerade nichts anderes zu tun hatte.

Ich fand ihn nicht, ich konnte ihn auch den ganzen Tag lang nicht finden. So blieb ich weiter das Opfer meiner unbefriedigten Neugier, während andere Dinge geschahen, von denen ich nun berichten muss.

Dritter Tag

Nona

Worin William zu Adson über den großen Strom der Ketzerei spricht, die Funktion der Laien in der Kirche erläutert, seine Zweifel an der Erkennbarkeit der allgemeinen Gesetze äußert und schließlich ganz nebenbei erzählt, dass er die negromantischen Zeichen des toten Venantius entziffert hat.

Ich fand William bei Meister Nicolas in der Werkstatt, beide waren eifrig in ihre Arbeit vertieft. Sie hatten zahlreiche Glasscherben auf dem Tisch ausgebreitet, winzige bunte Scheiben, wie man sie wohl für die Fugen und Ecken eines farbigen Fensters braucht, und hatten schon eine ganze Reihe davon mit entsprechenden Instrumenten auf die gewünschte Linsenform reduziert. William saß am Tisch und prüfte die Stücke, indem er sich eins nach dem anderen vor die Augen hielt, Nicolas gab unterdessen einigen Handwerkern Instruktionen über die Herstellung der metallenen Gabel, an der die richtigen Linsen später befestigt werden sollten.

William schimpfte ärgerlich vor sich hin, weil die Linse, die ihm bisher am besten gefiel, smaragdfarben getönt war; er wolle, so knurrte er, die Pergamente nicht grünlich sehen, als wären sie Wiesen. Nicolas entschwand in den Nebenraum, um die Handwerker zu überwachen, und während mein Meister weiter mit seinen Scheiben hantierte, erzählte ich ihm von meinem Gespräch mit Salvatore.

»Der Mann hat ja allerhand mitgemacht in seinem Leben«, kommentierte William meinen Bericht. »Vielleicht war er tatsächlich auch eine Zeitlang bei den Dolcinianern... Diese Abtei ist wahrhaftig ein Mikrokosmos. Wenn morgen auch noch die Legaten des Papstes kommen, sind wir wirklich komplett.«

»Meister«, sagte ich zögernd, »mir schwirrt der Kopf, ich finde mich nicht mehr zurecht.«

»Inwiefern, lieber Adson?«

»Vor allem in Hinblick auf die Unterschiede zwischen den Ketzergruppen. Aber danach möchte ich Euch erst später fragen. Im Augenblick macht mir die Problematik der Unterscheidung als solche zu schaffen. Als Ihr neulich mit Ubertin spracht, schien mir, als wolltet Ihr ihm beweisen, dass Ketzer und Heilige letztlich allesamt gleich wären. Als Ihr dann mit dem Abt diskutiertet, wart Ihr bemüht, ihm die Unterschiede nicht nur zwischen Ketzern und Rechtgläubigen klarzumachen, sondern auch zwischen Ketzern und Ketzern. Mit anderen Worten, dem einen werft Ihr vor, dass er als verschieden ansieht, was im Grunde gleich ist, und dem anderen, dass er als gleich erachtet, was grundverschieden ist.«

William legte seine Gläser für einen Augenblick auf den Tisch und sah mich an. »Mein lieber Adson«, begann er sodann, »versuchen wir, einige *distinctiones* zu setzen, und tun wir es ruhig zunächst in den Termini der Pariser Schule. Also, wie man dort zu sagen pflegt: Alle Menschen haben ein und dieselbe *forma substantialis*. Stimmst du mir zu?«

»Gewiss«, bejahte ich, nicht ohne Stolz auf meine Bildung. »Der Mensch ist ein Tier, aber ein vernunftbegabtes, ein *animal rationale*, und sein besonderes Merkmal ist, dass er zu lachen vermag.«

»Richtig. Aber Thomas ist anders als Bonaventura, Thomas ist massig und Bonaventura ist mager, und es kann sogar vorkommen, dass Uguccione schlecht ist, während Franziskus gut ist, und Aldemarus verhält sich phlegmatisch, während Agilulf leicht aus der Haut fährt. Habe ich recht?«

»Ohne Zweifel.«

»Mithin gibt es zwischen verschiedenen Menschen Identität im Hinblick auf ihre *forma substantialis* oder Wesensform und Differenz im Hinblick auf ihre vielfältigen *accidentia* oder äußerlichen Erscheinungsformen.«

»Keine Frage.«

»Wenn ich also zu Ubertin sage, dass ein und dieselbe Natur des Menschen, bei aller Komplexität seiner Handlungen, sowohl die Liebe zum Guten als auch die Liebe zum Bösen bestimmt, so versuche ich ihn von der Identität des menschlichen Wesens zu überzeugen. Wenn ich dann zu dem Abt sage, dass ein Unterschied zwischen Katharern und Waldensern besteht, so insistiere ich auf der Vielfalt ihrer Akzidentien. Und das muss ich tun, denn es kommt vor, dass ein Waldenser verbrannt wird, weil man ihm die Akzidentien der Katharer zuschreibt, oder umgekehrt. Und wenn man einen Menschen verbrennt, verbrennt man seine individuelle Substanz und löscht damit ein konkretes Dasein aus, das heißt eine reale Existenz, die als solche gut war, jedenfalls in den Augen Gottes, der sie geschaffen und am Leben erhalten hatte. Scheint dir das ein guter Grund, auf den Unterschieden zu insistieren?«

»Ja, Meister, sicherlich«, antwortete ich begeistert. »Und nun verstehe ich auch, warum Ihr so redet, und bewundere Eure treffliche Philosophie.«

»Es ist nicht die meine«, sagte William bescheiden, »und ich weiß auch nicht, ob sie wirklich zutrifft. Aber das Entscheidende ist, dass du verstanden hast. Nun zu deiner zweiten Frage.«

»Ach, Meister«, seufzte ich, »mir scheint, ich bin nur ein tumber Tor. Es gelingt mir nicht, die akzidentalen Unterschiede zwischen den zahllosen Gruppen und Kategorien von Ketzern herauszufinden, heißen sie nun Waldenser, Katharer, Albigenser, Humiliaten, Beginen, Begharden, Lollarden, Lombarden, Joachimiten, Patarener, Apostoliker, lombardische Pauperes, Arnoldisten, Wilhelmiten, Anhänger der Bewegung des Freien Geistes oder Luziferianer und so weiter. Was soll ich nur tun?«

»Ach, mein armer Adson«, lachte William und klopfte mir freundschaftlich auf die Schulter, »du hast vielleicht gar nicht so unrecht. Sieh mal, man könnte sagen: In den letzten beiden Jahrhunderten, oder auch schon länger, wird diese unsere Welt immer wieder durchweht von Böen des Aufruhrs, der Hoffnung und zugleich der Verzweiflung... Oder nein, das ist keine gute Allegorie. Denk lieber an einen großen Fluss, einen mächtigen Strom, der über weite Strecken zwischen festen Dämmen einherfließt, so dass man genau weiß, wo der Fluss ist, wo der Damm und wo das feste Land. An einem bestimmten Punkt aber tritt der Strom über seine Ufer – aus Trägheit vielleicht, weil er schon zu lange und durch zu viele Länder geflossen ist, weil er sich dem Meer nähert, das alle Flüsse und Ströme in sich aufnimmt – und weiß selbst nicht mehr recht, wo sein wahres Bett ist. Er wird zu seinem eigenen Delta. Vielleicht bleibt noch ein Hauptarm bestehen, aber viele Seitenarme verzweigen sich in alle Richtungen, einige fließen auch wieder zusammen, und du kannst nicht mehr unterscheiden, was Ursache ist und was Wirkung, manchmal weißt du nicht einmal mehr, was noch Strom ist und was bereits Meer...«

»Wenn ich Eure Allegorie richtig verstehe, meint Ihr mit dem Strom die Stadt Gottes oder das Reich der Gerechten, das sich dem Jahrtausend nähert und sich in dieser Ungewissheit nicht mehr zu halten vermag, so dass falsche und echte Propheten aufkommen und alles sich zügellos in die Große Ebene ergießt, wo das Armageddon stattfindet...«

»Das habe ich nicht unbedingt gemeint. Gewiss hat sich gerade bei uns Franziskanern stets die Idee des Dritten Weltzeitalters und des Anbruchs des Regnum Spiritus Sancti lebendig gehalten. Aber ich wollte dir eher begreiflich machen, wie der Leib der Kirche, der jahrhundertelang identisch war mit dem Leib der ganzen Gesellschaft, mit dem Populus Dei, allmählich zu füllig geworden ist, zu dick und zu schwer, da er die Schlacken all jener vielen Länder und Gegenden mit sich schleppt, durch die er gezogen ist, und infolgedessen seine ursprüngliche Reinheit verloren hat. Die vielen Arme des Deltas sind, wenn du so willst, ebensoviele Versuche des Stromes, sich möglichst rasch ins Meer zu ergießen, das heißt dem Ort und Zeitpunkt seiner großen Reinigung entgegen. Aber auch diese Allegorie ist unzureichend, sie sollte dir lediglich klarmachen, wie die Arten und Ausuferungen der Ketzerei und der diversen Reformbewegungen sich vervielfachen und ineinanderfließen, wenn der Strom die Dämme durchbricht. Du kannst mein dürftiges Bild auch um das einer Gruppe von Männern bereichern, die nach Kräften bemüht sind, die Dämme zu reparieren, aber meistens vergeblich. Einige Seitenarme des Deltas versickern auch wieder oder können zugeschüttet werden, andere werden durch rasch ausgehobene Kanäle in den Hauptarm zurückgeleitet, wieder andere lässt man frei dahinfließen, schließlich kann man nicht alles eindämmen, und es ist gut für den Strom, einen Teil seines Wassers zu verlieren, wenn er seine Grundrichtung beibehalten, wenn er einen erkennbaren Verlauf haben will.«

»Ich verstehe immer weniger.«

»Zugegeben, ich bin wohl nicht sehr begabt im Erfinden von Allegorien. Vergiss die Geschichte vom Strom. Versuche lieber zu verstehen, dass viele der Bewegungen, deren Namen du aufgezählt hast, vor mindestens zweihundert Jahren entstanden sind und heute kaum noch existieren, andere dagegen sind noch recht jung...«

»Aber wenn man von Ketzern spricht, meint man sie immer alle gemeinsam.«

»Ja, aber das ist eine der Arten, wie die Ketzerei sich verbreitet, und es ist zugleich eine der Arten, wie sie zerstört wird.«

»Ich verstehe schon wieder nicht.«

»Mein Gott, ist das schwer zu erklären! Also gut, fangen wir noch einmal neu an. Stell dir vor, du wärst ein Reformator, ein Erneuerer der Lebensformen. Du versammelst ein paar Getreue, um mit ihnen auf dem Gipfel eines Berges in Armut zu leben. Es dauert nicht lange, und viele Menschen strömen herbei, auch von weit her, um dich als einen Propheten oder neuen Apostel zu verehren und dir nachzufolgen. Kommen sie wirklich nur deinetwegen, aufgrund deiner Predigt?«

»Ich weiß nicht, ich hoffe doch. Warum sonst?«

»Vielleicht weil sie von ihren Eltern Geschichten über andere Reformatoren gehört haben und Legenden über mehr oder minder vollkommene Bruderschaften, und nun meinen sie, diese sei jene und jene sei diese.«

»Demnach erbt also jede neue Bewegung die Kinder der älteren?«

»Sicher, denn ihren größten Zulauf erhält sie immer von Laien, einfachen Leuten, die von den Feinheiten der theologischen Lehre nichts verstehen. Gleichwohl entstehen solche Reformbewegungen an verschiedenen Orten, auf verschiedene Weise und mit sehr unterschiedlichen Lehren. Zum Beispiel werden die Katharer häufig mit den Waldensern verwechselt, obwohl ein großer Unterschied zwischen ihnen besteht. Die Waldenser predigten eine Erneuerung der Lebensweise *innerhalb* der bestehenden Kirche, die Katharer predigten eine *andere* Kirche, eine andere Anschauung Gottes und der Moral. Sie meinten, die Welt zerfalle in zwei streng geschiedene und einander hart entgegengesetzte Teile, hier die Kräfte des Guten, dort die Kräfte des Bösen; sie hatten eine eigene Kirche gegründet, in der die kleine Führungsschicht der Perfecti sich scharf von den einfachen Gläubigen abgrenzte; sie hatten eigene Sakramente und eigene Riten und eine sehr starre Hierarchie, fast so starr wie die unserer heiligen Mutter Kirche, und sie dachten gar nicht daran, jedwede Form von Macht zu zerschlagen – was übrigens erklärt, weshalb unter anderem große Herren, Grundbesitzer und reiche Adlige zu ihnen stießen. Auch dachten die Katharer gar nicht daran, die Welt zu verändern, da ihnen der Gegensatz zwischen gut und böse als schlechthin unüberwindlich erschien. Die Waldenser dagegen (und mit ihnen die Arnoldisten oder lombardischen Pauperes) wollten eine andere Welt errichten auf einem Ideal der Armut, weshalb sie die Elenden und Entrechteten in ihre Reihen aufnahmen und gemeinschaftlich von ihrer Hände Arbeit lebten. Die Katharer lehnten die Sakramente der römischen Kirche ab, die Waldenser nicht, sie verwarfen lediglich die Ohrenbeichte.«

»Aber warum werden dann die beiden Bewegungen stets in einem Atemzug genannt, warum spricht man von ihnen immer, als wären sie beide ein und dasselbe schlimme Unkraut?«

»Ich sagte doch: Was sie mit Leben erfüllt, das bringt ihnen auch den Tod. Sie erhalten Zulauf von einfachen Leuten, die durch andere Bewegungen aufgerüttelt worden sind und nun meinen, es handle sich um das gleiche Motiv der Revolte und der Hoffnung. Außerdem werden sie von den Inquisitoren zerschlagen, die den einen die Fehler der anderen zuschreiben. Wenn die Sektierer einer bestimmten Bewegung irgendwo ein Verbrechen begangen haben, wird dieses Verbrechen sofort den Sektierern aller Bewegungen zugeschrieben. Nach der Vernunft sind die Inquisitoren im Unrecht, da sie entgegengesetzte Doktrinen in einen Topf werfen, aber nach dem Unrecht der anderen sind sie im Recht, denn sobald irgendwo zum Beispiel eine Bewegung von Arnoldisten aufkommt, strömen ihr auch diejenigen zu, die vielleicht anderswo Katharer oder Waldenser geworden wären (oder gewesen waren). Die Apostler des Fra Dolcino predigten die physische Vernichtung der Kleriker und der weltlichen Herren, und sie begingen viele Gewalttaten. Die Waldenser waren seit jeher Gegner der Gewalt, ebenso die Fratizellen. Gleichwohl bin ich überzeugt, dass in Fra Dolcinos Bande viele mitliefen, die vorher den Fratizellen oder der waldensischen Predigt gefolgt waren. Die einfachen Leute, lieber Adson, können sich ihre Häresie nicht aussuchen, sie halten sich immer an den, der gerade in ihrer Gegend predigt, der durch ihr Dorf kommt oder auf ihren Plätzen spricht. Und genau das machen sich die Feinde der Ketzer und Reformatoren zunutze. Den erschrockenen Leuten von der Kanzel herab ein einziges, undifferenziertes Ketzertum vor Augen zu führen, das womöglich im gleichen Zuge sowohl die Absage an die geschlechtliche Lust als auch die fleischliche Kommunion der Leiber propagiert, ist heutzutage gute Predigerkunst. Denn sie präsentiert die Vielfalt der Häresien als ein einziges großes Knäuel teuflischer Widersprüche, das den gesunden Menschenverstand beleidigt.«

»Also gibt es keinerlei Wechselbeziehung zwischen den einzelnen Ketzergruppen, und es beruht auf teuflischem Blendwerk der Hölle, wenn ein armer Tropf, der vielleicht gern ein Joachimit oder ein Spiritualer geworden wäre, statt dessen den Katharern in die Hände fällt?«

»Nein, lieber Adson, so ist es nun auch wieder nicht. Fangen wir nochmal von vorn an – und bitte glaube mir, was ich dir hier zu erklären versuche, ist mir, so fürchte ich jedenfalls, selber nicht völlig klar. Meines Erachtens liegt der entscheidende Irrtum darin, dass man meint, erst käme die Ketzerei und dann das Laienvolk, das sich ihr hingibt (und sich in ihr verliert). In Wahrheit kommt erst die Lage des einfachen Volkes und dann die Ketzerei.«

»Wie soll ich das verstehen?«

»Nun, du kennst doch die gängige Vorstellung von der Konstitution des Christenvolkes. Eine große Herde, bestehend aus, weißen und schwarzen Schafen, zusammengehalten von scharfen Hunden, das heißt von den Kriegern oder der weltlichen Macht, vom Kaiser und seinen Fürsten, das Ganze geführt von sorgsamen Hirten, das heißt von den Klerikern, den Interpreten der Worte Gottes. Das Bild ist klar.«

»Aber es stimmt nicht: Die Hirten liegen im Kampf mit den Hunden, weil jeder die Rechte des anderen für sich beansprucht.«

»Richtig. Und genau das ist es, was die Natur der Herde vernebelt. Die Hirten und Hunde, vollauf damit beschäftigt, sich gegenseitig zu zerfleischen, kümmern sich nicht mehr um die Herde. Ein Teil von ihr bleibt draußen.«

»Wo draußen?«

»An den Rändern – Bauern, die keine Bauern mehr sind, weil sie kein Land haben oder weil ihr Land sie nicht mehr ernährt, Bürger, die keine Bürger mehr sind, weil sie zu keiner Zunft oder Innung gehören, kleines Volk, leichte Beute für jedermann. Bist du auf deinen Reisen niemals den Aussätzigen begegnet?«

»Doch, einmal sah ich eine ganze Schar, es waren mindestens hundert. Entstellte Körper, das Fleisch zerfallen und gänzlich farblos, auf Krücken gestützt, die Lider geschwollen, die Augen blutunterlaufen. Sie sprachen nicht, sie schrien auch nicht, sie fiepsten wie Mäuse...«

»Sie sind für das Volk der Christen die anderen, die an den Rändern der Herde leben. Die Herde hasst sie, und sie hassen die Herde. Sie wünschen ihr den Tod, sie wollen die ganze Herde mit ihrem Aussatz anstecken.«

»Ja, ich entsinne mich einer Geschichte von König Marke, der die schöne Isolde verurteilen musste. Er wollte sie gerade dem Scheiterhaufen überantworten, da kamen die Aussätzigen und sagten zu ihm, der Scheiterhaufen sei eine geringe Strafe, es gebe noch eine viel schlimmere. Und sie riefen: Gib uns Isolde, auf dass sie uns allen gehöre, das Böse entzündet unsere Begierden, überantworte sie deinen Aussätzigen! Siehe, unsere Lumpen kleben an unseren eitrigen Wunden, und die da an deiner Seite sich schmückt mit kostbaren Stoffen, pelzgefüttert, und edlem Geschmeide, wenn sie erst den Hof der Aussätzigen erblickt, wenn sie einziehen muss in unsere elenden Hütten und sich zwischen uns betten muss, dann wird sie ihre Sünde richtig erkennen und diesem schönen Reisigfeuer eines Tages noch nachtrauern!«

»Du hast ja eine kuriose Lektüre für einen Novizen des heiligen Benedikt«, spottete William, und ich errötete, denn natürlich wusste ich sehr genau, dass ein Novize keine Liebesromane lesen sollte, doch sie zirkulierten unter uns Jungen im Kloster von Melk, und wir lasen sie heimlich nachts bei Kerzenschein. »Aber lassen wir das«, fuhr William fort, »wichtig ist, dass du verstanden hast, was ich sagen wollte. Die ausgeschlossenen Leprakranken würden am liebsten alle anderen mit in ihr Verderben ziehen. Und je mehr du sie ausschließt, desto schlimmer werden sie, und je mehr du sie dir als eine Schar von Lemuren vorstellst, die immerfort auf dein Verderben sinnen, desto gründlicher werden sie ausgeschlossen. Der heilige Franz hatte das begriffen, und so war seine erste Entscheidung, unter den Aussätzigen zu leben. Denn man kann das Gottesvolk nicht verändern, wenn man die Ausgeschlossenen nicht wieder integriert.«

»Aber Ihr habt doch von anderen Ausgeschlossenen gesprochen. Nicht die Aussätzigen sind es, aus denen die Ketzergruppen sich rekrutieren.«

»Die Herde ist wie eine Reihe konzentrischer Kreise, von den inneren Zirkeln über die nahe Peripherie bis zu den fernsten Außenringen. Die Aussätzigen sind das Symbol für den Ausschluss im allgemeinen. Das hatte der heilige Franz begriffen. Er wollte nicht nur den Opfern der Lepra helfen, sein Handeln wäre sonst nur ein recht kümmerlicher und jedenfalls ohnmächtiger Akt der Mildtätigkeit gewesen. Nein, er wollte ein Zeichen setzen, das mehr bedeutete. Kennst du die Geschichte von seiner Predigt zu den Vögeln?«

»Ja, man hat mir diese wunderschöne Geschichte erzählt, und ich habe den Heiligen sehr bewundert, wie er da saß inmitten der allerliebsten Geschöpfe Gottes.«

»Nun, dann hat man dir wohl eine falsche Geschichte erzählt, beziehungsweise die fromme Legende, die sich der Orden heute zurechtmacht. Als Franziskus zum Volk der Stadt und zu ihren Ratsherren sprach und sah, dass diese ihn nicht verstanden, ging er hinaus auf den Friedhof und predigte zu den Krähen und Elstern und Sperbern: zu Raubvögeln, die sich vom Aas ernähren.«

»Wie entsetzlich!« rief ich erschrocken. »Dann waren es also keine lieblichen Singvögel?«

»Es waren Raubvögel, Ausgeschlossene wie die Leprakranken. Franziskus dachte dabei gewiss an jenen Vers aus der Apokalypse, der da heißt: ›Und ich sah einen Engel in der Sonne stehn, und er schrie mit großer Stimme und sprach zu allen Vögeln, die unter dem Himmel fliegen: Kommt und versammelt euch zu dem Abendmahl des großen Gottes, dass ihr esset das Fleisch der Könige und Hauptleute und das Fleisch der Starken und der Pferde und derer, die darauf sitzen, und das Fleisch aller Freien und Knechte, der Kleinen und der Großen!«

»Also wollte Franziskus die Ausgeschlossenen zur Rebellion aufrufen?«

»Nein, das taten höchstens Fra Dolcino und die Seinen. Franziskus wollte die zur Rebellion bereiten Ausgeschlossenen dazu bewegen, sich in das Volk Gottes wieder eingliedern zu lassen. Um die zerstreute Herde wieder zu sammeln, mussten zuerst die verlorenen Schafe wiedergefunden werden. Leider war ihm kein Erfolg beschieden, und das sage ich hier mit großer Bitterkeit. Um die Ausgeschlossenen zu integrieren, musste Franziskus im Innern der Kirche handeln; um im Innern der Kirche zu handeln, musste er dafür sorgen, dass seine Regel anerkannt wurde, aus der ein Orden hervorgehen sollte – und ein Orden, wie er dann aus ihr hervorging, musste zwangsläufig wieder das Bild eines Kreises bieten, an dessen Rändern die Ausgeschlossenen leben... Begreifst du nun, warum sich später die Banden der Fratizellen und Joachimiten gebildet haben, die gleichfalls wieder die Ausgeschlossenen um sich versammeln?«

»Ja, aber wir sprachen doch nicht vom heiligen Franz, sondern von der Frage, inwiefern die Ketzerei durch das Laienvolk und die Ausgeschlossenen hervorgebracht worden ist.«

»Richtig, wir sprachen von den verstoßenen Schafen. Jahrhundertelang, während Papst und Kaiser einander in ihren Machtdiatriben befehdeten, hatten sie an den Rändern der Herde gelebt – sie, die wahren Aussätzigen, für welche die Lepra nur das Zeichen ist, das Gott uns gesetzt hat, damit wir dieses treffliche Gleichnis verstehen und endlich begreifen, dass ›Aussätzige‹ nichts anderes heißt als: Ausgeschlossene, Entrechtete, Niedergehaltene, Entwurzelte und Getretene, das ganze ins Elend gestürzte oder im Elend gehaltene Volk auf dem Lande und in den Städten. Aber wir haben das Gleichnis nicht verstanden, das Geheimnis der Lepra hat uns weiterhin immer nur Angst gemacht, weil wir seine Zeichennatur nicht erkannten. So waren die Ausgestoßenen schließlich bereit, jeder Predigt zu folgen (und das hieß: sie hervorzubringen), die unter Berufung auf das Wort Gottes *de facto* das Verhalten der Hirten und Hunde anprangerte und versprach, dass eines Tages die Strafe dafür kommen werde. Und das verstehen die Mächtigen immer. Sie wussten sofort: eine Reintegration der Ausgeschlossenen würde unvermeidlich zu einer Schmälerung ihrer Privilegien führen, und darum mussten die Ausgeschlossenen, die sich ihres Ausgeschlossenseins innezuwerden begannen, als Ketzer verbrannt werden – gleichgültig, welcher häretischen Lehre sie folgten. Auch den Ausgeschlossenen ging es, verblendet durch ihren Ausschluss, in Wahrheit nicht um irgendeine Lehre. Zu glauben, jemand sei wirklich an ihrer Lehre interessiert, ist die Illusion aller Häresien. Jeder ist ketzerisch, jeder ist rechtgläubig, nicht um den Glauben geht es, den eine Bewegung anbietet, sondern allein um die Hoffnung, die sie weckt. Jede häretische Lehre ist stets nur das Banner, die Kampfparole einer Revolte gegen realen Ausschluss. Kratz an der Häresie, und du findest den

Aussätzigen. Jeder Kampf gegen die Häresie will in Wahrheit nur eines: dass die Aussätzigen bleiben, was sie sind. Was willst du da von den Aussätzigen verlangen? Dass sie feine Unterscheidungen treffen zwischen wahren und falschen Elementen im Dogma von der Dreifaltigkeit oder in den Definitionen der Eucharistie? Ach, Adson, dergleichen sind schöne Spielchen für uns Theologen. Das einfache Volk hat andere Probleme. Und merke: Es löst sie immer falsch. Darum bringt es die Ketzer hervor.«

»Aber warum werden die Ketzer dann von manchen Herren ermuntert?«

»Weil sie manchen Herren ganz gut in den Kram passen – als Spielsteine in einem Spiel, bei dem es meist nicht um Fragen des Glaubens geht, sondern um Fragen der Macht.«

»Ist das der Grund, warum die römische Kirche ihre Gegner stets als Ketzer bezichtigt?«

»Ja, und aus demselben Grund anerkennt sie als rechtgläubig die Ketzerei, die sie unter ihre Kontrolle zu bringen vermag, oder die sie akzeptieren muss, weil sie zu stark geworden ist und es nicht ratsam wäre, sie als Gegner zu haben. Natürlich gibt es dafür keine feste Regel, es kommt immer auf die Menschen und auf die Umstände an. Genauso verhalten sich auch die weltlichen Herren. Vor fünfzig Jahren erließ die Gemeinde von Padua eine Verordnung, in der als Strafe für Mord an einem Geistlichen die Zahlung eines relativ hohen Bußgeldes festgesetzt wurde...«

»Das ist doch keine Strafe für Mord!«

»Genau. Es war eine indirekte Ermunterung der Wut des Volkes auf den Klerus, denn die Gemeinde lag damals im Streit mit dem Bischof. Nun verstehst du auch, warum die Gläubigen zu Cremona vor einigen Jahren den Katharern Unterstützung gewährten: nicht aus Glaubensgründen, sondern um der Kirche in Rom einen Denkzettel zu verpassen. Manchmal ermuntern die Ratsherren einer Stadt auch die Ketzer, das Evangelium in die Volkssprache zu übersetzen, denn die Volkssprache ist heutzutage die Sprache der Städte, Latein ist nur noch die Sprache Roms und der Klöster. Oder sie ermuntern die Waldenser zu behaupten, alle Menschen,

Männer und Frauen, Große und Kleine, seien gleichermaßen imstande zu lehren und zu predigen, und wenn ein Handwerksbursche zehn Tage lang unterwiesen worden sei, könne er sich einen anderen suchen, um dessen Lehrer zu werden...«

»Womit sie den Unterschied auslöschen, der die Kleriker unersetzlich macht! Aber wie kommt es dann, dass auch die städtischen Magistrate manchmal gegen die Ketzer vorgehen und dass sie der Kirche helfen, sie auf den Scheiterhaufen zu bringen?«

»Weil sie merken, dass ein weiteres Umsichgreifen der Ketzerei auch die Privilegien der Laien, die in der Volkssprache reden, antasten würde. Auf dem Laterankonzil im Jahre 1179 (du siehst, diese Geschichten reichen bald zweihundert Jahre zurück) warnte bereits Walter Map vor den Folgen einer zu großen Nachsicht gegenüber den Jüngern des Wanderpredigers Waldes, den ersten Waldensern, die er Idioten und Illiteraten nannte. Er sagte, wenn ich mich recht entsinne, sie hätten keine feste Bleibe, sie liefen barfuß herum ohne jede Habe, alles gemeinschaftlich teilend, als nackte Jünger dem nackten Christus folgend; noch sei ihre Zahl zwar verschwindend gering und ihr Auftreten äußerst bescheiden, weil sie Ausgeschlossene seien, doch wenn man ihnen zuviel Raum lasse, würden sie eines Tages alle verjagen. Deswegen haben die Städte dann später auch häufig die Bettelorden begünstigt und insbesondere uns Franziskaner, denn wir erlaubten ihnen den Aufbau einer harmonischen Wechselbeziehung zwischen dem Bedürfnis nach Buße und dem städtischen Leben, zwischen der Kirche und den Bürgern, die an ihren Märkten interessiert sind...«

»Und ist es damals gelungen, die Liebe zu Gott mit der Liebe zum Handel in Einklang zu bringen?«

»Nein, die spirituellen Reformbewegungen rannten sich fest und wurden in die festen Bahnen eines vom Papst anerkannten Ordens kanalisiert. Doch was darunter brodelte, wurde nicht kanalisiert. Es mündete einerseits in die Flagellantenbewegung, die niemandem etwas zuleide tut, andererseits in die Gründung bewaffneter Banden wie jener des Fra

Dolcino oder auch in die Gründung geheimbündlerischer Sekten mit magischen Ritualen wie denen der Brüder von Montefalco, von denen Ubertin sprach…«

»Aber wer war dann im Recht?« fragte ich bestürzt. »Wer ist im Recht und wer ist im Unrecht?«

»Alle waren auf ihre Weise im Recht, und alle waren im Unrecht…«

»Aber Ihr müsst doch eine Meinung haben!« begehrte ich auf. »Warum nehmt Ihr nicht Stellung, warum sagt Ihr mir nicht, wo die Wahrheit liegt?«

William verharrte einen Augenblick schweigend und hob die Linse, an der er gerade feilte, gegen das Licht. Dann senkte er sie auf den Tisch und zeigte mir durch die Linse hindurch eine Feile. »Schau her«, sagte er. »Was siehst du?«

»Die Feile, ein wenig vergrößert.«

»Eben. Das Äußerste, was man tun kann, ist, besser hinzuschauen.«

»Aber die Feile bleibt immer dieselbe!«

»Auch die Handschrift des Venantius bleibt immer dieselbe, wenn es mir dank dieser Linse gelungen sein wird, sie zu lesen. Aber wenn ich sie dann gelesen habe, kenne ich vielleicht ein bisschen mehr von der Wahrheit. Und vielleicht können wir dann das Leben dieser Abtei ein wenig verbessern.«

»Aber das genügt nicht!«

»Ich sage hier mehr, als es dir scheinen mag, lieber Adson. Ich habe dir schon öfter von Roger Bacon erzählt. Er war vielleicht nicht der Weiseste aller Zeiten, aber ich war stets fasziniert von der Hoffnung, die seine Liebe zur Weisheit beseelte. Bacon glaubte an die Kraft des einfachen Volkes, an seine Bedürfnisse und geistigen Inventionen. Er wäre kein guter Franziskaner gewesen, wenn er nicht gedacht hätte, dass die Armen und Entrechteten, die Idioten und Illiteraten oft mit dem Munde Unseres Herrn sprechen. Hätte er die Fratizellen näher kennengelernt, er wäre ihnen mit größerer Aufmerksamkeit gefolgt als den Provinzialen des Ordens. Die einfachen Laien haben etwas, das den hochgelehrten Doktoren, die sich oft in der Suche nach den allgemeinen Gesetzen verlieren, abgeht: die Intuition des Individuellen. Aber diese Intuition allein genügt nicht. Die einfachen Laien fühlen eine Wahrheit, die vielleicht wahrer ist als die Wahrheit der Theologen, doch dann vergeuden sie diese gefühlte Wahrheit in unbedachten Aktionen. Was kann man dagegen tun? Den Laien die Wissenschaft bringen? Das wäre zu einfach oder vielleicht auch zu schwierig. Und außerdem welche Wissenschaft? Die der Bücher in Abbos Bibliothek? Die französischen Meister haben sich dieses Problem gestellt. Der große Bonaventura sagte, die Gelehrten müssten die Wahrheit, die in den Aktionen der einfachen Leute steckt, zu begrifflicher Klarheit bringen...«

»So wie es Ubertins Denkschriften und das Kapitel zu Perugia getan haben, als sie das Streben der einfachen Leute nach Armut in theologische Lehrentscheidungen übersetzten?«

»Ja, aber das kommt meistens zu spät, wie du gesehen hast, und wenn es kommt, hat sich die Wahrheit der einfachen Leute bereits in die Wahrheit der Mächtigen verwandelt, die dem Kaiser mehr nützt als den kleinen Brüdern des armen Lebens. Wie bleibt man den Erfahrungen der einfachen Leute nahe, indem man sich sozusagen ihre operative Kraft, ihre Handlungsfähigkeit bewahrt, um damit ihre Welt zu verändern und zu verbessern? Das war Bacons Problem. ›*Quod enim laicali ruditate turgescit non habet effectum nisi fortuito*‹, sagte er: Die Erfahrung der einfachen Leute mündet in wilde und unkontrollierte Aktionen. ›*Sed opera sapientiae certa lege vallantur et in finem debitum eficaciter diriguntur.*‹ Mit anderen Worten: Auch zur Lösung der praktischen Aufgaben, seien es die der Mechanik, der Landwirtschaft oder der Regierung einer Stadt, ist eine Art von Theologie erforderlich. Bacon dachte, das neue große Unternehmen der Gelehrten müsse die neue Wissenschaft von der Natur sein; es gelte, durch eine neue Erkenntnis der Naturprozesse die elementaren Bedürfnisse zu koordinieren, die auch das wirre, aber auf seine Weise wahre und richtige Knäuel der Hoffnungen und Erwartungen des einfachen Volkes bilden. Die neue Wissenschaft als die neue *magia naturalis*. Nur dass Bacon noch meinte, dieses gewaltige Unternehmen müsse von der Kirche geführt werden, was vermutlich daran lag, dass zu seiner Zeit der Klerus noch so gut wie identisch war mit der Gemeinschaft der Gebildeten und Gelehrten. Heute ist das nicht mehr so, heute gibt es Gelehrte außerhalb der Klöster und Kathedralen, ja sogar außerhalb der Universitäten. Zum Beispiel hier in Italien: Der größte Philosoph, den unser Jahrhundert bislang hervorgebracht hat, war kein Mönch, sondern ein Privatgelehrter. Ich meine den Florentiner Alighieri, du hast gewiss schon von seinem großen Gedicht gehört. Ich habe es nie gelesen, da ich seine Volkssprache nicht verstehe, und es würde mir wohl auch kaum gefallen, denn soviel ich weiß, handelt es von abstrusen Dingen, die unserer Erfahrung sehr fern stehen. Aber daneben hat er die klügsten Dinge geschrieben, die uns zu verstehen gegeben sind, tiefe Einsichten über das Wesen der Elemente und die Natur des Kosmos, desgleichen über die richtige Führung der Staaten. Auch meine Freunde und ich sind heute der Ansicht, dass es nicht der Kirche, sondern der Volksversammlung zukommt, die Gesetze zur Führung der menschlichen Angelegenheiten zu erlassen, und in gleicher Weise, so meine ich, wird es künftig der Gelehrtengemeinschaft zukommen, diese grundlegend neue und menschliche Theologie zu verbreiten, die eine natürliche Philosophie und positive Magie ist.«

»Ein großartiges Unternehmen«, sagte ich, »aber wird es durchführbar sein?«

»Bacon hielt es für möglich.«

»Und Ihr?«

»Auch ich habe daran geglaubt. Aber um daran glauben zu können, muss man davon überzeugt sein, dass die einfachen Leute im Recht sind, weil sie die Intuition des Individuellen haben, die einzig richtige. Und wenn die Intuition des Individuellen die einzig richtige ist, wie kann es dann der Wissenschaft je gelingen, die allgemeinen Gesetze zu finden, durch die und mit deren Interpretation die positive Magie schließlich wirksam wird?«

»Ja, das ist wahr«, sagte ich betroffen, »wie kann ihr das je gelingen?«

»Ich weiß es auch nicht mehr. Ich habe in Oxford zu viele Diskussionen geführt mit meinem alten Freund William von Ockham, der nun in Avignon ist. Er hat mir Zweifel ins Herz gesät. Wenn nämlich allein die Intuition des Individuellen die richtige ist, dann lässt sich der Satz, dass gleiche Ursachen gleiche Wirkungen zeitigen, kaum noch beweisen. Ein und derselbe Körper kann warm oder kalt, süß oder bitter, feucht oder trocken, an einem bestimmten Ort sein und an einem anderen nicht. Wie kann ich den universalen Zusammenhang aufdecken, der die Dinge in eine Ordnung versetzt, wenn ich nicht einmal meinen kleinen Finger zu rühren vermag, ohne dadurch eine Unzahl neuer Gegebenheiten zu schaffen, da sich mit dieser winzigen Bewegung sämtliche Relationen zwischen meinem Finger und allen anderen Objekten verschieben? Die Relationen sind die Modi, in denen mein Geist das Verhältnis zwischen den einzelnen Gegebenheiten wahrnimmt, aber was garantiert mir, dass der Modus dann universal, allgemeingültig und stabil ist?«

»Aber Ihr wisst doch, dass einer bestimmten Form dieser Linse eine bestimmte Sehfähigkeit entspricht, und weil Ihr das wisst, könnt Ihr Linsen von ebenderselben Art anfertigen, wie Ihr sie verloren habt. Wie sonst wäre Euch das möglich?«

»Eine gute Antwort, Adson. In der Tat habe ich den Satz aufgestellt, dass einer gleichen Form der Linse eine gleiche Sehfähigkeit entsprechen muss. Ich habe ihn aufgestellt, weil ich früher, bei anderen Gelegenheiten, individuelle Intuitionen der gleichen Art gehabt hatte. Zweifellos weiß jeder, der die Heilkraft der Kräuter experimentell untersucht, dass alle einzelnen Exemplare eines bestimmten Krautes, wenn sie in gleicher Weise verabreicht werden, beim Patienten die gleiche Wirkung zeitigen, und so kann der Experimentator den Satz aufstellen, dass jedes Individuum einer bestimmten Pflanze dem Fiebernden Linderung verschafft, oder dass jede Linse dieser besonderen Form in gleicher Weise die Sehkraft der Augen verstärkt. Die Wissenschaft, von der Roger Bacon sprach, dreht sich ohne Zweifel um solche Sätze. Aber merke: Ich spreche von Sätzen, also von Aussagen über die Dinge, nicht von den Dingen selbst. Die Wissenschaft hat es mit Aussagen, Sätzen und Begriffen zu tun, und die Begriffe bezeichnen einzelne Dinge. Verstehst du mich, Adson, ich muss davon ausgehen, dass mein Satz richtig ist, denn ich habe ihn aufgrund bestimmter Erfahrungen gewonnen. Doch um an seine Richtigkeit glauben zu können, muss ich annehmen, dass es allgemeine Gesetze gibt, von denen ich aber nicht sprechen kann, denn der bloße Gedanke, es könnte so etwas wie allgemeine Gesetze und eine feste Ordnung der Dinge geben, impliziert bereits, dass Gott ihr Gefangener wäre – Gott, der doch so absolut frei ist, dass er die ganze Welt, wenn er nur wollte und mit einem einzigen Akt seines Willens, verändern könnte!«

»Wenn ich Euch also recht verstehe, dann macht Ihr etwas und wißt, warum Ihr es macht; aber Ihr wisst nicht, warum Ihr wisst, dass Ihr wisst, was Ihr macht?«

Ich muss sagen, dass William mich bewundernd ansah. »Vielleicht ist es so. Jedenfalls erklärt es dir, warum ich meiner Wahrheit so ungewiss bin, auch wenn ich an sie glaube.«

»Ihr seid noch mystischer als Ubertin«, sagte ich maliziös.

»Mag sein. Aber ich arbeite, wie du siehst, an den Dingen der Natur. Auch in der Untersuchung, die wir hier durchführen, will ich gar nicht wissen, wer der Gute und wer der Böse ist, sondern nur herausfinden, wer gestern nacht im Skriptorium war und meine Augengläser genommen hat, und wer gestern morgen im Schnee die Spur eines Körpers gemacht hat, der einen anderen Körper schleppte, und wo Berengar ist. Das sind die Tatsachen, später werde ich dann versuchen, sie in einen Zusammenhang zu bringen, sofern das irgendwie möglich ist. Denn es ist immer schwer zu sagen, welche Ursache welche Wirkung erzeugt hat, schließlich genügt der Eingriff eines Engels, und alles ist anders – weshalb man sich nicht zu wundern braucht, wenn man nicht schlüssig beweisen kann, dass eine Sache die Ursache einer anderen ist, auch wenn man es immer prüfen muss, wie ich es gerade tue.«

»Ihr habt wirklich ein schweres Leben«, sagte ich.

»Aber ich habe Brunellus gefunden«, erinnerte William an die Geschichte mit dem Rappen des Abtes.

»Also gibt es doch eine Ordnung der Welt!« rief ich triumphierend aus.

»Also gibt es ein klein wenig Ordnung in meinem armen Kopf«, versetzte William trocken.

In diesem Moment kam Nicolas mit einer nahezu fertigen Gabel und zeigte sie stolz.

»Und wenn diese Gabel erst einmal auf meiner armen Nase sitzt«, fuhr William fort, »wird vielleicht noch ein bisschen mehr Ordnung in meinen armen Kopf einziehen.«

Ein Novize erschien in der Tür und sagte, der Abt wolle William dringend sprechen, er warte im Klostergarten. So sah sich mein Meister gezwungen, seine Experimente zu unterbrechen, und wir eilten hinaus. Während wir uns dem angegebenen Treffpunkt näherten, schlug sich William plötzlich an die Stirn, als wäre ihm gerade etwas eingefallen, was er die ganze Zeit vergessen hatte.

»Apropos Ordnung im Kopf«, sagte er, »ich habe Venantius' kabbalistische Zeichen entziffert.«

»Was? Alle? Wann?«

»Als du geschlafen hast. Und ob es alle sind, hängt davon ab, was du darunter verstehst. Ich habe die Zeichen entziffert, die unter der Flamme erschienen sind und die du kopiert hast. Der griechische Text muss warten, bis ich meine neuen Augengläser habe.«

»Und? Geht es wirklich um das Geheimnis des Finis Africae?«

»Ja, und der Schlüssel war ziemlich leicht zu finden. Venantius hatte die zwölf Tierkreiszeichen genommen, dazu die acht Zeichen der fünf Planeten, der beiden Himmelsleuchten und der Erde. Insgesamt also zwanzig Zeichen – genug, um ihnen die Buchstaben des lateinischen Alphabets zuzuordnen, wenn man davon ausgeht, dass ein und derselbe Buchstabe für die Anfangslaute der Wörter *unum* und *velut* stehen kann. Die Reihenfolge der Buchstaben ist bekannt. In welcher Reihenfolge konnten die Zeichen geordnet sein? Ich versuchte es mit der Ordnung der Himmelsgewölbe, indem ich den Zodiakus an die äußere Peripherie setzte. Also Erde, Mond, Merkur, Venus, Sonne und so weiter, danach die Tierkreiszeichen in ihrer traditionellen Abfolge, wie sie auch Isidor von Sevilla klassifiziert hat, vom Widder und der Frühlingssonnwende bis zu den Fischen. Und nun schau mal, wenn man diesen Schlüssel anwendet, ergibt Venantius' Geheimbotschaft tatsächlich einen Sinn.«

Er zeigte mir das Pergament, auf dem er die rätselhafte Botschaft in große lateinische Lettern transkribiert hatte, und ich las:

SECRETUM FINIS AFRICAE MANUS SUPRA IDOLUM
AGE PRIMUM ET SEPTIMUM DE QUATUOR.

»Klar?« fragte William.

»Die Hand über dem Idol wirke ein auf den Ersten und Siebenten der Vier...«, wiederholte ich kopfschüttelnd. »Nein, das ist überhaupt nicht klar!«

»Ich weiß. Zunächst einmal müsste man wissen, was Venantius mit *Idolum* gemeint hat. Ein Bild, eine Vorstellung, eine Figur? Dann wäre zu klären, was jene Vier sind, die einen Ersten und einen Siebenten haben. Und was heißt schließlich ›auf sie einwirken‹? Sie bewegen, drücken, ziehen?«

»Also wissen wir eigentlich gar nichts und sind so klug wie zuvor«, sagte ich enttäuscht. William blieb stehen und sah mir mit einer Miene, die alles andere als gütig war, ins Gesicht. »Mein liebes Bürschchen«, sagte er streng, »vor dir steht ein armer Franziskanermönch, der es mit seinen bescheidenen Kenntnissen und dem bisschen Geschicklichkeit, das er der grenzenlose Gnade des Herrn verdankt, in wenigen Stunden geschafft hat, eine Geheimschrift zu entziffern, die ihr Erfinder gewiss als völlig hermetisch und unzugänglich für jedes andere Auge betrachtet hatte, und du elender, ungebildeter Nichtsnutz erlaubst dir einfach zu sagen, wir seien so klug wie zuvor?«

Die Schamröte schoss mir ins Gesicht, und ich entschuldigte mich überstürzt. Ich hatte die Eitelkeit meines klugen Meisters verletzt, dabei wusste ich doch genau, wie stolz er auf die Schnelligkeit und Treffsicherheit seiner Deduktionen war. William hatte tatsächlich eine bewundernswerte Leistung vollbracht, und es war wirklich nicht seine Schuld, dass der gewiefte Venantius seine Entdeckung nicht nur unter einem obskuren Tierkreiszeichenalphabet versteckt, sondern überdies auch noch in ein unlösbares Rätsel gekleidet hatte.

»Lass nur, hör auf, dich zu entschuldigen«, unterbrach William meinen Redeschwall. »Im Grunde hast du ja recht, wir wissen noch viel zu wenig. Komm jetzt, der Abt wartet.«

Dritter Tag

Vesper

Worin William ein weiteres Gespräch mit dem Abt führt, einige recht wunderliche Ideen zur Orientierung im Labyrinth entwickelt und schließlich das Rätsel auf die vernünftigste Weise löst. Dann wird der Kaasschmarrn gegessen.

Der Abt erwartete uns mit besorgter Miene. Er hielt einen Brief in der Hand.

»Ich habe ein Schreiben vom Abt in Conques erhalten«, begann er sogleich. »Er teilt mir mit, wem der Papst das Kommando über die französischen Bogenschützen und die Sorge für die Sicherheit seiner Legaten anvertraut hat: Es ist weder ein Kriegsmann noch einer des Hofes, und er wird gleichzeitig Mitglied der pontifikalen Legation sein.«

»Ungewöhnliche Mischung verschiedener Tugenden«, sagte William. »Wer ist es denn?«

»Bernard Gui.«

William fuhr auf wie von der Tarantel gestochen und stieß einen heftigen Ausruf in seiner Muttersprache hervor, den weder ich noch der Abt verstanden – was vielleicht auch besser für alle war, denn das kurze Wort, das William da ausrief, zischte recht unanständig.

»Das gefällt mir gar nicht«, fügte er rasch hinzu. »Bernard Gui war jahrelang die Geißel der Ketzer in Okzitanien, er hat sogar eine *Practica officii inquisitionis heretice pravitatis* geschrieben, ein Handbuch für alle, die sich bemüßigt fühlen, Waldenser, Beginen, Freigeister, Fratizellen und Dolcinianer zu jagen.«

»Ich weiß, ich kenne das Buch«, nickte der Abt. »Bewundernswert in seiner Stringenz.«

»Bewundernswert in seiner Stringenz«, gab William zu.

»Bernard ist dem Papst ergeben wie keiner, er war in den letzten Jahren mehrfach als Inquisitor in besonderer Mission nach Flandern und hierher nach Oberitalien geschickt worden, und auch nach seiner Ernennung zum Bischof in Galizien hat er sich niemals in seiner Diözese blicken lassen, sondern mit unverminderter Schärfe seine Ketzerjagd fortgesetzt. Ich dachte allerdings, er hätte sich jetzt ins Bistum Lodève zurückgezogen, aber wie es aussieht, schickt ihn Johannes von neuem los, und ausgerechnet zu uns nach Oberitalien! Warum gerade ihn, noch dazu ausgestattet mit Befehlsgewalt über Bewaffnete?«

»Die Antwort liegt auf der Hand«, versetzte der Abt, »und sie bestätigt alle meine Befürchtungen, die ich Euch gestern anvertraut habe. Ihr wisst sehr wohl, Bruder William, auch wenn Ihr es mir gegenüber nicht zugeben wollt, dass die Stellungnahme des Kapitels zu Perugia im Streit um die Armut Christi und der Kirche, bei aller Subtilität ihrer theologischen Deduktionen, im Grunde die gleiche ist, die auch, gewiss grobschlächtiger und weniger orthodox, von zahlreichen Ketzergruppen vertreten wird. Es ist nicht schwer zu beweisen, dass die Haltung Michaels von Cesena, die sich nun der Kaiser zu eigen gemacht hat, weitgehend identisch ist mit der Haltung Ubertins von Casale und seines Freundes Angelo Clareno. Bis hierher werden die beiden Legationen, die päpstliche und die kaiserliche, sich auch gewiss einigen können. Aber Bernard Gui ist imstande, noch weiter zu gehen, und er hat das erforderliche Format: Er wird zu behaupten versuchen, dass die Thesen von Perugia identisch sind mit denen der Fratizellen, ja denen der Pseudo-Apostoli. Stimmt Ihr mir zu?«

»Meint Ihr, dass es so ist, oder dass Bernard behaupten wird, dass es so sei?«

»Sagen wir«, wich der Abt diplomatisch aus, »ich meine, dass er es behaupten wird.«

»Darin stimme ich Euch zu. Aber das war ja vorauszusehen. Ich meine, wir wussten, dass damit zu rechnen sein würde, auch ohne den Auftritt Bernards. Der gewiefte Dogmatiker wird die Debatte höchstens noch rascher und effizienter auf diesen Punkt bringen als die vielen neu ernannten Kurialen. Man wird also gegen ihn noch subtiler argumentieren müssen.«

»Gewiss«, sagte der Abt, »aber nun sind wir bei dem Problem, das ich gestern ansprach. Wenn wir bis morgen nicht den Urheber der beiden oder möglicherweise der drei Verbrechen gefunden haben, werde ich Bernard gestatten müssen, die Abtei mit seinen Soldaten zu überwachen. Ich kann einem Manne mit seinen Vollmachten (die ihm, vergessen wir das nicht, mit Zustimmung beider Seiten erteilt worden sind) schlechterdings nicht verheimlichen, dass hier in der Abtei unerklärliche Dinge geschehen sind und weiter geschehen. Er würde sonst mit vollem Recht Verrat schreien können, sobald er es von selber entdeckt, sobald gar (was Gott verhüten möge) ein neues Verbrechen geschieht...«

»Das ist wahr«, nickte William sorgenvoll. »Es bleibt uns gar nichts anderes übrig, als auf der Hut zu sein und Bernard zu überwachen, während er die Abtei überwacht, um den geheimnisvollen Mörder zu fangen. Vielleicht hat das ja auch sein Gutes, denn wenn er auf Mörderjagd ist, hat er nicht mehr soviel Zeit, in die Diskussion einzugreifen.«

»Bernard auf Mörderjagd, hier in meiner Abtei? Das wird mir ein ständiger Dorn im Auge sein, bedenkt das bitte! Diese schlimme Affäre zwingt mich, zum ersten Mal einen Teil meiner Autorität innerhalb dieser Mauern abzutreten, und das ist ein Novum nicht nur in der Geschichte dieser Abtei, sondern in der des ganzen Cluniazenserordens. Ich würde alles tun, um das zu vermeiden. Vielleicht sollte ich damit beginnen, den beiden Legationen das Gastrecht zu verweigern...«

»Ich bitte Eure Erhabenheit inständig, einen so folgenreichen Schritt genau zu bedenken«, sagte William. »Ihr habt einen Brief des Kaisers erhalten, der Euch dringlichst auffordert...«

»Ich weiß, was mich mit dem Kaiser verbindet«, unterbrach der Abt schroff, »und Ihr wisst es auch. Daher wisst Ihr auch, dass ich leider nicht mehr zurück kann. Das alles ist wirklich sehr übel. Wo steckt Berengar, was ist mit ihm geschehen, was habt Ihr unternommen?«

»Ich bin nur ein schlichter Mönch, der eine Zeitlang erfolgreich inquisitorische Untersuchungen durchgeführt hat. Ihr wisst sehr wohl, dass man die Wahrheit nicht in zwei Tagen findet. Und welche Vollmachten habt Ihr mir schon gegeben? Darf ich die Bibliothek betreten? Darf ich alle Fragen stellen, die ich will, immer gestützt auf Eure Autorität?«

»Ich sehe nicht ein, was die Morde mit der Bibliothek zu tun haben sollen«, schnaubte der Abt ungehalten.

»Adelmus war Miniaturenmaler, Venantius war Übersetzer, Berengar war der Adlatus des Bibliothekars...«, erklärte William geduldig.

»So gesehen haben alle sechzig Mönche hier mit der Bibliothek zu tun, genau wie mit der Kirche. Warum sucht Ihr nicht in der Kirche? Bruder William, Ihr führt hier eine Untersuchung in meinem Auftrag durch und in den von mir angegebenen Grenzen. Ansonsten bin ich in diesen Mauern der einzige Herr nach Gott und dank seiner Gnade. Das wird auch für Bernard gelten. Im übrigen ist es gar nicht gesagt«, fügte der Abt etwas milder hinzu, »dass Bernard allein dieses Treffens wegen hierherkommt. Er will nämlich, wie der Abt von Conques mir schreibt, weiter nach Süden reisen. Außerdem hat Johannes, wie ich demselben Schreiben entnehme, den Kardinal Bertrand del Poggetto gebeten, sich aus Bologna hierher zu begeben, um die Leitung der päpstlichen Legation zu übernehmen. Vielleicht hat Bernard lediglich vor, sich hier mit dem Kardinal zu treffen.«

»Was vielleicht, in einer weiteren Perspektive gesehen, noch schlimmer wäre. Bertrand ist die Geißel der Ketzer in Mittelitalien. Womöglich ist diese Begegnung zweier so hervorstechender Protagonisten des antihäretischen Kampfes nur das Vorspiel zu einer groß angelegten Offensive, die sich am Ende gegen die ganze Franziskanerbewegung richtet...«

»Wohlan, darüber werden wir unverzüglich den Kaiser ins Bild setzen«, sagte der Abt entschieden. »In diesem Falle wäre jedoch die Gefahr keine unmittelbare. Gehabt Euch wohl, wir werden auf der Hut sein.«

Sprach's und ging erhobenen Hauptes davon, während William ihm schweigend nachsah. Dann wandte er sich zu mir und sagte: »Vor allem, mein lieber Adson, seien wir auf der Hut vor übereilten Schritten. Die Dinge lassen sich nicht rasch lösen, wenn man so viele kleine und kleinste Details zusammentragen muss. Ich gehe jetzt erst einmal in die Werkstatt zurück, denn ohne die Linsen kommen wir keinen Schritt weiter, weder wird es mir gelingen, Venantius' Handschrift zu entziffern, noch wird es sinnvoll sein, heute nacht erneut die Bibliothek zu erforschen. Du gehst jetzt am besten und erkundigst dich, ob man inzwischen etwas von Berengar weiß.«

In diesem Augenblick kam Nicolas von Morimond gelaufen und brachte uns schlimme Nachricht: Beim Versuch, die beste Linse, auf die mein Meister die größte Hoffnung gesetzt hatte, noch ein wenig zu schleifen, war sie ihm unter den Händen zerbrochen. Und eine weitere, die vielleicht als Ersatz hätte dienen können, war gesprungen, als er sie in den Metallring einzusetzen versuchte. Untröstlich stand der wackere Glaser vor uns, rang verzweifelt die Hände und zeigte zum Himmel empor: Die Stunde der Vesper war gekommen, es begann schon dunkel zu werden – für heute war an ein Weitermachen nicht mehr zu denken! Noch ein verlorener Tag, knurrte William grimmig und musste sich sehr beherrschen (wie er mir später gestand), dem Unglücksraben nicht an die Gurgel zu springen, der freilich auch ohnedies schon zerknirscht genug vor uns stand.

Wir überließen ihn seiner Zerknirschung und gingen, uns nach Berengar zu erkundigen. Natürlich hatte ihn niemand gefunden.

Lähmende Unschlüssigkeit überfiel uns, wir waren an einem toten Punkt angelangt. Alles schien zu stagnieren. Um unseren Geist ein wenig zu lüften, taten wir ein paar Schritte im Kreuzgang. William ging schweigend neben mir her, sichtlich in seine Gedanken vertieft. Nach einer Weile sah ich ihn plötzlich stehenbleiben und blicklos ins Leere starren. Kurz zuvor hatte er aus seiner Kutte ein wenig von jenem Kraut gezogen, das er, wie ich eingangs erwähnte, manchmal an Wald- und Wiesenrändern zu sammeln pflegte, und kaute nun selbstvergessen darauf herum. Es schien, als verschaffte es ihm auf eigentümliche Weise Erregung und Ruhe zugleich, denn er wirkte zwar völlig abwesend, aber von Zeit zu Zeit leuchteten seine Augen auf, als hätte sich gerade in seinem leeren Geist eine neue Idee entzündet; gleich darauf versank er dann wieder in jenen sonderbar aktiven, regen Stumpfsinn, den ich bei keiner anderen Person je beobachtet habe. Plötzlich murmelte er: »Ja, das wäre möglich…«

»Was?« fragte ich.

»Nun, ich habe gerade darüber nachgedacht, wie man sich im Labyrinth zurechtfinden könnte, und da ist mir eine Idee gekommen. Sie ist nicht leicht zu verwirklichen, aber es müsste gehen… Pass auf: Wir wissen, dass der Ausgang im Ostturm ist. Angenommen, wir hätten eine Maschine, die uns anzeigt, wo Norden ist. Was wäre dann?«

»Dann bräuchten wir uns nur nach rechts zu drehen und gingen in östlicher Richtung. Oder wir machten kehrt und wüssten, dass wir nach Süden gingen. Aber selbst wenn es solch eine Zaubermaschine gäbe, bliebe das Labyrinth doch ein Labyrinth, und sobald wir ein paar Schritte nach Osten getan hätten, würden wir auf eine Wand stoßen, müssten folglich die Richtung ändern und wären bald wieder verloren…«

»Gewiss, aber die Maschine, von der ich spreche, würde *immer* nach Norden zeigen, auch wenn wir die Richtung geändert hätten, sie könnte uns also an jedem Punkt zeigen, wie es weitergeht.«

»Das wäre wunderbar. Aber dazu müssten wir diese Maschine erst einmal haben, und sie müsste imstande sein, den Norden auch bei Nacht und in geschlossenen Räumen zu finden, ohne sich an den Sternen oder der Sonne zu orientieren… Und nicht einmal Euer Roger Bacon wird eine solche Wundermaschine besessen haben«, sagte ich spöttisch.

»Da irrst du«, erwiderte William, »eine solche Maschine ist tatsächlich konstruiert worden, und einige Seefahrer haben sie auch schon benutzt. Sie braucht weder die Sterne noch die Sonne, denn sie macht sich die Kraft eines wunderbaren Steins zunutze: eines Steins, der Eisen anzieht, wie jener, den wir in Severins Laboratorium gesehen haben. Bacon hat diesen Stein studiert, und ein picardischer Magier namens Pierre de Maricourt, auch Petrus Peregrinus genannt, hat seine vielfältigen Gebrauchsmöglichkeiten beschrieben.«

»Und Ihr könntet mit ihm solch eine Maschine bauen?«

»An sich wäre das gar nicht so schwer. Der Stein kann zur Herstellung vieler Wunderdinge benutzt werden, unter anderem zur Konstruktion einer Maschine, die sich unablässig bewegt ohne äußeren Antrieb, doch die einfachste Anwendungsweise ist auch von einem Araber namens Baylek Al-Qabayaki beschrieben worden. Nimm eine Schale voll Wasser und setz darauf einen Korken, in welchen du eine eiserne Nadel eingeführt hast. Dann fahre mit dem Magnetstein in kreisender Bewegung über die Wasseroberfläche, bis die Nadel dieselben Eigenschaften wie der Stein angenommen hat. Nun wird die Nadel (doch auch der Stein hätte es getan, wenn er die Möglichkeit gehabt hätte, sich um einen Zapfen zu drehen) ihre Spitze nach Norden ausrichten, und wenn du dich mit der Schale bewegst, wird sie immerfort weiter nach Norden zeigen. Und selbstredend wirst du nun, wenn du am Rand der Schale auch noch die Richtungen der vier Winde entsprechend markiert hast, jederzeit wissen, wohin du dich in der Bibliothek zu wenden hast, um den Ostturm zu erreichen.«

»Ein wahres Wunderding!« rief ich aus. »Aber sagt mir, warum zeigt die Nadel immer nach Norden? Der Stein zieht Eisen an, das habe ich gesehen, und ich kann mir denken, dass eine gewaltige Eisenmenge den Stein anzieht. Doch dann... dann müsste es unter dem Nordstern, an den äußersten Grenzen der Erde, riesige Eisenberge geben!«

»Manche haben tatsächlich so etwas vermutet. Allerdings zeigt die Nadel nicht genau zum Nordstern, sondern zu jenem Punkt, wo sich die Himmelsmeridiane treffen. Weshalb man zu Recht gesagt hat: *hic lapis geit in se similitudinem coeli*, denn offensichtlich empfangen die Pole des Magneten ihre Inklination von den Polen des Himmels und nicht von denen der Erde. Womit wir ein schönes Beispiel für eine Bewegung haben, die aus der Ferne induziert und nicht durch eine direkte materiale Kausalität verursacht wird – ein Problem, mit welchem sich mein Freund Johannes von Jandun befasst, wenn der Kaiser ihn nicht gerade bittet, Avignon in den Orkus zu stampfen...«

»Also gehen wir rasch und holen uns Severins Stein und eine Schale und Wasser und einen Korken...«, rief ich voller Eifer.

»Langsam, langsam«, dämpfte William meinen Tatendrang. »Ich weiß nicht warum, aber ich habe noch nie erlebt, dass eine Maschine, die in den Schriften der Philosophen perfekt beschrieben wird, dann in der Praxis auch genauso perfekt funktioniert (während die schlichte Sense des Landmanns, die kein Philosoph je beschrieben hat, stets bestens funktioniert...). Ich fürchte, wenn wir beide im Labyrinth herumlaufen, in der einen Hand eine Lampe und in der anderen eine Schale voll Wasser... Warte mal, mir kommt da eine andere Idee. Die Maschine zeigt immer nach Norden, auch außerhalb des Labyrinths, nicht wahr?«

»Ja, aber außerhalb des Labyrinths brauchen wir sie nicht, da haben wir die Sterne und die Sonne...«

»Sicher, sicher. Aber wenn die Maschine draußen so gut wie drinnen funktioniert, warum dann nicht auch unser Kopf?«

»Unser Kopf? Gewiss funktioniert er auch draußen, und von draußen erkennen wir die Orientierung des Aedificiums in der Tat leicht, nur eben drinnen finden wir uns dann nicht mehr zurecht!«

»Genau. Aber vergiss jetzt die Maschine. Das Nachdenken über sie hat mich zum Nachdenken über die Gesetze der Natur und unseres Denkens gebracht. Und jetzt weiß ich, worum es geht: Wir müssen eine Möglichkeit finden, von außen zu beschreiben, wie das Aedificium von innen ist.«

»Und wie?«

»Lass mich nachdenken, es kann nicht so schwierig sein...«

»Und was ist mit der Orientierungsmethode, von der Ihr gestern spracht? Wolltet Ihr nicht die Sache mit den drei Kohlezeichen an jedem Durchgang probieren?«

»Nein, Adson, je länger ich darüber nachdenke, desto weniger überzeugt sie mich. Vielleicht habe ich die Regel nicht mehr vollständig im Kopf, vielleicht braucht man auch, um sich in einem Labyrinth zurechtzufinden, am Ausgang eine hilfreiche Ariadne, die den Faden in der Hand hält. Aber so lange Fäden gibt es nicht. Und wenn es sie gäbe, hieße das wohl (denn Fabeln sagen ja oft die Wahrheit), dass man nur mit äußerer Hilfe aus einem Labyrinth herauskommt – jedenfalls solange die Gesetze draußen mit denen drinnen identisch sind... Hör zu, Adson, wir werden die mathematischen Wissenschaften anwenden. Denn nur in den mathematischen Wissenschaften, sagt Averroes, fallen die Dinge, die uns bekannt sind, mit den im absoluten Sinne bekannten Dingen zusammen.«

»Also lasst Ihr doch universale Erkenntnisse gelten!«

»Die mathematischen Erkenntnisse sind Sätze, die unser Verstand so konstruiert hat, dass sie stets funktionieren, als wären sie wahr, sei's weil sie uns angeboren sind, sei's weil die Mathematik vor den anderen Wissenschaften erfunden wurde. Und die Bibliothek ist von einem menschlichen Geist konstruiert worden, der mathematisch dachte, denn ohne Mathematik errichtet man kein Labyrinth. Infolgedessen geht es darum, unsere mathematischen Sätze mit denen des Konstrukteurs zu vergleichen, und aus diesem Vergleich kann sich wissenschaftliche Erkenntnis ergeben, denn es handelt sich um eine Wissenschaft von Termini über Termini. Und im übrigen hör jetzt endlich auf, mich in metaphysische Diskussionen zu verwickeln! Welcher Teufel reitet dich heute? Geh lieber rasch, du hast bessere Augen als ich, und besorg dir ein Pergament oder eine Tafel und etwas zum Schreiben... Gut, ich sehe, du hast es bei dir, bravo! Wir werden jetzt nämlich einen Spaziergang um das Aedificium machen, solange es noch hell genug ist.«

Es war noch hell genug, und so machten wir einen langen Abendspaziergang unter den Mauern des Aedificiums. Das heißt, wir musterten der Reihe nach die Türme im Westen, Süden und Osten sowie die Mauern dazwischen. Der Nordturm, der sich über dem Steilhang erhob, konnte aus Gründen der Symmetrie nicht anders sein als das, was wir sahen.

Und was wir sahen, war (wie William feststellte, während ich es auf meiner Tafel notieren musste), dass im Oberstock des Aedificiums jede Mauer zwei Fenster hatte und jeder Turm deren fünf.

»Nun überleg mal«, sagte mein Meister. »Jeder Raum, den wir in der Bibliothek gesehen haben, hatte ein Fenster...«

»Außer den siebeneckigen«, warf ich ein.

»Versteht sich, das waren die Räume im Innern der Türme.«

»Und außer einigen wenigen, die nicht siebeneckig waren und trotzdem keine Fenster hatten.«

»Vergiss sie. Wir müssen zuerst die Regel finden, dann können wir die Ausnahmen zu erklären versuchen. Wir haben also in jedem Turm fünf Außenräume und an jeder Mauer zwei, jeweils mit einem Fenster. Doch erinnere dich, wenn man in der Bibliothek von einem Außenraum mit Fenster ins Innere des Aedificiums geht, gelangt man wieder in einen Raum mit Fenster. Es muss sich also um Fenster zu jenem Innenhof handeln, den man von der Küche und vom Skriptorium aus sehen kann. Und in welcher Form ist dieser Innenhof angelegt?«

»Als Achteck.«

»Sehr gut, und an jeder Seite des Achtecks befinden sich im Skriptorium zwei Fenster. Dementsprechend muss es also in der Bibliothek an jeder Seite des Achtecks zwei innere Räume geben. Richtig?«

»Ja, aber was ist mit den fensterlosen Räumen?«

»Es sind insgesamt acht. Der siebeneckige Innenraum, der sich in jedem Turm befindet, hat jeweils fünf Wände mit Durchgängen, die zu den fünf Außenräumen des Turms führen. Was liegt hinter den beiden restlichen Wänden? Es sind weder Außenräume, denn sonst hätten sie Fenster, noch können es Räume zum Innenhof sein, aus demselben Grund und weil sie sonst extrem langgezogen wären. Versuch doch einmal, den Grundriss der Bibliothek zu zeichnen. Du wirst sehen, dass es bei jedem Turm zwei Räume geben muss, die einerseits an den siebeneckigen Innenraum angrenzen und andererseits an zwei Räume mit Fenstern zum Achteck...«

Ich versuchte es, entwarf den Grundriss nach den Angaben meines Meisters und stieß einen Freudenschrei aus. »Jetzt wissen wir alles! Lasst mich einmal zählen... Ja, die Bibliothek hat sechsundfünfzig Räume, vier siebeneckige und zweiundfünfzig mehr oder minder quadratische, von denen acht fensterlos sind, während achtundzwanzig nach außen gehen und sechzehn nach innen!«

»Und die vier Ecktürme haben jeder fünf Räume mit vier Wänden und einen mit sieben... Die ganze Anlage folgt einer himmlischen Harmonie, der sich vielerlei tiefe und wundersame Bedeutungen zuordnen lassen...«

»Großartig, wie Ihr das herausgefunden habt«, sagte ich bewundernd. »Aber warum ist es dann so schwer, sich darin zu orientieren?«

»Weil die Anordnung der Durchgänge keinerlei mathematischem Gesetz entspricht. Manche Räume gestatten den Durchgang zu mehreren anderen, manche nur zu einem, und vielleicht gibt es sogar welche, die gänzlich verschlossen sind. Wenn du das bedenkst, das und den Mangel an Licht und die Unmöglichkeit, sich am Sonnenstand zu orientieren (und dazu die Spiegel und die Visionen), dann begreifst du leicht, warum das Labyrinth imstande ist, jeden Eindringling zu verwirren, der es mit Schuldgefühlen betritt. Selbst wir waren gestern nacht ja ziemlich verzweifelt, als wir den Ausgang nicht fanden. Ein Höchstmaß an Konfusion durch ein Höchstmaß an Ordnung: wahrlich ein raffiniertes Kalkül. Die Erbauer der Bibliothek waren große Meister!«

»Wie werden wir uns dann zurechtfinden?«

»Das dürfte jetzt nicht mehr schwierig sein. Mit Hilfe des Plans, den du gezeichnet hast und der mehr oder minder genau dem Grundriss der Bibliothek entsprechen muss, werden wir uns, sobald wir im ersten siebeneckigen Raum sind, unverzüglich in einen der beiden blinden Räume begeben. Wenn wir uns dann immer rechts halten, müssten wir nach drei oder vier Räumen erneut zu einem Turm gelangen, der logischerweise nur der Nordturm sein kann. Dort finden wir einen weiteren blinden Raum, der an den siebeneckigen Innenraum angrenzt, und von dort aus könnten wir im Prinzip auf die gleiche Weise zum Westturm gelangen...«

»Ja, wenn es überall Durchgänge gäbe...«

»In der Tat, und deswegen brauchen wir deinen Plan, auf dem du die türlosen Wände markieren musst, so dass wir immer wissen, welchen Umweg wir gerade machen. Aber das wird nicht schwer sein.»

»Seid Ihr sicher, dass es funktionieren wird?« fragte ich besorgt, denn das Ganze erschien mir ein wenig zu einfach.

»Es wird funktionieren«, erwiderte William. »*Omnes enim causae effectuum naturalium dantur per lineas, angulos et figuras. Aliter enim impossibile est scire propter quid in illis,* sagte einer der großen Meister in Oxford. Aber leider wissen wir noch nicht alles. Wir haben bisher nur gelernt, uns im Labyrinth zu orientieren. Jetzt müssen wir noch herausbekommen, nach welchem Prinzip die Bücher in der Bibliothek angeordnet sind. Und die Kurzverse aus der Apokalypse helfen uns dabei wenig, zumal sich viele von ihnen auch noch in mehreren Räumen wiederholen...«

»Dabei hätte man doch leicht mehr als sechsundfünfzig Kurzverse in jenem Buch des Apostels finden können!«

»Ohne Zweifel. Also waren nur einige davon brauchbar. Seltsam. Als hätte man weniger als fünfzig gebraucht, dreißig vielleicht oder nur zwanzig... Oh, beim Barte Merlins!«

»Wessen?«

»Egal, ein Zauberer aus meiner Heimat... Hör zu, man hat so viele Verse gebraucht, wie es Buchstaben im Alphabet gibt! Natürlich, das ist die Lösung! Der Text selbst spielt gar keine Rolle, es geht nur um die Anfangsbuchstaben. Jeder Raum ist mit einem Buchstaben des Alphabets markiert, und alle zusammen ergeben zweifellos einen Sinn, den wir herausfinden müssen!«

»Wie ein Figurengedicht in Form eines Kreuzes oder Fisches!«

»Ja, mehr oder weniger, und vermutlich waren solche Figurengedichte sehr beliebt, als die Bibliothek gegründet wurde.«

»Aber wo fängt der Text an?«

»Bei einer Inschrift, die etwas größer ist als die anderen, bei einer Inschrift im siebeneckigen Raum mit der Treppe... oder vielleicht... ja natürlich: bei den roten Inschriften!«

»Aber davon gibt es viele.«

»Also gibt es mehrere Texte oder einen Text mit vielen Wörtern. Pass auf, Adson: Setz dich hin und zeichne den Plan noch einmal genauer und etwas größer, und wenn wir das nächste Mal in der Bibliothek sind, markierst du mit deinem Stift (aber bitte nur leicht) nicht nur die Räume, durch die wir gegangen sind, und die Position der Türen und die türlosen Wände (und die Fenster), sondern auch die Anfangsbuchstaben der Inschriften über den Türen, und mach die roten Buchstaben etwas größer, wie es ein guter Miniaturenmaler tut.«

»Das werde ich tun«, versprach ich und sah meinen Meister voller Bewunderung an. »Aber sagt mir, wie kommt es, dass Ihr das Rätsel der Bibliothek durch Betrachtung von außen habt lösen können, während es Euch verschlossen blieb, als Ihr drinnen wart?«

»Das ist wie mit dem Gesetz der Welt. Gott kennt es, weil er die Welt, bevor er sie schuf, in seinem Geist konzipierte, also gleichsam von außen ersann. Wir Menschen dagegen erkennen es nicht, weil wir in der Welt leben und sie bereits fertig vorfinden.«

»Also kann man die Dinge durch Betrachtung von außen erkennen?«

»Die Dinge der Kunst jedenfalls, denn wir können die Operationen des Künstlers in unserem Geist nachvollziehen. Nicht aber die Dinge der Natur, denn die Natur ist kein Werk unseres Geistes.«

»Aber für die Bibliothek genügt unser Geist, nicht wahr?«

»Ja, aber nur für die Bibliothek! Doch lass uns jetzt schlafen gehen. Ich kann heute sowieso nichts mehr tun und muss warten, bis ich meine Linsen habe, was hoffentlich morgen der Fall sein wird. Also gehen wir lieber früh zu Bett und stehen früh auf. Ich will versuchen, noch ein wenig nachzudenken.«

»Und das Abendessen?«

»Ach ja, das Abendessen, das haben wir ganz vergessen! Und jetzt ist es sicher zu spät, die Mönche sind schon zum Nachtgottesdienst in der Kirche. Aber vielleicht ist die Küche noch offen. Sieh doch mal, ob du uns nicht noch etwas besorgen kannst.«

»Stehlen?«

»Nein, nur erbitten. Zum Beispiel von Salvatore, er ist doch jetzt dein Freund.«

»Aber dann stiehlt er es!«

»Willst du deines Bruders Hüter sein?« fragte William mit den Worten Kains. Doch das war nur ein Scherz, und er meinte wohl, dass Gott gnädig sein und sich unserer schon irgendwie erbarmen werde. So begab ich mich auf die Suche nach Salvatore und fand ihn auch bald im Stall bei den Pferden.

»Prächtiges Tier«, sagte ich, um ein Gespräch zu beginnen, und deutete auf Brunellus. »Würde ich gern einmal reiten.«

»Geht nich. Verboten. Abbonis est. Brauchst aber kein bonum cavallum, pour courir vite.« Er wies auf einen robusten, aber plumpen Gaul: »Anco quello sufficit... Vide illuc, tertius equi...«

Er meinte das dritte Pferd in der Reihe, und ich musste lachen über sein Küchenlatein. »Und was muss ich tun, damit es schnell läuft?« fragte ich ihn.

Da erzählte er mir eine sonderbare Geschichte. Er sagte, man könne jedes beliebige Pferd, auch den lahmsten Klepper, genauso schnell wie Brunellus machen. Man brauche ihm nur ein feingehäckseltes Kraut namens Satyrion in den Hafer zu mischen und die Schenkel mit Hirschtalg einzureiben. Alsdann besteige man es, und ehe man ihm die Sporen gebe, drehe man seine Nüstern gen Osten und sage ihm dreimal leise die Worte »Kaspar, Merchior, Merchisardo« ins Ohr. Daraufhin werde es mächtig schnell loslaufen (»mucho rrrapido«) und in einer Stunde so weit gelangen wie Brunellus in deren acht. Und wenn man ihm dann noch die Zähne eines Wolfes, den es selber getötet hätte in seinem rasenden Lauf, an einem Band um den Hals hänge, werde es nimmermehr Müdigkeit spüren.

Ich fragte Salvatore, ob er das Rezept je ausprobiert hätte. Er schaute sich ängstlich um, trat nahe an mich heran, so dass ich seinen nicht eben erquicklichen Atem roch, und flüsterte mir ins Ohr, die Sache sei überaus schwierig geworden, denn heutzutage werde jenes Satyrion nur noch von den Bischöfen und ihren Freunden, den Rittern angebaut, die sich seiner bedienten, um ihre Macht zu vergrößern... An dieser Stelle machte ich seinem Gerede ein Ende, indem ich ihm sagte, mein Meister wolle heute abend einige Bücher in seiner Zelle studieren und hätte dort gern noch etwas zu essen.

»No es problema«, erklärte Salvatore sofort. »Faccio ego. Faccio el Kaasschmarrn.«

»Kaasschmarrn? Wie geht das?«

»Facilis. Nimm einen Kaas, nich zu alt, nich zu weich, mach klein Stückl in quadri o sicut te piace. Dann stell auf Feuer ein Topf mit un poco de burro o vero de structo fresco à rechauffer sobre la brasia. Et dentro vamos, rein mit dem Kaas, und wenn dir scheint tenerum, un peu zucharum et canella supra positurum. Fertisch. E subito in tabula, parce que ça se mange caldo caldo!«

»Also gut, mach uns Kaasschmarrn«, sagte ich, woraufhin mir Salvatore zu warten bedeutete und in die Küche entschwand. Nach kaum einer halben Stunde erschien er wieder und brachte mir eine dampfende Schüssel, über die er ein Tuch gebreitet hatte. Es duftete ausgezeichnet.

»Tiens!« sagte er und reichte mir auch eine große, reichlich mit Öl gefüllte Lampe.

»Wozu das denn?« fragte ich überrascht.

»Weiß nich«, sagte er mit hinterhältiger Miene. »Viellaisch questa notte tuo Magister will ire in locum oscurum...«

Wahrlich, dieser seltsame Bruder wusste entschieden mehr, als man dachte. Ich zog es vor, nicht weiter in ihn zu dringen, und brachte die Speise zu William. Wir aßen, ich wünschte meinem Meister eine gute Nacht und zog mich in meine Zelle zurück. Jedenfalls tat ich so. Denn ich wollte an diesem Abend wenn irgend möglich noch mit Ubertin sprechen, und so schlich ich mich heimlich in die Kirche.

Dritter Tag

Nach Komplet

Worin Adson die schlimme Geschichte des Fra Dolcino erfährt, sich andere schlimme Geschichten vergegenwärtigt oder auf eigene Faust in der Bibliothek zu Gemüte führt und schließlich, erregt von all diesen Entsetzlichkeiten, einem lieblichen Mädchen begegnet, das ihm schön wie die Morgenröte erscheint und schrecklich wie eine waffenstarrende Heerschar.

Diesmal war Ubertin in der Kirche. Ich fand ihn am Fuß der Mariensäule, kniete mich schweigend neben ihm nieder und (ich gestehe es) tat eine Weile so, als ob ich betete. Dann fasste ich mir ein Herz und sprach ihn an.

»Ehrwürdiger Vater«, begann ich, »darf ich Euch um Rat und Erleuchtung bitten?«

Ubertin sah mich an, nahm meine Hand in die seine, erhob sich und führte mich zu einer Bank. Wir setzten uns, er umarmte mich, und ich spürte seinen Atem an meiner Wange.

»Mein liebster Sohn«, sagte er warm, »alles, was ich armer alter Sünder für deine Seele tun kann, will ich mit Freuden tun. Was plagt dich? Es ist die Begierde, nicht wahr?« fragte er fast begierig, »die Begierde des Fleisches?«

»Nein«, antwortete ich errötend, »eher die Begierde des Geistes, der zuviel wissen will...«

»Das ist nicht gut. Nur der Herr ist allwissend, wir können nichts anderes tun, als seine Weisheit anbeten.«

»Aber wir müssen doch auch in der Lage sein, das Gute vom Bösen zu unterscheiden und die menschlichen Leidenschaften zu verstehen. Ich bin Novize, doch eines Tages werde ich Mönch und Seelsorger sein, und so muss ich lernen, wo sich das Böse verbirgt und in welcher Gestalt es auftritt, damit ich es erkennen und die anderen darin unterweisen kann.«

»Das ist wahr, mein Sohn. Also, was willst du wissen?«

»Die Wahrheit über das Giftkraut der Häresie, mein Vater«, sagte ich mit Überzeugung. Dann gab ich mir einen Ruck und sprudelte in einem einzigen Atemzuge hervor: »Ich hörte von einem schlimmen Menschen, der andere Menschen verführte: Fra Dolcino.«

Ubertin sah mich schweigend an. Dann nickte er: »Richtig, du hast den Namen neulich gehört, als William und ich miteinander sprachen. Es ist in der Tat eine überaus schlimme Geschichte, denn sie lehrt... ja, und darum musst du sie wohl erfahren, um eine nützliche Lehre aus ihr zu ziehen... sie lehrt, sagte ich, wie aus der Liebe zur Buße und aus dem Verlangen, die Welt vom Übel zu säubern, Bluttaten und Vernichtung hervorgehen können.« Er setzte sich etwas bequemer, lockerte seinen Griff um meine Schultern, ließ aber seine Hand auf meinem Nacken liegen, wie um mir seine Weisheit zu übertragen oder auch seine Wärme.

»Die Geschichte beginnt vor jenem Fra Dolcino«, hob er an, vor mehr als sechzig Jahren, und ich war damals noch ein Kind. Es war in Parma, wo ein gewisser Gherardo oder Gerhardus Segarelli zu predigen anfing. Er rief die Menschen zur Buße auf, er lief durch die Straßen und schrie ›*penitenziagite!*‹ (womit er in seiner ungeschlachten Art sagen wollte: ›*Penitentiam agite, appropinquavit enim regnum coelorum.*‹) und lehrte seine Anhänger, sich wie die Jünger Jesu zu geben, weshalb er auch wollte, dass seine Sekte als ›Ordo Apostolorum‹ bezeichnet werde. Und seine Getreuen sollten als arme Bettelbrüder, die nur von Almosen leben, hinausgehen in die Welt...«

»Wie die Fratizellen«, warf ich ein. »Und war das nicht auch der Auftrag Unseres Herrn Jesus und Eures Franziskus?«

»Ja«, nickte Ubertin seufzend und mit einem leichten Zögern in seiner Stimme, »aber vielleicht ging Gherardo ein wenig zu weit. Jedenfalls wurde ihm und den Seinen bald vorgeworfen, die Autorität der Priester und die heilige Messe und die Beichte nicht anzuerkennen und ein Vagabundenleben zu führen.«

»Aber das wurde doch auch den franziskanischen Spiritualen vorgeworfen. Und sagen die Minoriten nicht heute gleichfalls, man brauche die Autorität des Papstes nicht anzuerkennen?«

»Ja, die Autorität des Papstes, aber die der Priester schon. Ach, es ist schwierig, mein Sohn, in diesen Dingen genau zu unterscheiden. Die Scheidelinie, die zwischen gut und böse verläuft, ist ungemein subtil... Irgendwie irrte Gherardo und befleckte sich mit Häresie... Er bat um Aufnahme in den Orden der Minderen Brüder, doch unsere Confratres akzeptierten ihn nicht. Er verbrachte die Tage in der Kirche unserer Brüder und sah, dass die Apostel auf den Bildern Sandalen anhatten und lange Gewänder, und so ließ er sich das Haar und den Bart wachsen, zog Sandalen an und band sich die Kordel der Minoriten um den Leib, denn wer heutzutage eine neue Kongregation gründen will, nimmt sich immer etwas vom Orden des heiligen Franz...«

»Aber darin tat er doch recht...«

»Ja, aber in anderem irrte er... Gekleidet in einen weißen Mantel über einem weißen Hemd, umwallt von seinem langen Haupthaar, erwarb er sich bei den einfachen Leuten bald den Ruf eines Heiligen. Er verkaufte ein kleines Häuschen, das er besaß, und setzte sich auf einen Stein von der Art, wie ihn einst die Machthaber zu besteigen pflegten, wenn sie Reden ans Volk halten wollten, gab aber das Geld nicht aus und schenkte es auch nicht den Armen, sondern rief die Gauner und Strolche herbei, die in der Gegend ihr Unwesen trieben, und warf es unter sie mit den Worten: ›Wer will, der nehme!‹ Und die Gauner nahmen das Geld und gingen hin und verspielten es beim Würfeln und lästerten den lebendigen Gott. Und Gherardo, der ihnen das Geld gegeben, hörte sie lästern und errötete nicht.«

»Aber auch Franz von Assisi gab alles fort, was er besaß, und wie ich heute von Bruder William erfuhr, ging er hin und predigte nicht nur den Raben und Raubvögeln, sondern auch den Aussätzigen, und das heißt dem Abschaum, den die braven Schafe, die sich für tugendhaft halten, an die Ränder der Herde verdrängen...«

»Ja, aber in einem irrte Gherardo, der heilige Franz verging sich nie an der heiligen Kirche, und das Evangelium gebietet, den Armen zu geben, nicht den Gaunern und Strolchen. Gherardo gab, ohne etwas dafür zu bekommen, denn er gab dem Gesindel, und so schlimm die Geschichte begann, so schlimm ging sie weiter, und so schlimm musste sie schließlich enden, denn seine Kongregation wurde von Papst Gregor X. nicht anerkannt.«

»Vielleicht«, gab ich zu bedenken, »war jener Papst nicht so weitsichtig wie sein Vorgänger, der die Regel des heiligen Franz anerkannte...«

»Ja, aber in einem irrte Gherardo, während Franz immer sehr genau wusste, was er tat. Und bedenke bitte, mein Sohn, jene einfachen Schweine- und Rinderhirten, die über Nacht Pseudo-Apostel geworden waren, wollten sorglos und ohne im Schweiße ihres Angesichtes zu arbeiten von den Almosen derer leben, die unsere Minderen Brüder mit soviel Mühe und heroischer Aufopferung durch ihr eigenes Beispiel zur Armut erzogen hatten! Aber darum geht es nicht«, fügte Ubertin rasch hinzu. »Denn um den Aposteln zu gleichen, die schließlich, bevor sie zu Jüngern des Herrn geworden, noch Juden gewesen waren, ließ sich Gherardo sogar beschneiden, entgegen der Mahnung des Paulus an die Galater – und wie du weißt, haben viele heilige Männer geweissagt, dass der Antichrist aus dem Volk der Beschnittenen kommen werde... Aber er tat noch Schlimmeres: Er rief die einfachen Leute zusammen und sprach: ›Folget mir in den Weingarten‹, und die ihn nicht kannten, gingen mit ihm in fremde Gärten, da sie glaubten, es seien die seinen, und aßen die Trauben anderer...«

»Ihr werdet mir doch nicht weismachen wollen, dass ausgerechnet die Minderen Brüder das Eigentum anderer verteidigen«, sagte ich reichlich keck.

Ubertin sah mir streng in die Augen: »Die Minderen Brüder wollen in Armut leben, doch sie haben niemals von anderen verlangt, ebenfalls arm zu sein! Du kannst dich nicht straflos am Eigentum guter Christen vergreifen, die guten Christen werden dich sonst als Räuber bezeichnen. Wie sie es mit Gherardo taten. Von dem sie am Ende sogar behaupteten (und merke: ich weiß nicht, ob es zutraf, ich stütze mich hier auf die Worte des Fra Salimbene, der jene Leute persönlich gekannt hat), er habe, um seine Willenskraft und Standhaftigkeit auf die Probe zu stellen, mit Frauen geschlafen, ohne ihnen körperlich beizuwohnen; doch als seine Jünger das auch versuchten, kamen ganz andere Resultate dabei heraus... Oh, was erzähle ich dir, ein Knabe wie du darf diese Dinge nicht wissen, das Weib ist ein Vehikel des Satans!... Gherardo rief unterdessen weiter sein ›Penitenziagite!‹, doch dann versuchte einer aus seinem Gefolge, ein gewisser Guido Putagio, sich an die Spitze seiner Gruppe zu setzen, und zog mit großem Pomp und zahlreichen Reitern durchs Land und verschleuderte hohe Summen und veranstaltete Bankette, wie es die Kardinäle der Kirche in Rom zu tun pflegen. So kam es zwischen den beiden zum Streit um die Führung der Gruppe, und überaus hässliche Dinge geschahen. Dennoch erhielt Gherardo auch weiterhin großen Zulauf, nicht nur Bauern vom Lande, auch ehrbare Handwerker aus den Städten kamen zu ihm, und er hieß sie ihre Kleider ablegen, um nackt dem nackten Christus zu folgen, und sandte sie aus, seine Lehre zu predigen in der Welt. Er selbst aber ließ sich aus festem Zwirn ein weißes Gewand ohne Ärmel nähen und glich darin mehr einem Narren denn einem Mönch! Sie lebten unter freiem Himmel, aber zuweilen stürmten sie Kirchenkanzeln, unterbrachen die Andacht der Gläubigen und verjagten die Priester. Einmal setzten sie sogar ein kleines Kind auf den Bischofsthron in der Kirche Sankt Ursus zu Ravenna... Und sie nannten sich Erben der Lehre Joachims von Fiore...«

»Aber das haben doch auch die Franziskaner getan, auch Gerhardus von Borgo San Donnino, auch Ihr selbst!« rief ich.

»Beruhige dich, mein Sohn! Joachim von Fiore war ein großer Prophet, er hat als erster vorausgesehen, dass Franziskus kommen würde, um die Kirche zu erneuern. Die Pseudo-Apostel dagegen missbrauchten Joachims Lehre zur Rechtfertigung ihres Wahns, Segarelli zog mit einer ›Apostolessa‹ herum, einer gewissen Tripia oder Ripia, die vorgab, sie besäße die Gabe der Prophetie. Eine Frau, verstehst du?«

»Aber ehrwürdiger Vater«, unterbrach ich von neuem, »Ihr selbst habt doch neulich von den frommen Visionen der Schwestern Clara von Montefalco und Angela von Foligno gesprochen...«

»Sie waren Heilige! Sie lebten in Demut und anerkannten die Macht der Kirche, und es lag ihnen gänzlich fern, sich die Gabe der Prophetie anzumaßen. Die Pseudo-Apostel dagegen behaupteten, ähnlich wie viele andere Ketzer, auch die Frauen könnten jederzeit predigen und als Predigerinnen durchs Land ziehen. Und dabei machten sie auch keinen Unterschied mehr zwischen Ledigen und Verheirateten, und kein Gelübde galt ihnen mehr als bindend... Kurzum (denn ich will dich nicht allzusehr mit dieser trüben Geschichte belasten, deren volle Bedeutung du noch nicht richtig erfassen kannst), es kam schließlich so weit, dass der Bischof Obizzo von Parma beschloss, Gherardo in Ketten legen zu lassen. Da aber geschah etwas Sonderbares, woran du sehen kannst, wie schwach die Natur des Menschen ist und wie tückisch das Giftkraut der Häresie. Denn es dauerte nicht lange, und der Bischof ließ Gherardo wieder frei, empfing ihn an seiner Tafel und lachte über seine groben Späße und behielt ihn bei sich als seinen Hofnarren.«

»Und wie kam das?«

»Ich weiß es nicht... das heißt, ich fürchte, ich weiß es doch. Der Bischof war ein Mann des Adels, ihm missfielen die Händler und Handwerker in der Stadt. Vielleicht war es ihm daher ganz recht, wenn Gherardo weiterhin mit seinen Armutspredigten gegen den Reichtum der Bürger wetterte und vom Betteln zum Raub überging... Erst als der Papst persönlich eingriff, besann sich der Bischof auf die gebotene Strenge, und Gherardo endete elendiglich als gottloser Ketzer auf dem Scheiterhaufen. Das war zu Anfang dieses Jahrhunderts.«

»Und was hat das alles mit Fra Dolcino zu tun?«

»Mancherlei, mein Sohn, und daran kannst du sehen, wie das Ketzertum selbst die Vernichtung der Ketzer zu überleben vermag. Dolcino war der Bastard eines Priesters in der Diözese Novara, wenige Tagereisen nördlich von hier. Manche behaupten auch, er stamme aus einer anderen Gegend, aus Romagnano oder aus dem Tal der Ossola, aber das kommt wohl aufs gleiche hinaus. Er war ein sehr aufgeweckter Junge und wurde in den Litterae unterwiesen, doch eines Tages bestahl er den Priester, der sich um ihn kümmerte, und floh nach Trient im Etschtal. Dort nahm er Gherardos Predigt auf und setzte sie noch häretischer fort, als sie ohnehin war. Er scheute sich nicht zu behaupten, er sei der einzige wahre Apostel Gottes, und alle Dinge müssten geteilt werden in gemeinschaftlicher Liebe unter den Menschen, und es sei auch erlaubt, sich unterschiedslos mit allen Weibern einzulassen, niemand könne dafür des Konkubinats angeklagt werden, nicht einmal, wenn er mit Gattin und Tochter zugleich verkehre...«

»Hat er diese Ruchlosigkeiten wirklich gepredigt, oder hat man sie ihm nur unterstellt? Ich habe nämlich gehört, dass auch die Spiritualen solcher Verbrechen bezichtigt wurden, zum Beispiel die Brüder von Montefalco...«

»De hoc satis!« fuhr mir Ubertin scharf über den Mund. »Sie waren keine Brüder! Sie waren Ketzer! Und verseucht von eben jenem Dolcino! Und außerdem – hör gut zu, mein Sohn! – genügt es zu wissen, was Dolcino weiter tat, um zu erkennen, was für ein übler Ketzer er war. Man weiß nicht genau, wie er mit den Lehren der Pseudo-Apostel in Berührung kam. Vielleicht war er als junger Mensch einmal in Parma gewesen und hatte dort Segarelli predigen gehört. Man weiß nur, dass er nach Segarellis Tod eine Zeitlang im Bolognesischen Kontakte mit jenen Ketzern hatte. Und sicher ist, dass er in Trient zu predigen anfing. Dort verführte er dann ein wunderschönes Fräulein aus nobler Familie, Margaretha, oder vielleicht war es auch umgekehrt und *sie* verführte *ihn* wie Heloïse den Abaelard... Denn wisse, stets ist es das Weib, mit dessen Hilfe der Dämon in die Herzen der Männer eindringt... Jedenfalls wurde es nun dem Bischof von Trient zuviel, und er ließ den Aufrührer aus seiner Diözese verjagen. Aber Dolcino hatte inzwischen wohl tausend Menschen um sich geschart, mit denen er sich auf einen langen Marsch begab, der ihn durch die Berge in die Dörfer und Täler seiner Heimat zurückführte.

Und überall, wo er hinkam, fand er neue Anhänger, die sich von seiner Predigt verführen ließen, und vermutlich schlossen sich ihm auch viele Waldenser an, die in den Bergen lebten, durch die er zog, oder vielleicht wollte er sich auch mit jenen Waldensern zusammentun. Im Novaresischen fand er ein günstiges Klima für seine Revolte vor, denn die Vasallen, die das Dorf Gattinara im Auftrag des Bischofs von Vercelli beherrscht hatten, waren kurz zuvor von den Dörflern verjagt worden, so dass diese nun in Dolcinos Banditen willkommene Verbündete sahen.«

»Was hatten die Vasallen des Bischofs denn getan?«

»Das weiß ich nicht, und es steht mir nicht zu, darüber zu richten. Doch wie du siehst, vermählt sich die Häresie nicht selten mit der Revolte gegen die Feudalherren, und so kommt es, dass der Häretiker zwar am Anfang die hehre Armut predigt, bald aber allen Verlockungen der Macht, des Krieges und der Gewalt erliegt. So gab es zum Beispiel in der Stadt Vercelli einen Streit zwischen verfeindeten Adelsfamilien, den sich die Pseudo-Apostel zunutze machten, während jene Familien sich ihrerseits das Durcheinander zunutze machten, das durch den Eingriff der Pseudo-Apostel entstand. Unterdessen warben die Feudalherren Abenteurer und Söldner an, um die Städte zu überfallen, woraufhin die Städter den Bischof von Novara um Schutz ersuchten.«

»Mein Gott, was für eine komplizierte Geschichte! Und auf wessen Seite schlug sich Dolcino?«

»Ich weiß nicht, er war ein Kapitel für sich. Er machte sich all diese Fehden und Streitereien zunutze, um im Namen der Armut den Kampf wider das Eigentum anderer zu predigen. Er verschanzte sich mit den Seinen, die inzwischen an die dreitausend waren, auf einem hohen Berg bei Novara, den man die Kahle Wand heißt, Monte della Parete Calva, und sie bauten sich Wohnstätten und eine richtige Festung dort oben und lebten in schändlichster Unzucht, Männer und Weiber wild durcheinander, und Dolcino herrschte über die ganze Horde. Und Rundschreiben schickte er aus an seine Getreuen, in denen er seine Lehren darlegte. Die Armut müsse ihr Ideal sein, schrieb er, und sie seien an keinerlei äußere Gehorsamspflicht gebunden, und er, Dolcino, sei von Gott gesandt, um die Weissagungen zu deuten und die Schriften des Alten und Neuen Testaments auszulegen. Die Kleriker aber, ob Weltpriester, Prediger oder auch Minoriten, nannte er Diener des Teufels und entband seine Anhänger von der Pflicht, ihnen zu gehorchen. Und er unterschied vier Zeitalter im Leben der Christenheit: erstens das des Alten Testaments, der Patriarchen und der Propheten vor der Ankunft Christi, in welchem die Ehe gut war, weil sich das Volk vermehren musste; zweitens das Zeitalter Christi und der Apostel, die Zeit der Heiligkeit und der Keuschheit; dann das dritte Zeitalter, in welchem die Päpste zunächst die irdischen Reichtümer akzeptieren mussten, um das Volk regieren zu können, doch als die Menschen sich von der Gottesfurcht abzuwenden begannen, kam Benedikt von Nursia und predigte wider allen weltlichen Besitz. Und als dann auch die Mönche des heiligen Benedikt Reichtümer aufzuhäufen begannen, kamen die Brüder des heiligen Franziskus und des heiligen Dominikus und predigten noch rigoroser und strenger als Benedikt wider die irdische Herrschaft und den weltlichen Reichtum. Nun aber, seit die Lebensführung so vieler Prälaten erneut all diesen Ermahnungen Hohn spricht, sei man ans Ende des dritten Zeitalters gelangt und müsse sich zu den Lehren des Evangeliums und der Apostel bekehren.«

»Aber dann hat Dolcino doch nur gepredigt, was auch die Franziskaner damals predigten und unter ihnen insbesondere die Spiritualen und Ihr selbst, ehrwürdiger Vater!«

»Ja schon, aber er zog daraus eine infame Schlussfolgerung! Er verkündete nämlich, um dieses dritte Zeitalter der Korruption zu beenden, müssten sämtliche Kleriker eines grausamen Todes sterben. Er verkündete, alle Prälaten der Kirche, alle Geistlichen, alle Mönche und Nonnen, auch die Brüder und Schwestern der Bettelorden, die Minoriten, die Eremiten und sogar Papst Bonifaz müssten samt und sonders vernichtet werden, und zwar von einem Kaiser, den er selbst dazu auserwählt habe, und das sei Friedrich von Sizilien.«

»Aber war es nicht gerade jener Friedrich, der den aus Umbrien vertriebenen Spiritualen auf seiner Insel Zuflucht gewährte? Und verlangen nicht auch die Minoriten, der Kaiser (mag es heute auch Ludwig der Bayer sein) solle die weltliche Macht des Papstes und der Kardinäle zerschlagen?«

»Eben dies ist das Schlimme am Ketzertum, dass es, wie jeder Wahn, die besten Gedanken verdreht und zu Konsequenzen führt, die den Gesetzen Gottes und der Menschen Hohn sprechen! Die Minoriten haben niemals vom Kaiser verlangt, er solle die anderen Geistlichen töten.«

Hier irrte Ubertin, wie man heute weiß, denn als Ludwig der Bayer wenige Monate später seine Herrschaft in Rom errichtete, taten Marsilius und andere Minoriten mit den papsttreuen Geistlichen eben das, was Dolcino gefordert hatte. Womit ich beileibe nicht etwa sagen will, dass Dolcino im Recht gewesen wäre, allenfalls, dass Marsilius im Unrecht war... Gleichwohl begann ich mich nun zu fragen, besonders nach meinem Gespräch mit William an jenem Morgen, wie eigentlich die einfachen Leute im Gefolge Dolcinos korrekt unterscheiden sollten zwischen den Verheißungen der Spiritualen und ihrer Verwirklichung durch Dolcino. War es denn wirklich ein so großes Verbrechen, wenn er in handfeste Praxis umsetzte, was fromme Männer, die als rechtgläubig galten, in reinster Mystik gepredigt hatten? Oder lag vielleicht hierin genau der Unterschied, bestand vielleicht wahre Frömmigkeit in der reinen Hoffnung auf Gott, im geduldigen Warten, dass ER uns geben wird, was seine Propheten verheißen haben, ohne dass wir es mit irdischen Mitteln zu erreichen trachten? Heute weiß ich, dass es so ist und warum Dolcino irrte: Man darf die Ordnung der Dinge nicht ändern, auch wenn man glühend auf ihre Veränderung hoffen muss. An jenem Abend indessen fühlte ich mich zwischen widersprüchlichen Gedanken hin- und hergerissen.

»Am Ende«, fuhr Ubertin fort, »erkennst du den Stempel der Häresie stets in der Hoffart. Im Jahre 1303 sandte Dolcino ein zweites Rundschreiben aus, in welchem er sich zum Oberhaupt der ›Apostolischen Kongregation‹ erklärte und zu seinen Stellvertretern die perfide Margaretha (eine Frau!) ernannte sowie die Pseudo-Apostel Longinus von Bergamo, Fridericus von Novara, Albertus Carentinus und Valdericus von Brescia. Und er erging sich des langen und breiten über eine Abfolge von vier Päpsten, zwei guten, nämlich der erste und der letzte, und zwei bösen, der zweite und dritte. Der erste sei Coelestin gewesen, der zweite Bonifaz VIII., von dem die Propheten gesagt hätten: ›Die Hoffart deines Herzens hat dich ruchlos gemacht, oh du, der du in den Felsspalten wohnest.‹ Der dritte Papst wurde nicht namentlich genannt, doch von ihm habe Jeremias gesagt: ›Seht, welch ein Löwe!‹ Und den Löwen sah Dolcino infamerweise in Friedrich von Sizilien. Der vierte Papst schließlich sei zwar noch unbekannt, aber er werde der Heilige Papst sein, der Papa Angelicus, von dem auch der Abt Joachim gesprochen hatte. Er werde von Gott auserwählt sein, und dann werde die Gnade des Heiligen Geistes über Dolcino und die Seinen kommen (sie waren inzwischen viertausend), und sie würden die Kirche erneuern bis ans Ende der Zeiten. Doch in den drei Jahren bis zur Ankunft des vierten Papstes müsse alles Böse vertilgt werden. Was Dolcino alsdann zu tun versuchte, indem er das ganze Land mit Krieg überzog. Und als der vierte Papst kam (und hieran siehst du, welches grausames Spiel der Teufel mit seinen Sukkubi treibt), war es ausgerechnet jener Clemens, der zum Kreuzzug gegen Dolcino aufrief. Und mit vollem Recht, denn die Ansichten, die Dolcino in seinen Rundschreiben vertrat, waren nun wirklich nicht mehr mit dem rechten Glauben vereinbar. Er behauptete nämlich, dass die römische Kirche eine Hure sei, dass man den Priestern keinen Gehorsam schulde, dass alle geistliche Macht auf die Apostlersekte übergegangen sei, dass allein die Apostler die neue Kirche bildeten, dass die Apostler die Ehe auflösen könnten, dass niemand das Heil erlangen werde, wenn er nicht zu ihrer Sekte gehöre, dass kein Papst die Absolution erteilen könne, dass man den Zehnten nicht zu bezahlen brauche, dass es besser sei, ohne Gelübde zu leben als mit Gelübde, dass eine geweihte Kirche nichts bedeute für das Gebet, nicht mehr als ein Schweinestall, und dass man den Herrn in den Wäldern ebensogut wie in den Kirchen anbeten könne.«

»Hat er all diese Dinge wirklich gesagt?«

»Ja, das ist gesichert, er hat sie geschrieben. Doch er tat leider noch mehr. Denn kaum dass er sich mit seinen Leuten auf dem Monte della Parete Calva verschanzt hatte, begann er, die Dörfer im Tal zu überfallen und Raubzüge zu unternehmen, um sich mit Lebensmitteln zu versorgen. Kurz, er führte einen regelrechten Krieg gegen die Ländereien ringsum.«

»Und alle waren gegen ihn?«

»Ich weiß nicht, vielleicht bekam er von manchen auch Unterstützung. Ich sagte dir doch, er hatte sich in ein unentwirrbares Knäuel lokaler Fehden und Zwietrachten eingefädelt. Aber dann kam der Winter des Jahres 1305, der einer der strengsten seit Jahrzehnten war, und überall herrschte große Not. Dolcino sandte ein drittes Rundschreiben aus, und noch einmal strömten ihm viele neue Anhänger zu, doch das Leben auf der Kahlen Wand wurde immer unerträglicher, und schließlich wurde der Hunger so groß, dass sie Pferdefleisch aßen und andere unreine Tiere und gekochtes Heu. Und viele starben daran.«

»Und gegen wen kämpften sie jetzt noch?«

»Der Bischof von Vercelli hatte sich an Papst Clemens V. gewandt, und sie hatten zu einem Kreuzzug gegen die Ketzer aufgerufen. Jedem, der sich von den Dolcinianern lossagte, wurde uneingeschränkte Straffreiheit zugesichert; Ludwig von Savoyen, die lombardischen Inquisitoren und der Erzbischof von Mailand wurden mobilisiert. Viele nahmen das Kreuz und kamen den Vercellesen und Novaresen zu Hilfe, auch Leute aus der Provence und aus Frankreich kamen, und der Bischof von Vercelli hatte das Oberkommando. Es gab immer wieder Scharmützel zwischen den Vorhuten der beiden Armeen, aber Dolcinos Festung war uneinnehmbar, und irgendwie erhielten die Ketzer auch immer wieder Hilfe.«

»Von wem?«

»Nun, ich denke von anderen Ketzern, von gottlosem Volk, das Freude an diesem Durcheinander empfand. Gegen Ende 1305 sah sich der Häresiarch dann allerdings gezwungen, die Kahle Wand zu verlassen. Er ließ die Toten und Verwundeten liegen und floh in die Gegend von Trivero, wo er sich mit dem Rest seiner Horde erneut auf einem Berg verschanzte, der damals Zubello hieß und seither Rubello oder Rebello genannt wird, weil er zur letzten Festung der Rebellen gegen die Kirche wurde. Kurzum, ich kann dir nicht alle Einzelheiten erzählen, es kam zu schrecklichen Greueln und Metzeleien, doch schließlich mussten sich die Rebellen ergeben. Dolcino und die Seinen wurden gefangengenommen und endeten, wie das Gesetz es befahl, auf dem Scheiterhaufen.«

»Auch die schöne Margaretha?«

Ubertin sah mich an. »Du hast dir gemerkt, dass sie schön war, stimmt's? Ja, sie war wunderschön, heißt es, und viele adlige Herren aus der Gegend wollten sie freien, um sie vor dem Scheiterhaufen zu retten. Aber sie wollte nicht. Sie starb gottlos mit ihrem gottlosen Buhlen. Lass dir das eine Lehre sein, mein Sohn: Hüte dich vor der Hure von Babylon, auch wenn sie dir in Gestalt der lieblichsten aller Kreaturen erscheint!«

»Gewiss, ehrwürdiger Vater«, versicherte ich. »Aber sagt mir jetzt, ich habe munkeln gehört, dass der Cellerar dieser Abtei und vielleicht auch der Mönch Salvatore den Dolcinianern begegnet seien und irgendwie auch bei ihnen waren...«

»Still, urteile nicht aufgrund von Gerüchten! Ich habe den Cellerar in einem Minoritenkloster kennengelernt – nach den Ereignissen, von denen ich hier erzähle, gewiss. Aber viele Spiritualen hatten in jenen Jahren, bevor sie Zuflucht im Orden des heiligen Benedikt suchten, ein recht bewegtes Leben geführt und ihre Klöster verlassen müssen. Ich weiß nicht, wo Remigius vorher gewesen war, ich weiß aber, dass er stets ein guter Mönch gewesen ist, jedenfalls was die Rechtgläubigkeit betrifft... Ansonsten... nun ja, das Fleisch ist schwach...«

»Was wollt Ihr damit sagen?«

»Nichts, nichts, was dich angeht. Diese Dinge brauchst du nicht zu wissen... Beziehungsweise, da wir hier schon davon sprechen... nun ja, ich habe munkeln gehört, dass der Cellerar gewissen Versuchungen nicht... Doch nein, das sind Gerüchte! Du musst lernen, dergleichen nicht einmal zu denken!« Er zog mich erneut fest an sich und deutete zu dem Marienbildnis auf der Säule empor. »Du musst dich der unbefleckten Liebe zuwenden. Siehe, in der Jungfrau Maria hat sich die

Weiblichkeit sublimiert, und darum kannst du von ihr auch sagen, dass sie schön ist wie die Geliebte im Canticum Canticorum! Ja wahrlich, an ihr« – rief Ubertin hingerissen, das Antlitz entflammt von einer inneren Freude, ganz wie am Vortag der Abt, als er von seinen kostbaren Gemmen und goldenen Bechern sprach – »an ihr wird die Anmut des irdischen Körpers zum Zeichen der himmlischen Schönheit, und darum hat der Bildhauer sie auch zu Recht mit allen weiblichen Reizen versehen.« Er deutete auf die zierliche Büste der Jungfrau, die gestrafft und hochgestützt wurde durch ein schmales Korsett, an dessen Bändern die zarten Hände des Kindes spielten. »Siehst du? *Pulchra enim sunt ubera quae paululum supereminent et tument modice, nec fluitantia licenter, sed leniter restricta, repressa sed non depressa*... Was empfindest du angesichts dieses lieblichen Bildes?«

Ich errötete heftig und fühlte ein inneres Feuer in mir aufsteigen. Ubertin musste es gemerkt haben, vielleicht sah er auch die Glut auf meinen Wangen, denn er fügte sogleich hinzu: »Doch du musst lernen, das Feuer der übernatürlichen Liebe zu unterscheiden vom Entzücken der Sinne. Das ist sehr schwierig, auch für die Heiligen.«

»Aber woran erkennt man die fromme Liebe?«

»Ach, mein Sohn, was ist überhaupt die Liebe? Nichts in der Welt, weder Mensch noch Teufel noch sonst etwas, ist so zwiespältig wie die Liebe, denn sie dringt tiefer in deine Seele ein als alles andere. Nichts beschäftigt und bindet das Herz so sehr wie die Liebe. Deswegen kann sie dich, wenn deine Seele nicht die nötigen Waffen hat, um sie zu meistern und zu beherrschen, in tiefes Verderben stürzen. Auch Dolcino, glaube ich, wäre nicht ins Verderben gestürzt ohne die Verlockungen der Margaretha, noch wären ohne das dreiste und zuchtlose Leben auf der Parete Calva so viele Menschen dem Zauber seiner Revolte erlegen. Und merke, mein Sohn, dies sage ich nicht allein von der unfrommen Liebe, die natürlich allzeit zu meiden ist als ein Werk des Teufels, sondern ich sage es auch mit Furcht und Zittern von der frommen Liebe, von der des Menschen zu Gott und zu seinem Nächsten. Oft genug kommt es vor, dass zwei oder drei Menschen, Männer oder Frauen, einander von Herzen lieben und ehrlich zugetan sind, und wollen immer zusammenleben, und dann ist's zur Hälfte Wollen und zur Hälfte Begehren. Ich gestehe dir, ein solches Gefühl empfand ich für hehre Frauen wie Clara und Angela. Und doch ist auch das sehr verwerflich, mag es sich auch nur im Geiste vollziehen und für Gott... Denn auch die Liebe, die du in der Seele empfindest, so du nicht gewappnet bist, sondern dich ihr mit Inbrunst auftust, kann dich zu Fall bringen oder zutiefst verwirren. Oh ja, mein Sohn, die Liebe hat viele Gesichter, zuerst entbrennt deine Seele für sie in zärtlicher Rührung, dann wird sie krank... Dann aber, dann spürt sie auf einmal die wahre Glut der göttlichen Liebe und schreit, bricht in ein großes Klagen aus, macht sich zum Stein, der in die Esse gelegt worden ist, damit er zu Kalk zerfalle, und prasselt umlodert von Flammen...«

»Und das ist dann fromme Liebe?«

Ubertin strich mir sanft übers Haar, und als ich ihm in die Augen sah, waren sie tränenumflort. »Ja, mein Sohn, das endlich ist fromme Liebe.« Er nahm seine Hand von meiner Schulter. »Aber wie schwer, wie unendlich schwer ist sie zu erkennen! Manchmal, wenn deine Seele vom Dämon heimgesucht wird, fühlst du dich wie ein Gehenkter, der mit verbundenen Augen und auf dem Rücken gefesselten Händen am Galgen schwebt, aber weiterlebt, hilflos, haltlos, ohne Aussicht auf Rettung im Leeren hangend...«

Sein Antlitz war jetzt nicht nur tränenüberströmt, sondern auch schweißbedeckt. »Geh jetzt, geh!« rief er hastig und wandte sich ab. »Ich habe dir gesagt, was du wissen wolltest. Hier der Engelchor, dort der Höllenschlund. Geh rasch, und gelobt sei der Name des Herrn!« Er warf sich erneut vor der Jungfrau zu Boden, ich hörte ihn leise schluchzen. Er betete.

Ich trat ins Dunkel zurück, verließ aber nicht die Kirche. Das Gespräch mit Ubertin hatte ein seltsames Feuer in meiner Seele entzündet, und in meinen Eingeweiden rumorte eine nie gekannte Unruhe. War das der Grund, warum ich auf einmal den Stachel des Ungehorsams verspürte und beschloss, mich auf eigene Faust in die Bibliothek zu wagen? Nicht dass ich dort etwas Bestimmtes suchte, ich wollte nur einfach allein einen unbekannten Ort erkunden und war fasziniert von dem Gedanken, mich ohne die Hilfe meines Meisters orientieren zu können. Ich stürmte hinauf, wie Dolcino auf den Monte Rebello gestürmt war.

Die Öllampe trug ich bei mir (warum hatte ich sie mitgenommen? hatte ich etwa den Plan schon insgeheim in meinem Herzen bewegt?), und so drang ich fast blindlings in das Ossarium ein. Kurz darauf war ich im Skriptorium.

Es muss wahrhaftig ein Schicksalsabend gewesen sein, denn als ich neugierig zwischen den Tischen herumschlich, sah ich auf einem ein Buch, das einer der Mönche in jenen Tagen wohl gerade kopierte. Der Titel erregte sofort mein Interesse: *Historia fratris Dulcini Heresiarche*. Ich glaube, es lag auf dem Tisch des Bruders Petrus von Sant'Albano, der, wie ich gehört hatte, an einer monumentalen Geschichte des Ketzertums arbeitete (die er freilich nach allem, was in der Abtei geschehen sollte, niemals beendet hat – aber greifen wir den Ereignissen nicht vor). Es war also nicht weiter verwunderlich, dass dieses Buch hier lag, auch lagen andere Bücher ähnlichen Inhalts daneben, Schriften über die Patarener, die Flagellanten und so weiter. Ich aber nahm's als ein übernatürliches Zeichen, sei's vom Himmel oder auch aus der Hölle, und beugte mich voller Neugier darüber. Es war nicht sehr lang und besagte im ersten Teil mehr oder minder, mit zahlreichen Einzelheiten, die ich vergessen habe, was Ubertin mir erzählt hatte. Auch war die Rede von vielen Greueltaten, welche die Dolcinianer während des Krieges und der Belagerung ihres Berges begangen – und von der letzten Schlacht, die überaus grausam gewesen sein muss. Dann aber fand ich auch manches, was Ubertin mir nicht erzählt hatte, und es war lebhaft geschildert von einem, der es offenbar selber miterlebt hatte und sich noch gut daran erinnern konnte.

So erfuhr ich, dass im März Anno Domini 1307, am Ostersamstag, Dolcino, Margaretha und Longinus von Bergamo, endlich gefangen, in die Stadt Biella verbracht und dort dem Bischof übergeben wurden, der sie einkerkern ließ und die Entscheidung des Papstes abwartete. Dieser, als er die

Nachricht erhielt, übermittelte sie sogleich an König Philipp von Frankreich mit den Worten: »Wir haben höchst willkommene Nachricht erhalten, die Uns Anlass zu Freude und Jubel gibt, denn jener pestilenzialische Dämon, Sohn des Belial und greuliche Häresiarch Dolcino ist nach langen Gefahren, Mühen, Metzeleien und zahlreichen Interventiones mitsamt seinen Anhängern endlich verwahrt in Unseren Kerkern, dank der Beharrlichkeit Unseres verehrungswürdigen Bruders Raniero, Bischof von Vercelli, der ihn gefangennahm am Tage des heiligen Abendmahls Unseres Herrn, und wurde der Haufe, der mit ihm war, da verseucht von der Kontagion, noch selbigen Tages getötet.« Der Papst war gnadenlos und befahl dem Bischof, die Gefangenen unverzüglich hinrichten zu lassen. So wurden die Ketzer im Juli desselben Jahres, am ersten Tage des Monats, dem weltlichen Arm übergeben. Unter dem Sturmläuten sämtlicher Glocken der Stadt wurden sie auf einen Karren gebunden, und, umstellt von Henkersknechten sowie gefolgt von Milizsoldaten, durch die Straßen gezogen, und an jeder Kreuzung riss man ihnen mit glühenden Zangen Fleischstücke aus dem Körper. Margaretha wurde als erste verbrannt, vor den Augen Dolcinos, der keinen Gesichtsmuskel dabei rührte, so wie er auch keinen Klagelaut von sich gab, als ihm die Zangen ins Fleisch fuhren. Dann setzte der Karren seinen Umzug fort, und die Henkersknechte tauchten ihre Eisen in Bottiche voller kochendem Öl. Dolcino litt weitere Qualen und blieb weiterhin stumm, nur als man ihm die Nase amputierte, zog er ein wenig die Schultern hoch, und als man ihm das männliche Glied abriss, war ein langer Seufzer zu hören wie ein leises Jaulen. Das letzte, was man von ihm vernahm, war ein Aufruf zur Unbußfertigkeit und die Ankündigung, er werde am dritten Tage auferstehen. Dann wurde er verbrannt, und seine Asche wurde in alle Winde zerstreut.

Ich schloss das Buch mit zitternden Händen. Dolcino hatte zweifellos schlimme Verbrechen begangen, aber sein Tod war entsetzlich gewesen. Und auf dem Scheiterhaufen hatte er sich verhalten wie... ja, wie eigentlich? Wie ein standhafter Märtyrer oder wie ein verstockter Sünder? Während ich schwankend die Stufen zur Bibliothek erklomm, begriff ich plötzlich, warum ich so erregt und verwirrt war. Denn auf einmal stand mir eine Szene vor Augen, die ich wenige Monde vorher gesehen, kurz nach meiner Ankunft in der Toskana. Eine schreckliche Szene, und sie stand mir so lebhaft vor Augen, dass ich mich fragte, wie ich sie bis zu diesem Augenblick hatte vergessen können, als hätte meine kranke Seele eine Erinnerung tilgen wollen, die auf ihr lastete wie ein Alptraum. Vielleicht aber hatte ich sie in Wirklichkeit gar nicht vergessen, denn jedesmal, wenn in den letzten Tagen jemand in meiner Gegenwart von Fratizellen gesprochen hatte, waren Bilder jenes Geschehens vor meinem inneren Auge aufgetaucht, die ich dann jedesmal schnellstens wieder in die hintersten Winkel meines Geistes verbannte, als wäre es eine Sünde gewesen, Zeuge jener Greuel geworden zu sein.

Zum ersten Mal nämlich hatte ich von Fratizellen gehört, als ich eines Tages in Florenz einen von ihnen brennen sah. Es war kurz vor meiner Begegnung mit Bruder William gewesen. Seine Ankunft in Pisa hatte sich ein wenig verzögert, und so hatte mein Vater mir erlaubt, die Stadt Florenz zu besuchen, um ihre berühmten Kirchen zu sehen. Ich war erst ein wenig in der Toskana herumgereist, um meine Kenntnisse der italienischen Volkssprache zu verbessern, und dann nach Florenz gelangt, wo ich die letzte Woche zu verbringen gedachte, denn ich hatte schon viel von der Stadt am Arno gehört und brannte darauf, sie kennenzulernen.

Kaum eingetroffen, hörte ich von einem spektakulären Fall, der die ganze Stadt in große Erregung versetzte. Ein häretischer Bettelmönch, der wegen angeblicher Verbrechen gegen die Religion dem Bischof und anderen kirchlichen Würdenträgern vorgeführt worden war, wurde in jenen Tagen einem strengen und ausgedehnten Verhör unterzogen. Mitgerissen vom Strom der Neugierigen begab ich mich zum Ort des Geschehens, wobei ich die Leute sagen hörte, dass dieser *fraticello* – er hieß Michele – in Wahrheit ein frommer Mann sei, der Buße und Armut gepredigt habe mit den Worten des heiligen Franz; vor die Richter sei er gekommen durch die Bosheit gewisser Frauenzimmer, die ihn angelockt hätten unter dem Vorwand, sie wollten ihm beichten, und die dann hinterher behauptet hätten, er habe ketzerische Äußerungen getan. Ja, und er sei von den Männern des Bischofs direkt im Haus dieser Frauenzimmer gefasst worden – ein Umstand, der mich den Kopf schütteln ließ, denn zweifellos hätte ein Mann der Kirche sich niemals bereitfinden dürfen, die Sakramente an einem so unpassenden Ort zu verabreichen. Aber das genau war anscheinend die Schwäche der Fratizellen, dass sie die Konventionen nicht gebührend achteten, und vielleicht war ja auch ein Gran Wahrheit an jenem Gerede, das ihnen nicht nur ketzerische Gedanken und Worte, sondern auch einen zweifelhaften Lebenswandel nachsagte (wie es ja auch von den Katharern immer hieß, sie seien Bulgaren und Sodomiten).

Mit diesen Gedanken beschäftigt, gelangte ich zur Salvatorkirche, wo der Prozess stattfand, doch ich konnte wegen der großen Volksmenge, die sich davor versammelt hatte, nicht hinein. Ein paar besonders Neugierige waren indes zu den vergitterten Fenstern emporgeklettert, so dass sie sehen und hören konnten, was drinnen geschah, und es den anderen draußen berichteten. Die Inquisitoren waren gerade dabei, dem Angeklagten das Geständnis vorzulesen, das er wenige Tage zuvor gemacht und worin er gesagt hatte, Christus und seine Jünger hätten »kein einzig Ding besessen zum Eigentum, weder als einzelne noch gemeinsam«, doch Michele protestierte gegen den Zusatz des Protokollanten, er habe daraus »viele falsche Konsequenzien« gezogen, und rief mit lauter Stimme (so dass ich es draußen hören konnte): »Das werdet ihr zu verantworten haben am Tage des Jüngsten Gerichts!« Aber die Inquisitoren verlasen das Geständnis so, wie sie es abgefasst hatten, und als sie fertig waren, fragten sie ihn, ob er sich künftig in Demut an die Meinung der Kirche und des ganzen Volkes der Stadt halten wolle. Und ich hörte Michele laut ausrufen, er werde sich nur an das halten, was er glaube, nämlich an den »gekreuzigten armen Christus«, und der Papst sei »ein Ketzer, weil er das Gegenteil sagt«. Es folgte eine große Debatte, in welcher die Inquisitoren, darunter viele Franziskaner, ihm klarzumachen versuchten, dass die Heilige

Schrift etwas anderes lehre, während er sie beschuldigte, ihre eigene Ordensregel zu verraten, worauf sie erregt versetzten, er wolle doch wohl nicht behaupten, die Schriften besser auslegen zu können als sie, die darin Meister seien. Und Fra Michele, der wirklich sehr hartnäckig war, widersprach ihnen, so dass sie ihm zuzusetzen begannen mit Provokationen wie: »Und jetzt wollen wir, dass du Christum einen Besitzenden nennst und Papst Johannes katholisch und heilig.« Michele aber blieb unnachgiebig: »Nein, ketzerisch!« Da sagten sie, sie hätten nie zuvor einen so Verstockten gesehen. Doch in der Menge draußen hörte ich manche sagen, er sei wie Christus vor den Pharisäern, und ich bemerkte, dass viele im Volk an die Heiligkeit des Fra Michele glaubten.

Schließlich führten die Männer des Bischofs ihn in Ketten zurück ins Gefängnis. Und am Abend desselben Tages erfuhr ich, dass viele Fratres, die auf der Seite des Bischofs standen, bei ihm gewesen waren, ihn zu beschimpfen oder zum Widerruf aufzufordern, er aber antwortete darauf wie einer, der seiner Wahrheit gewiss ist. Und er wiederholte vor jedem, dass Christus arm gewesen sei, und das hätten auch Sankt Franziskus und Sankt Dominikus gesagt, und wenn er für die Bekundung dieser richtigen Ansicht mit dem Tode bestraft werden sollte, umso besser, dann werde er bald Gelegenheit haben, die Wahrheit der Schriften zu sehen und die vierundzwanzig Greise der Apokalypse und Jesum Christum und den heiligen Franz und alle ruhmreichen Märtyrer. Und man erzählte mir, er habe gesagt: »Wenn wir mit soviel Eifer die Lehren gewisser Äbte lesen, mit wieviel mehr Eifer und Inbrunst müssen wir uns dann wünschen, in ihrer Mitte zu sein!« Und nach solchen Worten kamen die Inquisitoren mit finsterer Miene aus dem Gefängnis und riefen (und ich hörte sie rufen): »Er hat den Teufel im Leib!«

Am folgenden Tag erfuhr ich, dass das Urteil gefällt worden war, und als ich daraufhin in den Palast des Bischofs eilte, sah ich selber das Dokument und notierte mir Auszüge auf meiner Tafel.

Es begann mit den Worten »*In nomine Domini amen. Hec est quedam condemnatio corporalis et sententia condem-*

nationis corporalis lata, data et in hiis scriptis sententialiter pronumptiata et promulgata...« etcetera etcetera, und es folgte eine genaue Beschreibung der Sünden und Verfehlungen des besagten Michele, die ich hier teilweise wiedergebe, damit der geneigte Leser sich selber ein Urteil bilden kann:

Johannem vocatum fratrem Micchaelem Iacobi, de comitatu Sancti Frediani, hominem male condictionis, et pessime conversationis, vite et fame, hereticum et heretica labe pollutum et contra fidem cactolicam credentem et affirmantem... Deum pre oculis non habendo sed potius humani generis inimicum, scienter, studiose, appensate, nequiter et animo et intentione exercendi hereticam pravitatem stetit et conversatus fuit cum Fraticellis, vocatis Fraticellis della povera vita hereticis et scismaticis et eorum pravam sectam et heresim secutus fuit et sequitur contra fidem cactolicam... et accessit ad dictam civitatem Florentie et in locis publicis dicte civitatis in dicta inquisitione contentis, credidit, tenuit et pertinaciter affirmavit ore et corde... quod Christus redentor noster non habuit rem aliquam in proprio vel comuni sed habuit a quibuscumque rebus quas sacra scriptura eum habuisse testatur, tantum simplicem facti usum.

Doch nicht nur dieser Delikte wurde er angeklagt, es gab noch andere, und eines davon erscheint mir besonders schändlich, obwohl ich nicht weiß (so wie der ganze Prozess verlaufen war), ob er tatsächlich so etwas behauptet hatte; es hieß nämlich in dem Urteil auch, besagter Michele habe die Meinung vertreten, der heilige Thomas sei weder heilig noch des ewigen Heils teilhaftig geworden, vielmehr sei er verdammt und zur Hölle gefahren! Das Urteil schloss mit der Strafe, die verhängt worden sei, weil der Angeklagte nicht habe widerrufen und zum rechten Glauben zurückfinden wollen:

Costat nobis etiam ex predictis et ex dicta sententia lata per dictum dominum episcopum florentinum, dictum Johannem fore hereticum, nolle se tantis herroribus et heresi corrigere et emendare, et se ad rectam viam fidei dirigere, habentes dictum Johannem pro irreducibili, pertinace et hostinato in dictis suis perversis herroribus, ne ipse Johannes de dictis suis sceleribus et herroribus perversis valeat gloriari, et ut eius pena aliis transeat in exemplum; idcirco, dictum Johannem vocatum fratrem Micchaelem hereticum et scismaticum quod ducatur ad locum iustitie consuetum, et ibidem igne et flammis igneis accensis concremetur et comburatur, ita quod penitus moriatur et anima a corpore separetur.

Als dann das Urteil bekanntgemacht wurde, kamen noch einmal Männer der Kirche zum Gefängnis und verkündeten dem Verurteilten, was geschehen werde, und ich hörte sie sogar sagen: »Fra Michele, die Mitren und Mäntelchen sind schon fertig, und man hat sie bemalt mit Fratizellen, umgeben von Teufeln.« Sie sagten das, um ihn zu erschrecken und ein letztes Mal zum Widerruf zu bewegen. Doch Fra Michele kniete nieder und sprach: »Ich denke, dass der Scheiterhaufen umgeben sein wird von unserem Vater Franziskus und, jawohl, von Jesus mit seinen Jüngern sowie von den ruhmreichen Märtyrern Bartholomäus und Antonius.« Womit er ein letztes Mal das Angebot der Inquisitoren ablehnte.

Am nächsten Morgen stand ich auf der Brücke namens Ponte del Vescovado, wo sich die Inquisitoren versammelt hatten, denen Fra Michele, noch immer in Ketten, vorgeführt wurde. Einer seiner Getreuen kniete vor ihm nieder, um sich von ihm segnen zu lassen, wurde jedoch sofort von den Bewaffneten ergriffen und fortgeführt ins Gefängnis. Dann verlasen die Richter noch einmal das Urteil und fragten Michele, ob er seine Sünden bereue. Doch jedesmal, wenn es im Urteil hieß, er sei ein Häretiker, rief er mit lauter Stimme: »Nicht Häretiker bin ich! Sünder, ja, aber gut katholisch!« Und als Papst Johannes XXII. einmal im Text »venerabilissimus et sanctissimus genannt wurde, fuhr Michele dazwischen: »Nein, haereticus!« Und als der Bischof ihm dann befahl, vor ihm niederzuknien, erwiderte Fra Michele, er knie nicht vor einem Ketzer, und als sie ihn in die Knie zwangen, murmelte er: »Gott wird es mir vergeben!« Er war mit allen seinen Priesterinsignien vorgeführt worden, und so begann nun eine Zeremonie, bei der ihm Stück für Stück die Paramente abgenommen wurden, bis er in jenem Hemd dastand, das man in Florenz die *cioppa* zu nennen pflegt. Und wie es Brauch ist, wenn einem Priester seine Würde aberkannt wird, wurden ihm mit einem scharfen Messer die Fingerkuppen rasiert und die Haare geschoren. Dann wurde er dem Hauptmann und seinen Männern übergeben, die ihn packten, in Ketten legten und zurück in den Kerker verbrachten, wobei er der Menge zurief: »*Per Dominum moriemur!*« Er sollte nämlich, wie ich erfuhr, erst am nächsten Tage verbrannt werden. An diesem Tage indessen fragte man ihn noch mehrmals, ob er nicht beichten und kommunizieren wolle. Aber er lehnte ab und erklärte, er wolle nicht sündigen durch die Annahme des Sakramentes von sündigen Priestern. Und darin, so glaube ich, tat er Unrecht und erwies sich als infiziert von der patarenischen Häresie.

Schließlich kam der Morgen, da das Urteil vollstreckt werden sollte, und es kam ein Bannerträger des Magistrats, um Michele zu holen. Ein freundlicher Mann, wie mir schien, denn er fragte Michele, was er denn nur für ein Mensch sei, dass er sich so versteife, wo er doch bloß zu sagen brauchte, was alle sagten, nämlich Ja und Amen zur Meinung der heiligen Mutter Kirche. Doch Michele erwiderte hart: »Ich glaube an den gekreuzigten armen Christus.« Woraufhin der Bannerträger mit hängenden Armen davonging. Dann kamen der Hauptmann und seine Männer und schleppten Michele hinaus in den Hof, wo der Stellvertreter des Bischofs stand und ihm erneut das Geständnis vorlas und das Urteil. Michele aber protestierte erneut gegen falsche Anschuldigungen, er habe gewisse Ansichten nie geäußert. Wobei es um so subtile Dinge ging, dass ich sie heute vergessen habe und damals nicht recht verstand, doch auf ihnen beruhte anscheinend das Todesurteil und überhaupt die ganze Verfolgung der Fratizellen. Und ich konnte nicht recht begreifen, warum Männer der Kirche und des weltlichen Arms sich derart erregten über einfache Leute, die in Armut leben wollten und der Meinung waren, dass Christus keine weltlichen Güter besessen habe. Denn eigentlich, so sagte ich mir, hätten sie sich doch viel eher fürchten müssen vor jenen, die in Reichtum leben wollten und danach trachteten, anderen ihr Geld wegzunehmen und die Kirche in Sünde zu stürzen und simonistische Praktiken einzuführen. Und ich sprach darüber mit einem, der neben mir stand, denn die Frage quälte mich sehr. Er aber lachte höhnisch und sagte, ein Frater, der in Armut lebe, sei eben ein schlechtes Beispiel für das Volk, denn es verliere dann seine Ehrfurcht vor den anderen Fratres, die nicht in Armut leben; und außerdem, so fügte er hinzu, pflanze die Predigt der Armut den Leuten falsche Ideen ins Hirn, so dass sie womöglich noch anfingen, auf ihre eigene Armut stolz zu sein, und Stolz führe bekanntlich zu mancherlei Akten der Hoffart; und schließlich müsste mir doch wohl klar sein, dass man (er wisse selber nicht recht, aufgrund welcher Logik), wenn man die Armut für die Fratres predige, auf der Seite des Kaisers stehe, was natürlich dem Papst nicht gefalle. Lauter sehr gute Gründe, so schien mir, mochten sie auch von einem Mann mit geringer Bildung genannt worden sein. Nur dass ich nun nicht begriff, warum dann Michele einen so entsetzlichen Tod erleiden wollte, um dem Kaiser einen Gefallen zu tun oder um eine Streitfrage zwischen Orden zu schlichten. Und tatsächlich rief einer aus der Menge: »Er ist kein Heiliger, er ist vom Kaiser ausgeschickt worden, um Zwietracht unter den Bürgern zu säen, und die Fratizellen sind zwar Toskaner, aber hinter ihnen stehen die Gesandten des Reiches!« Und andere riefen: »Er ist ein Narr, er ist vom Dämon besessen und aufgeblasen vor Stolz, er genießt sein Martyrium in gottloser Hoffart!« Und wieder andere: »Nein, wir bräuchten viele Christen wie diesen, bereit, ihren Glauben zu bezeugen wie einst in den Zeiten der Heiden!« Und während ich all diese Stimmen hörte und nicht mehr wusste, wo mir der Kopf stand, geschah es, dass ich dem Verurteilten, den die Menge bisher meinen Blicken verborgen hatte, auf einmal direkt ins Angesicht sehen konnte. Und ich sah das Angesicht eines Menschen, der etwas erschaut, das nicht von dieser Welt ist, leuchtend in einer Verklärung, wie man sie zuweilen auf Bildern von visionär entrückten Heiligen sieht. Und jäh begriff ich, dass dieser Mensch, ob Narr oder Seher, klarsichtig sterben *wollte*, weil er glaubte, durch seinen Tod seine Feinde besiegen zu können, wer immer sie waren. Und ich begriff auch, dass seinem Beispiel noch viele weitere folgen würden. Nur bestürzte mich seine ungeheuerliche Entschlossenheit – weiß ich doch heute noch nicht, was in solcherart todesmutigen Menschen überwiegt: eine stolze Liebe zu ihrer Wahrheit, für die sie in den Tod zu gehen bereit sind, oder ein stolzes Verlangen nach Tod, um dessentwillen sie ihre Wahrheit bezeugen, welche immer es sei. Und so bin ich, wenn ich daran denke, heute noch hin- und hergerissen zwischen Bewunderung und Entsetzen.

Doch zurück zu Micheles Hinrichtung, denn inzwischen strömten die Florentiner von allen Seiten herbei.

Der Hauptmann und seine Männer führten den Todeskandidaten durch die Gassen der Stadt zum Tor hinaus. Er war nur mit seinem Hemd bekleidet, das ihm am Halse weit offen stand, und er ging gemessenen Schrittes, das Haupt gesenkt, auf den Lippen Worte, die wie Gebete eines Märtyrers klangen. Und eine riesige Menschenmenge begleitete ihn, dass man es kaum glauben mochte, und viele riefen: »Nicht sterben! Du sollst nicht sterben!« und er rief zurück: »Ich will sterben für Christum!« »Aber du stirbst nicht für Christum«, erwiderten sie, und er: »Aber für die Wahrheit!« Und als sie an die Stelle gelangten, die man in Florenz die Ecke des Prokonsuls nennt, rief einer, er solle Gott bitten für sie alle, und er segnete die Menge. Und bei den Fundamenten der Sankta Liperata rief einer: »Tor, der du bist, glaub doch an den Papst!« und er erwiderte: »Ihr habt aus eurem Papst einen Gott gemacht«, und fügte spöttisch hinzu: »Dabei haben euch diese eure *paperi* ganz schön das Fell gegerbt« (was, wie man mir erklärte, ein witziges Wortspiel im toskanischen Dialekt war, das aus den Päpsten so etwas wie Gänseriche machte). Und alle verwunderten sich, dass er scherzte auf seinem Weg in den Tod.

Bei Sankt Johannes riefen die Leute: »Rette dein Leben!« und er rief zurück: »Rettet ihr euch vor der Sünde!«; auf dem Altmarkt riefen sie: »Rette dich, rette dich!« und er erwiderte: »Rettet ihr euch vor der Hölle!«; auf dem Neumarkt schrien sie: »Bereue, bereue!« und er entgegnete: »Bereut ihr euren Wucher!« Als der Zug bei Santa Croce ankam, sah ich die Fratres seines Ordens auf der Treppe stehen, und er warf ihnen vor, sie hätten die Regel des heiligen Franz nicht befolgt, was einige nur mit einem Achselzucken quittierten; andere aber verhüllten schamhaft, ihr Haupt in der Kapuze.

Als wir uns dem Tor der Gerechtigkeit näherten, riefen viele: »Widerrufe, widerrufe, geh nicht in den Tod!« und er: »Christus ist für uns in den Tod gegangen!« Und sie: »Aber du bist nicht Christus, du darfst nicht für uns sterben!« und er: »Aber ich will für ihn sterben!« Auf dem Gerichtsanger fragte ihn einer, ob er es nicht halten wolle wie ein gewisser hochgestellter Mitbruder seines Ordens, der widerrufen habe, doch Michele antwortete, jener habe nicht widerrufen. Und ich sah, dass viele im Volk ihm zustimmten und ihn bestärkten in seiner Haltung, was mir und vielen anderen zeigte, dass diese wohl seine Anhänger waren, und ängstlich rückten wir von ihnen ab.

Schließlich traten wir durch das Tor hinaus, und vor unseren Augen erhob sich der Scheiterhaufen oder das »Hüttchen«, wie die Florentiner sagten, weil die Balken in Form einer kleinen Blockhütte übereinandergeschichtet waren, und es wurde ein Kreis aus bewaffneten Reitern gebildet, damit das Volk nicht zu nahe herankam. Dann ward Michele an den Pfahl gebunden. Und wieder hörte ich einen schreien: »Was ist das nur, wofür du sterben willst?« und er antwortete: »Es ist eine Wahrheit, die in mir wohnt und die ich nur bezeugen kann, indem ich sterbe.« Das Feuer wurde entzündet, und Fra Michele, der schon das *Credo* gesungen hatte, stimmte nun auch das *Te Deum* an. Er mochte vielleicht acht Verse davon gesungen haben, da beugte er sich auf einmal nach vorn, als müsse er niesen, und fiel zu Boden, denn die Stricke waren verbrannt. Und da war er schon tot, denn lange bevor der Körper gänzlich verbrennt, stirbt man bereits an der Hitze, die einem das Herz zerspringen lässt, und an dem Rauch, der einem die Lungen füllt.

Dann brannte der Scheiterhaufen vollständig nieder wie eine Fackel, und es war ein großes Wetterleuchten am Himmel, und wäre nicht der verkohlte Körper gewesen, den man noch zwischen den glühenden Balken gewahrte, ich hätte gemeint, vor dem brennenden Dornbusch zu stehen. Und so nahe war ich dem Feuer, dass mich eine Vision überkam und mir unwillkürlich einige Worte auf die Lippen sprangen (die nun wiederkehrten, als ich die Treppe zur Bibliothek erklomm), Worte über das Entrücktsein in der Ekstase, die ich einst gelesen in einem Buche der heiligen Hildegard: »Die Flamme brennt in glänzendem Lichte, in purpurner Kraft und in feuriger Glut; durch das glänzende Licht aber leuchtet sie, durch die purpurne Kraft aber flammt sie, durch die feurige Glut aber wärmet sie.«

Ubertins Worte über die Liebe kamen mir in den Sinn. Vor das Bild des flammenumlohten Michele schob sich das Bild des Ketzers Dolcino, und vor das Bild des Ketzers Dolcino schob sich das Bild der schönen Margaretha. Und wieder stieg heiß jene seltsame Unruhe in mir auf, die mich bereits bei Ubertin in der Kirche erfasst hatte.

Ich versuchte, nicht daran zu denken, und nahm entschlossen die letzten Stufen zum Labyrinth.

Es war das erste Mal, dass ich es allein betrat, und die langen Schatten, die meine flackernde Lampe auf die Wände warf, erschreckten mich wie die Visionen der vorigen Nacht. An jeder Ecke fürchtete ich, wieder vor einem Spiegel zu stehen – denn dies eben ist die magische Kraft der Spiegel, dass sie dir, auch wenn du weißt, dass es lediglich Spiegel sind, trotzdem weiterhin Angst machen.

Andererseits versuchte ich auch gar nicht erst, mich irgendwie zu orientieren, noch den Raum mit den Visionen erzeugenden Düften zu vermeiden, sondern eilte wie ein Fiebernder durch die Räume, ohne zu wissen, was ich eigentlich finden wollte. Glücklicherweise führte mein Weg mich nicht allzuweit vom Ausgangspunkt fort, denn nach kurzem Herumirren fand ich mich unversehens wieder in jenem siebeneckigen Raum, in den die Treppe mündete. Auf dem Tisch lagen einige Bücher, die ich am Vorabend hier noch nicht gesehen zu haben glaubte. Vermutlich Werke, die Malachias im Laufe des Tages aus dem Skriptorium heraufgebracht, aber noch nicht an ihren Platz zurückgestellt hatte. Ich fragte mich, ob ich weit von dem Raum mit den schweren Düften entfernt war, denn ich fühlte mich ganz benommen, vielleicht weil einige Schwaden bis hierher drangen, vielleicht aber auch infolge der wirren Bilder, die mir eben erst durch den Kopf gegangen waren. Ich beugte mich über den Tisch und schlug einen reichbemalten Folianten auf, der mir aufgrund seiner Machart aus den Klöstern des Ultima Thule zu stammen schien.

Sofort fesselte mich auf einer Seite, auf welcher das Evangelium des Apostels Markus begann, das Bild eines Löwen. Es war ohne Zweifel ein Löwe, auch wenn ich noch niemals einen in Fleisch und Bein gesehen, und der Maler hatte seine furchterregenden Züge getreulich wiedergegeben, vielleicht inspiriert vom Anblick der Löwen in Hibernia, einem Land voller wilder Geschöpfe. So sah ich mit eigenen Augen, dass dieses Tier – ganz wie es uns der *Physiologus* lehrt – alle Merkmale der entsetzlichsten und der majestätischsten Wesen gleichzeitig in sich vereint. Dergestalt, dass sein Anblick sowohl das Bild des dämonischen Feindes wie das Unseres Herrn und Erlösers in mir hervorrief und ich nicht wusste, wie ich's mir deuten sollte. Und ich bebte am ganzen Leibe, sowohl aus Furcht wie aufgrund des kalten Luftzuges, der durch die Schlitze in den Wänden hereindrang.

Der Löwe, den ich da wie gebannt betrachtete, hatte das Maul voller bleckender Zähne, und sein Haupt war geschuppt wie das einer Schlange, und der mächtige Leib, der sich auf vier Tatzen mit scharfen und wild gespreizten Krallen erhob, ähnelte in seinem Vlies jenen Teppichen, die ich später bei Kaufleuten aus dem Morgenland sah, gepanzert mit roten und smaragdgrünen Schuppen, unter denen sich, gelb wie die Pest, schreckliche und gewaltige Knochenglieder abzeichneten. Gelb war auch der gewundene Schwanz, der sich hoch über dem Rücken bis zum Kopf heraufschwang und nach einer letzten Windung in schwarzen und weißen Haarbüscheln endete.

Tief beeindruckt von diesem Löwen (bei dessen Betrachtung ich mehr als einmal erschrocken herumgefahren war, als fürchtete ich, hinter meinem Rücken eine Bestie wie diese leibhaftig auftauchen zu sehen), entschloss ich mich endlich weiterzublättern, und alsbald fiel mein Blick, am Anfang des Evangeliums nach Matthäus, auf das Bild eines Mannes. Ich kann nicht recht sagen, warum, doch es erschreckte mich fast noch heftiger als der Löwe: Das Antlitz war das eines Mannes, doch dieser Mann war gepanzert mit einer starren Rüstung, die ihn bis zu den Füßen hinab umhüllte, und diese Rüstung war über und über mit roten und gelben Edelsteinen besetzt. Und das Antlitz, das da so rätselhaft aus einem Kranz von Rubinen und Topasen heraussah, erschien mir auf einmal (ja, so blasphemisch machte mich mein Entsetzen) wie das des geheimnisvollen Mörders, dessen ungreifbare Spur wir in diesen Tagen verfolgten. Und als ich näher hinsah, begriff ich auf einmal, warum ich das Tier und den Panzer so eng mit dem Labyrinth verband, denn beide, wie auch die anderen Figuren in diesem Buche, erhoben sich auf einem dichten Figurengeflecht von mannigfach ineinander verwobenen Labyrinthen, deren smaragdene Linien, chrysoprasene Fäden und beryllene Bänder mich allesamt an nichts anderes zu mahnen schienen als an das Ineinander von Räumen und Korridoren, in welchem ich mich befand. Ja, mein Auge verlor sich, den funkelnden Wegen auf der Buchseite folgend, wie meine Füße sich im fieberhaften Durcheilen der Räume der Bibliothek verloren hatten, und dass ich derart mein eigenes Herumirren dargestellt sah auf diesem Pergament, erfüllte mich von neuem mit großer Unruhe, und ich begriff, dass all diese Bücher mich foppten und mir hohnlachend meine eigene Geschichte erzählten. »*De te fabula narratur*«, murmelte ich beklommen und fragte mich, ob diese Seiten etwa auch schon den weiteren Fortgang meiner Geschichte enthielten.

Ich schlug ein anderes Buch auf, und dieses schien mir spanischer Herkunft zu sein. Die Farben waren grell, das Rot dünkte mich wie aus Blut und Feuer. Es war eine Handschrift der Offenbarung Johannis, und wieder fiel mein Blick sogleich auf die Seite mit der *mulier amicta sole*. Doch es war nicht dasselbe Buch wie in der Nacht zuvor, die Zeichnung war anders, und diesmal hatte der Künstler sich eingehender mit den Zügen und der Gestalt des Weibes befasst. Ich verglich ihr Antlitz, ihre Brüste und ihre geschwungenen Flanken mit denen der Jungfrau auf der Mariensäule, die Ubertin mir gezeigt. Der Stil war anders, doch auch diese *mulier* kam mir wunderschön vor. Errötend über die Unschicklichkeit meiner Gedanken blätterte ich weiter, und wieder erblickte ich eine Frauengestalt, aber diesmal war es die Große Hure von Babel. Und mehr noch als ihr Körper beschäftigte mich der Gedanke, dass auch sie ein Weib wie die andere war. Denn obwohl doch die eine der Inbegriff aller Laster und die andere das Sinnbild aller Tugenden war, hatten beide die gleiche Weibesgestalt, hier wie dort, und auf einmal vermochte ich nicht mehr zu fassen, worin der Unterschied lag. Und wiederum stieg eine nie gekannte Erregung in mir auf, das Bild der Jungfrau auf der Mariensäule schob sich in meinem verwirrten Geiste vor das Bild der liebreizenden Margaretha, und heiß durchfuhr es mich: »Ich bin verdammt!« oder: »Ich bin ein Narr!« Nur fort von hier, ich durfte keinen Augenblick länger in dieser Bibliothek verweilen!

Glücklicherweise befand ich mich nahe der Treppe. Blindlings stolperte ich sie hinunter, ohne der Lampe zu achten. Sekunden später stand ich unter den weiten Gewölben des Skriptoriums, kam aber nicht zur Ruhe und stürzte mich weiter die Treppe hinunter zum Refektorium.

Hier endlich hielt ich keuchend inne. Das Mondlicht jener sternklaren Nacht drang durch die hohen Fenster herein, so dass ich meine Lampe fast nicht mehr brauchte (die jedoch unverzichtbar gewesen war in den Zellen und Stollen der Bibliothek). Dennoch ließ ich sie brennen, gleichsam als Trost für mein aufgewühltes Gemüt. Doch da mein Herz weiterhin heftig klopfte, beschloss ich, einen Schluck Wasser zu trinken, um mich ein wenig zu beruhigen. Die Küche war gleich nebenan, also durchquerte ich das Refektorium und öffnete langsam eine der Türen, die zur anderen Hälfte des Erdgeschosses führten.

Im selben Moment erstarrte ich, und mein Schrecken wuchs, anstatt abzunehmen. Denn sofort bemerkte ich, dass in der Küche, nahe dem Backofen, jemand war. Zumindest sah ich ein Licht dort glimmen, und erschrocken löschte ich unverzüglich das meine. Offenbar jagte mein Erschrecken dem anderen ebenfalls Schrecken ein, denn gleich darauf erlosch auch das seine. Aber das Mondlicht war hell genug, um vor meinen Augen den Schatten einer (oder auch mehr als einer) Gestalt auf den Boden zu werfen.

Erstarrt vor Angst wagte ich weder zurück- noch voranzugehen. Da drang ein Aufschluchzen an mein Ohr, und mich dünkte, die Stimme einer Frau zu vernehmen. Gleich darauf löste sich aus der formlosen Gruppe, die sich undeutlich vor dem Backofen abzeichnete, eine gedrungene Gestalt und entfloh durch die Pforte zum Hof, die anscheinend halboffen gestanden hatte und nun mit leisem Klicken hinter dem Flüchtling ins Schloss fiel. Reglos verharrte ich auf der Schwelle zwischen Küche und Refektorium, und ebenso reglos verharrte ein undefinierbares Etwas neben dem Ofen. Ein undefinierbares, aber – wie soll ich sagen – winselndes Etwas. Ja, denn ich hörte ein unterdrücktes Schluchzen, ein rhythmisches Wimmern vor Angst.

Nichts macht einen Ängstlichen mutiger als die Angst eines anderen, doch war es nicht unbedingt Mut, was mich antrieb, dem Schatten näherzutreten. Eher war es, so würde ich sagen, eine Art Trunkenheit ähnlich jener, die ich eben erst angesichts der Visionen verspürt hatte. Irgendwie schien mir, dass ein schwerer Duft in der Küche lag, der mir ähnlich vorkam wie der Geruch des glimmenden Dochtes am Vorabend in der Bibliothek; vielleicht war es auch eine andere Substanz, doch auf meine erregten Sinne tat sie die gleiche Wirkung. Ich roch ein Gemisch aus Weinstein, Traganth und Alaun, wie es die Köche benutzen, um den gegorenen Rebensaft zu würzen. Oder es lag daran, dass man, wie ich später erfuhr, in jenen Tagen das Bier zubereitete (das sich in dieser Gegend Italiens einer gewissen Schätzung erfreute), wozu man, ähnlich wie in meiner Heimat, Sumpfmyrte, Erika und wilden Rosmarin nahm. Lauter Aromen jedenfalls, die rascher noch als meine Nase meinen Geist trunken machten.

Und während einerseits mein Instinctus rationalis in mir rief. »*Vade retro!*« und mich drängte, vor jenem schluchzenden Wesen zu fliehen, da es sicher ein Sukkubus war, den der Böse vor mir erstehen ließ, trieb mich andererseits etwas in meiner Vis appetitiva unwiderstehlich voran, als wollte ich teilhaben an einem Wunder.

So ging ich langsam auf jenen Schatten zu, bis ich im fahlen Mondlicht die Gestalt eines Weibes erkannte, die zitternd ein dunkles Bündel an ihre Brust drückte und zugleich leise weinend vor mir zurückwich.

Gott, die Heilige Jungfrau und alle Heiligen des Paradieses mögen mir beistehen, wenn ich jetzt berichte, was mir geschah. Die Scham und die Würde meines Standes (als nunmehr greiser Mönch in diesem schönen Kloster zu Melk, einem Ort des Friedens und der beschaulichen Einkehr) raten mir frömmste Zurückhaltung an. Eigentlich dürfte ich einfach nur sagen, dass etwas Schlimmes geschah, worüber wir besser nicht weiter reden. Das würde jedenfalls mir und meinem Leser manche Verwirrung ersparen.

Doch ich habe mir vorgenommen, die ganze Wahrheit über jene fernen Geschehnisse zu berichten, und die Wahrheit ist bekanntlich unteilbar, sie leuchtet kraft ihrer eigenen Klarheit und darf nicht verdunkelt werden durch unsere Interessen und unsere Schamhaftigkeit. Mein Problem liegt eher darin, die Sache nicht so zu schildern, wie ich sie *heute* sehe und im Gedächtnis habe (obwohl ich sie bis zum heutigen Tage aufs lebhafteste im Gedächtnis habe – wobei ich offen gestanden nicht weiß, ob es die spätere Reue war, die mir Ereignisse und Gedanken so fest ins Gedächtnis eingepflanzt hat, oder die Unzulänglichkeit dieser Reue, die mich heute noch plagt und alle Einzelheiten meiner Schande wachhält in meinem betrübten Geist), sondern die Sache so zu schildern, wie ich sie *damals* erlebte. Was ich indes mit der Treue des guten Chronisten tun kann, denn wenn ich die Augen schließe, sehe ich alles genauestens vor mir, was ich damals tat und empfand, als hätte ich eine Schrift vor Augen, die damals geschrieben ward. Ich brauche also nur gleichsam diese Schrift zu kopieren, und möge der Erzengel Michael mir dabei Schutz gewähren. Denn zur Erbauung künftiger Leser und zur Geißelung meiner Schuld will ich nun erzählen, wie ein junger Mensch sich in den Stricken des Bösen verfangen kann, auf dass diese Stricke sichtbar und offenkundig werden und jeder, der künftig in sie gerät, sich rechtzeitig zu befreien vermag.

Es war also eine Frau. Was sage ich: ein Mädchen. Da ich seither (und Gott sei Dank bis heute) kaum viel Umgang mit den Wesen jenes Geschlechts gehabt habe, kann ich nicht genau sagen, wie alt sie war. Ich weiß nur, dass sie jung war, fast noch ein Kind, sie mochte vielleicht sechzehn oder achtzehn Lenze zählen, vielleicht auch zwanzig, und mich rührte die menschliche Wärme, die von ihrer Gestalt ausging. Nein, diese Gestalt war keine Vision, und sie erschien mir, was immer sie sein mochte, *valde bona*. Vielleicht weil sie zitterte wie ein kleiner Vogel im Winter und weinte und sich vor mir fürchtete.

So trat ich, gedenkend der Pflicht jedes guten Christen, stets hilfreich seinem Nächsten zur Seite zu stehen, mit großer Behutsamkeit näher und sagte in gutem Latein zu der zitternden Kreatur, sie brauche sich nicht zu fürchten, ich sei ihr freundlich gesonnen, jedenfalls sicher nicht feindlich, gewiss nicht so feindlich, wie sie es offenbar wähnte.

Vielleicht war es die Sanftheit, die aus meinen Blicken strömte, jedenfalls wurde das arme Geschöpf nun etwas ruhiger und kam näher. Ich merkte, dass sie mein Latein nicht verstand, und sprach sie instinktiv in meiner Muttersprache an, also auf deutsch, aber das erschreckte sie wieder sehr, vielleicht wegen der harten Laute, die den Bewohnern dieser Gegend ungewohnt waren, vielleicht auch, weil diese Laute ihr eine andere Erfahrung, möglicherweise mit einem Landsknecht aus meiner Heimat, in Erinnerung riefen. So lächelte ich, in der Annahme, dass die Sprache der Gesten und Blicke allgemeinverständlicher sei als die der Worte, und sie beruhigte sich rasch wieder. Ja, sie lächelte ebenfalls und sagte ein paar leise Worte zu mir.

Ich verstand zwar nur wenig von ihrem Dialekt, und in jedem Falle klang er recht anders als der, den ich ein wenig in Pisa gelernt hatte, aber dem Tonfall entnahm ich, dass es zärtliche Worte waren, und mir schien, als sagte sie etwas wie: »Du bist jung, du bist schön...« Selten geschieht es einem Novizen, der seine ganze Kindheit im Kloster verbracht hat, dass jemand ihm etwas über seine Schönheit sagt; im Gegenteil, meist wird man daran erinnert, dass Anmut und Jugend vergänglich sind und keiner besonderen Hochschätzung würdig. Doch mannigfach sind die Wege des Bösen, und ich gestehe, dass diese unvermutete Anspielung auf meine Wohlgestalt, wie hinfällig diese auch immer sein mochte, mir gar süß in den Ohren klang und ein unbändiges Gefühl in mir aufsteigen ließ. Zumal das Mädchen, um auch dies zu sagen, dabei seine Hand ausstreckte und mir mit den Fingerspitzen leicht über die Wange strich, die damals noch gänzlich bartlos war. Eine nie gekannte Lust überkam mich, doch ich verspürte dabei keinen Schatten von Sünde in meinem Herzen. So viel vermag zuweilen der Dämon, wenn er uns in Versuchung führen will und sich anschickt, die Spuren der Gnade aus unserer Seele zu tilgen.

Was geschah mir? Was fühlte, was sah ich? Ich weiß nur, dass mir für meine Gefühle im ersten Augenblick jeder Ausdruck fehlte, denn es war meiner Zunge und meinem Geist nicht beigebracht worden, solche Empfindungen zu benennen. Allmählich stiegen dann andere Worte aus meinem Innern auf, Worte, die ich zu anderen Zeiten vernommen und die gewiss zu anderen Zwecken gesprochen waren, die mir jedoch wie durch ein Wunder im Einklang zu stehen schienen mit der Lust jenes Augenblicks, als wären sie konsubstantiell zu ihrem Ausdruck ersonnen. Worte, die sich in den tiefsten Zonen meiner Erinnerung festgesetzt hatten, stiegen herauf und sprangen mir auf die (stummen) Lippen, und ich vergaß, dass sie einst in der Schrift oder in den Büchern der Heiligen dazu gedient hatten, Wahrheiten und Empfindungen von ganz anderer Art auszudrücken. Aber gab es denn wirklich einen Unterschied zwischen dem hehren Entzücken, von welchem die Heiligen sprachen, und der heißen Lust, die meine erregte Seele in diesem Moment empfand? Ja, ich gestehe, in diesem Moment erlosch in mir der wache Sinn für die Differenz. Und das ist stets, so scheint mir, das Zeichen der Entrückung und des Sturzes in die Abgründe der Identität.

Denn auf einmal erschien mir das Mädchen ganz wie die schwarze, aber schöne Jungfrau, von der das Hohelied Salomonis spricht. Sie war angetan mit einem verschlissenen Kleid aus grobem Stoff, das sich recht schamlos über ihren Brüsten öffnete, und sie trug um den Hals eine Kette aus buntbemalten und sicher sehr billigen Steinen. Doch stolz erhob sich ihr Kopf auf einem weißen Hals, der wie aus Elfenbein war, ihre Augen leuchteten hell wie die Teiche zu Hesbon, ihre Nase war wie ein Turm auf dem Libanon, ihr Haar wie der Purpur des Königs in Falten gebunden. Ja, ihr Haar erschien mir wie eine Herde Ziegen, die am Berge lagern, ihre Zähne erschienen mir wie eine Herde Schafe, die frisch aus der Schwemme kommen und allzumal Zwillinge haben, und: »Du bist schön, meine Freundin, schön bist du«, kam es mir auf die Lippen, »dein Haar ist wie eine Herde Ziegen, die gelagert sind am Berge Gilead hernieder, deine Lippen sind wie eine scharlachfarbene Schnur, deine Wangen sind wie der Ritz am Granatapfel zwischen deinen Zöpfen, dein Hals ist wie der Turm Davids, mit Brustwehr gebaut, daran tausend Schilde hangen und allerlei Waffen der Starken.« Und ich fragte mich ebenso hingerissen wie bang, wer diese da sein mochte, die da aufging vor mir wie die Morgenröte, schön wie der Mond, strahlend wie die Sonne, *terribilis ut castrorum acies ordinata.*

Da trat sie noch einen Schritt näher zu mir, warf das Bündel, das sie bisher an ihre Brust gedrückt, in eine Ecke und hob von neuem die Hand, mir die Wange zu streicheln, und wiederholte noch einmal die Worte, die ich bereits von ihr vernommen. Und während ich noch zögerte, ob ich nun fliehen oder näher herantreten sollte, und es mir in den Schläfen dröhnte, als bliesen alle Posaunen Josuas, um die Mauern Jerichos krachend zusammenstürzen zu lassen, und es mich ebenso drängte wie schauderte, sie zu berühren, ging plötzlich ein strahlendes Lächeln über ihr Antlitz, und mit einem leisen Seufzer wie von einer Ziege, die sich hat erweichen lassen, löste sie die Bänder, die ihr Kleid über der Brust zusammenhielten, und streifte es ab und stand vor mir, wie Eva einst vor Adam gestanden sein musste im Garten Eden.

»*Pulchra sunt ubera quae paululum supereminent et tument modice*«, murmelte ich die Worte, die ich von Ubertin vernommen, denn ihre Brüste erschienen mir wie zwei junge Rehzwillinge, die unter Lilien weiden, ihr Nabel war wie ein runder Becher, dem nimmer mangelt würziger Wein, und ihr Bauch wie ein Weizenhaufen, umsteckt mit Rosen.

»*O sidus clarum puellarum*«, rief ich entzückt, »*O porta clausa, fons hortorum, cella custos unguentorum, cella pigmentaria!*« Und es zog mich hin zu ihr mit Macht, und ich spürte die Wärme ihres Körpers und den herben Geruch nie gekannter Salben. Und der Spruch schoss mir durch den Sinn: »Kinder, wenn euch die Liebesglut überkommt, gibt es kein Halten mehr«, und ich begriff, dass ich nichts mehr vermochte gegen die Regung, die mich trieb, mochte das, was ich da empfand, nun höllische Machenschaft oder himmlische Gabe sein. »*O langueo*«, rief ich aus, und: »*Causam languoris video nec caveo!*« Auch weil es von ihren Lippen wie Honig troff und ihre Beine wie Säulen waren und ihre Füße zierlich in den Sandalen standen und ihre Lenden sich bogen wie zwei Spangen, die des Meisters Hand gemacht hat. Oh Liebe, Tochter der Wonne, ein König hat sich in deiner Flechte verfangen, murmelte ich zu mir selbst, und dann lag ich in ihren Armen, und gemeinsam fielen wir auf den blanken Boden, und wenig später, ich weiß nicht, ob durch mein Betreiben oder durch ihre Kunst, sah ich mich meiner Kutte entledigt, und wir schämten uns nicht unserer Leiber, *et cuncta erant bona.*

Und sie küsste mich mit den Küssen ihres Mundes, und ihre Liebe war lieblicher denn Wein, und der Geruch ihrer Salben übertraf alle Würze, und ihre Wangen standen lieblich in den Kettchen und ihr Hals in den Schnüren. Siehe, meine Freundin, du bist schön, siehe, schön bist du, deine Augen sind wie Taubenaugen (murmelte ich), lass mich dein Angesicht sehen, lass mich deine Stimme hören, denn deine Stimme ist wohlklingend und dein Angesicht zauberhaft, du hast mich verzaubert, du hast mich vor Liebe krank gemacht, meine Schwester, du hast mir das Herz genommen mit deiner Augen einem und mit deiner Halsketten einer, deine Lippen sind wie triefender Honigseim, Honig und Milch ist unter deiner Zunge, deines Atems Duft ist wie der Duft von Granatäpfeln, deine Brüste sind wie Trauben, Trauben am Weinstock, dein Gaumen ist wie erlesener Wein, der meiner Liebe glatt eingeht, der mir über Lippen und Zähne fließt... Ein Gartenbrunnen bist du, Narde und Safran, Kalmus und Zimt, Myrrhen und Aloe. Und ich schlürfte meinen Nektar und meinen Honig, ich trank meinen Wein und meine Milch – wer war sie, wer, die da aufging vor mir wie die Morgenröte, schön wie der Mond, strahlend wie die Sonne und schrecklich wie eine waffenstarrende Heerschar?

Oh Herr, wenn die Seele entrückt ist, dann bleibt als einzige Tugend allein zu lieben, was man erschaut (ist das nicht wahr?) und als höchstes Glück einfach zu haben, was man hat, dann trinkt man das selige Leben an seiner Quelle (ward nicht so geweissagt?), dann kostet man von jenem wahren Leben, das uns nach dem Ende des sterblichen Lebens beschieden ist an der Seite der Engel in Ewigkeit... So dachte ich bei mir, und mich dünkte, als ob diese Prophezeiungen sich erfüllten, während das Mädchen mich mit unsäglichen Liebkosungen überschüttete. Und mir war, als wäre mein Körper ganz und gar Auge geworden, hinten und vorn, und ich sah alles rundum mit einem Blick. Und ich begriff, dass eben diesem Blick, der die Liebe ist, zugleich die Einheit und die Zartheit und die Güte und der Kuss und die Umarmung entspringen, wie ich früher bereits gehört hatte, glaubend, es wäre dabei von ganz anderen Dingen die Rede gewesen. Und nur einmal, als mein Entzücken sich seinem Gipfel näherte, kam mir kurz in den Sinn, dass ich womöglich gerade in diesem Moment, noch dazu inmitten der Nacht, die Beute des Mittagsdämons war, der bekanntlich dazu verdammt ist, am Ende stets seine wahre Teufelsnatur zu offenbaren, wenn ihn die Seele in höchster Ekstase fragt: »Wer bist du?« – ihn, der Leib und Seele bis zu diesem Moment zu täuschen vermag. Doch gleich darauf war ich überzeugt, dass teuflisch nur noch mein Zögern war, denn nichts konnte richtiger, schöner und heiliger sein als das, was ich gerade empfand und was nun an Süße noch jeden Augenblick zunahm. Und gleichwie ein Wassertropfen, der in einen vollen Weinkrug fällt, sich gänzlich auflöst, um die Farbe und den Geschmack des Weins anzunehmen, gleichwie ein glühendes Eisen im Feuer seine ursprüngliche Form verliert und selber zu Feuer wird, gleichwie sich die Luft, wenn durchflutet von den Strahlen der Sonne, zu höchstem Glanze und höchster Klarheit wandelt, dergestalt, dass sie nicht mehr erleuchtet zu sein, sondern selber zu leuchten scheint – so fühlte ich mich vergehen in süßem Verströmen, und gerade noch blieb mir die Kraft, mit den Worten des Psalms zu hauchen: »Siehe, meine Brust ist wie neuer Wein, der neue Schläuche zerreißt!« – Dann sah ich nur noch ein gleißendes Licht und in dem Licht eine glänzende saphirblaue Gestalt, die ganz und gar im lieblichen Schein einer hochrot funkelnden Lohe erglühte, und das gleißende Licht durchdrang die funkelnde Lohe, und die funkelnde Lohe durchdrang die glänzende blaue Gestalt, und das gleißende Licht und die funkelnde Lohe durchfluteten die Gestalt durch und durch.

Und während ich fast entseelt auf den Körper sank, mit welchem ich mich vereint, begriff ich in einem letzten Aufflackern meiner Lebensgeister: Die Flamme brennt in glänzendem Lichte, in purpurner Kraft und in feuriger Glut; durch das glänzende Licht aber leuchtet sie, durch die purpurne Kraft aber flammt sie, durch die feurige Glut aber wärmet sie! Dann blickte ich in den Abgrund und in die weiteren Abgründe, die sich unter ihm auftaten...

Jetzt, da ich diese Zeilen schreibe mit zitternder Hand (nicht wissend, ob sie mir zittert wegen der schrecklichen Sünde, von der ich berichte, oder wegen der sündhaften Sehnsucht nach jenem fernen Geschehen, die mich dabei überfällt), jetzt merke ich, dass ich soeben zur Beschreibung meiner nichtswürdigen Ekstase dieselben Worte gebraucht habe wie vorhin, nur wenige Seiten weiter oben, zur Beschreibung des Feuers, das den gemarterten Leib des Fratizellen Michele verbrannte. Ist es ein Zufall, dass meine Hand als getreue Dienerin meiner Seele dieselben Worte für zwei so ungleiche Dinge gebrauchte? Nein, ich glaube es nicht, denn vermutlich hatte ich damals, als ich diese Dinge erlebte, sie in derselben

Weise empfunden und wahrgenommen wie heute, da ich sie beide schreibend nachzuerleben versuche.

Es gibt anscheinend eine geheime Weisheit, dank welcher Phänomene sehr verschiedener Art mit den gleichen Worten benannt werden können; es ist dieselbe Weisheit, dank welcher die himmlischen Dinge mit irdischen Namen benannt und Gott durch mehrdeutige Symbole als Löwe oder als Panther bezeichnet werden kann – und der Tod als Wunde und die Freude als Flamme und die Flamme als Tod und der Tod als Abgrund und der Abgrund als Verdammnis und die Verdammnis als Lust und die Lust als Passion.

Wie kam es, dass ich unerfahrener Jüngling damals die Todesekstase, die mich bei dem brennenden Märtyrer in Florenz so bestürzte, mit denselben Worten benannte, mit denen die heilige Hildegard einst die Ekstase des (göttlichen) Lebens beschrieben hatte? Und wie kam es, dass mir dieselben Worte jetzt auch für die (sündige und momentane) Ekstase meines irdischen Sinnengenusses einfielen, der mir doch gleich danach wie ein Gefühl des Sterbens und Vergehens erschienen war? Ich denke darüber nach und versuche, mir Klarheit über die Art meiner Wahrnehmung zu verschaffen: Klarheit über die Art und Weise, wie ich damals, im Abstand von wenigen Monaten, zwei so verschiedene, aber gleichermaßen erregende und schmerzliche Erfahrungen in mich aufnahm, Klarheit auch über die Art und Weise, wie ich an jenem Abend in der Abtei, im Abstand von kaum einer Stunde, erst die eine vor meinem geistigen Auge wiedererstehen ließ und dann die andere sinnlich erlebte, Klarheit schließlich über die Art und Weise, wie ich heute, da ich diese Zeilen schreibe, die beiden Erlebnisse nachempfunden und wie ich sie mir in allen drei Fällen gedeutet und bewusst gemacht habe mit jenen Worten der ganz anderen Erfahrung einer heiligen Seele, die sich auflöste in der Anschauung Gottes. Habe ich lästerlich gesprochen? (Damals? Heute?) Was war ähnlich, was war vergleichbar im Todesverlangen Micheles, in meiner Ekstase angesichts seines Flammentodes, in meinem Verlangen nach körperlicher Vereinigung mit dem Mädchen, in meiner mystischen Scham, mit der ich allegorisch beschrieb, was ich dabei empfand, und schließlich in jenem Verlangen nach freudiger Selbstauflösung, das die Heilige dazu trieb, an ihrer Liebe zu sterben, um weiterzuleben in Ewigkeit? Ist es möglich, dass derart uneinheitliche Phänomene so einheitlich benannt werden können? Und doch ist dies, wie mir scheint, die Lehre, die unsere größten Doctores uns hinterlassen haben: *Omnis ergo figura tanto evidentius veritatem demonstrat quanto apertius per dissimilerm similitudinem figuram se esse et non veritatem probat*. Doch wenn die Liebe zur Flamme und zum Abgrund eine Figur der Liebe zu Gott ist, kann sie dann gleichzeitig eine Figur der Liebe zum Tod und der Liebe zur Sünde sein? Ja, sie kann es, so wie der Löwe und die Schlange Figuren für Christus und für den Bösen sein können. Und wie man sie jeweils richtig zu deuten hat, kann nur von der Autorität der Patres festgesetzt werden – und da ich in der Frage, die mich hier quält, keine Auctoritas habe, an die mein gehorsamer Geist sich wenden könnte, weiß ich nicht, wie ich Klarheit gewinnen soll, und brenne weiter im Zweifel (schon wieder kommt mir die Figur des Feuers in den Sinn, diesmal zur Bezeichnung des Mangels an Wahrheit und der Fülle an Irrtum, die mich zermalmen...). Was widerfährt mir, oh Herr, was geschieht da in meiner Seele, nun, da mich die Strudel der Erinnerungen ergreifen und ich mehrere Zeiten zugleich in mir auflodern lasse, als wollte ich Hand anlegen an die Ordnung der Himmelsgestirne und an ihre kosmischen Bahnen? Kein Zweifel, ich überschreite die Grenzen meines sündigen, siechen und schwachen Verstandes! Zurück zu der Aufgabe, die ich mir in Demut gesetzt!... Wohlan, ich sprach von den Erlebnissen jener Nacht und von der totalen Gefühlsverwirrung, in die sie mich gestürzt hatten. Dies war es, was ich berichten wollte, so gut es mir mein Gedächtnis erlaubt, und hierauf möge sich meine schwache Feder beschränken in treuer Erfüllung ihrer Chronistenpflicht!

Ich weiß nicht, wie lange ich neben dem Mädchen auf dem Boden lag. Sanft streichelte ihre Hand weiter meinen nun schweißgebadeten Leib. Ein innerer Jubel durchströmte mich, der nicht eigentlich Friede war, eher das letzte Aufflackern eines unter der Asche noch weiterglimmenden Feuers, dessen Flammen bereits erloschen sind. Wahrlich, ich würde nicht zögern (murmelte ich wie im Traum), jeden Sterblichen selig zu nennen, dem es vergönnt ist, solch eine wunderbare Erfahrung zu machen, sei's auch nur selten in diesem Leben, sei's auch nur einmal (wie es bei mir in der Tat der Fall war), sei's auch nur für die Dauer eines winzigen Augenblicks. Es ist, als ob man verginge, als ob man schwerelos würde und nichts mehr spürte vom niederdrückenden Erdengewicht des Körpers, und wer von den Sterblichen (sagte ich mir) auch nur einen verschwindend kurzen Moment lang kosten könnte von dem, was ich soeben gekostet, er würde fortan mit Unwillen auf diese ganze perverse Welt herabsehen, würde sich abwenden von der Niedertracht des alltäglichen Lebens, würde die Hinfälligkeit des plumpen und starren Körpers empfinden... War es nicht das, was man mich immer gelehrt hatte? Ja, und diese unwiderstehliche Einladung an meinen Geist, sich ganz und gar zu vergessen in der Glückseligkeit, das war gewiss (jetzt begriff ich es) die Strahlkraft der Sonne, und die gleißende Freude, die sie hervorbringt, öffnet, erweitert, vergrößert den Menschen, und der klaffende Abgrund in seinem Innern schließt sich nicht wieder so leicht, denn er ist die Wunde, die das Schwert der Liebe geschlagen hat, und es gibt nichts hienieden, was süßer und schrecklicher wäre. Dies aber ist das Recht der Sonne, dass sie ihre Strahlen wie Pfeile schießt in die Wunde, und alle Schründe und Falten erweitern sich, der Mensch tut sich auf und geht auseinander, die Adern platzen, die Muskeln befolgen nicht mehr die Befehle des Hirns, sie lassen sich nur noch treiben vom Verlangen der Sinne, und der Geist lodert auf, eingetaucht in die Abgründe dessen, was er auf einmal berührt, und sieht sein eigenes Verlangen und seine eigene Wahrheit fortgerissen und überwältigt von dieser neuen, *erlebten* Wirklichkeit. Und staunend wird er zum Zeugen der eigenen lustvollen Ohnmacht...

Überströmt von derart unsäglichen Glücksgefühlen schlief ich ein.

Als ich die Augen nach einiger Zeit wieder öffnete, war das Nachtlicht bedeutend schwächer geworden, vielleicht weil eine Wolke sich vor den Mond geschoben hatte. Ich tastete mit der Hand zur Seite und fasste ins Leere. Ich drehte den Kopf: Das Mädchen war weg.

Die Abwesenheit des Körpers, der mein Verlangen so heiß entzündet und meine Gier so herrlich gestillt hatte, machte mir jäh die Eitelkeit dieses Verlangens und die Ruchlosigkeit dieser Gier bewusst. *Omne animal triste post coitum.* Mir wurde klar, dass ich gesündigt hatte. Noch heute indes, Jahrzehnte und Aberjahrzehnte später, und während ich meinen Fehltritt immer noch heftig beklage, kann ich nicht vergessen, dass ich damals in jener Nacht unsägliche Freude empfand, und ich täte Unrecht dem Allerhöchsten, der alle Dinge so gut und schön geschaffen hat, wenn ich nicht zugäbe, dass auch in jener Begegnung zweier sündiger Menschen etwas geschah, das an sich, *naturaliter*, gut und schön war. Doch vielleicht ist es auch nur mein Alter, das mir verwerflicherweise alles als gut und schön erscheinen lässt, was mit meiner Jugend zu tun hat, während ich doch mein ganzes Denken dem nahen Tod zuwenden sollte. Damals freilich, als ich jung war, dachte ich nicht an den Tod, sondern weinte, weinte bitterlich über meine Sünde.

Ich erhob mich zitternd, auch weil ich so lange auf dem kalten Steinboden gelegen hatte, und mein Körper war steif. Wie ein Fiebernder schlüpfte ich in meine Kleider. Dabei entdeckte ich in einer Ecke das Bündel, das die entschwundene Schöne zurückgelassen hatte. Ich kniete nieder, um es zu untersuchen. Es war eine Art Säckchen aus zusammengeknotetem Tuch, das aus der Küche zu stammen schien. Ich knüpfte es auf und erkannte nicht gleich, was es enthielt, teils wegen des schwachen Lichtes, teils wegen der Unförmigkeit seines Inhalts. Dann aber begriff ich: Zwischen Klumpen geronnenen Blutes und Fetzen von weichem weißlichem Fleisch lag vor meinen Augen, tot, aber noch zuckend vom gallertartigen Leben der toten Innereien, durchzogen von bläulichen Adern, ein riesiges Herz.

Dunkle Schleier sanken mir über die Augen, bitterer Speichel schoss mir in den Mund. Ich stieß einen Schrei aus und fiel wie ein Toter zu Boden.

Dritter Tag

Nacht

Worin Adson voller Zerknirschung vor William beichtet und über die Funktion des Weibes im Schöpfungsplan nachdenkt, dann aber die Leiche eines Mannes entdeckt.

Ich erwachte aus meiner Ohnmacht, als mir jemand mit einem nassen Lappen übers Gesicht fuhr. Es war William. Er hielt eine Lampe in der Hand und hatte mir etwas unter den Kopf geschoben.

»Was ist los, Adson?« fragte er. »Wieso schleichst du dich nachts in die Küche und stiehlst Innereien?«

Um es kurz zu sagen: Er war aufgewacht, hatte aus irgendeinem Grunde nach mir gesucht und, als er mich nicht finden konnte, gleich richtig vermutet, dass ich zu einem Alleingang in die Bibliothek aufgebrochen war. Als er das Aedificium durch die Küche betrat, hatte er eine Gestalt durch die Tür in den Garten entfliehen sehen (es war das Mädchen, vielleicht hatte sie ihn kommen gehört), war rasch hinterhergelaufen, doch sie hatte sich zur Umfassungsmauer geflüchtet und war plötzlich verschwunden. Nach kurzer Erkundung der Örtlichkeiten war er in die Küche zurückgekehrt und hatte mich bewusstlos gefunden.

Ich deutete, immer noch zitternd vor Schreck, auf das Bündel mit dem riesigen Herzen und stammelte etwas von einem neuen Mord. Da lachte er schallend und sagte: »Aber Adson! Welcher Mensch sollte denn wohl ein so großes Herz haben? Das ist ein Rinderherz! Hast du nicht gesehen, dass heute morgen ein Ochse geschlachtet wurde? Sag lieber, wie kommt das in deine Hände?«

An diesem Punkt war es mit meiner Fassung vorbei. Zermalmt von Gewissensbissen und geschüttelt von sinnloser

Angst, brach ich in hemmungsloses, heftiges Schluchzen aus und bat meinen Meister, er möge mir das Sakrament der Beichte gewähren. Er willigte ein, und ich erzählte ihm alles, ohne irgend etwas zu verhehlen.

Bruder William hörte mir aufmerksam zu, mit großem Ernst, aber nicht ohne einen Anflug von Nachsicht. Als ich fertig war, machte er ein strenges Gesicht und sprach: »Adson, du hast gesündigt, gegen das Keuschheitsgebot wie gegen deine Novizenpflichten, daran besteht kein Zweifel. Zu deiner Entlastung spricht, dass du dich in einer Situation befandest, in der selbst ein Säulenheiliger in der Wüste gesündigt hätte. Und vom Weib als Stachel und Keim der Versuchung spricht ja bereits die Heilige Schrift zur Genüge. Der Prediger Salomo sagt vom Weibe, ihr Reden sei wie brennendes Feuer, und in den Sprüchen heißt es, sie bemächtige sich der edlen Seele des Mannes, sie habe schon viele zu Fall gebracht, und selbst die Stärksten seien von ihr vernichtet worden. Auch predigt der Ekklesiast: Ich fand, dass bitterer sei denn der Tod das Weib, das wie die Schlinge des Jägers ist, dessen Herz ein Netz und dessen Hände Stricke sind. Andere nannten sie gar ein Vehikel des Satans. Dies klärend vorausgeschickt, kann ich mir freilich nicht vorstellen, lieber Adson, dass Gott ein so ruchloses Wesen in seine Schöpfung eingeführt haben sollte, ohne ihm nicht auch ein paar Tugenden mitzugeben. Und ich kann nicht umhin, über die Tatsache nachzudenken, dass er ihm zahlreiche Privilegien und Vorzüge eingeräumt hat, von denen ich nur die drei größten hier nennen will. Erstens schuf er bekanntlich den Mann in dieser niederen Welt und aus einem Erdenkloß, das Weib aber in einem zweiten Schöpfungsakt unmittelbar im Paradies und aus edlem menschlichen Stoff. Und er schuf sie nicht etwa aus den Füßen oder den Eingeweiden Adams, sondern aus seiner Rippe. Zweitens hätte sich der Allmächtige sicherlich auch direkt in einem Manne verkörpern können, doch er zog es vor, im Bauch einer Frau zu wohnen, ein Zeichen dafür, dass sie nicht so ruchlos gewesen sein konnte. Und als er sich zeigte nach seiner Auferstehung, zeigte er sich einer Frau. Drittens schließlich wird in den Gefilden des Himmels kein Mann als

König herrschen, sondern vielmehr als Königin eine Frau, die niemals gesündigt hat. Wenn also schon Unser Himmlischer Vater so große Aufmerksamkeit für Eva und ihre Töchter hatte, ist es dann so abnorm, dass auch wir uns angezogen fühlen von ihrer Anmut und edlen Schönheit? Was ich damit sagen will, lieber Adson: Gewiss darfst du das nie wieder tun, aber so ungeheuerlich ist dein Fehltritt nun auch wieder nicht. Und außerdem, dass ein Mönch und Seelsorger wenigstens einmal in seinem Leben die fleischliche Leidenschaft selber erfährt, so dass er später nachsichtig und verständnisvoll mit den armen Sündern umgehen kann, denen er Trost und Rat spenden soll..., nun ja, lieber Adson, man soll das nicht geradezu herbeiführen, bevor es geschieht, aber wenn es denn einmal geschehen ist, soll man es auch nicht allzusehr geißeln. Also geh mit Gott, mein Sohn, und reden wir nicht mehr davon. Fragen wir uns lieber, um nicht allzulang nachzusinnen über etwas, das man besser vergisst, sofern man das kann...« – und bei diesen Worten schien mir Williams Stimme ein wenig zu schwanken wie von einer inneren Rührung – »was die Ereignisse dieser Nacht zu bedeuten haben: Wer war das Mädchen und mit wem hatte sie ein Stelldichein?«

»Das eben weiß ich nicht, ich habe den Mann nicht erkennen können, der bei ihr war.«

»Nun gut, aber wir können aus einer Reihe sehr zuverlässiger Indizien schließen, wer es war. Zunächst und vor allem muss er alt und hässlich gewesen sein, ein Mann, mit dem sich ein junges Mädchen nicht gern einlässt, zumal wenn es ein schönes Mädchen ist, wie du gesagt hast – obwohl mir scheint, mein junger Springinsfeld, dass du in deinem Durst ein wenig geneigt warst, jede Quelle köstlich zu finden...«

»Warum muss er alt und hässlich gewesen sein?«

»Weil das Mädchen nicht aus Liebe zu ihm ging, sondern für eine Portion Schlachtabfälle. Es war sicher ein Mädchen aus dem Dorf, das sich – vielleicht nicht zum ersten Mal – einem lüsternen Mönch aus Not hingeben wollte, um dafür etwas zu ergattern, womit es sich und seiner Familie die hungrigen Mäuler stopfen kann.«

»Eine Hure?!« rief ich entsetzt.

»Ein armes Bauernmädchen, lieber Adson. Vielleicht hat sie zu Hause eine Schar kleiner Brüder, die sie ernähren muss. Und wenn sie könnte, würde sie sich aus Liebe hingeben und nicht für Lohn. Wie sie es zum Beispiel vorhin getan hat. Du hast mir erzählt, dass sie dich jung und schön fand, und sie gab dir gratis und für deine Liebe, was sie einem anderen für ein Rinderherz und ein paar Lungenfetzen geben wollte. Und nach dieser freiwilligen Hingabe ihrer selbst fühlte sie sich so erhoben und tugendhaft, dass sie floh, ohne das Bündel oder sonst etwas mitzunehmen. Begreifst du nun, warum ich meine, dass der andere, mit dem sie dich verglichen hat, weder jung noch schön sein kann?«

Ich gestehe, dass mich diese Erklärung, wiewohl meine Reue immer noch heftig war, erneut mit zärtlichem Stolz erfüllte. Doch ich schwieg und ließ meinen Meister fortfahren.

»Ferner muss es diesem hässlichen Alten möglich gewesen sein, ins Dorf hinunterzugehen und mit den Bauern Kontakte zu unterhalten aus Gründen, die mit seinem Amt zu tun haben. Und er musste wissen, wie man Fremde heimlich in die Abtei herein- und wieder hinausschleusen kann. Und er muss auch gewusst haben, dass es gerade heute Schlachtabfälle in der Küche gab (vielleicht wollte er morgen sagen, die Tür sei versehentlich offengeblieben und ein Hund habe sie gestohlen). Und schließlich muss er einen gewissen Sinn für sparsames Wirtschaften haben, ein Interesse daran, dass der Küche nicht allzu kostbare Lebensmittel entzogen werden, andernfalls hätte er wohl ein gutes Lendenstück oder dergleichen herausgerückt. Du siehst, lieber Adson, die Figur unseres Unbekannten gewinnt allmählich recht klare Konturen, denn all diese Eigenschaften und Attribute passen hervorragend auf ein Wesen, in dem ich nicht zögern würde, unseren wackeren Cellerar zu erkennen, Bruder Remigius von Varagine. Oder aber, falls ich mich täuschen sollte, unseren undurchsichtigen Freund Salvatore. Der übrigens, da er aus dieser Gegend stammt, vermutlich sehr gut mit den Bauern reden kann und sicher weiß, wie man ein Mädchen dazu bringt zu tun, was sie tun wollte, wenn du nicht dazwischengekommen wärst.«

»Ja, Ihr habt gewiss recht, so wird es gewesen sein«, sagte ich überzeugt. »Aber was können wir nun mit unserem Wissen anfangen?«

»Nichts. Oder sehr viel. Die Geschichte kann mit den Verbrechen, die wir untersuchen, viel oder auch nichts zu tun haben. Andererseits, wenn der Cellerar bei den Dolcinianern gewesen ist, erklärt das sehr gut sein Verhalten, und umgekehrt. Doch in jedem Falle wissen wir jetzt, dass diese Abtei bei Nacht ein Ort ist, an welchem so mancherlei seltsame Dinge geschehen – und wer weiß, ob nicht unser Cellerar und sein Gehilfe, die sich hier so ungeniert im Dunkeln herumtreiben, auch sonst noch so manches wissen, was sie nicht sagen.«

»Aber werden sie es uns sagen?«

»Nicht wenn wir Nachsicht üben und ihre Sünden ignorieren. Aber wenn wir wirklich etwas von ihnen erfahren wollten, hätten wir jetzt ein Mittel in der Hand, das sie zum Sprechen bringen könnte. Mit anderen Worten, wir werden uns, sobald es nötig wird, den Cellerar und Salvatore gefügig machen, und Gott wird uns diese kleine Pflichtverletzung vergeben, wo er doch schon soviel anderes vergibt...«, schloss William mit einem anzüglichen Blick, der mich nicht gerade ermunterte, Bemerkungen über die Erlaubtheit seines Vorhabens zu machen.

»Und jetzt sollten wir eigentlich rasch zu Bett gehen, denn in einer Stunde ist bereits Mette. Aber wie ich sehe, bist du immer noch sehr erregt, mein armer Adson. Plagt dich deine Sünde noch immer? Wohlan, nichts ist beruhigender als ein stilles Gebet in der Kirche. Ich habe dir Absolution erteilt, aber man weiß ja nie. Also geh und bitte den Herrn um eine Bestätigung«, sagte William und gab mir einen kräftigen Klaps auf den Nacken, vielleicht als sanfte Buße, vielleicht aus väterlich-freundschaftlicher Zuneigung, vielleicht aber auch (wie ich in diesem Augenblick ungehörigerweise dachte) aus einem gewissen gutmütigen Neid, kannte ich ihn doch als einen Mann, der stets begierig war auf neue und lebensvolle Erfahrungen.

Wir begaben uns in die Kirche durch unseren gewohnten unterirdischen Gang, den ich diesmal ohne aufzublicken durcheilte, da mich die vielen Gebeine in dieser Nacht allzu deutlich daran gemahnten, wie bald auch ich zu Staub zerfallen sein würde und wie eitel daher mein Stolz auf die Wohlgestalt meines Leibes gewesen war.

Als wir in die Kirche traten, erblickten wir einen Schatten vor dem Altar. Zuerst dachte ich, es sei Ubertin, doch es war der uralte Alinardus, der uns nicht gleich erkannte. Dann erklärte er uns, er habe nicht schlafen können und sei daher in die Kirche gegangen, um für den verschwundenen jungen Bruder zu beten (er wusste nicht einmal mehr den Namen). Er bete für seine Seele, falls er tot sei, und für seinen Leib, falls er irgendwo hilflos liege.

»Zu viele Tote«, sagte der Greis, »zu viele Tote... Aber so steht es geschrieben im Buch des Apostels: Bei der ersten Posaune kommt Hagel und Eis, bei der zweiten wird ein Dritteil des Meeres zu Blut – und habt ihr den ersten nicht im Eis gefunden und den zweiten im Blut? Bei der dritten Posaune fällt ein brennender Stern vom Himmel und stürzt in den Dritteil der Flüsse und Brunnen. Und dort, so sage ich euch, liegt unser dritter Bruder. Und zittert vor der vierten Posaune, denn es wird geschlagen sein der dritte Teil des Sonne, des Mondes und aller Sterne, so dass es fast vollkommen dunkel wird...«

Als wir die Kirche verließen, murmelte William nachdenklich, er frage sich, ob an den Worten des Alten nicht etwas Wahres sei.

»Aber dann müsste doch«, gab ich zu bedenken, »ein einziges teuflisches Hirn die drei Morde (vorausgesetzt, dass auch Berengar tot ist) geplant und anhand des Textes der Apokalypse arrangiert haben. Dabei wissen wir doch, dass Adelmus aus eigenem Antrieb gestorben ist...«

»Das stimmt«, nickte William, »aber vielleicht hat sich dieses teuflische oder kranke Hirn durch den Freitod des armen Adelmus dazu anregen lassen, die beiden anderen derart symbolisch zu arrangieren. Und wenn das wahr ist, müsste Berengar in einem Fluss oder Brunnen liegen. Aber es gibt keine Flüsse oder Brunnen hier in der Abtei, jedenfalls keine, in denen jemand ertrinken oder ertränkt werden könnte...«

»Nein, Wasser gibt es hier nur im Badehaus«, nickte ich.

»Adson!« fuhr William auf. »Weißt du, was du da sagst? Ja, das könnte eine Idee sein. Das Badehaus!«

»Aber da hat man doch sicher schon nachgeschaut...«

»Freilich, aber ich habe heute morgen gesehen, wie die Knechte dort suchten: Sie machten nur kurz die Tür auf und schauten hinein, sie suchten nicht richtig, denn sie glaubten noch nicht, etwas gut Verstecktes finden zu müssen; sie erwarteten eine theatralisch drapierte Leiche wie die des Venantius im Bottich... Rasch, lass uns hinübergehen, es ist zwar noch dunkel, aber ich glaube, unsere Lampe brennt noch ganz munter.«

Wir taten es, eilten ins Badehaus hinter dem Hospital und öffneten ohne Schwierigkeiten die Tür.

Vor uns standen, aufgereiht und durch breite Vorhänge voneinander getrennt, große Wannen, ich weiß nicht mehr, wie viele. Die Mönchen benutzten sie zur Hygiene an den Tagen, da die Regel es vorschrieb, und Severin benutzte sie zu therapeutischen Zwecken, denn nichts ist beruhigender für den Leib und die Seele als ein Bad. In einer Ecke befand sich ein breiter Kamin, der das Wasser rasch zu erwärmen erlaubte, davor lag ein großer Kessel. Das Wasser holte man aus einem Brunnen in der anderen Ecke.

Wir sahen der Reihe nach in die Wannen. Sie waren fast alle leer. Nur die letzte hinter einem zugezogenen Vorhang war voll, und daneben lag ein zusammengeknülltes Kleidungsstück auf dem Boden. Im ersten Moment erschien uns die Oberfläche des Wassers ungetrübt. Doch als wir die Lampe näher hinhielten, entdeckten wir auf dem Grunde der Wanne einen nackten menschlichen Körper. Wir zogen ihn heraus. Es war Berengar. Und dieser Tote, bemerkte William, sah wirklich wie ein Ertrunkener aus: das Gesicht aufgedunsen, der weiße und weiche Körper desgleichen. Er hätte, haarlos wie er war, der Körper einer Frau sein können, wenn man von dem obszönen Anblick der schlaffen männlichen Scham absah. Ich errötete, es überlief mich kalt, und ich bekreuzigte mich, während William den Toten segnete.

Vierter Tag

Vierter Tag

Laudes

Worin die Untersuchung der Wasserleiche den sonderbaren Befund einer schwarzen Zunge ergibt, was William dazu veranlasst, mit Severin ein Gespräch über tödliche Gifte zu führen sowie über einen Diebstahl vor langer Zeit.

Muss ich erzählen, wie wir den Abt informierten, wie die Mönche vor der kanonischen Stunde aus dem Schlaf fuhren und verstört durcheinanderliefen, auf den Lippen entsetzte Schreie, die Blicke verzerrt vor Schrecken und Schmerz? Wie die Nachricht von unserem grausigen Fund sich in Windeseile über das ganze Plateau verbreitete bis zu den Dienern und Stallknechten, die sich hastig bekreuzigten unter allerlei Stoßgebeten? Ich weiß nicht, ob die Mette an jenem Morgen ordnungsgemäß zelebriert wurde, wie es die Regel gebot. Ich folgte William und Severin, die Berengars sterbliche Hülle bedecken und im Hospital auf einen langen Tisch legen ließen.

Sobald der Abt und die anderen Mönche gegangen waren, zogen der Bruder Botanikus und mein Meister das Tuch von der Leiche und musterten sie ausgiebig mit der Nüchternheit erfahrener Mediziner.

»Tod durch Ertrinken«, stellte Severin fest, »daran besteht kein Zweifel: das Gesicht aufgedunsen, der Leib gebläht...«

»Ja, aber nicht infolge gewaltsamer Fremdeinwirkung«, sagte William, »sonst hätte Berengar sich gewehrt und wir hätten die Spuren von Wasserspritzern rings um die Wanne gefunden. Es war aber alles ganz sauber und ordentlich, als hätte Berengar sich aus freien Stücken ein Bad bereitet und friedlich hineingelegt.«

»Das würde mich nicht überraschen«, meinte Severin. »Er litt an sporadischen Krämpfen, ich selber hatte ihm wiederholt gesagt, dass warme Bäder ein gutes Mittel sind, um Körper und Geist zu beruhigen, und er hatte in letzter Zeit mehr als einmal mit meiner Erlaubnis das Badehaus aufgesucht. So mag er es auch heute Nacht getan haben…«

»Gestern Nacht«, korrigierte William, »denn wie du siehst, hat diese Leiche schon mindestens einen Tag lang im Wasser gelegen.«

»Mag sein, dass es auch schon gestern Nacht war«, gab Severin zu, worauf ihn William in groben Zügen, unter Auslassung mancher Begleitumstände, über die Ereignisse der vorigen Nacht ins Bild setzte – recht oberflächlich, um die Wahrheit zu sagen: Er unterschlug unseren Aufenthalt im Skriptorium und berichtete lediglich, dass wir einer geheimnisvollen Gestalt gefolgt waren, die ein Buch entwendet hatte. Severin merkte, dass William ihm einen Teil der Wahrheit verschwieg, fragte aber nicht weiter, sondern nickte und meinte, dann sei es gut möglich, dass Berengar – falls er die geheimnisvolle Gestalt war – in seiner Erregung das Bedürfnis nach der wohltuenden Ruhe eines Bades verspürt hätte. Er sei nämlich äußerst empfindsam gewesen, schon kleine Widrigkeiten oder Gefühlsregungen hätten ihn manchmal so heftig erzittern lassen, dass ihm der kalte Schweiß ausbrach und er die Augen verdrehte und in schlimmen Fällen sogar zu Boden stürzte mit Schaum vor dem Munde.

»In jedem Falle«, sagte William, »muss er zuerst noch woanders gewesen sein, bevor er ins Badehaus ging, denn das Buch, das er gestohlen hatte, war nicht mehr da.«

»Ja«, fiel ich eifrig ein, »ich habe die Kleider neben der Wanne genau untersucht und keine Spur eines größeren Gegenstandes gefunden.«

»Bravo, Adson!« lobte mich William lächelnd. »Also war er zuerst noch woanders. Dann mag er, um sich zu beruhigen und vielleicht auch um unseren Nachforschungen zu entgehen, ins Badehaus eingedrungen und sich ins Wasser gelegt haben. Was meinst du, Severin, war sein Leiden so schlimm, dass er ohnmächtig werden und in der Wanne ertrinken konnte?«

»Schon möglich«, antwortete Severin zögernd. »Andererseits, wenn das Ganze schon gestern nacht passiert ist, könnten eventuelle Wasserspritzer inzwischen getrocknet sein. Wir dürfen also nicht ausschließen, dass er gewaltsam ertränkt worden ist.«

»Nein«, gab William zu. »Aber hast du jemals einen Ertränkten gesehen, der seine Kleider ablegt, bevor er sich von seinem Mörder ins Wasser eintauchen lässt?«

Severin schüttelte nur den Kopf, als hätte der Einwand kein großes Gewicht mehr. Seit einigen Augenblicken starrte er auf die Hände des Toten. »Sonderbar...«

»Was?«

»Als ich vorgestern morgen die Leiche des armen Venantius untersuchte, fand ich etwas, das mir nicht besonders wichtig erschien: Die Fingerkuppen an zwei Fingern der rechten Hand waren leicht geschwärzt wie von einer dunklen Substanz. Genau wie hier – sieh mal – die Fingerkuppen Berengars! Ja, und hier sind auch Spuren an einem dritten Finger! Vorgestern nahm ich an, Venantius hätte vielleicht im Skriptorium eine Tinte berührt...«

»Sehr interessant«, murmelte William, während er sich über Berengars Finger beugte. Es dämmerte gerade, das Licht war noch fahl, und mein Meister litt sichtlich unter dem Fehlen seiner Augengläser. »Sehr interessant«, wiederholte er. »Der Daumen und der Zeigefinger sind an den Kuppen dunkel, der Mittelfinger nur an der Innenseite und etwas schwächer. Aber sieh mal, hier sind auch schwache Spuren an der linken Hand, jedenfalls auf Daumen und Zeigefinger...«

»Wäre es nur an der rechten, so würde ich sagen, er hielt einen kleinen oder langen und schmalen Gegenstand...«

»Wie zum Beispiel einen Stift. Oder einen Kuchen. Oder ein Insekt. Oder eine Schlange, eine Monstranz, einen Stock... zu viele Möglichkeiten. Aber da auch Spuren an der linken Hand sind, könnte es auch eine Schale gewesen sein: die rechte hielt sie, die linke stützte sie leicht...«

Severin rieb ein wenig an den Fingern des Toten, doch die dunkle Färbung blieb. Ich bemerkte, dass er sich Handschuhe angezogen hatte, die er vermutlich immer benutzte, wenn er mit giftigen Stoffen hantierte. Er roch an den Fingern, schüttelte aber nur den Kopf. »Ich könnte dir viele Substanzen nennen, pflanzliche und mineralische, die solche Spuren hinterlassen. Manche davon sind tödlich, andere nicht. Die Miniaturenmaler zum Beispiel haben oft dunkle Finger vom Goldstaub...«

»Adelmus war Miniaturenmaler«, gab William zu bedenken. »Vermutlich hast du angesichts seines zerschlagenen Körpers nicht daran gedacht, seine Fingerkuppen zu untersuchen. Aber könnte dieser hier nicht etwas angefasst haben, was Adelmus gehörte?«

»Ich weiß nicht«, sagte Severin und schüttelte weiter den Kopf. »Zwei Tote, beide mit schwarzen Fingern... Was schließt du daraus?«

»Nichts schließe ich daraus: *Nihil sequitur geminis ex particularibus unquam*. Man müsste die beiden Fälle auf eine gemeinsame Regel zurückführen können. Zum Beispiel: Es gibt eine Substanz, die jedem, der sie berührt, die Finger schwärzt...«

Triumphierend beendete ich den Syllogismus: »Venantius und Berengar haben geschwärzte Finger, *ergo* haben sie diese Substanz berührt!«

»Bravo, Adson«, lächelte William. »Nur schade, dass deine Schlussfolgerung nicht gültig ist, denn *aut semel aut iterum medium generaliter esto*, und in deinem Syllogismus erscheint der Mittelbegriff nie allgemeingültig. Ein Zeichen dafür, dass wir die *Praemissa maior* nicht richtig gewählt haben. Ich hätte nicht sagen dürfen: Jeder, der eine bestimmte Substanz berührt, hat schwarze Finger, denn es kann ja auch Menschen mit schwarzen Fingern geben, die diese Substanz nicht berührt haben. Ich hätte sagen müssen: Jeder, der schwarze Finger hat, und sonst niemand, hat mit Sicherheit eine gegebene Substanz berührt. Also Venantius und Berengar und so weiter... Womit wir einen *Darii* hätten, einen exzellenten Dritten Syllogismus der Ersten Figur.«

»Dann hätten wir also die Antwort!« rief ich befriedigt aus.

»Leider nicht, lieber Adson, du hast ein viel zu großes Vertrauen in die Syllogistik! Wir haben nur wieder die Frage.

Will sagen, wir haben die Hypothese aufgestellt, dass Venantius und Berengar ein und dieselbe Substanz berührt haben müssen, und das ist zweifellos eine vernünftige Hypothese. Aber mit unserer Annahme, dass es eine Substanz gibt, die als einzige unter allen Substanzen dieses spezielle Ergebnis bewirkt (was noch zu verifizieren bleibt), wissen wir immer noch nicht, welche Substanz das ist und wo und warum die beiden sie berührt haben. Und aufgepasst: wir wissen nicht einmal, ob sie den Tod der beiden verursacht hat. Stell dir vor, ein Verrückter hätte sich in den Kopf gesetzt, alle Menschen zu töten, die mit Goldpulver in Berührung gekommen sind. Würdest du dann wohl sagen, Goldpulver sei ein tödliches Gift?«

Verwirrt schüttelte ich den Kopf. Ich hatte bisher immer angenommen, die Logik sei eine universale Waffe, und jetzt musste ich plötzlich erkennen, dass ihre Kraft und Gültigkeit davon abhängt, wie man sie einsetzt und gebraucht. Andererseits hatte mich das Zusammensein mit meinem Meister gelehrt (und sollte mich in den nächsten Tagen noch immer besser lehren), dass die Logik zu mancherlei Dingen nützlich sein kann, sofern man sie nur im rechten Moment beiseite lässt.

Severin, der gewiss kein guter Logiker war, räsonierte indessen gemäß seiner eigenen Erfahrung: »Die Welt der Gifte ist vielgestaltig, so vielgestaltig wie die Geheimnisse der Natur«, sagte er und wies auf die zahlreichen Gläser, Flaschen und Schalen, die wohlgeordnet nebst einer Anzahl von Büchern auf den Wandregalen standen. »Wie ich neulich schon sagte, viele dieser Kräuter könnten, wenn man sie entsprechend mischt und dosiert, tödliche Salben oder Getränke ergeben. Hier zum Beispiel der gemeine Stechapfel, die Tollkirsche, der Schierling: sie können Müdigkeit oder Erregung hervorrufen oder auch beides zugleich. In vorsichtiger Dosierung sind sie treffliche Medikamente, im Übermaß werden sie tödlich.«

»Aber keine dieser Substanzen würde Spuren auf den Fingern hinterlassen?«

»Keine, soviel ich weiß. Manche Substanzen werden auch nur gefährlich, wenn man sie einnimmt, andere wirken direkt auf die Haut ein. Der weiße Nieswurz zum Beispiel kann Übelkeit hervorrufen, wenn man ihn packt, um ihn aus dem Boden zu ziehen. Es gibt den Diptam und den Eschenwurz, deren Blütenduft die Gärtner in einen Rausch versetzt wie übermäßiger Weingenuss. Der schwarze Nieswurz ruft schon bei leichter Berührung Durchfall hervor. Andere Pflanzen verursachen Herzklopfen oder Kopfweh, wieder andere rauben einem die Stimme. Das Viperngift dagegen bewirkt, wenn es lediglich auf die Haut gelangt, ohne ins Blut einzudringen, nur ein leichtes Jucken. Einmal ist mir allerdings eine Mischung gezeigt worden, die, wenn man sie einem Hund auf die Innenseite der Schenkel nahe den Genitalien streicht, das Tier binnen kurzem verenden lässt, und zwar in grässlichen Krämpfen, bei denen die Glieder allmählich erstarren...«

»Du weißt viel über Gifte«, sagte William mit einem bewundernden Unterton in der Stimme. Severin sah ihn an und hielt seinem Blick stand. »Ich weiß«, sagte er schließlich kühl, »was ein Medikus und Botanikus, ein Diener der menschlichen Heilkunde wissen muss.«

William verharrte eine Weile in nachdenklichem Schweigen. Dann bat er Severin, den Mund des Toten zu öffnen und die Zunge zu untersuchen. Neugierig nahm der Botanikus einen feinen Spatel, eines seiner ärztlichen Instrumente, und tat, wie ihm geheißen. Kurz darauf rief er verblüfft: »Die Zunge ist schwarz!«

»So ist das also«, murmelte William. »Er hat etwas mit den Fingern ergriffen und verschluckt... Damit entfallen all jene eben genannten Gifte, die schon durch Berührung der Haut zu töten vermögen. Was unsere Aufgabe allerdings nicht erleichtert, denn wir müssen nun – bei ihm wie auch bei Venantius einen freiwilligen Akt in Erwägung ziehen, eine absichtliche, nicht zufällige, nicht durch ein Versehen oder durch fremde Gewalt verursachte Handlung: Beide haben etwas genommen und sich in den Mund eingeführt, wobei sie sich ihres Tuns bewusst waren...«

»Aber was? Eine Speise? Ein Getränk?«

»Möglich. Oder auch... was weiß ich, ein Musikinstrument, vielleicht eine Flöte?«

»Absurd!«

»Sicher ist das absurd, aber wir dürfen keine Hypothese außer acht lassen, so ausgefallen sie auch sein mag. Kommen wir nochmal zurück zu den Giften. Wenn jemand, der von Giften soviel versteht wie du, hier eingedrungen wäre und einige deiner Kräuter entwendet hätte, so hätte er doch gewiss ein tödliches Zeug mischen können, das solche Spuren auf den Fingern hinterlassen würde, nicht wahr? Eine Substanz, die er in eine Speise oder in ein Getränk geben könnte, auf einen Löffel oder auf irgend etwas, das man in den Mund steckt?«

»Gewiss«, bestätigte Severin. »Aber wer sollte das tun? Und selbst wenn wir die Hypothese gelten lassen, wie hätte er dann das Gift unseren beiden armen Mitbrüdern verabreicht?«

Auch ich konnte mir offen gesagt nicht vorstellen, dass Venantius oder Berengar sich bereitgefunden hätten, jemanden an sich herankommen zu lassen, der ihnen eine geheimnisvolle Substanz anbot mit der Aufforderung, sie zu verschlucken. Doch meinen Meister schien diese Sonderbarkeit nicht zu stören. »Darüber werden wir später nachdenken«, sagte er. »Jetzt möchte ich dich erst einmal bitten, ein wenig in deinem Gedächtnis zu graben. Vielleicht fällt dir etwas ein, woran du bisher nicht gedacht hast. Hat dir in letzter Zeit jemand Fragen über die Kräuter gestellt? Jemand, der sich leicht Zutritt zum Hospital verschaffen kann?«

»Warte mal«, sagte Severin und überlegte. »Vor langer Zeit, es ist schon einige Jahre her, hatte ich auf einem dieser Regale ein hochkonzentriertes Gift. Ein Mitbruder hatte es mir aus fernen Ländern mitgebracht, er wusste selbst nicht genau, woraus es bestand, vermutlich aus Kräutern, die hierzulande unbekannt sind. Es war ein dickflüssiges gelbliches Zeug, aber er riet mir, es nicht zu berühren, denn falls etwas davon auf meine Lippen käme, würde ich unweigerlich binnen kurzer Zeit sterben. Der Mitbruder sagte, selbst wenn man nur eine winzige Menge davon einnähme, würde sich nach spätestens einer halben Stunde ein Gefühl von großer Mattigkeit einstellen, dann eine langsame Lähmung aller Glieder und schließlich der Tod. Er wollte das Gift nicht bei sich behalten und schenkte es mir. Ich bewahrte es jahrelang auf, denn ich hatte immer die Absicht, es einmal genauer zu untersuchen. Dann tobte eines Tages ein heftiger Sturm über das Plateau. Einer meiner Gehilfen, ein Novize, hatte dummerweise die Tür offengelassen, so dass der Sturm den ganzen Raum, in dem wir uns hier befinden, schrecklich verwüstete. Überall lagen zerbrochene Gläser, vergossene Flüssigkeiten, verstreute Kräuter und Pulver herum. Ich brauchte einen ganzen Tag, um wieder Ordnung zu schaffen, und helfen ließ ich mir nur beim Fortschaffen der Scherben sowie der unbrauchbar gewordenen Kräuter. Am Ende musste ich feststellen, dass genau die Flasche mit dem tödlichen Gift nicht mehr da war. Anfangs machte ich mir große Sorgen, dann sagte ich mir, dass sie wohl zerbrochen und mit den anderen Abfällen weggeworfen worden war. Ich ließ den Fußboden und die Regale gründlich reinigen...«

»Und kurz vor dem Sturm hattest du die Flasche noch gesehen?«

»Ja... beziehungsweise nein, wenn ich's genau bedenke. Sie stand gut versteckt hinter einer Reihe von Krügen, und ich hatte nicht jeden Tag nachgesehen, ob sie noch da war...«

»Also hätte sie dir auch schon vor dem Sturm gestohlen worden sein können, ohne dass es dir aufgefallen wäre?«

»Jetzt, wo ich darüber nachdenke: ja, zweifellos...«

»Und dein Novize hätte sie gestohlen und dann, als der Sturm kam, die Tür absichtlich offengelassen haben können, um bei dieser Gelegenheit deine Sachen durcheinanderzubringen?«

»Ja, sicher!« Severin war jetzt sehr aufgeregt. »Und jetzt fällt mir auch ein: Es kam mir damals recht sonderbar vor, dass der Sturm, wie heftig er auch gewesen sein mochte, ein *so* großes Durcheinander angerichtet hatte. Es sah wirklich ganz danach aus, als hätte sich jemand die Gelegenheit zunutze gemacht, um das Laboratorium völlig zu verwüsten...«

»Wer war jener Novize?«

»Er hieß Augustin. Aber er ist letztes Jahr gestorben – von einem Gerüst gestürzt, beim Reinigen der Skulpturen am Kirchenportal... Und außerdem, wenn ich's recht bedenke, hatte er damals Stein und Bein geschworen, dass er die Tür nicht offengelassen hätte vor dem Sturm. Ich war es, der ihn hinterher in meiner Wut dafür verantwortlich machte. Vielleicht war er wirklich unschuldig.«

»So gab es mithin einen Dritten, der über dein Gift Bescheid wusste und der womöglich sehr viel erfahrener war als ein Novize. Mit wem hattest du darüber gesprochen?«

»Das weiß ich wirklich nicht mehr. Zweifellos mit dem Abt, ich musste ihn schließlich um Erlaubnis bitten, ein so gefährliches Zeug bei mir aufzubewahren. Sicher auch mit einigen anderen, vermutlich im Skriptorium, als ich nach Herbarien suchte, die mir Aufschluss über die Zusammensetzung geben könnten.«

»Sagtest du mir nicht neulich, dass du die wichtigsten kräuterkundlichen Werke im Hospital hast?«

»Gewiss, eine ganze Reihe sogar.« Severin deutete stolz in eine Ecke, wo mehrere Dutzend Folianten auf den Regalen standen. »Aber ich suchte damals gewisse Bücher, die ich nicht bei mir haben durfte und die auch Malachias nicht ohne Sondererlaubnis des Abtes herzeigen wollte.« Er senkte die Stimme, als wollte er nicht, dass ich seine Worte verstand. »Weißt du, in einem verborgenen Winkel der Bibliothek werden nämlich auch Werke der Negromantik aufbewahrt, Schriften über Schwarze Magie und Teufelsrezepte. Einige dieser Werke durfte ich schließlich zu Zwecken der Wissenschaft konsultieren, und ich hoffte, womöglich eine Beschreibung des Giftes und seiner Wirkungen darin zu finden. Aber vergebens.«

»Demnach hattest du mit Malachias darüber gesprochen?«

»Natürlich, ja, und vielleicht auch mit Berengar, der damals bereits sein Gehilfe war. Aber bitte zieh daraus keine voreiligen Schlüsse, es waren gewiss auch andere Mönche in der Nähe, die es mitgehört haben könnten. Du weißt, das Skriptorium ist manchmal ganz schön voll...«

»Ich verdächtige niemanden. Ich versuche mir nur ein möglichst genaues Bild zu machen. In jedem Fall ist die Sache, wie du sagst, schon ein paar Jahre her, und da frage ich mich... Nun ja, findest du es nicht auch höchst merkwürdig, dass jemand so lange im voraus ein Gift entwendet haben sollte, um es erst jetzt zu benutzen? Das würde ja heißen, dass hier schon seit langer Zeit ein böser Wille im Dunkeln lauert und Mordpläne hegt...«

Severin bekreuzigte sich, in seinem Blick lag Entsetzen. »Gott sei uns allen gnädig!«

Mehr gab es in der Tat nicht zu sagen. Wir deckten die Leiche Berengars wieder zu. Sie musste nun hergerichtet werden für die Begräbnisfeier.

Vierter Tag

Prima

Worin William zunächst Salvatore, dann auch den Cellerar dazu bringt, ihre Vergangenheit zu gestehen; außerdem findet Severin die gestohlenen Linsen, Nicolas bringt die neuen, und William geht bewehrt mit sechs Augen daran, das Manuskript des Venantius zu entziffern.

In der Tür begegneten wir Malachias. Er schien überrascht von unserer Anwesenheit im Hospital und machte Anstalten, wieder zu gehen. Severin sah ihn von innen und fragte: »Suchst du mich? Ist es wegen...« Er unterbrach sich mit einem raschen Blick zu uns. Malachias zwinkerte ihm verstohlen zu, als wollte er sagen: »Warte bis später...« Wir strebten hinaus, er strebte hinein, wir standen zu dritt auf der Schwelle.

»Ich suchte den Bruder Botanikus«, erklärte der Bibliothekar recht überflüssigerweise. »Ich... ich habe Kopfweh.«

»Das kommt gewiss von der stickigen Luft in der Bibliothek«, meinte William. »Ihr solltet Inhalationen machen.«

Malachias bewegte die Lippen, als wollte er noch etwas sagen, unterließ es aber, senkte den Kopf und trat ein, während wir hinausgingen.

»Was mag er bei Severin wollen?« fragte ich William, als wir allein waren.

»Adson«, wies mich mein Meister ungeduldig zurecht, »lerne endlich, mit deinem eigenen Kopf zu denken!« Dann wechselte er das Thema: »Wir müssen jetzt ein paar Mönche verhören. Vorausgesetzt« – er blickte forschend über den Hof – »dass sie noch am Leben sind. Apropos Leben, wir sollten von jetzt an gut darauf achten, was wir zu uns nehmen. Iss immer nur aus der gemeinsamen Schüssel, trink nur aus dem Krug, der allen zugänglich ist! Nach Berengars Ende sind wir nun diejenigen, die am meisten wissen – außer natürlich dem Mörder...«

»Gewiss, Meister. Aber wen wollt Ihr jetzt verhören?«

»Du wirst bemerkt haben, Adson, dass die interessantesten Dinge hier immer nachts geschehen. Nachts wird gestorben, nachts wird ins Skriptorium geschlichen, nachts werden Frauen in die Abtei geschleust... Wir haben eine Abtei bei Tage und eine Abtei bei Nacht, und die nächtliche ist entschieden interessanter. Deswegen interessieren uns alle, die sich hier nachts herumtreiben, angefangen mit jenem Manne, den du bei dem Mädchen gesehen hast. Vielleicht hat die Geschichte mit diesem Mädchen gar nichts mit unserer Giftgeschichte zu tun, vielleicht aber doch. In jedem Fall mache ich mir Gedanken über den Mann. Er weiß sicher noch einiges mehr über das nächtliche Treiben an diesem Ort... Und sieh da, kaum spricht man vom Teufel...«

Er deutete auf Salvatore, der gerade über den Hof kam und uns gleichfalls gesehen hatte. Ich bemerkte ein leichtes Stocken in seinem Gang, als wollte er die Richtung ändern, um die Begegnung mit uns zu vermeiden. Es war indes nur ein kurzer Moment, dann wurde ihm klar, dass er uns nicht mehr ausweichen konnte, und er kam beherzt auf uns zu, nicht ohne uns mit breitem Grinsen ein salbungsvolles *Benedicite!* zu entbieten.

Mein Meister ließ ihn kaum ausreden: »Weisst du, dass morgen die Inquisition kommt?«

Salvatore blinzelte sichtlich verwirrt und fragte mit dünner Stimme: »Et moi?«

»Und du tust besser daran, mir die Wahrheit zu sagen, mir, der ich dein Freund und ehemaliger Mitbruder bin, statt sie morgen denen sagen zu müssen, die du sehr genau kennst.«

So hart angegangen, schien Salvatore jeden Widerstand aufzugeben. Jedenfalls sah er William mit unterwürfiger Miene an, als wollte er ihm bedeuten, dass er nun alle Fragen beantworten werde.

»Heute Nacht war eine Frau in der Küche. Wer war bei ihr?«

»Oh, femina mala que se vende como mercandia, no può bon essere, nix gut, kein' Moral«, lamentierte er.

»Ich habe dich nicht gefragt, ob sie ein braves Mädchen ist, sondern wer bei ihr war!«

»Mon Dieu, combien les femmes sont pleines de malveci scaltride! Alles Giftschlangen, Vipern und Nattern, denken nur giorno e notte como ruinar el hombre...«

William packte ihn hart an der Brust: »Wer war bei ihr, du oder der Cellerar?«

Salvatore begriff, dass er die Wahrheit nicht länger verschweigen konnte. So begann er umständlich, uns eine merkwürdige Geschichte zu erzählen, aus der wir mit Mühe entnahmen, dass er, um den Cellerar zu befriedigen, ihm gelegentlich Mädchen aus dem Dorf zuführte, die er heimlich zur Nachtzeit in die Abtei einschleuste auf Wegen, über welche er uns keine Auskunft erteilen wollte. Dafür schwor er uns Stein und Bein, er tue das alles aus reinster Gutmütigkeit, ja, er stimmte sogar ein komisches Klagelied über die Tatsache an, dass es ihm nicht vergönnt sei, bei diesen Unternehmungen selber ein wenig auf seine Kosten zu kommen und von den Mädchen, nachdem sie dem Cellerar Genüge getan, auch noch etwas zu haben. Dabei grinste er schamlos und zwinkerte schlüpfrig, als wollte er uns zu verstehen geben, er rede hier schließlich mit Männern von Welt, denen solche Praktiken durchaus geläufig seien. Besonders mir warf er mehrfach schamlose Blicke zu, die ich leider nicht mit der gebotenen Strenge zurückweisen konnte, da ich mich ihm durch ein schlimmes Geheimnis verbunden fühlte als sein Komplize und Sündengenosse.

An diesem Punkt beschloss William, den Stier bei den Hörnern zu packen, und fragte brüsk: »Hast du Remigius kennengelernt, bevor oder nachdem du bei Fra Dolcino warst?«

Salvatore brach regelrecht zusammen, umschlang Williams Knie und bat ihn schluchzend, er möge ihn nicht ins Verderben stürzen und der Inquisition übergeben. William versicherte, dass er niemandem etwas verraten werde, worauf der Gute nicht länger zögerte, uns den Cellerar auszuliefern:

Ja, sie hätten sich auf der Parete Calva kennengelernt, beide als Mitglieder in Dolcinos Bande; sie seien dann beide geflohen, ins Konvent von Casale gegangen und später gemeinsam zu den Cluniazensern übergetreten. Stammelnd und schluchzend flehte der Ärmste um Gnade, und es war klar, dass wir nichts weiter aus ihm herausbringen würden. So beschloss William, sich nun auch den Cellerar vorzuknöpfen, und entließ Salvatore, der eilends mit wehender Kutte in Richtung der Kirche entschwand.

Wir fanden Remigius am anderen Ende der Abtei bei den Kornspeichern, wo er gerade mit einigen Bauern aus dem Tal verhandelte. Er blickte uns unsicher an und tat sehr beschäftigt, doch William beharrte darauf; dass er ihn unbedingt sprechen müsse. Bisher hatten wir mit diesem Manne nicht viel zu tun gehabt, er war uns höflich begegnet und wir ihm desgleichen. Nun aber sprach ihn William an, als wäre er noch ein Mitbruder seines Ordens. Der Cellerar schien verwirrt über diese Vertraulichkeit und reagierte zunächst mit großer Vorsicht.

»Ich nehme an, dass dein Amt dich zwingt«, begann William, »auch nachts, wenn die anderen schlafen, in der Abtei nach dem Rechten zu sehen?«

»Das hängt davon ab«, antwortete Remigius vage. »Manchmal sind kleinere Angelegenheiten zu erledigen, für die ich ein paar Stunden meines Schlafes opfern muss.«

»Hast du bei diesen Gelegenheiten in letzter Zeit nichts bemerkt, das uns einen Hinweis geben könnte, wer sich hier nachts und ohne deine Rechtfertigung zwischen Küche und Bibliothek zu schaffen macht?«

»Hätte ich etwas bemerkt, so hätte ich es dem Abt gesagt.«

»Natürlich«, nickte William und wechselte unvermittelt das Thema: »Das Dorf unten im Tal ist nicht sehr reich, oder?«

»Wie man's nimmt. Eine Anzahl der Bauern sind Präbendare, abhängige Pfründner, die ein Stück Land der Abtei bewirtschaften und in fetten Jahren teilhaben an unserem Reichtum. Heuer zum Beispiel erhielten sie zu Johannis zwölf

Scheffel Malz, ein Pferd, sieben Ochsen, einen Stier, vier Fohlen, fünf Kälber, zwanzig Schafe, fünfzig Hühner und siebzehn Bienenstöcke. Dazu vierzig geräucherte Schweinehälften, siebenundzwanzig Tiegel Schmalz, ein halbes Faß Honig, drei Kessel Seife, ein Fischnetz...«

»Gut, gut, ich habe verstanden«, unterbrach ihn William. »Aber du wirst mir zugeben, dass dies alles noch nicht besagt, wie die Dörfler leben, wie viele von ihnen Präbendare sind und wieviel Land ein unabhängiger Bauer zu bestellen hat.«

»Oh, was das betrifft«, erklärte Remigius, »eine normale Familie hat etwa fünfzig Tafeln.«

»Wieviel ist eine Tafel?«

»Vier Trabucchi im Quadrat natürlich.«

»Trabucchi im Quadrat? Wieviel ist das?«

»Sechsunddreißig Fuß im Quadrat pro Trabucco. Anders gesagt, achthundert lineare Trabucchi sind eine piemontesische Meile. Du kannst rechnen, dass eine Familie – und zwar in den Tälern nach Norden – Oliven für mindestens einen halben Sack Öl anbauen kann.«

»Einen halben Sack?«

»Ja, ein Sack macht fünf Eminen, eine Emine acht Kannen.«

»Verstehe«, sagte William entmutigt. »Jedes Land hat seine eigenen Maße. Den Wein zum Beispiel messt ihr nach Humpen, nicht wahr?«

»Oder nach Kruken. Sechs Kruken sind eine Kufe, acht Kufen ein Faß. Oder andersherum, eine Kruke hat sechs Pint zu je zwei Kannen.«

»Ich glaube, jetzt sehe ich klar«, sagte mein Meister resigniert.

»Willst du noch mehr wissen?« fragte der Cellerar in einem Ton, der mir herausfordernd klang.

»Oh ja! Ich habe dich nach dem Leben im Dorf gefragt, weil ich nämlich heute früh im Skriptorium zufällig über die *Predigten zu den Weibern* des Dominikaners Humbert von Romans meditierte, insbesondere über jenes Kapitel *Ad mulieres pauperes in villulis*, worin er sagt, dass die Frauen in den Dörfern aufgrund ihrer Armut mehr als andere der fleischlichen Sünde zugetan sind. An einer bemerkenswerten Stelle heißt es: ›*Peccant enim mortaliter, cum peccant cum quocumque laico, mortalius vero quando cum Clerico in sacris ordinibus constituto, maxime vero quando cum Religioso mundo mortuo.*‹ Du weißt besser als ich, dass auch an so heiligen Orten wie diesem hier der Mittagsdämon mit seinen Versuchungen stets auf der Lauer liegt, und so habe ich mich gefragt, ob du bei deinen Kontakten mit den Dörflern nicht womöglich erfahren hast, dass einige Mönche – Gott behüte! – eventuell einige Mädchen zu unkeuschem Treiben verführt haben könnten.«

Obwohl mein Meister all diese Dinge in eher zerstreutem Ton und wie beiläufig sagte, wird der geneigte Leser sicher begriffen haben, in welch tiefe Verwirrung sie den armen Cellerar stürzten. Ich kann nicht sagen, ob er tatsächlich erbleichte, doch ich erwartete es so heftig, dass ich ihn erbleichen sah.

»Du fragst mich Dinge, die ich gewiss schon dem Abt gesagt hätte, wenn ich sie wüsste«, antwortete er demütig. »In jedem Fall werde ich dir nichts verschweigen, was mir zu Ohren kommt, wenn diese Dinge, wie ich annehme, deiner Untersuchung förderlich sind... Jetzt, wo du mich darüber nachdenken lässt, fällt mir auch etwas zu deiner ersten Frage ein. In der Nacht, als der arme Adelmus starb, hatte ich eine Zeitlang im Hof hinter der Küche zu tun... wegen einer Hühnergeschichte, weißt du, ich hatte gerüchteweise gehört, dass ein gewisser Hufschmied sich nachts in den Hühnerstall schlich, um zu stehlen... Tja, und während ich da im Hof auf ihn lauerte, sah ich zufällig – von weitem, ich kann nichts beschwören – wie Berengar ins Dormitorium ging, und zwar hinter dem Chor vorbei, als wäre er gerade aus dem Aedificium gekommen... Das überraschte mich nicht besonders, denn unter den Mönchen wurde schon länger über Berengar gemunkelt, du weißt schon, was...«

»Nein, sag es mir.«

»Nun ja, Berengar wurde verdächtigt, wie soll ich sagen... gewissen Leidenschaften zu frönen, die... die nicht schicklich sind für einen Mönch...«

»Willst du mir damit andeuten, dass er Beziehungen zu Dorfmädchen unterhielt, Beziehungen wie die eben erwähnten?«

Der Cellerar hüstelte verlegen und verzog das Gesicht zu einem schiefen Grinsen: »Oh nein.., seine Leidenschaft war noch unschicklicher.«

»Meinst du etwa, dass ein Mönch, der sich fleischlich mit armen Dorfmädchen vergnügt, irgendwie schicklichen Leidenschaften frönt?«

»Das habe ich nicht gesagt. Aber du selbst lehrst doch, dass es unter den Verirrungen, wie unter den Tugenden, eine gewisse Hierarchie gibt. Das Fleisch kann gemäß der Natur versucht werden und... wider die Natur.«

»Soll das heißen, dass Berengars Leidenschaft ein fleischliches Verlangen nach Angehörigen seines eigenen Geschlechts war?«

»So jedenfalls wurde, gemunkelt... Ich erzähle dir diese Dinge nur zum Beweis meiner Ehrlichkeit und meines guten Willens...«

»Und ich danke dir dafür. Auch ich bin der Ansicht, dass die Sünde der Sodomie beträchtlich schlimmer ist als andere Formen der Wollust... Formen, die ich hier gar nicht näher untersuchen will...«

»Welch ein Jammer, wenn auch sie sich bewahrheiten sollten«, sagte der Cellerar philosophisch.

»Welch ein Jammer, Remigius. Wir Menschen sind allzumal Sünder. Nie würde ich den Splitter im Auge des Bruders suchen, zu sehr fürchte ich, einen Balken in dem meinen zu haben! Aber ich werde dir danken für alle Balken, auf die du mich künftig hinweisen wirst. So werden wir uns über große und mächtige Baumstämme unterhalten und die Splitter auf sich beruhen lassen. Wieviel, sagtest du, ist ein Trabucco?«

»Sechsunddreißig Quadratfuß. Aber tu dir keinen Zwang an, frag mich ruhig weiter, wenn du etwas Präzises wissen willst. Rechne in mir auf einen treuen Freund.«

»Als solchen betrachte ich dich bereits«, sagte William herzlich. »Wie ich von Ubertin weiß, gehörtest du früher einmal zu meinem Orden. Nie würde ich einen ehemaligen Mitbruder verraten – schon gar nicht in diesen Tagen, da wir eine päpstliche Legation erwarten unter der Führung eines berüchtigten Inquisitors, der schon so viele Dolcinianer verbrannt hat. Sechsunddreißig Quadratfuß, sagtest du, ist ein Trabucco?«

Der Cellerar war kein Dummkopf. Er begriff, dass es keinen Sinn mehr hatte, weiterhin Katz und Maus zu spielen, zumal er nun merkte, dass er selber die Maus war.

»Bruder William, ich sehe, dass du viel mehr weißt, als ich gedacht hatte. Verrate mich nicht, und ich werde dich auch nicht verraten. Ja, es ist wahr, ich bin ein erbärmlicher Sünder und erliege zuweilen den Verlockungen des Fleisches. Salvatore hat mir erzählt, dass er heute nacht von dir oder deinem Novizen in der Küche überrascht worden ist. Du bist viel in der Welt herumgekommen, Bruder William, du weißt, dass nicht einmal die Kardinäle zu Avignon Muster an Tugend sind, und mir ist schon klar, dass du mich nicht wegen dieser erbärmlichen kleinen Sünden verhörst. Aber ich begreife auch, dass du etwas über mein früheres Leben erfahren hast. Es war ein sehr wirres Leben, wie es oft vorkam bei uns Minoriten. Ich glaubte einst an das Ideal der Armut und verließ die Gemeinschaft der Klosterbrüder, um ein freies Vagantenleben zu führen. Und wie viele meinesgleichen glaubte ich an die Predigt Dolcinos... Ich bin kein gebildeter Mann, ich habe zwar die Ordination empfangen, kann aber kaum die Messe lesen. Von Theologie verstehe ich wenig, und ich weiß nicht einmal, ob ich mich überhaupt für irgendeine Idee begeistern kann. Sieh mich an, einst habe ich versucht, gegen die Herrschaft zu rebellieren, und heute diene ich ihr, ich herrsche im Auftrag des Herrn dieser Länder über Leute wie mich! Rebellion oder Verrat, uns einfachen Leuten bleibt nicht viel Wahl.«

»Manchmal sehen die einfachen Leute klarer als die Gebildeten«, sagte William.

»Mag sein«, antwortete der Cellerar mit einem Achselzucken. »Aber mir ist nicht einmal klar, warum ich damals tat, was ich getan habe. Bei Salvatore war es verständlich, er kam von den Knechten der Scholle, aus einer Kindheit in Elend,

Hunger und Not... und Dolcino bedeutete Rebellion, Zerschlagung der Herrschaft. Bei mir war es anders, ich kam aus einer städtischen Familie, ich floh nicht vor dem Hunger. Für mich war es eher... wie soll ich sagen... ein Fest der Verrückten und Narren, ein herrlicher Karneval... Auf den Bergen mit Dolcino, damals, bevor wir gezwungen waren, das Fleisch unserer gefallenen Genossen zu essen, bis dann so viele starben, dass wir sie gar nicht mehr alle aufessen konnten, sondern ihre Leichen den Vögeln und wilden Tieren zum Fraß vorwarfen an den Hängen des Monte Rebello... oder vielleicht sogar noch in diesen Momenten... atmeten wir eine Luft... kann ich sagen: der Freiheit? Ich hatte vorher nicht gewusst, was Freiheit war, die Prediger hatten uns immer gelehrt: ›Die Wahrheit macht euch frei!‹ Wir fühlten uns frei bei Dolcino und dachten, das sei die Wahrheit. Wir glaubten uns bei allem, was wir taten, im Recht...«

»Und so habt ihr angefangen, euch frei mit... Weibern zusammenzutun?« fragte ich vorlaut dazwischen; mich beschäftigten immer noch Ubertins Worte vom Abend zuvor und das, was ich dann im Skriptorium gelesen und anschließend selbst erlebt hatte. William sah mich neugierig an, er hatte wohl nicht erwartet, dass ich so kühn war, oder so unverschämt. Der Cellerar betrachtete mich wie ein seltenes Tier.

»Auf dem Monte Rebello«, sagte er, »gab es Leute, die während der ganzen Kindheit zu zehnt oder mehr in ein und demselben Raum geschlafen hatten, Brüder und Schwestern, Väter und Töchter. Was meinst du wohl, was die neue Lage für sie bedeutete? Sie taten aus freien Stücken, was sie zuvor aus Not getan... Und dann in der Nacht, wenn der Überfall feindlicher Truppen drohte und du dich eng an deinen Genossen drücktest auf dem blanken Boden, um die Kälte nicht so zu spüren... Häresie? Ach, ihr wohlbehüteten Mönche, die ihr aus Burgen und Schlössern kommt und euer Leben in reichen Abteien beendet, ihr meint immer, Häresie sei eine Denkweise, die uns der Böse eingibt. In Wahrheit ist sie eine Lebensweise und... ja, das war sie für uns... eine neue Erfahrung. Es gab keine Herren mehr, und Gott, so glaubten wir, war mit uns... Nicht dass ich meine, wir wären im Recht gewesen, Bruder William, und du siehst mich hier vor dir, weil ich damals rasch die Finger davon gelassen habe. Aber eure gelehrten Dispute über die Armut Christi, über *usus* und *facti* und *ius*, die habe ich nie verstanden... Wie gesagt, es war für mich eher ein herrlicher Karneval, und im Karneval ist die Welt verkehrt... Danach wird man älter, aber man wird nicht weise, sondern... wie soll ich sagen... naschhaft. Ja, ich wurde zum naschhaften Schlemmer... Einen Ketzer kannst du verdammen, aber einen Schlemmer?«

»Genug jetzt, Remigius«, unterbrach William. »Ich befrage dich nicht über das, was damals geschah, sondern über die Ereignisse dieser Tage. Hilf mir, und ich werde dich nicht ins Verderben stoßen. Ich kann und will dich nicht richten. Aber du musst mir sagen, was du über das Leben in der Abtei hier weißt. Du kommst zu viel herum, bei Tag und bei Nacht, um nicht noch mehr zu wissen. Wer hat Venantius getötet?«

»Das weiß ich wirklich nicht. Ich weiß nur, wann und wo er gestorben ist.«

»Wann? Wo?«

»Lass mich erzählen. In der Nacht von Sonntag auf Montag, eine Stunde nach Komplet, bin ich in die Küche gegangen.«

»Wie? Und aus welchem Grund?«

»Durch die Tür auf der Seite zum Garten. Ich habe einen Nachschlüssel, den ich mir vor langer Zeit machen ließ, und diese Tür ist die einzige, die nicht von innen verriegelt wird... Was den Grund betrifft.., nun, der spielt keine Rolle, du hast selber gesagt, dass du mich nicht wegen der Schwäche meines Fleisches verfolgen willst...« Er lachte verlegen. »Denk aber bitte jetzt nicht, dass ich meine ganze Zeit mit unkeuschem Treiben verbringe. An jenem Abend suchte ich Lebensmittel, um sie dem Mädchen zu geben, das Salvatore hereinbringen sollte.«

»Durch welchen Eingang?«

»Oh, es gibt neben dem Tor noch andere Eingänge in der Umfassungsmauer. Der Abt kennt sie, ich kenne sie... Aber das Mädchen kam an dem Abend gar nicht herein, ich schickte sie zurück wegen dem, was ich entdeckt hatte und dir gerade erzähle. Deswegen wollte ich sie ja heute nacht wiedersehen; wenn ihr etwas später in die Küche gekommen wärt, hättet ihr mich dort gefunden statt Salvatore. Er war es nämlich, der mich gewarnt hatte, dass jemand in der Küche sei, und so war ich in meiner Zelle geblieben...«

»Komm zurück zu der Nacht von Sonntag auf Montag.«

»Tja, also ich trat in die Küche, und da sah ich Venantius auf dem Boden liegen: tot.«

»In der Küche?«

»Ja, nahe dem Abfluss. Er war vielleicht gerade aus dem Skriptorium gekommen.«

»Keine Spuren von einem Kampf?«

»Keine. Nur eine zerbrochene Tasse neben dem Toten. Und Spuren von Wasser.«

»Woher weißt du, dass es Wasser war?«

»Ich weiß es nicht. Ich dachte es nur. Was sollte es sonst gewesen sein?«

Zweierlei konnte die Tasse bedeuten, wie mir William später erklärte: Entweder hatte jemand dort in der Küche dem Ärmsten einen Gifttrank gegeben, oder Venantius hatte das Gift bereits vorher geschluckt (aber wo? und wann?) und war dann in die Küche geeilt, um einen Schluck Wasser zu trinken, vielleicht weil er ein plötzliches Brennen verspürte, einen Krampf, einen stechenden Schmerz in den Eingeweiden oder auf der Zunge (die bei ihm sicher genauso schwarz war wie bei dem toten Berengar).

In jedem Falle war vorerst nicht mehr zu erfahren. Als Remigius den Toten gefunden hatte, fragte er sich erschrocken, was er tun sollte, und beschloss, am besten gar nichts zu tun: Hätte er um Hilfe gerufen, so wäre herausgekommen, dass er sich nachts im Aedificium herumtrieb, und dem toten Mitbruder hätte es ohnehin nichts geholfen. So hatte er alles liegengelassen und abgewartet, dass jemand den Toten am nächsten Morgen fände. Er war zu Salvatore geeilt, der gerade das Mädchen einschleusen wollte, und dann hatten sich die beiden, der Cellerar und sein Komplize, wieder schlafen gelegt – wenn man ihr erregtes Wachbleiben bis zur Mette so nennen kann. Als dann während der Mette die Schweinehirten dem Abt die grausige Nachricht brachten, hatte Remigius natürlich geglaubt, die Leiche sei in der Küche gefunden worden, so dass er aufs höchste erstaunt war, als er sie aus dem Blutbottich ragen sah. Wer mochte sie dorthin geschafft haben? Auf diese Frage wusste er keine Antwort.

»Der einzige, der sich frei im ganzen Aedificium bewegen kann, ist Malachias«, meinte William.

Der Cellerar protestierte energisch: »Nein, Malachias war es nicht! Das heißt, ich glaube es nicht... Jedenfalls wirst du von mir nichts Schlechtes über ihn hören!«

»Beruhige dich, was immer es sein mag, das dich an Malachias bindet. Weiß er etwas über dich?«

»Ja«, nickte Remigius errötend. »Und er hat sich stets sehr diskret verhalten... Wenn ich an deiner Stelle wäre, würde ich ein Auge auf Benno haben. Er unterhielt recht merkwürdige Beziehungen zu Berengar und Venantius... Sonst habe ich aber nichts gesehen, ich schwöre es dir! Sollte ich etwas Neues erfahren, so werde ich es dir sofort sagen.«

»Für heute mag es genug sein. Ich werde auf dich zurückkommen, wenn es nötig ist.«

Erleichtert kehrte der Cellerar an seine Arbeit zurück und schalt die Dörfler, die in der Zwischenzeit eine Reihe von Säcken mit Saatgut fortgeschafft hatten.

Im selben Moment erschien Severin und brachte die Augengläser, die meinem Meister geraubt worden waren. »Ich fand sie in Berengars Kutte«, erklärte er. »Nicht wahr, du trugst sie vorgestern im Skriptorium, es sind doch deine?«

»Gelobt sei der Herr!« rief William hocherfreut aus. »Damit sind zwei Probleme auf einmal gelöst: Ich habe meine Linsen wieder, und wir wissen jetzt zweifelsfrei, dass Berengar der Dieb war!«

Wir hatten kaum das Gespräch beendet, als Meister Nicolas von Morimond gelaufen kam, in der Hand triumphierend ein Paar fertige Augengläser, säuberlich auf die Gabel montiert. »Bruder William«, rief er stolz, »seht her, ich habe sie ganz alleine gemacht, ich glaube, sie funktionieren!« Dann sah er die alten Linsen auf Williams Nase und blieb wie versteinert stehen. William wollte ihn nicht verletzen, nahm sich die alten Linsen ab und verglich sie sorgfältig mit den neuen. »Deine sind besser«, sagte er schließlich. »Ich werde sie künftig immer tragen und die alten nur als Reserve benutzen.« Dann wandte er sich zu mir: »Adson, ich werde mich jetzt in meine Zelle zurückziehen, um die bewussten Papiere zu lesen, du weißt schon, welche. Endlich! Wir sehen uns später. Und seid bedankt, seid alle herzlich bedankt, ihr lieben Brüder!«

Sprach's und schritt eilends davon. Es schlug zur dritten Stunde, und so begab ich mich in den Chor, um mit den anderen den Hymnus, die Psalmen, den Vers und das Kyrie zu singen. Die anderen beteten für die Seele des toten Berengar, ich dankte Gott für die zwei Paar Linsen.

Die ernste Feierlichkeit der Gesänge ließ mich die vielen schrecklichen Dinge vergessen, die ich in den letzten Stunden gehört und gesehen. Sanft nickte ich ein, um erst wieder aufzuwachen, als der Gottesdienst endete. Ich spürte auf einmal, dass ich die ganze Nacht lang kein Auge zugetan hatte, und machte mir Sorgen über den großen Verschleiß meiner Kräfte. Dann, als ich ins Freie trat, überfiel mich heiß die Erinnerung an das Mädchen.

Ich versuchte, an andere Dinge zu denken, und eilte schnellen Schrittes über den Hof. Ein leichtes Schwindelgefühl erfasste mich. Ich schlug die klammen Hände zusammen, ich stampfte fest mit den Füßen auf, vergebens. Mir war immer noch schläfrig zu Mute, zugleich aber fühlte ich mich auf seltsame Weise hellwach und voller Leben. Was war mit mir los?

Vierter Tag

Tertia

Worin Adson sich in den Schmerzen der Liebe windet, bis William mit dem Text des Venantius kommt, der allerdings, wenngleich entziffert, weiterhin unverständlich bleibt.

In Wahrheit hatte ich, nach meinem Sündenfall mit dem Mädchen, über den anderen schlimmen Ereignissen jener Nacht den Casus schon fast vergessen gehabt, zumal die Beichte vor William meine Seele sogleich erleichtert hatte von den Gewissensbissen, die ich beim Erwachen nach meinem Fehltritt empfunden, so dass mir gewesen war, als hätte ich mit den Worten die Bürde selbst, deren sprachlicher Ausdruck sie waren, dem Bruder anvertraut. Denn wozu dient die heilsame Wohltat der Beichte, wenn nicht zur Entlastung des Sünders von seiner bedrückenden Sündenlast, die er beichtend der Gnade Unseres Herrn übergibt, auf dass ihm mit der Vergebung die Seele von neuem luftig und leicht werde und er den vom Übel gemarterten Leib vergessen kann? – Indes, ich hatte mich ganz und gar nicht befreit. Denn während ich mich in der fahlen und kalten Sonne jenes winterlichen Morgens erging, umgeben vom geschäftigen Treiben der Menschen und Tiere, kamen mir die Ereignisse jener Nacht erneut in den Sinn, doch auf andere Weise, als wären von allem, was da geschehen war, nicht mehr die Reue und die tröstenden Worte der Absolution geblieben, sondern lediglich Bilder von menschlichen Körpern und Gliedern. Zuerst überfiel das Schreckbild der aufgedunsenen Wasserleiche meine erregte Seele, und ich erschauerte vor Entsetzen und Mitleid. Dann, wie um diesen Lemur zu fliehen, wandte mein Geist sich anderen Bildern zu, die mir frisch im Gedächtnis hafteten, und so erschien unwillkürlich, doch unabweisbar vor meinem inneren Auge (dem Auge der Seele, aber mit einer Klarheit, als ob ich's leibhaftig vor mir sähe) das Bild des Mädchens, schön und schrecklich wie eine waffenstarrende Heerschar.

Ich habe mir vorgenommen (als greiser Amanuensis eines niemals zuvor geschriebenen Textes, der jedoch seit Jahrzehnten in meinem Geiste umgeht), ein getreuer Chronist zu sein, nicht nur aus Liebe zur Wahrheit und um meine künftigen Leser zu belehren (was ja durchaus ein höchst ehrenwertes Bestreben ist), sondern auch um mein welkes und müdes Gedächtnis von Visionen zu befreien, die mir mein ganzes Leben lang zugesetzt haben. Infolgedessen muss ich die ganze Wahrheit sagen, dezent, aber ohne falsche Scham. Und hier nun muss ich in klaren Worten berichten, was mir damals im Kopf herumging, ohne dass ich es selber recht wahrhaben wollte, während ich unstet durch die Abtei lief, bald in raschem Trab, um die Bewegungen meines Körpers mit dem heftigen Pochen meines Herzens in Einklang zu bringen, bald innehaltend, um die Arbeit der Bauern und Knechte zu bewundern und mich zu zerstreuen in ihrer Kontemplation, wobei ich mit vollen Lungen die frische Morgenluft einsog wie einer, der sich am Wein berauscht, um Sorgen und Angst zu vergessen.

Vergebens: ich dachte immerfort an das Mädchen. Mein Leib hatte die süße, sündhafte und vergängliche Lust vergessen, die mir das Verschmelzen mit jener zarten Gestalt verschafft, meine Seele jedoch entsann sich aufs lebhafteste ihres Angesichtes, und es wollte mir nicht gelingen, dieses beharrliche Nicht-vergessen-können irgendwie als pervers zu empfinden. Im Gegenteil, ich bebte vor Glück, als erstrahlten in jenem lieblichen Angesicht alle Herrlichkeiten der Schöpfung.

Ja, ich gestehe es: Wirr und gleichsam mir selbst die Wahrheit verbergend ging mir auf, dass jene armselige, schmutzbefleckte und schamlose Kreatur, die sich anderen Sündern verkaufte (und wer weiß, mit welch dreister Beständigkeit), dass jene Tochter Evas, die da, schwach wie alle ihre Schwestern, mit ihrem eigenen Körper Handel trieb – dass sie gleichwohl etwas Wunderbares und Herrliches war! Mein Verstand erkannte sie als einen Herd der Sünde, mein Sinnendrang erfühlte sie als einen Inbegriff aller Anmut. Es fällt mir schwer zu erklären, was ich empfand. Ich könnte versucht sein zu sagen, dass ich, noch immer verstrickt in den Netzen der Sünde, sie schuldhafterweise wiederzusehen begehrte und die Arbeit der Dörfler mit geradezu spähenden Blicken verfolgte in der Hoffnung, die zarte Gestalt, die mich verführt hatte, jeden Moment irgendwo aus einer Ecke des Hofes oder aus einer Stalltür hervortreten zu sehen. Doch das wäre nicht die volle Wahrheit, es wäre vielmehr der Versuch, einen Schleier über die Wahrheit zu breiten, um ihre Kraft und Evidenz ein wenig zu mildern. Denn die volle Wahrheit ist: Ich »sah« sie! Ich sah sie im kahlen Gezweig der Bäume, das leicht erzitterte, wenn ein erschrockener Sperling aufflog; ich sah sie in den Augen der Fohlen, die munter aus dem Pferdestall strömten; ich hörte sie im Blöken der Schafe, die meinen Irrweg kreuzten. Es war, als spräche die ganze Schöpfung allein von ihr, und ich begehrte, jawohl, sie wiederzusehen, während ich im gleichen Moment bereit war, mich abzufinden mit dem Gedanken, sie niemals wiederzusehen, mich niemals wieder mit ihr zu vereinigen, sofern es mir nur vergönnt blieb, die Freude weiterhin zu genießen, die mich an diesem Morgen erfüllte, und sie mir immer nahe zu wissen, mochte sie mir auch auf ewig fern sein. Ja, es kam mir so vor (heute versuche ich es zu begreifen), als spräche das ganze Universum, das zweifellos wie ein Buch von Gottes eigener Hand ist, in welchem alles von der unendlichen Güte des Schöpfers kündet, in welchem jedes Geschöpf gleichsam Schrift und Spiegel des Lebens und Sterbens ist, so dass noch die geringste Rose zu einer Glosse unseres irdischen Daseins werden kann – als spräche, mit einem Wort, *alles* nur immerfort von jenem lieblichen Antlitz, das ich schemenhaft wahrgenommen im duftgeschwängerten Zwielicht der nächtlichen Küche. Und selig überließ ich mich meinen Phantasien, denn ich sagte mir (oder vielmehr, ich sagte es nicht, denn was mich an jenem Morgen erfüllte, waren keine Gedanken, die sich in Worte fassen ließen): Wenn einerseits die ganze Schöpfung von der Güte und Macht und Weisheit des Schöpfers kündete und wenn andererseits alles an jenem Morgen in meinen Augen und Ohren allein von *ihr* sprach, von ihr, die doch (wenngleich als Sünderin) immerhin auch ein Kapitel im großen Buche der Schöpfung war, ein winziger Vers im gewaltigen Psalm des Kosmos – dann, so sagte ich mir (sage ich heute), konnte auch jener nächtliche Zwischenfall letztlich nichts anderes sein als ein Teil der göttlichen Vorsehung, die das Universum lenkt und die es geordnet sein lässt nach Art einer Harfe zu einem Wunder von Harmonie und Zusammenklang. Wie trunken genoss ich die Anwesenheit des Mädchens in allen Dingen, die ich rings um mich her erblickte, und während ich sie in den Dingen begehrte, empfand ich Befriedigung in ihrem Anblick. Zugleich aber quälte mich auch ein Schmerz, denn bei allem Glück über diese vielen Einbildungen einer Präsenz litt ich auch unter einer Absenz. Es fällt mir nicht leicht, diesen mysteriösen Widerspruch zu erklären – ein Zeichen für die Gebrechlichkeit des menschlichen Geistes, der das Universum zwar wie einen perfekten Syllogismus konstruiert hat, aber von diesem Syllogismus immer nur einzelne, meist recht unzusammenhängende Sätze erfasst, weshalb wir Menschen so leicht den Täuschungen des Bösen anheimfallen. War es eine Täuschung des Bösen, was mich an jenem Morgen bewegte? Heute denke ich, dass es wohl eine war, schließlich war ich damals ja noch Novize. Aber ich denke auch, dass jenes menschliche Gefühl, das mich damals erfüllte, nicht an und für sich und als solches schlecht war, sondern nur in bezug auf meinen mönchischen Status. Denn an und für sich und als solches war es nichts anderes als das Gefühl, das den Mann zum Weibe treibt, auf dass die beiden sich miteinander vereinen, wie es der Apostel den Laien predigt, und sollen sein wie ein Fleisch und gemeinsam Nachkommen zeugen und einander beistehen bis ins Alter. Nur dass der Apostel dies lediglich denen predigt, die Heilung von ihrer Begehrlichkeit suchen und nicht in ihr verbrennen wollen, wobei er es nicht versäumt, daran zu erinnern, dass die Keuschheit – der ich als Mönch mich verschrieben – vorzuziehen ist. Mithin litt ich an jenem Morgen an etwas, das schlecht für mich war, aber für andere gut, ja geradezu schön und wunderbar, weshalb ich heute begreife, dass meine Verwirrung nicht aus der Falschheit meiner Gedanken rührte, da meine Gedanken als solche ja durchaus würdig und gut waren, sondern aus der Falschheit des Verhältnisses zwischen meinen Gedanken und meinem Gelübde. Und folglich tat ich Unrecht daran, mich eines Gefühls zu erfreuen, das unter anderen Bedingungen gut sein mochte, unter den meinen aber schlecht war, und mein Fehler bestand darin, dass ich die Gebote der *anima rationalis* mit dem *appetitus naturalis* zu versöhnen suchte. Jawohl, heute ist mir das klar, ich litt unter dem Gegensatz zwischen dem *appetitus elicitus intellectivus*, dem spontanen Verstandesstreben, in welchem das Reich des Willens sich hätte manifestieren müssen, und dem *appetitus elicitus sensitivus*, dem spontanen Sinnesdrang, der den menschlichen Leidenschaften ausgesetzt ist. Denn *actus appetitus sensitivi, in quantum habent transmutationem corporalem annexam, passiones dicuntur, non autem actus voluntatis*, und mein *actus appetitivus* war eben genau von einem Erzittern des ganzen Körpers begleitet, von einem physischen Drange, laut aufzuschreien und mich zu rühren. Der Aquinate lehrt uns, dass die Leidenschaften als solche an und für sich nicht schlecht sind, so sie gemäßigt werden vom Willen unter Führung der *anima rationalis*. Doch an jenem Morgen war meine anima rationalis getrübt durch die Müdigkeit, die nur den *appetitus irascibilis* hemmt, den wilden Drang, der sich auf das Gute oder das Böse richtet als auf etwas, das es zu erobern gilt, nicht aber den *appetitus concupiscibilis*, den begehrlichen Drang, der sich auf das Gute oder das Böse richtet als auf etwas bereits Bekanntes. Zur Rechtfertigung meiner damaligen unverantwortlichen Leichtfertigkeit kann ich heute sagen, und zwar mit den Worten des Doctor Angelicus, dass ich unzweifelhaft verliebt war, also erfasst von einer Leidenschaft, in welcher sich ein Gesetz des Kosmos ausdrückt, ist doch auch die Schwerkraft der Körper eine natürliche Liebe. Und natürlicherweise erlag ich dieser Leidenschaft, da in ihr *appetitus tendit in appetibile realiter consequendum ut sit ibi finis motus*. Weshalb auch ganz natürlicherweise *amor facit quod ipsae res quae amantur, amanti aliquo modo uniantur, et amor est magis cognitivus quam cognitio.* In der Tat sah ich das Mädchen jetzt klarer, als ich es in der Nacht zuvor gesehen, ja, ich erkannte sie *intus et in cute,* da ich mich selbst erkannte in ihr und sie in mir. Heute frage ich mich, ob das, was ich damals empfand, die Liebe der *amicitia* war, in welcher der Gleiche den Gleichen liebt und nur sein Bestes will, oder ob es die Liebe der *concupiscentia* war, in welcher der Unvollständige sucht, was ihn vollständig macht, so dass es ihm nur um sein eigenes Wohl zu tun ist. Und ich glaube, dass es in jener Nacht die begehrliche Liebe gewesen war, als ich von dem Mädchen etwas gewollt hatte, was ich niemals zuvor besessen, während ich an jenem Morgen nichts mehr von ihr begehrte und nur ihr Bestes wollte, ja mir sehnlichst wünschte, dass sie glücklich sei und der grausamen Not enthoben, die sie zwang, sich hinzugeben fir ein paar kärgliche Happen; auch wollte ich künftig nie wieder etwas von ihr verlangen, sondern nur immerfort an sie denken und sie überall sehen, in den Schafen wie in den Rindern, in den Zweigen der Bäume wie in dem heiteren Licht, das die Abtei an jenem Morgen erfüllte.

Heute weiß ich, dass der Grund der Liebe das Gute ist, und da sich das Gute durch Erkenntnis definiert, kann man nur lieben, was man als gut erkannt hat – während ich das Mädchen zwar als gut für den *appetitus irascibilis* erkannt hatte, aber als schlecht für den *Willen.* Doch dass ich damals so heftig zwischen derart widersprüchlichen Seelenregungen schwankte, mag auch darum gewesen sein, weil das, was ich empfand, so sehr jener heiligen Liebe glich, die von den Doctores beschrieben wird: Es versetzte mich in die Ekstase, in welcher der Liebende und das geliebte Wesen dasselbe wollen (und dank einer mysteriösen Erleuchtung wusste ich plötzlich, dass meine Geliebte in diesem Moment dasselbe wollte wie ich), und ich empfand sogar Eifersucht, aber nicht jene üble, die Paulus im ersten Brief an die Korinther verdammt, weil sie das *principium contentionis* ist und keinen *consortium in amato* duldet, sondern vielmehr jene, von welcher Dionysius Aeropagita in den *Namen Gottes* spricht, wo er sagt, dass selbst Gott eifersüchtig genannt wird *propter mul-*

tum amorem quem habet ad existentia (und ich liebte das Mädchen einfach aufgrund ihrer Existenz, ich war froh und nicht neidisch, dass sie existierte). Ich war eifersüchtig in jener Weise, in welcher dem Aquinaten zufolge die Eifersucht ein *motus in amatum* ist, ein Eifern der *amicitia*, das den Liebenden dazu treibt, sich gegen alles zu wenden, was dem geliebten Wesen schaden könnte (und ich träumte in diesem Moment nichts anderes, als das Mädchen aus der Gewalt jenes Ruchlosen zu befreien, der ihren Leib kaufte und mit seinen niederen Leidenschaften befleckte).

Heute weiß ich, dass die Liebe, wie der Doctor Angelicus sagt, auch dem Liebenden selbst schaden kann, wenn sie exzessiv ist. Und meine Liebe war exzessiv. Ich versuche hier nur zu erklären, was ich damals empfand, und ich will es keineswegs rechtfertigen. Ich spreche von der sündhaften Inbrunst meiner Jugend. Sie war zweifellos ungut, doch die Liebe zur Wahrheit zwingt mich zu sagen, dass ich sie damals als überaus gut empfand. Möge dies jedem zur Lehre gereichen, der sich künftig in den Fallstricken der Versuchung verfängt! Heute, als Greis, wüsste ich tausend Wege, solchen Fallstricken zu entgehen (und ich frage mich, ob ich stolz darauf sein darf, seit ich frei bin von den Verlockungen des Mittagsdämons, nicht aber frei von anderen Verlockungen – so dass ich mich nun wohl auch fragen muss, ob das, was ich hier tue, nicht ein ungutes Nachgeben gegenüber der irdischen Leidenschaft des Schwelgens in Jugenderinnerungen ist, ein törichter Versuch, dem Vergehen der Zeit zu entfliehen, und dem Tod...).

Damals rettete mich ein wunderbarer Instinkt. Das Mädchen erschien mir in der Natur und in den Werken von Menschenhand, die mich umgaben. Also versuchte ich, dank einer glücklichen Eingebung meiner Seele, mich in die verlängerte Kontemplation dieser Werke zu vertiefen: Ich sah den Rinderhirten zu, wie sie die Ochsen aus dem Stall führten, den Schweinehirten, wie sie das Futter für ihr Borstenvieh brachten, den Schäfern, wie sie ihren Hunden pfiffen, auf dass sie die Herde zusammenhielten, den Bauern, wie sie Emmer und Hirse in die Mühlen trugen und beladen mit Säcken voll guten Mehles herauskamen. Ich versenkte mich in die Kontemplation der Natur, ich versuchte, meine Gedanken zu vergessen und die Wesen nur so zu betrachten, wie sie erschienen, ich ließ mich freudig aufgehen in ihrem Anblick.

Wie schön war das Schauspiel der Natur, noch unberührt von der oft perversen Weisheit des Menschen!

Ich sah das Lamm, das seinen Namen erhielt wie zur Anerkennung seiner Unschuld und Reinheit. Denn der Name *agnus* kommt daher, dass dieses Tier *agnoscit*, es erkennt seine Mutter stets wieder, es erkennt sogar ihre Stimme im Geblöke der Herde, während die Mutter unfehlbar unter allen Lämmern von gleicher Gestalt und Stimme stets ihren Sprößling wiedererkennt und nährt. Ich sah das Schaf, *ovis* genannt *ab oblatione*, weil es seit frühesten Zeiten als Opfertier dient; das Schaf, das beim Nahen des Winters gemäß seiner Art begierig die Gräser frisst und sich den Leib füllt mit Nahrung, ehe die Weiden unter der Kälte verdorren. Und gehütet wurde die Herde von Hunden, *canes* genannt von *canor* wegen ihres Gebells. Der Hund, ein vollendetes Tier mit erlesenen Fähigkeiten, erkennt jederzeit seinen Herrn, lässt sich zur Jagd auf das Wild in den Wäldern abrichten, zur Bewachung der Herde vor Wölfen, zum Schutz des Heimes und der Sprößlinge seines Herrn, und er findet bisweilen sogar in Ausübung seiner Dienste den Tod. König Garamantes, der seinen Feinden in die Hände gefallen war, wurde zurückgebracht in die Heimat von zweihundert Hunden, die sich mitten durch die feindlichen Heerscharen kämpften; der Hund des Jason Lykios verweigerte nach dem Tod seines Herrn jede Nahrung, bis er Hungers starb; der Hund des Lysimachos warf sich ins Feuer, das seinen Herrn verbrannte, um mit ihm zu sterben. Der Hund vermag Wunden zu heilen, indem er sie mit seiner Zunge leckt, und die Zunge seiner Welpen heilt sogar innere Verletzungen. Auch ist er von Natur aus gewohnt, sein Fressen ein zweites Mal zu sich zu nehmen, wenn er es ausgespien – eine Genügsamkeit, die uns Symbol der Vollendung des Geistes ist, so wie die wundertätige Kraft seiner Zunge Symbol der Reinigung von den Sünden durch Beichte und Buße. Doch dass der Hund sein Ausgespienes wieder zu sich nimmt, ist auch ein symbolisches Zeichen dafür, dass wir nach der Beichte erneut auf dieselbe Sünde zurückkommen, und diese moralische Lehre war mir an jenem Morgen eine nützliche Warnung meines Herzens, während ich die Wunder der Natur bestaunte.

Mein Weg führte mich unterdes zu den Ställen der Ochsen, die, geleitet von ihren Hirten, in großer Zahl herausströmten. Sogleich erschienen sie mir als das, was sie waren und sind: Symbole der Freundschaft und Gutmütigkeit, denn jeder Ochse wendet sich bei der Arbeit und sucht seinen Pfluggefährten, wenn dieser einmal abwesend ist, und ruft ihn mit zärtlichem Muhen. Die Ochsen lernen, gehorsam und ganz von allein in den Stall zu trotten, wenn es regnet, und wenn sie sich untergestellt haben, strecken sie dauernd den Kopf heraus, um zu sehen, ob das Unwetter aufgehört hat, denn es drängt sie zurück an die Arbeit. Mit den Ochsen kamen zugleich auch die Kälber herausgesprungen, die ihren Namen *vitellus*, männlich wie weiblich, von der *viriditas* haben oder auch von *virgo*, denn in jenem zarten Alter sind sie noch frisch und jungfräulich, rein und keusch, weshalb ich unrecht daran getan hatte, wie ich nun merkte, in ihren graziösen Sprüngen ein Bild des unkeuschen Mädchens zu sehen. All diese Dinge gingen mir durch den Kopf, während ich, wieder versöhnt mit der Welt und mir selbst, das muntere Treiben der Morgenstunde betrachtete. Und kaum noch dachte ich an das Mädchen. Oder besser gesagt, ich zwang mich, die Inbrunst, die ich für sie empfand, in ein Gefühl von stiller Freude und frommer Friedlichkeit umzusetzen.

Wahrlich, die Welt ist gut und bewundernswert, sagte ich mir. Noch in den scheußlichsten Ungeheuern offenbart sich die Güte Gottes, wie Honorius Augustoduniensis lehrt. Jawohl, es gibt riesige Schlangen, die ganze Hirsche verschlingen und über den Ozean schwimmen, es gibt die Bestie Zänokroka mit Eselskörper und Steinbockhörnern, mit Löwenmähne und Löwenrachen, mit Pferdefüßen, aber die Hufe geteilt wie bei einem Stier, das Maul so breit, dass es bis zu den Ohren reicht, die Stimme fast menschlich und anstelle der Zähne ein einziger harter Knochen. Es gibt die Bestie

Mantikora mit Menschengesicht, einer dreifachen Reihe von Zähnen, dem Leib eines Löwen, dem Schwanz wie bei einem Skorpion, die Augen glasig, die Haare blutrot und die Stimme wie das Zischen von Schlangen, begierig auf Menschenfleisch. Und es gibt Scheusale mit acht Zehen an jedem Fuß, mit Wolfsschnauzen, hakenförmigen Krallen, dem Pelz eines Schafes und dem Gebell eines Hundes, Bestien, die im Alter schwarz werden anstatt weiß und die uns Menschen weit überleben. Und es gibt Kreaturen mit Augen auf den Schultern und zwei Öffnungen in der Brust als Nasenlöcher, da sie keinen Kopf haben, und es gibt andere mehr, die an den Ufern des Flusses Ganges leben und sich allein vom Geruch eines bestimmten Obstes nähren, und sobald sie fortgehen, müssen sie sterben. All diese grausigen Monster aber singen in ihrer Vielfalt das Lob des Schöpfers und seiner Weisheit, ebenso wie der Hund, der Ochse, das Schaf und das Lamm oder auch der Luchs. Wahrlich, wie groß, sagte ich mir überwältigt mit den Worten des Vinzenz Belovacensis, wie groß ist noch die geringste Schönheit dieser Welt, und wie ergötzlich ist's für das Auge der Vernunft, zu betrachten nicht nur die Modi und Numeri und Ordines aller Dinge, die so trefflich gesetzt und eingerichtet im ganzen Universum, sondern auch das Verstreichen der Zeiten, die sich unaufhörlich entrollen durch Sukzessionen und Niedergänge, gezeichnet vom Sterben alles Geborenen! Ja, ich gestehe es, als der Sünder, der ich bin: Meine eben noch in den Niederungen des Fleisches befangene Seele quoll über von einer spirituellen Rührung für den Schöpfer und die Regeln dieser Welt, und mit freudiger Andacht bewunderte ich die Größe und Stabilität der Schöpfung.

In dieser schönen Geistesverfassung fand mich mein Meister, als ich, dem Drang meiner Füße folgend, nach einem Rundgang durch fast die gesamte Abtei an jenen Ort zurückkehrte, den ich vor zwei Stunden verlassen hatte. Dort nämlich stand William, und was er mir zu sagen hatte, riss mich brüsk aus meinem hehren Gedanken und brachte mich wieder zurück zu den dunklen Geheimnissen der Abtei.

William sah sehr zufrieden aus. In der Hand hielt er den Pergamentbogen des Venantius, den er endlich entziffert hatte. Wir gingen in seine Zelle, um vor Lauschern sicher zu sein, und er übersetzte mir, was er gelesen hatte. Der griechische Text nach dem Satz in Geheimschrift mit Tierkreiszeichen (»*Secretum finis Africae manus supra idolum age primum et septimum de quatuor*«) besagte folgendes:

Das entsetzliche Gift, das Reinigung bringt...

Die beste Waffe, um den Feind zu vernichten...

Mach dir die hässlichen und gemeinen niederen Leute zunutze, ziehe Vergnügen aus ihren Mängeln... Sie dürfen nicht sterben... Nicht in den Häusern der Adligen und der Mächtigen, sondern aus den Dörfern der Bauern, nach reichlichem Mahle und Trankopfern... Plumpe Leiber, entstellte Gesichter...

Sie schänden Jungfrauen und liegen arglos bei Huren, ohne Furcht.

Eine andere Wahrheit, ein anderes Bild der Wahrheit...

Die verehrungswürdigen Feigen.

Der schamlose Felsblock rollt über die Ebene... Vor die Augen.

Täuschen muss man und durch Täuschungen überraschen, das Gegenteil des Erwarteten sagen, eines sagen und damit etwas anderes meinen.

Für sie werden die Zikaden am Boden singen.

Das war alles. Nach meinem Dafürhalten etwas wenig, eigentlich nichts. Es klang wie das Gefasel eines Verrückten, und das sagte ich meinem Meister.

»Mag sein, und in meiner Übersetzung klingt es vielleicht noch verrückter. Ich habe nur eine ungefähre Kenntnis des Griechischen. Aber angenommen, dass Venantius verrückt war, oder dass der Autor des Buches verrückt war, so würde uns das nicht erklären, warum so viele Leute, die gewiss nicht alle verrückt waren, unbedingt jenes Buch verstecken beziehungsweise in die Hand bekommen wollten...«

»Meint Ihr denn, dass diese Worte aus dem geheimnisvollen Buch stammen?«

»Es sind zweifellos Worte, die Venantius geschrieben hat. Du siehst selbst, es handelt sich nicht um ein altes Pergament. Es müssen Notizen sein, die sich Venantius beim Lesen gemacht hat, sonst hätte er sie nicht auf griechisch geschrieben. Er hat gewiss Sätze und Satzfragmente notiert, die er in dem Buch aus dem Finis Africae fand. Er hat das Buch ins Skriptorium getragen und dort zu lesen begonnen, wobei er sich hier und da etwas notierte, was ihm bemerkenswert schien. Dann kam vermutlich etwas dazwischen. Entweder fühlte er sich plötzlich unwohl, oder er hörte jemanden kommen. So schob er das Buch mitsamt den Notizen in das Regal unter seinem Tisch, gewiss in der Absicht, es sobald wie möglich wieder hervorzuholen... In jedem Falle haben wir nur dieses Blatt, um auf die Natur des mysteriösen Buches zu schließen, und nur anhand der Natur jenes Buches wird es uns möglich sein, auf die Natur des Mörders zu schließen. Denn bei jedem Verbrechen, das begangen worden ist, weil der Verbrecher sich eines Gegenstandes bemächtigen wollte, liefert die Art dieses Gegenstandes einen wenn auch schwachen Hinweis auf den Charakter des Mörders. Wenn ein Mord geschehen ist wegen einer Handvoll Goldes, so wird der Mörder zweifellos habgierig sein; wenn er gemordet hat, um ein Buch zu bekommen, so wird er die Geheimnisse dieses Buches für sich bewahren wollen. Wir müssen also herausfinden, was in dem Buch, das wir nicht haben, stehen mag.«

»Und Ihr wärt tatsächlich imstande, aus diesen wenigen Zeilen auf den Inhalt des Buches zu schließen?«

»Mein lieber Adson, dies sind, so scheint mir, Worte eines heiligen Textes, dessen Bedeutung über den schlichten Wortlaut hinausgeht. Als ich sie heute morgen nach unserem Gespräch mit dem Cellerar las, fiel mir als erstes auf, dass auch hier wieder von einfachen Leuten und Bauern als Träger einer anderen Wahrheit die Rede ist, einer anderen Wahrheit als jener der Gebildeten. Der Cellerar hat durchblicken lassen, dass ihn eine sonderbare Komplizenschaft mit Malachias verbindet. Was, wenn nun Malachias einen gefährlichen Ketzertext versteckt hielte, den Remigius ihm womöglich anvertraut hat? Dann hätte Venantius vielleicht irgendeine geheime Lehre gelesen, einen Text über eine verschworene Gemeinschaft von groben und niederen Leuten, die gegen alles und jeden rebellierten... Allerdings...«

»Allerdings?«

»Allerdings spricht zweierlei gegen diese Hypothese: Erstens war Venantius kaum an solchen Fragen interessiert; er war ein Übersetzer griechischer Texte, kein Prediger häretischer Irrlehren... Und zweitens würden Sätze wie die mit den Feigen, dem Stein oder den Zikaden durch diese Hypothese nicht erklärt...«

»Vielleicht sind es Rätselsätze, die eine andere Bedeutung haben«, regte ich an. »Oder habt Ihr eine andere Hypothese?«

»Ich habe eine, aber sie ist noch unklar. Mir scheint, als ob ich einige dieser Worte schon irgendwo gelesen hätte, sie erinnern mich an ähnliche, die ich früher gehört habe. Mir scheint sogar, als sei hier von Dingen die Rede, über die wir in den letzten Tagen bereits gesprochen haben... Aber ich kann mich nicht recht erinnern. Ich muss darüber nachdenken. Vielleicht muss ich erst noch andere Bücher lesen.«

»Wie das? Um zu erfahren, was ein Buch enthält, müsst Ihr andere Bücher lesen?«

»Manchmal ist das ganz nützlich. Oft sprechen die Bücher von anderen Büchern. Oft ist ein harmloses Buch wie ein Samenkorn, das in einem gefährlichen Buch aufkeimt, oder es ist umgekehrt die süße Frucht einer bitteren Wurzel. Könntest du nicht zum Beispiel erfahren, was Thomas gedacht hat, wenn du Albertus liest? Oder aus den Schriften des Thomas erraten, was Averroës lehrte?«

»Ja, das ist wahr«, sagte ich bewundernd. Bisher hatte ich immer gedacht, die Bücher sprächen nur von den menschlichen oder göttlichen Dingen, die sich außerhalb der Bücher befinden. Nun ging mir plötzlich auf, dass die Bücher nicht selten von anderen Büchern sprechen, ja, dass es mitunter so ist, als sprächen sie miteinander. Und im Licht dieser neuen Erkenntnis erschien mir die Bibliothek noch unheimlicher. War sie womöglich der Ort eines langen und säkularen Gewispers, eines unhörbaren Dialogs zwischen Pergament und

Pergament? Also etwas Lebendiges, ein Raum voller Kräfte, die durch keinen menschlichen Geist gezähmt werden können, ein Schatzhaus voller Geheimnisse, die aus zahllosen Hirnen entsprungen sind und weiterleben nach dem Tod ihrer Erzeuger? Oder diese fortdauern lassen in sich?

»Wozu nützt es dann, Bücher zu verbergen«, fragte ich, »wenn man aus den zugänglichen auf die unzugänglichen schließen kann?«

»Im Fortgang der Jahrhunderte nützt es nichts. Im Fortgang der Jahre schon. Du siehst ja, wie sehr wir im dunkeln tappen.«

»Demnach ist eine Bibliothek nicht ein Mittel, um die Wahrheit zu verbreiten, sondern um ihr Aufscheinen zu verzögern?« fragte ich verblüfft.

»Nicht immer und nicht notwendigerweise. Aber hier schon.«

Vierter Tag

Sexta

Worin Adson Trüffel suchen geht und die eintreffenden Minoriten findet, diese ein langes Gespräch mit William und Ubertin führen und man allerhand Trauriges über Papst Johannes XXII. erfährt.

Nach diesen Erwägungen fasste mein Meister den Beschluss, vorerst gar nichts zu tun. Ich habe schon eingangs erwähnt, dass ihn zuweilen solche Momente totaler Untätigkeit überfielen, als wären die Gestirne auf ihrer himmlischen Kreisbahn plötzlich zum Stillstand gekommen und er mit ihnen. So auch an diesem Morgen. Er streckte sich auf seiner Strohmatte aus, starrte mit offenen Augen ins Leere, die Hände über der Brust gefaltet, und bewegte nur schwach seine Lippen, als rezitierte er ein Gebet, aber unregelmäßig und ohne Andacht.

Ich beschloss, seine Meditation zu respektieren, und trat in den Hof hinaus. Die Sonne hatte sich merklich verdunkelt, aus dem schönen und klaren Morgen war (inzwischen nahte bereits die Mittagsstunde) ein trüber, nasskalter Tag geworden. Große Wolken zogen im Norden auf und legten sich über den Gipfel des Berges, der zusehends hinter einem grauen Schleier verschwand. Es sah wie Nebel aus, und vielleicht stiegen auch wirklich Nebelschwaden aus der Tiefe empor, doch auf dieser Höhe war es schwer, die aufsteigende Feuchtigkeit von der herabsinkenden zu unterscheiden. Schon waren die weiter entfernten Gebäude kaum noch zu erkennen.

Unweit im Hof sah ich Severin, der gerade dabei war, mit munteren Gesten und fröhlichen Rufen die Schweinehirten und einige ihrer Tiere zu versammeln. Er sagte mir, dass sie ausrücken wollten, um an den Hängen des Berges und drunten im Tal nach Trüffeln zu suchen. Mir war diese köstliche

Frucht des Waldbodens damals noch unbekannt, aber der Meister Botanikus sagte, dass sie, auf verschiedene Weise zubereitet, ein höchst wohlschmeckendes Gericht ergebe und geradezu eine Spezialität der benediktinischen Ländereien auf der Apenninhalbinsel sei, sowohl – als schwarze Trüffel – drunten in Norcia wie auch – heller und würziger – in jener Gegend. Auch erklärte mir Severin, dass sie überaus schwer zu finden sei, da sie unter der Erde wachse, besser verborgen als jeder andere Pilz, und nur die Schweine seien imstande, sie mit Hilfe ihres Geruchssinnes aufzuspüren. Allerdings wollten die Schweine dann, wenn sie fündig geworden, die Trüffel immer sofort verschlingen, weshalb man rasch eingreifen und sie wegdrängen müsse. Später erfuhr ich, dass die Trüffeljagd in Italien ein Vergnügen ist, dem sich auch viele Herren von Adel gern verschreiben, wobei sie dann ihren Schweinen folgen, als wären es edle Jagdhunde, ihrerseits von Dienern mit Schaufeln und Körben gefolgt. Ich entsinne mich auch, wie einmal – es war ein paar Jahre nach den Ereignissen, die ich hier schildere – ein Edelmann aus meiner Heimat mich fragte, ob ich auf meinen Reisen durch Italien niemals adlige Herren beim Schweinehüten gesehen hätte. Er meinte natürlich die Trüffeljagd, und ich musste lachen. Als ich ihm daraufhin erklärte, dass diese Herren mit ihren Schweinen »tar-tufi« unter der Erde suchten und anschließend voller Genuss verspeisten, erbleichte der Gute und bekreuzigte sich erschrocken, denn er hatte »der Teifi« verstanden. Ich konnte das Missverständnis rasch klären, und wir mussten beide herzlich darüber lachen. Aber so groß ist eben die Magie der menschlichen Sprachen, dass sie aufgrund einer menschlichen Übereinkunft häufig sehr verschiedene Dinge mit ganz ähnlichen Lauten bezeichnen.

Severins Vorbereitungen hatten meine Neugier geweckt, und so beschloss ich, mit den Trüffeljägern hinunter ins Tal zu gehen – auch weil ich begriff, dass er dieses Unternehmen in Angriff nahm, um die traurigen Vorfälle in der Abtei zu vergessen, die uns alle bedrückten. Ich dachte mir, wenn ich ihm helfen würde, seine trüben Gedanken zu vergessen, könnte ich damit vielleicht auch die meinen, wenn nicht überwinden, so doch zumindest eine Zeitlang zurückdrängen. Auch will ich nicht verhehlen (da ich nun einmal beschlossen habe, die ganze Wahrheit zu sagen), dass mich insgeheim der Gedanke verlockte, ich könnte womöglich drunten im Tal einer gewissen Person begegnen, über die ich nicht weiter sprechen will. Mir selbst indes und gleichsam mit lauter Stimme versicherte ich – da wir schließlich an jenem Tage die Ankunft der beiden Legationen erwarteten –, ich könnte womöglich drunten einer der beiden begegnen.

Während wir den steilen Kehrweg hinunterstiegen, wurde die Luft mit jedem Schritt klarer. Nicht dass die Sonne hervorgetreten wäre, der Himmel war immer noch wolkenverhangen, aber die Dinge wurden erkennbarer, denn der Nebel blieb über unseren Köpfen hängen. Als ich einmal auf halber Höhe zurückschaute, um den Gipfel des Berges zu betrachten, sah ich nichts mehr: Der ganze obere Teil des Felsmassivs, das Hochplateau, das Aedificium, alles war in den Wolken verschwunden.

Am Morgen unserer Ankunft vor drei Tagen, als wir den Kehrweg erklommen, hatten wir von einigen Punkten aus noch das Meer sehen können, kaum zehn Meilen entfernt. Unsere Wanderung durch die Berge war reich an Überraschungen gewesen, bald hatten wir uns wie auf einer Terrasse hoch über blauen Buchten befunden, bald waren wir, wenig später, in tiefe Schluchten gelangt, wo schroff aufragende Felsen uns jeden Blick auf das ferne Meer verstellten, während die Sonne nur mühsam bis auf den Grund hinabdrang. Nirgendwo sonst in Italien hatte ich ein so dichtes Ineinander von Küsten- und Berglandschaften gesehen, und im Heulen des Windes, der durch die Schluchten pfiff, meinte man noch den steten Kampf zwischen milden Meeresbrisen und rauhen Gebirgsböen hören zu können.

An diesem Mittag hingegen war alles grau, ja geradezu milchig weiß, und kein Horizont war zu sehen, auch wo das Tal sich zum Meer hin öffnete. – Doch ich verliere mich in Erinnerungen, die von geringem Interesse für den Fortgang des Geschehens sind und meinen geduldigen Leser ermüden. So will ich denn hier nicht von den Wechselfällen unserer Suche nach »der Teifi« berichten, sondern lieber gleich sagen, dass ich als erster die herannahende Legation der Minoriten erblickte und rasch zurücklief, um William ihre Ankunft zu melden.

Mein Meister wartete, bis die Neuankömmlinge eingetroffen und gebührend vom Abt begrüßt worden waren. Dann trat er ihnen entgegen, und es folgte ein allgemeines Umarmen und brüderliches Herzen und Küssen.

Die Stunde des Mittagsmahles war schon vorüber, doch für die Gäste hatte man einen Tisch gedeckt, und der Abt war so taktvoll, sie mit William allein zu lassen, entbunden von den Pflichten der Regel und frei, sich zu stärken und ihre ersten Eindrücke auszutauschen – handelte es sich doch schließlich, Gott vergebe mir den etwas ungebührlichen Vergleich, um eine Art Kriegsrat, der unverzüglich zu halten war, bevor die gegnerische Abordnung eintraf, will sagen die päpstliche Legation.

Überflüssig zu sagen, dass auch Ubertin von Casale sogleich zu den Neuankömmlingen stieß, die ihn überrascht, erfreut und voller Verehrung begrüßten – hatten sie ihn doch seit langem verschollen geglaubt, sich große Sorgen um ihn gemacht und schon das Schlimmste befürchtet für diesen mutigen Kämpfer, der seit Jahrzehnten unermüdlich und unbeugsam dieselbe Sache vertrat wie sie.

Von den Brüdern, aus denen die Legation bestand, werde ich später genauer sprechen, wenn ich über die Zusammenkünfte des folgenden Tages berichte. Auch weil ich bei dieser ersten Begegnung sehr wenig mit ihnen sprach, denn meine ganze Aufmerksamkeit konzentrierte sich auf das nun unverzüglich einsetzende Dreiergespräch zwischen William, Ubertin und Michael von Cesena.

Michael muss ein recht eigenartiger Mensch gewesen sein: glühend in seiner franziskanischen Leidenschaft (sein Tonfall und seine Gesten ähnelten manchmal fast denen des mystisch entrückten Ubertin), dabei sehr menschlich und jovial in seiner irdischen Wesensart als Italiener aus der Romagna, der eine gute Küche zu schätzen weiß und einen fröhlichen Umtrunk mit Freunden liebt; feinsinnig und sprunghaft-schwärmerisch, im nächsten Moment jedoch lauernd und schlau wie ein Fuchs, ja hinterhältig und zäh wie ein Maulwurf, wenn es um Fragen des Verhältnisses zwischen den Mächtigen ging; fähig zu großem Gelächter, zu heftiger Anspannung und zu beredtem Schweigen; sehr geschickt auch, wenn es galt, den Zerstreuten zu spielen, um einer unliebsamen Frage auszuweichen.

Ich habe schon mehrfach im Laufe meines Berichtes von ihm gesprochen, aber dabei stets nur Dinge erwähnt, die ich von anderen gehört hatte, von Leuten, die sie womöglich auch nur vom Hörensagen wussten. Nun jedoch, da er leibhaftig vor mir saß, verstand ich vieles besser von seinen widersprüchlichen Haltungen und wiederholten politischen Kurswechseln, mit denen er in den letzten Jahren sogar seine Freunde und Anhänger oft überrascht hatte. Als Ordensgeneral der Franziskaner war er im Prinzip der Erbe des heiligen Franz und de facto der Erbe seiner Interpreten. Er musste also mit der Weisheit und Heiligkeit eines Vorgängers wie Bonaventura von Bagnoregio konkurrieren, er musste die Respektierung der Regel gewährleisten, aber zugleich auch das Wohl des groß und mächtig gewordenen Ordens; er musste sein Ohr den Fürstenhöfen und städtischen Magistraten leihen, von denen der Orden – wenn auch in Form von Almosen – Schenkungen und Hinterlassenschaften, Keime zu Wohlstand und Reichtum bezog, und er musste gleichzeitig darauf achten, dass die eifrigsten Spiritualen in ihrem Bedürfnis nach Buße und Armut nicht dem Orden entglitten oder gar aus der ruhmreichen Bruderschaft, deren Haupt er war, einen Haufen häretischer Banden machten. Er musste allen zugleich gefallen: dem Papst, dem Kaiser, den kleinen Brüdern des armen Lebens, dem heiligen Franz, der ihn gewiss vom Himmel herab überwachte, und dem Christenvolk, das ihn auf Erden beobachtete. Als Papst Johannes sämtliche Spiritualen zu Ketzern verurteilt hatte, zögerte Michael nicht, ihm fünf der renitentesten provençalischen Brüder auszuliefern, wohl wissend, dass sie auf dem Scheiterhaufen verbrannt werden würden. Doch als ihm dann aufging (wozu Ubertin einiges beigetragen haben dürfte), dass viele im Orden mit den Anhängern des schlichten evangelischen Lebens sympathisierten, sorgte er prompt dafür, dass vier Jahre später das Kapitel zu Perugia sich die Ansichten der Verbrannten zu eigen machte – natürlich im Bestreben, ein vielleicht ketzerisches Bedürfnis in die Lebensweisen und Institutionen des Ordens zu integrieren und den Papst zu veranlassen, diese Absicht zu teilen. Doch während er sich bemühte, den Papst zu überzeugen, ohne dessen Billigung er nichts unternehmen wollte, verschmähte er es gleichwohl nicht, die Gunstbezeugungen des Kaisers und der kaiserlichen Theologen entgegenzunehmen. Erst vor zwei Jahren hatte er auf dem Generalkapitel zu Lyon die Brüder ermahnt, von der Person des Papstes nur mit Mäßigung und respektvoll zu sprechen (und das, nachdem der Papst seinerseits wenige Wochen zuvor höchst abfällig von den Minoriten gesprochen und sich empört hatte über »ihr Gekläffe, ihre Fehler und ihre Torheiten«). Nun aber saß er aufs freundschaftlichste zusammen mit Leuten, die von jenem Papst alles andere als respektvoll sprachen!

Den Rest habe ich bereits erwähnt: Johannes wollte den obersten Franziskaner in Avignon haben, Michael wollte der Einladung Folge leisten und wollte es auch wieder nicht, und das Treffen am nächsten Tage sollte über die Modalitäten und Sicherheitsgarantien einer Reise entscheiden, die nicht als ein Akt der Unterwerfung, aber auch nicht als einer der Herausforderung erscheinen durfte. Ich glaube nicht, dass Michael dem alten Fuchs von Cahors jemals persönlich begegnet war, zumindest nicht, seit dieser das Amt des Papstes bekleidete. Jedenfalls hatte er ihn lange nicht gesehen, und so beeilten sich nun seine Freunde, ihm die Person jenes ruchlosen Simonisten in den schwärzesten Farben zu malen.

»Eins musst du lernen«, sagte William gerade, »traue niemals seinen Schwüren: Er hält sie immer dem Buchstaben nach, bricht sie aber im Geiste.«

»Alle wissen«, fiel Ubertin ein, »was damals zur Zeit seiner Wahl geschah...«

»Wahl würde ich es ja nicht gerade nennen«, rief einer der Brüder dazwischen, den ich später Hugo von Novocastrum nennen hörte und dessen Akzent mich an den meines Meisters erinnerte. »Es war eher eine Usurpation. Schon der Tod Clemens' V. ist nie ganz aufgeklärt worden. Der König hatte ihm nicht verziehen, dass er trotz seines Versprechens, das Andenken an Bonifaz VIII. gerichtlich zu verfolgen, später alles getan hatte, um seinen Vorgänger nicht zu desavouieren. Wie er in Carpentras gestorben ist, weiß niemand genau. Tatsache ist, dass die Kardinäle, als sie zum Konklave in Carpentras zusammenkamen, sich auf keinen Nachfolger einigen konnten, weil die Debatte sich (völlig zu Recht) auf die Frage Avignon oder Rom verlagerte. Ich weiß nicht genau, was in jenen Tagen geschah. Ein Massaker, heißt es, die Kardinäle seien vom Neffen des toten Papstes bedroht worden, ihre Diener hingemetzelt, der Palast in Flammen gesteckt, die Kardinäle hätten sich an den König gewandt, der ihnen gesagt habe, er sei nie dafür gewesen, dass der Papst Rom verlasse, sie sollten sich beruhigen und eine gute Wahl treffen... Aber dann starb Philipp der Schöne, auch er unter Gott weiß welchen Umständen...«

»Oder der Teufel weiß es«, murmelte, sich bekreuzigend und von allen nachgeahmt, Ubertin.

»Oder der Teufel weiß es«, bestätigte Hugo mit höhnischem Grinsen. »Dann kam ein anderer König, der nach achtzehn Monaten ebenfalls starb, und wenige Tage später starb auch sein neugeborener Erbe, woraufhin sein Bruder den Thron bestieg...«

»Und das war genau jener Philipp V., der, als er noch Graf von Poitiers gewesen war, die aus Carpentras geflohenen Kardinäle zusammengeholt hatte«, sagte Michael.

»Genau«, nickte Hugo. »Er steckte sie zum Konklave ins Dominikanerkonvent zu Lyon, wobei er schwor, ihre Unversehrtheit zu wahren und sie nicht als Gefangene zu behandeln. Doch kaum hatten sie sich in seine Hände begeben, ließ er sie nicht nur einschließen (wie es dem Brauch entsprochen hätte), sondern verringerte täglich ihre Kost, bis sie eine Entscheidung getroffen hätten – nicht ohne jedem einzelnen zu versprechen, ihn in seinen Ansprüchen auf den Papstthron zu unterstützen. So ging es zwei Jahre lang, bis er König von Frankreich wurde und die Kardinäle, zermürbt durch ihre Gefangenschaft, inzwischen auf schmalste Kost gesetzt, schon fürchtend, dass sie ihr restliches Leben im Konklave verbringen müssten, sich schließlich einigten und jenen mehr als siebzigjährigen Gnom auf den Heiligen Stuhl setzten...«

»Gnom ist sehr gut gesagt«, lachte Ubertin. »Verwachsen und schwindsüchtig sieht er aus, aber er ist zäher und gerissener als man denkt.«

»Der Sohn eines Schusters«, brummte einer der Brüder.

»Christus war der Sohn eines Zimmermanns«, wies Ubertin den Zwischenrufer zurecht. »Darum geht es nicht. Johannes ist ein gebildeter Mann, er hat in Montpellier die Rechte studiert und in Paris Medizin; er hat es immer bestens verstanden, seine Beziehungen spielen zu lassen, um Bischofssitze und den Kardinalshut zu bekommen, wenn es ihm opportun erschien, und als Berater Roberts des Weisen in Neapel verblüffte er viele mit seinem Scharfsinn. Auch als er Bischof von Avignon war, gab er Philipp dem Schönen immer die richtigen Ratschläge (richtig im Sinne jenes finsteren Unternehmens) zur Ruinierung der Templer. Und nach seiner Wahl entging er erfolgreich einem Komplott von Kardinälen, die ihn umbringen wollten... Aber nicht darüber wollte ich reden, ich sprach von seiner Geschicklichkeit im Brechen von Schwüren, ohne des Meineids bezichtigt werden zu können. Vor seiner Wahl (und um gewählt zu werden) hatte er dem Kardinal Orsini versprochen, den Sitz des Papstes wieder nach Rom zu verlegen, und zur Bekräftigung hatte er bei der geweihten Hostie geschworen, er werde, wenn er sein Versprechen nicht halte, nie wieder ein Pferd oder einen Maulesel besteigen. Und wisst ihr, was er dann tat, der geriebene Fuchs? Nachdem er sich in Lyon hatte krönen lassen (gegen den Willen des Königs, der nämlich gewollt hatte, dass die Krönung erst in Avignon stattfinde), fuhr er nach Avignon auf der Rhône zu Schiff!«

Die Brüder lachten im Chor. Der Papst war ein Eidbrecher, ohne Zweifel, aber man konnte ihm einen gewissen Einfallsreichtum nicht absprechen.

»Er ist ein schamloser Lügner«, stellte William fest. »Hat Hugo nicht gesagt, dass er gar nicht erst versuchte, seinen Betrug zu verbergen? Hast du mir nicht erzählt, Ubertin, was er zu Orsini sagte, als er in Avignon ankam?«

»Gewiss doch«, fuhr Ubertin eifrig fort. »Er sagte, der Himmel Frankreichs sei so schön, dass er gar nicht wisse, wieso er in eine Stadt voller alter Ruinen wie Rom gehen sollte, und da der Papst als Nachfolger Petri schließlich die Macht zu binden und zu lösen habe, werde er diese Macht nun ausüben und genau da bleiben, wo er sich gerade befinde und wo es ihm so gut gefalle. Als Orsini ihm daraufhin ins Gedächtnis zu rufen versuchte, dass es seine Pflicht sei, auf dem vatikanischen Hügel zu leben, verwies er ihn schroff auf seine Gehorsamspflicht und beendete die Diskussion... Aber die Geschichte mit dem Schwur geht noch weiter: Als Johannes das Schiff verließ, hätte er traditionsgemäß auf einem weißen Pferd, gefolgt von den Kardinälen auf schwarzen Pferden, zum Bischofspalast reiten müssen. Doch er ging zu Fuß, und ich glaube, er hat tatsächlich bis heute nie wieder ein Pferd bestiegen... Und von solch einem Mann erwartest du, lieber Michael, dass er die Versprechen hält, die er dir gibt?«

Michael schwieg lange. Dann sagte er: »Ich kann den Wunsch des Papstes nach einem Verbleiben in Avignon schon verstehen, und ich diskutiere ihn nicht. Aber der Papst wird auch unseren Wunsch nach Armut und unsere Auslegung des Exempels Christi nicht diskutieren können.«

»Sei nicht naiv, Michael«, erwiderte William. »Euer Wunsch, unser Wunsch lässt den seinen in einem trüben Licht erscheinen. Sei dir bitte darüber im klaren, dass seit Jahrhunderten kein so Habgieriger mehr auf dem Papstthron gesessen hat. Die Huren von Babylon, gegen die einst unser Freund Ubertin wetterte, die korrupten Päpste, von welchen die Dichter deines Landes sprechen wie jener Dante Alighieri, waren sanfte Lämmer im Vergleich zu diesem Johannes! Er ist eine diebische Elster, schlimmer als ein jüdischer Wucherer, und in Avignon wird mehr Schacher getrieben als in Florenz! Ich denke zum Beispiel an jene schändliche Transaktion mit dem Neffen von Clemens, Bertrand de Goth, demselben, der das Massaker von Carpentras veranstaltet hatte (bei dem die Kardinäle unter anderem um ihren ganzen Schmuck erleichtert wurden): Er hatte sich den Schatz seines Onkels unter den Nagel gerissen, und das war nicht wenig, und Johannes wusste genau darüber Bescheid (in *Cum venerabiles* zählt er exakt die Reichtümer auf: die Münzen, die Gold- und Silberschalen, die Bücher, die Teppiche, die Edelsteine, das Geschmeide...). Doch er tat so, als ob er nicht wüsste, dass Bertrand sich bei der Plünderung von Carpentras um mehr als anderthalb Millionen Goldflorin bereichert hatte, und diskutierte mit ihm über weitere dreißigtausend, die der Neffe von seinem Onkel ›für einen frommen Zweck‹ erhalten zu haben gestand, das heißt für einen Kreuzzug. Sie einigten sich darauf, dass Bertrand die Hälfte der Summe für den Kreuzzug verwenden und die andere Hälfte an den Heiligen Stuhl zurückgeben sollte. Freilich hat Bertrand den Kreuzzug dann nie unternommen, jedenfalls nicht bis zum heutigen Tage, und der Papst hat nie einen Gulden von seiner Hälfte gesehen...«

»Dann ist er wohl doch nicht ganz so gerissen«, warf Michael ein.

»Es war das einzige Mal, dass er sich in Geldsachen übers Ohr hauen ließ«, ergriff Ubertin wieder das Wort. »Du musst wissen, mit was für einem Geschäftemacher du es zu tun hast. In allen übrigen Fällen hat er ein geradezu diabolisches Talent im Raffen bewiesen. Er ist ein König Midas: Alles, was er berührt, wird zu Gold und fließt in die Kassen Avignons. Jedesmal, wenn ich seine Gemächer betrat, fand ich dort Bankiers und Geldwechsler, Tische voller Goldmünzen und Kleriker, die sie zählten, säuberlich Gulden auf Gulden häufend... Und was für einen Palast er sich hat errichten lassen, mit Reichtümern, wie man sie einst nur dem Kaiser von Byzanz oder dem Großkhan der Tataren zuschrieb! Verstehst du jetzt, warum er so viele Bullen gegen die Idee der Armut ausgesandt hat? Du weißt vielleicht, dass er die Dominikaner dazu getrieben hat, in ihrem Hass auf unseren Orden Christusstatuen zu skulpieren, die den Heiland mit Königskrone, im Purpurmantel mit Goldbesatz und in prächtigen Stiefeln zeigen! In Avignon gibt es Kruzifixe, auf denen Jesus nur mit einer Hand ans Kreuz genagelt ist, die andere berührt einen prallen Geldbeutel, der an seinem Gürtel hängt, um anzudeuten, dass ER den Gebrauch des Geldes zu frommen Zwecken autorisiere…«

»Oh, wie schamlos!« rief Michael aus. »Das ist die reinste Gotteslästerung!«

»Ferner hat Johannes«, ergänzte William, »die päpstliche Tiara um eine dritte Krone erweitert, nicht wahr, Ubertin?«

»Jawohl, zu Beginn des Jahrtausends hatte Papst Hildebrand eine erste angenommen mit der Inschrift *Corona regni de manu Dei*, vor ein paar Jahrzehnten hatte der ruchlose Bonifaz dann eine zweite hinzugefügt mit der Inschrift *Diadema imperii de manu Petri*, und Johannes hat schließlich das Symbol nur vervollständigt: drei Kronen, für die geistliche, die weltliche und die kirchliche Macht, ein Symbol der persischen Großkönige, ein heidnisches Symbol…«

Unter den Brüdern am Tisch saß einer, der bisher geschwiegen hatte, da er vollauf damit beschäftigt war, die guten Dinge, die der Abt hatte auftragen lassen, zu vertilgen. Er hatte den verschiedenen Reden ein zerstreutes Ohr geliehen, hin und wieder ein sarkastisches Lachen über den Papst ausgestoßen oder ein zustimmendes Grunzen über die Abscheubekundungen seiner Tischgenossen, ansonsten aber sich darauf beschränkt, sein Kinn von den Soßenresten zu säubern und von den Fleischbrocken, die ihm aus dem zahnlosen, aber gefräßigen Mund fielen. Nur einmal hatte er das Wort an seinen Nachbarn gerichtet, um die Zartheit einer Hammelkeule zu loben. Wie ich später erfuhr, war es der Ehrenwerte Hieronymus, jener Bischof von Kaffa, den Ubertin bei unserem ersten Gespräch vor drei Tagen schon unter den Verstorbenen gewähnt hatte (und ich muss sagen, dass der Gedanke, er sei bereits seit zwei Jahren tot, lange in der ganzen christlichen Welt als wahre Nachricht umging, denn ich bin ihm auch später noch manchmal begegnet; tatsächlich verstarb der Gute wenige Monate nach den Ereignissen, die ich hier schildere wahrscheinlich an der großen Wut, die ihm der Verlauf des Treffens am folgenden Tag in den Leib pflanzen sollte, wirkte er doch so gebrechlich und so cholerisch, dass ich schon fast geglaubt hätte, es werde ihn auf der Stelle zerreißen).

Nun mischte er sich in die Unterhaltung ein und erklärte

mit vollem Munde: »Und außerdem, wisst ihr, hat der Ruchlose eine Konstitution verfasst über die *taxae sacrae poenitentiariae*, worin er über die Sünden der Geistlichen spekuliert, um auch daran noch zu verdienen. Wenn ein Priester oder Mönch eine fleischliche Sünde begeht, sei's mit einer Nonne, einer Verwandten oder einer beliebigen Frau (denn auch das kommt vor!), erhält er nur Absolution, wenn er siebenundsechzig Goldpfund und zwölf Heller bezahlt. Und wenn er Bestialitäten begeht, kostet es über zweihundert Pfund, aber wenn er sie nur mit Kindern und Tieren begangen hat und nicht mit Frauen, wird das Bußgeld um hundert Pfund verringert. Und eine Nonne, die es mit vielen Männern getrieben hat, sei's gleichzeitig oder nacheinander, sei's drinnen im Kloster oder auch draußen, und die nun Äbtissin werden will, muss hunderteinunddreißig Goldpfund und fünfzehn Heller bezahlen…«

»Ich bitte Euch, Ehrenwerter Hieronymus«, protestierte Ubertin, »Ihr wisst, dass ich alles andere als ein Freund des Papstes bin, aber hier muss ich ihn verteidigen: Das ist ein verleumderisches Gerücht, das in Avignon unter die Leute gebracht worden ist. Ich habe diese Konstitution nie gesehen!«

»Sie existiert wirklich!« beteuerte Hieronymus eifrig. »Auch ich habe sie nie gesehen, aber sie existiert ganz bestimmt!«

Ubertin schüttelte den Kopf, und die anderen schwiegen betreten. Ich merkte, dass sie gewohnt waren, den alten Mitbruder nicht ganz ernst zu nehmen, und mir fiel ein, dass William ihn neulich im Gespräch mit Ubertin als einen Idioten bezeichnet hatte… William war es, der sich nun bemühte, das Gespräch wieder in Gang zu bringen, und begütigend sagte er: »Jedenfalls zeigt uns dieses Gerücht, ob es stimmt oder nicht, welches moralische Klima in Avignon herrscht: Alle, ob Ausbeuter oder Ausgebeutete, haben dort das Gefühl, eher auf einem Bazar zu leben als am Hofe des Stellvertreters Christi auf Erden. Als Johannes den Thron bestieg, wurde sein Privatschatz auf etwa siebzigtausend Gulden beziffert. Inzwischen soll er mehr als zehn Millionen zusammengerafft haben.«

»Das ist wahr«, seufzte Ubertin. »Oh Michael, lieber Michael, du kannst dir nicht vorstellen, welche Schändlichkeiten ich mit ansehen musste in Avignon!«

»Versuchen wir doch, gerecht zu sein«, besänftigte Michael. »Wir wissen, dass auch unsere Brüder Exzesse begangen haben. Ich weiß von Franziskanern, die bewaffnete Überfälle auf Dominikanerklöster unternommen und die feindlichen Brüder nackt ausgezogen haben, um sie zur Armut zu zwingen... Das war auch der Grund, warum ich es damals im Falle der provençalischen Brüder nicht wagte, mich Johannes entgegenzustellen... Ich möchte ein Abkommen mit ihm treffen, und darum werde ich seinen Stolz nicht demütigen, sondern lediglich von ihm verlangen, dass er unsere Demut nicht demütigt. Ich werde auch nicht über Geld mit ihm reden, sondern ihn lediglich bitten, einer klugen Auslegung der Heiligen Schrift zuzustimmen. Und genau darüber werden wir morgen mit seinen Legaten verhandeln. Letzten Endes sind es doch Männer der Theologie, und nicht alle werden so raffgierig sein wie Johannes. Wenn gelehrte Männer sich auf eine Deutung der Schrift geeinigt haben, wird er nicht anders können, als...«

»Er wird nicht können? Ha!« fiel Ubertin ihm heftig ins Wort. »Du kennst noch nicht seine maßlosen Pläne in Sachen Theologie! Er will buchstäblich alles binden und lösen, im Himmel wie auf Erden... Was er auf Erden tut, haben wir jetzt gesehen; was den Himmel betrifft... Nun ja, er hat seine Vorstellungen noch nicht klar zum Ausdruck gebracht, jedenfalls noch nicht öffentlich, aber ich weiß, dass er mit seinen Vertrauten darüber gesprochen hat. Er ist dabei, einige wirklich sehr abwegige, wenn nicht perverse Lehrsätze aufzustellen, die den Kern der Heilslehre antasten und unserer Predigt alle Kraft nehmen würden!«

»Was für Lehrsätze?« kam es von allen Seiten.

»Fragt Bruder Berengar, er weiß es, er hat mit mir darüber gesprochen.« Ubertin meinte den Bruder Berengar Talloni, der in den letzten Jahren einer der entschiedensten Gegner des Papstes in der Kurie gewesen war und der, aus Avignon kommend, sich vor zwei Tagen der Legation angeschlossen hatte.

»Ja, das ist in der Tat eine finstere und fast unglaubliche Geschichte«, sagte der Angesprochene düster. »Es scheint, dass Johannes zu behaupten vorhat, die Gerechten würden erst nach dem Jüngsten Gericht das Antlitz Gottes schauen! Schon seit einiger Zeit meditiert er über den neunten Vers im sechsten Kapitel der Apokalypse, wo von der Öffnung des fünften Siegels die Rede ist und wo der Apostel sagt: ›Ich sah unter dem Altar die Seelen derer, die erwürgt waren um des Wortes Gottes willen und um des Zeugnisses willen, das sie gegeben hatten. Und sie schrien mit großer Stimme und sprachen: Herr, du Heiliger und Wahrhaftiger, wie lange richtest du nicht und rächest unser Blut an denen die auf der Erde wohnen?‹ Und da der Apostel fortfährt: ›Und ihnen wurde gegeben einem jeglichen ein weißes Kleid, und ward zu ihnen gesagt, dass sie sich gedulden sollten noch eine kleine Zeit, bis dass vollends dazukämen ihre Mitknechte und Brüder‹ und so weiter, meint nun der Papst, das sei dahingehend zu deuten, dass sie erst nach Vollendung des Letzten Gerichts die Herrlichkeit Gottes schauen würden...«

»Zu wem hat er das gesagt?« fragte Michael voller Bestürzung.

»Bisher nur zu wenigen engen Vertrauten, aber die Sache hat sich herumgesprochen. Es heißt, er bereite eine Erklärung vor, nicht für heute und morgen, es dauert vielleicht noch ein paar Jahre, doch er berät sich mit seinen Theologen...«

»Hm, hm!« grunzte Hieronymus kauend.

»Aber damit nicht genug, er will anscheinend noch weiter gehen und sogar behaupten, dass auch die Hölle erst am Jüngsten Tage geöffnet werde, nicht einmal die Teufel kämen vorher hinein...«

»Herr Jesus, steh uns bei!« rief Hieronymus voller Entsetzen. »Und was sollen wir dann den Sündern erzählen, wenn wir ihnen nicht mehr damit drohen können, dass sie gleich nach dem Tod in die Hölle kommen?«

»Wir sind in den Händen eines Irren«, stellte Ubertin fest. »Aber ich verstehe nicht recht, warum er das alles behaupten will...«

»Die ganze Ablasslehre bricht zusammen«, lamentierte

Hieronymus. »Auch er selbst wird keinen Sündenablass mehr verkaufen können! Denn wieso sollte ein Priester, der Schamlosigkeiten begangen hat, so viele Goldpfunde zahlen, um einer Strafe zu entgehen, die noch so fern ist?!«

»So fern nun auch wieder nicht«, widersprach Ubertin. »Die Zeiten sind nahe!«

»Das weißt vielleicht du, lieber Bruder, aber die Laien wissen es nicht, da liegt doch das Problem!« erregte sich der Bischof von Kaffa, und es sah gar nicht mehr aus, als ob er sein Mahl noch genieße. »Was für eine unselige Idee! Das kommt bestimmt von diesen Predigerbrüdern... oh, oh!« Er jammerte laut unter heftigem Schütteln des Kopfes.

»Aber warum, aus welchem Grund will der Papst diese Dinge behaupten?« fragte nun auch Michael von Cesena.

»Ich glaube, es gibt dafür keinen vernünftigen Grund«, antwortete William. »Das Ganze ist eher wohl eine Machtprobe, die er sich selbst auferlegt, ein Akt seines Stolzes: Er will tatsächlich derjenige sein, der über Himmel und Erde entscheidet! Ich wusste bereits von diesen Gerüchten, William von Ockham hatte sie mir geschrieben. Aber warten wir ab, wer sich am Ende durchsetzen wird: der Papst oder die Theologen, die Stimme der ganzen Kirche, die Wünsche des christlichen Volkes, die Bischöfe...«

»Ich fürchte«, sagte Michael düster, »in Fragen der Lehre wird er die Theologen auf seine Seite bringen.«

»Das ist noch gar nicht gesagt«, meinte William. »Wir leben schließlich in Zeiten, in denen die Gottesgelehrten sich nicht mehr scheuen, den Papst zum Häretiker zu erklären. Und die Gottesgelehrten sind auf ihre Weise die Stimme des Volkes der Christenheit – gegen das heute nicht einmal mehr der Papst etwas ausrichten kann...«

»Umso schlimmer«, murmelte Michael sorgenvoll. »Auf der einen Seite ein verrückt gewordener Papst, auf der anderen ein Volk, das bald den Anspruch erheben wird – sei's auch durch den Mund seiner Theologen –, die Heilige Schrift nach freiem Gutdünken auszulegen...«

»Wieso?« fragte William. »Was habt ihr denn in Perugia anderes getan?«

Michael zuckte zusammen, die Frage hatte ihn an der empfindlichsten Stelle getroffen. »Deswegen will ich ja mit dem Papst sprechen! Ohne seine Zustimmung sind wir machtlos.«

»Warten wir's ab«, sagte William vieldeutig.

Mein Meister war wirklich sehr scharfsinnig und weitblickend. Wie hatte er nur voraussehen können, dass Michael sich in Kürze auf die Seite der kaiserlichen Theologen und des Volkes schlagen würde, um, auf sie gestützt, den Papst zu verurteilen? Wie hatte er nur voraussehen können, dass vier Jahre später, als der Papst zum ersten Mal seine unglaubliche Lehre verkündete, ein empörter Aufschrei durch die ganze Christenheit ging? Wenn die *Visio beatifica Dei*, die seligmachende Anschauung Gottes im Paradies, so weit in die Feme gerückt war, wie hätten dann die Verstorbenen Fürbitte für die Lebenden halten können? Und was wäre aus dem Heiligenkult geworden? Als erste machten die Minoriten Front gegen den Papst, und William von Ockham kämpfte an vorderster Linie, streng und unwiderleglich in seiner Argumentation. Der Kampf tobte volle drei Jahre lang, bis schließlich Johannes, dem Tode nahe, partiell widerrief. Jahre später erfuhr ich, wie er im Konzil vom Dezember 1334 auftrat, schmächtiger noch, als er jemals zuvor erschienen, ausgedörrt durch sein hohes Alter, neunzigjährig und moribund, und wie er bleichen Gesichtes erklärte (der geriebene Fuchs, der so gut mit Worten zu spielen verstand, nicht nur um seine Schwüre zu brechen, sondern auch um seine eigenen Aussagen zu negieren): »Wir bekennen und glauben, dass die vom Leibe getrennten und völlig gereinigten Seelen im Himmel sind, im Paradies bei den Engeln und bei Jesus Christus, und dass sie Gott schauen in seinem göttlichen Wesen, klar und von Angesicht zu Angesicht...«, und dann, nach einer kurzen Pause, von welcher niemals jemand erfuhr, ob sie Atembeschwerden entsprang oder dem perversen Willen, den Nachsatz als Adversativklausel zu unterstreichen, »...soweit es der Zustand und die Befindlichkeit der abgetrennten Seele gestatten.« – Am folgenden Morgen, es war ein Sonntag, ließ er sich auf einen Liegestuhl mit zurückgebogener Lehne betten, nahm die Handküsse seiner Kardinäle entgegen, und verschied.

Doch ich schweife schon wieder ab und erzähle Dinge, die nicht hierhergehören. Der Rest jenes Tischgespräches trägt allerdings auch nicht mehr viel zum Verständnis meiner Geschichte bei. Die Minoriten besprachen ihr Vorgehen für den nächsten Tag, bewerteten nacheinander ihre einzelnen Gegner und äußerten ihre Besorgnis, als sie von William erfuhren, dass auch Bernard Gui zu erwarten sei. Noch sorgenvoller wurden sie über die Nachricht, dass Kardinal Bertrand del Poggetto die päpstliche Legation anführen werde. Zwei Inquisitoren, das war zuviel! Offenbar hatte man vor, die Minoriten der Häresie zu bezichtigen!

»Und wenn schon«, meinte William tröstend, »dann werden wir eben die Avignoneser als Ketzer behandeln.«

»Nein, nein«, widersprach Michael, »wir müssen vorsichtig sein, wir dürfen kein mögliches Abkommen kompromittieren!«

»Ich kann mir nicht vorstellen«, entgegnete William, »obwohl ich mich, wie du weißt, lieber Michael, für die Verwirklichung dieses Treffens eingesetzt habe – ich kann mir beim besten Willen nicht vorstellen, dass die Avignoneser mit der Absicht herkommen, irgendein positives Ergebnis zu erzielen. Johannes will dich in Avignon haben, allein und ohne Sicherheitsgarantien. Nur darum geht es. Immerhin wird das Treffen wenigstens einen Sinn haben: dir das in aller Deutlichkeit klarzumachen. Es wäre viel schlimmer, wenn du nach Avignon gingest, ohne diese Erfahrung gemacht zu haben.«

»Soll das heißen, dass du dich monatelang für eine Sache eingesetzt hast, die du für nutzlos hältst?« fragte Michael bitter.

»Ich bin darum gebeten worden, sowohl von dir wie vom Kaiser«, sagte William. »Und schließlich ist es niemals ganz nutzlos, seine Feinde besser kennenzulernen.«

In diesem Moment wurde uns gemeldet, dass die zweite Legation am Eintreffen war. Die Minoriten erhoben sich und gingen hinaus, um den Männern des Papstes entgegenzutreten.

Vierter Tag

Nona

*Worin der Kardinal del Poggetto,
der Inquisitor Bernard Gui und die übrigen Herren
aus Avignon eintreffen
und jeder von ihnen etwas anderes tut.*

Männer, die einander seit langem kannten, Männer, die viel voneinander gehört hatten, ohne sich jemals persönlich begegnet zu sein, begrüssten einander im Hof mit scheinbarer Freundlichkeit. An der Seite des Abtes stand Kardinal Bertrand del Poggetto, sichtlich ein großer Herr, mit den Mächtigen dieser Welt auf vertrautem Fuße, als wäre er selber gleichsam ein zweiter Papst, und verteilte nach allen Seiten huldvoll lächelnde Blicke, insbesondere an die Minoriten, denen er gute Verständigung für die Gespräche des folgenden Tages wünschte und ausdrücklich auch die Friedens- und Segenswünsche (er benutzte bewusst diese den Franziskanern teure Formel) von Papst Johannes XXII. überbrachte.

»Brav, brav, mein Sohn!« sagte er leutselig zu mir, als William die Freundlichkeit hatte, mich ihm als seinen Gehilfen und Schüler vorzustellen. Er fragte mich, ob ich Bologna kenne, rühmte die Schönheiten jener Stadt sowie ihre glänzende Universität und lud mich ein, sie eines Tages zu besuchen, anstatt zurückzukehren in meine Heimat, zu jenen Leuten, wie er sagte, die unserem Herrn Papst soviel Kummer bereiteten. Dann streckte er mir seinen Ring hin zum Kuss, während sein Lächeln sich bereits einem anderen zugewandt hatte.

Auch mein Interesse wandte sich freilich gleich einem anderen zu, von dem ich in jenen Tagen schon viel gehört hatte und dessen Name stets aufhorchen ließ: Bernard Gui, wie ihn die Franzosen nannten, oder Bernhardus Guidonis oder Bernardo Guido, wie er von anderen genannt wurde.

Er war ein ungefähr siebzigjähriger Dominikaner von hagerer, aber straffer und hoher Gestalt. Am meisten fesselten mich seine grauen und kalten Augen, die ihr Gegenüber ausdruckslos anstarren konnten, aber auch häufig vielsagend aufblitzten und seine Gedanken sowohl zu verbergen als auch im rechten Moment gezielt auszudrücken vermochten.

Im allgemeinen Begrüßungsaustausch war er als einziger weder huldvoll noch herzlich, sondern stets – und auch das nur mit größter Zurückhaltung – höflich. Als er Ubertin erblickte, den er wohl bereits kannte, trat er ihm mit gemessener Achtung entgegen, fixierte ihn aber auf eine Weise, die mich beunruhigte. Als er Michael von Cesena begrüßte, spielte ein schwer definierbares Lächeln um seine Lippen, und ich hörte ihn tonlos murmeln: »Drüben bei uns erwartet man Euch schon lange.« Ein Satz, aus dem ich weder eine Spur von Besorgnis noch einen Schatten von Ironie noch eine Mahnung oder gar einen Befehl herauszuhören vermochte, auch übrigens keinen Schimmer von persönlichem Interesse. Dann stand er vor William, und als er erfuhr, wer sein Gegenüber war, betrachtete er meinen Meister mit erlesener Feindseligkeit; aber nicht etwa, weil sein Blick unwillkürlich seine geheimen Gefühle verraten hätte, dessen war ich mir ganz sicher (wenngleich ich mir durchaus nicht ganz sicher war, ob dieser Mann überhaupt irgendwelche Gefühle hegte), sondern weil er ohne Zweifel *wollte*, dass William seine Feindseligkeit verspürte. Dieser gab sie ihm denn auch prompt zurück, indem er mit übertrieben herzlichem Lächeln sagte: »Schon lange wollte ich einen Mann kennenlernen, dessen Ruf mir in zahlreichen wichtigen Lebensentscheidungen Lehre und Mahnung gewesen ist.« Eine Begrüßung, die gewiss schmeichlerisch und fast ehrerbietig klingen mochte, wenn man nicht wusste (und Bernard wusste es sehr genau), dass eine der wichtigsten Lebensentscheidungen Williams gerade die Absage an den Beruf des Inquisitors gewesen war. Aus der Art, wie die beiden Männer einander musterten, schloss ich nichts Gutes: Wenn William sein Gegenüber am liebsten in einem kaiserlichen Verlies gesehen hätte, so wäre es Bernard gewiss eine Freude gewesen, sein Gegenüber von einem plötzlichen Schicksal ereilt auf der Stelle tot umfallen zu sehen. Und da Bernard in diesen Tagen über eine Schar Bewaffneter gebot, begann ich um das Leben meines verehrten Meisters zu fürchten.

Bernard musste vom Abt bereits über die Verbrechen in der Abtei informiert worden sein, denn während er so tat, als hätte er das Gift in Williams Worten nicht wahrgenommen, sagte er gemessen: »Es scheint, dass ich mich in diesen Tagen, auf Wunsch des Abtes und um die mir anvertraute Aufgabe im Interesse und zum Wohl unseres Treffens zu erfüllen, mit überaus traurigen Vorfällen in diesen Mauern beschäftigen muss, Vorfällen, die den pestilenzialischen Schwefelgeruch des Satans ausströmen. Ich erwähne das, weil ich weiß, dass Ihr Euch einst, als Ihr mir näher standet, an meiner und meinesgleichen Seite auf jenem Felde geschlagen habt, auf welchem die Heerscharen des Guten mit denen des Bösen ringen.«

»In der Tat«, versetzte William, »aber dann bin ich zur anderen Seite übergegangen.«

Bernard steckte auch diesen Hieb ein, ohne mit der Wimper zu zucken. »Könnt Ihr mir etwas Nützliches sagen über diese schlimmen Delikte?«

»Leider nein«, erwiderte William höflich. »Mir fehlt Eure Erfahrung in schlimmen Delikten.«

Nach dieser Begrüßung gingen die Herren auseinander, und ich verlor ihre Spuren. William begab sich nach einer weiteren kurzen Besprechung mit Michael und Ubertin ins Skriptorium, wo er Malachias um einige Bücher bat, die er studieren wollte, leider verstand ich die Titel nicht. Malachias sah ihn befremdet an, konnte die Bitte aber nicht abschlagen. Seltsamerweise musste er die gewünschten Bücher nicht aus der Bibliothek holen, denn sie fanden sich allesamt auf dem Tisch des Venantius. Alsbald versenkte mein Meister sich in die Lektüre, und ich beschloss, ihn nicht weiter zu stören.

Als ich in die Küche hinabging, erblickte ich dort Bernard Gui. Vielleicht wollte er sich einen Überblick über die Anlage der Abtei verschaffen und ging überall herum. Ich hörte, wie er die Köche und Küchendiener befragte, im Dialekt jener Gegend, den er schlecht und recht sprach (ich erinnerte mich, dass er in Norditalien Inquisitor gewesen war). Soweit ich verstand, erkundigte er sich nach der Ernte, der Arbeitsorganisation im Kloster und ähnlichen Dingen mehr. Doch auch bei den harmlosesten Fragen sah er die Befragten durchdringend an und stellte dann ganz unvermittelt andere Fragen, so dass seine Opfer schließlich erbleichten und zu stammeln begannen. Mir wurde klar: Er hatte bereits mit seinen Nachforschungen begonnen und bediente sich dabei einer furchtbaren Waffe, die jeder Inquisitor beherrscht: der Einschüchterung des Verhörten. Denn irgendwann sagt gewöhnlich jeder auf diese Weise Verhörte, aus Angst, er könnte beschuldigt werden, dem Verhörenden irgend etwas, das den Verdacht auf einen anderen lenkt.

Den ganzen restlichen Nachmittag lang, wohin ich meine Schritte auch wandte, sah ich Bernard in dieser Weise vorgehen, ob bei den Mühlen, im Garten oder im Kreuzgang. Aber so gut wie nie sprach er Mönche an, immer nur Laienbrüder oder Bauern. Das Gegenteil dessen, was William bisher getan.

Vierter Tag

Vesper

Worin der greise Alinardus wertvolle Informationen zu geben scheint und William seine Methode enthüllt, durch eine Reihe sicherer Irrtümer zu einer wahrscheinlichen Wahrheit zu gelangen.

Als es dunkel zu werden begann, kam William gut gelaunt aus dem Skriptorium. Wir begaben uns in den Kreuzgang, um vor dem Abendmahl noch ein paar Schritte zu tun, und fanden dort Alinardus. Ich hatte mir in der Küche, seiner zwei Tage zuvor geäußerten Bitte gedenkend, Kichererbsen besorgt und bot ihm welche an. Er nahm sie dankend, schob sie sich in den zahnlosen, sabbernden Mund und sagte: »Hast du gesehen, mein Sohn: auch die dritte Leiche lag genau da, wo es im Buche geschrieben steht... Wart nur, bald wird die vierte Posaune blasen!«

Ich fragte den Alten, warum er so fest daran glaube, dass der Schlüssel für die Mordserie in der Offenbarung Johannis zu finden sei. Er sah mich erstaunt an: »Die Apokalypse liefert den Schlüssel für alles!« Und griesgrämig mümmelnd fügte er an: »Ich hab's gewusst, ich hab's schon immer gesagt... Ich war es, der dem Abt riet, dem von damals, dass er überall Apokalypsen-Kommentare sammeln sollte, so viele wie möglich. Ich sollte nämlich Bibliothekar werden, damals... Aber dann hat es der andere geschafft. Er war sehr schlau, er ließ sich nach Silos schicken, wo er die schönsten Handschriften fand, und kam mit reicher Beute zurück... Oh ja, er wusste genau, wo man suchen musste, und er konnte sogar die Sprache der Ungläubigen... So wurde ihm schließlich die Bibliothek anvertraut, und ich ging leer aus... Aber Gott hat ihn gestraft und vorzeitig abberufen ins Reich der Finsternis. Hihihi...« Er kicherte bösartig vor sich hin. Bisher war mir dieser Alte in seinem milden Schwachsinn stets unschuldig wie ein Kind erschienen.

»Wer war das, der andere, von dem Ihr da sprecht?« fragte William.

Alinardus schaute verwirrt zu uns auf: »Wer das war? Ach, ich weiß es nicht mehr, es ist schon so lange her... Aber Gott straft, Gott löscht aus, Gott verdunkelt auch die Erinnerung. Viele Akte der Hoffart sind in der Bibliothek begangen worden. Besonders seit sie in die Hände von Fremden gefallen ist... Und Gott straft weiter...«

Er verstummte, und es gelang uns nicht, noch mehr aus ihm herauszubekommen. So überließen wir ihn seinem stillen und gramvollen Alterswahn. Gleichwohl zeigte sich William sehr angeregt von dem kurzen Gespräch: »Alinardus ist einer, dem man aufmerksam zuhören muss. Jedesmal, wenn er spricht, sagt er etwas Interessantes.«

»Was hat er denn diesmal Interessantes gesagt?«

»Mein lieber Adson«, dozierte mein Meister, »das Aufklären eines Geheimnisses ist nicht dasselbe wie das Deduzieren aus festen Grundprinzipien. Es gleicht nicht einmal dem Sammeln von soundsovielen Einzeldaten, um aus ihnen dann auf ein allgemeines Gesetz zu schließen. Es ist eher so, dass man vor einer Anzahl von Tatsachen steht, die anscheinend nichts miteinander zu tun haben, und nun versuchen muss, sie sich als ebenso viele Einzelfälle eines allgemeinen Gesetzes vorzustellen, eines Gesetzes aber, das man nicht kennt und das womöglich noch nie formuliert worden ist. Gewiss, wenn du zum Beispiel wüsstest, wie der Philosoph sagt, dass der Mensch, das Pferd und das Maultier alle drei keine Galle haben und alle drei langlebig sind, dann könntest du versuchsweise das Prinzip aufstellen, dass alle Tiere, die keine Galle haben, langlebig sind. Aber nimm den Fall der Tiere mit Hörnern. Warum haben sie Hörner? Dir fällt plötzlich auf, dass alle Tiere mit Hörnern keine Zähne am Oberkiefer haben. Das könnte eine schöne Entdeckung sein, wenn du nicht bedenken müsstest, dass es leider auch Tiere ohne Zähne am Oberkiefer gibt, die trotzdem keine Hörner haben, wie das Kamel. Schließlich bemerkst du, dass alle Tiere ohne Zähne am Oberkiefer zwei Mägen haben. Gut, du kannst dir nun vorstellen, dass ein Tier mit zu wenig Zähnen nicht besonders gut kaut und daher zwei Mägen braucht, um seine Nahrung zu verdauen. Aber was ist mit den Hörnern? Du versuchst also, dir einen materiellen Grund für die Hörner vorzustellen, zum Beispiel dass der Mangel an Zähnen dem Tier ein Zuviel an Knochenmasse beschert, das irgendwo anders hervorspringen muss. Aber ist das eine hinreichende Erklärung? Nein, denn das Kamel hat zwar keine Zähne am Oberkiefer und dafür zwei Mägen, aber es hat keine Hörner. Also musst du dir noch einen letzten Grund vorstellen. Die Knochenmasse springt nur bei jenen Tieren hervor, die keine anderen Verteidigungsmittel haben. Das Kamel hingegen hat eine sehr feste Haut und braucht keine Hörner. Infolgedessen könnte das Gesetz lauten...«

»Aber was redet Ihr da bloß dauernd von Hörnern?« fiel ich meinem Lehrer ungeduldig ins Wort. »Seit wann beschäftigt Ihr Euch mit Hornvieh?«

»Ich habe mich noch nie mit Hornvieh beschäftigt, aber der Bischof von Lincoln hat es ausgiebig getan in Fortführung eines Gedankens von Aristoteles. Ehrlich gesagt, ich weiß nicht, ob er die wahren Gründe gefunden hat, und ich habe auch niemals nachgesehen, wo beim Kamel die Zähne sitzen und wie viele Mägen es hat. Ich wollte dir nur vor Augen führen, dass die Suche nach Erklärungsgesetzen bei den Naturphänomenen sehr verschlungene Wege geht. Angesichts einiger unerklärlicher Tatsachen musst du dir viele allgemeine Gesetze vorzustellen versuchen, ohne dass du ihren Zusammenhang mit den Tatsachen, die dich beschäftigen, gleich zu erkennen vermagst. Auf einmal, wenn sich unversehens ein Zusammenhang zwischen einem Ergebnis, einem Fall und einem Gesetz abzeichnet, nimmt ein Gedankengang in dir Gestalt an, der dir überzeugender als die anderen erscheint. Du versuchst, ihn auf alle ähnlichen Fälle anzuwenden, Prognosen daraus abzuleiten, und erkennst schließlich, dass du richtig geraten hast. Aber bis zuletzt weißt du nie, welche Prädikate du in deine Überlegung einführen sollst und welche du aufgeben musst. Und genau in dieser Weise gehe ich vor, um das Geheimnis der Abtei zu lüften. Ich betrachte eine Anzahl unzusammenhängender Elemente und entwickele Hypothesen. Aber ich muss viele Hypothesen entwickeln, und manche davon sind so absurd, dass ich mich schämen würde, sie dir zu nennen... Denk nur, wie es neulich mit dem Rappen Brunellus war. Als ich die Spuren erblickte, entwickelte ich eine Reihe von Hypothesen, die einander ergänzten oder auch widersprachen: Es konnte ein entlaufenes Pferd gewesen sein; es konnte sein, dass der Abt auf seinem prächtigen Rappen ausgeritten war; es konnte sein, dass ein Rappe Brunellus die Spuren im Schnee und tags zuvor ein Rappe Favellus die Strähnen am Maulbeerstrauch hinterlassen hatte, während die Zweige von Menschen geknickt worden waren. Es gab viele Möglichkeiten, und ich wusste nicht, welche Hypothese die richtige war, bis ich den besorgt umherblickenden Cellerar mit seinem Suchtrupp sah. Da erst begriff ich, dass allein die Brunellus-Hypothese die richtige war, und prüfte ihre Richtigkeit durch die Art, wie ich die Mönche ansprach. Ich gewann das Spiel, aber ich hätte es ebensogut auch verlieren können. Die Mönche hielten mich für ungemein klug, weil ich gewonnen hatte, aber sie kannten die vielen Fälle nicht, in denen ich dumm gewesen war, weil ich verloren hatte, und sie wussten nicht, dass ich wenige Augenblicke vor meinem Sieg noch keineswegs sicher war, dass ich nicht verlieren würde. Siehst du, und ganz ähnlich steht es jetzt im Falle des Geheimnisses der Abtei: Ich habe inzwischen viele schöne Hypothesen, aber bisher noch kein evidentes Faktum, das mir zu sagen gestattet, welche die richtige ist. Und damit ich nicht hinterher dumm dastehe, verzichte ich lieber jetzt darauf, als klug zu erscheinen. Lass mir noch etwas Zeit zum Nachdenken, bis morgen wenigstens.«

Mit einem Male begriff ich die Denkweise meines Meisters, und sie schien mir recht unähnlich der eines Philosophen, der von ehernen Grundprinzipien ausgeht, so dass sein Verstand gleichsam die Vorgehensweise der göttlichen Ratio übernimmt. Ich begriff, dass William, wenn er keine Antwort hatte, sich viele verschiedene Antworten vorstellte. Und das verblüffte mich sehr.

»Aber dann«, wagte ich zu bemerken, »seid Ihr noch weit von der Lösung entfernt...«

»Wir sind ihr bereits ganz nahe«, entgegnete William heiter, »ich weiß nur noch nicht, welcher.«

»Demnach habt Ihr nicht eine einzige Antwort auf alle Fragen?«

»Lieber Adson, wenn ich eine hätte, würde ich in Paris Theologie lehren.«

»Und in Paris haben sie immer die richtige Antwort?«

»Nie«, sagte er fröhlich, »aber sie glauben sehr fest an ihre Irrtümer.«

»Und Ihr«, bohrte ich weiter mit kindischer Impertinenz, »Ihr begeht nie Irrtümer?«

»Oft«, strahlte er mich an, »aber statt immer nur ein und denselben zu konzipieren, stelle ich mir lieber viele vor und werde so der Sklave von keinem.«

Ich hatte allmählich den Eindruck, dass William überhaupt nicht ernsthaft an der Wahrheit interessiert war, die bekanntlich nichts anderes ist als die Adaequatio zwischen den Dingen und dem Intellekt. Statt dessen amüsierte er sich damit, so viele Wahrheiten wie möglich zu ersinnen!

In diesem Moment, ich gestehe es, verzweifelte ich an meinem Meister und ertappte mich unwillkürlich bei dem Gedanken: »Gar nicht so schlecht, dass die Inquisition gekommen ist!« Jawohl, ich ergriff Partei für den Wahrheitsdurst, der einen Mann wie Bernard Gui erfüllte.

In solch unguter Geistesverfassung, voller Schuldgefühle und verwirrter als Judas in der Nacht von Gethsemane, betrat ich mit William das Refektorium, wo das Abendmahl unser harrte.

Vierter Tag

Komplet

Worin Salvatore von einem wundertätigen Zauber spricht.

Es war ein erlesenes Mahl, das man für die hohen Gäste bereitet hatte. Der Abt kannte offensichtlich die Schwächen der Menschen ebensogut wie die Sitten am päpstlichen Hofe (die übrigens, ich muss es sagen, auch den Minderen Brüdern des Michael von Cesena durchaus nicht missfielen). Vor kurzem waren Schweine geschlachtet worden, und so hätte es eigentlich frische Blutwurst nach Montecassiner Art geben sollen, erklärte der Küchenmeister, doch nach dem schrecklichen Ende des armen Venantius habe man leider das ganze Blut wegschütten müssen und bisher noch keine Zeit gefunden, andere Schweine zu schlachten. In Wahrheit, glaube ich, widerstand es in jenen Tagen wohl allen, irgendwelche Geschöpfe des Herrn zu töten... Indessen gab es gebratene Täubchen, durchtränkt mit dem Wein der Gegend, und gespickten Hasenrücken, dazu Santa-Clara-Brötchen und Reis mit Mandeln, wie man ihn am Vorabend der Fastentage zu essen pflegt, ferner Röstbrot mit Borretsch, gefüllte Oliven, überbackenen Käse, Schaffleisch mit scharfer Paprikasoße, weiße Bohnen, anschließend köstliche Süßspeisen, Sankt-Bernhard-Kuchen, Sankt-Niklaus-Plätzchen, Santa-Lucia-Äuglein, und Weine und Kräuterliköre, die selbst den gestrengen Bernard Gui in heitere Stimmung versetzten: Zitronellenlikör, Nusslikör, Süßwein gegen die Gicht und Enzianwein. Ein wahres Schlemmergelage, hätte man meinen können, wären nicht jeder Schluck und jeder Happen von frommer Lesung begleitet gewesen.

Am Ende erhoben sich alle höchst zufrieden und satt. Nur einige klagten über gewisse Beschwerden, um nicht in die Kirche gehen zu müssen. Doch der Abt sah gnädig darüber hinweg. Nicht jeder hat schließlich die Privilegien und Pflichten, die sich aus dem Beitritt zu unserem Orden ergeben.

Während die Mönche sich zur Komplet in den Chor begaben, warf ich zufällig einen Blick in die Küche, die gerade für die nächtliche Schließung aufgeräumt wurde, und sah Salvatore mit einem Bündel unter dem Arm zum Garten hinaus entschlüpfen. Neugierig folgte ich ihm und rief ihn an. Zuerst versuchte er mir zu entkommen, aber dann blieb er stehen und antwortete auf meine Frage, was er da in dem Bündel habe (das sich bewegte, als wäre etwas Lebendiges darin), es sei ein Basilisk.

»Cave Basiliscum! Est le roy des serpents, tant pleno de veleno que ne rilucet totum, ringsum und um! Que dico, velenosissimum est, wann nur dran riechen tust, bistu schon tot... Hat weiße Flecken auf dorsum und caput come gallum, und geht halb dritto come li homini und halb schleich per terra come les altres serpentes. Und tut töten la bellula...«

»La bellula?«

»Si! Bestiola parvissima est, nur klein Stückel länger als Maus, aber tut hassen Maus moltissimo. Fangt Schleichen und Kröten, und wann beißt la bellula, bellula currit ad feniculam overo ad distulam und kaut distulam, weil sonst finis est con la bellula... Et dicunt que ingenera per li oculi, ma ego credo que illud essere falso.«

Ich fragte den alten Gauner, wozu er eine so giftige Schlange brauche, worauf er ausweichend sagte, das sei seine Sache. Von Neugier gepackt entgegnete ich, in diesen Tagen, nach all den Toten, gebe es keine Privatangelegenheiten mehr und ich würde es William erzählen. Das war ihm nun freilich gar nicht recht, und so bat er mich inständig um Verschwiegenheit, knüpfte eine Ecke des Bündels auf und zeigte mir eine schwarze Katze. Dann zog er mich nahe zu sich heran und erklärte mir mit obszönem Grinsen, er wolle nicht länger mit ansehen, wie der Cellerar oder ich, der eine dank seiner Macht und der andere dank seiner Jugend und Schönheit, jederzeit hübsche Bauernmädchen bekommen könnten, nur er nicht, weil er so hässlich sei und nichts zu bieten habe. Er kenne nämlich einen wundertätigen Liebeszauber, mit dem man sich jedes Frauenzimmer gefügig machen könne: Man müsse eine schwarze Katze töten und ihr die Augen ausstechen und die Augen in zwei Eier von einer schwarzen Henne tun, eins in das eine und eins in das andere (und dabei zeigte er mir zwei Eier, die er von der richtigen Henne geholt zu haben versicherte). Dann müsse man die beiden Eier in einen Pferdeapfel stecken und darin verfaulen lassen (und er habe auch schon einen bereitgelegt in einer stillen Ecke des Gartens, wo nie jemand vorbeikomme), und wenn sie faul genug seien, würden aus den zwei Eiern schließlich zwei Teufelchen ausschlüpfen, die alles für einen täten und einem alle Genüsse der Welt verschaffen könnten. Das Dumme sei nur, dass der Zauber nicht gelinge, wenn die Frau, deren Liebe man wolle, nicht vorher auf die Eier gespuckt habe, bevor man sie in den Pferdeapfel stecke, und dieses Problem mache ihm sehr zu schaffen, denn er müsse es irgendwie fertigbringen, dass die begehrte Frau heute nacht an seiner Seite sei und ihren Beitrag zu dem Zauber leiste, natürlich ohne zu wissen, wozu er dienen sollte.

Ich fühlte plötzlich eine heiße Glut in mir aufsteigen, im Gesicht oder in den Eingeweiden, vielleicht auch im ganzen Körper, und fragte mit zittriger Stimme, ob er etwa vorhabe, in dieser Nacht das Mädchen vom Abend zuvor wieder in die Abtei zu bringen. Er lachte hämisch, meinte, ich sei ja offenbar ganz versessen auf dieses Mädchen (was ich heftig bestritt, ich hätte aus reiner Neugier gefragt), und sagte dann mit einer vagen Geste, es gäbe schließlich noch viele andere Frauen im Dorf und er werde sich eine holen, die noch viel schöner sei als das Mädchen, das mir so sehr gefalle. Mir schien, dass er log, aber was hätte ich tun sollen? Ihn die ganze Nacht lang verfolgen, während William etwas ganz anderes mit mir unternehmen wollte? Um dann vielleicht wirklich *sie* wiederzusehen (wenn mein Verdacht sich bestätigen sollte)? Sie, zu der meine Sinne mich drängten und von der mich zu lösen meine Vernunft mir gebot? Sie, die ich niemals wiedersehen durfte, so sehr ich sie auch trotz allem noch immer wiederzusehen begehrte? Nein, das war wirklich ganz ausgeschlossen! Also redete ich mir ein, dass Salvatore die Wahrheit gesagt hatte, was das Mädchen betraf. Oder dass er in allem gelogen hatte und dass sein ganzer famoser Liebeszauber nur eine Einbildung seines naiven und abergläubischen Geistes war und dass er am Ende gar nichts tun würde.

Sein dummes Gerede machte mich wütend, ich packte ihn hart an der Brust und sagte, er täte besser daran, heute abend frühzeitig schlafen zu gehen, denn die Bogenschützen patrouillierten in der Abtei. Er entgegnete seelenruhig, das mache ihm gar nichts aus, er kenne die Abtei besser als die Bogenschützen und bei diesem Nebel könne sowieso keiner irgendwas sehen. Jawohl, und er werde sich jetzt verdrücken, und nicht einmal ich würde ihn noch sehen, selbst wenn er sich zwei Schritte neben mir mit dem Mädchen vergnügte, das mir so sehr am Herzen liege. Er drückte sich anders aus, noch viel vulgärer, aber das ungefähr war der Sinn seiner Worte. Angewidert ließ ich ihn stehen und ging davon, denn gewiss war es eines Novizen aus nobler Familie nicht würdig, sich mit einer solchen Kanaille herumzustreiten.

Ich holte William ein, und wir taten, was getan werden musste. Will sagen, wir begaben uns in die Kirche, um dem Nachtgottesdienst beizuwohnen, und stellten uns in den hinteren Teil des Hauptschiffes, so dass wir nach dem Schlussgebet gleich aufbrechen konnten zu unserer zweiten (meiner dritten) Erkundungsreise ins Innere des Labyrinths.

Vierter Tag

Nach Komplet

Worin man erneut ins Labyrinth eindringt und an die Schwelle des Finis Africae gelangt, aber nicht hineinkann, weil man nicht weiß, was der Erste und Siebente der Vier sind, während Adson abermals einen – diesmal übrigens recht gelehrten – Rückfall in seine Liebeskrankheit erleidet.

Die Erkundung der Bibliothek kostete uns viele Stunden mühseliger Arbeit. In Worten war leicht gesagt, was wir zu tun hatten, aber vorzudringen im Licht unserer Öllampen, die Inschriften über den Rundbögen zu entziffern, die Durchgänge und die türlosen Wände auf unserem Plan zu markieren, die Anfangsbuchstaben einzutragen, die verschlungenen Wege zurückzulegen, die uns das Spiel der Öffnungen und Vermauerungen gebot, das war ein langwieriges Unterfangen. Und ermüdend.

Zudem war es sehr kalt. Die Nacht war nicht stürmisch, so dass wir nicht jenes feine Heulen vernahmen, das uns beim ersten Mal so beeindruckt hatte, aber durch die Mauerschlitze drang eine feuchtkalte Nebelluft ein. Wir hatten uns wollene Handschuhe angezogen, um die Bücher berühren zu können, ohne dass uns die Finger erstarrten, aber es waren Handschuhe ohne Fingerspitzen, wie man sie zum Schreiben im Winter benutzt, und so mussten wir unsere klammen Hände immer wieder über die Flamme halten oder vor der Brust in die Kutte schieben oder gegeneinanderschlagen, rhythmisch hüpfend auf steifen Beinen.

Aus all diesen Gründen erledigten wir denn auch nicht unsere ganze Arbeit in einem Zuge, sondern verhielten immer wieder vor einem Bücherschrank, und da William – mit seinen neuen Augengläsern – die Bücher nun lesen konnte, brach er bei jedem Titel, den er entdeckte, in mehr oder minder heftige Freudenschreie aus, sei's weil er das betreffende Werk bereits kannte oder weil er es seit langem suchte oder auch weil er noch niemals davon gehört hatte und daher umso erregter und wissbegieriger war. Kurzum, jedes Buch war für ihn wie ein Fabelwesen, dem man in einem fremden Lande begegnet. Und während er noch in einer Handschrift blätterte, schickte er mich bereits auf die Suche nach anderen.

»Sieh nach, was in jenem Schrank dort steht!«

Und ich, buchstabierend und Folianten wälzend: »*Historia anglorum* von Beda... Und weiter von Beda De *aedificatione templi, De tabernaculo, De temporibus et computo et chronica et circuli Dionysi, Ortographia, De ratione metrorum, Vita Sancti Cuthberti, Ars metrica...*«

»Natürlich, sämtliche Werke des Venerabilis... Und sieh mal hier: *De rhetorica cognatione, Locorum rhetoricorum distinctio,* und hier lauter Grammatiker: Priscianus, Donatus, Maximus, Victorinus, Eutyches, Phocas, Asper... Komisch, ich hatte gleich das Gefühl, dass hier Autoren aus Anglia stehen... Sehen wir mal weiter unten nach...«

»*Hisperica... famina*. Was ist das?«

»Ein hiberno-lateinisches Gedicht. Hör zu:

Hoc spumans mundanas obvallat Pelagus oras
terrestres amniosis fluctibus cudit margines.
Saxeas undosis molibus irruit avionias.
Infima bomboso vertice miscet glareas
asprifero spergit spumas sulco,
sonoreis frequenter quatitur labris...«

Ich verstand zwar den Sinn nicht, aber William ließ die Worte so ausdrucksvoll auf der Zunge rollen, dass ich das Rauschen des Meeres und das Zischen der Brandung zu hören vermeinte.

»Und das hier? Es ist Aldhelm von Malmesbury, hört einmal diese Stelle: *Primitus pantorum procerum poematorum pio potissimum paternoque presertim privilegio panegiri-*

cum poemataque passim prosatori sub polo promulgatas... Alle Wörter fangen mit demselben Buchstaben an!«

»Die Leute von meinen Inseln sind alle ein bisschen verrückt«, sagte William stolz. »Sehen wir mal in dem anderen Schrank nach.«

»Virgilius.«

»Wieso? Was? Die *Georgica*?«

»Nein. *Epitomae*. Nie davon gehört.«

»Aber das ist ja auch nicht der Dichter, das ist Virgilius Tolosanus, der Rhetoriker, sechs Jahrhunderte nach der Geburt Unseres Herrn. Galt zu seiner Zeit als großer Gelehrter...«

»Hier sagt er, die Künste seien *poema, rhetoria, grama, leporia, dialecta, geometria...* Was ist das für eine Sprache?«

»Latein, aber ein selbsterfundenes Latein, das er viel schöner fand. Schau, hier sagt er zum Beispiel, die Astronomie studiere die Tierkreiszeichen, und deren Namen seien *mon, man, tonte, piron, dameth, perfellea, belgalic, margaleth, lutamiron, taminon* und *raphalut*.«

»War er verrückt?«

»Ich weiß nicht, er war jedenfalls nicht von meinen Inseln. Hör weiter, er sagt auch, es gebe zwölf Bezeichnungen für das Feuer: *ignis, coquihabin (quia incocta coquendi habet dictionem), ardo, calax ex calore, fragon ex fragore flammae, rusin de rubore, fumaton, ustrax de urendo, vitius quia pene mortua membra suo vivificat, siluleus, quod de silice siliat, unde et silex non recte dicitur, nisi ex qua scintilla silit.* Und schließlich *aeneon, de Aenea deo qui in eo habitat, sive a quo elementis flatus fertur*.«

»Aber so redet doch niemand!«

»Zum Glück nicht. Aber es waren finstere Zeiten, in denen sich die Grammatiker mit abstrusen Fragen vergnügten, um eine schlechte Welt zu vergessen. Einmal, so heißt es, diskutierten die beiden Gelehrten Gabundus und Terentius vierzehn Tage und vierzehn Nächte lang über den Vokativ von *ego*. Am Ende griffen sie zu den Waffen...«

»Aber auch das hier ist komisch ...« Ich hatte ein herrlich bemaltes Buch aufgeschlagen mit Bildern von Pflanzen-Labyrinthen, in deren Ranken sich Affen und Schlangen tummelten. »Hört, was für seltsame Wörter hier stehen: *cantamen, collamen, gongelamen, stemiamen, plasmamen, sonerus, alboreus, gaudifluus, glaucicomus...*«

»Meine Inseln, meine Inseln...«, wiederholte William zärtlich. »Sei nicht zu streng mit jenen Mönchen aus dem fernen Hibernia. Dass diese Abtei hier existiert, dass wir überhaupt noch vom Heiligen Römischen Reich sprechen können, verdanken wir vielleicht ihnen. Du musst wissen, in jener dunklen Epoche war der Rest Europas zu einem Haufen Ruinen zerfallen, eines Tages wurden die Taufakte annulliert, die einige Priester in Gallien vorgenommen hatten, weil die Guten *in nomine patris et filiae* getauft hatten – und das nicht etwa, weil sie eine neue Häresie praktizierten und die Ansicht vertraten, Jesus sei ein Weib gewesen, sondern weil sie einfach nicht mehr richtig Latein konnten.«

»Wie Salvatore?«

»So ungefähr. Seeräuber aus dem äußersten Norden drangen bis nach Italien vor, fuhren die Flüsse hinauf und plünderten Rom. Die heidnischen Tempel fielen in Trümmer, die christlichen existierten noch nicht. Allein die hibernischen Mönche saßen in ihren Klöstern und schrieben und lasen, lasen und schrieben, und malten... Und dann bestiegen sie schwankende Boote aus Tierhaut und fuhren über das Meer und kamen in eure Länder und evangelisierten sie, als wärt ihr Europäer allesamt Ungläubige gewesen, verstehst du? Du bist in Bobbio gewesen und hast die wunderbare Abtei dort gesehen, sie ist von Sankt Columban gegründet worden, einem der ihren. Also lass sie ruhig ein neues Latein erfinden, sie hatten das Recht dazu in einem Europa, in dem man das alte kaum noch konnte. Sie waren große Männer. Sankt Brendan gelangte auf seinen Reisen bis zu den Inseln der Seligen, und er streifte die Küsten der Hölle, wo er Judas an eine Klippe gekettet schmachten sah, und eines Tages ging er auf einer Insel an Land, und da war's ein Seeungeheuer... Natürlich waren sie alle verrückt«, wiederholte William zufrieden.

»Aber ihre Bilder sind... ganz unglaublich schön. Und diese Farben!« rief ich bewundernd aus.

»Nicht wahr? Und dabei lebten sie in einem Land, das nur wenige Farben hat, ein bisschen Blau und viel Grün... Aber wir sind nicht hier, um über die hibernischen Mönche zu diskutieren! Ich möchte viel lieber wissen, warum ihre Werke hier stehen, zusammen mit denen der Angelsachsen und der Grammatiker aus anderen Ländern. Schau doch mal auf deinen Plan, wo müssten wir uns jetzt befinden?«

»Im Westturm. Ich habe auch die Inschriften abgeschrieben, lasst mich mal sehen... Also, wenn man aus dem fensterlosen Raum kommt, gelangt man zuerst in den siebeneckigen Innenraum, und von da aus gibt es nur einen Durchgang zu einem der äußeren Turmzimmer, und dort ist der Anfangsbuchstabe ein rotes H. Dann geht man weiter von Zimmer zu Zimmer rings um den Turm herum, bis man wieder zu dem fensterlosen Raum im Innern gelangt, und die Buchstabenfolge ist... ja, Ihr habt recht: HIBERNI!«

»HIBERNIA, wenn du aus dem letzten Raum wieder in das innere Siebeneck gehst, das genau wie die anderen drei Siebenecke das A von *Apokalypsis* hat. Ja, und darum stehen hier auch die Werke aus dem Ultima Thule und die der Grammatiker und Rhetoren, denn die Gründer der Bibliothek waren der Ansicht, dass ein Grammatiker bei den Grammatikern aus Hibernia stehen müsse, auch wenn er aus Toulouse war. Das ist in der Tat ein Kriterium. Siehst du, wir fangen an, etwas zu begreifen...«

»Aber vorhin in den Räumen des Ostturms, durch den wir hereingekommen sind, lasen wir FONS... Was bedeutet das?«

»Lies deinen Plan richtig. Lies weiter, welche Buchstaben hatten die Räume, in die wir als nächste gelangten?«

»FONS ADAEU...«

»Nein, Fons Adae muss es heißen. Das U war im zweiten fensterlosen Raum, ich erinnere mich, wahrscheinlich gehörte es zu einer anderen Buchstabenfolge. Und was fanden wir im Fons Adae, das heißt im irdischen Paradies (erinnerst du dich, dort war auch der Raum mit dem kleinen Altar, der genau nach Osten ging)?«

»Jede Menge Bibeln und Bibelkommentare, lauter heilige Schriften.«

»Siehst du, das Wort Gottes in Entsprechung zum irdischen Paradies, das bekanntlich irgendwo weit im Osten liegt. Und hier im Westen Hibernia.«

»Dann wäre die Bibliothek wie eine Weltkarte angelegt?«

»Vermutlich. Und die Bücher sind nach den Ländern ihrer Herkunft geordnet, das heißt nach den Orten, aus denen ihre Autoren stammen, oder aber, wie in diesem Falle, aus denen sie hätten stammen müssen. Die Bibliothekare haben sich wohl gesagt, dass Virgilius der Grammatiker nur aus Versehen in Toulouse geboren ist und eigentlich auf die Inseln am Westrand der Welt gehört. Sie haben die Fehler der Natur korrigiert.«

Wir gingen weiter und gelangten in eine Flucht von Räumen voller prächtiger Apokalypsen. Einer davon war jener duftgeschwängerte Raum, in welchem ich beim ersten Mal meine Visionen gehabt hatte. Als wir das Licht von weitem erblickten, hielt William sich die Nase zu und eilte hin, um es zu löschen, indem er kräftig in die glimmende Asche spuckte. Vorsichtshalber durchquerten wir jenen Raum mit raschen Schritten, doch ich erinnere mich, dabei auf dem Tisch erneut die wunderschöne Apokalypse mit der *mulier amicta sole* und dem Drachen gesehen zu haben. Schließlich gelangten wir in einen kleinen Raum, dessen Inschrift mit einem roten Y begann, und rekonstruierten die Abfolge der zuletzt durchschrittenen Räume. Ihre Initialen ergaben, rückwärts gelesen, das Wort YSPANIA, aber das letzte A war dasselbe, mit dem HIBERNIA endete – ein Zeichen, wie William meinte, dass es auch Räume gab, in denen Werke vermischten Charakters aufbewahrt wurden.

In jedem Falle entdeckten wir in der Zone namens YSPANIA auffällig viele Codizes der Offenbarung Johannis, alle von erlesener Machart, die William als spanische Buchkunst erkannte. Uns schien geradezu, dass diese Bibliothek vielleicht die größte Sammlung von Abschriften jenes heiligen Buches besaß, die es in der ganzen Christenheit geben mochte, dazu eine Unzahl von Kommentaren; voluminöse Folianten waren allein dem Apokalypsenkommentar des Beatus von Liébana gewidmet. Der Text war jedesmal mehr oder minder derselbe, aber wir fanden eine phantastische Vielfalt von Variationen in den Bildern, und William erkannte die Signaturen einiger Buchmaler, die, wie er mir sagte, zu den größten des Reiches Asturien zählten: Magius, Facundus und andere mehr.

Unter solchen und ähnlichen Funden gelangten wir schließlich zum Südturm, in dessen Nähe wir schon bei unserem ersten Besuch in der Bibliothek gekommen waren. Der Raum S von YSPANIA – ein fensterloser – führte uns weiter in einen Raum E, und fortschreitend durch die Außenräume des Turmes kamen wir in einen letzten, der keinen weiteren Durchgang aufwies und als Anfangsbuchstaben seiner Inschrift ein rotes L hatte. Wir lasen die Buchstabenfolge rückwärts und fanden das Wort LEONES.

»Leones, Süden... auf unserer Weltkarte sind wir in Afrika, *hic sunt leones*«, erklärte William. »Das erklärt auch, warum wir in diesen Räumen so viele Texte von Ungläubigen gesehen haben.«

»Ja, und hier sind noch mehr davon«, sagte ich, die Schränke durchmusternd. »Zum Beispiel *Canone* von Avicenna... und hier dieser herrliche Codex in einer Kalligraphie, die ich nicht kenne...«

»Nach den Dekorationen zu urteilen, müsste es ein Koran sein, aber leider kann ich kein Arabisch.«

»Ein Koran, die Bibel der Ungläubigen? Ein perverses Buch...«

»Ein Buch mit einer anderen Wahrheit als der unseren... Doch nun verstehst du vielleicht, warum die Bibliothekare es hierhin gestellt haben, wo die Löwen und Monster sind. Darum haben wir hier auch neulich das *Liber monstrorum* gefunden und das Buch mit dem Einhorn. In dieser Zone stehen die Werke, die den Erbauern der Bibliothek als die Bücher der Lüge galten. Was haben wir dort oben?«

»Lateinisches, aber aus dem Arabischen. Ayyub al Ruhawi, ein Traktat über die Tollwut... Und hier ein Buch über die Schätze der Erde... Und hier steht auch die Abhandlung *De aspectibus* von Alhazen...«

»Siehst du, sie haben zwischen die Monster und Lügen auch wissenschaftliche Werke gestellt, von denen die Christen viel lernen könnten. Aber so dachte man eben damals, zur Zeit der Gründung dieser Bibliothek...«

»Aber warum haben sie zwischen die Lügenbücher auch den Band mit dem Einhorn gestellt?«

»Die Gründer der Bibliothek hatten offenbar seltsame Vorstellungen: Sie meinten wohl, dass jenes Buch, das von phantastischen Wesen in fernen Ländern handelt, zu den Lügen gehört, die von den Ungläubigen verbreitet werden...«

»Ja, ist denn das Einhorn eine Lüge? Es ist doch ein äußerst graziles Tier von hohem Symbolwert! Ein Sinnbild Christi sowie der Keuschheit! Man kann es nur fangen, indem man eine Jungfrau in den Wald schickt, deren keuscher Geruch es anlockt, so dass es kommt und seinen Kopf in ihren Schoß legt und sich willig den Netzen der Jäger darbietet.«

»So heißt es, mein lieber Adson. Aber viele neigen auch zu der Ansicht, dass es eine Erfindung heidnischer Fabeldichter ist.«

»Wie schade!« rief ich enttäuscht. »Ich wäre gern einmal beim Spazierengehen im Walde einem Einhorn begegnet! Wozu geht man sonst im Walde spazieren?«

»Wer sagt denn, dass es nicht existiert? Aber vielleicht ist es ganz anders, als es in diesen Büchern dargestellt wird. Ein venezianischer Reisender fuhr in den fernen Osten, in Länder nahe besagtem Fons Paradisi, von welchem die Weltkarten künden, und sah dort Einhörner. Aber er fand sie plump und gemein und hässlich und schwarz. Ich glaube, dass er wirkliche Tiere mit einem Horn auf dem Kopf gesehen hat. Es waren vermutlich die gleichen, von denen uns die Meister der antiken Weisheit (die niemals vollkommen irrten, da Gott ihnen Dinge zu sehen gewährte, die uns verborgen geblieben sind) eine erste getreue Beschreibung gegeben haben. Später ist diese Beschreibung dann, von Auctoritas zu Auctoritas weitergereicht, durch sukzessive Zutaten der Phantasie verändert worden, so dass die Einhörner schließlich zu edlen und anmutigen, weißen und sanften Tieren wurden. Darum merke: Geh niemals mit einer Jungfrau in einen Wald, in dem womöglich ein Einhorn lebt, denn das Tier könnte dem unseres venezianischen Augenzeugen ähnlicher sein als dem dieses Buches!«

»Aber wie kam es, dass Gott den Meistern der antiken Weisheit die Offenbarung der wahren Natur des Einhorns gewährte?«

»Nicht die Offenbarung, sondern die Erfahrung. Sie hatten das Glück, in einem Lande geboren zu sein, wo Einhörner lebten, beziehungsweise zu einer Zeit, da es auch hier in diesem Lande noch Einhörner gab.«

»Aber wie können wir dann der antiken Weisheit vertrauen, deren Spuren Ihr immer sucht, wenn sie uns so verzerrt überliefert worden ist, in verlogenen Büchern, die so freizügig mit ihr umspringen?«

»Bücher sind nicht dazu da, dass man ihnen blind vertraut, sondern dass man sie einer Prüfung unterzieht. Wenn wir ein Buch zur Hand nehmen, dürfen wir uns nicht fragen, was es besagt, sondern was es besagen *will* – ein Gedanke, der für die alten Kommentatoren der Heiligen Schrift ganz selbstverständlich war. Das Einhorn, wie es in diesen Büchern hier dargestellt wird, enthält eine moralische oder allegorische oder symbolische Wahrheit, die ebenso wahr bleibt wie der Gedanke, dass Keuschheit eine edle Tugend ist. Was aber die buchstäbliche Wahrheit betrifft, über der die drei anderen Wahrheiten sich erheben, so bleibt zu prüfen, aus welcher primären Erfahrung der Buchstabe, also der vorgefundene Wortlaut entstanden ist. Der Buchstabe muss diskutiert werden, auch wenn der höhere Sinn bestehen bleibt. In einem alten Buch steht zum Beispiel geschrieben, Diamanten ließen sich nur mit Ziegenblut schneiden. Doch mein großer Lehrer Roger Bacon hat das für unwahr erklärt, einfach weil er es ausprobiert hatte und gescheitert war. Hätte jedoch die Beziehung zwischen Diamanten und Ziegenblut einen höheren Sinn gehabt, so würde dieser bestehen bleiben.«

»Also kann man höhere Wahrheiten aussprechen, selbst wenn man dem Buchstaben nach lügt«, sagte ich. »Trotzdem finde ich es sehr schade, dass Einhörner, wie sie hier dargestellt sind, nicht existieren oder nicht existiert haben oder nicht eines Tages existieren werden.«

»Wir dürfen der göttlichen Allmacht keinerlei Grenzen setzen, und so Gott wollte, könnten gewiss auch Einhörner existieren. Aber tröste dich, sie existieren in diesen Büchern, die uns wenn nicht von wirklichen, so doch von möglichen Wesen künden.«

»Also muss man beim Lesen von Büchern auf den Glauben verzichten, der doch eine theologale Tugend ist?«

»Immerhin bleiben einem dabei noch zwei andere theologale Tugenden: die Hoffnung, dass eines Tages das Mögliche wirklich werde, und die Barmherzigkeit gegenüber denen, die das Mögliche guten Glaubens für wirklich hielten.«

»Und was nützt Euch das Einhorn, wenn Euer Verstand nicht daran glauben kann?«

»Es nützt mir, wie mir, die Spur der Füße des toten Venantius im Schnee genützt hat, als sie mir verriet, dass ihn jemand zum Schweineblutbottich geschleppt haben musste. Das Einhorn der Bücher ist wie eine Fußspur oder ein Abdruck im Schnee. Wenn ein Abdruck da ist, muss es etwas gegeben haben, das ihn gemacht hat.«

»Aber das anders ist als der Abdruck, wollt Ihr doch sagen.«

»Gewiss. Nicht immer hat ein Abdruck die gleiche Form wie der Körper, der ihn gemacht hat, und nicht immer entsteht er durch das Gewicht eines Körpers. Manchmal reproduziert er nur den Eindruck, den ein Körper in unserem Geist hinterlassen hat, dann ist er der Abdruck einer Idee. Die Idee ist ein Zeichen der Dinge, und das Bild ist ein Zeichen der Idee, also das Zeichen eines Zeichens. Aber aus dem Bild rekonstruiere ich, wenn nicht den Körper, so doch die Idee, die andere von ihm hatten.«

»Und das genügt Euch?«

»Nein, denn die wahre Wissenschaft darf sich nicht mit Ideen begnügen, die eben nur Zeichen sind, sondern muss die Dinge in ihrer einzigartigen Wahrheit zu fassen suchen. Und darum würde ich gern von diesem Abdruck eines Abdruckes immer weiter zurückgehen bis zu jenem leibhaftigen Einhorn, das am Anfang der Kette steht. Ebensogern, wie ich von den vagen Zeichen, die Venantius' Mörder im Schnee hinterlassen hat (und die auf viele Personen hindeuten könnten), zurückgehen würde bis zu jener einen Person, die der wirkliche

Mörder ist. Aber das lässt sich nicht immer in kurzer Zeit bewerkstelligen und bedarf oft der Vermittlung durch andere Zeichen.«

»Also kann ich immer nur von etwas sprechen, das von etwas anderem spricht und so weiter, während das letzte Etwas, das wahre, niemals da ist?«

»Vielleicht ist es da, es ist das leibhaftige Einhorn. Und sei unbesorgt, eines Tages wirst du ihm begegnen, wie hässlich und schwarz es dann auch sein mag...«

»Einhörner, Löwen, Araber, Mohren!« rief ich plötzlich aufgeregt aus. »Ohne Zweifel ist hier jenes Afrika, von dem neulich die Mönche sprachen!«

»Ohne Zweifel. Und folglich müssten wir hier auch jene afrikanischen Dichter finden, die Pacificus von Tivoli dabei erwähnte.«

In der Tat fand ich, nachdem wir erneut durch die Außenräume des Turmes gegangen waren, in einem Schrank des hinteren Raumes L eine Sammlung verschiedener Werke von Florus, Fronto, Apuleius, Martianus Capella und Fulgentius.

»Dann wäre es also hier, wo Berengar meinte, dass sich gewisse Rätsel erklären würden«, sagte ich.

»Ja, irgendwo hier. Er benutzte den Ausdruck ›Finis Africae‹, und das war es, was Malachias so erzürnte. Mit ›Finis‹ könnte der letzte Raum gemeint sein, also dieser hier, oder aber...« William schlug sich plötzlich mit der Hand vor die Stirn: »Bei den sieben Kirchen von Clonmacnois! Hast du nichts bemerkt?«

»Was?«

»Rasch nochmal zurück zu dem Raum 5, wo wir unseren Rundgang begonnen haben!«

Wir eilten zurück und betraten erneut den fensterlosen Raum vor dem Südturm, dessen Inschrift *Super thronos viginiti quatuor* lautete. Er hatte vier Durchgänge. Einer führte zu dem kleinen Raum Y, der ein Fenster zum Innenhof hatte, ein zweiter zu dem Raum P, der längs der Außenmauer die Buchstabenfolge YSPANIA fortsetzte, ein dritter zu dem Raum E von LEONES, den wir soeben durchquert hatten, dann kam eine geschlossene Wand und schließlich ein vierter Durchgang, durch den man in den benachbarten fensterlosen Raum namens U gelangte. Der Raum S war der mit dem Spiegel, und zum Glück befand dieser sich unmittelbar zu meiner Rechten an der geschlossenen Wand, sonst hätte ich mich gewiss erneut vor meinem eigenen Bilde erschreckt.

Als ich meinen Plan genauer betrachtete, fiel mir die Besonderheit dieses Raumes auf. Die fensterlosen Räume vor den drei anderen Ecktürmen hatten fast alle Durchgänge zu dem jeweiligen Siebeneck im Innern des Turms, dieser jedoch hatte keinen. Folglich hätte der Eingang zum siebeneckigen Innenraum im benachbarten Raum mit dem U sein müssen. Doch dort gab es außer dem Durchgang zu unserem Raum S nur noch links eine Öffnung zu einem kleinen Raum T mit Fenster zum inneren Achteck, alle übrigen Wände waren geschlossen und mit Bücherschränken zugestellt. Ein nochmaliger Rundblick überzeugte uns endgültig von einer Sonderbarkeit, die nun auch klar aus unserem Plan hervorging: Aus Gründen der Logik und Symmetrie hätte es auch in diesem Turm einen siebeneckigen Innenraum geben müssen, doch wir fanden ihn nicht!

»Es ist keiner da«, sagte ich.

»Unsinn, es muss einer da sein. Wenn er nicht da wäre, hätten die Außenräume größer sein müssen, aber sie waren genauso groß wie in den anderen drei Türmen. Er ist da, aber es gibt keinen Eingang.«

»Vielleicht hat man ihn zugemauert?«

»Wahrscheinlich. Und damit wären wir nun beim Finis Africae angelangt, jenem geheimnisvollen Ort, den all die neugierigen Mönche umschlichen haben, die nun tot sind. Er ist zugemauert, was freilich nicht heißt, dass es keinen Eingang gibt. Es gibt sogar sicher einen, und Venantius hatte ihn wohl gefunden, beziehungsweise sich das Geheimnis von dem armen Adelmus sagen lassen, der es seinerseits von Berengar wusste. Lesen wir noch einmal seinen verschlüsselten Merksatz.«

William zog den Pergamentbogen mit der Geheimschrift aus seiner Kutte und las: »Die Hand über dem Idol wirke ein auf den Ersten und Siebenten der Vier.« Er schaute sich um.

»Aber natürlich! Das *idolum* ist das Bild des Spiegels! Venantius dachte auf griechisch, und in jener Sprache, mehr noch als in der unseren, ist *eidolon* sowohl das Bild als auch das Gespenst, und der Spiegel wirft unser verzerrtes Abbild zurück, das wir selber neulich für ein Gespenst hielten! Aber was sind dann die Vier *supra speculum*? Vielleicht etwas auf oder über der reflektierenden Oberfläche? Dann müssten wir sie aus einem bestimmten Winkel betrachten, um zu entdecken, was sich im Spiegel reflektiert und der Beschreibung des Venantius entsprechen könnte.«

Wir sahen aus allen möglichen Blickwinkeln auf den Spiegel, aber vergebens. Außer unseren eigenen Abbildern ließ er nur vage Konturen der Wände und Bücherschränke im schwachen Licht unserer Lampen erkennen.

»Ferner«, überlegte William, »könnte *supra speculum* auch jenseits des Spiegels heißen... Aber dann müssten wir erst einmal hinter den Spiegel gelangen, denn er ist sicherlich eine Tür...«

Der Spiegel war höher als ein normaler Mensch und mit Hilfe eines soliden Eichenholzrahmens fest in der Mauer verankert. Wir tasteten ihn von oben bis unten ab, versuchten, unsere Finger, unsere Nägel in den Spalt zwischen Rahmen und Mauer zu schieben, doch er blieb unbeweglich, als sei er selber ein Teil des Mauerwerkes, Stein im Stein.

»Wenn es nicht jenseits ist, könnte es natürlich auch *super speculum* sein«, murmelte William, hob die Arme, stellte sich auf die Zehenspitzen und ließ die Finger über den oberen Rand des Rahmens gleiten, fand aber nichts als Staub.

»Andererseits«, resignierte er melancholisch, »selbst wenn sich hinter dieser Mauer ein Raum befindet, ist doch das Buch, das wir suchen und das andere so dringend haben wollten, in jedem Fall nicht mehr dort, denn erst hat es Venantius fortgetragen und dann Berengar, wer weiß wohin...«

»Vielleicht hat es Berengar wieder zurückgebracht...«

»Das glaube ich nicht. An jenem Abend waren wir in der Bibliothek, und alles spricht dafür, dass Berengar noch in derselben Nacht, kurz nach seinem Diebstahl, zu Tode gekommen ist. Sonst hätten wir ihm am folgenden Morgen begegnen müssen... Doch wie auch immer, für heute haben wir wohl genug gesehen: Wir wissen jetzt, wo das Finis Africae ist, und wir haben so gut wie alles gefunden, was wir brauchen, um den Plan der Bibliothek zu vervollständigen. Du musst zugeben, die meisten Geheimnisse des Labyrinths sind damit aufgeklärt. Alle, würde ich sagen, bis auf eines. Ich glaube, ein erneutes und gründliches Studium der Aufzeichnungen des Venantius wird mir jetzt mehr weiterhelfen als alles andere. Du siehst, wir sind dem Rätsel des Labyrinths von außen nähergekommen als von innen. Heute Nacht, vor diesen verzerrten Abbildern unserer selbst, werden wir das Problem nicht lösen. Außerdem geht unser Öl zur Neige. Also komm, lass uns rasch die übrigen Teile der Bibliothek erkunden, damit wir unseren Plan vervollständigen können.«

Wir durchquerten weitere Räume und hielten alles, was wir entdeckten, auf meiner Tafel fest. Einige Räume waren ausschließlich mathematischen und astronomischen Werken gewidmet, andere enthielten Manuskripte in aramäischer Schrift, die keiner von uns zu lesen vermochte, oder auch in noch unbekannteren Lettern, womöglich Texte aus Indien. Wir bewegten uns in zwei ineinander verschränkten Zonen, deren Inschriften, richtig zusammengesetzt, die Namen IUDAEA und AEGYPTUS ergaben... Kurz, und um den Leser nicht mit der Chronik unserer Erkundungen zu ermüden, als wir unseren Plan schließlich in allen Teilen vollendet hatten, überzeugten wir uns davon (und der Leser kann es nun gleichfalls tun, denn ich will ihm den fertigen Plan nicht vorenthalten), dass die Bibliothek tatsächlich nach dem Muster des Weltkreises angelegt war. Im Norden lagen die Zonen ANGLIA und GERMANIA, die sich längs der westlichen Außenwand mit der Zone GALLIA verbanden, um dann am äußersten Westrand in die Zone HIBERNIA zu münden und gen Süden überzugehen in die Zonen ROMA (Paradies lateinischer Klassiker!) und YSPANIA. Tief im Süden (das heißt im Südturm) schloss sich die Zone LEONES an, gefolgt von AEGYPTUS und weiter östlich fortgesetzt von IUDAEA und schließlich FONS ADAE. Zwischen Osten und Norden erstreckte sich längs der Außenwand die Zone ACAIA – eine treffliche *Synekdoché*, wie mein Meister sich ausdrückte, um das alte Griechenland zu bezeichnen, und tatsächlich fanden wir in jenen Räumen eine Fülle von Werken heidnisch-antiker Dichter und Philosophen.

Die Disposition der Buchstaben innerhalb einer Zone war, gelinde gesagt, recht eigenwillig. Manchmal musste man geradeaus gehen, manchmal rückwärts, manchmal im Kreise, oft diente ein Buchstabe in zwei Wörtern zugleich (und in solchen Fällen hatte dann der betreffende Raum mindestens einen Schrank mit vermischten Werken). Nirgends gab es so etwas wie eine goldene Regel, es handelte sich offenkundig um reine Eselsbrücken, die dem Bibliothekar das Auffinden eines bestimmten Buches erleichtern sollten. Trug ein Buch zum Beispiel die Signatur *Quarta Acaiae*, so stand es im vierten Raum der Zone ACAIA, wenn man beim ersten mit dem roten A zu zählen begann, und zweifellos wusste der Bibliothekar längst auswendig, wie er dorthin gelangte, sei's auf geraden oder verschlungenen Wegen. ACAIA zum Beispiel verteilte sich auf vier Räume, die zusammen ein ungefähres Quadrat bildeten, in welchem das erste A zugleich das letzte war – eine im Grunde recht einfache Sache die auch wir bald begriffen hatten. Wie uns auch bald das Spiel der Vermauerungen klar wurde. Kam man zum Beispiel von Osten in die Zone ACAIA, so führte keiner der Räume weiter nach Norden: Das Labyrinth war an dieser Stelle verschlossen, und um in den Nordturm zu gelangen, musste man erst die drei anderen Türme passieren. Aber natürlich wussten die Bibliothekare genau, wenn sie die Bibliothek im FONS ADAE betraten, dass sie, um beispielsweise nach ANGLIA zu gelangen, zuerst durch AEGYPTUS, YSPANIA, GALLIA und GERMANIA gehen mussten.

Mit diesen und anderen schönen Entdeckungen endete unsere ergebnisreiche Erkundung der Bibliothek. Doch ehe ich sage, dass wir uns zufrieden dem Ausgang zuwandten (um Zeugen anderer Begebenheiten zu werden, von denen gleich zu erzählen sein wird), muss ich dem Leser ein Geständnis machen. Ich habe gesagt, dass unsere Erkundung zum einen von der Suche nach dem Schlüssel zu jenem geheimnisvollen Ort bestimmt war und zum anderen von unserer Neugier, die

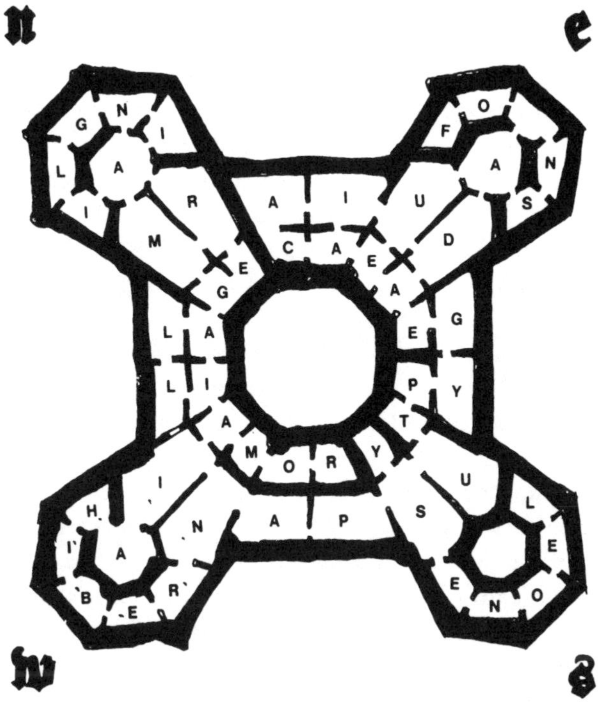

uns immer wieder dazu verleitete, in Räumen, deren Zuordnung und Thematik wir erkannt hatten, Bücher verschiedenster Art zu durchblättern, als erforschten wir einen fremden Kontinent oder eine Terra incognita. Und gewöhnlich gingen wir dabei in schönster Eintracht vor, blieben beisammen und beschäftigten uns mit denselben Büchern, ich meinem Meister die interessantesten zeigend und er mir vieles erklärend, was ich nicht von allein verstand.

An einem bestimmten Punkt allerdings, just während unserer Erkundung der LEONES genannten Räume des Südturms, hatte sich William vor Schränken voller arabischer Werke in das Studium interessanter optischer Illustrationen vertieft, und da wir in jener Nacht nicht nur über eine, sondern über zwei Lampen verfügten, war ich neugierig in den nächsten Raum weitergegangen, wo ich sogleich entdeckte, dass die umsichtigen und gewitzten Gründer der Bibliothek dort Bücher versammelt hatten, die nun gewiss nicht für jedermanns Augen bestimmt waren, denn es handelte sich um Traktate über diverse Erkrankungen des Körpers wie auch des Geistes, meist aus der Feder ungläubiger Gelehrter. Beim Durchmustern der Schränke war mir ein Buch ins Auge gefallen, ein eher schmales Bändchen, verziert mit (glücklicherweise) weit vom Thema abweichenden Miniaturen: Blumen, Ranken, Tieren in Paaren, auch einigen medizinischen Kräutern. Der Titel hieß *Speculum amoris*, es stammte von einem gewissen Fra Massimo aus Bologna und enthielt Zitate aus vielen anderen Werken, alle über die Liebeskrankheit. Wie der Leser unschwer begreifen wird, war meine Neugier sofort geweckt. Ja, der bloße Titel genügte, um meinen kranken Geist, der sich im Laufe des Tages ein wenig beruhigt hatte, erneut zu entzünden mit dem erregenden Bild des Mädchens.

Den ganzen Tag lang hatte ich die Gedanken verscheucht, die mir am Morgen durch den Kopf gegangen waren, da sie mir ungebührlich erschienen für einen gesunden und seelisch ausgeglichenen Benediktinernovizen, und angesichts der mannigfachen Ereignisse jenes Tages hatte mein Sinnenansturm sich auch schon wieder soweit beruhigt, dass ich bereits frei zu sein wähnte von einer Unruhe, die wohl nichts anderes gewesen war als eine vorübergehende Schwäche. Nun aber genügte der Anblick jenes einen Buches, und sofort sagte ich mir erneut: »*De te fabula narratur!*« Offensichtlich war meine Liebeskrankheit viel ernster, als ich gedacht. Später machte ich die Erfahrung, dass man beim Lesen medizinischer Bücher stets und immer genau diejenigen Schmerzen zu spüren vermeint, die in ihnen beschrieben werden. So lehrte mich denn die Lektüre der Seiten, die ich rasch überflog (in der steten Furcht, William könnte jeden Moment hereinkommen und mich fragen, was ich da so eifrig studierte), dass ich genau an der Krankheit litt, deren Symptome so glänzend auf ihnen beschrieben waren. So glänzend, dass ich trotz der beunruhigenden Erkenntnis, nun also offenbar krank zu sein (gemäß der unfehlbaren Diagnose so vieler Auctoritates), gleichwohl eine gewisse Freude empfand, meine Lage so zutreffend und lebendig beschrieben zu sehen; konnte ich mich doch nun mit eigenen Augen davon überzeugen, dass meine Krankheit, so sehr ich auch unter ihr leiden mochte, sozusagen normal war, wenn so viele andere schon in gleicher Weise an ihr gelitten hatten. Ja, mir schien geradezu, als hätten die zitierten Autoren niemand anderen als mich zum Modell ihrer Deskriptionen gewählt.

Erregt vertiefte ich mich in die Ausführungen des Ibn Hazm, der die Liebe als eine rebellische Krankheit definiert, die ihre Kur in sich selber findet: Wer an ihr erkrankt, will nicht wieder genesen, und wer ihr erliegt, wünscht sich gar keine Heilung mehr (weiß Gott, eine wahre Erkenntnis!). Mir wurde klar, warum ich am Morgen so erregt gewesen von allem, was ich erblickte, denn offenbar tritt die Liebe zumeist durch die Augen ein, wie auch Basilius von Ankyra sagt, und wer von diesem Übel befallen wird, legt – unverwechselbares Symptom – eine exzessive Fröhlichkeit an den Tag, während er zugleich abseits stehen will und die Einsamkeit sucht (wie ich es an jenem Morgen getan), wobei als Begleiterscheinungen eine heftige Unruhe und eine lähmende Sprachlosigkeit zu beobachten sind... Mit Schrecken las ich sodann, dass der ernsthaft Liebende, so ihm der Anblick des geliebten Wesens entzogen wird, ein Stadium der Auszehrung durchmachen muss, das ihn nicht selten aufs Krankenbett wirft, und manchmal befällt das Übel sogar seinen Geist, so dass er den Verstand verliert und zu faseln beginnt (so weit war es glücklicherweise noch nicht mit mir gekommen, denn beim Erkunden der Bibliothek hatte ich mich im großen und ganzen recht vernünftig betragen). Voller Entsetzen las ich schließlich, dass die Krankheit, wenn sie schlimmer wird, auch zum Tode führen kann, und ich fragte mich, ob die Freude, die mir der Gedanke an das Mädchen bereitete, dieses höchste Opfer des Leibes wert war, ganz zu schweigen von allen Erwägungen über das Heil der Seele.

Auch weil ich noch ein weiteres Zitat von Basilius fand, demzufolge »*qui animam corpori per vitia conturbationesque commiscent, utrinque quod habet utile ad vitam necessarium demoliuntur, animamque lucidam ac nitidam carnalium voluptatum limo perturbant, et corporis munditiam atque nitorem hac ratione miscentes, inutile hoc ad vitae officia ostendunt«*. Eine Extremsituation, in die ich nun wirklich nicht zu gelangen wünschte!

Desgleichen erfuhr ich durch einen Satz der heiligen Hildegard, dass die melancholische Stimmung, die ich den ganzen Tag lang verspürt und bisher dem süßen Gefühl des Kummers über die Abwesenheit des Mädchens zugeschrieben hatte, in gefährlicher Weise jenem Gefühl nahekam, das derjenige empfindet, der aus dem harmonischen und vollendeten Zustand des paradiesischen Menschen ausbricht, denn diese »*melancolia nigra et amara*« wird durch nichts anderes hervorgerufen als durch die Einflüsterungen der Schlange und des Teufels! Ein Gedanke, der sich auch bei Ungläubigen von vergleichbarer Weisheit findet, fiel doch mein Blick auf Zeilen, die dem Gelehrten Abu Bakr Muhammad Ibn Zakariyya ar-Razi zugeschrieben werden, der in einem *Liber continens* die Liebesmelancholie mit der Likanthropie gleichsetzt, also mit einer Krankheit, die ihre Opfer dazu bringt, sich wie ein Wolf zu verhalten. Die Beschreibung schnürte mir wahrhaft die Kehle zu: Zuerst verändert sich bei den Liebeskranken das Äußere, der Blick wird trübe, die Augen werden zu Höhlen ohne Tränen, die Zunge trocknet allmählich aus und Pusteln erscheinen auf ihr; der ganze Körper verdorrt, und die Ärmsten leiden immerfort unter Durst. In diesem Stadium verbringen sie ihre Tage liegend mit dem Gesicht nach unten, an Kopf und Schenkeln treten Male ähnlich den Bissen von Hunden auf, und am Ende irren sie nachts gleich Wölfen über die Friedhöfe.

Die letzten Zweifel über den Ernst meiner Krankheit schwanden, als ich dann schließlich Zitate des großen Avicenna las, der die Liebe als ein verbohrtes Denken melancholischer Art definiert, das aus dem steten Bedenken und Wiederbedenken der Züge, Gebärden und Eigenarten einer Person des anderen Geschlechts entsteht (wie zutreffend und lebendig Avicenna genau meinen Fall beschrieben hatte!). Die Liebe entsteht nicht bereits als Krankheit, aber sie wird zur Krankheit, wenn sie sich mangels Befriedigung in eine Obsession verwandelt (aber warum bedrängte dann *mich* eine solche Obsession, *mich,* der ich doch, Gott vergebe mir, meine Liebe so schön befriedigt hatte? – oder war das, was ich vorige Nacht empfunden hatte, am Ende gar keine Befriedigung gewesen? aber wie befriedigt man dann dieses Übel?), und die Folge ist ein dauerndes Zucken der Augenlider, ein unregelmäßiger Atem, ein rascher Wechsel von Lachen und Weinen sowie ein heftiger Pulsschlag (und in der Tat schlug mein Puls gewaltig, und mir stockte der Atem, als ich diese Zeilen las!). Um herauszufinden, in wen sich jemand verliebt hat, schlug Avicenna eine auch bereits von Galenus genannte unfehlbare Methode vor: Man nehme den Puls des Patienten und nenne verschiedene Namen von Personen des anderen Geschlechts, bis man fühlt, dass der Puls bei einem bestimmten Namen rascher schlägt (und ich fürchtete, dass mein Meister jeden Augenblick eintreten, meinen Arm nehmen und am heftigen Pochen in meinen Venen erraten werde, welches beschämende Geheimnis mich quälte...). Aber ach, als Heilmittel schlug Avicenna vor, die beiden Liebenden zu vereinen im Ehebund, dann wäre das Übel rasch kuriert. Wahrlich, er war in der Tat ein Ungläubiger, denn er verlor kein Wort über die peinliche Lage eines verliebten Benediktinernovizen, der folglich dazu verurteilt war, nimmermehr zu genesen – beziehungsweise der sich verpflichtet hatte, durch eigene Wahl oder dank der weitsichtigen Entscheidung seiner Eltern, niemals dieser Krankheit anheimzufallen. Zum Glück berücksichtigte Avicenna, wenn er dabei auch nicht an den Orden der Cluniazenser dachte, immerhin auch den Fall der nicht zusammenführbaren Liebenden, für den er die Radikalkur der warmen Bäder empfahl (wollte Berengar möglicherweise *so* seine krankhafte Liebe zu dem verstorbenen Adelmus auskurieren? – aber konnte man auch an der Liebe zu einem Wesen des eigenen Geschlechts erkranken, oder war ein solches Begehren nicht eher tierische Wollust? – aber war meine Wollust der vergangenen Nacht nicht ebenfalls tierisch gewesen? – nein, sicher nicht, sagte ich mir – und gleich darauf: mitnichten, Adson, du irrst, du bist einer Täuschung des Bösen erlegen, sie war ganz und gar tierisch, und wenn du dich gestern sündigerweise zum Tier gemacht hast, so sündigst du heute noch mehr, indem du es nicht einmal wahrhaben willst!). Beim Weiterlesen erfuhr ich dann aber, dass es, immer laut Avicenna, noch andere Heilmittel gibt: Zum Beispiel kann man sich hilfesuchend an alte und erfahrene Weiber wenden, die ihre Tage damit verbringen, die schöne Geliebte anzuschwärzen – und wie es scheint, sind die alten Weiber darin erfahrener als die Männer. Vielleicht war das die Lösung? Nur leider vermochte ich in der Abtei keine alten Weiber zu finden (freilich auch keine jungen), ich hätte mich also ersatzweise an einen alten Mönch wenden müssen mit meiner Bitte, über das Mädchen herzuziehen. Aber an wen? Und außerdem, konnte ein Mönch überhaupt die Frauen gut genug kennen, so wie ein altes und klatschhaftes Weib sie kennt? Nein, das war es wohl auch nicht. Die letzte Lösung, die der Sarazene vorschlug, war ganz und gar schamlos: Er meinte, man solle den unglücklich Liebenden mit vielen schönen Sklavinnen zusammenbringen – völlig undenkbar für einen Mönch! Wie also, fragte ich mich am Ende verzweifelt, wie soll dann ein armer Novize von seiner Liebeskrankheit genesen? Gab es für mich denn gar keine Rettung?

Vielleicht sollte ich zu Meister Severin mit seinen Kräutern gehen? Tatsächlich fand ich eine Stelle jenes Arnaldus von Villanova, den auch William schon mit großer Hochachtung mir gegenüber erwähnt hatte und der die Liebeskrankheit auf einen Überfluss an Säften und Pneuma im Körper zurückführt. Wenn nämlich dem menschlichen Organismus zuviel Feuchtigkeit und Wärme zugeführt würden, so schwelle das Blut (das bekanntlich den gattungserhaltenden Samen erzeugt) zu stark an und erzeuge dabei ein Zuviel an Samen, eine *complexio venerea* und damit ein intensives Verlangen nach Vereinigung zwischen Mann und Frau. Es gäbe, so las ich, eine *virtus aestimativa*, also eine abschätzende Urteilskraft im menschlichen Geist, sie sitze im hinteren Teil der Mittelkammer des Enzephalons (was ist das?) und ihre Funktion bestehe darin, die nicht sinnlich erfassbaren *intentiones* in den mit den Sinnen erfassten Sinnesobjekten wahrzunehmen, und wenn das Verlangen nach einem Sinnesobjekt zu stark werde, dann gerate das Urteilsvermögen durcheinander und weide sich nur noch am Trugbild der geliebten Person; es komme dann zu einer Entzündung der ganzen Seele sowie des Körpers, mit ständigem Wechsel zwischen Trübsinn und Freude, denn die Wärme, die in den Momenten der Verzweiflung in die tieferen Regionen des Körpers absinke und die Haut gefrieren lasse, springe in den Momenten der Freude an die Oberfläche und entflamme das Gesicht. Als Heilmittel schlug Arnaldus vor, man solle versuchen, das Vertrauen und die Hoffnung auf ein Wiedersehen mit der geliebten Person zu verlieren, auf dass die Gedanken sich von ihr entfernen...

Wie das? Dann wäre ich ja geheilt! Oder jedenfalls auf dem Wege der Heilung, fuhr es mir durch den Kopf. Denn ich habe wenig oder gar keine Hoffnung mehr, das Objekt meiner obsessiven Gedanken wiederzusehen, und wenn ich es wiedersähe, es zu berühren, und wenn ich es berührte, es erneut zu besitzen, und wenn ich es erneut besäße, es zu behalten – sei's wegen meines mönchischen Status oder wegen der Pflichten, die mir der Rang meiner Familie auferlegte... Ich bin gerettet, sagte ich mir, klappte das Büchlein zu und atmete auf. Im selben Moment trat William herein. Wir setzten unseren Rundgang durch das – wie berichtet – inzwischen erschlossene Labyrinth fort, und ich löste mich für den Augenblick von meiner Obsession.

Wie der Leser gleich sehen wird, sollte sie mich in Kürze erneut überfallen, allerdings (leider!) unter ganz anderen Umständen.

Vierter Tag

Nacht

Worin Salvatore kläglich der Inquisition in die Falle geht, die Geliebte der Adsonschen Träume als Hexe abgeführt wird und alle unglücklicher als zuvor auseinandergehen.

Wir stiegen gerade die Treppe zum Refektorium hinunter, als wir aus der Küche ein lautes Rufen hörten und den flackernden Schein von Lichtern sahen. Sofort löschte William das unsere. Wir tasteten uns an den Wänden entlang zur Küchentür und bemerkten, dass der Lärm in Wahrheit von draußen kam, allerdings stand die Außentür offen. Während wir lauschend verharrten, entfernten sich die Stimmen und Lichter, und jemand warf krachend die Tür ins Schloss. Ein solcher Tumult konnte wahrlich nichts Gutes verheißen. Rasch eilten wir durchs Ossarium zurück, durchquerten die leere Kirche und verließen sie durch das Südportal. Im Kreuzgang leuchteten Fackeln.

Wir traten näher und mischten uns in der allgemeinen Verwirrung unauffällig unter die Mönche, deren Zahl rasch wuchs, da ständig neue herbeiströmten, teils aus dem Dormitorium, teils aus dem Pilgerhaus. Vor unseren Augen stand ein Trupp Bogenschützen, und in ihrer Mitte wand sich, an beiden Armen mit festem Griff gehalten, weiß wie das Weiß seiner Augen, der unselige Salvatore nebst einer schluchzenden Frauengestalt. Mir zog sich das Herz zusammen: Sie war es leibhaftig, die Geliebte meiner Gedanken und Träume! Auch sie erkannte mich gleich und warf mir einen flehentlichen, verzweifelten Blick zu. Schon wollte ich mich in unwillkürlichem Drange hinstürzen und sie befreien, doch William hielt mich zurück mit ein paar leise gezischten Worten, die alles andere als freundlich klangen. Von allen Seiten kamen nun Mönche und Gäste herbeigeströmt.

Es kam der Abt, es kam Bernard Gui, dem der Hauptmann der Bogenschützen einen knappen Rapport erstattete. Folgendes war geschehen.

Auf Anordnung des Inquisitors waren die Bogenschützen während der Nacht durch die ganze Abtei patrouilliert, wobei sie ihr Augenmerk insbesondere auf die Allee vom Torbau zur Kirche, die Gärten und die Fassade des Aedificiums gerichtet hatten. (Warum gerade darauf? fragte ich mich, und begriff: Vermutlich hatte Bernard von den Knechten und Küchendienern Gerüchte über nächtliche Umtriebe zwischen Umfassungsmauer und Küche gehört, ohne bereits genau zu wissen, um was es sich handelte, und wer weiß, vielleicht hatte der schwatzhafte Salvatore, so wie er mit mir über seine Pläne gesprochen, auch vorher schon einem Stall- oder Küchenburschen davon erzählt, der dann womöglich, eingeschüchtert durch Bernards Verhöre am Nachmittag, diesem entsprechende Andeutungen gemacht...) Jedenfalls hatten die Bogenschützen bei ihrer Patrouille durch Nacht und Nebel den unseligen Salvatore mitsamt dem Mädchen erwischt, als er sich gerade an der Küchentüre zu schaffen machte.

»Ein Weib an diesem heiligen Ort! Noch dazu mit einem Mönch!« sagte Bernard tadelnd zum Abt. »Hochwürdiger Herr, wenn es sich lediglich um eine Verletzung des Keuschheitsgebotes handeln würde, fiele dieses Sünders Bestrafung gewiss in Eure Jurisdiktion. Doch da wir nicht wissen, ob die nächtlichen Umtriebe dieser beiden nicht etwas mit dem Heil der hier weilenden Gäste zu tun haben, müssen wir diesen dunklen Punkt zuerst klären. Auf Elender!« fuhr er den zitternden Salvatore an und zog ihm mit raschem Griff aus der Brust das Bündel, das dieser dort zu verbergen suchte. »Was hast du da?«

Ich wusste es schon: ein Messer, eine schwarze Katze, die unter wildem Miauen entfloh, als das Bündel geöffnet wurde, und zwei Eier, die nun zerbrochen waren, so dass es aussah wie Blut oder gelber Schleim oder sonst eine schmierig-unreine Masse. Salvatore war offensichtlich gerade dabei gewesen, in die Küche zu schleichen, die Katze zu töten und ihr die

Augen auszustechen, nachdem er das Mädchen mit irgendwelchen Versprechungen dazu gebracht hatte, ihm zu folgen. Mir wurde gleich klar, mit welchen Versprechungen: Die Bogenschützen durchsuchten das Mädchen unter allerlei anzüglichem Gelächter und zotigen Worten und förderten aus ihrem Kleid ein totes, noch ungerupftes Hähnchen hervor. Und wie es das Unglück wollte, erschien in der Nacht, in der alle Katzen grau sind, auch das Hähnchen schwarz wie die Katze. Ich aber dachte nur, dass es mehr nicht bedurft hatte, um die hungrige Schöne herbeizulocken, hatte sie doch schon vorige Nacht (aus Liebe zu mir!) ihr kostbares Rinderherz liegengelassen.

»Oh, oh, aha!« rief Bernard Gui sehr besorgt. »Schwarzer Kater und schwarzer Hahn! Ich kenne diese Paraphernalien...« Er bemerkte William in der Runde. »Ihr kennt sie doch auch, Bruder William? Wart Ihr nicht Inquisitor in Kilkenny, vor drei Jahren, wo jenes Weib Verkehr hatte mit einem Dämon, der ihr in Gestalt eines schwarzen Katers erschienen war?«

Mir kam es so vor, als ob mein Meister aus Feigheit schwieg. Ich griff ihn am Ärmel, schüttelte ihn und flüsterte voller Verzweiflung: »Nun sagt ihm doch, dass es nur aus Hunger war!«

William befreite sich aus meinem Griff und wandte sich artig an Bernard Gui: »Ich glaube nicht, dass Ihr meiner vergangenen Erfahrungen bedürft, um Eure Schlussfolgerungen zu ziehen.«

»Oh nein, da gibt es viel maßgeblichere Zeugnisse«, sagte der Inquisitor mit feinem Lächeln. »Stephan von Bourbon berichtet in seinem Traktat über die sieben Gaben des Heiligen Geistes, wie Sankt Domenikus in Fanjeaux nach einer Predigt wider die Ketzer gewissen Weibern verkündete, sie würden gleich sehen, wem sie bisher gedient hätten, woraufhin plötzlich ein furchterregender schwarzer Kater in ihrer Mitte erschien, groß wie ein Hund, die Augen riesig und glühend, die Zunge blutig und lang bis zum Nabel, der Schwanz gestutzt und hochaufgerichtet, so dass man, wie immer die Bestie sich auch drehte, stets ihr schamloses Hinterteil sah, das unerhört stank, wie es sich gehört für jenen Anus, den vielerlei Satansanbeter, nicht zuletzt die Tempelritter, seit jeher zu küssen pflegten in ihren Versammlungen. Als der Kater fast eine Stunde lang die Weiber umkreist hatte, sprang er mit einem Satz auf das Glockenseil und kletterte unter Zurücklassung seiner stinkenden Exkremente hinauf! Und ist der Kater nicht auch das Lieblingstier der Katharer, die ihren Namen von *catus* haben, wie Alanus ab Insulis sagt, weil sie das Hinterteil dieser Bestie küssen, in der sie eine Inkarnation des Satans sehen? Und hat nicht auch Guillaume d'Auvergne in *De legibus* diese scheußliche Praxis bestätigt? Und sagt nicht sogar Albertus Magnus, dass die Katzen potenzielle Dämonen sind? Und hat nicht schließlich auch mein verehrter Mitbruder Jacques Fournier berichtet, dass auf dem Totenbette des Inquisitors Gottfried von Carcassonne zwei schwarze Katzen erschienen, die nichts anderes waren als zwei Dämonen, um seine sterbliche Hülle zu verhöhnen?«

Ein entsetztes Murmeln ging durch die Gruppe der Mönche, und viele schlugen das Zeichen des heiligen Kreuzes.

»Herr Abt, Herr Abt!« fuhr Bernard Gui in gestrengem Ton fort. »Euer Hochwürden weiß vielleicht nicht, was die Sünder mit diesen widerwärtigen Dingen zu tun pflegen. Ich aber weiß es sehr wohl, das walte Gott! Ich habe gesehen, wie ruchlose Weiber zusammen mit anderen ihrer Zunft in den dunkelsten Stunden der Nacht schwarze Katzen benutzten, um Hexenwerk zu verrichten, das sie nimmermehr abstreiten konnten: zum Beispiel rittlings auf dem Rücken gewisser Tiere im Schutze der Nacht gewaltige Strecken zurückzulegen, gefolgt von der Schar ihrer Sklaven, die sie in lüsterne Trolle verwandelt hatten... Und der Teufel persönlich zeigte sich ihnen oder jedenfalls glaubten sie fest daran – in Gestalt eines schwarzen Hahns, und sie trieben's mit ihm, fragt mich nicht, wie! Und ich weiß absolut sicher, dass mit Schwarzer Magie dieser Art erst vor kurzem in Avignon Zaubersäfte gebraut wurden, um sie unserem Herrn Papst ins Essen zu tun und ihn so zu vergiften. Er konnte dem Anschlag nur entgehen, weil er wundertätige Ringe trug in Form einer Schlangenzunge, besetzt mit herrlichen Edelsteinen, Smaragden und

Rubinen, die ihm durch überirdische Kräfte erlaubten, das Gift in der Speise rechtzeitig zu entdecken! Elf dieser kostbaren Zungen hatte der König von Frankreich ihm geschenkt, dem Himmel sei Dank, und nur so entging unser Herr Papst dem Tode! Aber die Feinde des Pontifex taten noch mehr, und alle wissen, was man damals bei dem Häretiker Bernard Délicieux entdeckte, als er vor zehn Jahren verhaftet wurde: In seinem Hause fanden sich Bücher der Schwarzen Magie mit Unterstreichungen und Kommentaren auf den allerruchlosesten Seiten, in denen genau beschrieben wurde, wie man Wachsfiguren herstellt, um seinen Feinden zu schaden. Und ob Ihr's glaubt oder nicht, in seinem Hause fand man sogar Figuren, die in gewiss bewundernswerter Kunstfertigkeit die Gestalt des Papstes nachbildeten, mit roten Kreisen um die lebenswichtigen Körperteile! Und wie jedermann weiß, werden solche Figuren vor einem Spiegel an einem Strick aufgehängt, und dann sticht man mit Nadeln in die Kreise, und dann... Aber was halte ich mich hier auf mit diesen widerwärtigen Praktiken! Der Papst selber hat sie erst voriges Jahr genau beschrieben und verurteilt, in seiner Konstitution *Super illius specula*. Ich hoffe, Ihr habt davon eine Abschrift in Eurer reichhaltigen Bibliothek, so dass Ihr gebührend darüber meditieren könnt...«

»Gewiss, gewiss, wir haben eine«, beeilte der Abt sich entsetzt zu versichern.

»Gut«, schloss Bernard zufrieden. »Nach alledem scheint mir der Fall hier klar. Ein verführter Mönch, eine Hexe und ein dämonischer Ritus, der glücklicherweise nicht zur Ausführung kam. In welcher Absicht? Das werden wir sehr bald wissen, ich opfere gern ein paar Stunden der Nachtruhe, um es herauszubekommen. Hochwürden möge mir einen Ort zur Verfügung stellen, wo diese Gefangenen sicher verwahrt werden können.«

»Wir haben unterirdische Zellen im Fundament des Werkstattgebäudes«, sagte der Abt. »Zum Glück werden sie selten benutzt und stehen seit Jahren leer...«

»Zum Glück oder auch zum Unglück«, ergänzte Bernard und befahl den Bogenschützen, sich den Weg zeigen zu lassen, die beiden Gefangenen in zwei getrennte Zellen zu sperren und den Mönch gut anzuketten, möglichst an einen Ring in der Wand, damit er, Bernard, ihm gut ins Gesicht blicken könne, wenn er ihn nachher verhöre. Was das Mädchen betreffe, so sei ja wohl klar, um was für eine es sich bei ihr handle, und es lohne sich nicht, sie noch in derselben Nacht zu verhören. Er werde noch weitere Beweise abwarten, ehe er sie als Hexe verbrennen lasse, aber wenn sie eine Hexe sei, werde sie schwerlich reden. Der Mönch indessen könne vielleicht noch bereuen (und bei diesen Worten fixierte Bernard den schlotternden Salvatore, wie um ihm anzudeuten, dass es für ihn noch einen Ausweg gebe), wenn er die Wahrheit sage und vor allem seine Komplizen nenne.

Die beiden Gefangenen wurden abgeführt, der eine still und geschlagen und wie im Fieber zitternd, die andere klagend, wild um sich schlagend und schreiend wie ein Tier auf dem Wege zur Schlachtbank. Doch weder Bernard noch die anderen noch ich verstanden, was sie da sagte in ihrer Bauernsprache. Soviel sie auch schreien mochte, sie war wie stumm. Es gibt Worte, die einem Macht verleihen, und andere, die einen immer noch hilfloser machen, und von dieser Art sind die Worte der einfachen Leute, denen's der Herr nicht gegeben hat, sich in der universalen Sprache des Wissens und der Macht auszudrücken.

Abermals war ich versucht, der Ärmsten hinterherzustürzen, und abermals hielt mich mein Meister tief verdüsterten Blickes zurück. »Bleib stehen, du Narr!« sagte er hart. »Das Mädchen ist hin, verloren, verbranntes Fleisch!«

Während ich wie gelähmt die Szene verfolgte und in einem Wirbel widersprüchlicher Gedanken das Mädchen anstarrte, spürte ich plötzlich, wie jemand mir die Hand auf die Schulter legte. Ich weiß nicht warum, aber ich wusste sofort, dass es Ubertin war.

»Du betrachtest die Hexe, nicht wahr?« sagte er leise, und ich wusste, dass er von meiner Geschichte nichts wissen konnte, also nur darum so sprach, weil er mit seinem unheimlich durchdringenden Gespür für die menschlichen Leidenschaften die Intensität meines Blickes erfasst hatte.

»Nein, nein…«, wehrte ich ab, »ich betrachte sie nicht… das heißt, vielleicht betrachte ich sie, aber sie ist keine Hexe… ich meine, wir wissen es nicht, sie ist vielleicht unschuldig…«

»Du betrachtest sie, weil sie schön ist. Ja, sie ist schön, nicht wahr?« fuhr er mit großer Wärme fort und drückte mir fest den Arm. »Wenn du sie betrachtest, weil sie schön ist, und wenn du von ihr betört bist – und ich weiß, dass du von ihr betört bist, denn die Sünde, derer sie angeklagt wird, macht sie dir noch begehrenswerter! – und wenn du bei ihrem Anblick Begierde empfindest, so ist sie gerade deswegen eine Hexe! Sieh dich vor, mein Sohn… Die Schönheit des Leibes ist auf die Haut beschränkt. Wenn die Männer sehen könnten, was unter der Haut ist, wie einst bei der Luchsin in Böotien, sie würden erschauern beim Anblick der Frau. All diese Anmut besteht nur aus Schleim und Blut und Körpersäften und Gallert. Wenn du bedenkst, was in den Nasenlöchern, im Hals und im Bauche steckt, so findest du nichts als ekligen Auswurf. Und wenn es dich ekelt, mit den Fingerspitzen den Schleim oder Kot zu berühren, wie kannst du dann jemals begehren, die Hülle um all diesen Kot zu umarmen?«

Mich überkam ein würgender Brechreiz, ich wollte kein Wort mehr von alledem hören. William, der es mit angehört hatte, kam mir zu Hilfe. Hart trat er dazwischen, packte den Arm des Alten und löste ihn von dem meinen.

»Das genügt, Ubertin!« sagte er schroff. »In Kürze wird dieses Mädchen unter der Folter liegen und dann auf dem Scheiterhaufen. Sie wird genau das sein, was du sagst: Schleim und Blut und Körpersäfte und Gallert. Doch es werden dann unseresgleichen sein, die unter ihrer Haut freigelegt haben, was Gott verhüllt und geschmückt lassen wollte mit dieser Haut. Und aus der Sicht der Grundstoffe bist du nicht besser als sie. Also lass den Jungen in Ruhe!«

Ubertin blickte beschämt zu Boden. »Vielleicht habe ich gesündigt«, murmelte er. »Zweifellos habe ich gesündigt. Was kann schon ein Sünder anderes tun?«

Die Versammlung löste sich langsam auf, und alle gingen, in Grüppchen über den Vorfall redend, in ihre Zellen zurück.

William wechselte noch ein paar Worte mit Michael von Cesena und den übrigen Minoriten, die wissen wollten, was er von der Sache hielt.

»Bernard hat jetzt ein Argument in der Hand, mag es auch mehrdeutig sein: In dieser Abtei gehen Schwarzkünstler um und treiben die gleichen finsteren Dinge, die in Avignon gegen den Papst unternommen wurden. Freilich ist das noch kein schlagender Beweis, und er kann es nicht ohne weiteres dazu benutzen, das morgige Treffen platzen zu lassen. Er wird heute Nacht versuchen, jenem Unglücksraben noch weitere Hinweise zu entlocken, aber er wird sich ihrer gewiss nicht gleich morgen früh bedienen, sondern sie in der Hinterhand behalten, um sie gegen uns zu verwenden, falls die Debatte einen ihm unerwünschten Verlauf nehmen sollte.« »Könnte er denn dem Gefangenen etwas entlocken, was sich gegen uns verwenden ließe?« fragte Michael besorgt.

»Ich hoffe nicht«, antwortete William vage, und mir wurde klar, woran er dachte: Wenn Salvatore dem Inquisitor verraten sollte, was er uns an jenem Morgen über seine und des Cellerars dunkle Vergangenheit gesagt hatte, und wenn er dabei gar Andeutungen über das Verhältnis der beiden zu Ubertin machen sollte, so könnte sich eine recht unangenehme Situation ergeben.

»Warten wir ab, was geschieht«, sagte William in scheinbar sorglosem Ton. »Außerdem, lieber Michael, ist ohnehin schon alles im voraus entschieden. Aber du willst es ja wissen.«

»Das will ich«, nickte Michael, »und der Herr wird mir dabei helfen. Möge der heilige Franz für uns alle bitten!«

»Amen!« schlossen die Brüder im Chor.

»Hoffentlich kann er das auch«, bemerkte William respektlos. »Es könnte doch sein, dass der heilige Franz irgendwo sitzt und auf das Jüngste Gericht wartet, ohne den Herrn schauen zu können von Angesicht zu Angesicht...«

»Verflucht sei der Ketzer Johannes!« hörte ich den alten Bischof von Kaffa poltern, während wir sorgenvoll auseinandergingen. »Wenn er uns jetzt noch die Hilfe der Heiligen wegnimmt, was wird dann bloß aus uns armen Sündern!«

Fünfter Tag

Fünfter Tag

Prima

Worin eine brüderliche Diskussion über die Armut Christi stattfindet.

Das Herz noch erfüllt von zahllosen Ängsten infolge der nächtlichen Szene, fuhr ich am Morgen des fünften Tages verstört aus dem Schlaf, als William mich heftig wachrüttelte. Die erste Stunde hatte bereits geschlagen, gleich würden sich die beiden Legationen versammeln. Ich rieb mir die Augen, schaute zum Fenster der Zelle hinaus und sah nichts. Der Nebel vom Vortag hatte sich zu einer milchigen Suppe verdichtet, die unangefochten das ganze Plateau beherrschte.

Als wir hinaustraten, bot die Abtei einen Anblick, wie wir ihn an keinem der Tage zuvor gesehen: Nur die größten Gebäude, die Kirche, das Aedificium und der Kapitelsaal, zeichneten sich aus der Ferne ab, verschwommen, als graue Schatten im weißlichen Dunst, alles andere wurde erst sichtbar, wenn man unmittelbar davorstand. Die Formen der Dinge und Lebewesen tauchten auf, als kämen sie aus dem Nichts, die Menschen erschienen zunächst wie graue Schemen und wurden nur mühsam erkennbar.

Im Norden geboren, war ich kein Neuling in diesem Element, unter anderen Umständen hätte es mich sogar mit einer gewissen Zärtlichkeit an das flache Land und die Burg meiner Kindheit erinnert. An jenem Morgen indessen schien mir die Verfassung der Luft in schmerzlicher Weise meiner Gemütsverfassung zu ähneln, und die Beklommenheit, die ich beim Erwachen verspürt hatte, wurde größer, je näher wir dem Kapitelsaal kamen.

Wenige Schritte vor dem Gebäude erblickte ich Bernard Gui, der sich gerade von einer Person verabschiedete, die ich nicht gleich erkannte. Dann sah ich, dass es Malachias war. Er schaute verstohlen um sich, wie einer, der Böses im Schilde führt und nicht ertappt werden will. Aber ich habe ja schon gesagt, dass dieser Mann immer so aussah, als hätte er irgendein dunkles, uneingestandenes Geheimnis zu verbergen.

Er ging davon, ohne mich erkannt zu haben. Ich beobachtete voller Neugier den Inquisitor und sah, dass er Schriftstücke in der Hand hielt, die er mit raschem Blick überflog; vielleicht hatte er sie von Malachias erhalten. Auf der Schwelle des Kapitelsaals winkte er mit einer knappen Geste den Hauptmann der Bogenschützen herbei, der in der Nähe gestanden hatte, und raunte ihm ein paar Worte zu. Dann ging er hinein, und ich folgte ihm.

Es war das erste Mal, dass ich dieses Gebäude betrat, dessen Äußeres eher bescheiden und nüchtern wirkte; ein Bau aus neuerer Zeit, der mich nicht sonderlich interessiert hatte, doch nun erkannte ich, dass er auf den Resten einer sehr alten, womöglich durch einen Brand zerstörten Abteikirche errichtet worden war.

Denn durch ein hohes Portal im modernen Stil, mit schmucklosem Spitzbogen und gekrönt von einer Rosette, gelangte ich in eine Vorhalle, die sich auf den Grundmauern eines alten Narthex erhob, und stand überrascht vor einem zweiten Portal, das in der alten Manier gestaltet war, überwölbt von einem Rundbogen, der ein halbmondförmiges Tympanon voller wunderbarer Figuren umschloss. Es handelte sich ohne Zweifel um das Portal der alten Kirche.

Die Skulpturen in diesem Tympanon waren ebenso schön, aber nicht so beunruhigend wie die am Portal der neuen Kirche. Auch hier beherrschte ein thronender Christus die ganze Komposition, doch rechts und links neben ihm standen und saßen, in verschiedenen Stellungen und verschiedene Gegenstände haltend, die zwölf Apostel, die von ihm den Auftrag erhalten hatten, in die Welt zu gehen und den Menschen das Evangelium zu bringen. Über dem Haupt des Erlösers, angeordnet in einem Bogen, der sich in zwölf Paneele teilte, sowie unter seinen Füßen in einer ununterbrochenen Prozession von Figuren, waren die Völker der Welt dargestellt, denen die Frohe Botschaft gebracht werden sollte, und ich erkannte an ihren Kostümen die Juden, die Kappadozier, die Araber und die Inder, die Phrygier, die Byzantiner, die Armenier und die Skythen sowie die Römer. Doch vermischt mit ihnen sah ich, aufscheinend in dreißig Rundbildern, die sich über dem Bogen der zwölf Paneele zu einem zweiten Bogen fügten, die Bewohner der unbekannten Welten, von denen zuweilen der *Physiologus* und die Berichte der Reisenden sprechen. Viele von ihnen waren mir gänzlich unbekannt, andere erkannte ich: zum Beispiel die Wesen mit sechs Fingern an jeder Hand, die Faune, die aus den Würmern zwischen Borke und Schaft der Bäume wachsen, die schuppengeschwänzten Sirenen, die mit ihrem verführerischen Gesang die Seefahrer ins Verderben locken, die Aithiopen, deren Leiber ganz schwarz sind und die sich zum Schutz vor der Sonnenglut Höhlen unter der Erde graben, die Onozentauren, die bis zum Nabel Menschen sind und darunter Esel, die Zyklopen, die nur ein Auge haben, das ihnen talergroß auf der Stirn sitzt, auch Skylla mit dem Kopf und der Brust eines Weibes, dem Leib einer Wölfin und dem Schuppenschwanz eines Delphins, dazu die behaarten Menschen aus Indien, die in den Sümpfen wohnen und auf dem Fluss Epigmarides, die Kynozephalen, die sich bei jedem Wort unterbrechen und bellen, die Scinopoden, die ungemein schnell auf ihrem einen Bein rennen können und die, wenn ihnen die Sonne zu heiß brennt, sich auf den Rücken legen und ihren großen Entenfuß über sich ausbreiten wie einen Schirm, ferner die mundlosen Astomaten aus Griechenland, die durch die Nase atmen und nur von Gerüchen leben, die bärtigen Weiber aus Armenien, die Epistygen, auch Blemmyen genannt, die den Mund am Bauch haben und die Augen auf den Schultern, weil sie kopflos geboren werden, dazu die Pygmäen, die Riesenweiber vom Roten Meer, zwölf Fuß hoch und Haare bis zu den Fersen, am Hintern einen Kuhschwanz und Hufe wie ein Kamel, auch die Leute mit den verkehrten Füßen, deren Zehen nach hinten zeigen, so dass, wer ihre Spuren verfolgt, immer dort anlangt, wo sie herkommen, und nie dort, wo sie hingehen, schließlich die Menschen mit den drei Köpfen und die mit den Glutaugen, die im Dunkeln wie Lampen leuchten, und die Monster der Circe-Insel, Menschenleiber mit den verschiedensten Tierköpfen...

All diese Wunderwesen und andere mehr erblickte ich auf dem Tympanon. Doch keines von ihnen rief Beklemmung hervor, denn sie standen hier nicht als Zeichen für die Übel der Welt oder für die Qualen der Hölle, sondern als Zeugnis dafür, dass die Frohe Botschaft den ganzen bekannten Erdkreis erreicht hatte und sich bereits auf die Terra incognita auszubreiten begann, weshalb das Portal als frohe Verheißung von Eintracht, vollendeter Einheit im Evangelium Christi und strahlender Oekumene erschien.

Ein gutes Vorzeichen, sagte ich mir, für das Treffen, das hinter diesem Portal nun stattfinden sollte und bei dem sich Männer, die durch entgegengesetzte Auslegungen des Evangeliums einander zu Feinden geworden waren, vielleicht heute glücklich wieder versöhnen und ihre Querelen beilegen würden. Wie kleinmütig war ich gewesen, mich über mein privates Unglück zu grämen, während Ereignisse von so großer Bedeutung für die Geschichte der Christenheit vor der Tür standen! Ich verglich die Geringfügigkeit meiner Kümmernisse mit der grandiosen Friedens- und Glücksverheißung, die da in Stein gehauen aus dem Tympanon sprach, raffte mich auf, bat den Herrn um Vergebung für meinen Wankelmut und trat voller Zuversicht über die Schwelle.

Beide Legationen waren bereits vollzählig versammelt. Sie saßen einander gegenüber auf einer Reihe von Stühlen, die zu zwei Halbkreisen aufgestellt worden waren, an den Stirnseiten jeweils durch einen Tisch getrennt, an welchem hüben der Abt und drüben Kardinal Bertrand saßen.

William, für den ich Notizen machen sollte, setzte mich zu den Minoriten, wo Michael mit den Seinen und die Franziskaner vom päpstlichen Hofe versammelt waren; denn das Treffen sollte nicht wie ein Duell zwischen Italienern und Franzosen erscheinen, sondern wie ein Disput zwischen Anhängern der franziskanischen Regel und ihren Kritikern, alle vereint in gut katholischer Treue zum Heiligen Stuhl.

Zu Michaels Gruppe gehörten die Brüder Arnold von

Aquitanien, Hugo von Novocastrum und William Alnwick, die auch schon am Kapitel zu Perugia teilgenommen hatten, sowie der Bischof von Kaffa und Berengar Talloni, Bonagratia von Bergamo und andere Minoriten aus Avignon. Auf der Gegenseite saßen Lorenz Decoalcon, seines Zeichens Bakkalaureus zu Avignon, der Bischof von Padua und Meister Jean d'Anneaux, Doktor der Theologie zu Paris. Ferner, schweigend zur Rechten von Bernard Gui, der Dominikaner Jean de Baune. Er sei, erklärte mir William, vor Jahren Inquisitor in Narbonne gewesen, wo er viele Prozesse gegen Beginen und Albigenser geführt habe; als er einmal jedoch eine Aussage über die Armut Christi als Häresie abstempeln wollte, habe sich Berengar Talloni, seines Zeichens Lektor im Minoritenkonvent jener Stadt, gegen ihn erhoben und an den Papst appelliert. Johannes, der damals in dieser Sache noch unentschieden gewesen sei, habe die beiden zu einem Disput nach Avignon geladen, wobei man aber zu keiner Konklusion gelangt sei. Bis dann wenig später die Franziskaner in Perugia ihre bekannte Entscheidung fällten... Schließlich gehörten noch ein paar andere zur Avignonesischen Legation, darunter der Bischof von Arborea.

Die Sitzung wurde vom Abt eröffnet, der es für angebracht hielt, die jüngsten Ereignisse zu rekapitulieren. Anno Domini 1322, so erinnerte er die hohe Versammlung, hatte bekanntlich das Generalkapitel der Minderen Brüder, in Perugia zusammengetreten unter der Führung Michaels von Cesena, nach sorgfältiger und reiflicher Überlegung erklärt, dass Christus, um ein Beispiel vollkommenen Lebens zu geben, und seine Jünger, um seinem Beispiel zu folgen, niemals irgendein Gut besessen hätten, weder als Eigentümer noch als Herren, und dass diese Wahrheit gut katholischer Glaubensstoff sei, wie man aus verschiedenen Stellen der kanonischen Schriften entnehmen könne. Weshalb es verdienstvoll und heilig sei, auf jedes Eigentum zu verzichten, und die ersten Gründer der militanten Kirche hätten sich auch an diese Heiligkeitsregel gehalten. An diese Glaubenswahrheit habe sich auch das Konzil zu Vienne im Jahre 1312 gehalten, und Anno 1317 habe der Papst Johannes selber, in seiner Konstitution über den Status der Minderen Brüder, die mit den Worten *Quorundam exigit* beginnt, die Beschlüsse jenes Konzils als wohlabgewogen, luzide, stichhaltig und reif bezeichnet. Mithin habe das Kapitel zu Perugia – referierte der Abt die berühmte Erklärung weiter – in der Annahme, dass als anerkannt gelten könne, was der Heilige Stuhl als gute Lehre gebilligt habe, und dass man in keiner Weise davon abweichen dürfe, nichts anderes getan, als den diesbezüglichen Konzilsbeschluss zu beglaubigen und zu besiegeln mit der Unterschrift nicht nur von Meistern der Gottesgelehrtheit wie Frater William von England, Frater Heinrich von Deutschland und Frater Arnold von Aquitanien, sämtlich Ordensminister und Provinziale, sondern auch der Fratres Nikolaus, Minister von Frankreich, und William Bloc, Bakkalaureus, sowie des Generalministers und der vier Provinzialminister Frater Thomas von Bologna, Frater Petrus von der Provinz des heiligen Franziskus, Frater Ferdinand von Castello und Frater Simon von Tours. Indessen – fügte der Abt hinzu erließ der Papst im folgenden Jahr das Dekretale *Ad conditorem canonum*, gegen das Bonagratia von Bergamo Einspruch erhob, weil es seines Erachtens den Interessen des Ordens zuwiderlief, woraufhin der Papst jenes Dekretale zwar abnehmen ließ von den Toren der Hauptkirche zu Avignon, wo es angeschlagen worden war, und in mehreren Punkten erweiterte, in Wahrheit aber verschärfte, was man daran sah, dass Bonagratia kurz darauf für ein Jahr ins Gefängnis gesteckt wurde. Es war nun kein Zweifel mehr an der Entschlossenheit des Papstes möglich, denn noch im selben Jahr erließ er das mittlerweile allseits bekannte Dekretale *Cum inter nonnullos*, worin er die Thesen von Perugia definitiv verurteilte.

An diesem Punkt ergriff, liebenswürdig den Abt unterbrechend, Kardinal Bertrand das Wort und sagte, es sei auch daran zu erinnern, wie Anno 1324, um die Dinge zu komplizieren und zum Ärger des Papstes, Ludwig der Bayer sich eingemischt habe mit seiner Deklaration von Sachsenhausen, in welcher er ohne vernünftigen Grund die Thesen von Perugia übernommen habe (könne doch niemand verstehen, setzte Bertrand mit feinem Lächeln hinzu, wieso der Kaiser sich so begeistert zeige von einer Armut, die er selbst keineswegs praktiziere) und in welcher er den Herrn Papst nicht nur einen Unruhestifter genannt habe und einen *inimicus pacis*, der Hader und Zwietracht säen wollte, sondern am Ende gar einen Häretiker, ja einen Häresiarchen!

»Nicht direkt«, versuchte der Abt zu vermitteln.

»Aber in der Substanz«, erwiderte trocken der Kardinal. Und eben aus diesem Grunde, nämlich um der unangebrachten Intervention des Kaisers entgegenzutreten, sei der Herr Papst dann gezwungen gewesen, das Dekretale *Quia quorundam* zu erlassen. Schließlich habe er Michael von Cesena dringlichst gebeten, sich zu einem Gespräch in Avignon einzufinden, aber Michael habe Entschuldigungsbriefe geschrieben, auf eine plötzliche Krankheit verwiesen (an welcher gewiss niemand zweifeln wolle) und an seiner Stelle die Brüder Johannes Fidanza und Humillis Custodius von Perugia geschickt. Wie es der Zufall indessen gewollt habe, sei der Herr Papst von den Guelfen aus Perugia darüber informiert worden, dass Bruder Michael, alles andere als krank, Kontakte zu Ludwig dem Bayern unterhielt... Doch wie dem auch sein mochte, das Gewesene sei gewesen, in jedem Falle scheine ja Michael nun wohlauf und munter, und so erwarte man ihn am päpstlichen Hofe. Allerdings sei es sicherlich besser, räumte der Kardinal ein, vorher zu klären und abzuwägen, wie man es heute hier tun wolle in dieser Runde kluger und erfahrener Männer von beiden Seiten, was Michael dem Heiligen Vater zu sagen gedenke, sei doch allen schließlich daran gelegen, die Dinge nicht zu verschlimmern und einen Streit zu begraben, der eigentlich gar nicht aufkommen dürfte zwischen einem so liebevollen Vater und seinen gehorsamen Kindern, und der auch nur aufgekommen sei durch die Einmischung weltlicher Machthaber, seien sie Kaiser oder Prokuratoren, die nichts zu tun hätten mit den Angelegenheiten der heiligen Mutter Kirche.

Hier griff nun wieder Abbo ein und sagte, wiewohl er ein Mann der Kirche sei und sogar Abt eines Ordens, dem die Kirche so viel verdanke (ein respektvolles Murmeln und zustimmendes Nicken ging durch beide Hälften des Kreises), sei er aus mancherlei Gründen, die Bruder William von Baskerville später noch darlegen werde, nicht der Ansicht, dass man den Kaiser aus diesen Angelegenheiten heraushalten solle. Freilich müsse der erste Teil der Debatte zunächst allein zwischen den Abgesandten der Kurie und jenen Repräsentanten der Kinder des heiligen Franz stattfinden, die schon dadurch, dass sie überhaupt zu diesem Treffen gekommen seien, sich als gehorsame Kinder des Heiligen Vaters erwiesen hätten. So möge nun Michael oder jemand an seiner Stelle darlegen, was er in Avignon vorzutragen gedenke.

Michael antwortete, zu seiner großen Freude und Rührung befinde sich unter ihnen an diesem Morgen Ubertin von Casale, den der Heilige Vater selbst im Jahre 1322 um eine fundierte Stellungnahme zur Frage der Armut Christi gebeten habe, und so werde nun dieser hochgeachtete Bruder mit seiner bekannten Luzidität, Gelehrtheit und leidenschaftlichen Rechtgläubigkeit die Kernpunkte dessen zusammenfassen, was mittlerweile – und unwiderruflich – die Überzeugungen des Franziskanerordens seien.

Ubertin erhob sich, und kaum dass er zu sprechen begonnen hatte, verstand ich, warum er stets und überall soviel Begeisterung weckte, sei's als Prediger oder als Mann des Hofes. Leidenschaftlich im Gestus, gewinnend im Duktus, bezaubernd im Lächeln, klar und folgerichtig im Argumentieren, vermochte er seine Zuhörer bis zum letzten Wort seiner Rede zu fesseln. Er begann mit einer hochgelehrten Explikation der Gründe, die den Thesen von Perugia unterlagen. Vor allem, sagte er, müsse man sich darüber im klaren sein, dass Christus und seine Jünger einen Doppelstatus gehabt hätten. Zum einen seien sie Würdenträger der Kirche des Neuen Testaments gewesen, und als solche hätten sie, im Hinblick auf ihre Gewährungs- und Verteilungsbefugnis, weltliche Güter besessen, um sie den Armen und den Dienern der Kirche zu geben, wie es geschrieben stehe im vierten Kapitel der Acta Apostolorum, und das wolle niemand bestreiten. Zum anderen aber seien Christus und die Apostel auch als Privatpersonen anzusehen, als Grundpfeiler jeder religiösen Vollkommenheit und als vollkommene Weltverächter. In diesem Zusammenhang gebe es nämlich zweierlei Arten von Haben. Die eine sei zivil und weltlich und in den kaiserlichen Gesetzen mit den Worten *»in bonis nostris«* definiert, denn »unser« würden dort jene Güter genannt, die man verteidigen und, wenn sie einem genommen werden, zurückfordern dürfe (und zu behaupten, Christus und die Apostel hätten in diesem Modus weltliche Güter besessen, sei eine häretische Aussage, heiße es doch bei Matthäus im fünften Kapitel: »So jemand mit dir rechten will und deinen Rock nehmen, dem lass auch den Mantel«, und nichts anderes steht auch im sechsten Kapitel bei Lukas, mit welchen Worten Christus jede weltliche Habe und Herrschaft von sich gewiesen und seinen Jüngern geboten habe, desgleichen zu tun, siehe dazu auch Matthäus Kapitel neunzehn, wo Petrus zum Herrn sagt, sie hätten alles verlassen, um ihm zu folgen). Doch auch in der anderen Art und Weise könne man weltliche Güter haben, nämlich im Hinblick auf die gemeinsame brüderliche Barmherzigkeit, und in diesem Modus hätten Christus und seine Jünger Dinge gehabt aus natürlichem Recht, welches Recht von manchen *ius poli* genannt werde, also ein Recht des Himmels, das die Natur durchwalte, die ohne menschliche Zutat gleichklingend sei mit der rechten Vernunft (im Gegensatz zum *ius fori* als der Verfügungsgewalt, die abhängig sei von menschlicher Übereinkunft). Vor der ersten Teilung der Dinge nämlich seien, was den Besitz und die Herrschaft betreffe, alle Güter gewesen wie heute nur jene, die keinem gehören und sich einem jeden darbieten, der nach ihnen greift; in gewissem Sinne seien sie also Gemeineigentum aller Menschen gewesen, und erst nach dem Sündenfall hätten unsere Urahnen angefangen, sich das Eigentum an den Dingen zu teilen, und damit hätten die weltlichen Herrschaften, wie wir sie heute kennen, begonnen. Aber Christus und die Apostel hätten die Dinge nur in der ersten Weise besessen, so und nicht anders hätten sie ihre Kleidung gehabt und das Brot und die Fische, und wie Paulus im ersten Brief an Timotheus schrieb: Wenn wir Nahrung und Kleidung haben, so seien wir's zufrieden. Mithin hätten Christus und seine Jünger die Dinge nicht im Besitz gehabt, sondern im *Nießbrauch*, so dass ihre Armut dadurch in keiner Weise geschmälert worden sei.

Wie es bekanntlich auch schon Papst Nikolaus II. anerkannt habe in seiner Dekretalepistel *Exiit qui seminat*.

Auf der Gegenseite erhob sich nun Jean d'Anneaux und sagte, seines Erachtens verstießen die Ansichten Ubertins gegen die rechte Vernunft und gegen die rechte Auslegung der Heiligen Schrift. Alldieweil man bei Gütern, die durch den Gebrauch vernutzt oder aufgezehrt werden, wie eben bei Brot und Fisch, nicht von bloßem Nutzungsrecht sprechen könne, auch gebe es da keinen faktischen Nießbrauch, sondern nur Missbrauch. Alles, was die Gläubigen in der Urkirche als Gemeineigentum gehabt hätten, wie aus Acta zwei und drei zu entnehmen, sei ihnen eigen gewesen aufgrund derselben Art von Verfügungsgewalt, die sie vor ihrer Bekehrung innegehabt; die Apostel hätten auch nach der Niederkunft des Heiligen Geistes Güter in Judäa besessen; das Gelübde, ohne Besitz zu leben, erstrecke sich nicht auf die Dinge, derer der Mensch zum Weiterleben bedarf, und als Petrus sagte, er habe alles verlassen, habe er damit nicht sagen wollen, er habe auf alles Eigene verzichtet. Adam sei Besitzer und Eigentümer der Dinge im Paradies gewesen; der Knecht, der Geld annehme von seinem Herrn, mache davon gewiss weder Nieß- noch Missbrauch; die Worte der *Exiit qui seminat*, auf welche die Minoriten sich ständig beriefen und derzufolge die Minderen Brüder nur den Nießbrauch, nicht aber den Besitz und das Eigentum an den von ihnen benutzten Dingen hätten, bezögen sich nicht auf die Dinge, die durch den Gebrauch verzehrt werden, und hätte die *Exiit* auch die verderblichen Güter mit einbezogen, so hätte sie etwas Unmögliches behauptet. Der faktische Nießbrauch lasse sich nicht vom juridischen Besitz unterscheiden; jedes menschliche Recht, kraft dessen man materielle Güter besitze, sei eingeschlossen in den Gesetzen der Könige; Christus als sterblicher Mensch sei vom Augenblick seiner Empfängnis an Besitzer und Eigentümer aller irdischen Dinge gewesen, und als Gott habe er vom Vater die unbeschränkte Verfügungsgewalt über alles erhalten; er sei mithin Eigentümer von Kleidung und Nahrung gewesen, auch von Geldern aus den Spenden der Gläubigen, und wenn er arm gewesen, so nicht aus Mangel an Eigentum, sondern weil er die Früchte seines Eigentums nicht genoss. Alldieweil nämlich der bloße Besitztitel, losgelöst von der Eintreibung anfallender Zinsen, seinen Inhaber nicht reich mache; und schließlich, selbst wenn die *Exiit* etwas anderes gesagt habe, könne der römische Pontifex in Fragen des Glaubens und der Moral jederzeit die Entscheidungen seiner Vorgänger widerrufen, ja in ihr Gegenteil verkehren.

An diesem Punkt sprang Bruder Hieronymus, der Bischof von Kaffa, sichtlich erregt auf und begann, während sein Bart vor Wut zitterte, mochten auch seine Worte sich konziliant zu geben versuchen, mit einer Argumentation, die mir recht konfus zu sein schien. »Was ich dem Heiligen Vater zu sagen gedenke«, rief er laut in die Runde, »und mich selbst, der ich es sagen werde, unterwerfe ich hiermit seiner prüfenden Korrektur, denn ich glaube wirklich, dass Johannes der Stellvertreter Christi ist, und für dieses Bekenntnis habe ich in den Kerkern der Sarazenen schmachten müssen! Also, ich werde damit anfangen, dass ich eine Sache zitiere, die von einem gelehrten Doktor berichtet wird, wie nämlich eines Tages ein Disput zwischen Mönchen aufkam über die Frage, wer der Vater von Melchisedek war, und als der Abt Copes danach gefragt wurde, schlug er sich an den Kopf und rief aus: Weh dir, Copes, immer suchst du nur herauszufinden, was Gott dir nicht herauszufinden gebietet, und vernachlässigst darüber, was Gott dir geboten hat! Also, wie man unschwer aus meinem Beispiel entnehmen kann: Es ist so sonnenklar, dass Christus und die Heilige Jungfrau und die Apostel nichts Eigenes besaßen, wie es weniger klar wäre anzuerkennen, dass Christus gleichzeitig Mensch und Gott war, und doch scheint mir klar, wer die erste Evidenz leugnet, müsste auch die zweite verleugnen!«

Sprach's und blickte voller Triumph in die Runde, und ich sah, dass William die Augen zum Himmel verdrehte. Vermutlich fand er den Syllogismus seines wackeren Mitbruders reichlich defekt, und ich konnte ihm darin nicht unrecht geben, aber noch defekter erschien mir die wutschnaubende Entgegnung von Jean de Baune, der nämlich erklärte, wer eine Aussage über die Armut Christi mache, behaupte nur etwas, das man mit bloßem Auge sehen (oder nicht sehen) könne, während es zur Erkenntnis der Gottmenschlichkeit Christi des Glaubens bedürfe, weshalb man die beiden Aussagen nicht einfach gleichstellen könne. In der Replik war Hieronymus scharfsinniger als sein Gegner:

»Oh nein, lieber Bruder, genau das Gegenteil scheint mir wahr zu sein, denn alle vier Evangelien erklären, dass Christus ein Mensch war und aß und trank, und zugleich war er Gott durch seine höchst augenfälligen Wunder, und dies alles springt einem doch geradezu in die Augen!«

»Auch die Zauberer und Hellseher taten Wunder«, versetzte der Dominikaner süffisant.

»Jawohl, aber eben durch Zauberkunst!« konterte Fra Hieronymus. »Und du willst doch wohl nicht die Wunder Christi mit Zauberkunst gleichsetzen?« Ein entrüstetes Murmeln ging durch die Runde: Nein, das habe Jean de Baune sicherlich nicht gewollt! »Und würde schließlich«, fuhr Hieronymus fort, der sich dem Sieg bereits nahe fühlte, »der Herr Kardinal del Poggetto den Glauben an Christi Armut auch dann als häretisch betrachten, wenn auf diesem Lehrsatz die Regel eines so frommen Ordens wie dem der Franziskaner beruht, deren Verdienste so groß sind, dass es kein Reich auf Erden gibt, von Marokko bis Indien, in welches sie nicht gegangen sind, um zu predigen und ihr Blut zu vergießen?«

»Heiliger Petrus Hispanus«, murmelte William, »steh uns bei!«

»Teuerster Bruder«, fauchte nun der Franzose und tat einen Schritt nach vorn, »sprich ruhig vom Blut deiner Mitbrüder, aber vergiss bitte nicht, dass auch die Geistlichen anderer Orden ihren Blutzoll entrichtet haben...«

»Bei aller Ehrfurcht vor dem Herrn Kardinal«, schrie wütend der Bischof von Kaffa, »kein Dominikaner ist jemals in den Händen der Ungläubigen gestorben, während allein zu meiner Zeit neun Minoriten den Märtyrertod erlitten!«

Rot im Gesicht sprang jetzt der Dominikaner und Bischof von Arborea auf: »Ich kann beweisen, dass lange bevor die Minoriten ins Land der Tataren kamen, Papst Innozenz drei Dominikaner dorthin geschickt hat.«

»Ach ja?« höhnte Hieronymus. »Und ich weiß meinerseits, dass die Minoriten seit achtzig Jahren schon hinten in Tartarien sind, und sie haben vierzig Kirchen im ganzen Land, während die Dominikaner grad eben fünf mickrige Stützpunkte an der Küste haben, und alle zusammen sind sie nicht mehr als fünfzehn Brüder! Das dürfte die Frage wohl klären!«

»Das klärt überhaupt keine Frage«, kreischte der Bischof von Arborea, »denn diese Minoriten, die Schwarmgeister und Fratizellen gebären wie Hündinnen junge Hunde, beanspruchen alles für sich allein und bauen sich schöne Kirchen mit prachtvollen Paramenten und treiben Handel und schachern wie alle anderen Mönche!«

»Nein, nein, mein Herr«, widersprach der Bischof von Kaffa, »sie treiben nicht Handel auf eigene Rechnung, sondern nur für die Prokuratoren des Heiligen Stuhls, und die Prokuratoren bleiben die Eigentümer. Die Minoriten sind immer nur Nutznießer, die den Nießbrauch haben!«

»Wirklich?« versetzte der Angesprochene spitz. »Und wie oft hast du das Eigentum der Prokuratoren auf eigene Rechnung verhökert? Ich weiß von gewissen Geschäften, die...«

»Wenn ich's getan habe, war es falsch«, fiel ihm Hieronymus hastig ins Wort. »Du kannst nicht dem ganzen Orden anlasten, was schlimmstenfalls die Schwäche eines einzelnen Sünders ist!«

»Aber, ehrwürdige Brüder, ich bitte euch!« griff nun der Abt beschwichtigend ein. »Unser Problem ist doch nicht, ob die Minoriten arm oder reich sind, sondern ob Unser Herr Jesus arm gewesen war...«

»Eben!« ließ Hieronymus sich von neuem vernehmen. »Und dazu habe ich ein Argument, das dreinschlägt wie ein Schwert...«

»Heiliger Franziskus, bewahre deine Kinder vor Dummheiten!« seufzte William ahnungsvoll.

»Das Argument ist«, fuhr Hieronymus ungerührt fort, »dass nämlich die Griechen und Orientalen, die viel vertrauter sind mit den Lehren der heiligen Patres als wir, ganz selbstverständlich und fest an die Armut Christi glauben.

Und wenn schon diese Häretiker und Schismatiker so kristallklar eine kristallklare Wahrheit bezeugen, wollen wir dann etwa noch häretischer und schismatischer sein, indem wir diese Wahrheit verleugnen?! Ich sage euch, wenn jene Griechen hören könnten, wie manche von uns wider diese Wahrheit predigen, sie würden sie steinigen!«

»Ach wirklich? Was du nicht sagst!« höhnte der Bischof von Arborea. »Und wie kommt es dann, dass sie die Dominikaner nicht steinigen, die genau wider diese angebliche Wahrheit predigen?«

»Was für Dominikaner? Ich habe dort unten nie welche gesehen!«

Blaurot vor Wut und mit keifender Stimme versetzte darauf der Bischof von Arborea, vielleicht sei dieser Mindere Bruder fünfzehn Jahre im Lande der Griechen gewesen, er aber habe seit frühester Kindheit dort unten gelebt! Hieronymus konterte mit der schrillen Bemerkung, das könne schon sein, und vielleicht sei dieser Dominikaner wirklich unten im Lande der Griechen gewesen, doch nur, um sich dort ein gutes Leben zu machen in Bischofspalästen. Er aber als bescheidener Franziskaner habe dort unten nicht nur fünfzehn, sondern gut fünfundzwanzig Jahre verbracht und sogar vor dem Kaiser von Konstantinopel gepredigt! Woraufhin der Bischof von Arborea mangels weiterer Argumente Anstalten machte, sich auf seinen Widersacher zu stürzen und ihm, der sicherlich längst seine Männlichkeit eingebüßt habe, nun auch den Bart abzureißen, um ihn zu strafen nach bester Logik der Wiedervergeltung durch Benutzung besagten Bartes als Geißel.

Die anderen Minoriten sprangen auf; um sich schützend vor ihren bedrohten Bruder zu stellen, die Avignoneser fanden es richtig, dem keifenden Dominikaner hilfreich zur Seite zu stehen, und so ergab sich (oh Herr, hab Erbarmen mit Deiner Kinder Besten!) ein wildes Geschrei und Getümmel, das der Abt und der Kardinal vergeblich zu besänftigen suchten. Minoriten und Dominikaner belegten einander mit wüsten Beschimpfungen, als wäre jeder von ihnen ein Christ im Kampf mit den Sarazenen. Die einzigen, die still sitzenblieben, waren einerseits William und andererseits Bernard Gui –

William traurig und Bernard froh, wenn man bei jenem blassen Lächeln, das um die Lippen des Inquisitors spielte, von Fröhlichkeit sprechen konnte.

»Gibt es keine besseren Argumente«, fragte ich bang meinen Meister, während der Bischof von Arborea sich über den Bart des Bischofs von Kaffa erboste, »um die Frage der Armut Christi zu klären?«

»Du kannst sie bejahen oder verneinen, mein guter Adson«, sagte William, »aber niemals wirst du aus den Evangelien ablesen können, ob und in welchem Maße Christus das Hemd, das er trug (und das er vermutlich achtlos wegwarf, sobald es abgenutzt war), als sein Eigentum betrachtete. Und wenn du so willst, ist die Eigentumslehre des Thomas von Aquin sogar noch kühner als die von uns Minoriten. Wir sagen, wir besitzen nichts und benutzen alles. Thomas sagt, betrachtet euch ruhig als Eigentümer, solange ihr nur, wenn jemand Mangel leidet an etwas, das ihr besitzt, es ihm zum Gebrauch überlasst, und zwar nicht aus Barmherzigkeit, sondern aus Pflicht... Aber im Grunde geht es gar nicht darum, ob Christus arm war. Im Grunde geht es darum, ob die Kirche arm sein soll. Und arm sein heißt nicht so sehr keine Paläste besitzen, sondern darauf verzichten, die irdischen Dinge bestimmen zu wollen.«

»Darum also«, sagte ich, »hält der Kaiser so große Stücke auf die Armutsthesen der Minoriten.«

»Genau. Die Minoriten spielen das Spiel des Kaisers gegen den Papst. Aber für Marsilius und mich ist es ein doppeltes Spiel, denn wir wollen, dass das Spiel des Kaisers unserem eigenen Spiel förderlich ist und unsere Vorstellungen von einer menschenwürdigen Regierungsform verwirklichen hilft.«

»Und das werdet Ihr sagen, wenn Ihr sprechen müsst?«

»Wenn ich es sage, erfülle ich meine Mission, denn ich soll die Ansicht der kaiserlichen Theologen vertreten. Aber sobald ich es sage, ist meine Mission gescheitert, denn ich soll ja auch ein zweites Treffen in Avignon vorbereiten, und ich glaube nicht, dass Johannes bereit ist, mich diese Dinge an seinem Hofe sagen zu lassen.«

»Was werdet Ihr also tun?«

»Ich bin hin- und hergerissen zwischen zwei widersprüchlichen Kräften, gleich einem Esel, der nicht weiß, aus welchem von zwei Hafersäcken er fressen soll. Die Zeiten sind noch nicht reif. Marsilius träumt von einer Veränderung, die vorläufig noch unmöglich ist, und Ludwig ist keineswegs besser als seine Vorgänger, mag er auch heute die einzige Schutzwehr gegen den elenden Papst darstellen. Vielleicht werde ich sprechen müssen – es sei denn, die beiden Kampfhähne bringen einander vorher um. In jedem Falle schreib, Adson, schreib alles auf, damit wenigstens der Nachwelt eine Spur von dem erhalten bleibt, was heute geschieht!«

»Und was wird Michael tun?«

»Ich fürchte, er vergeudet hier seine Zeit. Der Kardinal weiß, dass der Papst keinerlei Kompromiss zu machen gedenkt, Bernard Gui weiß, dass dieses Treffen um jeden Preis scheitern soll, und Michael weiß, dass er auf jeden Fall nach Avignon gehen wird, weil er nicht will, dass der Orden die letzten Brücken zum Papst abbricht. Und dafür wird er sein Leben aufs Spiel setzen.«

Während wir so miteinander sprachen (und ich weiß nicht, wie wir uns in dem Lärm überhaupt verständlich machen konnten), erreichte der allgemeine Tumult seinen Höhepunkt. Die Bogenschützen hatten inzwischen auf einen Wink von Bernard Gui eingegriffen, um zu verhindern, dass die beiden Schlachtreihen endgültig aneinander gerieten. Doch wie Belagerer und Belagerte hüben und drüben auf den beiden Seiten einer Burgmauer warfen sie einander wüste Beschimpfungen zu, die ich hier ungeordnet wiedergebe, ohne noch in der Lage zu sein, sie jeweils einem der Streithähne zuzuordnen. Und selbstverständlich wurden all diese Sätze nicht etwa brav nacheinander geäußert, wie es der Fall gewesen wäre bei einem Streitgespräch in meiner Heimat, sondern sie türmten sich übereinander nach mediterraner Art wie die Wogen eines wütenden Meeres.

»Das Evangelium sagt, dass Christus einen Geldbeutel hatte!«

»Hör endlich auf von diesem Geldbeutel, den ihr sogar noch auf euren Kruzifixen darstellt! Wie, frage ich dich, erklärst du dir, dass Unser Herr, als er in Jerusalem weilte, jeden Abend nach Bethanien ging?«

»Wenn Unser Herr es vorzog, in Bethanien zu schlafen, wer bist du, seine Entscheidung zu kritisieren?«

»Du irrst dich, du alter Ziegenbock, Unser Herr ging nach Bethanien, weil er kein Geld hatte, um sich eine Herberge in Jerusalem zu leisten!«

»Selber Ziegenbock, Bonagratia! Und was aß Unser Herr in Jerusalem?«

»Würdest du etwa sagen, dass der Gaul, der Hafer von seinem Herrn erhält, damit er weiterlebt, der Eigentümer des Hafers ist?«

»Ha, siehst du, jetzt vergleichst du Unsern Herrn Jesus mit einem Gaul!«

»Nein, aber du vergleichst Unseren Herrn Jesus mit einem korrupten Prälaten an deinem Hof, du Haufen Mist!«

»Meinst du? Und wie oft hat sich die Kurie mit Prozessen herumplagen müssen, um eure Güter zu schützen?«

»Die Güter der Kirche, nicht unsere! Wir haben sie nur im Gebrauch!«

»Jawohl, im Gebrauch, um sie aufzubrauchen und euch prächtige Kirchen zu bauen mit goldenen Statuen und so weiter, ihr Heuchler, ihr Lasterhöhlen, ihr weißgetünchten Friedhofsgespenster! Ihr wisst ganz genau, dass nicht die Armut, sondern die Barmherzigkeit das Grundprinzip des vollkommenen Lebens ist!«

»Ja, ja, das hat der aufgeblasene Fresssack von eurem verehrten Thomas gesagt!«

»Hüte deine ruchlose Zunge, du Schandmaul! Der, den du da einen aufgeblasenen Freßsack nennst, ist ein Heiliger der heiligen römischen Kirche!«

»Ein Drecksheiliger, kanonisiert von eurem Johannes, um uns Franziskaner zu ärgern! Euer Papst kann gar keine Heiligen machen, weil er nämlich ein Ketzer ist und ein Ketzerfürst!«

»Das kennen wir schon, diese schöne Behauptung steht in der Sachsenhausener Deklaration eures Hampelmannes von Bayern, die niemand anders als euer Ubertin verfasst hat!«

»Achte auf deine Worte, du Schwein, du Auswurf der Großen Hure von Babylon und anderen Dirnen mehr! Du weißt ganz genau, dass Ubertin damals in Avignon war zu Diensten des Kardinals Orsini, und anschließend hat ihn der Papst als seinen Botschafter nach Aragonien geschickt!«

»Ich weiß, ich weiß, er übte das Leben in Armut am Tische des Kardinals, so wie er es jetzt in der reichsten Abtei Italiens tut! Sag mir, Ubertin: Wenn du es nicht warst, wer sonst hat den Kaiser darauf gebracht, deine Schriften für seine Zwecke zu nutzen?«

»Was kann ich dafür, wenn Ludwig meine Schriften liest? Deine kann er schließlich nicht lesen, du bist ja schließlich ein Analphabet!«

»Ich ein Analphabet? Und was war, bitte schön, euer Franziskus, der mit den Gänsen redete?«

»Du redest lästerlich!«

»Du bist es, der hier lästerlich redet, du alter Hurenbock von einem Fratizellen!«

»Ich habe niemals gehurt, das weißt du ganz genau!!!«

»Und wie du gehurt hast mit deinen Fratizellen, damals, als du dich suhltest im Bett deiner Clara von Montefalco!«

»Dass Gott dich zermalme mit seinem Blitz! Ich war Inquisitor damals, und Clara war schon umweht vom Geruch der Heiligkeit!«

»Clara mochte vielleicht nach Heiligkeit riechen, aber du hast was anderes gerochen, als du den Nonnen das Morgenlied sangest...«

»Mach nur so weiter, mach nur so weiter, und Gottes Zorn wird dich treffen! Genauso wie er deinen Herrn treffen wird, jawohl, deinen Herrn, der zwei so üblen Ketzern Zuflucht gewährte wie jenem Ostrogoten Eckhart und jenem englischen Zauberer, den ihr Branucerton nennt...«

»Ehrwürdige Brüder, ehrwürdige Brüder!« riefen beschwörend der Abt und der Kardinal.

Fünfter Tag

Tertia

*Worin Severin zu William von einem seltsamen Buche spricht
und William zu den Legaten
von einer seltsamen Konzeption der weltlichen Herrschaft.*

Der Tumult wurde immer noch heftiger, doch in diesem Moment trat einer der diensttuenden Novizen in den Saal, bahnte sich einen Weg durch das wilde Getümmel wie jemand, der ein sturm- und hagelgepeitschtes Feld überquert, erreichte William und sagte leise, der Meister Botanikus wolle ihn dringend sprechen. Wir eilten hinaus. Im Narthex wimmelte es von Mönchen, die voller Neugier versuchten, aus dem allgemeinen Geschrei etwas herauszuhören über das Geschehen im Saal. Gleich hinter der Tür in der vordersten Reihe stießen wir auf Aymarus von Alessandria, der uns mit seinem üblichen amüsierten Grinsen über die Dummheit der Welt begrüßte: »Kein Zweifel, nicht wahr, seit dem Aufkommen der Bettelorden ist die Christenheit tugendhafter geworden.«

William schob ihn unwirsch beiseite und drängte sich durch die Menge zu Severin, der wartend in einer Ecke stand. Er wirkte verängstigt und wollte allein mit uns sprechen, doch in diesem Gewimmel fanden wir keinen ruhigen Ort. Gerade wollten wir auf den Hof hinaustreten, da erschien in der Saaltür Michael von Cesena und rief meinen Meister zurück. Der Streit werde sich gleich wieder legen, meinte er, und dann müsse die Rednerliste fortgesetzt werden.

William, erneut hin- und hergerissen zwischen zwei Hafersäcken, drängte Severin, er möge rasch sagen, was er zu sagen habe, und der Botanikus gab sich Mühe, von den Umstehenden nicht gehört zu werden.

»Berengar war mit Sicherheit im Hospital gewesen, bevor er ins Badehaus ging«, flüsterte er.

»Woher weißt du das?«

Einige Mönche traten näher, angelockt durch unser Getuschel. Severin sah sich ängstlich um und sagte noch leiser: »Du hattest mir doch gesagt, dass der Tote... etwas bei sich gehabt haben musste... Nun, und ich habe jetzt etwas gefunden, bei mir im Laboratorium... ein Buch, das ich nicht kenne, versteckt zwischen anderen Büchern... ein seltsames Buch...«

»Das muss es sein!« sagte William triumphierend. »Bring es gleich her!«

»Das geht nicht«, flüsterte Severin. »Ich erkläre dir später, warum nicht... Ich habe etwas entdeckt, ich glaube, es wird dich interessieren, aber du musst selber kommen, ich muss es dir zeigen... es ist gefährlich...« Er brach ab. Wir bemerkten, dass plötzlich Jorge an unsere Seite getreten war, unhörbar wie gewöhnlich. Er streckte die Hände vor sich aus, als wollte er an einem unbekannten Ort seinen Weg ertasten. Kein normaler Mensch hätte Severins Flüstern verstehen können, aber wir wussten längst, dass Jorge wie alle Blinden ein überaus scharfes Gehör besaß.

Er schien allerdings nichts gehört zu haben, denn er entfernte sich wieder, berührte einen der Mönche und fragte ihn etwas. Der Angesprochene nahm ihn hilfreich beim Arm und führte ihn auf den Hof hinaus. Im selben Moment erschien Michael erneut in der Saaltür und winkte dringlich nach meinem Meister. William zögerte kurz und traf dann eine Entscheidung. »Severin«, sagte er, »geh bitte sofort zurück in dein Laboratorium, schließ dich ein und warte auf mich. Und du, Adson, geh hinter dem Blinden her. Vielleicht hat er etwas gehört. Ich glaube zwar nicht, dass er zum Laboratorium geht, aber ich möchte es wissen.«

Als William bereits auf der Schwelle zum Saal war, sah er (und ich mit ihm), wie Aymarus sich durch die Menge hinausdrängte, um Jorge zu folgen. In diesem Moment beging mein Meister eine Unvorsichtigkeit. Mit lauter Stimme rief er quer durch den Narthex über die Köpfe der Mönche hinweg zu Severin: »Ich verlasse mich darauf: Gestatte niemandem, dieses... diese Schriften zurückzubringen!« Ich wollte gerade ins Freie treten, um Jorge zu folgen, da sah ich draußen den Cellerar stehen. Er hatte Williams Worte gehört und blickte zutiefst erschrocken abwechselnd auf meinen Meister und auf den Botanikus. Dann heftete er sich an Severins Fersen. Unschlüssig auf der Schwelle verharrend sah ich ihm nach, während Jorge bereits im Nebel zu verschwinden begann. Rasch überlegte ich, was ich tun sollte. Zwar hatte mir William aufgetragen, dem Blinden zu folgen, aber gewiss in der Annahme, dass er zum Hospital gehen werde. Indessen sah ich Jorge mit seinem Begleiter in eine andere Richtung entschwinden, nämlich zum Kreuzgang, um vielleicht in die Kirche oder ins Aedificium zu gehen. Der Cellerar hingegen verfolgte mit Sicherheit den Botanikus, und William war in erster Linie am Geschehen im Hospital interessiert. So beschloss ich kurzerhand, dem Botanikus und dem Cellerar zu folgen, nicht ohne mich zu fragen, wohin Aymarus gegangen sein mochte, auch wenn er vielleicht aus ganz anderen Gründen als wir den Saal verlassen hatte.

Ich folgte dem Cellerar in gebührendem Abstand, gerade nahe genug, um ihn nicht aus den Augen zu verlieren. Er verlangsamte seinen Schritt, als er mich bemerkte. Zwar konnte er nicht erkennen, ob ich der Schemen war, der sich da an seine Fersen geheftet hatte, so wie ich meinerseits nicht erkennen konnte, ob er der Schemen war, an dessen Fersen ich mich geheftet, aber wie ich an seiner Person nicht zweifelte, so zweifelte sicher auch er nicht an der meinen.

Indem ich ihn allerdings zwang, sich immer wieder meiner Person zu vergewissern, hinderte ich ihn daran, dem Botanikus allzu dicht auf den Fersen zu bleiben. So kam es, als schließlich das Hospital vor uns aus dem Nebel auftauchte, dass die Tür bereits wieder geschlossen war. Gott sei Dank, dachte ich, Severin war also schon in Sicherheit. Remigius blieb unschlüssig stehen, sah sich erneut nach mir um, der ich jetzt reglos zwischen den Bäumen des Gartens verharrte, und ging dann nach kurzem Zögern eilends in Richtung der Küche davon. Ich glaubte, meine Mission erfüllt zu haben, schließlich war Severin ein vernünftiger Mann, der selbst auf sich aufpassen konnte und gewiss niemandem öffnen würde, und da ich nichts weiter zu tun hatte (und natürlich darauf brannte, den Fortgang der Ereignisse im Kapitelsaal mitzuerleben), beschloss ich zurückzugehen und William Bericht zu erstatten. Vielleicht war das falsch gewesen, ich hätte noch länger auf Wachtposten bleiben sollen, und manches weitere Unglück wäre uns möglicherweise erspart geblieben...

Auf meinem Rückweg durch den Nebel stieß ich beinahe mit Benno zusammen, der mich komplizenhaft angrinste: »Nicht wahr, Severin hat was gefunden, das von Berengar stammt...«

»Was weißt du denn davon?« sagte ich grob und sprach ihn unwillkürlich wie einen Gleichaltrigen an, teils aus Ärger, teils wegen seines jugendlichen Gesichtes, das jetzt noch verjüngt wurde durch einen Ausdruck fast kindlicher Arglist.

»Ich bin ja schließlich nicht blöd«, erwiderte er. »Severin rennt zu William, um ihm etwas Wichtiges mitzuteilen, und du passt auf, dass ihm keiner folgt...«

»Und du beobachtest uns zuviel, uns und den Meister Botanikus«, fauchte ich ärgerlich.

»Ich? Natürlich beobachte ich euch! Seit vorgestern habe ich weder das Badehaus noch das Hospital aus den Augen gelassen. Wenn ich gekonnt hätte, wäre ich reingegangen. Ich würde ein Auge hergeben aus meinem Kopf, um zu erfahren, was Berengar in der Bibliothek gefunden hat!«

»Du willst zuviel wissen, was dich nichts angeht. Du hast kein Recht...«

»So, meinst du? Ich bin ein Studiosus, ich habe ein Recht, diese Dinge zu wissen. Ich bin von weit her gekommen, von den Rändern der Welt, um diese Bibliothek hier kennenzulernen, und diese Bibliothek hier bleibt mir verschlossen, als enthielte sie üble Dinge, und ich...«

»Ach lass mich gehen!« fuhr ich ihn an.

»Schon gut, ich lass dich ja gehen, du hast mir genug gesagt.«

»Ich?«

»Klar, man redet auch, wenn man schweigt.«

»Ich rate dir, geh nicht ins Hospital!« warnte ich ihn.

»Beruhige dich, ich gehe nicht rein. Aber niemand kann mir verwehren, hier draußen zu wachen.«

Ärgerlich ließ ich ihn stehen und ging davon. Dieser Neugierige schien mir keine große Gefahr zu sein. Kurz darauf erreichte ich William und setzte ihn mit knappen Worten ins Bild. Er nickte zustimmend und bedeutete mir zu schweigen. Der Tumult hatte sich inzwischen wieder gelegt, die Legaten der beiden Seiten waren gerade dabei, einander den Friedenskuss zu geben. Der Bischof von Arborea lobte den Glauben der Minoriten, der Bischof von Kaffa pries die Barmherzigkeit der dominikanischen Prediger, alle gaben der Hoffnung auf eine brüderliche, nicht länger von inneren Fehden zerrissene Kirche Ausdruck. Die einen rühmten die Standhaftigkeit, die anderen den Edelmut ihrer Diskussionspartner, alle beschworen gemeinsam den Geist der Gerechtigkeit und riefen sich selbst zur Besonnenheit auf. Nie sah ich so viele edle Männer so innig dem Sieg der Theologal- und Kardinaltugenden zugetan.

Doch schon forderte Kardinal Bertrand meinen Meister auf, die Thesen der kaiserlichen Theologen darzulegen. William erhob sich ohne große Begeisterung: Einerseits war ihm inzwischen klar, wie unnütz das ganze Treffen war, andererseits drängte es ihn zu Severin, denn das geheimnisvolle Buch interessierte ihn längst viel mehr als der Ausgang des Treffens. Doch selbstverständlich konnte er sich seinen Pflichten nicht einfach entziehen.

So begann er mit vielerlei »Ah« und »Oh« und noch mehr Gehüstel als üblich und wohl auch als nötig, wie um damit anzudeuten, dass er sich der Dinge, die er gleich vortragen werde, absolut ungewiss sei, und schickte zunächst voraus, er könne die Standpunkte seiner Vorredner bestens verstehen, und was von manchen die »Lehre« der kaiserlichen Theologen genannt werde, sei in Wirklichkeit nur eine lose Sammlung verstreuter Gedanken, die sich beileibe nicht als eine Glaubenswahrheit aufzwingen wolle.

Nach erneutem Räuspern meinte er, angesichts der immensen Güte, die Gott der Herr bezeugt habe bei der Erschaffung des Volkes Seiner Kinder, die er alle gleichermaßen und ohne Unterschied liebe, und wie man bereits aus jenen ersten

Seiten der Genesis ersehen könne, in denen noch keine Rede von Priestern und Königen sei, und nicht zuletzt in Anbetracht auch der Tatsache, dass Gott der Herr dem Adam und seinen Nachkommen die Verfügungsgewalt über die irdischen Dinge gegeben, solange sie nur die himmlischen Gebote befolgten, sei zu vermuten, dass dem Herrn und Schöpfer selbst der Gedanke nicht völlig fremd war, es solle über die irdischen Dinge das Volk bestimmen und die *prima causa efficiens* der Gesetze sein. Wobei unter Volk wohlgemerkt die Gesamtheit der Erdenbürger zu verstehen sei. Doch da man unter den Erdenbürgern auch die Kinder, die Toren, die Missetäter und die Frauen bedenken müsse, könne man sich vielleicht vernünftigerweise auf eine Definition des Volkes als dem besten Teil der Erdenbürger einigen – ohne dass es hier angebracht sei, sich darüber auszulassen, wer nun effektiv zu diesem Teil gehöre.

Hüstelnd und sich bei den Anwesenden entschuldigend, die Luft sei heute wirklich sehr feucht, gab William sodann der Vermutung Ausdruck, dass der Modus, in welchem das Volk seinen Willen am besten äußert, möglicherweise koinzidieren könnte mit einer aus allgemeinen Wahlen hervorgegangenen Volksversammlung. Es scheine doch sinnvoll, dass eine solche Versammlung die Gesetze auslegen, ändern und sogar aufheben können müsste. Denn wenn ein einzelner die Gesetze mache, könne er – sei's aus Unwissen oder aus bösem Willen schlechte Gesetze machen, und es sei ja wohl überflüssig, den Anwesenden ins Gedächtnis zu rufen, wie oft sich dieser Fall auch und gerade in letzter Zeit ereignet habe. Was die Anwesenden, mochten sie Williams vorausgegangene Worte auch eher erstaunt zur Kenntnis genommen haben, nicht anders als mit zustimmendem Nicken quittieren konnten – wobei sichtlich jeder an einen anderen Fall dachte und jeder den, an welchen er dachte, übel fand.

Gut, fuhr mein Meister fort, wenn also ein einzelner schlechte Gesetze machen kann, wäre dann eine Versammlung vieler nicht besser? Natürlich, hob er hervor, sei hier allein von den irdischen Gesetzen, die den gerechten Gang der Dinge auf Erden regeln sollen, die Rede. Gott hatte bekanntlich zu Adam gesagt, er dürfe nicht vom Baum der Erkenntnis des Guten und Bösen essen, und das war das himmlische Gesetz. Dann aber hatte Gott ihn ermächtigt, was sage ich: aufgefordert, den Dingen Namen zu geben, und in diesem Punkt ließ er seinem irdischen Untertanen freie Hand. Mögen einige heute auch sagen: *nomina sunt consequentia rerum*, so ist doch, betonte William, die Genesis in diesem Punkte sehr klar: Gott brachte dem Menschen die Dinge und Tiere, um zu sehen, wie er sie nenne, und wie der Mensch die lebendigen Tiere nannte, so sollten sie fortan heißen. Und mochte der erste Mensch auch so klug sein, die Dinge und Tiere in seiner paradiesischen Sprache jeweils so zu benennen, wie es ihrem Wesen entsprach, so ändert das nichts an der Tatsache, dass er beim Ersinnen der Namen, die seinem Urteil zufolge am besten zu ihrem jeweiligen Wesen passten, eine Art souveränes Recht ausübte. Denn wie man heute ja weiß, sind die Namen, mit denen die Menschen die Begriffe bezeichnen, in den verschiedenen Ländern sehr verschieden, und gleich für alle sind nur die Begriffe als Zeichen der Dinge. So dass wohl gewiss das Wort *nomen* von *nomos* kommt, das heißt von Gesetz; werden die *nomina* doch von den Menschen ersonnen *ad placitum*, also aufgrund freier und gemeinsamer Übereinkunft.

Keiner der Anwesenden wagte dieser gelehrten Beweisführung zu widersprechen. Woraus William schloss, mithin sei klar zu erkennen, dass die Bestimmung über die Angelegenheiten der irdischen Welt nichts zu tun habe mit der Bewahrung und Verwaltung des Verbum Dei, jenen unveräußerlichen Privilegien der kirchlichen Hierarchie. Bedauernswert die Ungläubigen, rief er aus, weil sie keine solche Autorität haben, die ihnen das Wort Gottes auslegt (und alle Anwesenden bedauerten die armen Ungläubigen). Aber können wir deshalb sagen, fuhr William fort, dass die Ungläubigen nicht dazu neigen, sich Gesetze zu machen und ihre Angelegenheiten zu ordnen und zu verwalten durch Regierungen, Könige, Kaiser oder auch Sultane und Kalifen, wie immer sie ihre Herrscher nennen mögen? Und können wir leugnen, dass auch zahlreiche Kaiser im alten Rom ihre weltliche Macht in

Weisheit ausgeübt haben, man denke nur an Trajan? Und wer, fragte William die Anwesenden, wer gab den Heiden und gibt den Ungläubigen diese natürliche Fähigkeit, sich Gesetze zu schaffen und politische Gemeinwesen? Etwa ihre falschen Gottheiten, die zwangsläufig nicht existieren (oder die nicht zwangsläufig existieren, wie immer man die Negation ihrer Existenzweise ausdrücken will)? Gewiss nicht! Nur einer kann sie ihnen verliehen haben: der Gott der Heerscharen, der Gott Israels, der Vater Unseres Herrn Jesus Christus... Wunderbarer Beweis für die Güte des Herrn, der die Urteilsfähigkeit in politischen Fragen auch denen gegeben hat, die in ihrer Verblendung die Autorität des römischen Pontifex nicht anerkennen und nicht teilhaben an den süßen und schrecklichen Mysterien der Christenheit! Doch was könnte gleichzeitig besser als dies beweisen, dass die weltliche Herrschaft und die irdische Jurisdiktion nichts mit der Kirche und den Gesetzen Jesu Christi zu tun haben, sondern vielmehr von Gott gesetzt worden sind, außerhalb jeder kirchlichen Approbation und lange bevor überhaupt unsere heilige Religion entstanden ist?

Wieder hüstelte William, doch diesmal nicht er allein, denn viele der Anwesenden kratzten sich an den Köpfen und räusperten sich vernehmlich. Der Kardinal benetzte sich mit der Zunge die Lippen und forderte William mit einer höflichen, aber drängenden Geste auf, allmählich zum springenden Punkt zu kommen. Worauf nun der Redner in Angriff nahm, was mittlerweile allen Anwesenden, auch denen, die sie nicht teilten, die vielleicht unangenehmen Schlussfolgerungen seiner so unwiderleglichen Explikation zu sein schienen. Das heißt, er sagte, ihm scheine, dass seine Deduktionen gerade auch durch das Beispiel Christi bestärkt würden, denn Christus sei bekanntlich nicht in die Welt gekommen, um zu befehlen, sondern um sich unter die in der Welt vorgefundenen Bedingungen zu beugen, jedenfalls was die Gesetze des Kaisers betraf. Christus wollte nicht, erläuterte William, dass die Apostel Befehls- oder Herrschaftsgewalt besäßen, und so scheine es doch wohl gut und richtig, wenn die Nachfolger der Apostel jeder weltlichen Zwangsgewalt enthoben würden.

Wenn nämlich der Papst, die Bischöfe und die Priester nicht der Autorität des Fürsten unterstünden, so würde die Autorität des Fürsten dadurch geschmälert, und geschmälert würde damit eine Autorität, die, wie soeben dargelegt, von Gott selbst gesetzt worden ist. Freilich müsse man hier sehr delikate Fälle bedenken, fügte William hinzu, wie zum Beispiel den des Häretikers, über dessen Häresie allein die Kirche als Hüterin der ewigen Wahrheit befinden kann, den aber gleichwohl nur der weltliche Arm richten darf. Wenn die Kirche einen Häretiker ausfindig macht, muss sie ihn gewiss dem Fürsten melden, der über die Lebensbedingungen seiner Untertanen wohlinformiert sein sollte, aber was soll der Fürst dann mit dem Häretiker machen? Ihn verurteilen im Namen einer Wahrheit, zu deren Hüter er nicht bestellt worden ist? Der Fürst kann und muss den Ketzer verurteilen, wenn dessen Handeln der Allgemeinheit schadet, das heißt wenn der Ketzer sein Ketzertum dadurch ausdrückt, dass er die Andersgläubigen tötet oder behindert. Aber hier endet auch schon die Macht des Fürsten, denn niemand auf dieser Welt kann durch Strafen gezwungen werden, die Vorschriften des Evangeliums zu befolgen – was würde sonst aus dem freien Willen, nach dessen Ausübung jeder von uns in der anderen Welt dereinst beurteilt werden wird? Die Kirche kann' und muss dem Ketzer klarmachen, dass er die Gemeinschaft der Gläubigen verlässt, aber richten auf Erden und wider seinen Willen zwingen darf sie ihn nicht. Hätte Christus gewollt, dass seine Priester eine Zwangsgewalt ausüben sollten, so hätte er diesbezüglich präzise Vorschriften erlassen, so wie es Moses getan im alten Gesetz. Er tat aber nichts dergleichen, also wollte er nicht. Oder meint etwa jemand, er habe es zwar gewollt, aber in den drei Jahren seines Predigerdaseins keine Zeit dazu gefunden? Nein, er wollte es nicht, und das war wohlgetan, denn hätte er es gewollt, so hätte der Papst seinen Willen den Königen aufzwingen können, und das Christentum wäre nicht mehr Gesetz der Freiheit, sondern unerträgliche Sklaverei.

All dies, sagte William schließlich mit heiterer Miene, bedeute keineswegs eine Beschränkung der Macht des obersten

Pontifex, sondern im Gegenteil eine Erhöhung seiner Mission; sei er doch als Diener der Diener Gottes nicht auf Erden, um bedient zu werden, sondern um zu dienen! Außerdem wäre es doch, gelinde gesagt, recht sonderbar, wenn der Papst zwar Jurisdiktion über die Angelegenheiten des Kaiserreichs hätte, nicht aber über die Angelegenheiten der übrigen Reiche auf Erden. Bekanntlich gilt, was der Papst über die Angelegenheiten des himmlischen Reiches sagt, sowohl für die Untertanen des Königs von Frankreich wie für die Untertanen des Königs von England. Aber es muss auch Geltung haben für die Untertanen des Großkhans oder des Sultans der Ungläubigen, die eben darum Ungläubige genannt werden, weil sie diese schöne Wahrheit nicht glauben. Wenn also der Papst – in seiner Eigenschaft als Papst – weltliche Jurisdiktion über die Angelegenheiten des Kaiserreiches beanspruchen würde, so könnte doch leicht der Verdacht entstehen, dass der Heilige Vater gerade durch diese seine Gleichsetzung der weltlichen mit der geistlichen Jurisdiktion am Ende nicht nur keine geistliche Jurisdiktion über die Tataren und Sarazenen hätte, sondern auch keine mehr über die Engländer und die Franzosen! Gewiss ein sehr lästerlicher Verdacht... Aus diesem Grunde, folgerte William, scheine ihm die Vermutung richtig, dass die Kirche von Avignon Unrecht täte gegenüber der ganzen Menschheit, wenn sie behaupten wollte, es käme ihr zu, die Wahl des römischen Kaisers zu billigen oder für ungültig zu erklären. Der Papst habe im Hinblick auf das Kaiserreich keine größeren Rechte als im Hinblick auf die anderen Reiche der Welt, und da weder der König von Frankreich noch der Sultan einer päpstlichen Approbation unterliegen, sei nicht einzusehen, warum ausgerechnet der Kaiser der Deutschen und Italiener ihr unterliegen sollte. Eine solche Abhängigkeit des Kaisers vom päpstlichen Segen ergebe sich weder aus göttlichem Recht, sonst hätten die Schriften davon gesprochen, noch aus dem Recht der Völker, kraft oben genannter Gründe. Was schließlich den Bezug zur Armutsfrage betreffe, sagte William zum Abschluss, so führten die dargelegten Ansichten, die in Form bescheidener Denkanstöße von ihm und einigen anderen wie Marsilius von Padua und Johannes Jandun entwickelt worden seien, zu folgenden Konklusionen: Wenn die Franziskaner arm bleiben wollten, so könne und dürfe der Papst sich einem so frommen Wunsch nicht widersetzen. Freilich, wäre die Hypothese der Armut Christi beweisbar, so würde sie nicht nur den Minoriten helfen, sondern auch den Gedanken bestärken, dass Jesus keinerlei irdische Jurisdiktion für sich haben wollte. Doch wie kluge Männer heute morgen versicherten, sei die Armut Christi nicht beweisbar. Somit erscheine es vielleicht sinnvoller, die Beweisführung umzudrehen: Da niemand behauptet hat, noch hätte behaupten können, Jesus habe für sich oder seine Jünger eine weltliche Jurisdiktion beansprucht, könne man wohl in dieser Distanz Unseres Herrn zu den weltlichen Dingen ein hinreichendes Indiz für die Annahme sehen, dass Jesus im gleichen Maße der Armut zugetan war.

William hatte so ruhig gesprochen und seine Gewissheiten mit so vielen Ausdrücken des Vorbehalts und des Zweifels gespickt, dass niemand aufspringen konnte, um ihn zu widerlegen. Was freilich nicht heißt, dass alle von seinen Ausführungen überzeugt waren. Im Gegenteil, nicht nur die Avignoneser wirkten verstört und tuschelten aufgeregt miteinander, auch der Abt schien recht negativ von Williams Worten beeindruckt zu sein, er hatte sich wohl die Beziehungen zwischen seinem Orden und dem Reich ganz anders vorgestellt. Was die Minoriten betraf, so schauten Michael von Cesena verblüfft, der Bischof von Kaffa fassungslos und Ubertin recht nachdenklich drein...

Die Stille wurde schließlich vom Kardinal unterbrochen, der, wie immer lächelnd, leutselig fragte, ob William nach Avignon zu gehen und diese Ansichten auch dem Herrn Papst vorzutragen gedenke. William fragte zurück, was der Herr Kardinal ihm rate, woraufhin dieser meinte, der Heilige Vater habe zwar schon viele fragwürdige Ansichten in seinem Leben gehört und sei stets sehr liebevoll zu seinen Kindern, aber diese Ansichten würden ihn sicherlich sehr bekümmern.

Hier ließ Bernard Gui sich vernehmen, der bisher kein Wort gesagt hatte: »Ich wäre sehr froh, wenn Bruder William, der seine Gedanken so geschickt und eloquent darzulegen vermag, nach Avignon ginge, um sie dem Urteil des Heiligen Vaters zu unterbreiten…«

»Ich danke Euch, Herr Inquisitor, Ihr habt mich überzeugt«, sagte William zufrieden. »Ich werde nicht gehen.« Und zum Kardinal gewandt im Ton der Entschuldigung: »Diese Reizung, wisst Ihr, die mich da an der Brust überfallen hat, lässt es mir nicht geraten erscheinen, in dieser Jahreszeit eine so lange Reise anzutreten.«

»Warum habt Ihr dann so lange gesprochen?« wollte der Kardinal wissen.

»Um die Wahrheit zu bezeugen«, sagte William bescheiden. »Die Wahrheit macht uns frei.«

»Oh nein«, platzte in diesem Moment Jean de Baune los. »Hier handelt es sich nicht um die Wahrheit, die uns frei macht, sondern um die Freiheit, die sich wahrmachen will!«

»Auch das ist möglich«, gab William sanftmütig zu.

Ich hatte plötzlich das unbestimmte Gefühl, dass gleich ein neuer Sturm der Herzen und Zungen losbrechen würde, bedeutend heftiger noch als der erste. Doch nichts dergleichen geschah. Denn während Jean de Baune noch gesprochen hatte, war der Hauptmann der Bogenschützen in den Saal getreten und zu Bernard geeilt, um ihm etwas ins Ohr zu flüstern. Nun erhob sich der Inquisitor und verlangte mit einer herrischen Handbewegung Gehör.

»Verehrte Brüder«, sagte er, »vielleicht kann diese interessante Diskussion ein andermal fortgesetzt werden. Jetzt zwingt uns leider ein schwerwiegendes Ereignis, unsere Arbeit abzubrechen, mit gütiger Erlaubnis des Abtes. Möglicherweise habe ich ungewollt die Erwartungen des Herrn Abtes erfüllt, hoffte er doch den Schuldigen der Verbrechen zu finden, die in den letzten Tagen hier verübt worden sind. Nun, ich habe ihn! Leider gelang es mir nicht, ihn rechtzeitig zu fassen, auch diesmal… Draußen ist etwas geschehen…« Er brach ab, durchquerte mit raschen Schritten den Saal und eilte hinaus, gefolgt von vielen, an der Spitze von William und mir.

Mein Meister sah mich düster an: »Ich fürchte, unserem Freund Severin ist etwas zugestoßen.«

Fünfter Tag

Sexta

Worin man Severin in seinem Blute findet,
nicht aber das Buch, das er gefunden hatte.

Voll banger Ahnungen eilten wir über den Hof. Der Hauptmann führte uns zum Hospital, vor dem wir im dichten Nebel zunächst ein Gewirr von erregten Schatten sahen: Es waren Mönche und Knechte, die von allen Seiten herbeigeströmt kamen, es waren Bogenschützen, die den Eingang bewachten.

»Diese Bewaffneten sind von mir ausgeschickt worden, um einen Mann zu ergreifen, der Licht in manch dunkles Geheimnis bringen könnte«, erklärte Bernard.

»Meint Ihr den Bruder Botanikus?« fragte erschrocken der Abt.

»Nein, Ihr werdet gleich sehen«, sagte Bernard, hieß die Bogenschützen beiseite treten und ging hinein.

Wir betraten Severins Laboratorium, und drinnen bot sich unseren Augen ein gräßlicher Anblick. Der Unglückliche lag auf dem Boden in einem Meer von Blut mit zerschmettertem Schädel. Ringsum ein furchtbares Chaos, die Regale leergefegt wie von einem Sturm, Tische und Fußboden übersät mit Gläsern, Flaschen, Büchern und Blättern in wildem Drunter und Drüber. Neben dem Toten lag eine Armillarsphäre, mindestens doppelt so groß wie ein menschlicher Kopf, aus fein ziseliertem Metall, getragen von einem verzierten Dreifuß und gekrönt von einem goldenen Kreuz. Ich erinnerte mich, sie beim letzten Mal auf dem Tisch links neben der Tür gesehen zu haben.

Am anderen Ende des Raumes hielten zwei Bogenschützen den protestierenden Cellerar fest, der heftig um sich schlug und lauthals seine Unschuld beteuerte und seinen Protest noch steigerte, als er den Abt hereintreten sah. »Hochwürden«, rief er durch den Raum, »der Anschein spricht gegen mich, aber glaubt mir: Severin war schon tot, als ich hereinkam, und sie fassten mich, als ich wortlos vor diesem Trümmerfeld stand!«

Der Hauptmann trat zu Bernard, salutierte und erstattete ihm Rapport vor aller Ohren. Beauftragt, den Cellerar zu verhaften, hätten die Bogenschützen seit über zwei Stunden die ganze Abtei nach ihm abgesucht. (Aha, dachte ich, das also war es gewesen, was Bernard heute morgen angeordnet hatte, bevor er den Kapitelsaal betrat, und anscheinend hatten die Bogenschützen, unvertraut mit der Örtlichkeit, die ganze Zeit an den falschen Stellen gesucht, ohne zu merken, dass der Cellerar ahnungslos bei den anderen im Narthex weilte; außerdem hatte gewiss der Nebel die Suche erschwert.) Weiter war den Worten des Hauptmanns zu entnehmen, dass Remigius, nachdem ich ihn aus den Augen verloren hatte, tatsächlich in die Küche gegangen war, wobei ihn jemand gesehen und den Bogenschützen verraten hatte. Als diese jedoch beim Aedificium eintrafen, war er schon wieder weg, allerdings noch nicht lange, denn in der Küche fanden sie Jorge, der ihnen sagte, er habe soeben noch mit dem Cellerar gesprochen. Daraufhin durchsuchten die Bogenschützen das Gelände der Gärten, und da sei plötzlich, sagte der Hauptmann, wie ein Gespenst aus dem Nebel der greise Alinardus vor ihnen aufgetaucht, kaum noch Herr seiner Sinne. Er habe ihnen gesagt, dass der Cellerar gerade eben ins Hospital gegangen sei. Rasch dorthin geeilt, hätten sie draußen die Türe offen gefunden und drinnen den toten Severin sowie den Cellerar, der wie ein Wilder die Regale durchwühlte und alles auf den Boden warf, als ob er verzweifelt nach etwas suchte. »Klarer Fall«, schloß der Hauptmann, »der Cellerar drang ein, stürzte sich auf den Botanikus, erschlug ihn und suchte nun das, weswegen er ihn erschlagen hatte.«

Einer der Bogenschützen hob die Armillarsphäre auf und reichte sie dem Inquisitor. Das elegante Gebilde aus ineinander verschränkten Kupfer- und Silberkreisen; zusammengehalten durch ein solides Gerüst aus Bronzeringen, war offensichtlich am Schaft des Ständers gepackt und mit großer Wucht auf den Schädel des Opfers geschlagen worden: An einer Seite waren viele der kleineren Kreise zerbrochen oder zerdrückt, und dass eben diese Seite auf Severins Schädel niedergegangen war, bezeugten grausige Spuren von Blut, verklebt mit Haaren und Klümpchen weißlicher Hirnmasse.

William beugte sich über Severin, um seinen Tod festzustellen. Die Augen des Ärmsten, blutüberströmt wie der ganze Kopf, waren weit aufgerissen, und ich fragte mich, ob es wohl möglich wäre, wie es von anderen Fällen berichtet wurde, in den erstarrten Pupillen des Ermordeten, gleichsam als Rest seiner letzten Sinneswahrnehmung, ein Bild des Mörders zu erkennen. William untersuchte die Hände des Toten, wohl um zu sehen, ob an den Fingern schwarze Flecken waren, mochte in diesem Falle die Todesursache auch ganz offenkundig eine andere sein. Doch Severin hatte die weichen Lederhandschuhe an, die ich zuweilen an ihm gesehen hatte, wenn er mit gefährlichen Kräutern, giftigen Echsen oder unbekannten Insekten hantierte.

Unterdessen wandte sich Bernard an den Cellerar: »Remigius von Varagine, so heißt du doch, oder? Ich habe dich aufgrund anderer Beschuldigungen und um einen anderen Verdacht zu erhärten durch meine Männer suchen lassen. Jetzt sehe ich, dass ich richtig gehandelt habe, wenn auch leider zu spät, was ich sehr bedauere. Hochwürden«, wandte er sich an den Abt, »ich fühle mich fast ein wenig mitverantwortlich für dieses Verbrechen, denn seit heute morgen wusste ich, dass dieser Mann zu verhaften ist – nach allem, was jener andere Elende mir heute Nacht enthüllt hatte. Aber Ihr habt ja selbst gesehen, dass ich in den letzten Stunden von anderen Pflichten in Anspruch genommen war, und meine Männer haben ihr Bestes getan...«

Während er sprach, und er hatte mit lauter Stimme gesprochen, damit alle ihn hören konnten (und der Raum war inzwischen gesteckt voll mit Neugierigen, die in jeden Winkel krochen, das herumliegende Zeug begafften, einander den Toten zeigten und aufgeregt miteinander tuschelten), entdeckte ich im Gedränge den Bibliothekar, der finsteren Blickes die Szene betrachtete. Auch der Cellerar sah ihn jetzt, als er gerade abgeführt werden sollte. Er entwand sich mit einem heftigen Ruck den Griffen der Bogenschützen, stürzte zu seinem Mitbruder, packte ihn an der Brust und redete einen Moment lang hastig und leise auf ihn ein, bis die Bogenschützen ihn wegzerrten. Als sie ihn rüde hinausstießen, wandte er sieh auf der Schwelle noch einmal um und rief zu Malachias: »Schwöre, und ich werde auch schwören!«

Malachias antwortete nicht sofort, als suche er noch die richtigen Worte. Dann aber rief er dem Cellerar nach: »Ich werde nichts gegen dich tun!«

William und ich sahen einander an. Was mochte diese Szene bedeuten? Auch Bernard Gui hatte sie bemerkt, schien aber nicht überrascht zu sein, sondern lächelte Malachias verstohlen zu, wie um dessen Worte zu billigen und ein komplizenhaftes Einverständnis mit ihm zu besiegeln. Dann verkündete er, gleich nach dem Mittagsmahl werde im Kapitelsaal ein erstes Tribunal abgehalten, um die öffentliche Untersuchung des Falles einzuleiten, befahl, den Cellerar gut zu verwahren, ohne ihn mit Salvatore reden zu lassen, und ging hinaus.

Im selben Moment hörten wir hinter uns eine leise Stimme. Es war Benno. »Ich bin gleich nach euch hereingekommen«, raunte er uns zu, »als der Raum noch halb leer war, und da war Malachias nicht da.«

»Er wird später gekommen sein«, meinte William.

»Nein«, versicherte Benno. »Ich stand an der Tür, ich habe alle gesehen, die hereinkamen. Ich sage Euch: Malachias war schon drinnen... vorher.«

»Wann vorher?«

»Bevor der Cellerar hereinkam. Ich kann's nicht beschwören, aber ich glaube, er trat dort hinter dem Vorhang hervor, als es hier von Neugierigen wimmelte.« Er deutete auf einen breiten Vorhang im hinteren Teil des Raumes, der ein Bett verdeckte, auf welches Severin seine Patienten zu legen pflegte, wenn sie Ruhe brauchten nach einer Behandlung.

»Willst du damit andeuten, dass Malachias Severin umgebracht hat und sich dort versteckte, als der Cellerar kam?«

»Oder dass er von dort aus miterlebt hat, was hier geschehen ist. Warum sonst hätte ihn der Cellerar so angefleht, nichts gegen ihn zu tun, dann werde auch er nichts gegen ihn tun?«

»Mag sein«, sagte William. »In jedem Falle war hier ein Buch, und es müsste auch jetzt noch hier sein, denn weder der Cellerar noch Malachias haben es fortgetragen.« William wusste aus meinem Bericht, dass Benno Bescheid wusste, und jetzt brauchte er Hilfe. Er ging zum Abt, der traurig vor Severins Leichnam stand, und bat ihn, alle hinauszuschicken, damit der Tatort genauer untersucht werden könne. Der Abt entsprach der Bitte und ging selber hinaus, nicht ohne William skeptisch anzusehen, als wollte er ihm vorwerfen, dass er immer zu spät komme. Malachias schob allerlei durchsichtige Gründe vor, um bleiben zu dürfen, doch William wies ihn kühl darauf hin, dies sei nicht die Bibliothek und folglich könne er hier keine Sonderrechte beanspruchen. Mein Meister blieb höflich, aber unbeugsam – womit er sich dafür rächte, dass Malachias ihm vor drei Tagen nicht gestattet hatte, den Tisch des Venantius zu untersuchen.

Sobald wir zu dritt allein waren, räumte William einen der Tische frei und hieß mich, ihm die Bücher aus Severins Sammlung eins nach dem anderen zu bringen. Es war eine kleine Sammlung, verglichen mit der immensen im Labyrinth, aber es handelte sich gleichwohl um Dutzende von Bänden verschiedener Größe und Form, die vorher in schönster Ordnung auf den Regalen gestanden hatten und nun in wüster Unordnung auf dem Boden lagen, vermischt mit anderen Gegenständen, zerwühlt von den hastigen Händen des Cellerars, nicht wenige auch zerrissen, als hätte Remigius nicht ein Buch gesucht, sondern etwas zwischen den Seiten eines Buches. Manche waren regelrecht zerfetzt und aus dem Einband gerissen. Sie alle zusammenzusuchen, rasch zu prüfen und auf dem Tisch zu stapeln, war eine mühsame Arbeit, die zudem schnell erledigt werden musste, denn der Abt hatte uns nicht allzuviel Zeit gelassen; bald würden die Mönche kommen, um den Leichnam zu waschen und für das Begräbnis herzurichten. Auch galt es, in alle Winkel zu schauen, unter die Tische, hinter die Wandregale und Schränke, ob uns nicht etwas entgangen war. William wollte nicht, dass Benno mir dabei half, er erlaubte ihm nur, die Tür zu bewachen; denn trotz der Anweisungen des Abtes drängten immer noch viele von draußen herein: Knechte, die von der schrecklichen Nachricht gehört hatten, Mönche, die ihren toten Mitbruder beweinten, Novizen mit Wasserbecken und weißen Laken...

Wir mussten uns also sputen. Ich holte die Bücher und reichte sie William, er prüfte sie und legte sie auf den Tisch. Bald merkten wir, dass dieses Verfahren zu langsam war, und gingen gemeinsam vor, dass heißt, ich griff mir ein Buch, ordnete es, wenn es auseinandergefallen war, las den Titel und legte es zu den anderen. Und oft genug waren es lose Blätter.

»*De plantis libri tres*, verdammt nochmal, das ist es auch nicht!« knurrte William und warf sein Buch auf den Tisch.

»*Thesaurus herbarum*«, sagte ich, und William: »Vergiss es, wir suchen ein griechisches Buch!«

»Vielleicht dieses?« fragte ich und zeigte ihm einen Band, dessen Seiten mit krausen Lettern bedeckt waren. »Nein, du Dummkopf!« fauchte William mich an. »Das ist Arabisch! Roger Bacon hatte vollkommen recht: Die erste Pflicht des Studenten ist das Studium der Sprachen!«

»Aber Arabisch könnt Ihr doch auch nicht!« maulte ich gekränkt, worauf William versetzte: »Aber ich sehe wenigstens, dass es Arabisch ist!« Und ich errötete, denn ich hörte Benno leise hinter mir lachen.

Es waren viele Bücher, und dazu kamen noch Hefte, Rollen mit Plänen des Himmelsgewölbes, Kataloge seltener Pflanzen. Wir arbeiteten lange, untersuchten jeden Winkel des Laboratoriums, William drehte sogar mit großer Kaltblütigkeit den Körper des Toten zur Seite, um nachzusehen, ob vielleicht etwas darunter lag, und fasste ihm in die Kutte. Nichts.

»Es *muss* aber da sein!« sagte William. »Severin hatte sich hier mit einem Buch eingeschlossen. Der Cellerar hatte es nicht...«

»Vielleicht trug er es unter der Kutte«, meinte ich.

»Nein. Das Buch, das ich neulich unter dem Tisch des Venantius sah, war ziemlich groß. Wir hätten es bemerkt.«

»Wie war es eingebunden?«

»Ich weiß nicht, es lag aufgeschlagen auf dem Regal, und ich habe es nur ein paar Sekunden lang gesehen, gerade lange genug, um zu erkennen, dass es griechisch war, sonst erinnere ich mich an nichts. Überlegen wir weiter: Der Cellerar hatte es nicht und Malachias auch nicht, glaube ich jedenfalls.«

»Bestimmt nicht«, fiel Benno ein. »Als der Cellerar ihn an der Brust packte, sah man, dass er nichts unter dem Skapulier versteckt haben konnte.«

»Gut. Das heißt schlecht. Wenn das Buch nicht in diesem Raum ist, muss also vor Malachias und dem Cellerar noch jemand anders hier eingedrungen sein.«

»Eine dritte Person, die Severin erschlagen hat?« fragte ich.

»Zu viele Personen«, resignierte William.

»Andererseits«, gab ich zu bedenken, »wer konnte denn wissen, dass dieses Buch hier war?«

»Jorge zum Beispiel, falls er uns im Narthex gehört hatte.«

»Ja schon«, überlegte ich, »aber Jorge hätte doch sicher nicht einen so kräftigen Mann wie Severin töten können, noch dazu mit solcher Gewalt.«

»Sicher nicht. Außerdem hast du ihn ja zum Aedificium gehen sehen, und die Bogenschützen trafen ihn in der Küche, kurz bevor sie den Cellerar fanden. Also hätte er gar nicht die Zeit gehabt, erst hierher zu gehen und dann wieder in die Küche zurück. Bedenke, er muss doch schließlich, so gewandt er sich auch bewegen mag, an den Mauern entlanggehen, er kann nicht einfach quer durch den Garten, noch dazu im Laufschritt...«

»Lasst mich mit meinem eigenen Kopf überlegen«, sagte ich, begierig, mit meinem Meister zu wetteifern. »Jorge kann es mithin nicht gewesen sein. Alinardus trieb sich in der Nähe herum, aber er kann sich kaum auf den Beinen halten und wäre erst recht nicht imstande, Severin zu überwältigen. Remigius war hier, aber die Zeit zwischen seinem Weggang aus der Küche und dem Eintreffen der Bogenschützen im Hospital war so kurz, dass er es kaum geschafft haben kann, sich von Severin öffnen zu lassen, über ihn herzufallen, ihn zu erschlagen und dann dieses ganze Pandämonium hier zu veranstalten. Malachias könnte natürlich allen zuvorgekommen sein: Jorge hat uns im Narthex gehört, geht ins Skriptorium, sagt Malachias, dass ein Buch aus der Bibliothek bei Severin ist, Malachias kommt her, beschwatzt Severin, ihm die Tür zu öffnen, und tötet ihn, Gott weiß warum... Aber er hätte das Buch erkennen müssen, ohne hier alles auf den Kopf zu stellen, er ist schließlich der Bibliothekar! Wer bleibt also übrig?«

»Benno«, sagte William.

Benno schüttelte heftig den Kopf. »Nein, Bruder William! Ihr wisst, dass ich vor Neugier brannte, aber wenn ich hier eingedrungen wäre und mit dem Buch hätte verschwinden können, dann wäre ich jetzt nicht hier, sondern säße irgendwo im verborgenen, um meinen Schatz zu prüfen...«

»Klingt recht überzeugend«, lächelte William. »Aber auch du weisst nicht, wie das Buch aussieht. Du könntest Severin umgebracht haben und jetzt hier sein, um es zu suchen.«

Benno errötete heftig: »Ich bin kein Mörder!«

»Niemand ist einer, bevor er den ersten Mord begeht«, sagte William philosophisch. »In jedem Fall ist das Buch nicht mehr hier, und das beweist hinlänglich, dass du es nicht hiergelassen hast. Und wenn du es gefunden hättest, soviel scheint mir in der Tat klar, dann hättest du dich vorhin im Gewimmel damit verdrückt.«

Er wandte sich zu dem Ermordeten und betrachtete ihn eine Zeitlang schweigend. Es schien, als machte er sich erst jetzt den Tod seines Freundes bewusst. »Armer Severin«, murmelte er, »auch dich und deine Gifte hatte ich im Verdacht. Und du warst auf ein verborgenes Gift gefasst, sonst hättest du nicht deine Handschuhe angezogen. Du fürchtetest eine Gefahr aus der Erde, und sie traf dich vom Himmelsgewölbe...« William nahm die Armillarsphäre und drehte sie nachdenklich in der Hand. »Warum mag der Mörder wohl ausgerechnet diese Mordwaffe benutzt haben?«

»Sie war gerade zur Hand.«

»Kann sein. Aber es waren auch andere Dinge zur Hand, Krüge, Gartengeräte... Wirklich ein Musterbeispiel feinster Metallkunst und gelehrter Astronomie. Jetzt ist es ruiniert... Heiliger Himmel!« fuhr er plötzlich hoch.

»Was ist?«

»Und es ward geschlagen der dritte Teil der Sonne und der dritte Teil des Mondes und der dritte Teil der Sterne...«, rezitierte mein Meister.

Ich kannte die Offenbarung Johannis zu gut: »Die vierte Posaune!« rief ich erschrocken.

»In der Tat: erst Hagel, dann Blut, dann Wasser und jetzt die Sterne... Aber wenn das so ist, dann müssen wir alles neu bedenken: Der Mörder hat nicht aufs Geratewohl zugeschlagen, sondern einen Plan verfolgt... Aber ist so was möglich? Ist es vorstellbar, dass einer nur tötet, wenn er dabei nach dem Muster der apokalyptischen Prophezeiungen vorgehen kann? Gibt es ein so teuflisches Hirn?«

»Was verkündet die fünfte Posaune?« fragte ich entsetzt und versuchte mich an die Worte des Apostels zu erinnern: »Und ich sah einen Stern, gefallen vom Himmel auf die Erde, und ihm ward der Schlüssel zum Brunnen des Abgrunds gegeben... Wird jemand in den Brunnen gestoßen?«

»Die fünfte Posaune verspricht uns noch viele andere Übel«, sagte William. »Aus dem Brunnen steigt der Rauch eines Ofens auf, und aus dem Rauch kommen Heuschrecken, um die Menschen zu quälen mit Stacheln wie von Skorpionen, und die Heuschrecken sehen wie Kriegsrosse aus und haben goldene Kronen und Zähne wie Löwen... Unser Mann hat viele Möglichkeiten, die Worte des Buches zu erfüllen... Aber versteigen wir uns nicht in Phantastereien! Versuchen wir lieber einmal zu rekonstruieren, was Severin genau sagte, als er im Narthex mit uns sprach... Er sagte, er hätte ein Buch gefunden...«

»Und Ihr sagtet, er solle es Euch gleich herbringen, und er sagte, das könne er nicht...«

»Ja, und dann wurden wir unterbrochen. Warum konnte er nicht? Ein Buch kann man tragen. Und warum zog er sich

Handschuhe an? Ob irgend etwas am Einband des Buches ist? Etwas im Zusammenhang mit dem Gift, an dem Berengar und Venantius gestorben sind? Eine tückische Falle, eine vergiftete Stelle...«

»Eine Schlange!« regte ich an.

»Warum nicht ein Wal? Nein, wir phantasieren schon wieder! Das Gift muss durch den Mund in den Körper, wie wir gesehen haben. Außerdem hat Severin nicht gesagt, er könne das Buch nicht tragen. Er hat gesagt, ich müsse selber kommen und sehen, es sei gefährlich. Und er hat sich Handschuhe angezogen... Womit wir einstweilen nur wissen, dass dieses mysteriöse Buch mit Handschuhen angefasst werden muss. Das gilt auch für dich, Benno, falls du es findest, was ich hoffe. Und da du so hilfsbereit bist, kannst du dich gleich mal nützlich machen: Geh ins Skriptorium und achte genau auf Malachias. Lass ihn nicht aus den Augen!«

»Wird gemacht!« sagte Benno, sichtlich froh über den Auftrag, und eilte sofort hinaus. Wir konnten die Mönche draußen jetzt nicht mehr länger zurückhalten, und rasch füllte sich der Raum von neuem. Die Stunde des Mittagsmahls war inzwischen vorüber, wahrscheinlich versammelte Bernard Gui bereits seine Leute im Kapitelsaal.

»Hier können wir jetzt nichts mehr tun«, sagte William.

Mir schoss ein Gedanke durch den Kopf: »Vielleicht hat der Mörder das Buch aus dem Fenster geworfen, hinter das Hospital, um es sich später zu holen!« William warf einen skeptischen Blick auf die fest verriegelten Fenster. »Na gut«, sagte er, »sehen wir mal nach.«

Wir gingen hinaus und inspizierten die Rückseite des Gebäudes, das sich fast an die Umfassungsmauer lehnte, aber doch einen schmalen Durchgang ließ. William ging vorsichtig voran, denn hier war der Schnee noch unberührt. Unsere Füße machten deutlich erkennbare Spuren auf der dünnen verharschten Kruste; wenn jemand vor uns, hier gegangen wäre, hätte der Schnee ihn verraten müssen. Nichts.

Wir kehrten dem Hospital mitsamt meiner dürftigen Hypothese den Rücken, um uns zum Kapitelsaal zu begeben. Während wir den Garten durchquerten, fragte ich William, ob er Benno wirklich vertraue. »Überhaupt nicht«, sagte er. »Aber wir haben ihm nichts gesagt, was er nicht schon wusste, und wir haben ihm Angst vor dem Buch gemacht. Und indem wir ihn jetzt den Bibliothekar überwachen lassen, lassen wir ihn zugleich *durch* den Bibliothekar überwachen, der sicher das Buch auf eigene Rechnung sucht.«

»Und was hat der Cellerar gesucht?«

»Das werden wir gleich erfahren. Zweifellos etwas, das er dringend brauchte, um eine Gefahr abzuwenden, die ihm furchtbare Angst macht. Und Malachias muss dieses Etwas kennen, wie erklärst du dir sonst, warum Remigius ihn so verzweifelt angefleht hat?«

»Jedenfalls ist das Buch jetzt verschwunden...«

»Das glaube ich freilich am allerwenigsten«, sagte William, während wir vor dem Kapitelsaal ankamen. »Wenn es da war, und Severin hat gesagt, dass es da war, dann ist es entweder fortgeschafft worden oder immer noch da.«

»Und da es nicht da ist, muss es jemand fortgeschafft haben«, folgerte ich.

»Wer sagt dir, dass wir nicht von einer anderen Prämisse ausgehen müssen? Zum Beispiel von dieser: Da alles dafür spricht, dass niemand es fortgeschafft haben kann...«

»... müsste es noch dasein. Aber es war nicht da!«

»Moment mal! Wir sagen, dass es nicht da war, weil wir es nicht gefunden haben. Aber vielleicht haben wir es nicht gefunden, weil wir nicht da nachgeschaut haben, wo es war.«

»Aber wir haben überall nachgeschaut!«

»Nachgeschaut, ja, aber vielleicht nicht gesehen. Oder gesehen, aber nicht erkannt. Adson, denk doch mal nach, wie hatte Severin das Buch genannt?«

»Er sagte, es sei ein Buch, das er nicht kenne, ein griechisches Buch...«

»Nein, jetzt erinnere ich mich, er sagte: ein *seltsames* Buch! Severin war ein Gelehrter, und für einen Gelehrten ist ein griechisches Buch nicht seltsam, auch wenn er kein Griechisch versteht, denn in jedem Falle kennt er die Schrift. Ein Gelehrter würde nicht einmal ein arabisches Buch als seltsam bezeichnen, auch wenn er kein Arabisch versteht...« William unterbrach sich. »Und was sollte auch ein arabisches Buch in Severins Laboratorium?«

»Aber warum hat er das Buch dann seltsam genannt?«

»Eben das ist die Frage. Es muss irgendwie ungewöhnlich gewesen sein, zumindest für ihn, der schließlich Botanikus war und nicht Bibliothekar... In Bibliotheken kommt es zuweilen vor, dass mehrere alte Handschriften einfach zusammengebunden werden, so dass in einem Band dann mehrere ganz verschiedene Texte enthalten sind, zum Beispiel ein griechischer, ein aramäischer...«

»... und ein arabischer!« schrie ich auf, von blitzartiger Erkenntnis durchzuckt.

William packte mich hart am Arm, zerrte mich aus dem Narthex und über den Hof zurück zum Laboratorium. »Hornochse! Holzkopf von einem Teutonen! Ignorant! Du hast nur die ersten Seiten geprüft und nicht den Rest!«

»Aber Meister!« jammerte ich. »Ihr wart es doch, der die Seiten geprüft hat! Ich hatte sie Euch gezeigt, und Ihr habt gesagt, das sei Arabisch und nicht Griechisch!«

»Ja, ja, du hastja recht! Ich bin der Hornochse! Los, schneller!«

Keuchend erreichten wir das Hospital und hatten Mühe hineinzukommen, denn die Novizen trugen gerade den Leichnam heraus. Drinnen wimmelte es von Neugierigen. William stürzte sofort zum Tisch, durchwühlte hastig die Bücher auf der Suche nach jenem einen schicksalsschwangeren, nahm sie eins nach dem anderen zur Hand und warf sie ungeduldig zu Boden unter den staunenden Augen der Umstehenden, fing noch einmal von vorn an, schlug jedes einzelne auf, dann noch ein drittes Mal... Es half alles nichts, die arabische Handschrift war verschwunden. Ich konnte mich dunkel an den sehr alten Einband erinnern, er war nicht robust gewesen und ziemlich abgewetzt, zusammengehalten von leichten Metallbändern...

»Wer ist hier reingekommen, seit wir raus sind?« fragte William einen der Mönche, der freilich nur hilflos die Achseln zuckte. Klar, alle und niemand waren hereingekommen.

Rasch überlegten wir, welche Möglichkeiten es gab. Malachias? Unwahrscheinlich, er wusste genau, was er suchte, er hatte uns vermutlich beobachtet und gesehen, dass wir mit leeren Händen herausgekommen waren, er war sicher längst ins Skriptorium zurückgekehrt. Benno? Jetzt fiel mir ein, dass er vorhin bei unserem kurzen Wortwechsel über die arabische Handschrift gelacht hatte. Ich hatte natürlich angenommen, er habe über meine Dummheit gelacht, aber vielleicht war es Williams Naivität gewesen, die ihn so amüsiert hatte – ihn, der sicherlich wusste, in wie vielen verschiedenen Gestalten eine alte Handschrift sich darbieten kann... Vielleicht hatte er sofort erkannt, was wir leider erst jetzt erkannt hatten, aber natürlich gleich hätten erkennen müssen – nämlich dass es doch recht sonderbar war, bei Severin, der kein Arabisch konnte, ein arabisches Buch zu finden... Wer kam sonst noch in Frage? Gab es eine dritte Person?

William war völlig niedergeschlagen. Ich wollte ihn trösten, indem ich ihm sagte, seit drei Tagen sei er nun auf der Suche nach einem griechischen Buch gewesen, da sei es doch ganz natürlich, dass er beim Prüfen der Bücher alle, die keine griechische Schrift aufwiesen, sofort ausgesondert habe. Worauf er jedoch erwiderte, Irren sei gewiss menschlich, aber es gebe Menschen, die sich öfter als andere irrten, und die nenne man Tölpel, und er sei einer davon, und er frage sich, wozu er so lange in Paris und Oxford studiert habe, um dann nicht mal auf einen so simplen Gedanken zu kommen, dass alte Handschriften auch in Gruppen zusammengebunden sein können, was schließlich schon die Novizen wüssten, abgesehen von solchen Tölpeln wie mir, und ein Tölpelpaar wie wir beide hätte sicher großen Erfolg auf den Jahrmärkten, und dort sollten wir lieber künftig auftreten, statt hier dunkle Geheimnisse klären zu wollen, besonders wenn wir es mit Leuten zu tun hätten, die sehr viel heller seien als wir.

»Aber was soll das Gejammer?« sagte er schließlich. »Wenn Malachias das Buch genommen hat, ist es jetzt sicher wieder in der Bibliothek, und dort finden wir es nur, wenn wir das Rätsel des Finis Africae lösen. Und wenn es Benno genommen hat, wird er sich gewiss gedacht haben, dass ich früher oder später auf denselben Gedanken kommen würde wie er, sonst hätte er nicht so schnell gehandelt. Folglich hat er sich irgendwo mit dem Buch versteckt, und der einzige Ort, an welchem er sich gewiss nicht versteckt hat, ist der, an welchem wir ihn sofort suchen würden, nämlich seine Zelle. Also gehen wir lieber in den Kapitelsaal und sehen, ob vielleicht beim Verhör des Cellerars etwas herauskommt, was uns weiterbringt. Alles in allem ist mir nämlich noch gar nicht recht klar, worauf Bernard eigentlich hinauswill. Schließlich suchte er seinen Mann schon seit heute morgen, also lange bevor Severin ermordet wurde und aus ganz anderen Gründen.«

Wir gingen zurück zum Kapitelsaal. Wir hätten besser daran getan, in Bennos Zelle zu gehen. Denn wie wir später erfuhren, hatte unser junger Freund durchaus keine so hohe Meinung von Williams Scharfsinn gehabt und daher nicht erwartet, dass wir so schnell ins Laboratorium zurückkehren würden. Weshalb er in der Annahme, dass ihn keiner dort suchen würde, genau in seine Zelle gegangen war, um dort das Buch zu verstecken...

Doch davon später mehr. Einstweilen sollten sich nämlich andere Dinge ereignen, die so dramatisch und aufwühlend waren, dass wir darüber unser mysteriöses Buch fast vergaßen. Und wenn wir es auch nicht ganz vergaßen, mussten wir uns doch anderen Aufgaben zuwenden, schließlich hatte William immer noch seine Mission.

Fünfter Tag

Nona

Worin Recht gesprochen wird
und man den beklemmenden Eindruck hat,
dass alle im Unrecht sind.

Bernard Gui thronte hinter dem großen Nussbaumtisch im Kapitelsaal, flankiert von einem Dominikaner, der die Aufgaben eines Protokollanten wahrnahm, sowie von zwei Prälaten der päpstlichen Legation als beisitzenden Richtern. Remigius stand vor dem Tisch, rechts und links bewacht von zwei Bogenschützen.

Der Abt wandte sich leise an William: »Ich weiß nicht, ob das Verfahren rechtmäßig ist. Das Laterankonzil von 1215 hat in seinem Kanon XXXVII bestimmt, dass niemand vor einen Richter zitiert werden darf, der mehr als zwei Tagesmärsche von seinem Wohnort entfernt amtiert. Hier liegt der Fall vielleicht anders, hier ist es der Richter, der von weither kommt, aber...«

»Der Inquisitor steht über jeder regulären Gerichtsbarkeit«, antwortete William, »er braucht die Normen des gewöhnlichen Rechts nicht zu befolgen, er genießt Sonderrechte und ist nicht einmal gehalten, die Verteidiger anzuhören.«

Ich betrachtete den Cellerar. Er sah jämmerlich aus und blickte um sich wie ein verängstigtes Tier, als ob er die Gesten und Bewegungen einer gefürchteten Liturgie erkannte. Heute weiß ich, dass er aus zweierlei Gründen Angst hatte, die ihn beide gleichermaßen erschreckten: zum einen, weil er allem Anschein nach in flagranti bei einem Mord ertappt worden war, zum anderen, weil er bereits seit dem Vortag, als Bernard mit seinen Verhören begonnen und allerlei Gerüchte gesammelt hatte, bei dem Gedanken zitterte, dass seine Jugendsünden ans Licht kommen könnten; und seine Unruhe war noch gewachsen, als er gesehen hatte, wie Salvatore abgeführt worden war.

Zudem wusste Bernard Gui sehr genau, wie man die Angst seiner Opfer in Panik verwandelt. Er sprach nicht, im Gegenteil, während alle erwarteten, dass er mit dem Verhör beginnen werde, wühlte er schweigend in den Blättern, die ausgebreitet vor ihm auf dem Tisch lagen, und tat so, als ob er sie ordnete – aber zerstreut, denn sein Blick war dabei auf den Angeklagten gerichtet, und in diesem Blick lag eine Mischung aus geheuchelter Nachsicht (als wollte er sagen: »Fürchte dich nicht, du stehst hier vor einem brüderlichen Kollegium, das gar nicht anders kann, als dein Bestes zu wollen«), aus eisiger Ironie (als wollte er sagen: »Du weisst noch nicht, was dein Bestes ist, aber ich werde es dir gleich sagen«) und aus gnadenloser Strenge (als wollte er sagen: »In jedem Falle bin ich dein einziger Richter und du gehörst mir«). All das wusste der Cellerar längst, doch der lauernde Blick und das Schweigen des Inquisitors dienten dazu, es ihm erneut ins Gedächtnis zu rufen, ja es ihn geradezu körperlich spüren zu lassen, auf dass er – statt es zu vergessen – sein Wissen als zusätzliche Belastung empfinde, auf dass seine Angst zur Verzweiflung werde und er zum willenlosen Objekt, zum knetbaren Wachs in den Händen des Richters.

Endlich brach Bernard das lastende Schweigen, murmelte ein paar rituelle Formeln und sagte, zu den Beisitzern gewandt, man werde nun zum Verhör des Angeklagten schreiten. Eines Angeklagten, präzisierte er, dem zwei gleichermaßen ruchlose Verbrechen zur Last gelegt würden: das eine liege offen vor aller Augen zutage, das andere sei indessen nicht minder ruchlos, denn man habe den Angeklagten bei einem Mord ertappt, als man ihn suchte wegen Verdachtes auf Häresie.

Das Wort war heraus. Der Cellerar schlug sich die Hände vor das Gesicht, was ihm Mühe bereitete, denn sie lagen in Ketten, und Bernard begann das Verhör.

»Wer bist du?«

»Remigius von Varagine. Ich bin vor zweiundfünfzig Jahren geboren und noch als Knabe in das Minoritenkonvent von Varagine eingetreten.«

»Und wieso befindest du dich jetzt im Orden des heiligen Benedikt?«

»Vor vielen Jahren, als der Papst die Bulle *Sancta Romana* ausgab, dachte ich... aus Furcht vor einer Ansteckung durch die Häresie der Fratizellen... obwohl ich niemals ein Anhänger ihrer Lehren gewesen war... dass es besser wäre für meine sündige Seele, mich einer Umwelt voller Versuchungen zu entziehen, und bewarb mich erfolgreich um Aufnahme in die Bruderschaft dieser Abtei, der ich nunmehr seit über acht Jahren als Cellerar diene.

»Du hast dich den Versuchungen der Häresie entzogen«, höhnte der Inquisitor, »oder präziser gesagt den Untersuchungen derer, die eingesetzt worden waren, um die Häresie aufzudecken und das Unkraut auszurotten, und die guten Cluniazensermönche glaubten, sie täten einen Akt der Barmherzigkeit, als sie dich und deinesgleichen aufnahmen. Doch ein Wechsel der Kutte genügt nicht, um das Schandmal der häretischen Entartung aus der Seele zu tilgen, und darum sind wir jetzt hier, um zu untersuchen, was sich in den verborgenen Winkeln deiner unbußfertigen Seele regt und was du getan hast, bevor du an diesen heiligen Ort gekommen bist.«

»Meine Seele ist unschuldig, und ich weiß nicht, was Ihr meint, wenn Ihr von häretischer Entartung sprecht«, sagte der Cellerar vorsichtig.

»Seht Ihr?« rief Bernard aus und wandte sich an die beisitzenden Richter. »So reden sie alle! Wenn einer von ihnen gefasst wird, tritt er vor das Gericht, als ob sein Gewissen ruhig und rein wäre. Dabei wissen sie nicht, dass eben dies das deutlichste Zeichen ihrer Schuld ist, denn die Gerechten zeigen sich unruhig im Prozess. Fragt ihn doch einmal, ob er weiß, warum ich seine Verhaftung veranlasst habe. Weißt du es, Remigius?«

»Herr Inquisitor«, antwortete der Cellerar, »ich wäre froh, es aus Eurem Munde zu erfahren.«

Ich war überrascht, denn mir schien, dass der Angeklagte auf rituelle Fragen ebenso rituelle Antworten gab, als ob er die Regeln des Kreuzverhörs und die möglichen Fangfragen alle schon bestens kannte und seit langem auf eine solche Situation vorbereitet war.

»Genau das«, ertönte es jetzt von Bernard, »ist die typische Antwort der unbußfertigen Ketzer! Sie winden sich schlau wie die Füchse, und es ist überaus schwer, sie zu fassen, denn ihre Gemeinde gestattet ihnen zu lügen, um der verdienten Strafe zu entgehen. Sie greifen zu gewundenen Antworten, um den Inquisitor zu täuschen, der schon genug damit geschlagen ist, dass er den Kontakt mit diesen widerwärtigen Leuten ertragen muss... Also du willst behaupten, Fra Remigius, du habest niemals etwas zu tun gehabt mit den sogenannten Fratizellen oder Brüdern des armen Lebens oder Beginen?«

»Ich habe die bewegten Jahre der Minderen Brüder miterlebt, als lang und breit über die Armut diskutiert wurde, aber ich habe niemals zur Sekte der Beginen gehört.«

»Seht Ihr?« rief Bernard von neuem. »Er leugnet, ein Begine gewesen zu sein, weil nämlich die Beginen, wiewohl sie zum Ketzerunwesen der Fratizellen gehören, diese als einen vertrockneten Zweig des Franziskanerordens betrachten und sich selbst für reiner und vollkommener halten als alle anderen. Doch sie haben viele Gewohnheiten und Verhaltensweisen mit den anderen gemein. Kannst du leugnen, Remigius, dass du in der Kirche gesehen wurdest, wie du Andacht hieltest, verzückt mit dem Gesicht zur Wand, oder auch prosterniert am Boden liegend mit der Kapuze über dem Kopf, statt kniend und mit gefalteten Händen wie die anderen Mönche?«

»Auch im Orden des heiligen Benedikt wirft man sich zu gegebener Zeit auf den Boden...«

»Ich habe dich nicht gefragt, was du zu gegebener Zeit getan hast, sondern was du zur falschen Zeit tatest! So leugnest du also nicht, diese beiden Haltungen eingenommen zu haben, die typisch sind für die Beginen! Aber du bist kein Begine, sagst du? Dann sage mir nun: Woran glaubst du?«

»Herr Inquisitor, ich glaube an alles, woran ein guter Christ glaubt...«

»Fürwahr, eine fromme Antwort! Und woran glaubt ein guter Christ?«

»An das, was die heilige Kirche lehrt.«

»Welche heilige Kirche? Die jener Gläubigen, die sich als vollkommen bezeichnen, die Kirche der Pseudo-Apostel, der häretischen Fratizellen? Oder die, die jene vergleichen mit der Großen Hure von Babylon, während wir alle fest an sie glauben?«

»Herr Inquisitor«, sagte der Angeklagte verwirrt, »sagt Ihr mir, welche nach Eurem Glauben die wahre ist.«

»Ich glaube natürlich, dass die wahre Kirche die römische ist, die Eine, Heilige und Apostolische Kirche unter der Leitung des Papstes und seiner Bischöfe.«

»Das glaube ich auch.«

»Ha, wie schlau!« rief donnernd der Inquisitor. »Wahrlich, eine höchst raffinierte Antwort *de dicto*! Ihr habt es gehört: Er sagt, er glaubt, dass *ich* an diese Kirche glaube, und entzieht sich damit der Pflicht zu sagen, woran *er* glaubt! Aber wir kennen diese Schliche und Winkelzüge! Kommen wir nun zur Kernfrage: Glaubst du, dass die Sakramente von Unserem Herrn eingesetzt worden sind, dass man vor den Dienern Gottes beichten muss, um rechte Buße zu tun, dass die römische Kirche die Macht hat, auf Erden zu binden und zu lösen, was im Himmel gelöst und gebunden sein wird?«

»Sollte ich das nicht glauben?«

»Ich frage dich nicht, was du glauben solltest, sondern was du glaubst!«

»Ich glaube alles, was Ihr und die anderen guten Doctores mich glauben heißen«, sagte der Angeklagte erschrocken.

»Aha! Aber die guten Doctores, auf die du da anspielst, sind nicht zufällig die Anführer deiner Sekte? Meinst du sie, wenn du von den guten Doctores sprichst? Sind es jene perversen Lügner, die sich für die einzigen Nachfolger der Apostel halten, auf welche du dich mit deinem Glaubensbekenntnis beziehst? Du deutest an, dass du mir glauben würdest, wenn ich glauben würde, was jene glauben, andernfalls aber glaubst du nur ihnen!«

»Das habe ich nicht gesagt, Herr Inquisitor!« stammelte der Angeklagte entsetzt. »Ihr legt es mir in den Mund! Ich glaube Euch, wenn Ihr mich lehrt, was gut und richtig ist.«

»Oh schamlose Frechheit!!« brüllte Bernard und schlug mit der Faust auf den Tisch. »Du wiederholst mit niederträchtiger Sturheit die Formeln, die man dich gelehrt hat in deiner Sekte! Du sagst, dass du mir glauben wirst, wenn ich predige, was deine Sekte für gut und richtig hält! Genauso haben sie immer geantwortet, diese ruchlosen Pseudo-Apostel, und genauso antwortest nun auch du! Möglicherweise merkst du es gar nicht, weil dir ganz automatisch die Sätze auf die Lippen kommen, die man dich einst gelehrt hatte, um die Inquisitoren zu täuschen. Aber so klagst du dich selber an, mit deinen eigenen Worten, und ich würde nur dann deiner Täuschung erliegen, wenn ich nicht eine so lange Erfahrung als Inquisitor hätte... Aber jetzt zum entscheidenden Punkt, du perverser Mensch: Hast du jemals von Gherardo Segarelli aus Parma gehört?«

»Ich habe von ihm gehört«, sagte der Cellerar erbleichend, wenn man angesichts seiner welken Züge noch von einem Erbleichen reden konnte.

»Hast du jemals von Fra Dolcino aus Novara gehört?«

»Ich habe von ihm gehört.«

»Hast du ihn jemals persönlich gesehen, hast du mit ihm gesprochen?«

Der Cellerar verharrte einen Moment lang schweigend, als überlegte er, ob und bis zu welchem Punkt er einen Teil der Wahrheit zugeben sollte. Dann gab er sich einen Ruck und sagte leise: »Ich habe ihn gesehen und habe mit ihm gesprochen.«

»Lauter!« brüllte Bernard. »Damit man es hören kann, wenn endlich einmal ein wahres Wort über deine Lippen kommt! Wann hast du mit ihm gesprochen?«

»Herr Inquisitor«, sagte der Cellerar, »ich lebte als Mönch in einem Kloster im Novaresischen, als Dolcinos Leute sich in der Nähe versammelten, und einmal kamen sie auch an meinem Kloster vorbei, und am Anfang wusste man noch nicht genau, was für Leute sie waren...«

»Du lügst! Wie kommt ein Franziskaner aus Varagine in ein novaresisches Kloster? Du warst gar nicht in einem Kloster, du zogst bereits mit einer Horde von bettelnden Fratizellen in jener Gegend herum, und du hast dich mit den Dolcinianern zusammengetan!«

»Wie könnt Ihr das sagen, Herr Inquisitor?« protestierte Remigius zitternd.

»Du wirst gleich sehen, wie ich das sagen kann und warum ich das sagen muss«, erwiderte Bernard eisig und befahl, dass Salvatore hereingeführt werde.

Der Anblick des Ärmsten, der gewiss die Nacht unter Bedingungen eines verschärften, nichtöffentlichen Kreuzverhörs zugebracht hatte, war erbärmlich und ließ mich vor Mitleid erschauern. Schon im Normalzustand sah er, wie ich bereits gesagt habe, recht entsetzlich aus. Nun aber glich Salvatore mehr denn je einem geschundenen Tier. Nicht dass Spuren von unmittelbarer Gewaltanwendung an ihm zu sehen waren, doch die ganze Art und Weise, wie sein Körper sich mühsam dahinschleppte, in schweren Eisenketten, die Glieder seltsam verrenkt, vorangezerrt von den Bogenschützen wie ein Affe am Strick, verriet sehr deutlich, wie grauenhaft sein Verhör gewesen sein musste.

»Bernard hat ihn gefoltert!« flüsterte ich entsetzt zu William.

»Mitnichten«, antwortete mein Meister. »Der Inquisitor foltert nie. Um den Leib des Angeklagten kümmert sich stets nur der weltliche Arm.«

»Aber das ist doch dasselbe!«

»Oh nein, Adson. Nicht für den Inquisitor, der die Hände sauber behält, und nicht für den Angeklagten, der im Inquisitor, wenn dieser endlich hereinkommt, einen unverhofften Erlöser findet, einen Linderer seiner Qualen, dem er getrost sein Herz öffnen kann... Ich sah meinen Meister ungläubig an. »Ihr scherzt!« sagte ich verwirrt.

»Scheint dir, dass diese Dinge zum Scherzen sind?« erwiderte William.

Unterdessen hatte Bernard mit Salvatores Verhör begonnen, doch meine Feder vermag die gebrochenen Worte, die gestammelten Laute nicht wiederzugeben, mit welchen dieser ohnehin stets getretene und nun auf den Rang eines Affen erniedrigte Mensch antwortete. Es war ein nahezu unverständliches, wahrhaft babylonisches Kauderwelsch, doch Bernard stellte die Fragen so, dass der Ärmste fast nur mit Ja oder Nein antworten konnte und zu keiner Lüge mehr fähig war. Und was er sagte, kann sich der Leser gewiss leicht vorstellen. Er erzählte – beziehungweise gab zu, in der Nacht dem Inquisitor davon erzählt zu haben – Teile jener Geschichte seines Lebens, die ich bereits erfahren hatte: von seinem Vagabundendasein unter den Fratizellen, Pastorellen und Pseudo-Aposteln, wie er Remigius bei den Dolcinianern getroffen hatte und wie sie sich retten konnten nach der Schlacht am Monte Rebello und wie sie dann Zuflucht fanden im Konvent von Casale. Doch er bestätigte auch, dass Remigius kurz vor Dolcinos Gefangennahme von diesem einige Briefe erhalten habe, um sie gewissen Leuten zu überbringen, und dass der Cellerar diese Briefe immer bei sich getragen habe, weil er nicht wagte, sie den Adressaten zuzustellen, und dass er sie bei seiner Ankunft in dieser Abtei, wo er sie weder behalten noch vernichten wollte, dem Bibliothekar übergeben habe, jawohl, dem Bruder Malachias, damit dieser sie irgendwo in einem unzugänglichen Winkel des Aedificiums verberge.

Während Salvatore sprach, betrachtete ihn der Cellerar mit wachsendem Hass. Schließlich konnte er sich nicht länger beherrschen und schrie ihn an: »Du Schlange, du treulose Kreatur, du infame Bestie! Ich war dir Vater und Freund und Beschützer, und so dankst du's mir jetzt!«

Salvatore drehte den Kopf zu seinem Beschützer, der nun selber so dringend Schutz brauchte, und erwiderte mühsam: »Signor Remigio, wie ich konnt, war ich dein. Warst mir teuer und lieb. Aber weisst doch, wie's geht. Qui non habet caballum, vadat cum pede...«

»Narr!« schrie Remigius. »Meinst wohl, du könntest dich retten auf diese Weise? Hast du denn nicht begriffen, dass du genauso als Ketzer verrecken wirst? Sag ihnen, dass du nur unter der Folter geredet hast! Sag ihnen, dass du alles erfunden hast!«

»Was weiß denn ich, ich povero Salvatore, wie sie heißen, all diese Spinner... Patriner, Kathriner, Schlawiner, Lionisti, Arnoldisti, Circumcisti... Ich bin kein homo literatus, bin bloß ein povero peccatore, peccavi sine malitia, und el señor Bernardo magnificentissimo weiß das genau, und darum hoff ich auf indulgentia sua in nomine patre et filio et spiritis sanctis...«

»Wir werden Nachsicht üben, wenn unser Amt es gestattet«, sagte der Inquisitor, »und wir werden mit väterlichem Wohlwollen deinen guten Willen zu würdigen wissen, mit dem du bereit warst, uns dein Herz aufzutun. Aber nun geh, geh wieder in deine Zelle, um zu meditieren und auf die Barmherzigkeit Gottes zu hoffen. Wir haben jetzt eine Frage von weit größerem Gewicht zu erörtern... Remigius, du trugst also Briefe von Fra Dolcino, bei dir und übergabst sie deinem Mitbruder, der hier die Bibliothek verwaltet...«

»Das ist nicht wahr, das ist nicht wahr!« schrie der Cellerar, als ob ihm diese Verteidigung noch etwas nützen konnte, und prompt schnitt ihm Bernard denn auch das Wort ab: »Nicht du bist es, der uns das bestätigen muss, sondern Malachias von Hildesheim.«

Er ließ den Bibliothekar rufen, der sich nicht unter den Anwesenden befand. Ich wusste, dass er im Skriptorium oder im Umkreis des Hospitals auf der Suche nach Benno und dem verschwundenen Buche war. Man ging ihn holen, und als er schließlich erschien, sichtlich verstört und bemüht, niemandem in die Augen zu sehen, murmelte William bitter: »Jetzt kann Benno tun, was er will.« Er irrte jedoch, denn gleich darauf erblickte ich Benno zwischen den Mönchen, die sich in der offenen Saaltür drängten, um dem Verhör zu folgen. Ich zeigte ihn meinem Meister, und beide dachten wir, dass anscheinend Bennos Neugier auf dieses spektakuläre Ereignis noch stärker war als seine Neugier auf das griechische Buch. Wie wir später erfahren sollten, hatte er freilich zu diesem Zeitpunkt bereits einen schändlichen Handel abgeschlossen.

Malachias trat vor den Richtertisch, ohne dass sich sein Blick ein einziges Mal mit dem des Cellerars kreuzte.

»Malachias«, sagte Bernard, »heute früh, nach Salvatores Geständnissen in der Nacht, habe ich Euch gefragt, ob Ihr von dem hier anwesenden Angeklagten jemals Briefe erhalten habt...«

»Malachias!« heulte Remigius auf »Du hast mir vorhin erst geschworen, dass du nichts gegen mich tun wirst!«

Malachias drehte sich leicht zu dem Angeklagten, dem er den Rücken zuwandte, und sagte leise über die Schulter, so dass ich es kaum verstehen konnte: »Es war kein Meineid. Wenn ich etwas gegen dich tun konnte, hatte ich es bereits getan. Die Briefe befanden sich seit heute früh in Bernards Händen, schon bevor du Severin umgebracht hast...«

»Aber du weisst doch, dass ich Severin nicht umgebracht habe! Du *musst* es doch wissen, du warst doch schon drinnen!«

»Ich? Ich kam erst herein, als sie dich bereits drinnen entdeckt hatten...«

»Und wenn auch«, fuhr Bernard dazwischen. »Was suchtest du in Severins Laboratorium, Remigius?«

Der Cellerar drehte sich um und schaute erschrocken zu William, dann zu Malachias und dann wieder zu Bernard. »Ich... ich hörte heute morgen, wie der hier anwesende Bruder William zu Severin sagte, er solle gewisse Schriften sorgsam verwahren... und ich fürchtete seit heute nacht, als Salvatore gefasst worden war, es wäre von diesen Briefen die Rede...«

»Also weisst du etwas von diesen Briefen!« triumphierte Bernard. Der Cellerar war ihm in die Falle gegangen. Er sah sich nun eingekeilt zwischen zwei Gefahren, die er gleichzeitig abwehren musste: die Anklage der Häresie und den Mordverdacht. In seiner Not beschloss er anscheinend, zunächst der zweiten entgegenzutreten, doch instinktiv, denn er ließ nun jeden Plan und jede Bedachtsamkeit fahren. »Von den Briefen später... ich werde es Euch erklären... ich werde sagen, wie sie in meine Hände kamen... Lasst mich zuerst erklären, was heute morgen geschah. Ich dachte gleich an diese Briefe, als ich sah, dass Salvatore dem Herrn Inquisitor in die Hände gefallen war, seit Jahren quält mich der Gedanke an diese Briefe... Und als ich dann hörte, wie Bruder William zu Severin von gewissen Schriftstücken sprach... ich weiß nicht, da packte mich die Angst, ich dachte, vielleicht hatte Malachias die Briefe loswerden wollen und sie Severin gegeben... Ich wollte sie vernichten und eilte zum Laboratorium... Die Tür stand offen, und Severin war schon tot, und da machte ich mich über seine Sachen her, um diese Briefe zu finden... Es war nur aus Angst...«

William flüsterte mir ins Ohr: »Der arme Tropf: Aus lauter Angst vor der einen Gefahr läuft er blind in die andere hinein...«

»Nehmen wir an, dass du ungefähr – ich sage *ungefähr* – die Wahrheit sagst«, ergriff Bernard jetzt wieder das Wort. »Du dachtest also, Severin hätte die Briefe, und suchtest sie bei ihm. Und warum dachtest du, dass er sie hätte? Und warum hast du vorher die anderen drei Mitbrüder umgebracht? Dachtest du etwa, dass diese Briefe schon länger von Hand zu Hand gingen? Obliegt man etwa in dieser Abtei der Jagd nach Reliquien verbrannter Ketzer?«

Ich sah, wie der Abt zusammenzuckte. Es gab nichts Schlimmeres als die Bezichtigung, Ketzerreliquien zu sammeln, und Bernard war sehr geschickt im Vermengen der Morde mit Ketzerdelikten und beider mit den Gebräuchen in der Abtei. Ein Aufschrei riss mich aus meinen Gedanken: Es war der Cellerar, der schrill protestierte, er habe nicht das geringste mit den anderen Morden zu tun. Bernard beruhigte ihn im Tone der Nachsicht: Das sei im Augenblick nicht die Frage, um die es hier gehe, die Anklage laute auf Ketzerei, der Angeklagte solle nicht dauernd (hier wurde Bernard wieder streng) von seiner ketzerischen Vergangenheit ablenken, indem er vom toten Severin rede oder den Bibliothekar verdächtig zu machen suche. Also zurück zu den Briefen!

»Malachias von Hildesheim«, wandte er sich an den Zeugen, »Ihr steht hier nicht als Angeklagter. Heute früh habt Ihr mir rückhaltlos meine Fragen beantwortet, ohne mir irgend etwas zu verhehlen. Wiederholt uns nun bitte, was Ihr heute früh sagtet, und Ihr werdet nichts zu befürchten haben.«

»Ich wiederhole, was ich heute früh sagte«, begann der Bibliothekar. »Als Remigius damals zu uns gekommen war, begann er sich bald um die Küche zu kümmern, und so bekamen wir häufig aufgrund unserer Pflichten miteinander zu tun... Als Bibliothekar, müsst Ihr wissen, bin ich zuständig für die nächtliche Schließung des Aedificiums, mithin auch der Küche... Ich habe keinen Grund zu verhehlen, dass wir bald Freunde wurden im Geiste der Brüderlichkeit, auch hatte ich keinerlei Grund, irgendeinen Verdacht gegen ihn zu nähren. Eines Tages sagte er mir, er sei im Besitz von Dokumenten geheimer Natur, die ihm anvertraut worden seien und nicht in falsche Hände geraten dürften. Da ich den einzigen Ort des Klosters verwalte, der allen anderen verboten ist, bat er mich, ihm diese Dokumente sicher aufzubewahren, verborgen vor jedem neugierigen Blick, und ich willigte ein, ohne zu ahnen, dass sie ketzerischer Natur sein könnten... Ich las sie auch selber gar nicht, sondern versteckte sie unverzüglich im... im unzugänglichsten Raum der Bibliothek, und seit damals habe ich nicht mehr daran gedacht – bis mich heute früh der Herr Inquisitor darauf ansprach, und da ging ich hin und holte die Dokumente und gab sie ihm...«

Der Abt unterbrach ihn ärgerlich: »Warum hast du mich nicht informiert über diesen deinen Pakt mit dem Cellerar? Die Bibliothek ist nicht dazu da, das Privateigentum der Mönche aufzubewahren!« Womit klargestellt war, dass die Abtei mit dieser Angelegenheit nichts zu tun hatte.

»Herr Abt«, antwortete Malachias verwirrt, »mir war die Sache damals nicht wichtig genug erschienen. Verzeiht mir, ich habe gefehlt ohne Arglist.«

»Gewiss, gewiss«, versicherte der Inquisitor in herzlichem Ton, »wir alle sind überzeugt, dass der Bibliothekar in gutem Glauben gehandelt hat, und der Freimut, mit dem er dieses Gericht unterstützt, beweist es. Ich bitte Euer Hochwürden brüderlich, ihm jenes kleine Versäumnis von damals nicht nachzutragen. Wir haben Vertrauen zu Malachias. Wir möchten ihn nur noch bitten, uns jetzt unter Eid zu bestätigen, dass diese Schriftstücke hier dieselben sind, die er mir heute früh übergab und die ihm vor Jahren Remigius von Varagine anvertraut hatte.« Er zog zwei Pergamentbögen unter den Blättern auf seinem Tisch hervor und hielt sie hoch. Malachias betrachtete sie und erklärte mit fester Stimme: »Ich schwöre bei Gott dem Allmächtigen Vater, der Jungfrau Maria und allen Heiligen, dass es dieselben sind und waren.«

»Danke, das genügt mir«, sagte Bernard. »Ihr könnt gehen, Malachias von Hildesheim.«

Malachias ging gesenkten Hauptes zur Tür, doch kurz bevor er sie ganz erreichte, erklang eine schrille Stimme aus dem Gedränge der Neugierigen am unteren Ende des Saales: »Du hast ihm die Briefe versteckt, und dafür hat er dir in der Küche den Arsch der Novizen gezeigt!« Gelächter prustete los, Malachias drängte sich, Stöße nach rechts und links verteilend, eiligst hinaus; ich hätte schwören können, dass es Aymarus' Stimme gewesen war, doch der Satz war mit Fistelstimme geschrien worden. Der Abt lief dunkelrot an und brüllte: »Ruhe dahinten!« Andernfalls werde er alle bestrafen und den Saal räumen lassen. Bernard grinste anzüglich, Kardinal Bertrand auf der anderen Seite des Saales beugte sich zu Jean d'Anneaux hinüber und raunte ihm etwas ins Ohr, woraufhin dieser sich rasch die Hand vor den Mund hielt und den Kopf niedersenkte, als hätte er einen Hustenanfall. William sagte leise zu mir: »Der Cellerar war nicht nur ein fleischlicher Sünder zum eigenen Wohl, er hat sich auch als Kuppler betätigt. Aber das interessiert Bernard überhaupt nicht, oder höchstens, soweit es den Abt in Verlegenheit bringt, den kaiserlichen Vermittler...«

Er wurde von Bernard unterbrochen, der sich just in diesem Moment an ihn wandte: »Mich würde interessieren, Bruder William, von welchen Schriften Ihr heute morgen mit Severin spracht, als Euch der Cellerar hörte und missdeutete.«

William hielt dem bohrenden Blick des Inquisitors stand. »Er missdeutete mich, in der Tat. Wir sprachen von einer Kopie des Traktates von Ayyub al Ruhawi über die Tollwut bei Hunden, ein äußerst gelehrtes Werk, das Ihr gewiss vom Hörensagen kennt und das Euch oft von großem Nutzen gewesen sein dürfte... Die Tollwut, sagt Ayyub, ist bei Hunden erkennbar an fünfundzwanzig deutlichen Anzeichen...«

Bernard, der zum Orden der *Domini canes* gehörte, hielt es nicht für angebracht, sich auf einen neuen Kampf einzulassen. »Es ging also um Dinge, die mit dem vorliegenden Fall nichts zu tun haben«, sagte er rasch und setzte das Verhör des Cellerars fort.

»Zurück zu dir, Minoritenbruder Remigius, der du noch viel gefährlicher bist als ein tollwütiger Hund. Hätte dein Mitbruder William in diesen Tagen mehr auf das Geifern der Ketzer geachtet als auf das Geifern der Hunde, so hätte vielleicht auch er entdeckt, welche Schlange sich einzunisten vermochte in dieser Abtei. Zu den Briefen also. Wir wissen jetzt mit Sicherheit, dass sie in deinen Händen waren und dass du dich bemühtest, sie zu verbergen, als wären sie schlimmstes Gift, und dass du sogar gemordet hast...«, mit einer knappen Handbewegung unterband er einen Protestversuch, »...über den Mord reden wir später... dass du sogar gemordet hast, sagte ich, damit sie mir nicht in die Hände fielen. Gibst du jetzt zu, dass diese Schriftstücke dir gehören?«

Der Cellerar schwieg, doch sein Schweigen war sehr beredt. Weshalb Bernard sofort nachstieß: »Und was sind das für Schriftstücke? Es sind zwei Briefe von der Hand des Häresiarchen Dolcino, die er wenige Tage vor seiner Ergreifung geschrieben und einem seiner Jünger anvertraut hat, damit dieser sie anderen Sektenmitgliedern, die noch verstreut in Italien leben, überbringe! Ich könnte alles vorlesen, was hier geschrieben steht, und wie Dolcino, sein nahes Ende befürchtend, die Mitbrüder, wie er sagt, auf den Satan zu hoffen ermuntert! Er tröstet sie mit der Ankündigung, mögen die hier genannten Daten auch nicht mit denen seiner früheren Rundbriefe übereinstimmen, in welchen er die totale Vernichtung aller Priester durch Kaiser Friedrich für das Jahr 1305 angekündigt hatte, dass diese Vernichtung gleichwohl nicht mehr fern sei. Womit der Häresiarch erneut gelogen hatte, denn seither sind über zwanzig Jahre vergangen, und keine seiner ruchlosen Prophezeiungen hat sich erfüllt! Aber nicht über den lachhaften Dünkel dieser Prophezeiungen haben wir hier zu reden, sondern über die Tatsache, dass Remigius ihr Überbringer war. Kannst du noch leugnen, unbußfertiger Ketzerbruder, dass du Verkehr und Gemeinschaft hattest mit der Sekte der Pseudo-Apostel?«

Der Cellerar konnte es nicht mehr leugnen. »Herr Inquisitor«, sagte er kleinlaut, »meine Jugend war durchdrungen von höchst beklagenswerten Irrtümern. Als ich Dolcino predigen hörte, bereits verführt von den falschen Lehren der Brüder des armen Lebens, glaubte ich ihm und schloss mich seiner Bande an. Ja, es ist wahr, ich zog mit ihnen durch die Berge von Brescia und Bergamo, ich war mit ihnen in Como und in Valsesia, ich floh mit ihnen auf die Parete Calva und ins Tal der Rassa und schließlich auf den Monte Rebello. Aber ich war an keiner ihrer Missetaten beteiligt, und wenn sie Plünderungen und Gewalttaten begingen, war ich stets erfüllt vom Geiste der Sanftmut, wie er den Kindern des heiligen Franz eigentümlich ist, und genau auf dem Monte Rebello sagte ich zu Dolcino, dass ich mich nicht in der Lage fühlte, an seinem Kampf teilzunehmen, und da entließ er mich, denn er wollte, wie er mir sagte, keine Schlappschwänze um sich haben, und als einziges bat er mich noch, diese Briefe nach Bologna zu überbringen...«

»Wem?« fragte Kardinal Bertrand.

»Einigen seiner Sektenbrüder, deren Namen mir, glaube ich, noch im Gedächtnis sind, und sobald sie mir einfallen, werde ich sie Euch sagen, Herr Kardinal«, beeilte der Angeklagte sich zu versichern. Und prompt nannte er die Namen einiger Leute, die Bertrand offenbar kannte, denn dieser lehnte sich mit zufriedenem Lächeln zurück und nickte dem Inquisitor zu.

»Sehr gut«, sagte Bernard und notierte die Namen. Dann fragte er Remigius: »Und wieso lieferst du uns deine Freunde jetzt aus?«

»Es sind nicht meine Freunde, was Ihr daran sehen könnt, dass ich ihnen die Briefe nicht überbracht habe. Ja, und ich tat sogar noch mehr, und das will ich Euch jetzt sagen, nachdem ich es jahrelang zu vergessen suchte: Um jenen Berg verlassen zu können, ohne im Tal von den Soldaten des Bischofs gefasst zu werden, setzte ich mich heimlich mit einigen von ihnen in Verbindung und zeigte ihnen als Gegenleistung für freies Geleit, wie sie am besten Dolcinos Festung erstürmen konnten – und so verdanken die Kräfte der Kirche einen Teil ihres Erfolges meiner Kollaboration...«

»Sehr interessant. Damit wissen wir nun, dass du nicht bloß ein Ketzer warst, sondern auch noch ein Feigling und ein Verräter. Was deine Lage nicht besser macht. Wie du heute, um dich zu retten, deinen Mitbruder Malachias anzuklagen versucht hast, obwohl er dir zu Diensten gewesen war, so hast du damals, um dich zu retten, deine Sündengenossen der Gerechtigkeit ausgeliefert. Aber du hast nur ihre Leiber verraten, niemals ihre Lehren, und diese Briefe hast du aufbewahrt wie Reliquien, hoffend, dass du vielleicht eines Tages den Mut und die Möglichkeit haben würdest, sie gefahrlos zu überbringen, um dich erneut beliebt zu machen bei den Pseudo-Aposteln.«

»Nein, Herr Inquisitor, nein!« protestierte der Cellerar mit schweißbedecktem Gesicht und zitternden Händen. »Nein, ich schwöre Euch...«

»Du schwörst?« rief Bernard. »Ein neuer Beweis deiner Ruchlosigkeit! Du willst schwören, weil du weisst, dass ich weiß, dass die waldensischen Ketzer zu jeder List bereit sind und sogar zum Tod, um nur ja nicht schwören zu müssen! Und wenn sie in höchster Not sind, tun sie, als ob sie schwören, und sagen falsche Schwurworte! Aber ich weiß genau, dass du nicht zur Sekte der Armen von Lyon gehörst, du elender Fuchs, und jetzt versuchst du mich davon zu überzeugen, dass du nicht bist, was du nicht bist, damit ich nicht sage, dass du bist, was du bist! Schwören willst du? Nun gut, so schwöre, um freigesprochen zu werden, aber wisse, dass mir *ein* Schwur nicht genügt! Ich kann zwei, drei, hundert Schwüre von dir verlangen, so viele ich will! Denn ich weiß genau, dass ihr Pseudo-Apostel einander Dispens erteilt, wenn ihr Meineide schwört, um die Sekte nicht zu verraten, und so wird jeder Schwur zu einem erneuten Beweis deiner Schuld!«

»Aber was kann ich dann tun?« heulte der Angeklagte und fiel auf die Knie.

»Prosterniere nicht wie ein Begine! Gar nichts kannst du mehr tun. Ich allein weiß, was jetzt noch getan werden muss«, sagte Bernard mit eisigem Lächeln. »Dir bleibt nur noch zu gestehen. Doch wenn du gestehst, wirst du verdammt und verurteilt werden, und wenn du nicht gestehst, wirst du auch verdammt und verurteilt werden, nämlich wegen Meineides! Also gestehe, um wenigstens dieses Verhör abzukürzen, das unser Gewissen quält und unseren Sinn für Mitleid und Güte verletzt!«

»Und was soll ich gestehen?«

»Zweierlei Sünden. Erstens, dass du zur Sekte der Dolcinianer gehört hast, dass du ihre häretischen Ansichten, ihre schamlosen Gebräuche und ihre gottlosen Anschläge auf die Würde der Bischöfe und der städtischen Magistrate teiltest und dass du unbußfertigerweise ihre Lügen und Illusionen weiterhin teilst, auch nach dem Tode des Häresiarchen und der Auflösung seiner Sekte, die freilich immer noch nicht ganz zerschlagen und vernichtet ist. Zweitens, dass du, in tiefster Seele verdorben durch die Praktiken, die du in jener Sekte erlernt hast, schuldig bist an den Verbrechen gegen die Ordnung Gottes und der Menschen, die hier in dieser Abtei verübt worden sind, verübt aus Gründen, die mir zwar noch entgehen, aber die auch gar nicht so dringend geklärt werden müssen, wenn erst einmal vor aller Augen bewiesen ist (wie wir es hier tun), dass die Ketzerei derer, die den Gläubigen Armut predigen wider die Lehren unseres guten Herrn Papstes und seiner Bullen, letzten Endes nur zu verbrecherischen Handlungen führen kann! Das ist es, was die Gläubigen lernen müssen, und das genügt mir. Gestehe!«

Es war jetzt klar, worauf Bernard hinauswollte. In keiner Weise daran interessiert, den wahren Mörder zu finden, der in der Abtei sein Unwesen trieb, ging es ihm lediglich um den Beweis, dass Remigius die von den kaiserlichen Theologen vertretenen Ideen irgendwie teilte. Denn durch den Beweis eines Zusammenhangs zwischen diesen Ideen, die auch die Ideen des Kapitels zu Perugia waren und die der Fratizellen und die der Dolcinianer, sowie durch den Beweis, dass es hier in der Abtei einen gab, der all jene ketzerischen Ideen teilte und zugleich Urheber soundsovieler Verbrechen war, hätte Bernard seinen Gegnern einen wahrhaft tödlichen Hieb versetzt... Ich schaute zu William und sah, dass er es gleichfalls begriffen hatte, aber nichts dagegen zu tun vermochte. Ich schaute zum Abt hinüber und sah, wie sein Blick sich verfinsterte: Er machte sich klar, dass auch er in die Falle gegangen war und dass seine Mittler-Autorität zusammenbrach, erschien er doch nun als Herr eines Ortes, an welchem sämtliche Ruchlosigkeiten des Jahrhunderts sich ein Stelldichein gaben. Was schließlich den Angeklagten betraf, so wusste er nicht mehr, welcher der beiden Anklagen er sich zuerst erwehren sollte. Aber vielleicht war er jetzt auch zu keinem klaren Gedanken mehr fähig, denn der Schrei, den er ausstieß, kam aus seiner tiefsten Seele, mit ihm und in ihm schrie er sich frei von jahrzehntelangen Gewissensbissen, oder anders gesagt: Nach einem Leben voller Ungewissheiten, Begeisterungen und Enttäuschungen, voller Feigheiten und Verrat, beschloss er nun endlich, konfrontiert mit der Unvermeidlichkeit seines Ruins, den Glauben seiner Jugendzeit zu bekennen, ohne sich länger zu fragen, ob er falsch oder richtig war, gleichsam wie um sich selbst zu beweisen, dass er noch zu einem Glauben fähig war.

»Ja, es ist wahr!« schrie er auf »Ich bin bei Dolcino gewesen, ich habe seine Verbrechen und seine Freizügigkeiten geteilt, vielleicht war ich verrückt, vielleicht verwechselte ich die Liebe zu Unserem Herrn Jesus Christus mit dem Bedürfnis nach Freiheit und mit dem Hass auf die Bischöfe. Ja, es ist wahr, ich habe gesündigt, aber ich bin unschuldig an den Vorfällen in der Abtei, ich schwöre es!«

»Das ist immerhin schon mal etwas«, sagte Bernard. »Du gibst also zu, die Häresie Dolcinos und seiner Hexe Margaretha und ihrer Genossen geteilt zu haben. Gibst du zu, dass du bei ihnen warst, als sie unweit von Trivero viele gläubige Christen an den Bäumen aufhängten, darunter ein unschuldiges Kind von zehn Jahren? Und dass du dabei warst, als sie weitere Männer aufknüpften vor den Augen ihrer Frauen und ihrer Eltern, weil sie sich der Willkür dieser Hunde nicht unterwerfen wollten? Und weil ihr Ketzer inzwischen glaubtet, verblendet durch eure Hoffart und Raserei, dass niemand erlöst werden könne, der nicht zu eurer Sekte gehörte? Rede!«

»Ja, ja, ich habe das alles geglaubt und getan!«

»Und du warst dabei, als sie etliche treue Bischofsanhänger fingen und etliche elend verhungern ließen im Kerker? Und als sie einer schwangeren Frau eine Hand und einen Arm abschlugen und sie dann ein Kind gebären ließen, das gleich nach der Geburt ohne Taufe starb? Und als sie die Dörfer Mosso, Trivero, Cossila und Flecchia plünderten, brandschatzten und dem Erdboden gleichmachten, und noch viele weitere Ortschaften in der Gegend von Crepacorio und viele Häuser in Mortiliano und in Quorino? Und als sie die Kirche von Trivero anzündeten, nachdem sie zuvor die Heiligenbilder geschändet und die Gedenksteine von den Altären gerissen und der Jungfrauenstatue einen Arm abgeschlagen und die Kelche, Weihegeräte und Bücher geplündert und den Campanile zerstört und die Glocken zerbrochen und sich aller Gefäße der Bruderschaft und der Habe des Priesters bemächtigt hatten?«

»Ja, ja, ich war dabei und habe mitgemacht, und niemand wusste mehr, was er tat, wir wollten den Tag der Großen Strafe vorwegnehmen, denn wir waren die Vorhut des rächenden Herrschers, der vom Himmel herabgesandt wird und vom Heiligen Papa Angelicus, wir mussten das Kommen des Engels von Philadelphia beschleunigen, und dann würden alle Menschen auf Erden die Gnade des Heiligen Geistes empfangen, und die Kirche würde von Grund auf erneuert werden, und nach der Vernichtung aller Verderbten würden allein die Vollkommenen herrschen!«

Der Cellerar wirkte entrückt und erleuchtet zugleich, es schien, als wäre der Damm des Schweigens und der Verstellung in ihm gebrochen, als stehe seine Vergangenheit nicht nur in Worten erneut vor ihm auf, sondern auch in Bildern, als spüre er wieder die großen Gefühle, die ihn einst so erregt hatten.

»Mithin«, stieß Bernard nach, »gestehst du auch, dass ihr den Gherardo Segarelli als Märtyrer verehrtet, dass ihr der römischen Kirche jegliche Autorität abspracht, dass ihr behauptetet, weder der Papst noch sonst eine Autorität könne euch eine andere Lebensweise als die eure vorschreiben, niemand habe das Recht, euch zu exkommunizieren, alle Prälaten der Kirche seit den Zeiten des Sankt Sylvester, außer Petrus von Murrone, seien Amtsverräter und Verführer gewesen, die Laien bräuchten den Priestern auch keinen Zehnten mehr zu entrichten, denn die Priester lebten nicht mehr in absoluter Vollkommenheit und Armut wie einst die ersten Apostel, der Zehnte sei künftig, wenn überhaupt, allein euch zu entrichten, euch als den einzigen wahren Jüngern und Pauperes Christi, und zum Beten sei eine geweihte Kirche nicht tauglicher als ein Stall! Das alles lehrtet ihr, nicht wahr? Und ihr zogt durch die Dörfer und rieft *Penitenziagite*! und sangt das *Salve Regina*, um das Volk zu verführen, ihr spieltet die Büßer, indem ihr vor den Augen der Welt ein vollkommenes Leben führtet, und dann erlaubtet ihr euch jede Freizügigkeit und Wollust, weil ihr nicht an das Sakrament der Ehe glaubtet noch an irgendein anderes Sakrament, nicht wahr? Und weil ihr euch für reiner hieltet als alle anderen, meintet ihr, euch jede Schändlichkeit und jede Beleidigung eures Leibes und des Leibes der anderen erlauben zu können? Rede!«

»Ja, ja, ich bekenne den wahren Glauben, den ich damals glaubte mit ganzer Seele, ich bekenne, dass wir unsere Kleider abwarfen als Zeichen unserer Entäußerung, dass wir auf alle unsere Habe verzichteten, was ihr Hunde nie tun werdet, dass wir hinfort kein Geld mehr annahmen von niemandem und auch keines mehr bei uns trugen, wir lebten von milden Gaben und legten nichts zurück für den morgigen Tag, und wenn man uns einlud und einen Tisch für uns deckte, stillten wir unseren Hunger und gingen, ohne mitzunehmen, was übriggeblieben war...«

»Doch ihr zogt plündernd und brandschatzend durch das Land, um euch der Habe der guten Christen zu bemächtigen!«

»Wir zogen plündernd und brandschatzend durch das Land, weil wir die Armut zum allgemeinen Gesetz erhoben hatten und weil wir das Recht besaßen, uns den unrechtmäßigen Reichtum der anderen anzueignen, wir wollten das giftige Unkraut der Habgier, das sich von Sprengel zu Sprengel verbreitete, ein für allemal ausrotten mit Stumpf und Stiel, aber wir plünderten niemals, um zu besitzen, und wir töteten niemals, um zu plündern! Wir töteten, um zu strafen, um durch das Blut die Unreinen reinzuwaschen, wir waren ergriffen von einem vielleicht zu starken Gerechtigkeitsstreben, man sündigt auch aus übertriebener Liebe zu Gott, aus Überfluss an Vollkommenheit, wir fühlten uns als die wahre Kongregation des Heiligen Geistes, die vom Himmel ausgesandt wird am glorreichen Tage des Jüngsten Gerichts, wir suchten unser paradiesisches Heil, indem wir den Zeitpunkt eurer Vernichtung antizipierten, wir waren die einzigen wahren Apostel Christi, alle anderen waren Verräter, und Gherardo Segarelli war eine göttliche Pflanze gewesen, *planta Dei pullulans in radice*, unsere Regel kam unmittelbar von Gott und nicht von euch gottverdammten Hunden und Lügenpriestern, die ihr den Gestank des Schwefels um euch verbreitet und nicht den Duft des Weihrauchs, gemeine Hunde seid ihr, stinkender Unrat, Rabenaas, Knechte der Hure von Avignon, zur Hölle werdet ihr fahren! Ja, damals glaubte ich, meine Seele war gläubig, und auch unser Leib hatte sich erlöst, wir waren das Schwert des Herrn und mussten auch Unschuldige töten, um euch alle töten zu können so schnell wie möglich, denn es war Eile geboten, wir wollten eine bessere Welt errichten, eine Welt in Frieden und Freundlichkeit, eine Welt, in der alle glücklich sind, wir wollten den Krieg vernichten, den ihr mit eurer Habgier in die Welt gebracht habt, und ihr wollt uns vorwerfen, ihr ausgerechnet, dass wir in unserem Kampf für Glück und Gerechtigkeit zwangsläufig auch ein bisschen Blut vergießen mussten? Es... es war gar nicht so sehr viel nötig, um schnell zu machen, und war doch der Mühe wert und genügte, das Wasser des Flusses Carnasco rot zu färben an jenem Tag von Stavello, auch unser Blut war dabei, wir verschonten uns nicht, unser Blut, euer Blut, viel, viel, rasch, rasch, die Zeiten der Prophezeiung Dolcinos drängten, es galt, den Lauf der Ereignisse zu beschleunigen...«

Er hielt keuchend inne, zitternd am ganzen Leibe, und wischte sich die Hände an seiner Kutte ab, als wollte er sie von dem Blute reinigen, das er heraufbeschworen hatte. »Der Schlemmer ist wieder zum Reinen geworden«, murmelte William. »Aber ist denn dies Reinheit?« fragte ich ihn entsetzt. »Es wird sie gewiss noch in anderen Formen geben«, sagte William, »aber in jeder Form macht sie mir Angst.«

»Was schreckt Euch am meisten an der Reinheit?«

»Die Eile.«

»Das reicht jetzt!« rief nun der Inquisitor. »Ich habe von dir ein Geständnis verlangt, nicht einen Aufruf zum Massaker! Aber gut, umso besser, du bist also nicht nur damals Ketzer gewesen, du bist es noch heute! Und du bist nicht nur damals Mörder gewesen, du hast auch weitergemordet! Sag uns jetzt, wie du deine Mitbrüder hier in der Abtei ermordet hast, und warum!«

Remigius hörte zu zittern auf und blickte sich um, als erwachte er aus einem Traum. »Nein«, sagte er klar und deutlich, »mit den Verbrechen in der Abtei habe ich nichts zu tun. Ich habe Euch alles gestanden, was ich getan habe. Zwingt mich jetzt nicht zu gestehen, was ich nicht getan habe...«

»Aber was bleibt denn noch übrig, das du nicht getan haben könntest? Jetzt willst du auf einmal unschuldig sein? Oh sanftes Lamm, Muster an Friedfertigkeit! Ihr habt es gehört, einst troffen seine Hände von Blut, und jetzt ist er unschuldig! Vielleicht haben wir uns getäuscht und Remigius von Varagine ist ein Ausbund an Tugend, ein treuer Sohn der Kirche, ein Feind aller Feinde Christi? Stets hat er die Ordnung geachtet, die der wachsame Arm der Kirche den Dörfern und Städten aufzuerlegen sich müht, nie hätte der Brave gewagt, den Frieden der Händler anzutasten oder die Läden der Handwerker oder die Schätze der Kirchen! Er ist unschuldig, er hat nie etwas Böses getan, in meine Arme, Bruder Remigius, dass ich dich trösten kann, dass ich dich schützen kann vor den Anklagen, die üble Verleumder gegen dich zu erheben sich erdreisteten!« Sprach's und hatte sich halb erhoben, als wollte er gleich die Arme ausbreiten, und während Remigius ihn noch ungläubig anstarrte (hoffte er wirklich auf einen überraschenden Freispruch?), setzte der Inquisitor sich wieder zurecht und wandte sich im Befehlston an den Hauptmann der Bogenschützen:

»Ich greife ungern zu Mitteln, die unsere Kirche stets kritisiert hat, wenn sie vom weltlichen Arm angewandt wurden. Aber es gibt ein Gesetz, dem sich auch meine persönlichen Gefühle zu beugen haben. Lasst Euch vom Abt einen Raum anweisen, wo man die Folterwerkzeuge herrichten kann. Aber man soll nicht sofort beginnen. Man lasse ihn erst drei

Tage in einer Zelle liegen, Hände und Füße in Ketten. Dann zeige man ihm die Geräte. Nur zeigen. Am vierten Tage beginne man. Die Gerechtigkeit hat keine Eile, wie die Pseudo-Apostel meinten, und Gottes Gerechtigkeit kann sich Jahrhunderte Zeit lassen. Also geht langsam vor, und stufenweise. Und beachtet vor allem, was euch immer wieder gesagt worden ist: Vermeidet Verstümmelungen und unmittelbare Todesgefahr! Eine der Segnungen, die dem Frevler durch diese Prozedur zuteil werden, ist gerade ein beglückender und erwarteter Tod, der als Erlöser kommt, aber erst nach einem vollen, freiwilligen und reinigenden Geständnis.«

Die Bogenschützen beugten sich nieder, um den Cellerar aufzuheben, doch dieser sträubte sich heftig, stemmte die Füße auf den Boden und gab zu verstehen, dass er reden wolle. Man gewährte es ihm, und er begann stammelnd, die Worte kamen ihm anfangs nur mühsam über die Lippen, sein Reden klang wie das Lallen eines Betrunkenen und hatte etwas Obszönes, und erst allmählich, während er sprach, fand er zu jener wilden Kraft zurück, die sein Geständnis erfüllt hatte.

»Nein, Herr Inquisitor. Nicht die Folter! Ich bin ein Feigling. Ich habe damals verraten, ich habe meinen Glauben von einst elf Jahre lang verleugnet in diesem Kloster. Ich habe ihn tätig verleugnet, indem ich armen Winzern und Bauern den Zehnten abpresste, indem ich die Aufsicht führte über Scheuern und Ställe, damit sie blühten zur Bereicherung des Abtes. Ich habe mein Bestes gegeben bei der Verwaltung dieser Fabrik des Antichrist. Und ich ließ es mir gut ergehen, ich hatte die Zeit der Revolte vergessen, ich genoß die Freuden des Gaumens und andere mehr. Ich bin ein feiger Verräter. Vorhin verriet ich acht ehemalige Mitbrüder in Bologna, damals verriet ich Dolcino. Und als feiger Verräter, verkleidet im Gewande der Bischöflichen, habe ich die Gefangennahme Dolcinos und seiner Margaretha mit angesehen, damals, an jenem Karsamstag, als man sie ins Castell von Bugello verbrachte. Drei Monate lang trieb ich mich in der Gegend von Vercelli herum, bis der Brief von Papst Clemens eintraf; der Dolcinos Urteil enthielt. Und ich habe mit angesehen, wie Margaretha in Stücke gerissen wurde, und ich hörte sie schreien, zerfleischt, wie sie war, armer Leib, den auch ich eines Nachts berührt... Und als ihr geschundener Kadaver brannte, kamen sie über Dolcino und rissen ihm mit glühenden Zangen die Nase ab und die Hoden, und es stimmt nicht, was später von ihm behauptet wurde, dass er keinen Laut von sich gegeben hätte. Dolcino war ein großer und starker Mann, er hatte einen gewaltigen Teufelsbart, und die roten Locken fielen ihm auf die Schultern in dichten Ringeln, schön und mächtig war er anzusehen mit seinem breitkrempigen Hut, den ein Federbusch schmückte, mit seinem Schwert am Gürtel um den Talar. Dolcino ließ die Männer erzittern vor Angst und die Weiber aufschreien vor Vergnügen, ja... Doch als sie ihn folterten, schrie auch er vor Schmerzen wie ein Weib, wie ein Lamm, er blutete aus allen Wunden, als sie ihn durch die ganze Stadt schleiften und immer noch weiter verstümmelten, nur um vorzuführen, wie lange ein Abgesandter der Hölle weiterzuleben vermag, und er wollte sterben, ja, er flehte sie an, sie sollten ein Ende machen mit ihm, aber er starb spät, zu spät, erst auf dem Scheiterhaufen, und da war er nur noch eine blutige Fleischmasse... Ich war ihm gefolgt auf seinem Leidensweg und war froh, dieser grausamen Prüfung entgangen zu sein, und neben mir ging jener Strolch Salvatore, der zu mir sagte: Das haben wir gut gemacht, Fratel Remigio, dass wir so schlau gewesen sind, es gibt nichts Schlimmeres als die Folter... Tausend Religionen hätte ich abgeschworen an jenem Tage! Und seit Jahren, seit Jahrzehnten sage ich mir beschämt, wie feige ich war, und wie froh ich war, dass ich feige war, und die ganze Zeit habe ich immer gehofft, mir eines Tages beweisen zu können, dass ich doch nicht ganz so ein Feigling bin. Heute endlich, heute hast du, Bernard, mir die Kraft gegeben, es mir zu beweisen! Du bist heute für mich gewesen, was einst die heidnischen Kaiser für die feigsten der Märtyrer waren. Du hast mir den Mut gegeben, endlich frei zu bekennen, was ich glaubte in meiner Seele, während mein Leib davor zurückschreckte. Doch verlange jetzt nicht zuviel von mir, verlange nicht größeren Mut, als meine sterbliche Hülle ertragen kann. Nicht die Folter! Ich werde alles sagen, was du willst, lieber sofort auf den Scheiterhaufen, man erstickt, bevor man verbrennt. Aber nicht die Folter wie bei Dolcino! Du willst einen Kadaver haben, und um ihn zu kriegen, musst du mir die Schuld für andere Kadaver aufbürden. Wohlan, Kadaver bin ich sowieso bald, also gebe ich dir, was du willst. Ich habe Adelmus von Otranto getötet, aus Hass auf seine Jugend und aus Neid auf seine Geschicklichkeit im Umgang mit Monstern, die mir ähnelten, mir, dem alten, fetten, kleinen und ignoranten Monster. Ich habe Venantius von Salvemec umgebracht, weil er so gebildet war und Bücher las, die ich nicht verstand. Ich habe Berengar von Arundel getötet aus Hass auf seine Bibliothek, ich, der ich Theologie betrieb, indem ich die viel zu reich gewordenen Kirchen plünderte. Und schließlich habe ich Severin von Sankt Emmeram erschlagen, weil... ja, weil er Kräuter sammelte, während wir auf dem Monte Rebello fraßen, was wir in die Finger bekamen, ohne uns groß Gedanken zu machen, ob es giftig war oder nicht. Ich könnte ohne weiteres auch all die anderen hier töten, inklusive den Abt: Ob Papst oder Kaiser, immer hat er sich mit meinen Feinden verbündet, und immer habe ich ihn gehasst, auch als er mir zu essen gab, weil ich ihm zu essen gab. Genügt dir das? Ach nein, du willst ja auch wissen, wie ich all diese Mitbrüder umgebracht habe... Wohlan, ich habe sie umgebracht... warte... indem ich die Kräfte der Hölle beschwor, indem ich die tausend Legionen der Hölle benutzte, die ich mir gefügig zu machen verstand durch die Schwarze Magie, die Salvatore mir beigebracht hatte. Um jemanden umzubringen, brauchst du nicht selber Hand anzulegen, das besorgt der Teufel für dich, wenn du dir den Teufel dienstbar zu machen weisst.«

Der Cellerar blickte im Saal herum mit verschlagener Miene und lachte, aber es war jetzt das Lachen eines Irren, mochte dieser Irre auch – worauf mich William später hinwies – noch genug Geistesgegenwart aufgebracht haben, Salvatore in seinen Untergang mit hineinzureißen aus Rache für dessen Verrat.

»Und wie macht man sich den Teufel dienstbar?« wollte Bernard wissen, der dieses Delirium offenbar für ein justiziables Geständnis hielt.

»Das weisst du doch selber, man hat nicht so viele Jahre lang Umgang mit Besessenen, ohne ihre Gebräuche zu übernehmen! Du weisst es genau, du alter Apostelschlächter! Du nimmst eine schwarze Katze, nicht wahr? Eine kohlschwarze Katze, an der kein weißes Härchen sein darf, wie du weisst, und bindest ihr die Pfoten zusammen und bringst sie um Mitternacht an einen Kreuzweg, und dann rufst du mit lauter Stimme: Oh großer Luzifer, Herr der Hölle, ich nehme dich und führe dich ein in den Leib meines Feindes, so wie ich jetzt diese Katze gefangenhalte in meinen Händen, und wenn du meinen Feind zu Tode bringst, werde ich dir an dieser selben Stelle morgen um Mitternacht diese Katze zum Opfer darbringen, und du wirst tun, was ich dir befehle, denn ich befehle es dir kraft der Magie, die ich jetzt ausüben werde gemäß dem okkulten Buch des Sankt Cyprianus, im Namen aller Fürsten der höllischen Heerscharen, die ich jetzt anrufen werde mitsamt ihren Brüdern: Adramelch, Astharoth, Azalzel...« Die Lippen zitterten ihm, die Augen schienen ihm aus den Höhlen zu treten, und er begann zu beten, will sagen, es klang wie ein Gebet, doch in Wahrheit richtete er seine Anrufungen an die Fürsten der Hölle... »Abigor, *pecca pro nobis*... Ammon, *miserere nobis*... Asmodeus, *libera nos a bono*... Belial *eleyson*... Beelzebub, *in corruptionem meam intende*... Böliman, *damnamus dominum*... Jazariel, *anum meum aperies*... Chlungeri, *asperge me spermate tuo et inquinabor*... Blutschink...«

»Aufhören! Aufhören!« schrie es von allen Seiten, die Anwesenden bekreuzigten sich entsetzt und riefen: »Herr, vergib uns und erlöse uns von dem Übel!«

Remigius verstummte, zitternd, mit Schaum vor dem Munde: Er hatte sie ausgesprochen, die Namen all dieser Teufel! Reglos verharrte er ein paar Sekunden, dann brach er zusammen, stürzte kopfüber mit dem Gesicht nach unten zu Boden und wand sich in heftigen Krämpfen, weißlicher Geifer troff ihm aus dem Mund, die Hände, eben noch ganz erstarrt unter den Ketten, öffneten sich und schlossen sich konvulsivisch, die Füße traten wild zuckend in die Luft. Auch ich war von einem Tremor horroris ergriffen, der mich am ganzen Leibe erzittern ließ. William, der es bemerkte, strich mir beruhigend mit der Hand über den Kopf, legte mir den Arm um die Schultern und drückte mir fest den Nacken. »Merke dir«, sagte er leise, »unter der Folter oder bedroht von der Folter sagt ein Mensch nicht nur, was er getan hat, sondern auch, was er tun wollte oder gern getan hätte, selbst wenn er sich dessen gar nicht bewusst war. Remigius will jetzt mit ganzer Seele nur noch den Tod.«

Die Bogenschützen führten den immer noch heftig Zuckenden ab. Bernard ordnete schweigend seine Blätter. Dann blickte er auf und fixierte die Anwesenden, die wie versteinert vor Schrecken auf ihren Plätzen saßen.

»Das Verhör ist beendet. Der Angeklagte wird als geständiger Delinquent nach Avignon überstellt, wo ihm der endgültige Prozess gemacht werden wird unter strengster Beachtung aller Regeln der Wahrheitsfindung und des Rechts. Erst nach diesem regulären Prozess wird er dann verbrannt. Er gehört nicht mehr Euch, Abt Abbo, er gehört jetzt auch mir nicht länger, ich war nur das bescheidene Werkzeug der Wahrheitsfindung. Das Werkzeug des Rechts und seiner Vollstreckung findet sich andernorts. Die Hirten haben ihr Werk getan, es obliegt jetzt den Hunden, das schwarze Schaf von der Herde zu trennen und es mit Feuer zu reinigen. Die schmerzliche Episode, in der dieser Mann sich uns als der Schuldige zahlreicher Greueltaten entlarvt hat, ist vorüber. Die Abtei kann wieder in Frieden leben. Die Welt aber...«, Bernard hob die Stimme und sah die Legaten an, »die Welt hat noch keinen Frieden gefunden, die Welt wird zerrissen von Häresien, deren Urheber Zuflucht finden selbst noch in den Sälen der Kaiserpaläste! Meine Brüder mögen bedenken: Ein *cingulum diaboli* verbindet die perversen Sektierer Dolcinos mit den geehrten und hochangesehenen Meistern des Kapitels zu Perugia! Vergessen wir nie, in den Augen Gottes unterscheidet sich das Gefasel jenes Elenden, den wir soeben der Justiz überantwortet haben, nicht wesentlich von dem jener Theologen, die am Tische des exkommunizierten Bayern tafeln. Die Quelle der häretischen Ruchlosigkeiten sprudelt aus mancherlei Predigten, auch aus hochangesehenen, noch ungestraften. Leidvoll und schwer ist das Amt und die Aufgabe dessen, der, wie meine sündige Wenigkeit, von Gott berufen ist, die Schlange der Ketzerei zu entdecken, wo immer sie sich einnistet. Doch wenn man dieses heilige Werk verrichtet, lernt man, dass Ketzer nicht nur jene sind, die ihre Ketzerei offen praktizieren. Die Helfershelfer der Ketzerei erkennt man an fünf beweiskräftigen Indizien. Erstens, wer die gefangenen Ketzer heimlich im Gefängnis besucht; zweitens, wer ihre Gefangennahme beklagt und ihnen im Leben freundschaftlich verbunden war (denn schwerlich entgehen einem die ruchlosen Machenschaften der Ketzer, wenn man häufig mit ihnen Umgang hat); drittens, wer die Meinung vertritt, die Ketzer seien zu Unrecht verurteilt worden, mag ihre Schuld auch erwiesen sein; viertens, wer Kritik übt an den Verfolgern der Ketzer und an denen, die erfolgreich gegen das Ketzertum predigen (und er braucht die Kritik gar nicht laut zu üben, man kann sie ihm schon an den Augen, an der Nasenspitze ansehen, am Gesichtsausdruck, wenn er unwillkürlich seinen Hass auf diejenigen bekundet, die er verabscheut, und seine Liebe zu denen, deren Missgeschick er beklagt); fünftes Kennzeichen ist schließlich, wenn jemand die Knochen verbrannter Ketzer sammelt und zum Gegenstand seiner Verehrung macht... Aber ich messe auch einem sechsten Kennzeichen größten Wert bei: Offenkundige Helfershelfer der Ketzer sind in meinen Augen auch jene, deren Schriften (auch wenn sie nicht unverhüllt den rechten Glauben bekämpfen) den Ketzern die Prämissen geliefert haben, aus denen sie ihre perversen Schlussfolgerungen zogen.«

Sprach's und fixierte Ubertin. Alle anwesenden Franziskaner begriffen sofort, worauf er anspielte. Das Treffen war definitiv gescheitert, niemand hätte es jetzt noch gewagt, die Debatte vom Vormittag wieder aufzunehmen, jedes weitere Wort wäre zwangsläufig an den schlimmen Ereignissen der vergangenen Stunde gemessen worden. Wenn Bernard Gui vom Papst geschickt worden war, um eine Verständigung der beiden Legationen zu vereiteln, so hatte er seinen Auftrag glänzend erfüllt.

Fünfter Tag

Vesper

*Worin Ubertin die Flucht ergreift,
Benno sich an die Gesetze zu halten beginnt
und William einige Betrachtungen anstellt über die
verschiedenen Arten von Wollust,
die an jenem Tage zum Vorschein gekommen sind.*

Während der Saal sich langsam leerte, kam Michael von Cesena zu meinem Meister, und gleich darauf trat auch Ubertin zu den beiden. Wir gingen gemeinsam hinaus und begaben uns in den Kreuzgang, um ungestört reden zu können im Schutze des Nebels, der sich noch immer nicht auflösen wollte, ja mit zunehmender Dunkelheit eher noch dichter wurde.

»Was geschehen ist, bedarf wohl keines weiteren Kommentars«, sagte William. »Bernard hat uns besiegt. Fragt mich nicht, ob dieser arme Teufel von Dolcinianer wirklich schuldig an all den Verbrechen ist. Die Morde in der Abtei gehen jedenfalls nicht auf sein Konto, soweit ich sehen kann. Tatsache ist, dass wir wieder am Anfang stehen. Johannes will dich ohne Begleitschutz in Avignon haben, Michael, und das Treffen hat dir nicht die gewünschten Garantien erbracht. Im Gegenteil, es hat dir eher einen Vorgeschmack davon gegeben, wie man dir jedes Wort im Munde umdrehen kann, wenn du erst einmal dort bist. Woraus meines Erachtens zu schließen wäre, dass du nicht hingehen solltest.«

Michael schüttelte heftig den Kopf. »Ich werde hingehen, Bruder. Ich will kein Schisma. Du hast heute morgen sehr deutlich gesagt, was du willst, das war mutig und klärend. Aber ich will etwas anderes, und ich sehe jetzt, dass die kaiserlichen Theologen unsere Beschlüsse von Perugia benutzt haben, um weit über unsere Intentionen hinauszugehen. Ich will, dass der Papst dem Minoritenorden seine Armutsideale zugesteht. Und der Papst muss begreifen, dass der Orden seine häretischen Wucherungen und Auswüchse nur wieder in den Griff bekommt, wenn er sich die Ideale der Armut zu eigen macht. Ich träume nicht von einer Volksversammlung oder von einem Recht der Völker. Ich muss verhindern, dass der Orden in eine Vielzahl von Fratizellen zerfällt. Ich werde also nach Avignon gehen und, wenn nötig, einen Akt der Unterwerfung vollziehen. Über alles werde ich mit mir reden lassen, außer über das Armutsprinzip.«

»Du weisst hoffentlich«, sagte Ubertin, »dass du dort dein Leben riskierst!«

»Mag sein«, erwiderte Michael. »Lieber das Leben riskieren als die Seele.«

Er riskierte wirklich sein Leben, und wenn Johannes im Recht war (woran ich allerdings heute noch zweifle), verlor er dabei sein Seelenheil. Wie heute jedermann weiß, ging Michael eine Woche nach den Ereignissen, die ich hier berichte, tatsächlich an den Hof des Papstes nach Avignon. Vier Monate hielt er ihm stand, bis Johannes im April des folgenden Jahres ein Konsistorium einberief, auf dem er den Ordensgeneral der Franziskaner nicht nur tollkühn, verwegen, starrsinnig und tyrannisch nannte, sondern auch einen Helfershelfer der Häresie und eine Schlange am Busen der Kirche. Und man kann sogar sagen, dass Johannes inzwischen, aus seiner Sicht der Dinge, nicht mehr so ganz im Unrecht war, denn im Laufe jener vier Monate hatte Michael Freundschaft geschlossen mit dem Freund meines Meisters, dem anderen William, dem von Ockham, und dessen Ideen zu teilen begonnen (die nicht sehr anders waren, höchstens noch radikaler, als die Ideen, die mein Meister mit seinem Freund Marsilius von Padua teilte und die er an jenem Morgen im Kapitelsaal dargelegt hatte). Doch wie auch immer, das Leben jener Dissidenten wurde allmählich prekär am päpstlichen Hofe, und Ende Mai begaben sich Michael, William von Ockham, Bonagratia von Bergamo, Franciscus von Ascoli und Heinrich von Talheim auf die Flucht, verfolgt von den Männern des Papstes nach Nizza, Toulon, Marseilles und Aigues

Mortes, wo sie schließlich von Kardinal Pierre de Arrablay eingeholt wurden, der sie dringlich zur Rückkehr zu überreden versuchte, ohne jedoch ihren Widerstand, ihren Hass auf den Papst und ihre Angst überwinden zu können. Im Juni gelangten sie schließlich nach Pisa, wo sie im Triumph von den Kaiserlichen empfangen wurden, und in den folgenden Monaten predigte Michael öffentlich gegen die »Blasphemien« des Papstes. Zu spät allerdings: Der Glücksstern des Kaisers war schon im Sinken begriffen, Johannes spann von Avignon aus seine Fäden, um den Minoriten einen neuen Ordensgeneral aufzuzwingen, und schaffte es schließlich auch. Michael musste Italien verlassen und verbrachte, wenn ich recht unterrichtet bin, den Rest seines Lebens als verketzerter Emigrant an der Seite Williams von Ockham in München... So wäre es zweifellos besser gewesen, wenn er an jenem schicksalsträchtigen Tage nicht beschlossen hätte, um jeden Preis nach Avignon zu gehen: Er hätte den Widerstand der Minoriten aus der Nähe stärken können, ohne soviel Zeit zu verlieren und sich monatelang in die Hand seines Feindes zu begeben, was seine Stellung im Orden nur schwächte... Aber vielleicht hatte die göttliche Vorsehung alles schon längst so beschlossen, und ehrlich gesagt, ich weiß heute nicht mehr, wer damals wirklich im Recht war, und nach so vielen Jahren erlischt auch das Feuer der Leidenschaft, zusammen mit dem, was man einst für das Licht der Wahrheit hielt. Wer von uns Heutigen könnte noch sagen, ob Hektor oder Achilles, Agamemnon oder der greise Priamos damals im Recht waren, als sie einander bekriegten um den Besitz einer schönen Frau, deren Asche nun längst zerstoben ist in alle Winde?

Doch ich verliere mich in melancholische Abschweifungen. Verzeih, mein geduldiger Leser, und lass mich das Ende jenes tristen Gesprächs im nebligen Kreuzgang berichten. Michael hatte, wie gesagt, seinen Beschluss gefasst, und nichts konnte ihn mehr davon abbringen. Doch es gab noch ein zweites Problem, und William sprach es ohne Umschweife aus: Ubertin selbst war nicht mehr in Sicherheit! Die drohenden Worte, die Bernard an ihn gerichtet hatte, der Hass, den der Papst auf ihn nährte, die Tatsache, dass Ubertin – während Michael immerhin eine Macht repräsentierte, mit der man verhandeln musste – nur für sich selbst stand...

»Johannes will Michael an seinem Hofe sehen und Ubertin in der Hölle«, stellte William fest. »Wie ich Bernard kenne, besteht die akute Gefahr, dass Ubertin noch heute nacht, zumal wenn dieser Nebel anhält, ermordet wird. Und sollte morgen früh jemand fragen, von wem – nun, diese Abtei wird leicht noch ein weiteres Verbrechen ertragen können... Man wird sagen, es seien die Teufel gewesen, die Remigius mit seinen schwarzen Katzen beschworen hat, oder vielleicht ein weiterer Dolcinianer, der noch in diesen Mauern umgeht...«

Ubertin war beunruhigt. »Was rätst du mir?«

»Ich rate dir«, sagte William, »geh zum Abt, lass dir ein Reittier geben und Proviant und ein Empfehlungsschreiben an eine Abtei irgendwo im Norden, jenseits der Alpen, und nutze die Dunkelheit und den Nebel, um sofort aufzubrechen.«

»Werden die Bogenschützen nicht das Tor bewachen?«

»Die Abtei hat noch andere Ausgänge, und der Abt kennt sie. Es genügt, dass dich ein Knecht an einer der unteren Kehren mit einem Reittier erwartet, und wenn du hier irgendwo durch die Mauer verschwunden bist, brauchst du nur noch ein kurzes Stück durchs Gehölz zu gehen. Beeile dich, solange Bernard noch im Hochgefühl seines Sieges schwelgt. Ich muss mich um etwas anderes kümmern, ich hatte zwei Missionen, eine davon ist gescheitert, jetzt will ich zumindest die andere erfolgreich beenden. Ich muss ein Buch in die Hand bekommen – und einen Mann. Wenn alles gut geht, bist du weg, bevor ich zurückkomme. Also leb wohl, Ubertin!« Er breitete die Arme aus, und Ubertin drückte ihn tief bewegt an sich. »Leb wohl, Bruder William, du bist ein närrischer und arroganter Engländer, aber du hast ein großes Herz. Sehen wir uns wieder?«

»Wir sehen uns wieder, so Gott will.«

Gott wollte es leider nicht. Wie ich bereits erwähnte, starb Ubertin von Casale wenige Jahre später unter geheimnisvollen Umständen in einer deutschen Stadt. Es war ein schweres und abenteuerliches Leben gewesen, das dieser glühende alte Kämpfer geführt hatte, und wenn er vielleicht auch kein Heiliger war, so hoffe ich doch, dass seine unerschütterliche Überzeugung, einer zu sein, von Gott belohnt worden ist. Je älter ich werde und je demütiger ich mich dem Willen Gottes beuge, desto weniger schätze ich die Wissbegier des Verstandes und den Willen zum Handeln – und desto klarer erkenne ich als einzigen Heilsweg den Glauben, der geduldig warten kann, ohne allzuviel Fragen zu stellen. Und Ubertin hatte gewiss viel Glauben an das Blut und den Kreuzestod Unseres Herrn.

Vielleicht dachte ich auch schon damals so, und der alte Mystiker spürte es, oder er ahnte, dass ich eines Tages so denken würde, jedenfalls umarmte er mich mit einem gütigen Lächeln, aber ohne die Glut, mit der er mich in den vergangenen Tagen zuweilen an sich gedrückt hatte. Er umarmte mich, wie ein Großvater seinen Enkel umarmt, und im gleichen Geiste erwiderte ich seinen Druck. Dann entfernte er sich mit Michael, um den Abt aufzusuchen.

»Was machen wir jetzt?« fragte ich William.

»Jetzt kümmern wir uns wieder um unsere Mordfälle.«

»Meister«, sagte ich, »heute sind folgenschwere Dinge geschehen von großem Gewicht für die Christenheit, und Eure Mission ist gescheitert. Und doch seid Ihr offenbar mehr an der Aufklärung dieser Mordfälle interessiert als am Konflikt zwischen Kaiser und Papst!«

»Narren und Kinder sagen die Wahrheit. Ja, Adson, du hast recht, und ich will dir auch sagen, warum. Als kaiserlicher Ratgeber bin ich wohl nicht so gut wie mein Freund Marsilius, aber als Inquisitor bin ich der bessere. Besser sogar als Bernard, Gott vergebe mir. Denn Bernard will gar nicht unbedingt den wahren Schuldigen finden, er will nur den Angeklagten brennen sehen. Mir dagegen macht es Freude, ein richtig schön verwickeltes Knäuel zu entwirren. Hinzu kommt, dass ich in einem Moment, da ich als Philosoph bezweifle, ob die Welt eine Ordnung hat, einen gewissen Trost darin finde, wenn schon nicht eine Ordnung, so doch wenigstens ein paar Zusammenhänge zwischen den Angelegenheiten der Welt zu entdecken. Und schließlich gibt es vielleicht noch einen tieferen Grund: In dieser Geschichte geht es womöglich um Dinge, die größer und bedeutsamer sind als der Streit zwischen Kaiser und Papst...«

»Aber es ist doch bloß eine Geschichte von Hader und Zwietracht zwischen recht untugendhaften Mönchen!« rief ich verblüfft.

»Um ein verbotenes, Buch, Adson, um ein verbotenes Buch!« Unterdessen strömten die Mönche ins Refektorium, und wir folgten ihnen. Als das Mahl fast zur Hälfte vorüber war, erschien Michael von Cesena, setzte sich neben uns und gab uns zu verstehen, dass Ubertin fort war. William stieß einen Seufzer der Erleichterung aus.

Nach dem Mahl mieden wir den Abt, den wir mit Bernard sprechen sahen, und entdeckten Benno im Gedränge. Er warf uns ein halbes Lächeln zu und versuchte, die Tür zu erreichen. Aber William holte ihn ein und zwang ihn, uns in einen Winkel der Küche zu folgen.

»Benno«, sagte er streng, »wo ist das Buch?«

»Welches Buch?«

»Benno, keiner von uns beiden ist ein Dummkopf! Ich spreche von dem Buch, das wir heute bei Severin suchten. Ich habe es leider nicht erkannt, du aber hast es sehr wohl erkannt und hast es geholt, als wir weg waren...«

»Wie kommt Ihr darauf, dass ich es geholt habe?«

»Ich denke es, und du denkst es auch. Wo ist es?«

»Das kann ich nicht sagen.«

»Benno, wenn du es nicht sagst, spreche ich mit dem Abt darüber!«

»Genau das Verbot des Abtes hindert mich, es zu sagen«, erklärte Benno mit tugendhafter Miene. »Nachdem wir uns heute mittag getrennt haben, ist etwas geschehen, das Ihr wissen müsst. Durch Berengars Tod war der Posten des Bibliothekarsgehilfen frei geworden. Heute nachmittag hat Malachias mir diesen Posten angeboten. Gerade vor einer halben Stunde hat der Abt seine Zustimmung erteilt, und morgen früh werde ich, wie ich hoffe, in die Geheimnisse der Bibliothek eingeweiht! Ja, Bruder William, ich habe das Buch geholt. Ich hatte es unter der Matte in meiner Zelle versteckt, ohne es anzusehen, weil ich wusste, dass ich von Malachias beobachtet wurde. Nach einer Weile kam er und machte mir das besagte Angebot. Und da habe ich natürlich getan, was sich für einen Bibliothekarsgehilfen gehört: Ich habe ihm das Buch ausgehändigt...«

Ich konnte nicht an mich halten und ging erregt auf ihn los: »Aber Benno! Gestern und vorgestern hast du... habt Ihr noch gesagt, dass Ihr vor Wissbegier brennt und nicht wollt, dass die Bibliothek Geheimnisse hütet, statt sich den Forschern aus aller Welt zu öffnen!«

Benno schwieg errötend, doch William hielt mich zurück: »Adson, lass ihn, es hat keinen Zweck, seit ein paar Stunden ist Benno zur anderen Seite übergelaufen. Er ist jetzt selbst der Hüter jener Geheimnisse, die er so brennend erfahren wollte, und während er sie vor fremden Blicken verbirgt, hat er genügend Zeit, sie nach Herzenslust zu erforschen.«

»Aber was ist mit den anderen?« rief ich verblüfft. »Benno sprach doch im Namen aller Forschenden!«

»Vorher«, sagte William lakonisch und zog mich fort, um Benno seinen Gewissensbissen zu überlassen.

»Du musst begreifen«, erklärte mein Meister, »Benno ist einer großen Wollust zum Opfer gefallen, die von anderer Art ist als die Wollust Berengars und auch als die des Cellerars. Er frönt, wie viele Forscher es tun, der Lust am Wissen. Am Wissen um seiner selbst willen. Solange er zu einem Teil dieses Wissens keinen Zugang hatte, wollte er sich seiner fast um jeden Preis bemächtigen. Nun hat er sich seiner bemächtigt. Malachias kannte seinen Mann sehr genau und hat das beste Mittel benutzt, um das Buch zurückzubekommen und Bennos Lippen zu versiegeln. Du fragst jetzt vielleicht, wozu es gut sein soll, so große Wissensschätze zu hüten, wenn man nicht bereit ist, sie auch den anderen Forschenden zur Verfügung zu stellen. Doch eben darum sprach ich von Wollust. Von Wollust, Adson, die etwas anderes ist als der Erkenntnisdrang eines Roger Bacon, der die Wissenschaft in den Dienst der Menschen zu stellen trachtete und daher nicht nach Erkenntnis um ihrer selbst willen strebte. Bennos Wissensdurst ist bloß eine unstillbare Neugier, Hoffart des Geistes, eine von mehreren Arten für einen Mönch, die Gelüste seiner Lenden zu stillen in verwandelter Form, oder auch die Glut, die einen anderen zum Glaubenskämpfer macht, oder zum Ketzer. Es gibt nicht nur Wollust des Fleisches, Adson. Wollust ist auch, was Bernard empfindet, überzogene Lust an der Gerechtigkeit, die sich bei ihm mit Machtlust paart. Wollust am Reichtum empfindet unser heiliger und nicht mehr römischer Pontifex. Wollust am Zeugnisablegen, am Wandel, an Buße und Tod empfand Remigius in seiner Jugend. Und Wollust am Bücherlesen empfindet Benno. Sie ist wie alle Wollust – wie die des Onan, der seinen Samen zu Boden fallen ließ – eine sterile Lust, die nichts mit der Liebe zu tun hat, nicht einmal mit der fleischlichen…«

»Ich weiß«, entfuhr es mir unwillkürlich. William überhörte es, fuhr aber fort: »Wahre Liebe sucht das Wohl des geliebten Wesens.«

»Aber könnte es nicht sein, dass Benno durchaus das Wohl seiner Bücher sucht (denn nun sind es auch die seinen) und meint, ihr Wohl bestehe darin, vor raffgierigen Händen geschützt zu werden?« gab ich zu bedenken.

»Das Wohl eines Buches besteht darin, gelesen zu werden. Bücher sind aus Zeichen gemacht, die von anderen Zeichen reden, die ihrerseits von den wirklichen Dingen reden. Ohne ein Auge, das sie liest, enthalten sie nur sterile Zeichen, die keine Begriffe hervorbringen, und bleiben stumm. Vielleicht ist diese Bibliothek einst entstanden, um die Bücher, die sie enthält, zu schützen. Aber nun lebt sie, um die Bücher in sich zu begraben. Deshalb ist sie zum Herd des Frevels geworden. Remigius sagte heute, er sei ein feiger Verräter. Nichts anderes ist Benno. Er hat seine Überzeugung verraten. Oh, was für ein schlimmer Tag, lieber Adson! Voller Blut und Verderben! Für heute hab ich genug davon! Komm, lass uns zur Komplet gehen und dann schlafen.«

Vor der Küche trafen wir auf Aymarus. Er fragte uns, ob es wahr sei, was gemunkelt werde, dass Malachias Benno zu seinem Gehilfen auserwählt habe. Wir konnten es nur bestätigen.

»Der gute Malachias hat sich heute allerhand feine Sachen geleistet«, kommentierte Aymarus mit seinem gewohnten milde verächtlichen Grinsen. »Wenn es eine Gerechtigkeit gäbe; müsste ihn heute nacht der Teufel holen.«

Fünfter Tag

Komplet

Worin man einer Predigt über das Kommen des Antichrist lauscht und Adson die Macht der Namen entdeckt.

Der Vespergottesdienst war recht unruhig verlaufen, das Verhör des Cellerars war noch im Gange gewesen, viele Mönche hatten gefehlt, viele Novizen waren der Aufsicht ihres Meisters entschlüpft, um durch Fenster und Türspalt die Ereignisse im Kapitelsaal mitzubekommen. So war es nun höchste Zeit, dass die versammelte Bruderschaft für die Seele des toten Severin betete. Wir nahmen an, der Abt werde zur Komplet eine Predigt halten, und fragten uns, was er wohl sagen würde. Tatsächlich trat er nach der liturgischen Homilie des Sankt Gregor, dem Responsorium und den drei vorgeschriebenen Psalmen auf die Kanzel, doch nur um zu verkünden, dass er an diesem Abend schweigen werde. Zuviel Unheil sei über die Abtei hereingebrochen, sagte er, als dass der gemeinsame Vater jetzt, wie es erforderlich sei, im Tone des Tadels und der Ermahnung predigen könne. Alle ohne Ausnahme müssten sich einer strengen Gewissensprüfung unterziehen. Da jedoch einer predigen müsse, schlage er vor, die Ermahnung des ältesten Mitbruders anzuhören, der, weil dem Tode am nächsten, von allen am wenigsten in jene irdischen Leidenschaften verstrickt sei, die soviel Unheil verursacht hätten. Dem Range des Alters entsprechend würde das Wort mithin Alinardus von Grottaferrata gebühren, doch alle wüssten, wie gebrechlich die Gesundheit dieses verehrungswürdigen Mitbruders sei. Als nächster nach Alinardus gemäß der Ordnung des unerbittlichen Ablaufs der Zeiten komme Jorge von Burgos. Ihm erteile der Abt nun das Wort.

Ein Raunen ging durch jenen Teil des Chorgestühls, wo gewöhnlich Aymarus und die anderen Italiener saßen. Vermutlich, so dachte ich mir, hatte der Abt den greisen Alinardus gar nicht erst gefragt, bevor er Jorge das Wort erteilte. William wies mich leise daraufhin, dass es eine sehr kluge Entscheidung des Abtes war, an diesem Abend nicht zu sprechen, wäre doch alles, was immer er auch gesagt hätte, von Bernard und den übrigen Avignonesern sehr genau registriert worden. Der alte Jorge hingegen würde sich wohl auf eine seiner mystischen Weissagungen beschränken, und dem würden die Avignoneser kein großes Gewicht beimessen. »Ich aber schon«, fügte William hinzu, »denn ich glaube nicht, dass Jorge eingewilligt, ja womöglich den Abt geradezu um das Wort gebeten hat, ohne ein bestimmtes Ziel zu verfolgen.«

Jorge stieg auf die Kanzel, gestützt von einem Novizen. Sein Antlitz wurde erleuchtet von der einzigen Fackel, die das Kirchenschiff matt erhellte auf dem hohen Dreifuß im Chor. Das flackernde Licht betonte die Dunkelheit um seine Augenhöhlen, die wie zwei schwarze Löcher erschienen.

»Verehrte Brüder«, begann er, »und ihr, unsere lieben Gäste, so wollet denn nun den Worten dieses armen Greises lauschen... Die vier Todesfälle, die unsere Abtei verdüstert haben – um nur von den Toten zu reden und nicht von den alten und neuen Sünden der Unseligsten unter den Lebenden – diese vier Todesfälle sind nicht, wie ihr wisst, den Härten der Natur zuzuschreiben, die unabänderlich in ihren Rhythmen unser irdisches Dasein regelt von der Wiege bis zur Bahre. Ihr alle denkt jetzt vielleicht, diese schmerzlichen Fälle, so sehr sie euch auch mit Trauer erfüllen, beträfen nicht eure Seelen, da ihr alle bis auf einen unschuldig wäret, und wenn dieser eine bestraft worden sei, bleibe euch zwar noch die Klage über den Fortgang der Dahingeschiedenen, aber von einer Anklage bräuchtet ihr selbst euch nicht reinzuwaschen vor dem Throne des Herrn. So meint ihr. Narren!« rief Jorge mit Donnerstimme. »Narren und Pharisäer! Wer getötet hat, trägt die Last seiner Schuld vor Gott, doch nur weil er es hingenommen hat, sich zum Vollstrecker der Pläne Gottes zu machen. So wie es notwendig war, dass jemand Unseren

Herrn Jesus verriet in Gethsemane, damit das Mysterium der Erlösung vollbracht werden konnte, und doch bestrafte der Herr mit Verdammnis und ewiger Schande den, der da verraten hatte, so hat auch in diesen Tagen hier jemand gesündigt, indem er uns Tod und Verderben brachte. Ich aber sage euch, dieses Verderben ist, wenn nicht von Gott gewollt, so doch zumindest zugelassen worden von Gott als Strafe für unsere Hoffart!«

Er verstummte und ließ den leeren Blick über die dunkle Versammlung gleiten, als könne er mit den Augen ihre Gefühle erspähen. In Wahrheit genoss er jedoch mit den Ohren ihr betroffenes Schweigen.

»In dieser Bruderschaft«, fuhr er fort, »züngelt seit langem die Natter der Hoffart. Doch welcher Hoffart? Der Hoffart des Spiels mit der Macht, hier in diesem weltabgeschiedenen Kloster? Gewiss nicht. Der Hoffart des Reichtums? Ach, meine Brüder, schon ehe die Welt widerhallte von langen Querelen über die Armut und den Besitz, schon seit den Zeiten unseres heiligen Ordensgründers haben wir, auch wenn wir alles hatten, nie etwas besessen, stets war unser einziger wahrer Reichtum die Befolgung der Regel, das Gebet und die Arbeit. Doch zur Arbeit, zur Arbeit unseres Ordens und insbesondere dieses Klosters gehört – und zwar als ihr Wesenskern – das Studium und die Bewahrung des Wissens. Ich sage Bewahrung und nicht Erforschung, denn es ist das Proprium des Wissens als einer göttlichen Sache, dass es abgeschlossen und vollständig ist seit Anbeginn in der Vollkommenheit des Wortes, das sich ausdrückt um seiner selbst willen. Ich sage Bewahrung und nicht Erforschung, denn es ist das Proprium des Wissens als einer menschlichen Sache, dass es vollendet und abgeschlossen worden ist in der Zeitspanne von der Weissagung der Propheten bis zu ihrer Deutung durch die Väter der Kirche. Es gibt keinen Fortschritt, es gibt keine epochale Revolution in der Geschichte des Wissens, es gibt nur fortdauernde und erhabene Rekapitulation. Die Geschichte der Menschheit schreitet voran in unaufhaltsamem Laufe von der Schöpfung durch die Erlösung bis zur Wiederkunft des triumphierenden Christus, der herabfahren wird in strahlendem Glanze, zu richten die Lebendigen und die Toten, doch das göttliche und menschliche Wissen folgt diesem Laufe nicht: Fest wie ein Fels, der nicht wankt, erlaubt es uns, wenn wir in Demut und aufmerksam seiner Stimme lauschen, diesem Laufe zu folgen und ihn vorauszusagen, aber es wird von ihm nicht berührt. Ich bin, der ich bin, sagte der Gott der Juden. Ich bin der Weg, die Wahrheit und das Leben, sagte Unser Herr Jesus Christus. Dies sind die Kernsätze, und das ganze Wissen ist nichts anderes als das staunende Kommentieren dieser beiden ehernen Wahrheiten. Alles, was über sie hinaus gesagt worden ist, wurde vorgebracht von den Propheten, den Evangelisten, den Kirchenvätern und den Doctores, um diese beiden Kernsätze klarer zu machen. Und zuweilen kam auch ein brauchbarer Kommentar von den Heiden, die sie nicht kannten, und ihre Worte sind eingefügt worden in die christliche Tradition. Darüber hinaus aber gibt es nichts mehr zu sagen. Nur das Gesagte wieder und wieder zu überdenken, auszulegen und zu bewahren. Dies und nichts anderes war und ist und muss bleiben die Aufgabe unserer Abtei mit ihrer glänzenden Bibliothek! Im Orient, heißt es, habe einst ein Kalif die Bibliothek einer hochberühmten, stolzen und glorreichen Stadt in Flammen gesteckt und gesagt, während Tausende von Büchern verbrannten, sie könnten getrost und müssten sogar verschwinden, denn entweder wiederholten sie nur, was der Koran lehrt, und dann seien sie unnütz, oder sie widersprächen dem heiligen Buche der Ungläubigen, und dann seien sie schädlich. Die Doctores der römischen Kirche und wir mit ihnen denken nicht so. Alles, was nach Erläuterung und Klärung der Heiligen Schrift klingt, muss aufbewahrt werden, denn es erhöht ihren Ruhm; nichts, was ihr widerspricht, darf vernichtet werden, denn nur wenn es aufbewahrt wird, kann es von denen, die dazu befähigt und durch ihr Amt berufen sind, widerlegt werden in den vom Herrn gewollten Formen und Zeiten. Daher die Verantwortlichkeit unseres Ordens in den Jahrhunderten und daher heute die Bürde unserer Abtei: stolz zu sein auf die Wahrheit, die wir verkünden, demütig und klug im Bewahren der wahrheitswidrigen Worte, ohne uns durch sie zu beflecken...

Wohlan, meine Brüder, welches ist nun die Sünde der Hoffart, die einen studierenden Mönch befallen kann? Die eines Missverstehens seiner Arbeit nicht als ein Bewahren, sondern als ein suchendes Forschen nach einer verborgenen Wahrheit, die den Menschen angeblich noch nicht zuteil geworden ist, als wäre die letzte nicht bereits aufgeklungen in den letzten Worten des letzten Engels, der da spricht im letzten Buche der Heiligen Schrift: ›Ich bezeuge allen, die da hören die Worte der Weissagung in diesem Buche: So jemand etwas hinzufügt, so wird Gott ihm zufügen die Plagen, die in diesem Buche geschrieben stehn, und so jemand etwas wegnimmt von den Worten des Buches dieser Weissagung, so wird Gott wegnehmen seinen Teil vom Buche des Lebens und von der heiligen Stadt und von dem, was in diesem Buche geschrieben steht.‹ – Nun, meine unseligen Brüder, dünkt euch nicht, dass diese Worte nichts anderes bergen als das, was jüngst in unseren Mauern geschehen ist, während das, was in unseren Mauern geschehen ist, nichts anderes birgt als das Schicksal des Jahrhunderts, in welchem wir leben? Eines Jahrhunderts, das in jeder Hinsicht, in Worten und Taten, in Burgen und Städten, in hochfahrenden Universitäten und himmelstürmenden Domen darauf versessen ist, neue Zutaten zu den Worten der Wahrheit zu finden, wodurch es den Sinn eben jener Wahrheit entstellt, die bereits vollständig und offenkundig zutage liegt, zu der alles Notwendige schon gesagt worden ist und die keiner törichten Erweiterung mehr bedarf, sondern nur unermüdlicher Verteidigung! Dies ist die Hoffart, die aufgeflammt ist in unseren Mauern und die weiterhin züngelt! Und ich sage all denen, die sich erkühnt haben und erkühnen, die Siegel der nicht für sie bestimmten Bücher zu brechen: Es war diese Hoffart, die der Herr hat züchtigen wollen, und er wird fortfahren, sie zu züchtigen, wenn sie nicht abnimmt und sich in Demut beugt, denn für den Herrn ist es ein Leichtes, dank unserer Schwächen, auch künftig die Werkzeuge seiner Vergeltung zu finden!«

»Hast du gehört, Adson?« flüsterte William mir zu. »Der Alte weiß mehr, als er sagt. Ob er seine Hände in dieser Geschichte drin hat oder nicht, er weiß Bescheid, und er warnt die Mönche: Wenn sie nicht aufhören, die Bibliothek zu verletzen, wird die Abtei nicht zur Ruhe kommen!«

Jorge ließ eine lange Pause eintreten. Dann sprach er weiter.

»Wer aber ist der Inbegriff dieser Hoffart? Wessen Abbilder und Vorboten, Helfershelfer und Wegbereiter sind diese Hoffärtigen? Wer hat in Wahrheit gehandelt und wird womöglich noch weiter handeln in diesen Mauern, um uns kundzutun, dass die Zeit nicht mehr fern ist – und um uns damit auch zu trösten, denn wenn die Zeit nicht mehr fern ist, werden die Leiden zwar unerträglich sein, aber nicht endlos, geht doch der große Zyklus des Universums dann seinem Ende entgegen? Oh, ihr habt es sehr gut verstanden, ihr wisst es genau, und ihr fürchtet euch, seinen Namen zu nennen, denn es ist auch der eure, und ihr habt Angst vor ihm! Doch mögt ihr auch Angst vor ihm haben, ich habe keine, und so sage ich denn mit lauter Stimme, auf dass eure Eingeweide sich wenden vor Schrecken und eure Zähne klappern, bis sie euch die Zunge abbeißen, auf dass euch das Blut in den Adern gerinne und sich über eure Augen ein dunkler Schleier lege... Es ist die *Bestia immunda:* der Antichrist!«

Er machte erneut eine lange Pause. Die Mönche saßen in ihrem Gestühl, als wären sie tot. Das einzige, was sich regte im weiten Kirchenraum, war die flackernde Flamme auf dem Dreifuß, doch selbst die Schatten, die sie warf, schienen erstarrt zu sein. Der einzige schwach vernehmbare Laut war das Keuchen Jorges, der sich den Schweiß von der Stirne wischte. Dann fuhr er fort.

»Vielleicht wollt ihr jetzt sagen: Nein, der ist noch nicht gekommen, wo sind die Vorzeichen seiner Ankunft? Toren, seid ihr mit Blindheit geschlagen? Wir haben sie doch tagtäglich vor Augen, die unheilverkündenden Katastrophen, im großen Amphitheater der Welt wie in ihrem verkleinerten Spiegelbild dieser Abtei... Es ward geweissagt: Wenn der Augenblick nahe ist, wird sich ein fremder König erheben im Westen, ein Herr von gewaltiger Arglist, gottlos, menschenmordend, betrügerisch und gerissen, versessen auf Gold, voller Schläue und Bosheit, ein Feind und Verfolger aller Gerechten, und man wird nicht länger achten des Silbers zu seiner Zeit, sondern nur noch dem Golde dienen! Ja, ja, ich weiß, ihr überlegt jetzt rasch, meine Zuhörer, und überschlagt im stillen, ob es der Papst sein könnte oder der Kaiser oder der König von Frankreich oder wer auch immer, der diesem Fürsten des Bösen gleicht, damit ihr dann sagen könnt: Er ist mein Feind, ich stehe auf seiten des Guten! Aber so dumm bin ich nicht, euch einen Menschen zu nennen, der Antichrist kommt, wenn er kommt, in allem und allen, und jeder hat Teil an ihm. Er kommt in den Horden, die Städte und Länder verwüsten, er kommt in unerwarteten Zeichen am Himmel, wenn plötzlich Regenbögen erscheinen und Hörner am Firmament und Blitze, gefolgt von grollendem Donner, während das Meer zu kochen beginnt! Man hat gesagt, die Menschen und Tiere werden Drachen gebären, doch damit wollte man sagen, dass die Herzen auf Hader und Zwietracht sinnen. Schaut nicht um euch, wenn ihr die Monster der Miniaturen finden wollt, die euch auf den Pergamenten ergötzen, schaut in eure Herzen! Man hat gesagt, junge Mütter werden Kinder gebären, die bei der Geburt schon vollendet sprechen können, um kundzutun, dass die Zeit reif ist und dass sie wünschten, getötet zu werden. Aber sucht nicht drunten im Tale nach ihnen, die frühreifen und zu klugen Kinder wurden bereits hier oben in diesen Mauern getötet! Und wie in den Weissagungen hatten sie schon das Aussehen greiser Männer, und wie in den Weissagungen waren sie Kinder mit vier Füßen, und Gespenster, und Ungeborene, die im Mutterleibe weissagen konnten mit Hilfe magischer Zaubersprüche. Jawohl, und dies alles steht geschrieben, wisst ihr das? Es steht geschrieben, dass großer Aufruhr sein wird unter den Ständen, unter den Völkern und in den Kirchen, dass falsche Hirten aufkommen werden, perverse, achtlose, habgierige, voller Sucht nach Vergnügen, Liebhaber des Gewinns, versessen auf eitles Gerede, prahlerisch, hochfahrend, verfressen, anmaßend, lüstern und geil, gefallsüchtig und überheblich, Feinde des Evangeliums, bereit, die enge Pforte zu verschmähen und zu missachten die Worte der Wahrheit, und werden mit Hass betrachten jeglichen frommen Lebenswandel, und werden nicht Buße tun für ihre Sünden, und werden deswegen Unglauben säen unter den Völkern und Bruderhass, Niedertracht, Härte und Neid, Gleichgültigkeit, Raub und Diebstahl, Trunksucht, Zügellosigkeit, Unzucht, fleischliche Lust, Hurerei und alle anderen Laster. Abnehmen werden Betroffenheit, Demut, Friedensliebe, Bescheidenheit, Mitleid und die Gabe des Trauerns... Nun, meine Zuhörer, erkennt ihr euch nicht darin, ihr alle, die ihr hier sitzt, Mönche dieser Abtei und Mächtige aus der Ferne?«

In der Pause, die nun folgte, war ein leises Rascheln zu hören. Es kam von Kardinal Bertrand, der sich heftig den Kopf kratzte. Im Grunde ist Jorge, dachte ich, schon ein großer, gewaltiger Prediger: Während er seine Mitbrüder geißelte, sparte er die Besucher nicht aus, und ich hätte wer weiß was dafür gegeben, zu erfahren, was dem gestrengen Bernard in diesem Moment durch den Kopf gehen mochte, oder den fetten Avignonesern.

»In jenem Moment, und das ist eben dieser«, donnerte Jorge, »erfährt der Antichrist seine blasphemische Parusie als Nachäffer Unseres Herrn und Heilands. In jenen Tagen – und das sind die unseren – brechen die Reiche zusammen, herrschen Mangel und Not, folgen einander Missernten und allerstrengste Winter. Doch die Kinder jener Zeit – die keine andere ist als die unsere – haben niemanden mehr, der ihnen ihre Güter verwaltet und das Getreide hortet in ihren Scheuern, und werden gebeutelt auf den Märkten des An- und Verkaufs. Selig, wer dann nicht mehr lebt, oder wer das zu überleben vermag! Denn nun kommt er, der Sohn der Verdammnis, der Feind, der sich brüstet und aufbläht mit vorgespiegelten Tugenden, um die ganze Erde zu täuschen und über die Gerechten zu herrschen. Syrien bricht zusammen und beweint seine Kinder. Kilikien erhebt sein Haupt, bis jener kommt, der da berufen ist, es zu richten. Babylons Tochter erhebt sich vom Thron ihrer Herrlichkeit, um zu trinken aus dem Kelche der Bitternis. Kappadokien, Lykien und Lykaonien beugen den Rücken, auf dass große Menschenhaufen vernichtet werden im Untergang ihrer Bosheit. Barbarenheere und Kriegswagen brechen herein allenthalben, um die

Länder zu besetzen. In Armenien, im Pontus und in Bithynien fallen die Jünglinge durchs Schwert, die Kinder geraten in Gefangenschaft, die Söhne und Töchter treiben Blutschande. Pisidien, das sich sonnte in seinem Ruhme, wird zu Boden gestreckt, das Schwert schlägt drein in Phönizien, Juda legt Trauer an und bereitet sich vor auf den Tag, da es verdammt wird ob seiner Unreinheit. Greuel und Trostlosigkeit erheben sich allenthalben, der Antichrist stürmt weiter gen Westen, erobert den Okzident und zerstört die Handelswege, Schwert und Feuer trägt er in seinen Händen und brennt in rasender Flammengewalt. Seine Kraft ist die Lästerung, List seine Hand, Verderben bringt seine Rechte, Finsternis seine Linke. Dies sind die Züge, die ihn auszeichnen: Sein Kopf ist brennendes Feuer, sein rechtes Auge ist blutunterlaufen, sein linkes Auge ist katzengrün und hat zwei Pupillen, seine Lider sind weiß, seine Unterlippe ist wulstig, dünn sind die Schenkel, mächtig die Füße, und er hat einen platten, langgezogenen Daumen!«

»Klingt wie sein Selbstporträt«, flüsterte William grinsend. Eine sehr freche Bemerkung, wirklich, aber ich war ihm dankbar dafür, denn mir wollten gerade die Haare zu Berge stehen. Ich unterdrückte mit Mühe ein Lachen, indem ich die Backen aufblies und die Luft aus den zusammengepressten Lippen fahren ließ. Das ergab einen Laut, den man gut hören konnte in der Stille nach den letzten Worten des Alten, doch glücklicherweise dachten alle, es hätte wohl jemand husten müssen oder aufgeschluchzt oder wäre erschauernd zusammengefahren, und alle hatten vollstes Verständnis dafür.

»In diesem Moment«, fuhr Jorge fort, »versinkt alles in Willkür, die Kinder erheben sich gegen die Eltern, die Gattin sinnt Böses gegen den Gatten, der Gatte zieht die Gattin vor Gericht, die Herren sind unmenschlich zu den Knechten, die Knechte sind ungehorsam gegenüber den Herren, es gibt keine Ehrfurcht mehr vor dem Alter, die Halbwüchsigen wollen bestimmen, die Arbeit erscheint allen nur noch als überflüssige Plackerei, überall erheben sich Lobgesänge auf die Freizügigkeit, auf das Laster und auf die entfesselte Genusssucht. Und es folgen in raschen Wellen Schändungen, Ehebrüche,

Meineide, Sünden wider die Natur, und Seuchen, und Wahrsagerei und allerlei Zauber, und fliegende Körper erscheinen am Himmel, und falsche Propheten erheben sich unter den guten Christen, falsche Apostel, Verführer, Schwindler, Betrüger, Hexenmeister und Frauenschänder, Geizige, Meineidige und Fälscher, die Hirten verwandeln sich in Wölfe, die Priester lügen, die Mönche begehren die Dinge der Welt, die Armen scharen sich nicht mehr um ihre Führer, die Mächtigen haben kein Erbarmen mehr, und die Gerechten dulden das Unrecht. Alle Städte werden von Erdbeben heimgesucht, Pest geht durchs Land, Sturmwinde reißen die Erde auf, die Felder sind von Giften verseucht, das Meer sondert schwärzliche Säfte ab, neue und nie gesehene Wunder ereignen sich auf dem Mond, die Sterne verlassen ihre gewohnten Bahnen und andere – unbekannte – zerfurchen den Himmel, Schnee fällt im Sommer und trockene Hitze herrscht im Winter... Und das wird die Endzeit sein und das Ende der Zeiten: Am ersten Tage zur dritten Stunde wird sich eine mächtige Stimme erheben am Firmament, im Norden wird eine purpurne Wolke aufziehen, Blitze und Donner werden ihr folgen und blutiger Regen wird niederprasseln. Am zweiten Tage wird sich die Erde aus ihrer Verankerung reißen, und der Rauch eines großen Feuers wird durch die Tore des Himmels ziehen. Am dritten Tage werden die Schlünde der Erde toben und grollen aus den vier Ecken des Kosmos. Die Zinnen des Firmaments werden sich auftun, Rauchsäulen werden die Luft erfüllen und Schwefelgestank wird herrschen bis zur zehnten Stunde. Frühmorgens am vierten Tage wird die Tiefe zerschmelzen und ein donnernd Getöse ausstoßen, und alle Bauten werden zusammenfallen. Am fünften Tage zur sechsten Stunde wird die Leuchtkraft der Sonne erlöschen, und es wird finster sein auf der Welt bis zum Abend, und dann werden auch der Mond und die Sterne ihr Amt niederlegen. Am sechsten Tage zur vierten Stunde wird sich ein Riss auftun am Firmament von Osten bis Westen, so dass die Engel herabschauen können zur Erde durch den Spalt im Himmel, und alle auf Erden werden die Engel sehen, wie sie herniederblicken durch den Spalt. Dann werden die Menschen sich in die Berge flüchten, um sich zu verbergen vor den Blicken der reinen Engel. Am siebenten Tage schließlich wird Christus kommen im Licht seines Vaters. Und dann wird sein das Gericht, die Auslese der Guten und ihr Aufstieg zur ewigen Seligkeit der Leiber und Seelen. Aber nicht darüber habt ihr heute abend zu meditieren, hoffärtige Brüder! Nicht den Sündern wird es vergönnt sein, die Morgenröte des achten Tages zu schauen, wenn sich im Osten eine süße und liebliche Stimme erhebt aus der Mitte des Himmels und jener Engel hervortritt, der da Macht hat über sämtliche anderen heiligen Engel, und wenn alle Engel vordringen werden mit ihm, sitzend auf einem Wolkenwagen, voller Jubel heranbrausend durch die Luft, um zu befreien die Auserwählten, die gläubig geblieben sind bis zuletzt, auf dass sich alle gemeinsam freuen über die glücklich vollbrachte Zerstörung der alten Welt! Nein, nicht darüber dürfen wir hochmütig Freude empfinden an diesem Abend! Nachdenken müssen wir vielmehr über die Worte, die der Herr aussprechen wird, um jene fortzujagen, die das Heil nicht verdient haben: Hinweg von mir, Verfluchte, hinab ins ewige Feuer, das euch vom Teufel und seinen Dienern bereitet worden! Ihr habt es euch weidlich verdient, also genießt es nun! Hebt euch hinweg, fahrt nieder in die untersten Tiefen, in die unaustilgbare Glut! Ich gab euch Gestalt, und ihr seid einem anderen Herrn gefolgt! Ihr habt euch zu Knechten eines anderen Herrn gemacht, geht nun, mit ihm zu leben im Dunkeln, mit jener Schlange, die nimmermehr ruht, hinab ins Heulen und Zähneklappern! Ich gab euch Ohren, zu lauschen der Heiligen Schrift, und ihr lauschtet den Worten der Heiden! Ich formte euch einen Mund, zu preisen den Herrn, und ihr benutztet ihn für die Lügen der Dichter und für die Rätsel der Gaukler! Ich gab euch Augen, zu schauen das Licht meiner hehren Gebote, und ihr benutztet sie, um in die Finsternisse zu spähen! Ich bin ein milder, aber gerechter Richter. Ich gebe jedem, was er verdient. Gern wäre ich gnädig mit euch, doch ich finde kein Öl in euren Krügen. Gern hätte ich Erbarmen mit euren Seelen, doch eure Lampen sind rußig. Hebt euch hinweg von mir!... So wird sprechen der Herr. Und jene – und vielleicht wir – werden auf ewig niederfahren zur Hölle! Im Namen des Vaters, des Sohnes und des Heiligen Geistes.«

»Amen!« murmelten alle im Chor.

Stumm und bedrückt, in langer Reihe, verließen die Mönche das Gotteshaus. Ohne Verlangen nach einem Meinungsaustausch verschwanden sowohl die Minoriten als auch die Männer des Papstes. Alle wollten jetzt nur allein sein und in Einsamkeit meditieren. Mir war das Herz schwer.

»Zu Bett, Adson!« sagte William, als wir die Treppe des Pilgerhauses erklommen. »Dies ist kein Abend, um aufzubleiben. Es könnte Bernard in den Sinn kommen, das Ende der Welt vorwegzunehmen und anzufangen mit unseren sterblichen Hüllen. Morgen früh sollten wir pünktlich zur Mette dasein, denn gleich danach werden Michael und die anderen Minoriten aufbrechen.«

»Wird auch Bernard aufbrechen mit seinen Gefangenen?« fragte ich zaghaft.

»Sicher, er hat hier jedenfalls nichts mehr verloren. Und er wird in Avignon sein wollen, bevor Michael dort eintrifft, um dafür zu sorgen, dass dessen Ankunft zusammenfällt mit dem Prozess gegen Remigius, den Minoriten, Ketzer und Mörder. Der Scheiterhaufen des Cellerars wird als Versöhnungsfackel die erste Begegnung Michaels mit dem Papst überstrahlen...«

»Und was wird mit Salvatore geschehen? Und... und mit dem Mädchen?«

»Salvatore wird den Cellerar begleiten, denn er muss gegen ihn aussagen im Prozess. Vielleicht schenkt Bernard ihm dafür das Leben. Vielleicht lässt er ihn entfliehen, um ihn auf der Flucht erschlagen zu lassen. Oder er lässt ihn wirklich laufen, denn einer wie Bernard interessiert sich nicht für einen wie Salvatore. Wer weiß, eines Tages liegt er vielleicht mit durchschnittener Kehle irgendwo in einem okzitanischen Wald...«

»Und das Mädchen?«

»Ich sagte schon, sie ist verloren, verbranntes Fleisch. Sie wird als erste brennen, sehr bald schon, irgendwo auf dem Wege nach Avignon, zur Erbauung eines Katharerdorfes an der Küste. Ich habe gehört, dass Bernard sich unterwegs mit seinem Kollegen Jacques Fournier treffen will (merk dir diesen Namen: einstweilen verbrennt er noch Albigenser, doch er will höher hinaus), und eine schöne Hexe auf der Liste der zur Strecke gebrachten Sünder erhöht das Prestige und den Ruhm beider...«

»Aber kann man denn gar nichts tun, um sie zu retten?« rief ich verzweifelt. »Kann der Abt nicht ein Wort einlegen?«

»Für wen? Für den Cellerar, einen geständigen Delinquenten? Für einen armen Teufel wie Salvatore? Oder denkst du an das Mädchen?«

»Und wenn ich's täte!« begehrte ich auf. »Schließlich ist sie als einzige von den dreien wirklich unschuldig. Ihr wisst, dass sie keine Hexe ist!«

»Und du glaubst im Ernst, nach allem, was geschehen ist, dass der Abt sein verbliebenes bisschen Prestige für eine Hexe aufs Spiel setzen wird?«

»Immerhin hat er Ubertin entfliehen lassen!«

»Ubertin war ein Mönch in seiner Abtei, und gegen ihn lag nichts vor. Und überhaupt, was redest du da für dummes Zeug, Ubertin ist eine bedeutende Persönlichkeit, Bernard hätte ihn nur hinterrücks umbringen können!«

»So hatte der Cellerar also recht: Bezahlen müssen immer die kleinen Leute! Für alle bezahlen, auch für jene Großen, die zu ihren Gunsten sprechen, auch für Leute wie Ubertin von Casale und Michael von Cesena, durch deren Bußaufrufe sie sich zur Revolte verführen ließen!« Ich war viel zu verzweifelt, um zu bedenken, dass mein Mädchen gar keine Ketzerin gewesen war, die sich durch Ubertins Mystik hatte verführen lassen. Sie war einfach ein Bauernmädchen und musste für etwas bezahlen, mit dem sie nicht das geringste zu tun hatte!

»Ja, so ist das wohl, Adson«, sagte William traurig. »Und wenn du wirklich nach einer Spirale der Gerechtigkeit suchst, will ich dir sagen: Eines Tages werden die ganz großen Tiere, der Papst und der Kaiser, um ihren Frieden miteinander zu machen, kaltblütig hinweggehen über die Leiber der kleineren Tiere, die sich in ihren Diensten geschlagen haben, und dann werden auch Michael und Ubertin so behandelt wie jetzt dein Mädchen...«

Heute weiß ich, dass William damals prophetische Worte sprach oder Einsichten äußerte, die er aus den Prinzipien einer natürlichen Philosophie gewonnen. Damals freilich konnten mich seine Prophezeiungen oder philosophischen Einsichten überhaupt nicht trösten. Ich wusste nur eines: Mein Mädchen würde verbrannt werden! Und ich fühlte mich in gewisser Weise mitverantwortlich, war mir doch so, als büßte sie auf dem Scheiterhaufen auch für die Sünde, die ich mit ihr begangen hatte.

Fassungslos schluchzte ich auf und rannte heulend in meine Zelle, wo ich die ganze Nacht lang verzweifelt in die Matratze biss, ohnmächtig wimmernd und wortlos, war es mir doch nicht einmal vergönnt, meiner Klage Ausdruck zu geben (wie ich's als Knabe in Ritter- und Liebesromanen gelesen) durch Anrufung des Namens der Geliebten.

Von der einzigen irdischen Liebe in meinem Leben kannte ich nicht – und erfuhr ich nie – den Namen.

Sechster Tag

Sechster Tag

Mette

Worin die Principes sederunt
und Malachias zu Boden stürzt.

Frierend begaben wir uns zur Mette. Es war immer noch neblig in dieser frühen Stunde vor Anbruch des neuen Tages, mir saß die schlaflose Nacht in den Knochen, und als wir den Kreuzgang durchquerten, drang mir die Feuchtigkeit bis ins innerste Mark. Die Kirche war kalt, doch mit einem Seufzer der Erleichterung kniete ich nieder unter dem hohen Gewölbe, geschützt vor den Elementen, getröstet durch die Wärme der anderen Leiber und durch das Gebet.

Der Psalmengesang hatte gerade begonnen, als William mich auf einen leeren Platz im Chorgestühl hinwies, zwischen Jorge und Pacificus von Tivoli. Es war der Platz des Bibliothekars, der in der Tat stets neben dem Blinden zu sitzen pflegte. Auch sah ich, dass wir nicht die einzigen waren, die sein Fehlen bemerkt hatten. Auf der einen Seite erhaschte ich einen besorgten Blick des Abtes, der sicher längst wusste, wie unheilschwanger solche Abwesenheiten waren. Auf der anderen Seite bemerkte ich eine ganz ungewöhnliche Unruhe bei Jorge. Sein Gesicht, dessen Ausdruck gemeinhin so undurchschaubar war dank jener weißen, lichtlosen Augen, lag fast gänzlich im Schatten, doch nervös und ruhelos waren seine Hände. Immer wieder tastete er nach dem Platz neben sich, wie um zu prüfen, ob er inzwischen besetzt war, und in regelmäßigen Abständen wiederholte er diese Geste, als hoffte er, dass der Fehlende jeden Augenblick aufrauchen werde, nicht ohne das Gegenteil zu befürchten.

»Wo mag der Bibliothekar sein?« fragte ich William flüsternd.

»Malachias war der letzte«, antwortete er, »der das Buch

in Händen hatte. Wenn er nicht selbst der Mörder ist, könnte es sein, dass er nicht wusste, welche Gefahren es birgt…«

Mehr war im Augenblick nicht zu sagen. Man konnte nur warten. Und so warteten wir, der Abt, der den leeren Platz nicht aus den Augen ließ, und Jorge, der immer wieder hinübertastete.

Am Ende des Gottesdienstes ermahnte der Abt die versammelten Mönche und Novizen, sich gebührend auf die Hohe Messe zur Weihnacht vorzubereiten. Sie sollten darum jetzt nicht auseinandergehen, sondern, dem Brauche entsprechend, die Zeit bis Laudes nutzen, um einige der für jene Gelegenheit vorgesehenen Chorgesänge zu üben, auch um damit die Eintracht der ganzen Gemeinde unter Beweis zu stellen. Eine gute Idee, so schien mir, denn im Chorgesang war jener Verband frommer Männer tatsächlich harmonisch wie ein einziger Leib mit einer einzigen Stimme und, dank jahrelanger Übung, einträchtig wie ein Herz und eine Seele.

Der Abt intonierte das *Sederunt principes*:

Sederunt principes
et adversus me
loquebantur, iniqui
persecuti sunt me.
Adjuva me, Domine
Deus meus, salvum me
fac propter magnam misericordiam tuam.

Ich fragte mich, ob der Abt dieses Graduale wohl bewusst ausgesucht hatte für diesen Morgen, an welchem die Abgesandten jener Fürsten und Machthaber (die da saßen und gegen uns sprachen, uns verfolgend in ihrer Bosheit) noch unter uns weilten, gleichsam um sie daran zu erinnern, wie unerschütterlich unser Orden seit Jahrhunderten den Verfolgungen durch die Mächtigen standgehalten hatte dank seines besonderen Verhältnisses zu Gott, dem Herrn der Heerscharen. In der Tat weckte der Anfang des Gesanges einen Eindruck von großer Kraft.

Langsam und feierlich begann auf der ersten Silbe *se* ein mächtiger Chor von Dutzenden und Aberdutzenden tiefer Stimmen, deren gleichbleibender Grundton das Kirchenschiff füllte und sich hoch über unsere Köpfe erhob, wiewohl er aus dem Herzen der Erde zu kommen schien. Auch brach er nicht ab, als andere Stimmen einsetzten, um über diesem tiefen und kontinuierlichen Halteton eine Reihe von Vokalisen und Melismen zu knüpfen, sondern blieb – gleichsam tellurisch – so lange liegen, wie ein geübter Vorsänger braucht, um getragen und mit vielen Kadenzen zwölfmal das *Ave Maria* zu singen. Und wie befreit durch das Grundvertrauen, das jene beharrlich ausgehaltene Silbe – Allegorie der ewigen Dauer – den Sängern einflößte, errichteten andere Stimmen, insbesondere die der Novizen, auf diesem festen Felsengrunde nun Säulen und Giebel und Zinnen aus liqueszierenden und subpunktierten Neumen. Und während mein Herz vor Wonne erbebte beim raschen Auf und Ab eines Climacus oder Porrectus, eines Torculus oder Salicus, dünkte mich, als wollten mir jene Stimmen bedeuten, dass die Seele (der Singenden wie derer, die ihnen lauschten) dem Überschwang der Gefühle nicht standzuhalten vermag und aufbricht, um Freude, Schmerz, Lobpreis und Liebe auszudrücken im beglückenden Rausch dieser Klangesfülle. Indessen ließ das beharrliche Grollen der chthonischen Stimmen nicht nach, als wollten sie sagen, dass die Feinde, die dem Gottesvolk nachstellen, stets gegenwärtig bleiben. Bis schließlich jenes neptunische Brausen eines einzigen tiefen Haltetons besiegt, oder jedenfalls gebändigt und übertönt wurde durch den hallelujatischen Jubel der Oberstimmen, um sich aufzulösen in einem majestätischen, vollendet reinen Akkord mit abschließendem Resupinus.

Nachdem das *sederunt* derart ausgesprochen, ja fast mit dumpfer Qual herausgepresst worden war, erklang nun das *principes* in großer seraphischer Ruhe. Ich fragte mich nicht mehr, wer jene Fürsten sein mochten, die da saßen und gegen mich sprachen als böse Verfolger, denn verschwunden und aufgelöst war das bedrohliche, alptraumhafte Phantom.

Auch andere Phantome, so schien mir, lösten sich auf in diesem Moment, denn als ich jetzt erneut hinübersah zum

Platz des Bibliothekars, von dem mich der hehre Gesang eine Zeitlang abgelenkt hatte, erblickte ich die Gestalt des Vermissten zwischen den Sängern, als hätte sie nie gefehlt. Ich schaute zu William und gewahrte eine Spur von Erleichterung in seinen Augen – die gleiche, die ich nun auch drüben in den Augen des Abtes bemerkte. Was Jorge betraf, so hatte er seine tastende Hand, als sie den Leib des Nachbarn berührte, rasch wieder zurückgezogen. Welche Gefühle ihn durchströmten, vermag ich allerdings nicht zu sagen.

Festlich erklang nun das *adjuva me*, dessen klares *a* sich hell durch die Kirche verbreitete, und auch das *u* erschien nicht mehr so düster wie eben noch das von *sederunt*, sondern war jetzt erfüllt von heiliger Kraft. Die Mönche und Novizen sangen, wie es den Regeln des Singens entsprach, mit hochaufgerichtetem Oberkörper, die Kehle frei, den Blick nach oben, das Buch vor sich haltend in Schulterhöhe, so dass sie die Neumen lesen konnten, ohne durch ein Senken des Kopfes das Entströmen der Luft aus ihrer Brust zu vermindern. Doch es war noch sehr früh am Morgen, es war noch vollkommen dunkel draußen, und trotz der Jubelklänge waren die Sänger noch schläfrig, so dass manche von ihnen, womöglich gerade in einen lang ausgehaltenen Ton versenkt oder sich forttragen lassend von der Welle des Klanges, zuweilen den Kopf nach vorn kippen ließen, von der Müdigkeit übermannt. Weshalb auch bei dieser Gelegenheit die Fratres vigilantes durch die Reihen gingen und mit ihren Lampen in die Gesichter leuchteten, um die Singenden anzuhalten zur Vigilia des Leibes und der Seele.

Einer der Vigilanten war es denn auch, der als erster entdeckte, dass Malachias sonderbar wankte, als sei er plötzlich in die kimmerischen Nebel des Tiefschlafs eingetaucht, den er vermutlich in jener Nacht nicht genossen hatte. Er trat näher und leuchtete ihm ins Gesicht, wodurch er meine Aufmerksamkeit auf die Szene zog. Der Bibliothekar reagierte nicht. Der Lampenträger berührte ihn, und schwer kippte Malachias vornüber. Der Lampenträger konnte ihn gerade noch rechtzeitig auffangen, bevor er zu Boden stürzte.

Die Stimmen erloschen, der Gesang erstarb, es folgte ein kurzes Durcheinander. William war sofort aufgesprungen und zu der Stelle geeilt, wo jetzt Pacificus von Tivoli und der Vigilant den reglosen Malachias auf den Boden legten.

Wir trafen fast gleichzeitig mit dem Abt bei dem Zusammengebrochenen ein und musterten sein Gesicht im Schein der Lampen. Ich habe sein Aussehen schon beschrieben, doch nun, in diesem Licht, sah er aus wie der Tod persönlich: die Nase spitz, die Augen hohl, die Wangen eingefallen, die Ohren weiß und zusammengeschrumpft mit nach außen gekehrten Läppchen, die Gesichtshaut straff und trocken, gelblich und gesprenkelt mit schwarzen Flecken. Er hatte die Augen noch offen, und seinen verdorrten Lippen entströmte ein dünner Hauch. Er schnappte nach Luft, sein Mund ging auf, und ich sah, gebeugt über Williams Schulter, der vor ihm kniete, wie im Gehege der Zähne eine schwarze Zunge sich wand. William fasste ihm mit einer Hand um die Schulter, hob ihn halb hoch und wischte ihm mit der anderen kleine glänzende Schweißperlen von der Stirn. Malachias spürte die Berührung, starrte mit weit aufgerissenen Augen vor sich hin, gewiss ohne etwas zu sehen, ohne jemanden zu erkennen, und hob eine zitternde Hand. Er packte William an der Brust und zog ihn an sich, bis ihre Gesichter einander fast berührten. Matt und kaum vernehmbar brachte er ein paar Worte hervor: »Er hatte mich gewarnt... es hatte wirklich... die Kraft von tausend Skorpionen...«

»Wer hatte dich gewarnt?« fragte William.

Malachias wollte noch etwas sagen, doch ein heftiges Beben erschütterte ihn. Sein Kopf fiel zurück, alle Farbe wich aus seinem Gesicht. Er war tot.

William legte ihn nieder und stand auf Er sah den Abt neben sich stehen, der kein Wort sagte, und hinter dem Abt Bernard Gui.

»Herr Bernard«, wandte er sich an diesen, »wer hat den hier getötet, nachdem Ihr doch den Mörder so trefflich gefunden und in Gewahrsam genommen habt?«

»Fragt mich nicht«, erwiderte der Inquisitor. »Ich habe niemals behauptet, alle Übeltäter überführt zu haben, die in dieser Abtei ihr Unwesen treiben. Ich hätte es gern getan, wenn ich gekonnt hätte...« Er sah William bedeutungsvoll an. »Doch die restlichen muss ich nun der Strenge – oder der übertriebenen Nachsicht – des Herrn Abtes überlassen...« Sprach's und entfernte sich, während der Abt erbleichte.

Im selben Moment hörten wir ein dumpfes Stöhnen. Es war Jorge, der in seiner Gebetsbank kniete, gestützt von einem Mönch, der ihm wohl gerade gesagt hatte, was geschehen war.

»Nie wird es enden...«, klagte er mit gebrochener Stimme. »Oh Herr, vergib uns allen!«

William beugte sich noch einmal über den Toten und nahm seinen Puls. Er hob die Handflächen ans Licht. Die ersten drei Finger der rechten Hand waren an den Kuppen schwarz.

Sechster Tag

Laudes

Worin ein neuer Cellerar ernannt wird, aber kein neuer Bibliothekar.

War es wirklich schon Laudes? War es früher oder später? Von nun an verlor ich das Zeitgefühl. Mag sein, dass Stunden vergingen oder auch weniger, während der Leichnam des armen Malachias in der Kirche aufgebahrt wurde und die Mönche sich fächerförmig verteilten zur Totenwache. Der Abt gab Anweisungen für die nahe Bestattungsfeier. Ich hörte, wie er Benno von Uppsala und Nicolas von Morimond zu sich rief. Im Laufe eines einzigen Tages, sagte er, habe nun die Abtei sowohl ihren Bibliothekar als auch ihren Cellerar verloren. »Du«, wandte er sich an den Glasermeister, »wirst künftig Remigius' Aufgaben übernehmen. Du kennst die Arbeit der meisten hier. Setze jemanden in der Werkstatt als deinen Nachfolger ein und kümmere dich um das Notwendige in Küche und Refektorium. Du bist von den Gottesdiensten befreit. Geh!« Dann wandte er sich an Benno: »Es trifft sich, dass du gestern gerade zum Bibliothekarsgehilfen ernannt worden bist. Kümmere dich um die Öffnung des Skriptoriums und achte darauf, dass niemand allein in die Bibliothek hinaufgeht.« Benno wies schüchtern darauf hin, dass er noch nicht in die Geheimnisse jenes Ortes eingeweiht worden sei. Der Abt sah ihn kalt und streng an: »Niemand hat gesagt, dass du es werden wirst. Sorge dafür, dass die Arbeit nicht unterbrochen wird, und dass man sie als Gebet für die toten Brüder verrichte... und für alle, die noch sterben werden. Jeder arbeite nur mit den Büchern, die er bereits auf dem Tische hat. Wer will, mag den Katalog konsultieren. Mehr nicht. Du bist entbunden vom Vespergebet, denn zu jener Stunde wirst du das Aedificium verschließen.«

»Und wie komme ich dann heraus?«

»Richtig. *Ich* werde die Türen später verschließen. Geh!« Benno ging mit den anderen hinaus, wobei er William vermied, der ihn sprechen wollte. Im Chor blieben nur noch, als Grüppchen um Alinardus versammelt, die »Italiener« Pacificus von Tivoli, Aymarus von Alessandria und Petrus von Sant'Albano. Aymarus grinste.

»Gott sei Dank«, sagte er, »ich dachte schon, wir bekämen jetzt nach dem Tode des Deutschen noch einen barbarischeren Bibliothekar.«

»Wer, meint Ihr, wird zu seinem Nachfolger bestimmt?« fragte William.

Petrus von Sant'Albano lächelte undurchsichtig. »Nach allem, was hier in den letzten Tagen geschehen ist«, sagte er, «ist das Problem nicht mehr der Bibliothekar, sondern der Abt...«

»Sei still!« fuhr ihn Pacificus an. Und Alinardus mümmelte, wie üblich mit abwesendem Blick: »Sie werden ein weiteres Unrecht begehen... wie damals, zu meiner Zeit... Man muss sie aufhalten.«

»Wen?« fragte William. Pacificus nahm ihn vertraulich beim Arm und zog ihn zum Ausgang.

«Alinardus... du weisst ja, wir mögen ihn sehr, er repräsentiert für uns die Traditionen von einst und die besseren Tage dieser Abtei. Aber... nun ja, manchmal redet er, ohne zu wissen, was er sagt. Wir alle sind sehr besorgt wegen des neuen Bibliothekars, er muss würdig und reif sein, und gelehrt...«

»Muss er Griechisch können?« fragte William.

»Natürlich, und Arabisch, so will es die Tradition, so verlangt es sein Amt. Aber es gibt hier viele mit diesen Gaben. Meine Wenigkeit zum Beispiel, und Petrus, und Aymarus.«

»Kann Benno Griechisch?«

»Benno ist zu jung. Ich weiß nicht, wieso ihn Malachias gestern zu seinem Gehilfen auserwählt hat, aber...«

»Konnte Adelmus Griechisch?«

»Ich glaube nicht, nein, bestimmt nicht.«

»Aber Venantius konnte Griechisch. Und Berengar... Gut, ich danke dir.«

Wir gingen hinaus, um in der Küche eine Kleinigkeit zu

uns zu nehmen.

»Warum wollt Ihr wissen, wer alles Griechisch kann?« fragte ich meinen Meister.

»Weil alle, die hier mit schwarzen Fingern sterben, Griechisch können. Es wäre also nicht falsch, die nächste Leiche unter den Kennern des Griechischen zu erwarten; Inklusive meiner Person. Du bist in Sicherheit.«

»Und was denkt Ihr über die letzten Worte des Bibliothekars?«

»Du hast ja gehört. Die Skorpione. Wenn die fünfte Posaune ertönt, werden unter anderem, wie du weisst, Heuschrecken kommen, um die Menschen zu quälen mit Stacheln gleich denen von Skorpionen... Außerdem sagte Malachias, dass ihn jemand gewarnt hatte.«

»Bei der sechsten Posaune«, überlegte ich, »kommen Rosse, und die darauf sitzen, haben feurige und bläuliche und schweflige Panzer an, und die Häupter der Rosse sind wie Löwenhäupter, und aus ihren Mäulern geht Feuer und Rauch und Schwefel...«

»Zu viele Dinge. Aber es könnte sein, dass der nächste Mord bei den Pferdeställen geschieht. Behalten wir sie im Auge. Und bereiten wir uns auf die siebente Posaune vor... Noch zwei Leichen also. Wer sind die wahrscheinlichsten Kandidaten? Wenn es um das Finis Africae geht, wohl diejenigen, die es kennen. Und meines Wissens kennt es jetzt nur noch der Abt. Aber vielleicht steckt auch noch etwas anderes dahinter. Du hast ja vorhin gehört, die Italiener schmieden Komplotte gegen den Abt. Allerdings sprach Alinardus im Plural...«

»Wir müssen den Abt warnen!« sagte ich.

»Wovor? dass er umgebracht werden soll? Dafür haben wir keine Beweise. Ich gehe immer so vor, als ob der Mörder genauso denken würde wie ich. Aber was, wenn er nun ganz anderen Denkmustern folgt? Und vor allem, wenn es nicht ein Mörder ist?«

»Was meint Ihr damit?«

»Ich weiß es selber noch nicht genau. Aber wie ich neulich schon sagte: Wir müssen alle Möglichkeiten in Betracht ziehen, jede Ordnung und jedes Chaos.«

Sechster Tag

Prima

Worin Nicolas eine Menge erzählt, während in der Krypta der Klosterschatz besichtigt wird.

Nicolas von Morimond, bekleidet mit seiner neuen Würde als Cellerar, gab Anweisungen an die Köche und ließ sich von ihnen die Küchengebräuche erklären. William wollte ihn sprechen, aber er bat uns, ein paar Minuten zu warten. Er müsse ohnehin gleich in die Krypta hinunter, um die Pflege der Reliquienschreine zu überwachen, die noch in seine Zuständigkeit falle, und dabei werde er dann mehr Zeit für uns haben.

In der Tat kam er nach einer kurzen Weile und lud uns ein, ihm zu folgen. Er ging in die Kirche, trat hinter den Hauptaltar (während vorn die Mönche damit beschäftigt waren, den Katafalk für die sterbliche Hülle des Bibliothekars aufzustellen) und führte uns eine Treppe hinunter in einen niedrigen Raum, dessen Gewölbe von dicken unbehauenen Pfeilern getragen wurde. Wir befanden uns in der Krypta, wo der Klosterschatz aufbewahrt wurde – ein Ort, den der Abt sehr eifersüchtig zu hüten pflegte und der nur ausnahmsweise für besonders hochgeachtete Gäste aufgetan wurde.

Überall ringsum standen kostbare Reliquienbehälter von unterschiedlicher Größe, in welchen das Licht der Fackeln, die von zwei treuen Gehilfen des ehemaligen Glasermeisters entzündet wurden, Gegenstände von erlesener Schönheit aufleuchten ließ. Golddurchwirkte Paramente, goldene Kronen, besetzt mit Edelsteinen, Schreine aus diversen Metallen, verziert mit Figuren in feinster Niello-Technik oder Elfenbeinschnitzerei. Nicolas zeigte uns voller Entzücken ein Evangeliar, auf dessen Einband prächtige Emailbeschläge erglänzten: eine farbenprangende Vielfalt regelmäßiger Felder, abgeteilt durch Goldfiligrane und festgenagelt mit kostbaren Steinen. Er lenkte unsere Blicke auf eine zarte Aedicula mit zwei Säulchen aus Gold und Lapislazuli, die eine in flachem Silberrelief ausgeführte Grablegung umrahmten, überdacht von einem Giebelfeld voller Achate und Rubine, das Ganze gekrönt von einem goldenen Kreuz mit dreizehn Diamanten auf farbigem Onyx. Auch sah ich ein chryselephantines Diptychon, fünfteilig mit fünf Szenen aus dem Leben Jesu, in der Mitte ein Agnus Dei in getriebenem Silber, vergoldet und mit Glasfarben bemalt, einziges polychromes Bildnis auf einem wachsweißen Grunde.

Nicolas strahlte, seine Augen leuchteten vor Stolz, während er uns all diese Dinge zeigte. William äußerte ein paar lobende Worte. Dann fragte er unvermittelt, was für ein Mensch Malachias gewesen sei.

»Komische Frage«, sagte Nicolas. »Du hast ihn doch selber gekannt.«

»Ja schon, aber nicht gut genug. Mir ist nie klargeworden, was für Gedanken er verbarg und...« – er zögerte, als scheute er sich, über den jüngst Verstorbenen zu urteilen – »ob er überhaupt welche hatte.«

Nicolas befeuchtete sich einen Finger, fuhr über eine nicht ganz glattgeschliffene Kristalloberfläche und sagte mit verhaltenem Lächeln, ohne William anzusehen: »Siehst du, du brauchst gar nicht zu fragen... Ja, es stimmt, viele hielten Malachias für sehr gedankenvoll, aber in Wirklichkeit war er ein recht einfältiges Gemüt. Alinardus zufolge war er ein Hohlkopf.«

»Alinardus hegt irgendeinen Groll auf jemanden wegen einer alten Geschichte, bei der ihm anscheinend die Würde des Bibliothekars verweigert worden ist...«

»Ja, auch ich habe davon reden gehört, aber das ist wirklich eine sehr alte Geschichte, das muss mindestens fünfzig Jahre her sein. Als ich in die Abtei kam, war Robert von Bobbio Bibliothekar, und die Alten munkelten etwas von einem Unrecht, das Alinardus angetan worden sei. Ich wollte der Sache damals nicht nachgehen, es schien mir respektlos gegenüber den Älteren, und außerdem wollte ich nicht auf Gerüchte hören. Robert hatte einen Gehilfen, der dann starb, und da wurde Malachias, der damals noch sehr jung war, zu seinem Nachfolger ernannt. Viele fanden das schlecht und sagten, er hätte den Posten überhaupt nicht verdient, er könne gar kein Griechisch und Arabisch, er behaupte das nur, aber das sei nicht wahr, er sei bloß ein geschickter Imitator, der die fremden Handschriften sehr schön kopieren könne, doch ohne zu wissen, was er da eigentlich kopierte. Ein Bibliothekar, so hieß es, müsse sehr viel gelehrter sein. Besonders bittere Worte sagte Alinardus, der damals noch im Vollbesitz seiner Kräfte war. Er deutete an, Malachias habe den Posten nur bekommen, um das Spiel seines Feindes zu spielen, aber mir wurde nicht klar, wen er meinte mit seinem Feind. Das war alles, damals... Später ist hier dann immer gemunkelt worden, Malachias hätte die Bibliothek wie ein Wachhund verteidigt, ohne je wirklich begriffen zu haben, was er da so eifersüchtig bewachte. Andererseits ist auch über Berengar gemunkelt worden, als Malachias ihn zu seinem Gehilfen machte. Es hieß, er sei auch nicht viel heller als sein Meister, er sei bloß ein gerissener Intrigant. Es hieß auch... aber dieses Gerücht hast du vielleicht selber schon gehört... dass zwischen ihm und Malachias ein sonderbares Verhältnis bestanden hätte... Alte Geschichten, später hat man dasselbe über Berengar und Adelmus gemunkelt, wie du weisst, und die jungen Schreiber sagten, Malachias habe insgeheim an einer furchtbaren Eifersucht gelitten... Und dann munkelte man auch über das Verhältnis zwischen Malachias und Jorge... Nein, nicht wie du jetzt vielleicht meinst, niemand hat je über Jorges Tugend gemunkelt! Aber Malachias musste, als er Bibliothekar geworden war, der Tradition entsprechend den Abt zu seinem Beichtvater wählen, während alle anderen bei Jorge beichteten (oder bei Alinardus, aber der Alte ist inzwischen fast geistesumnachtet)... Na ja, und da wurde gemunkelt, dass Malachias eigentlich viel zu oft mit Jorge tuschelte, es wäre fast so, als ob zwar der Abt seine Seele lenkte, aber Jorge seinen Leib, sein Tun und Lassen und seine Arbeit. Außerdem weisst du ja und hast es vermutlich selber gesehen: Wenn jemand etwas über ein altes und vergessenes Buch wissen wollte, dann fragte er nicht Malachias, sondern Jorge. Malachias hütete zwar den Katalog und holte die Bücher aus der Bibliothek, aber Jorge wusste, was jeder Titel bedeutete...«

»Woher weiß Jorge soviel über die Bibliothek?«

»Er ist der Älteste nach Alinardus, er lebt hier seit seiner Jugend. Er muss jetzt über achtzig sein, es heißt, er sei blind seit mindestens vierzig Jahren, vielleicht auch schon länger...«

»Wie kommt es, dass er sich soviel Wissen aneignen konnte, bevor er erblindete?«

»Oh, es gibt allerhand Legenden über ihn. Er soll schon als Kind der Gnade Gottes teilhaftig geworden sein und in Kastilien unten, bevor er mannbar wurde, die Bücher der arabischen und griechischen Doctores gelesen haben. Und auch nach seiner Erblindung, auch heute noch verbringt er jeden Tag viele Stunden im Skriptorium, lässt sich den Katalog vorlesen, lässt sich Bücher bringen, und ein Novize liest sie ihm stundenlang vor. Er hat ein enormes Gedächtnis, er ist nicht vergesslich wie Alinardus. Aber warum fragst du das alles?«

»Nachdem Malachias und Berengar tot sind, wer kennt jetzt noch die Geheimnisse der Bibliothek?«

»Der Abt, und der Abt wird jetzt Benno einweihen müssen... wenn er will.«

»Wieso wenn er will?«

»Benno ist noch sehr jung, er wurde zum Gehilfen ernannt, als Malachias noch lebte, und es ist ein Unterschied, ob man Gehilfe des Bibliothekars ist oder Bibliothekar. Traditionsgemäß wird der Bibliothekar später Abt...«

»Ach so ist das hier! Deswegen ist der Posten des Bibliothekars so begehrt! Dann war Abbo also vorher Bibliothekar?«

»Nein, Abbo nicht. Abbo war schon Abt, als ich hierherkam, das ist jetzt bald dreißig Jahre her. Sein Vorgänger war ein gewisser Paulus von Rimini, ein merkwürdiger Mensch, von dem man sich sonderbare Dinge erzählte: Er muss ein unersättlicher Leser gewesen sein, er soll alle Bücher der Bibliothek auswendig gekannt haben, aber er litt an einem eigenartigen Gebrechen, er konnte nämlich nicht schreiben, sie nannten ihn den *Abbas agraphicus*... Er war schon in jungen

Jahren Abt geworden, angeblich genoß er den Schutz des Algirdas von Cluny, des Doctor Quadratus... aber das ist alter Mönchsklatsch. Jedenfalls wurde er Abt, und Robert von Bobbio wurde sein Nachfolger in der Bibliothek, aber Robert litt an einer unheilbaren Krankheit, die ihn verzehrte, und man wusste, dass er nie imstande sein würde, die Geschicke der Abtei zu lenken, und als Paulus von Rimini eines Tages verschwunden war...«

»Gestorben?«

»Nein, verschwunden, ich weiß nicht wie, er ging auf Reisen und kam nicht wieder zurück, vielleicht ist er unterwegs von Räubern erschlagen worden... Jedenfalls als Paulus verschwunden war, konnte Robert sein Amt nicht übernehmen, und da gab es allerlei dunkle Intrigen. Abbo, so heißt es, war ein natürlicher Sohn des Herrn dieser Gegend, er war unten in der Abtei von Fossanova aufgewachsen und soll dort als Jüngling miterlebt haben, wie der heilige Thomas starb; es heißt, er habe sich darum gekümmert, jenen mächtigen Leichnam eine enge Wendeltreppe hinunterzubugsieren, wo alle meinten, das gehe nicht, da werde er sicher drin steckenbleiben... Das war sein ganzer Ruhm, sagten die Bösartigen dort unten... Jedenfalls wurde Abbo schließlich zum Abt gewählt, obwohl er vorher nicht Bibliothekar gewesen war, und erst nach seinem Amtsantritt ist er, ich glaube von Robert, in die Geheimnisse der Bibliothek eingeweiht worden.«

»Und warum wurde Robert gewählt?«

»Das weiß ich nicht. Ich habe mich immer bemüht, diesen Dingen nicht so genau auf den Grund zu gehen. Unsere Abteien sind heilige Orte, aber wenn es um die Abtwürde geht, werden manchmal schlimme, sehr schlimme Intrigen gesponnen. Ich war immer nur an meinen Gläsern und Reliquienschreinen interessiert, ich wollte mit diesen Geschichten nichts zu tun haben... Aber nun verstehst du vielleicht, warum ich nicht sicher bin, ob der Abt jetzt Benno von Uppsala einweihen wird, es wäre, als würde er ihn zu seinem Nachfolger designieren – einen unbesonnenen Jüngling, einen fast barbarischen Grammatiker aus dem hohen Norden, wie soll so einer sich hier zurechtfinden, in diesem Lande, in dieser

Abtei mit ihren komplizierten Beziehungen zu den weltlichen Herren der Gegend?«

»Aber Malachias war doch auch kein Italiener und Berengar auch nicht, und doch sind beide zu Hütern der Bibliothek ernannt worden.«

»Ja, das ist eine dunkle Geschichte. Die Mönche munkeln, seit einem halben Jahrhundert hätte diese Abtei ihre Traditionen verlassen... seit damals, vor fünfzig Jahren oder mehr, als Alinardus sich um den Posten des Bibliothekars bewarb. Immer waren die Bibliothekare hier Italiener gewesen, es fehlt nicht an großen Geistern in diesem Lande... Und jetzt, siehst du...« – Nicolas zögerte, als wollte er nicht aussprechen, was ihm auf der Zunge lag – »jetzt sind Malachias und Berengar vielleicht getötet worden, damit sie nicht Äbte werden...«

Er schüttelte sich, fuhr sich mit der Hand über die Stirn, wie um einen unziemlichen Gedanken zu verjagen, und bekreuzigte sich. »Was rede ich da! In diesem Lande, weisst du, passieren seit vielen Jahren schändliche Dinge, auch in den Klöstern, am päpstlichen Hofe, in den Kirchen... Grausame Kämpfe um die Macht, Ketzeranklagen, um jemandem eine Pfründe zu entreißen... Scheußlich, ich verliere allmählich das Vertrauen in die menschliche Gattung, ich sehe überall nur noch Komplotte und Palastverschwörungen! Auch diese Abtei ist nur noch ein Vipernnest, ausgebrütet mit Hilfe dunkler Magie in dem, was einst ein Reliquienschrein voll heiliger Glieder war! Sieh her, dies ist die Vergangenheit unseres Klosters!«

Er wies auf die Schätze ringsum und lenkte unsere Blicke, vorbei an goldenen Kreuzen und anderen Weihegeräten, auf die Reliquien im Innern der Schreine, die den wahren Ruhm der Abtei ausmachten.

»Seht hier«, sagte er ergriffen, »dies ist die Lanzenspitze, die Unserem Erlöser in die Seite drang!« Er zeigte uns ein goldenes Kästchen mit kristallenem Deckel, worin auf einem purpurnen Kissen ein dreieckiges Stück Eisen lag, einst rot vom Rost, doch nun wieder zu hellstem Glanze gebracht durch ausgiebiges Polieren mit Öl und Wachs. Aber das war noch gar nichts. Denn in einem anderen Schrein, aus Silber und mit Amethysten besetzt, die Vorderseite aus klarem Kristall, sah ich ein Stück vom verehrungswürdigen Holz des Heiligen Kreuzes, eigenhändig in diese Abtei gebracht von der Königin Helena, der Mutter des Kaisers Konstantin, nachdem sie ins Heilige Land gepilgert war, den Hügel Golgatha auszugraben und über dem Heiligen Grab einen Dom zu errichten!

Noch andere kostbare Dinge zeigte uns Nicolas, und ich kann unmöglich über alle berichten, so viele waren es. In einem ganz aus Aquamarin gefertigten Schrein lag ein Nagel vom Kreuz des Herrn. In einer Phiole, gebettet auf ein Lager aus kleinen gepreßten Rosen, befand sich ein Stück von der Dornenkrone, in einem anderen Gefäß, gleichfalls gebettet auf einen Teppich aus getrockneten Blumen, ein vergilbter Fetzen vom Tischtuch des Letzten Abendmahles. Ferner sah ich die Börse des heiligen Evangelisten Matthäus, aus silbernen Maschen gewirkt, und in einem Glaszylinder, umwunden mit einem Kranz aus braunrot gewordenen Veilchen und versiegelt mit Gold, einen Knochen vom Arm der heiligen Anna. Ich sah, Wunder über Wunder, auf einem roten, mit Perlen bestickten Kissen, überwölbt von einer gläsernen Glocke, ein Stück der Krippe zu Bethlehem, ich sah einen Streifen vom Purpurgewand des heiligen Evangelisten Johannes, zwei Glieder der Kette, die den Pflock des heiligen Petrus in Rom verschlossen hatte, den Schädel des heiligen Adalbert, das Schwert des heiligen Stephanus, ein Schienbein der heiligen Margaretha, einen Finger des heiligen Vitalis, eine Rippe der heiligen Sophia, das Kinn des heiligen Eoban, den Oberteil vom Schulterblatt des heiligen Chrysostomus, den Verlobungsring des heiligen Joseph, einen Zahn von Johannes dem Täufer, den Stab des Moses und eine verschlissene, schon ganz fadenscheinige Spitze vom Hochzeitskleid der Heiligen Jungfrau Maria!

Außerdem gab es noch andere Dinge, die nicht Reliquien waren, aber gleichwohl Zeugnisse von Wundern und wundersamen Wesen aus fernen Ländern, in die Abtei gebracht von Mönchen, die weite Reisen getan bis an die Ränder der Welt: einen Basilisk und eine Hydra, beide ausgestopft, das

Horn eines Einhorns, ein Ei, das ein Eremit in einem anderen Ei gefunden hatte, einen Brocken Manna von der Nahrung der Kinder Israel auf ihrer Wanderung durch die Wüste, einen Walfischzahn, eine Kokosnuss, das Schulterbein eines vorsintflutlichen Tieres, den Stoßzahn eines Elefanten, ganz aus Elfenbein, und die Rippe eines Delphins. Dazu noch andere Reliquien, die ich nicht erkannte und bei denen die Schreine womöglich kostbarer waren als sie selbst, manche davon schienen uralt zu sein (nach der Machart ihrer Behälter zu urteilen, die aus geschwärztem Silber waren), eine endlose Reihe von Knochensplittern, Stoffresten, Holz- und Metallstücken, Glasscherben. Dazu Flaschen mit dunklen Pulvern darin, von einer erfuhr ich, sie enthalte die verkohlten Überreste der Stadt Sodom, von einer anderen, sie berge Kalk von den Mauern Jerichos. Lauter Dinge also, und seien sie noch so unscheinbar, für die ein Kaiser mehr als ein Lehen gegeben hätte und die für das Kloster, das sie zu seinen Schätzen zählen durfte, nicht nur eine Quelle immensen Prestiges darstellten, sondern auch einen Fundus echten, materiellen Reichtums.

Ich ging immer noch wie betäubt umher, als Nicolas schon längst aufgehört hatte, uns die einzelnen Gegenstände zu erläutern, die im übrigen alle kurze Inschriften trugen; ich bewegte mich frei und planlos zwischen all diesen unschätzbaren Reichtümern, bald die Wunderdinge in hellem Lichte bestaunend, bald im Halbdunkel nach ihnen spähend, wenn Nicolas' Gehilfen mit ihren Fackeln sich in einen anderen Teil der Krypta begeben hatten. Ich war fasziniert von diesen vergilbten Knorpeln, die mir gleichzeitig mystisch und abstoßend, transparent und geheimnisvoll erschienen, von diesen Stoffetzen aus unvordenklichen Zeiten, die zuweilen in einer Phiole zusammengerollt waren wie eine verblasste Handschrift, von diesen zerbröselten Materien, die sich vermischten mit dem Stoff, der ihnen als Lager diente, heilige Überreste eines einst animalisch (und rational) gewesenen Lebens, die sich nun, eingesperrt in kristallene oder metallene Gehäuse, welche in ihren winzigen Dimensionen die Kühnheit steinerner Dome nachzuahmen versuchten mit ihren Türmen und Dachreitern, selbst in Minerale verwandelt zu haben schienen. So also, dachte ich, warten die Leiber der begrabenen Heiligen auf die Auferstehung des Fleisches? Aus diesen Splittern sollen sich dereinst jene Organismen wieder zusammenfügen, die, im strahlenden Licht der Anschauung Gottes, ihre ganze natürliche Sinnlichkeit wiedergewinnend, alles wahrnehmen werden, selbst noch, wie Pipernus schrieb, die *minimas differentias odorum*?

Eine Berührung riss mich aus meinen Meditationen. Es war William, der mir die Hand auf die Schulter legte. »Ich gehe jetzt«, sagte er, »ich muss noch einiges nachlesen im Skriptorium...«

»Aber man bekommt doch keine Bücher«, sagte ich. »Benno hat Order...«

»Ich muss nur nochmal die Bücher durchsehen, die ich gestern gelesen habe, sie sind alle noch im Skriptorium auf dem Tisch des Venantius. Du kannst hierbleiben, wenn du willst. Diese Krypta ist wirklich ein schönes Nachwort zu den Debatten über die Armut, die du in diesen Tagen miterlebt hast. Jetzt weisst du, warum deine lieben Brüder hier so übereinander herfallen, wenn es um die Abtwürde geht.«

»So glaubt Ihr also, was Nicolas Euch da erzählt hat? Dann ginge es bei den Morden letztlich um einen Investiturstreit?«

»Ich sagte dir schon, ich will im Augenblick noch keine Hypothese äußern. Nicolas hat eine ganze Menge erzählt. Einiges davon hat mich interessiert. Aber jetzt gehe ich, um eine andere Spur zu verfolgen. Oder vielleicht auch dieselbe, nur von einer anderen Seite... Und du lass dich nicht zu sehr von diesen Schreinen bezaubern. Stücke vom heiligen Kreuz habe ich in anderen Kirchen schon viele gesehen. Wenn die alle echt wären, wäre unser Erlöser nicht auf zwei überkreuzte Balken genagelt worden, sondern auf einen ganzen Wald.«

»Meister!« rief ich entsetzt.

»So ist es, Adson. Und es gibt noch reichere Schätze als diesen hier. Vor Jahren sah ich im Kölner Dom den Schädel Johannes' des Täufers im Alter von zwölf Jahren.«

»Wirklich?« rief ich bewundernd aus. Und dann, von einem plötzlichen Zweifel erfasst: »Aber der Täufer war doch viel älter, als er geköpft wurde!«

»Der andere Schädel liegt sicher in einem anderen Kirchenschatz«, sagte William mit todernster Miene. Nie merkte ich bei meinem Meister, wann er scherzte. Wenn man in meiner Heimat einen Scherz machen will, dann sagt man etwas und bricht in geräuschvolles Lachen aus, damit alle Anwesenden auch richtig mitlachen können. William dagegen lachte nur, wenn er ernste Dinge sagte, und blieb vollkommen ernst, wenn er vermutlich scherzte.

Sechster Tag

Tertia

Worin Adson beim Hören des »Dies irae« einen Traum hat, man kann es auch eine Vision nennen.

William entbot Nicolas seinen Gruß und ging hinauf ins Skriptorium. Ich hatte inzwischen genug von dem Schatz gesehen und beschloss, mich in die Kirche zu setzen, um für Malachias' Seele zu beten. Gemocht hatte ich diesen Mann nie besonders, er war mir unheimlich gewesen, und ich verhehle nicht, dass ich ihn lange verdächtigt hatte, der Urheber aller hier geschehenen Verbrechen zu sein. Nun hatte ich erfahren, dass er vielleicht bloß ein armer Teufel gewesen war, gepeinigt von unbefriedigten Leidenschaften, ein irdener Krug zwischen eisernen Krügen, verdüstert, weil er sich verloren fühlte, schweigsam und ausweichend, weil ihm bewusst war, dass er nichts zu sagen hatte. Ich schämte mich ein wenig, ihn verdächtigt zu haben, und dachte, ein Gebet für sein Schicksal im Jenseits würde mein schlechtes Gewissen etwas beruhigen können.

Das Kirchenschiff lag jetzt in einem fahlen Zwielicht, der weite Raum war beherrscht vom Katafalk des Verstorbenen und erfüllt vom gleichmäßigen Gemurmel der Mönche, die das Totengebet rezitierten.

Im Kloster zu Melk hatte ich schon mehrere Male den Heimgang eines Mitbruders erlebt. Es war ein Geschehen gewesen, das ich zwar gewiss nicht als heiter bezeichnen könnte, aber doch stets als feierlich empfunden hatte, beherrscht von gesammelter Ruhe und einem entspannten Gefühl des Friedens. Alle traten der Reihe nach in die Zelle des Sterbenden, um ihm Trost zu spenden mit guten Worten, und jeder dachte bei sich, wie glücklich doch dieser Sterbende war, da er nun ein tugendhaftes Leben beschloss und bald schon vereint sein würde mit dem Chor der himmlischen Engel in ewiger Freude. Ein Teil dieser Feierlichkeit, ein Hauch dieser frommen Neidgefühle übertrug sich gewiss auf den Sterbenden, so dass er am Ende heiter entschlief. Wie anders waren die Todesfälle der letzten Tage gewesen! Ich hatte schließlich aus nächster Nähe mit angesehen, wie ein Opfer der Teufelsskorpione aus dem Finis Africae starb, und sicher waren auch Berengar und Venantius so gestorben, verzehrt von innerem Feuer, im Wasser Linderung suchend, die Züge gräßlich verzerrt wie bei dem armen Malachias...

Ich setzte mich fröstelnd hinten ins Kirchenschiff, zog die Schultern hoch und drückte die Arme fest an den Leib, um der Kälte zu wehren. Sanfte Wärme durchströmte mich, ich bewegte die Lippen, um mich in den Chor der betenden Brüder einzufügen, folgte ihren psalmodierenden Worten, fast ohne zu merken, was meine Lippen da murmelten. Der Kopf wurde mir schwer, die Augen fielen mir zu, ich muss lange so dagesessen haben, mindestens drei- oder viermal nickte ich ein und schrak wieder auf. Dann intonierte der Chor das *Dies irae*... Der getragene, feierliche Gesang ergriff mich wie ein Betäubungsmittel und ich schlief vollends ein. Beziehungsweise, ich fiel in eine seltsam erregte Starre, zusammengekauert wie ein Ungeborenes im Mutterleib, und in dieser Umnebelung meines Geistes, gleichsam wie entrückt in eine Region, die nicht von dieser Welt war, hatte ich eine Vision, es kann auch ein Traum gewesen sein.

Ich stieg eine enge Treppe hinunter in einem schmalen Gang, als ginge ich in die Krypta zum Klosterschatz, doch immer weiter abwärts steigend gelangte ich in eine Krypta, die sich vor meinen Augen höher und weiter auftat als die Küche im Aedificium. Es war ohne Zweifel die Küche, und es herrschte ein emsiges Treiben darin, aber nicht nur an Herden mit Tiegeln und Pfannen, sondern auch an Essen mit Blasebälgern und Hämmern und Zangen, als hätten Nicolas' Schmiede sich ein Stelldichein mit den Köchen gegeben. Überall war ein Gleißen und Glühen in Kaminen und Öfen, auf flackernden Feuern dampften Kessel, gefüllt mit Flüssigkeiten, an deren Oberfläche mit dumpfem Geblubber dicke

Blasen zerplatzten. Die Köche fuhren mit Bratspießen durch die Luft, indes die Novizen, die gleichfalls alle versammelt waren, wild herumspringend nach den Hühnern haschten und nach anderem Federvieh, das auf die glühenden Eisen gespießt war. Doch gleich daneben hämmerten Schmiede so kraftvoll auf ihre Ambosse, dass der ganze Raum davon widerhallte und Funken aufstoben in dichten Wolken, die sich vermischten mit denen aus zwei prasselnden Herdfeuern.

Ich begriff nicht, ob ich mich in der Hölle befand oder in einem Paradies, wie es vielleicht den Wunschträumen Salvatores entspringen mochte, triefend von fetten Soßen und berstend von harten Schinkenwürsten. Mir blieb jedoch gar nicht die Zeit, mich lange zu fragen, wo ich war, denn hereingestürmt kam eine Schar verhutzelter Männlein, winziger Zwerge mit großen tiegelförmigen Köpfen, und riss mich mit sich in ihrem Ungestüm und drängte mich über die Schwelle ins Refektorium.

Der Saal war festlich geschmückt. Prächtige Wandteppiche hingen ringsum an den Wänden, doch ihre Bilder riefen nicht wie gewöhnlich zur Andacht der Gläubigen auf oder priesen den Ruhm der Könige, sondern schienen mir eher inspiriert an den Miniaturen, mit welchen Adelmus die Ränder der Buchseiten zu verzieren pflegte, erkannte ich doch die weniger furchterregenden und die drolligsten Szenen wieder: Hasen im fröhlichen Ringelreihn um den Schlaraffenbaum, Flüsse und Bäche voller Fische, die von allein in die Pfanne sprangen, während die Pfanne gehalten wurde von Affen-Köchen im Bischofsornat, kleine Monster mit Spitzbäuchen, die um dampfende Kessel tanzten...

In der Mitte an seinem erhöhten Tische thronte der Abt, festlich gekleidet in einen gestickten Purpurmantel, seine Gabel hochhaltend wie ein Szepter. Neben ihm trank Jorge aus einem mächtigen Weinkrug, und am Pult las Remigius andächtig aus einem Buch in Skorpionform die Viten der Heiligen vor und die Abschnitte des Evangeliums, aber es waren Geschichten von Jesus, der mit seinen Jüngern scherzte und zu Simon sagte: »Vergiss nicht, du bist Petrus, und auf diesen schamlosen Felsblock, der über die Ebene rollt, will ich meine Kirche bauen«; oder auch die Geschichte vom Kirchenvater Hieronymus, der die Bibel kommentierte und sagte, Gott habe Jerusalem den Hintern entblößen wollen. Und bei jedem Satze des Cellerars wieherte Jorge vor Lachen und schlug mit der Faust auf den Tisch und schrie: »Du bist der nächste, Abbo, du bist der nächste, beim Bauche Gottes!« Genauso sprach er, Gott vergebe mir.

Auf einen huldvollen Wink des Abtes erschien nun die Prozession der Jungfrauen. Es war ein prachtvoller Zug reich geschmückter Damen, in deren Mitte ich zuerst meine Mutter zu erkennen glaubte, doch bald bemerkte ich meinen Irrtum, denn es war ohne Zweifel das Mädchen, schrecklich wie eine waffenstarrende Heerschar. Nur dass sie auf dem Haupte ein Diadem aus zwei Reihen weißer Perlen trug, und je zwei weitere Perlenketten fielen ihr rechts und links die Wangen hinunter und vereinten sich mit zwei weiteren Perlenketten, die ihr quer über die Brust gingen, und an den Perlen der unteren Kette hingen Diamanten groß wie Pflaumen. Außerdem trug sie an den Ohren blaue Perlengehänge, die sich zu einem zierlichen Kettchen vereinten am Ansatz des weißen Halses, der aufragte wie ein Turm auf dem Libanon. Ihr langer Mantel war purpurfarben, und in der Hand hielt sie einen goldenen, mit Diamanten besetzten Kelch, und irgendwie wusste ich plötzlich, dass sich darin die tödliche Salbe befand, die man Severin einst gestohlen hatte. Im Gefolge dieser minneclîchen Frouwe, die mir schön wie die Morgenröte erschien, zogen weitere Frauengestalten ein; die erste trug einen weißen gestickten Umhang über einem dunklen Kleid mit goldener Doppelstola, auf welcher bunte Feldblumen prangten; die zweite trug einen Umhang aus gelbem Damast über einem blaßrosa Kleid, auf welchem kleine blaue Enten zu sehen waren sowie zwei große, aus braunem Faden gestickte Labyrinthe; die dritte trug einen roten Umhang über einem smaragdgrünen Kleid, das mit kleinen roten Tieren bestickt war, und hielt eine weiße Spitzenstola in Händen. Was die anderen trugen, weiß ich nicht mehr, denn ich versuchte herauszufinden, wer diese lieblichen Jungfrauen sein mochten, die da Einzug hielten im Gefolge des Mädchens, das jetzt wie die Jungfrau Maria aussah, und glücklicherweise hielt eine jede von ihnen ein Schild in der Hand oder ließ eine Schrift aus ihrem Munde hervorgehen, so dass ich erfuhr: Es waren Ruth und Sarah und Susanna und andere biblische Frauenspersonen.

Mit lauter Stimme rief nun der Abt: »Herein mit euch, ihr Hurensöhne!« Und eine weitere Prozession hochheiliger Personen, die ich sogleich erkannte, hielt Einzug, würdig und prachtvoll gekleidet, in der Mitte ein Sitzender auf einem Throne, das war Unser Herr Jesus, aber zugleich auch Adam, angetan mit einem Purpurmantel, den auf der rechten Schulter eine Fibel mit einem riesengroßen, von weißen Perlen umkränzten Rubin zusammenhielt; auf dem Haupte trug er ein Diadem aus Perlen, das dem des Mädchens glich, und in der Hand einen noch größeren Kelch, der voller Schweineblut war. Andere wohlbekannte Personen aus der Heiligen Schrift, von denen ich noch berichten werde, bildeten das Gefolge des Sitzenden, dazu ein Trupp Bogenschützen des Königs von Frankreich, grün und rot gekleidet, mit einem smaragdenen Wappenschild, auf dem das Monogramm Christi prangte. Der Hauptmann dieser Bogenschützen trat vor den Abt, salutierte, reichte ihm den Kelch und sprach: »Sose benrenki, sose bluotrenki, sose lidirenki, ben zi bena, bluot zi bluoda, lid zi geliden, sose gelimida sin!« Worauf der Abt erwiderte: »Age primum et septimum de quatuor!« Und alle sangen: »In finibus Africae, Amen!« Und alle sederunt.

Sobald die beiden Prozessionen sich derart aufgelöst hatten, gab der Abt ein Zeichen, und Salomo begann, den Tisch zu decken. Jakob und Andreas brachten einen Heuhaufen herein, und Adam setzte sich mitten darauf, Eva legte sich auf ein Feigenblatt, Kain schleppte einen Pflug herbei, Abel kam mit einem Eimer, um Brunellus zu melken, Noah ruderte hoch auf der Arche herein, Abraham setzte sich unter einen Baum, Isaak legte sich auf den goldenen Kirchenaltar, Moses hockte sich auf einen Stein, Daniel erschien auf einem tragbaren Katafalk Arm in Arm mit Malachias, Tobias legte sich auf ein Bett, Joseph stürzte sich auf einen Scheffel, Benjamin setzte sich auf einen Sack, und weiter hinten sah ich, aber hier wurde die Vision etwas unscharf, David auf einem kleinen Berg, Johannes auf dem Boden, Pharao im Sand (natürlich, dachte ich, aber wieso?), Lazarus auf einem Tisch, Jesus am Rande des Brunnens, Zachäus im Gezweig eines Baumes, Matthäus auf einem Schemel, Rahab auf einem Flachsbündel, Ruth auf einer Strohmatte und Thekla auf dem Fensterbrett (von draußen schaute bleichen Gesichtes Adelmus herein und warnte sie, da könne man leicht hinunterfallen, tief in die Schlucht hinunter), noch weiter hinten sah ich Susanna im Bade, Judas zwischen den Gräbern, Petrus auf einem Stuhle, Jakob auf einer Leiter, Elias auf einem Sattel, und ganz hinten, nur noch ein kleines Stück Weges bis Ephrath, Rahel auf einem Beutelsack. Und Paulus hörte geduldig zu, wie Esau schimpfte, und Hiob saß jammernd im Kot, und Rebekka brachte ihm einen Rock und Judith eine Decke und Hagar ein Leichentuch, während die Novizen einen großen dampfenden Kessel hereinschleppten, aus dem Venantius von Salvemec sprang, rot von oben bis unten, um Blutwürste / zu verteilen.

Das Refektorium füllte sich immer mehr, obwohl es schon gesteckt voll war, und alle kauten mit vollen Backen. Jonas brachte Kürbisse auf den Tisch, Jesajas Grünzeug, Hesekiel Maulbeeren, Zachäus Sykomorenblüten, Adam Zitronen, Daniel Lupinen, Pharao Paprikaschoten (natürlich, dachte ich, aber wieso?), Kain steuerte Artischocken bei, Eva Feigen, Rahel Äpfel, Hananja Pflaumen groß wie Diamanten, Lea Zwiebeln, Aaron Oliven, Joseph ein Ei, Noah Weintrauben und Simeon Pfirsichkerne, während Jesus das *Dies irae* sang und fröhlich über all diese Speisen Essig ausdrückte aus einem kleinen Schwamm, den er sich von der Lanze eines der Bogenschützen des Königs von Frankreich genommen hatte.

»Meine Kinder, meine lieben Schäflein«, rief nun der Abt, der schon ziemlich betrunken war, »ihr könnt doch nicht so ärmlich gekleidet tafeln wie arme Schlucker! Kommt her zu mir alle, kommt in meine Kleiderkammer, auf dass ich euch kleide!« Und er schüttelte den Ersten und den Siebenten der Vier, die aus der Tiefe des Spiegels kamen, entstellt wie Gespenster, und der Spiegel zerbrach, und herauspurzelten, zu Boden stürzend durch die Gänge des Labyrinths, Gewänder in vielerlei Farben, übersät mit kostbaren Steinen, alle verdreckt und zerlumpt. Als erster nahm sich Zacharias ein weißes, dann Abraham ein spatzengraues, Lot ein schwefelgelbes, Lazarus ein totenblasses, Jonas ein meerblaues, Thekla ein feuriges, Daniel ein löwiges, Judas ein silbriges, Johannes ein triklinisches, Adam ein hautfarbenes, Rahab ein scharlachfarbenes und Eva eins in der Farbe des Baums der Erkenntnis, andere nahmen ein buntes oder ein krasses, ein braunes oder ein blasses, ein holziges oder ein steiniges oder ein rostiges oder eins in Pfeffer und Salz oder auch in Feuer und Schwefel, und Jesus verkleidete sich als Taube und lachte laut und tadelte Judas, dass er nie einen Spaß verstehe in sancta laetitia.

Alsdann kam Jorge, nahm sich seine vitra ad legendum von der Nase und entzündete einen brennenden Dornbusch, wobei ihm Sarah das Anmachholz reichte, das Jephtha gesammelt, Isaak herbeigeschleppt und Joseph fachmännisch zerkleinert hatte, und während Jakob den Brunnen öffnete und Daniel am See stand, brachten die Küchendiener Wasser herbei und Noah Wein und Hagar einen Schlauch und Judas Silberlinge, und Abraham führte ein Kalb herein, und Rahab band es an einen Pfahl, Jesus reichte den Strick und Elias band ihm die Füße zusammen, Absalom packte es an den Haaren, Petrus reichte das Schwert, Kain schlug es tot, Herodes vergoss sein Blut, Sem warf seine Innereien weg, Jakob goss Öl darüber, Molessadon salzte es, Antiochus tat es aufs Feuer, Rebekka briet es, Eva kostete es als erste und fand es nicht gut, aber Adam sagte, sie solle sich nichts daraus machen, und streute nach kurzer Beratung mit Severin würzige Kräuter darauf. Dann brach Jesus das Brot und verteilte die Fische, und Jakob heulte, weil Esau ihm alle Linsen weggegessen hatte, und Isaak verschlang ein Böcklein am Herd und Jonas einen gesottenen Wal, und Jesus fastete vierzig Tage und vierzig Nächte.

Unterdessen war allerlei köstliches Wildbret hereingebracht worden, und jeder griff gierig zu, und Benjamin nahm sich immer das größte Stück und Maria immer das beste, während Martha sich bitter beklagte, dass sie hinterher wieder alles alleine abwaschen musste. Alsdann wurde das Kalb zerteilt, und Johannes bekam das Haupt, Absalom den Nacken, Aaron die Zunge, Samson die Kinnlade, Petrus ein Ohr, Holofernes den Kopf, Lea den Hintern, Saul den Hals, Jonas den Bauch, Tobias die Galle, Eva die Rippe, Maria den Euter, Elisabeth die Vulva, Moses den Schwanz, Lot die Hinterbeine und Hesekiel die Knochen. Derweilen verspeiste Jesus einen Esel, der heilige Franz einen Wolf, Abel ein Schaf, Eva eine Schlange, Johannes der Täufer eine Heuschrecke, Pharao einen Kraken (natürlich, aber wieso?), David verschlang Zikaden, die seltsamerweise am Boden sangen, und schäkerte heftig mit der *Amata nigra sed formosa*, während Samson die Zähne in das Hinterteil eines Löwen schlug und Thekla heulend vor einer schwarzen, haarigen Spinne davonlief.

Alle waren inzwischen schwer betrunken, viele torkelten, manche glitten in Weinlachen aus, andere fielen rücklings in große Kessel, so dass nur noch die Beine herausragten, überkreuzt wie zwei Stangen, Jesus hatte alle Finger schwarz und hielt ein Buch in der Hand, aus dem er einzelne Seiten herausriss, die er seinen Zechkumpanen darreichte mit den Worten: »Nehmt und esst, dies sind die Rätsel des Symphosius, darunter auch das vom Fisch, der Gottes Sohn ist und euer Erlöser.« Und munter wurde weitergezecht bis zum Umfallen: Jesus trank Süßwein, Jonas Meerwein, Pharao Sorrentiner (wieso?), Moses Wüstenwein, Isaak Opferwein, Aaron Arianerwein, Zachäus Staudenwein, Thekla Branntwein, Johannes Weißwein, Abel Landwein, Rahel Blütenwein und Maria Liebfrauenmilch.

Adam gurgelte rückwärts, bis ihm der Wein aus der Rippe floß, Noah verfluchte Ham im Schlaf, Holofernes schnarchte arglos, auch Jonas schlummerte tief und fest, nur Petrus blieb wach bis zum Hahnenschrei, und Jesus fuhr aus dem Schlaf, als er hörte, wie Bernard Gui und Kardinal Bertrand beschlossen, das Mädchen dem Scheiterhaufen zu überantworten. »Vater«, rief er, »ist's möglich, so lass diesen Kelch an mir vorübergehen!« Die einen schenkten schlecht ein und die anderen tranken gut, die einen starben lachend und die anderen lachten sterbend, die einen hatten Flaschen und die anderen tranken aus fremden Bechern. Susanna schrie, niemals hätte sie ihren schönen weißen Leib dem Cellerar hingegeben für ein elendes Rinderherz, Pilatus irrte gleich einer rastlosen Seele durchs Refektorium auf der Suche nach Wasser für seine Hände, und Fra Dolcino mit dem großen Federhut auf dem Kopf erbarmte sich seiner und brachte ihm welches, dann schlug er hohnlachend seinen Mantel auf und zeigte sein blutig Geschlecht, aber Kain war überhaupt nicht davon beeindruckt und küsste statt dessen die schöne Margaretha von Trient. Da fing Dolcino zu heulen an und legte den Kopf auf die Schulter von Bernard Gui und nannte ihn Papa Angelicus, und weil er so jämmerlich schluchzte, tröstete ihn Ubertin mit einem Baum des Lebens und Michael von Cesena mit einer goldenen Börse, und die beiden Marien salbten ihn, und Adam überredete ihn, in einen frisch gepflückten Apfel zu beißen.

Dann taten sich hoch über unseren Köpfen die Gewölbe des Aedificiums auf, und vom Himmel herabgeschwebt kam Roger Bacon auf einer Flugmaschine *unico homine regente*. Und David spielte die Harfe, und Salome tanzte den Schleiertanz, und jedesmal, wenn einer der sieben Schleier fiel, ertönte eine der sieben Posaunen und eines der sieben Siegel brach auf, bis Salome ganz ohne dastand, nur noch *amicta sole*. Alle waren begeistert und sagten, so eine fröhliche Abtei hätten sie noch nie gesehen, und Berengar hob allen, Männern und Weibern, die Röcke und küsste sie auf den blanken Po. Und alle fassten sich an den Händen und fingen zu tanzen an, Jesus gekleidet als Herr, Johannes als Wächter, Petrus als Netzkämpfer, Nimrod als Jäger, Judas als Spitzel, Adam als Gärtner, Eva als Weberin, Kain als Strauchdieb, Abel als Hirte, Jakob als Läufer, Zacharias als Priester, David als König, Jubal als Spielmann, Jakobus als Fischer, Antiochus als Koch, Rebekka als Wasserträgerin, Molessadon als Depp, Martha als Dienerin, Herodes als rasender Irrer, Tobias als Arzt, Joseph als Zimmermann, Noah als Trunkenbold, Isaak als Landmann, Hiob als Trauernder, Thamar als Dirne, Rahel als Liebliche und Maria als Herrin, die jetzt den Dienern befahl, rasch neuen Wein zu holen in neuen Schläuchen, weil ihr ungezogener Herr Sohn sich weigere, das Wasser wunschgemäß zu verwandeln.

Dies war jedoch der Moment, da jählings der Abt ergrimmte. Er habe hier, schrie er wütend, ein so schönes Fest arrangiert, aber offenbar halte es keiner der Gäste für nötig, ihm ein Gastgeschenk zu machen! Woraufhin alle um die Wette losstürmten und ihm kostbare Gaben brachten: einen Stier, ein Schaf, einen Löwen, ein Kamel, einen Hirsch, ein Kalb, eine Stute, einen Sonnenwagen, das Kinn des heiligen Eoban, den Schwanz der heiligen Morimonda, den Uterus der heiligen Arundelina, den Nacken der heiligen Burgosina, ziseliert als Trinkschale im Alter von zwölf Jahren, und eine Abschrift des *Pentagonum Salomonis*. Aber der Abt war noch immer wütend und schrie, sie täten das alles bloß, um ihn abzulenken (und tatsächlich plünderten sie gerade den Klosterschatz der Krypta, in der wir uns auf einmal alle befanden), man habe ihm nämlich ein kostbares Buch gestohlen, das von Skorpionen handele und von den sieben Posaunen, und das wolle er unbedingt wiederhaben, und daher sollten jetzt die Bogenschützen des Königs von Frankreich kommen und alle Verdächtigen gründlich durchsuchen. Was auch unverzüglich geschah, und so fanden sich, zur Schmach aller Anwesenden, ein buntes Leintuch bei Hagar, ein goldenes Siegel bei Rahel, ein silberner Spiegel in Theklas Busen, ein Trinkbecher unter Benjamins Arm, ein seidenes Halstuch in Judiths Rock, eine Lanze in der Hand des Longinus und eines anderen Weib in den Armen des Abimelech. Ganz schlimm aber wurde es, als man einen schwarzen Hahn bei dem Mädchen fand, pechschwarz und wunderschön wie eine Katze von gleicher Farbe! Gleich hieß es, sie sei eine Hexe und eine Pseudo-Apostolin, und alle stürzten sich auf sie, um sie zu strafen. Johannes der Täufer köpfte sie, Abel erschlug sie, Adam verjagte sie aus dem Paradies, Nebukadnezar schrieb ihr mit flammender Hand geheimnisvolle Tierkreiszeichen auf die Brust, Elias entführte sie auf einem feurigen Wagen, Noah ertränkte sie in der Sintflut, Lot verwandelte sie in eine Salzsäule, Susanna beschuldigte sie der Lüsternheit, Joseph betrog sie mit einer anderen, Hananja steckte sie in einen Ofen, Samson legte sie in Ketten, Paulus geißelte sie, Petrus kreuzigte sie mit dem Kopf nach unten, Stephanus steinigte sie, Laurentius verbrannte sie auf einem Rost, Bartholomäus häutete sie, Judas verriet sie, Remigius schickte sie auf den Scheiterhaufen, und Petrus leugnete alles... Doch damit nicht genug, warfen sich alle auf ihren geschundenen Leib, entleerten den Darm über ihr, furzten ihr ins Gesicht, urinierten ihr auf den Kopf, spien ihr auf die Brust, rissen ihr die Haare aus und zerfetzten ihr den Rücken mit brennenden Ruten. Der einst so schöne und zarte Leib des Mädchens löste sich auf und zerfiel in Knochenfragmente, die sich auf die kristallenen und goldenen Reliquienschreine in der Krypta verteilten. Oder nein, es war nicht der Leib des Mädchens, der auseinanderflog, um die Krypta zu füllen, es waren eher die in der Krypta verteilten Knochenfragmente, die aufwirbelten und sich eine Zeitlang zum – nun selbst mineralisch gewordenen – Körper des Mädchens zusammenfügten, um dann erneut auseinanderzufallen und zu verfliegen als heiliger Schutt von Körpersegmenten, die eine rasende Bigotterie hier aufgehäuft hatte. Es war, als hätte ein einziger riesiger Körper sich im Verlauf der Jahrtausende in seine Teile aufgelöst, um mit diesen Teilen die ganze Krypta zu besetzen, die jetzt, abgesehen von ihrem größeren Glanz, durchaus dem Ossarium der verstorbenen Mönche glich. Als wäre, mit einem Wort, die *forma substantialis* des menschlichen Leibes, dieses Meisterwerkes der Schöpfung, in eine Vielzahl einzelner und vereinzelter *accidentia* zerfallen, also zum Sinnbild ihres eigenen Gegenteils verkehrt: zu einer nicht mehr idealen, bloß noch irdenen Form aus Staub und stinkenden Knochenresten, unfähig, etwas anderes zu bedeuten als Tod und Zerstörung...

Wie fortgeblasen waren die Teilnehmer des Gelages mitsamt ihren Gaben. Es war, als lägen auf einmal alle Gäste des Symposions in den Schreinen der Krypta, mumifiziert in ihren eigenen Resten, jeder nur noch als fadenscheinige Synekdoché seiner selbst: Rahel als Knochen, Daniel als Zahn, Samson als Kinnlade, Jesus als rotbrauner Tuchfetzen... Als wäre am Ende des Gastmahls, während das Fest sich wandelte zum Massaker an der Schönen, aus diesem zugleich ein allgemeines Massaker geworden und hier nun das Endergebnis zu sehen: die Leiber (was sage ich: der Gesamtleib, der ganze irdische, sublunarische Corpus jener heißhungrigen und dürstenden Tischgenossen!) verwandelt zu einem einzigen toten Körper, zerfetzt und zermartert wie der Körper Dolcinos nach vollzogener Strafe, umgewandelt in einen glänzend-ekligen Schatz, ausgebreitet in seiner ganzen Länge und Breite wie die ausgebreitete Haut eines abgehäuteten Tieres, die jedoch weiterhin alle Organe wie versteinert in sich enthielte, die Eingeweide, die Muskeln und Nerven, ja selbst die Gesichtszüge. Die Haut mit all ihren Fältchen, Runzeln und Narben, mit ihren flaumigen Ebenen, mit dem Wald der Haare auf Armen und Bauch und auf der erschlafften Scham, die Brüste, die Nägel, die Hornbildungen an den Fersen, die feinen Wimperhärchen, die wässrige Substanz der Augen, das weiche Lippenfleisch, die schlanke Säule der Wirbel, die Architektur des Knochengerüstes – nun alles zu mehligem Staub geworden, ohne dass jedoch eines davon seine Form und seinen Bezug zu den anderen verloren hätte: die Beine entleert und schlaff wie zwei lange Strümpfe, ihr Fleisch ausgebreitet daneben wie ein Planet mit allen wimmelnden Arabesken der Adern, das verschlungene Gewölle der Innereien, der feuchtschimmernde Rubin des Herzens, die perlweiße Prozession der Zähne, gleichmäßig aufgereiht zu einer Halskette mit der Zunge als rotblauem Anhänger, die Finger säuberlich nebeneinandergelegt wie Wachskerzen, der Stempel des Nabels als Verknotung der Fäden des ausgebreiteten Bauchdeckengeflechts... Von allen Seiten grinste, raunte, lockte er jetzt in der Krypta, dieser tote Gesamtleib, dieser auf Schreine verteilte und dennoch wieder zu seiner weiträumigen und irrationalen Totalität zusammengefügte Makrokörper, der mich zum Tode einlud, und war doch derselbe Körper, der eben noch an der Tafel gespeist und obszöne Kapriolen geschlagen hatte; hier aber erschien er mir starr und reglos in der Unberührbarkeit seines dumpfen und blinden Verfalls. Und plötzlich stand Ubertin neben mir, ergriff meinen Arm, bohrte mir fast seine Nägel ins Fleisch und raunte: »Siehst du, es ist dasselbe! Was vorher in seinem Wahn triumphierte und sich ergötzte in seiner Lust: Hier liegt es nun, bestraft und belohnt, befreit von den Verlockungen der Leidenschaften, erstarrt für alle Ewigkeit, dem ewigen Eis übergeben zur Konservierung und Purifizierung, dem Zerfall entzogen durch den Triumph des siegreichen Zerfalls, denn nichts und niemand kann mehr zu Staub reduzieren, was bereits Staub und Mineralsubstanz ist. *Mors est quies viatoris, finis est omnis laboris...*«

Da aber stürmte auf einmal Salvatore herein, lodernd wie ein Flammenteufel, und schrie: »Dummkopf, merkst du denn nicht, dies ist bloß die große lyotardische Bestie des Buches Job! Was fürchtest du dich, mein kleines Herrchen? Hier, nimm den Kaasschmarrn!« So sprach er, und ich verstand überhaupt nicht, wovon er sprach, ich kannte weder ein Buch Job noch eine lyotardische Bestie, doch plötzlich begann die Krypta rot zu erglühen und war wieder die Küche, aber mehr noch war sie das Innere eines Bauches, weich und schleimig, und mitten darin saß ein riesiges Ungeheuer, schwarz wie ein Rabe, mit tausend Krallen, und streckte seine Klauen aus, um alle zu greifen, die in seine Reichweite kamen, und wie der Landmann, wenn es ihn dürstet, Trauben ausquetscht, so presste dieses Untier seine Opfer zusammen und zermalmte ihnen bald den Schädel und bald die Beine, um sich daraus ein großes Fressen zu machen, rülpsend mit einem feurigen Atem, der gräßlicher roch als Schwefel. Doch Wunder über Wunder, dieser Anblick machte mir überhaupt keine Angst mehr, ja ich ertappte mich sogar dabei, diesem »guten Teufel« (wie ich dachte) mit einem gewissen Wohlwollen zuzusehen, war er doch schließlich kein anderer als Salvatore – denn vom sterblichen Menschenkörper, von seinem Leiden und seinem Zerfall wusste ich jetzt *alles* und hatte nichts mehr zu fürchten. Und tatsächlich sah ich in jenem Flammenschein, der mir auf einmal freundlich und warm erschien, alle Gäste des großen Konviviums wieder, sie sangen fröhlich und versicherten, gleich werde alles von vorn beginnen, und mitten unter ihnen erblickte ich auch das Mädchen, heil und schön wie die Morgenröte, und sie sagte zu mir: »Lass nur, es ist nichts, du wirst schon sehen, hinterher bin ich noch schöner als jetzt, ich gehe, um für ein Weilchen auf dem Scheiterhaufen zu brennen, danach werden wir uns hier wiedersehen.« Und sie zeigte mir – Gott vergebe mir – ihre Vulva, und ich kroch hinein und befand mich in einer prächtigen Höhle, die mir erschien wie das liebliche Tal des Goldenen Zeitalters, taufrisch von klaren Bächen und Früchten und Bäumen, auf denen der Kaasschmarrn wuchs. Und alle Gäste bedankten sich bei dem Abt für das schöne Fest und zeigten ihm ihre Zuneigung und ihren Übermut, indem sie ihn stießen und traten und ihm die Kleider vom Leibe rissen und ihn zu Boden warfen und auf ihm herumtrampelten und ihn mit Ruten die Rute schlugen, wobei er wiehernd lachte und bat, sie sollten aufhören, ihn zu kitzeln. Und rittlings zu Pferde, auf Pferden, die gelbe Schwefelwolken aus ihren Nüstern bliesen, stürmten die kleinen Brüder des armen Lebens herein und hatten am Gürtel pralle Geldbörsen voller Gold, mit dem sie die Wölfe in Lämmer verwandelten und die Lämmer in Wölfe, die sie zu Kaisern krönten unter dem Beifall des zur Volksversammlung versammelten Volkes, das von morgens bis abends Loblieder auf die Macht und Herrlichkeit Gottes sang. »*Ut cachinnis dissolvatur, torqueatur rictibus!*« schrie Jesus und fuchtelte mit der Dornenkrone. Da erschien Papst Johannes, fluchte über das Durcheinander und sprach: »Wenn das so weitergeht, weiß ich wirklich nicht, wo das noch enden soll!« Aber alle lachten ihn aus und gingen, der Abt voran, mit den Schweinen auf Trüffelsuche in den Wald. Gerade wollte ich mich ihnen anschließen, da sah ich in einer Ecke William aus dem Labyrinth herauskommen, in der Hand einen Magneten, der ihn mit großer Kraft nach Norden davonzog. »Meister, verlasst mich nicht!« rief ich hinter ihm her. »Auch ich will sehen, was im Finis Africae ist!«

»Du hast es bereits gesehen!« antwortete er, schon in weiter Ferne. Und ich erwachte, während in der Kirche gerade die letzten Worte des Totengesanges erklangen:

Lacrimosa dies illa
qua resurget ex favilla
iudicandus homo reus:
huic ergo parce deus!
Pie Jesu domine
dona eis requiem.

Woraus ich schloss, dass meine Vision, wenn sie nicht, blitzartig wie alle Visionen, gerade so lang wie ein *Amen* gedauert hatte, alles in allem kürzer gewesen war als ein *Dies irae.*

Sechster Tag

Nach Tertia

Worin William Adsons Traum erklärt.

Verstört trat ich aus dem Hauptportal und stieß vor der Kirche auf eine kleine Versammlung. Es waren die Franziskaner, zum Aufbruch gerüstet, und William war heruntergekommen, um ihnen Lebewohl zu sagen.

Ich tat es ihm gleich und machte die Runde mit Abschiedsgrüßen und brüderlichen Umarmungen. Dann fragte ich meinen Meister, wann wohl die anderen aufbrechen würden, die Avignoneser mit ihren Gefangenen. Er sagte, sie seien bereits vor einer halben Stunde gegangen, als wir noch den Schatz in der Krypta bewunderten – oder vielleicht auch, schoss es mir durch den Kopf, als ich schon zu träumen begonnen hatte.

Ich verharrte einen Moment lang betroffen, dann fasste ich mich. Besser so, dachte ich mir. Ich hätte den Anblick der Ärmsten – des unseligen Remigius, des geschundenen Salvatore... und natürlich des Mädchens – nicht ertragen, wie sie da in Ketten fortgeschleppt wurden für immer. Auch war ich noch so durcheinander von meinem Traum, dass selbst meine Gefühle wie gelähmt reagierten.

Während die Karawane der Minoriten über den Hof davonzog und im Torbau verschwand, verharrten William und ich vor der Kirche, schweigend und beide in melancholischer Stimmung, wenn auch aus verschiedenen Gründen. Dann entschloss ich mich, ihm meinen Traum zu erzählen. So vielgestaltig und wirr die Vision gewesen war, so klar hatte ich sie mit allen Einzelheiten im Kopf, Bild für Bild, Szene für Szene, Wort für Wort, und so genau erzählte ich sie meinem Meister, wusste ich doch, dass Träume oftmals geheime Botschaften sind, die kundige Männer sehr klar zu deuten vermögen.

William hörte mir schweigend zu. Dann fragte er: »Weisst du, was du da geträumt hast?«

»Nun, was ich Euch eben erzählt habe...«

»Sicher, das ist mir schon klar. Aber weisst du, dass ein großer Teil dessen, was du mir eben erzählt hast, bereits vor langer Zeit niedergeschrieben worden ist? Du hast Personen und Erlebnisse dieser Tage in einen Rahmen eingefügt, den du schon kanntest, denn das Grundmuster deines Traumes, die zugrunde liegende Fabel hast du schon irgendwann einmal gelesen, oder jemand hat sie dir als Kind im Kloster erzählt. Es ist die *Coena Cypriani.*«

Verdutzt starrte ich William an, ohne gleich zu begreifen, wovon er sprach. Dann dämmerte es mir langsam. Ja, natürlich, das war es! Das »Gastmahl« des heiligen Cyprianus, die Versammlung der Bibelgestalten zur fröhlichen Tafelrunde! Der Titel war mir vielleicht entfallen, doch welcher junge Mönch oder Novize hat nicht schon einmal über die komischen Szenen jener Posse gelacht, die, in Prosa oder in Reime gefasst, zur Tradition der Osterspiele und der mönchischen Späße gehörte? Bei den strengsten unserer Novizenmeister war ihre Lektüre verboten, aber es gab wohl kein Kloster, in welchem die *Coena* nicht mehr oder minder heimlich unter den Mönchen zirkulierte, verschiedentlich umgearbeitet oder erweitert; manche kopierten sie fromm, versichernd, sie verberge unter dem Mantel der Heiterkeit eine geheime moralische Lehre, andere ermunterten gar zu ihrer Verbreitung mit dem Argument, durch Spiel und Späße prägten sich die Episoden der Heiligen Schrift den Zöglingen besser ein. Vor ungefähr fünfhundert Jahren wurde für Papst Johannes VIII. eine Version in Versen geschrieben mit der Widmung: *Ludere me libuit, ludentem, papa Johannes, accipe. Ridere, si placet, ipse potes.* Es heißt sogar, Kaiser Karl der Kahle habe zur Ergötzung seiner Würdenträger bei Tische eine gereimte Fassung aufführen lassen als fideles Mysterienspiel:

Ridens cadit Gaudericus
Zacharias admiratur,
supinus in lectulum
docet Anastasius...

Und wie viele Rüffel hatte ich einstecken müssen von meinen Lehrern, ich und meine Gefährten in Melk, wenn wir Teile daraus rezitierten! Ich entsinne mich eines alten Mönches, der immer voller Entrüstung sagte, die *Coena* könne gar nicht von Cyprianus sein, unmöglich könne ein so frommer Kirchenvater einen so schamlosen Jocus verfasst haben, eine so lästerliche Verhöhnung der Heiligen Schrift, die eines Ungläubigen oder Narren würdiger sei als eines heiligen Märtyrers... Seit Jahren hatte ich nicht mehr an diese kindischen Späße gedacht. Wie kam es, dass mir die *Coena* ausgerechnet an diesem Morgen so lebhaft im Traum erschienen war? Bisher hatte ich stets geglaubt, Träume seien entweder göttliche Botschaften oder sinnlose Stammeleien des schlafenden Geistes, wirre Erinnerungen an Geschehnisse des vergangenen Tages. Nun ging mir auf, dass man auch Bücher träumen kann. Also kann man vielleicht auch Träume träumen...

»Gern wäre ich jetzt Artemidoros, um dir deinen Traum richtig deuten zu können«, unterbrach William meine Gedanken. »Aber ich denke, auch ohne die Weisheit des griechischen Traumdeuters lässt sich unschwer begreifen, was dir widerfahren ist, mein armer Adson. Du hast in den letzten Tagen eine Reihe wirrer Ereignisse miterlebt, die keiner Regel mehr zu gehorchen scheinen. Nichts fügt sich mehr in die gewohnten Bahnen, alles steht auf dem Kopf, und so ist heute morgen in deinem schlafenden Geist die Erinnerung an eine Art von Komödie wiedererstanden, an eine Posse, in der, aus welchen Gründen auch immer, die Welt auf dem Kopf steht. Du hast deine jüngsten Erlebnisse, deine Sorgen und Ängste dazugetan und bist, ausgehend von den Miniaturen des armen Adelmus, in einen großen Karneval geraten, in eine Welt, die völlig verkehrt zu sein scheint und in der doch jeder – wie in der *Coena* – genau das tut, was er im wirklichen Leben getan hat. Am Ende hast du dich in deinem Traum gefragt, welche Welt denn nun eigentlich die verkehrte ist und was es heißt, auf dem Kopf zu stehen, und dein Traum hat plötzlich nicht mehr gewusst, wo oben und unten ist, wo der Tod ist und wo das Leben. Dein Traum hat die Lehren bezweifelt, die du empfangen hast.«

»Mein Traum vielleicht, aber nicht ich«, sagte ich tugendhaft. »Doch wenn das so ist, dann sind Träume ja keine göttlichen Botschaften, sondern teuflische Phantastereien, die keinerlei Wahrheit enthalten!«

»Ich weiß nicht, Adson. Wir haben bereits so viele Wahrheiten in der Hand... Wenn eines Tages jemand käme und sich gar anheischig machte, auch noch in unseren Träumen nach einer Wahrheit zu forschen, dann wäre die Zeit des Antichrist wirklich nahe... Und doch, je länger ich über deinen Traum nachdenke, desto aufschlussreicher finde ich ihn. Mag sein, dass er dir nichts enthüllt, aber mir. Verzeih, wenn ich deinen Traum benutze, um meine Hypothesen weiterzutreiben, das ist respektlos, ich weiß, so was tut man nicht... Aber ich glaube, dein schlafender Geist hat in wenigen Augenblicken mehr aufgedeckt als mein wacher Geist in den letzten sechs Tagen...«

»Wirklich?«

»Ja, wirklich. Oder vielleicht auch nicht. Ich finde deinen Traum aufschlussreich, weil er zu einer meiner Hypothesen passt. Aber du hast mir ein großes Stück weitergeholfen, ich danke dir.«

»Was war denn in meinem Traum, das Euch so interessiert? Er schien mir sinnlos wie alle Träume.«

»Er enthielt einen anderen Sinn, wie alle Träume und Visionen. Er muss allegorisch gedeutet werden, oder anagogisch...«

»Wie die Schriften?«

»Träume sind Schriften, und viele Schriften sind nichts als Träume.«

Sechster Tag

Sexta

Worin die Geschichte der Bibliothekare ergründet wird und man noch einiges mehr über das geheimnisvolle Buch erfährt.

William eilte sofort ins Skriptorium zurück, ließ sich von Benno die Erlaubnis zur Benutzung des Kataloges geben und blätterte ihn rasch durch. »Es muss hier irgendwo sein«, sagte er, »ich hab's noch vor einer Stunde gesehen... Ah, hier ist es ja! Lies diese Eintragung!«

Unter einer gemeinsamen Signatur (»*finis Africae*«!) standen vier Titel, es handelte sich ganz offensichtlich um einen Band mit verschiedenen Texten. Ich las:

I. ar. de dictis cujusdam stulti
II. syr. libellus alchemicus aegypt.
III. Expositio Magistri Alcofribae de coena beati Cypriani Cartaginensis Episcopi
IV. Liber acephalus de stupris virginum et meretricum amoribus

»Was ist das?« fragte ich.

»Unser Buch«, flüsterte William. »Jetzt weisst du, was mir dein Traum enthüllt hat. Ich bin ganz sicher, das muss es sein! Lass mal sehen...« Rasch ging er die Titel auf den Seiten vor und nach der ominösen Eintragung durch. »Ja, tatsächlich, hier stehen alle Bücher beisammen, an die ich gedacht hatte! Aber ich wollte noch etwas anderes nachprüfen. Hör zu. Hast du deine Tafel bei dir? Gut, wir werden jetzt nämlich eine kleine Berechnung machen. Versuch dich bitte genau zu erinnern, was uns gestern der alte Alinardus gesagt hat und was wir heute morgen von Nicolas erfahren haben. Also: Nicolas sagte, er sei vor rund dreißig Jahren in die Abtei gekommen, und da war Abbo schon Abt. Sein Vorgänger war ein gewisser Paulus von Rimini, stimmt's? Wann mag der Wechsel stattgefunden haben? Sagen wir: um 1290, auf ein Jahr mehr oder weniger kommt's nicht an. Außerdem sagte Nicolas, bei seiner Ankunft sei Robert von Bobbio noch Bibliothekar gewesen, richtig? Und als Robert dann starb, wurde Malachias zu seinem Nachfolger ernannt. Sagen wir: um die Jahrhundertwende. Schreib. Ferner gab es vor Nicolas' Ankunft eine Zeit, in der Paulus von Rimini Bibliothekar war. Von wann bis wann? Wir wissen es nicht. Wir könnten natürlich die Chroniken der Abtei befragen, aber die liegen vermutlich beim Abt, und den möchte ich im Augenblick nicht so gern darum bitten. Nehmen wir hypothetisch an, dass Paulus vor ungefähr sechzig Jahren zum Bibliothekar ernannt worden war, sagen wir: um 1265. Schreib. Wieso beklagt sich Alinardus darüber, dass vor ungefähr fünfzig Jahren der Posten des Bibliothekars, der eigentlich ihm gebührt hätte, einem anderen gegeben wurde? Meint er mit diesem anderen Paulus von Rimini?«

»Oder Robert von Bobbio!«

»Mag sein. Aber sieh dir jetzt einmal diesen Katalog an. Wie Malachias uns am ersten Tag sagte, werden die Titel hier in der Reihenfolge ihres Erwerbs eingetragen. Und wer trägt sie ein? Der Bibliothekar. Also können wir am Wechsel der verschiedenen Schriften die Abfolge der Bibliothekare rekonstruieren. Gehen wir den Katalog von hinten nach vorn durch. Die letzte Schrift ist die von Malachias, hier, schau her, sehr gotisch. Sie füllt nur wenige Seiten. Offenbar hat die Abtei in den letzten dreißig Jahren nicht viele neue Bücher erworben. Dann folgen einige Seiten mit einer zittrigen Schrift, in der ich unschwer die Hand des kranken Robert von Bobbio erkenne. Auch diesmal sind es nur wenige Seiten, Robert war wohl nicht lange im Amt. Und jetzt, was finden wir hier? Seiten und Seiten mit einer geraden und sicheren Schrift, eine lange Reihe von Neuerwerbungen (darunter auch die Gruppe der Bücher, die ich vorhin durchgesehen habe), wirklich sehr eindrucksvoll! Wieviel muss Paulus von Rimini gearbeitet haben! Zuviel, wenn man bedenkt, dass er schon als relativ junger Mann Abt geworden ist, wie Nicolas sagte. Und selbst angenommen, dieser unersättliche Leser hätte wirklich die Bibliothek in wenigen Jahren um so viele Bücher bereichert – sagte Nicolas nicht, dass man ihn *Abbas agraphicus* nannte, weil er aufgrund eines sonderbaren Gebrechens nicht schreiben konnte? Wer hat das hier geschrieben? Ich würde sagen: sein Adlatus. Aber angenommen, dieser Adlatus wäre später selbst zum Bibliothekar ernannt worden, so hätte er weitergeschrieben, und das würde erklären, warum hier so viele Eintragungen in derselben Schrift stehen. Demnach hätte es also zwischen Paulus und Robert noch einen anderen Bibliothekar gegeben, der vor ungefähr fünfzig Jahren ernannt worden sein könnte, und – ja, natürlich! – das muss Alinardus' geheimnisvoller Konkurrent gewesen sein, der Mann, der damals auf Paulus folgte, obwohl Alinardus der Ältere war. Dann aber verschwand dieser andere irgendwie (erinnere dich: Alinardus sagte, Gott habe ihn bestraft...) und auch Paulus verschwand irgendwie, und zur Überraschung des Alinardus und vieler anderer rückte Malachias nach, erst als Adlatus des kranken Robert und dann selbst als Bibliothekar.«

»Aber warum seid Ihr so sicher, dass dies die richtige Abfolge ist? Selbst angenommen, diese Schrift hier sei wirklich die unseres namenlosen Bibliothekars, wieso könnten dann nicht die Titel auf den Seiten davor von Paulus stammen?«

»Weil unter diesen Neuzugängen auch die päpstlichen Bullen und Dekretalen aufgeführt sind, die ein präzises Datum tragen. Schau her, wenn du hier zum Beispiel die *Firma cautela* von Bonifaz VIII. findest, die bekanntlich aus dem Jahre 1296 stammt, dann weisst du, dass dieser Text nicht vorher in die Abtei gekommen sein kann, und es ist anzunehmen, dass er auch nicht viel später kam. Damit habe ich hier so etwas wie Meilensteine, die sich über die Jahre verteilen, und wenn ich jetzt annehme, dass Paulus von Rimini um 1265 Bibliothekar geworden ist und um 1275 Abt, und nun finde ich hier, dass seine Eintragungen (beziehungsweise die eines anderen, der aber nicht Robert von Bobbio ist) von 1265 bis 1285 reichen, dann entdecke ich eine Differenz von zehn Jahren.«

Mein Meister war wirklich sehr scharfsinnig. »Und welche Folgerungen zieht Ihr daraus?« wollte ich wissen.

»Keine«, sagte er. »Nur Prämissen.«

Dann erhob er sich und ging zu Benno hinüber. Der neuernannte Bibliothekarsgehilfe saß immer noch brav, wenn auch sichtlich bedrückt, an seinem alten Arbeitsplatz, er hatte es nicht gewagt, den Platz des Bibliothekars beim Katalog einzunehmen. William sprach ihn recht förmlich an, die unschöne Szene vom Vorabend war noch nicht vergessen.

»Auch wenn Ihr jetzt so hochmögend seid, Herr Bibliothekar, werdet Ihr hoffentlich die Güte haben, mir eine Auskunft zu geben. Neulich an jenem Morgen, als Adelmus und die anderen hier über Rätsel und Wortspiele diskutierten und Berengar zum ersten Mal eine Anspielung auf das Finis Africae machte, hat da jemand vielleicht auch die *Coena Cypriani* erwähnt?«

»Ja«, antwortete Benno, »habe ich Euch das nicht erzählt? Bevor wir über die Rätsel des Symphosius sprachen, erwähnte Venantius die *Coena*. Malachias wurde darüber sehr böse, nannte die *Coena* ein schamloses Werk und erinnerte daran, dass der Abt uns allen verboten hat, sie zu lesen...«

»So, so, der Abt!« sagte William. »Sehr interessant. Ich danke Euch, Benno.«

»Wartet«, rief der junge Mönch hastig. »Ich möchte mit Euch sprechen.« Er bedeutete uns, ihm auf die Wendeltreppe hinaus zu folgen, die zur Küche hinunterführte, damit die anderen ihn nicht hören könnten. Seine Lippen zitterten.

»Bruder William, ich habe Angst!« begann er. »Sie haben nun auch Malachias umgebracht. Jetzt bin ich derjenige, der zuviel weiß! Ich bin den Italienern ein Dorn im Auge, sie wollen keinen Ausländer mehr als Bibliothekar... Ich glaube, die anderen sind genau deswegen aus dem Weg geräumt worden... Ich habe Euch nie von Alinardus' Hass auf Malachias erzählt, von seinem unversöhnlichen Groll...«

»Wer war es, der ihm damals den Bibliothekarsposten weggeschnappt hatte?«

»Das weiß ich nicht. Er spricht immer nur sehr vage davon, und es muss schon lange her sein, bestimmt sind inzwischen alle tot... Aber die Gruppe der Italiener um Alinardus spricht... sprach von Malachias häufig wie von einem Strohmann, den ein anderer eingesetzt hatte und lenkte, mit Wissen des Abtes... Ich bin da unversehens in... in einen Machtkampf zwischen zwei Fraktionen hineingeraten... Erst heute morgen ist mir das klar geworden... Italien ist ein Land voller Verschwörer, hier werden sogar die Päpste vergiftet, was wird da aus einem armen Mönchlein wie mir? Gestern dachte ich noch, es ginge bloß um das Buch, jetzt bin ich mir dessen nicht mehr so sicher, das Buch war vielleicht nur ein Vorwand... Ihr habt ja gesehen, es hatte sich wieder eingefunden, und Malachias musste trotzdem sterben... Ach, Bruder William, was soll ich nur tun? Ich muss... ich will... ich möchte fliehen. Was ratet Ihr mir?«

»Dich erstmal zu beruhigen. Jetzt willst du auf einmal meinen Rat, sieh an! Gestern fühltest du dich noch fast als Herr der Welt! Dummkopf, wir hätten das letzte Verbrechen verhindern können, wenn du mir gestern geholfen hättest! Du warst es, der Malachias das tödliche Buch gegeben hat! Aber sag mir jetzt wenigstens eins: Hast du das Buch in die Hände genommen, hast du es berührt, hast du es gelesen? Wie kommt es, dass du noch lebst?«

»Ich weiß nicht. Ich schwöre, ich habe es nicht berührt, beziehungsweise nur, um es aus dem Laboratorium zu holen, aber ohne es aufzuschlagen, ich habe es unter die Kutte genommen und in meiner Zelle unter der Matratze versteckt. Ich wusste, dass Malachias mich beobachtete, und deshalb bin ich sofort ins Skriptorium zurückgegangen. Und als mir Malachias dann den Posten seines Gehilfen anbot, habe ich ihn in meine Zelle geführt und ihm das Buch gegeben. Das war alles.«

»Willst du mir weismachen, dass du es nicht einmal aufgeschlagen hast?«

»Doch, ich habe es ganz kurz aufgeschlagen, um mich zu vergewissern, ob es auch wirklich das gesuchte war. Es begann mit einem arabischen Text, denn kam einer, der mir syrisch erschien, dann ein lateinischer und schließlich ein griechischer...«

Ich entsann mich der vier Titel, die wir vorhin im Katalog gelesen hatten. Die ersten beiden waren mit »ar.« und »syr.« bezeichnet. Es war wirklich *das Buch*! Aber schon stieß William nach: »Du hast es also berührt und bist nicht daran gestorben. Man stirbt also nicht an der bloßen Berührung! Nun zu dem griechischen Text: Was kannst du mir darüber sagen? Hast du ihn angesehen?«

»Nur ganz kurz, gerade lang genug, um festzustellen, dass er keinen Titel trug und mitten im Satz begann, als ob der Anfang fehlte...«

»*Liber acephalus...*«, murmelte William.

»Ich habe die erste Seite zu lesen versucht, aber um ehrlich zu sein, ich kann nicht besonders gut Griechisch, ich hätte mehr Zeit dafür gebraucht. Außerdem gab es da noch eine andere Besonderheit, die meine Neugier weckte, gerade bei den griechischen Seiten. Ich habe den Text nicht ganz durchgeblättert, weil es nicht ging: Die Seiten waren... wie soll ich sagen... wie durchtränkt von Feuchtigkeit, sie ließen sich kaum voneinander lösen. Zumal das Pergament irgendwie seltsam war, weicher als sonst Pergamente... Die Art, wie die erste Seite zerfaserte, fast zerfiel, das war... nun ja, eben seltsam...«

»Seltsam – denselben Ausdruck benutzte auch Severin«, warf William ein.

»Das Pergament sah nicht wie Pergament aus... eher wie Stoff, aber ganz dünner...«

»*Charta lintea* oder, wie die Spanier sagen, *pergamino de pano!*« rief William aus. »Leinenpapier! Hast du das noch nie gesehen?«

»Gehört habe ich schon davon, aber gesehen habe ich's, glaub ich, noch nie. Es soll sehr teuer sein und sehr empfindlich. Deswegen wird es selten benutzt. Die Araber stellen es her, nicht wahr?«

»Sie waren die ersten, aber es wird auch hier in Italien hergestellt, in Fabriano. Und auch... aber ja, natürlich!« Williams Augen funkelten plötzlich. »Was für eine schöne und interessante Entdeckung! Bravo, Benno, jetzt wird mir vieles klar! Papier ist vermutlich sehr selten in dieser Bibliothek, weil sie in den letzten Jahrzehnten nicht viele neue Bücher erworben hat. Außerdem fürchten viele, dass es die Jahrhunderte nicht so gut überdauert wie Pergament, und das stimmt wohl auch. Man stelle sich vor, sie wollten hier etwas haben, das nicht dauerhafter als Bronze ist... Papier also, sieh mal an! Sehr gut, Benno, ich danke dir. Und hab keine Angst mehr, du bist außer Gefahr.«

»Wirklich, William? Seid Ihr sicher?«

»Ganz sicher. Wenn du auf deinem Posten bleibst. Du hast schon genug angerichtet.«

Wir ließen Benno ruhiger, wenn auch noch nicht vollends beruhigt zurück und gingen durch das Skriptorium hinaus. »So ein Idiot!« knurrte William auf der Treppe. »Wir hätten den ganzen Fall schon aufklären können, wenn er nicht dazwischengekommen wäre... Unten im Refektorium stießen wir auf den Abt. William bat ihn um eine Unterredung. Abbo konnte nicht länger ausweichen und sagte, wir sollten ein paar Minuten später in seine Wohnung kommen. Draußen war es jetzt klar, ein leichter Wind hatte sich erhoben.

Sechster Tag

Nona

Worin der Abt nicht hören will, was ihm William zu sagen hat, sich statt dessen über die Sprache der Edelsteine verbreitet und den Wunsch äußert, dass die peinlichen Vorfälle in der Abtei nicht weiter ergründet werden.

Die Wohnung des Abtes lag hoch über dem Kapitelsaal. Aus den Fenstern des großen und luxuriös ausgestatteten Raumes, in welchem er uns empfing, konnte man hinter dem Dach der Kirche den massigen Quader des Aedificiums aufragen sehen.

Der Abt stand vor einem der hohen Spitzbogenfenster und bewunderte ihn gerade.

»Herrliches Bauwerk!« rief er aus und wies mit großer Gebärde hinüber. »Seht, wie es in seinen Proportionen die Goldene Regel aufnimmt, die einst den Bau der Arche beherrschte. Drei Stockwerke übereinander, denn drei ist die Zahl der Dreifaltigkeit, drei Engel besuchten Abraham, drei Tage verbrachte Jonas im Bauche des Wals, drei Tage lag Jesus im Grabe, desgleichen auch Lazarus. Dreimal bat Christus seinen Vater, er möge den Kelch an ihm vorübergehen lassen, dreimal zog er sich zurück, um mit den Aposteln zu beten, dreimal verleugnete Petrus den Herrn, und dreimal zeigte der Auferstandene sich den Seinen. Drei an der Zahl sind die theologalen Tugenden, drei die heiligen Sprachen, drei die Teile der Seele, drei die Klassen verständiger Wesen: Engel, Menschen und Dämonen, drei die Arten des Tones: *vox, flatus* und *pulsus*, drei auch die Epochen der Menschheitsgeschichte: vor, während und nach dem Gesetz!«

»Wunderbarer Einklang so vieler mystischer Entsprechungen!« stimmte William zu.

»Doch auch der quadratische Grundriss«, fuhr der Abt fort, »ist reich an geistigen Lehren. Vier an der Zahl sind die Himmelsrichtungen, die Jahreszeiten, die Elemente, die Temperamente, vier sind das Warme, das Kalte, das Feuchte, das Trockene, Geburt, Wachstum, Reife und Alter, die Arten der Lebewesen: am Himmel, auf Erden, in Luft und Wasser, die Grundfarben des Regenbogens und die Zahl der Jahre zwischen zwei Schalttagen.«

»Oh, gewiss«, pflichtete William bei. »Und drei plus vier ergibt sieben, eine mystische Zahl wie keine andere, und drei mal vier ergibt zwölf, die Zahl der Apostel, und zwölf mal zwölf ergibt einhundertvierundvierzig, die Zahl der Erwählten.« Und dieser letzten Bekundung mystischer Kenntnis der kosmischen Zahlenwelt hatte der Abt nichts hinzuzufügen. Was William Gelegenheit gab, zur Sache zu kommen.

»Wir sollten über die jüngsten Ereignisse reden, ich habe lange darüber nachgedacht«, begann er.

Der Abt drehte den Rücken zum Fenster und sah William streng an. »Zu lange, scheint mir. Ich will Euch gestehen, Bruder William, ich hatte mehr von Euch erwartet. Sechs Tage sind nun fast vergangen, seit Ihr hier eingetroffen seid, und in diesen sechs Tagen sind vier Mönche gestorben, zusätzlich zu Adelmus, und zwei wurden von der Inquisition verhaftet (zu Recht, gewiss, aber wir hätten diese Schande vermeiden können, wenn der Inquisitor nicht gezwungen gewesen wäre, sich mit den unaufgeklärten Verbrechen der letzten Tage zu beschäftigen), und das Treffen schließlich, dessen Vermittler ich war, hat eben aufgrund dieser Freveltaten höchst peinliche Resultate erbracht... Ihr werdet zugeben müssen, dass ich mir eine andere Lösung des Falles erhoffen durfte, als ich Euch bat, den Tod des Adelmus zu untersuchen...«

William schwieg verlegen. Der Abt hatte zweifellos recht. Ich erwähnte bereits zu Beginn dieser meiner Erzählung, wie sehr mein Meister es liebte, die anderen mit der Schnelligkeit seiner Deduktionen zu überraschen, und so war es nur logisch, dass er sich in seinem Stolz verletzt fühlte, wenn ihm jemand Langsamkeit vorwarf, noch dazu nicht ohne Grund.

»Ja, es ist wahr«, gab er zu, »ich habe die Erwartungen Eurer Erhabenheit nicht erfüllt, aber ich werde Euch sagen, warum. Diese Verbrechen entspringen nicht irgendeinem Zwist oder Hader zwischen einigen Mönchen, sondern beruhen auf Sachverhalten, die ihrerseits weit zurückreichen in die Geschichte dieser Abtei.«

Der Abt sah William beunruhigt an: »Was wollt Ihr damit sagen? Auch mir ist klar, dass der Schlüssel nicht in der verhängnisvollen Geschichte unseres ehemaligen Cellerars liegt, die sich mit einer anderen nur überschnitten hat. Doch diese andere eben, die ich vielleicht kenne, aber nicht erwähnen darf... diese andere Geschichte, so hoffte ich, würdet Ihr aufklären und mir erzählen können.«

»Ihr denkt an einen Vorfall, den Ihr in der Beichte erfahren habt...« Der Abt sah vage zum Fenster hinaus, und William fuhr fort: »Wenn Euer Hochwürden wissen will, ob ich weiß, ohne es von Euer Hochwürden erfahren zu haben, dass es unsittliche Beziehungen zwischen Berengar und Adelmus gegeben hat sowie zwischen Berengar und Malachias – nun, das weiß hier jeder...«

Der Abt errötete heftig: »Ich halte es nicht für angebracht, von solchen Dingen in Gegenwart dieses Novizen zu sprechen. Auch glaube ich nicht, dass Ihr jetzt, wo das Treffen der Legationen vorüber ist, seiner noch länger als Schreiber bedürft. Geh hinaus, Jüngling!« Ich tat gehorsam, wie mir geheißen. Doch neugierig, wie ich war, verharrte ich draußen eng an die Tür gelehnt, die ich einen Spaltbreit offen gelassen hatte, so dass ich den Dialog der beiden weiter verfolgen konnte.

William begann als erster wieder: »Nun, wie gesagt, diese unsittlichen Beziehungen hat es sicher gegeben, aber sie haben in den schmerzlichen Vorfällen dieser Tage nur eine Nebenrolle gespielt. Der Schlüssel ist ein anderer, und ich dachte, Ihr hättet ihn schon erraten. Das Ganze dreht sich um den Besitz eines Buches, das im Finis Africae verborgen lag, von dort entwendet worden war und nun durch Malachias' Bemühungen wieder dorthin zurückgelangt ist – ohne dass jedoch, wie Ihr gesehen habt, die Serie der Verbrechen damit ein Ende gefunden hätte.«

Eine lange Pause trat ein, dann hörte ich den Abt wieder sprechen, zögernd und mit gebrochener Stimme wie jemand, dem jäh etwas Schlimmes enthüllt worden ist: »Unmöglich... Ihr... Woher wisst Ihr vom Finis Africae? Habt Ihr mein Verbot missachtet? Seid Ihr in die Bibliothek eingedrungen?« William hätte natürlich die Wahrheit sagen müssen, aber dann wäre der Abt gewiss über alle Maßen zornig geworden. Andererseits wollte er selbstverständlich nicht lügen. So entschied er sich, auf die Frage mit einer Gegenfrage zu antworten: »Hochwürden, sagtet Ihr nicht in unserem ersten Gespräch, einem Manne wie mir, der Euren Rappen Brunellus so genau zu beschreiben vermochte, ohne ihn jemals gesehen zu haben, werde es sicher nicht schwerfallen, in seine Gedanken Orte mit einzubeziehen, zu denen er keinen Zugang hat?«

»Ah, so verhält es sich also«, sagte der Abt erleichtert. »Doch wie seid Ihr auf Eure Gedanken gekommen?«

»Es würde zu lange dauern, Euch das zu erzählen. Jedenfalls ist hier eine Serie von Untaten begangen worden, um zu verhindern, dass etwas ans Licht kommt, das nach dem Willen des Täters im dunkeln bleiben soll. Und inzwischen sind alle, die etwas wussten von den Geheimnissen der Bibliothek, sei's durch ihr Amt oder durch verbotene Schliche, tot. Nur einer lebt noch: Ihr.«

»Wollt Ihr insinuieren... wollt Ihr insinuieren...« Der Abt sprach wie einer, dem die Halsadern anschwellen.

»Missversteht mich nicht«, beschwichtigte ihn mein Meister, der vermutlich in der Tat etwas hatte insinuieren wollen. »Ich meine, es gibt hier jemanden, der Bescheid weiß und nicht will, dass außer ihm noch jemand anders Bescheid weiß, und Ihr seid jetzt der letzte, der außer ihm noch Bescheid weiß. Ihr könntet mithin das nächste Opfer sein... Es sei denn, Ihr sagt mir jetzt, was Ihr wisst über jenes verbotene Buch. Und vor allem: wer hier soviel weiß wie Ihr, wenn nicht gar noch mehr, über die Bibliothek... »Es ist kalt hier drinnen«, sagte der Abt. »Gehen wir lieber hinaus.«

Rasch verzog ich mich von meinem Horchposten an der Tür und wartete auf die beiden am oberen Ende der Treppe. Der Abt sah mich auf den Stufen sitzen und lächelte.

»Wieviel Beunruhigendes muss dieser arme Novize hier in den letzten Tagen gehört haben! Kopf hoch, Knabe, lass dich nicht zu sehr verwirren! Mir scheint, dein Meister sieht mehr Verwicklungen, als vorhanden sind.«

Er hob seine rechte Hand und ließ im Sonnenlicht einen kostbaren Ring erglänzen, den er als Zeichen seiner Macht am Ringfinger trug. Das Kleinod funkelte in der vollen Pracht seiner Edelsteine.

»Erkennst du ihn?« fragte er mich. »Er ist das Symbol meiner Macht, aber auch meiner Bürde. Kein Schmuck, sondern vielmehr ein leuchtendes Sinnbild des göttlichen Wortes, dessen Hüter ich bin.« Sanft streichelten seine Finger den Stein, will sagen das Gebirge der farbigen Steine, aus welchen dieses Meisterwerk menschlicher Kunst und gewachsener Natur bestand. »Hier der Amethyst«, erklärte er, »ein Spiegel der Demut, der uns an die Schlichtheit und Güte des Sankt Matthäus erinnert; hier der Chalzedon, Signum der Caritas, Symbol der Frömmigkeit Josephs und Sankt Jakobus' des Älteren; hier der Jaspis, Emblem des Glaubens, wird mit Sankt Petrus verbunden; hier der Sardonyx, Zeichen des Märtyrertums, gemahnt uns an Sankt Bartholomäus; hier der Saphir, Hoffnung und Kontemplation, Stein des Sankt Andreas und des Sankt Paulus; hier der Beryll, rechte Lehre, Wissenschaft, Großzügigkeit, ureigenste Tugenden des Sankt Thomas... Wie herrlich ist die Sprache der Edelsteine!« rief der Abt hingerissen, entrückt wie in einer Vision. »Die Steinschneider der Überlieferung gewannen sie aus der Amtstracht des Aaron und aus der Beschreibung des Himmlischen Jerusalem im Buche der Offenbarung; sind doch die Mauern Zions mit den gleichen Juwelen besetzt wie das Brustschild des Bruders Moses', abgesehen von Karfunkel, Achat und Onyx, die im Buche Exodus aufgeführt werden und in der Apokalypse ersetzt worden sind durch Chalzedon, Sardonyx, Chrysopras und Hyazinth.«

William wollte etwas sagen, doch der Abt gebot ihm mit einer Handbewegung zu schweigen. »Ich entsinne mich eines Litanials«, fuhr er fort, »in welchem jeder Stein beschrieben war und gereimt zur Ehre der Heiligen Jungfrau. Von ihrem Verlobungsring hieß es, er sei ein Symbolgedicht voller höherer Wahrheiten, ausgedrückt in der lapidaren Sprache der Edelsteine, die ihn schmückten. Jaspis für den Glauben, Chalzedon für die Caritas, Smaragd für die Reinheit, Sardonyx für die Stille des jungfräulichen Lebens, Rubin für das blutende Herz auf dem Kalvarienberg, Chrysolith mit seinem vielfarbigen Funkeln für die Vielfalt der Wunder Mariä, Hyazinth für die Mildtätigkeit, Amethyst mit seinem Schillern von Rosa zu Blau für die Liebe zu Gott... Doch eingelegt in die Fassung waren noch andere Substanzen, nicht minder beredte, so der Kristall, der auf die Keuschheit der Seele und des Leibes verweist, der Lynkur, der dem Bernstein ähnelt, Symbol der Mäßigung, und der Magnet, der Eisen anzieht, wie die Jungfrau Maria die Saiten der reuigen Herzen anrührt mit dem Bogen ihrer Güte... Lauter kostbare Minerale also, die hier, wie du siehst, wenngleich in winziger und bescheidenster Dimension, auch meinen Ring schmücken.«

Er bewegte die Hand und blendete mir die Augen mit dem Gefunkel des Ringes, als wollte er mich betäuben. »Eine wundervolle Sprache, nicht wahr? Für andere Patres bedeuten die Edelsteine noch anderes. Für Papst Innozenz III. verweist der Rubin auf die Ruhe und auf die Geduld und der Granat auf die Caritas. Für Sankt Bruno bündelt der Aquamarin in der Kraft seines klaren Leuchtens die theologische Wissenschaft. Türkis bezeichnet die Freude, Sardonyx evoziert die Seraphim, Topas die Cherubim, Jaspis die Throne, Chrysolith die Herrschaften, Saphir die Tugenden, Onyx die Mächte, Beryll die Fürstentümer, Rubin die Erzengel und Smaragd die Engel. Die Sprache der Edelsteine ist vielgestaltig, jeder drückt mehrere Wahrheiten aus, je nachdem, aus welcher Sicht man ihn liest und in welchem Kontext er aufscheint. Wer aber entscheidet, auf welcher Stufe man ihn zu deuten hat und welcher Kontext der richtige ist? Du weisst es, Novize, deine Lehrer haben es dich gelehrt: kein anderer als die Auctoritas, der sicherste Kommentator von allen, der mit dem größten Ansehen, folglich auch mit der reinsten Heiligkeit! Wie anders könnte man sonst die vielgestaltigen Zeichen deuten, die uns die Welt vor unsere sündigen Augen hält? Wie den Zweideutigkeiten entgehen, in die der Böse uns einzufangen versucht? Merke, mein Sohn: Nichts ist dem Teufel so sehr verhasst wie die Sprache der Edelsteine, die heilige Hildegard hat es bezeugt! Luzifer, der gefallene Engel, sieht darin eine Botschaft, die auf verschiedenen Sinn- oder Wissensstufen erstrahlt, und er möchte sie umkehren und auf den Kopf stellen, denn er erkennt im Strahlen der Steine den Widerschein jener Herrlichkeiten, die er einst vor dem Fall besaß, und er weiß, dass dieses Funkeln hervorgebracht wird vom Feuer, seiner Tortur...« Der Abt reichte mir seinen Ring zum Kuss, und ich kniete nieder. Er strich mir sanft übers Haar. »So vergiss denn nun, Jüngling, vergiss die zweifellos unwahren Dinge, die du gehört hast in diesen Tagen. Du bist in den größten und edelsten aller Orden eingetreten, ich bin ein Abt dieses Ordens, du stehst unter meiner Jurisdiktion. Vernimm also meinen Befehl: Vergiss, und mögen deine Lippen für immer versiegelt bleiben! Schwöre!«

Bewegt, betört, überwältigt, wie ich war, hätte ich sicher geschworen – und du, lieber Leser, könntest nun nicht diese meine getreue Chronik lesen. Doch da griff William ein, nicht so sehr, um mich am Schwören zu hindern, als vielmehr aus instinktivem Widerwillen, aus Überdruss, um dem Abt in die Parade zu fahren, um den Zauber zu brechen, den er aufgebaut hatte mit seinen beschwörenden Worten und Gesten.

»Was hat der Junge damit zu tun? *Ich* habe Euch eine Frage gestellt, *ich* habe Euch vor einer Gefahr gewarnt, *ich* habe Euch gebeten, mir einen Namen zu nennen! Wollt Ihr, dass auch *ich* den Ring küsse und Euch schwöre, alles sofort zu vergessen, was ich hier gehört und gesehen habe?«

»Oh, Ihr...«, versetzte der Abt melancholisch. »Nein, von einem Bettelbruder erwarte ich nicht, dass er die Schönheiten unserer Tradition versteht, noch dass er die Zurückhaltung, die Geheimnisse, die Mysterien der Caritas respektiert... jawohl, der Caritas, und den Sinn für die Ehre, und das Schweigegebot, auf dem unsere Größe beruht... Ihr habt mir von einer sonderbaren Geschichte erzählt, von einer ganz und gar unglaubwürdigen. Ein verbotenes Buch und jemand, der etwas weiß, was nur ich allein wissen dürfte... Märchen, sinnlose Spekulationen! Faselt nur weiter davon, niemand wird es Euch glauben! Und selbst wenn etwas Wahres dran wäre an Eurer phantastischen Rekonstruktion... Wohlan, es fällt jetzt alles wieder unter meine Kontrolle, in meine Verantwortung. Ich werde es kontrollieren, ich habe die nötigen Mittel und die Autorität! Es war von Anfang an falsch, einen Außenstehenden zu bitten, wie klug und vertrauenswürdig er auch sein mochte, einen Vorfall zu untersuchen, der allein in meine Zuständigkeit fällt... Aber Ihr habt es ja nun entdeckt, Ihr habt es mir auch gesagt, ich dachte gleich, dass es um eine Verletzung des Keuschheitsgebotes ging, und ich wollte, unklugerweise, dass mir ein anderer sage, was ich unter dem Siegel des Beichtgeheimnisses erfahren... Wohlan, Ihr habt es mir nun gesagt. Ich bin Euch sehr dankbar für alles, was Ihr getan habt oder zu tun versuchtet. Das Treffen der beiden Legationen ist vorüber, Eure Mission in dieser Abtei ist beendet. Ihr werdet gewiss schon dringlich am Hofe des Kaisers erwartet, auf einen Mann von Euren Qualitäten verzichtet man ungern lange. Ich erteile Euch die Erlaubnis zur Abreise aus der Abtei. Für heute ist es vielleicht zu spät, ich möchte nicht, dass Ihr nach Sonnenuntergang noch unterwegs seid, die Straßen sind unsicher. Brecht morgen früh zeitig auf. Nein, dankt mir nicht, es war mir ein Vergnügen, Euch als Bruder unter den Brüdern hier zu haben und Euch zu beehren mit unserer Gastlichkeit. Ihr könnt Euch zurückziehen mit Eurem Schüler, um Euer Reisegepäck zu richten. Verabschieden werden wir uns morgen früh bei Sonnenaufgang. Nehmt meinen Dank aus vollem Herzen. Natürlich braucht Ihr Eure Untersuchung nicht länger fortzusetzen. Stört die Mönche nicht weiter. Geht unbesorgt.«

Es war mehr als eine Entlassung, es war ein regelrechter Hinauswurf. William grüßte, und wir gingen.

»Was soll denn das jetzt bedeuten?« fragte ich noch auf der Treppe. Ich verstand überhaupt nichts mehr.

»Versuch doch mal, eine Hypothese aufzustellen. Du müsstest inzwischen gelernt haben, wie man das macht.«

»Wenn ich's gelernt habe, Meister, dann hab ich gelernt, dass ich mindestens zwei Hypothesen aufstellen muss, eine der anderen entgegengesetzt und beide recht unwahrscheinlich. Also gut...« Ich schluckte, Hypothesenaufstellen ist eine schwierige Sache. »Erste Hypothese: Der Abt wusste bereits alles und dachte, Ihr hättet nichts herausgefunden. Er hatte Euch mit der Untersuchung beauftragt, nachdem Adelmus umgekommen war, aber allmählich ging ihm dann auf, dass die Geschichte viel komplizierter ist und irgendwie auch ihn selbst betrifft, und nun will er nicht, dass Ihr diesen Zusammenhang aufdeckt... Zweite Hypothese: Der Abt hat nie irgendwas geahnt (wovon, weiß ich allerdings nicht, weil ich nicht weiß, woran Ihr jetzt denkt). Er dachte die ganze Zeit, es ginge bloß um einen Streit zwischen... sodomitischen Mönchen. Nun habt Ihr ihm die Augen geöffnet, er hat begriffen, dass etwas Schreckliches in der Abtei vorgeht, er denkt auch an einen bestimmten Namen, er hat eine klare Vorstellung von dem Schuldigen. Aber er will jetzt die Sache allein beenden und Euch loswerden, um die Ehre der Abtei zu retten...«

»Gute Arbeit, Adson, du fängst allmählich an, richtig zu kombinieren. Aber nun siehst du auch, dass dieser famose Abt in beiden Fällen hauptsächlich um den guten Ruf seines Klosters besorgt ist. Ob Mörder oder nächstes Opfer, in keinem Fall will er, dass man sich draußen im Lande unschöne Dinge erzählt über diese ach so heilige Bruderschaft! Ah, zum...«, William geriet allmählich in Wut. »Dieser Bastard eines Feudalherren, dieser gespreizte Pfau, berühmt geworden durch seine Leichenträgerdienste am toten Aquinaten! Dieser verfressene, aufgeblasene Puter, der nur existiert, weil er so ein talergroßes Glitzerding am Ringfinger trägt! Herrenrasse, arrogante, eingebildet und hochnäsig, wie ihr alle seid, ihr Cluniazenser, schlimmer noch als die weltlichen Fürsten, gräflicher als die Grafen...«

»Meister!« wagte ich vorwurfsvoll einzuwerfen.

»Schweig, du kommst aus der gleichen Brut! Ihr seid allesamt keine einfachen Leute, auch keine Kinder einfacher Leute! Wenn euch ein armer Teufel begegnet, nehmt ihr ihn schon mal gnädig auf, aber wir haben's ja gestern gesehen, ihr zögert nicht, ihn dem weltlichen Arm auszuliefern, wenn er was angestellt hat. Nie aber einen der euren, mag er auch noch so schlimme Verbrechen begangen haben, die eigenen Leute werden immer gedeckt! Abbo ist fähig, den Mörder zu stellen und eigenhändig niederzustechen, in der Krypta vielleicht, um dann seine sterblichen Reste auf die Reliquienschreine zu verteilen – Hauptsache, nichts dringt nach draußen und die Ehre der Abtei bleibt gewahrt! Man stelle sich vor: Ein Franziskaner, ein plebejischer Minorit, der das Gewürm unter diesen heiligen Steinen freilegt! Unmöglich, das muss verhindert werden, das kann dieser Gockel von Abt um keinen Preis zulassen! Vielen Dank, Bruder William, der Kaiser braucht Euch, Ihr habt gesehen, was für einen schönen Ring ich trage, lebt wohl... Aber jetzt ist mein Gegner nicht mehr bloß Abbo, jetzt ist mein Gegner und Herausforderer der ganze Fall, und ich werde diese Abtei nicht verlassen, bevor ich weiß, was hier vorgeht! Abbo will, dass ich morgen früh gehe? Gut, er ist der Herr, aber bis morgen früh muss ich's wissen. Ich *muss.*«

»Ihr müsst? Wer zwingt Euch jetzt noch?«

»Niemand zwingt uns zu wissen, Adson. Wir müssen einfach. Auch um den Preis, nicht recht zu begreifen.«

Ich war noch immer verwirrt und betroffen von Williams bösen Worten gegen meinen Orden und seine Äbte, und so versuchte ich, Abbo ein wenig zu rechtfertigen, indem ich eine dritte Hypothese aufstellte – was ich, wie mir schien, nun schon recht gut konnte: »Meister, Ihr habt eine dritte Möglichkeit außer acht gelassen. Wir haben in diesen Tagen bemerkt, und heute morgen erschien es uns schon ganz klar, nach allem Gemunkel, das wir zuerst von Nicolas und dann in der Kirche aufgeschnappt hatten: Es gibt hier eine Gruppe von italienischen Mönchen, die unzufrieden mit den ausländischen Bibliothekaren sind und dem Abt vorwerfen, er habe die Tradition der Abtei verraten, und soweit ich begriffen habe, verstecken sich diese Mönche hinter dem alten Alinardus, den sie wie ein Banner vor sich hertragen, um ein anderes Regiment der Abtei zu fordern. Das habe ich ganz gut begriffen, denn auch als Novize hat man im Kloster schon oft von solchen Streitigkeiten, Fehden und Machenschaften gehört. Also fürchtet nun Abbo vielleicht, Eure Enthüllungen könnten seinen Gegnern eine Waffe liefern, und will das ganze Problem mit großer Behutsamkeit lösen...«

»Möglich. Trotzdem bleibt er ein aufgeblasener Puter und wird sich umbringen lassen...«

»Aber was haltet Ihr von meiner Deduktion?«

»Das sag ich dir später.«

Wir waren unterdessen im Kreuzgang. Der Wind blies immer heftiger, es fing bereits zu dunkeln an, obwohl die neunte Stunde erst gerade vergangen war. Uns blieb nur noch wenig Zeit. Zur Vesper würde der Abt gewiss den Mönchen verkünden, dass William kein Recht mehr hatte, überall einzudringen und Fragen zu stellen.

»Es ist spät«, sagte William, »und wenn man nicht mehr viel Zeit hat, darf man auf keinen Fall die Ruhe verlieren. Wir müssen so handeln, als hätten wir noch eine Ewigkeit vor uns. Ich habe ein Problem zu lösen: wie man ins Finis Africae eindringt. Dort liegt gewiss der Schlüssel zum Ganzen. Außerdem müssen wir jemanden retten, ich habe nur noch nicht entschieden, wen. Und seien wir schließlich darauf gefasst, dass etwas beim Pferdestall geschieht, behalt ihn bitte im Auge... He, sieh mal, was hier plötzlich für ein Gerenne ist...«

Tatsächlich, der Platz zwischen Kreuzgang und Aedificium war auf einmal ungewöhnlich belebt. Eben erst war ein Novize aus der Wohnung des Abtes gekommen und zum Aedificium gelaufen. Nun kam Nicolas aus der Küche und eilte zum Dormitorium. In einer Ecke sahen wir Aymarus, Petrus und Pacificus eifrig auf Alinardus einreden, als wollten sie ihn zu irgend etwas bewegen.

Dann fassten sie offenbar einen Beschluss. Aymarus nahm den immer noch zögernden Greis beim Arm und führte ihn zum Kapitelsaal. Sie hatten gerade den Eingang zur Wohnung des Abtes erreicht, da kam Nicolas aus dem Dormitorium und führte Jorge in dieselbe Richtung. Er sah die beiden anderen hineingehen, raunte dem Blinden etwas zu, der schüttelte den Kopf, und sie gingen weiter.

»Der Abt nimmt die Lage in die Hand...«, murmelte William skeptisch. Aus dem Aedificium kamen immer mehr Mönche, die um diese Zeit im Skriptorium hätten arbeiten sollen, gefolgt von Benno, der uns erblickte und sofort auf uns zueilte, sichtlich voller Besorgnis.

»Im Skriptorium gärt es«, sprudelte er hervor. »Niemand arbeitet mehr, alle tuscheln aufgeregt miteinander... Was ist los?«

»Der Teufel ist los«, sagte William seelenruhig. »Seit heute morgen sind alle Hauptverdächtigen tot. Zuerst waren alle vor dem lasziven, dummen und treulosen Berengar auf der Hut, dann vor dem häresieverdächtigen Cellerar und schließlich vor dem ungeliebten und vielbeneideten Bibliothekar. Nun wissen sie nicht mehr, vor wem sie auf der Hut sein sollen, sie brauchen dringend einen Bösewicht oder Sündenbock, und jeder verdächtigt den anderen. Einige haben Angst, wie du zum Beispiel, andere haben beschlossen, jemandem Angst zu machen. Alle seid ihr entschieden zu aufgeregt. Adson, schau immer wieder mal nach dem Pferdestall. Ich gehe jetzt, um mich ein Stündchen hinzulegen.«

Ich hätte mich wundern sollen: Sich ein Stündchen hinzulegen, wenn einem nur noch wenige Stunden bleiben, das schien nicht gerade die klügste Entscheidung zu sein. Doch inzwischen kannte ich meinen Meister: Je entspannter sein Körper war, desto fieberhafter arbeitete sein Geist.

Sechster Tag

Von Vesper bis Komplet

Worin in kurzen Worten von langen Stunden der Wirrnis berichtet wird.

Es fällt mir schwer zu berichten, was in den folgenden Stunden geschah.

William war fort. Ich trieb mich in der Nähe des Pferdestalles herum, ohne jedoch etwas Außergewöhnliches zu bemerken. Die Knechte versorgten die Tiere, die etwas unruhig waren wegen des starken Windes, aber sonst war alles ruhig.

Ich ging zum Vespergottesdienst. Alle saßen bereits auf ihren Plätzen, doch der Abt stellte fest, dass Jorge fehlte. Mit einer Handbewegung hieß er die Mönche warten. Benno solle den Fehlenden suchen. Benno war nicht da. Jemand meinte, er sei wohl gerade dabei, das Skriptorium für die nächtliche Schließung herzurichten. Der Abt erwiderte ärgerlich, es sei doch ausdrücklich festgelegt worden, dass Benno nichts zu verschließen habe, da er die Regeln nicht kenne. Aymarus erhob sich: »Wenn Eure Väterlichkeit erlaubt, gehe ich ihn holen...«

»Niemand hat dich darum gebeten!« fuhr der Abt ihn schroff an, und Aymarus setzte sich wieder, nicht ohne Pacificus einen vielsagenden Blick zuzuwerfen. Der Abt rief Nicolas, doch der war auch nicht da. Etliche erinnerten ihn daran, dass Nicolas vom Vespergottesdienst dispensiert war, weil er zu dieser Stunde das Abendmahl vorbereiten musste. Abbo tat eine ungehaltene Geste, sichtlich verärgert, dass alle sehen konnten, wie nervös er war.

»Ich will Jorge hier haben!« rief er gereizt. »Man gehe ihn suchen! Geh du!« befahl er dem Novizenmeister.

Jemand wies ihn daraufhin, dass auch Alinardus fehlte. »Das weiß ich«, schnaubte der Abt. »Es geht ihm nicht gut.«

Ich saß hinter Petrus von Sant'Albano und hörte, wie er leise, in einem italienischen Dialekt, den ich halbwegs verstand, zu seinem Nachbarn Gunzo von Nola sagte: »Das glaube ich ihm aufs Wort. Vorhin nach dem Gespräch war der arme Alte ganz durcheinander. Abbo verhält sich wie die Hure von Avignon!«

Die Novizen wurden zunehmend unruhig, sie spürten mit der Feinfühligkeit unwissender Kinder die Spannung, die sich im Chor verbreitete, ganz wie auch ich sie spürte. Es vergingen ein paar lange Augenblicke betretenen Schweigens. Dann befahl der Abt, einige Psalmen zu singen, und nannte aufs Geratewohl drei, die aber nicht in der Regel für Vesper vorgesehen waren. Alle blickten einander an, dann setzten sie sich zurecht und begannen zu beten. Schließlich kam der Novizenmeister zurück, gefolgt von Benno, der gesenkten Hauptes seinen Platz einnahm. Jorge war weder im Skriptorium noch in seiner Zelle zu finden gewesen. Der Abt befahl, mit dem Gottesdienst zu beginnen.

Als er zu Ende war und die Mönche ins Refektorium strömten, ging ich zu William, um ihn zu holen. Er lag lang ausgestreckt, bekleidet und reglos, auf seiner Matte. Er sagte, er habe gar nicht gemerkt, wie die Zeit vergangen sei. Ich erzählte ihm kurz, was geschehen war. Er schüttelte nur den Kopf.

Auf der Schwelle zum Refektorium trafen wir Nicolas. Vor zwei Stunden hatte er Jorge zum Abt geführt. William fragte ihn, ob der Alte sofort hineingegangen sei. Nein, sagte Nicolas, er habe lange vor der Tür warten müssen, da Alinardus und Aymarus noch drin gewesen seien. Dann sei Jorge hineingegangen und eine Weile drin geblieben, während er, Nicolas, draußen auf ihn gewartet habe, und anschließend habe sich Jorge von ihm in die Kirche bringen lassen, die um diese Zeit, eine Stunde vor Vesper, noch ganz leer gewesen sei.

Der Abt erschien und sah uns mit Nicolas reden. »Bruder William, fahndet Ihr immer noch?« fragte er, bat jedoch meinen Meister wie üblich an seinen erhöhten Tisch. Die Gastlichkeit der Benediktiner ist heilig.

Das Mahl verlief schweigsamer als gewöhnlich und in gedrückter Stimmung. Abbo stocherte lustlos in seinem Teller herum, sichtlich von trüben Gedanken geplagt. Am Ende mahnte er alle, sich rasch zur Komplet zu begeben.

Alinardus und Jorge fehlten noch immer. Flüsternd zeigten die Mönche einander den leeren Platz des Blinden. Nach dem Schlussgebet forderte der Abt die versammelten Mönche auf, ein besonderes Gebet für das Heil ihres Mitbruders Jorge von Burgos zu sprechen. Er ließ offen, ob er das leibliche oder das seelische Heil des Vermissten meinte, und alle begriffen, dass sich ein neues Unheil über dieser geschlagenen Gemeinde zusammenbraute. Danach befahl der Abt allen, sofort in ihre Zellen zu gehen. Niemand, sagte er und betonte das Wort mit großem Nachdruck, niemand dürfe noch aufbleiben und sich außerhalb des Dormitoriums bewegen! Als erste strömten die verängstigten Novizen hinaus, gesenkten Kopfes, die Kapuzen übergezogen, ohne das übliche leise Getuschel, Gezische, Gelächter und heimliche Geknuffe, mit dem sie einander sonst zu necken pflegten (denn Novizen sind, wiewohl angehende Mönche, im Grunde immer noch Kinder, und trotz der Rügen ihrer gestrengen Meister benehmen sie sich, ihrem zarten Alter gemäß, oft kindisch).

Als die Erwachsenen aus der Kirche gingen, mischte ich mich unauffällig unter die Gruppe derer, die ich längst als »die Italiener« zu betrachten pflegte. Pacificus raunte gerade zu Aymarus: »Glaubst du, dass Abbo wirklich nicht weiß, wo Jorge steckt?« Und Aymarus raunte zurück: »Wer weiß, vielleicht weiß er es sehr genau, vielleicht weiß er sogar, dass Jorge von dort, wo er steckt, niemals wiederkehren wird... Vielleicht hat der Alte zuviel gewollt, und nun hat Abbo genug von ihm...«

Während William und ich so taten, als ob wir brav ins Pilgerhaus gingen, sahen wir, wie der Abt durch die noch unverschlossene Pforte des Refektoriums ins Aedificium schlüpfte. William wartete eine Weile und horchte. Dann, als sich weit und breit nichts mehr rührte, winkte er mir. Rasch eilten wir über den leeren Hof zurück in die Kirche.

Sechster Tag

Nach Komplet

Worin William sozusagen durch puren Zufall entdeckt, wie man ins Finis Africae eindringt.

Wir schmiegten uns wie zwei finstere Meuchelmörder nahe dem Hauptportal an eine Säule, von wo aus wir gut die linke Seitenkapelle mit dem Schädelaltar beobachten konnten.

»Abbo ist ins Aedificium gegangen, um es für die Nacht zu verschließen«, flüsterte William. »Wenn er die Pforten von innen verriegelt hat, kann er nur durchs Ossarium herauskommen.«

»Und dann?«

»Dann werden wir sehen, was er tut.«

Wir sahen es leider nicht. Nach einer vollen Stunde war Abbo immer noch nicht erschienen. Er könnte ins Finis Africae gegangen sein, meinte ich. Schon möglich, sagte mein Meister. Bereit, eine ganze Reihe von Hypothesen aufzustellen, äußerte ich die Vermutung, er sei vielleicht noch einmal durchs Refektorium hinausgegangen, um Jorge zu suchen. Auch das sei möglich, sagte mein Meister.

»Vielleicht ist Jorge schon tot«, spekulierte ich weiter. »Vielleicht ist er im Aedificium und tötet gerade den Abt. Vielleicht sind beide woanders hinausgegangen, und ein Dritter lauert ihnen jetzt gerade irgendwo auf. Was führen die Italiener im Schilde? Und warum war Benno vorhin so verängstigt? Ist seine Angst womöglich nur eine Maske, die er sich aufgesetzt hat, um uns zu täuschen? Warum hat er sich während des Vespergottesdienstes im Skriptorium zu schaffen gemacht, wo er doch weder wusste, wie man es schließt, noch wie man es dann verlässt? Wollte er etwa das Labyrinth erkunden?«

»All das ist möglich«, sagte William. «Aber nur eins davon ist geschehen oder wird geschehen oder geschieht gerade.

Und in jedem Falle schenkt uns Gottes Barmherzigkeit jetzt eine schöne Gewissheit.«

»Welche?«

»Dass Bruder William von Baskerville, der inzwischen alles begriffen zu haben glaubt, leider noch immer nicht weiß, wie man ins Finis Africae eindringt. Zu den Pferden, Adson, zu den Pferden!«

»Und wenn uns der Abt begegnet?«

»Tun wir, als wären wir zwei Gespenster.«

Keine sehr praktikable Lösung, so schien mir, doch ich schwieg. William wurde allmählich nervös. Wir verließen die Kirche durchs Nordportal und gingen über den Friedhof, wo heftige Windböen durch die Bäume heulten und ich zum himmlischen Vater flehte, er möge uns nicht zwei Gespenstern begegnen lassen, gab es doch in dieser Nacht keinen Mangel an friedlosen Seelen. Wir erreichten den Stall und hörten die Pferde unruhig schnauben wegen des Aufruhrs der Elemente. Am Haupttor des flachen, langgestreckten Gebäudes war in Brusthöhe ein Metallgitter, über welches man zu den Tieren hineinsehen konnte. Wir gewahrten im Dunkeln die Konturen der Pferde, und ich erkannte den Rappen Brunellus, denn er war der erste links. Das dritte Pferd in der Reihe hob den Kopf, als es unsere Anwesenheit bemerkte, und wieherte kurz. Ich musste lachen. *»Tertius equi«*, sagte ich vor mich hin.

»Was?« fragte William.

»Nichts, mir ist nur gerade der arme Salvatore eingefallen. Er wollte mit diesem Pferd was weiß ich für einen verrückten Zauber anstellen, und er bezeichnete es in seinem komischen Küchenlatein als *tertius equi*... Das wäre das *u*...«

»Das *u*?« fragte William, der meinem Geplapper ohne besondere Aufmerksamkeit zugehört hatte.

»Ja, weil *tertius equi* nicht ›das dritte Pferd‹ heißen würde, sondern ›der Dritte von Pferd‹, und der dritte Buchstabe von *equus* ist das *u*. Aber das ist bloß eine Kinderei...«

William starrte mich an, und mir schien, soweit ich's im Dunkeln sehen konnte, als ob sich seine Züge erhellten. »Gott segne dich, Adson!« rief er aus. »Natürlich, *suppositio materialis*, der Satz ist *de dicto* aufzufassen und nicht *de re*... Was war ich doch blöde!« Er schlug sich mit der flachen Hand an die Stirn, dass es klatschte und ich schon dachte, er hätte sich wehgetan. »Mein guter Junge, zum zweiten Mal spricht heute die Wahrheit aus deinem Munde, zuerst im Traum und jetzt im Wachen! Rasch, lauf in deine Zelle und hol die Lampen! Lass dich nicht sehen und komm gleich zurück zu mir in die Kirche! Los, frag nicht weiter, mach schnell!«

Ich rannte los, ohne Fragen u stellen. Die Lampen waren unter meiner Matratze, beide wohlgefüllt, denn ich hatte beizeiten vorgesorgt. Zündzeug trug ich bei mir. Ich drückte die beiden Geräte an mich und hastete in die Kirche.

William stand unter dem hohen Dreifuß und studierte das Pergament mit den Aufzeichnungen des Venantius.

»Adson«, empfing er mich aufgeregt, *»primum et septimum de quatuor* heißt nicht ›der Erste und Siebente der Vier‹, sondern ›*von* der Vier‹, von dem Wort *quatuor*!« Ich verstand nicht gleich, was er meinte, dann ging es mir auf wie eine Erleuchtung: *»Super thronos viginti quatuor!* Die Worte aus der Apokalypse! Die Inschrift über dem Spiegel!«

»Los, beeilen wir uns!« drängte William. »Vielleicht können wir jemandem noch das Leben retten!«

»Wem?« fragte ich, während er bereits die Schädel abtastete, um das Ossarium zu öffnen.

»Einem, der es nicht verdient hat«, erwiderte er, und schon eilten wir mit flackernden Lichtern durch den unterirdischen Gang.

Wie ich bereits geschildert habe, musste man am anderen Ende nach ein paar Stufen eine hölzerne Tür aufdrücken und befand sich in der Küche hinter dem Kamin, direkt unter der Wendeltreppe zum Skriptorium. Genau als wir diese Tür nun öffnen wollten, hörten wir zu unserer Linken ein dumpfes Klopfen. Es kam aus der Mauer neben der Tür, wo die Reihe der Nischen mit den Schädeln und Knochen endete. Anstelle der letzten Nische war eine Wand aus großen quadratischen Blöcken um einen alten Grabstein mit eingeritzten, verwitterten Monogrammen. Das Klopfen und Pochen kam, wie es schien, von dahinter oder darüber, es erklang bald neben uns, bald über unseren Köpfen.

Wäre dergleichen in der ersten Nacht geschehen, ich hätte sofort an die toten Mönche gedacht. Inzwischen erwartete ich mir Schlimmeres von den lebenden Mönchen. »Wer mag das sein?« fragte ich beklommen.

William drückte die Tür auf und trat hinter den Kamin. Das Klopfen war weiter zu hören, es kam jetzt aus der Wand neben der Wendeltreppe, als säße jemand in der Mauer gefangen, beziehungsweise in dem engen Raum, der sich vermutlich zwischen der Küchenwand und der Außenmauer des Ostturms befand.

»Da ist jemand eingeschlossen«, sagte William. »Ich habe mich immer gefragt, ob es in diesem Bauwerk voller Geheimgänge nicht noch einen zweiten Zugang zum Finis Africae gibt. Es gibt einen, wie du siehst: Im Ossarium öffnet man kurz vor der Küche eine verborgene Tür in der Wand und gelangt über eine zweite Treppe parallel zu dieser direkt nach oben in den zugemauerten Raum.«

»Und wer steckt jetzt hier drin?«

»Der andere. Der eine sitzt oben im Finis Africae, der andere wollte zu ihm hinauf, aber anscheinend hat der oben einen Mechanismus betätigt, mit dem man beide Türen blockieren kann, und nun sitzt der Besucher in der Falle. Und erstickt bald, denn vermutlich gibt es in dem engen Schlauch nicht viel Luft...«

»Aber wer ist es? Retten wir ihn!«

»Wer es ist, werden wir gleich erfahren. Und retten können wir ihn nur von oben, denn hier wissen wir nicht, wie man den Sperrmechanismus löst. Also rasch hinauf!«

In Windeseile waren wir im Skriptorium und kurz darauf im Labyrinth, wo wir rasch zum Südturm vordrangen. Gleichwohl musste ich mehr als einmal meinen Impetus zügeln, denn der heftige Wind, der in dieser Nacht durch die Mauerschlitze eindrang, staute sich in den verwinkelten Gängen, strich seufzend durch die Räume, bewegte die losen Blätter auf den Tischen, und immer wieder musste ich schützend die Hand über meine Flamme halten.

Dann standen wir vor dem Spiegel, diesmal wohlvorbereitet auf die entstellenden Abbilder unser selbst, mit denen er uns empfing. Wir hoben die Lampen und leuchteten auf die Inschrift über dem Rahmen: SUPER THRONOS VIGINTI QUATUOR... In der Tat, jetzt war das Rätsel gelöst: Das Wort QUATUOR hat sieben Buchstaben, wir mussten also das Q und das R bewegen. Ich brannte darauf, es unverzüglich zu tun, und stellte die Lampe auf den Tisch in der Mitte des Raumes, aber so unachtsam, dass die Flamme den Einband eines dort liegenden Buches umzüngelte.

»Pass auf, du Tölpel!« schrie William und löschte die Flamme. »Willst du die Bibliothek in Brand stecken?«

Ich entschuldigte mich und machte Anstalten, meine Lampe wieder anzuzünden, doch er unterbrach mich: »Lass nur, meine genügt. Nimm sie und leuchte mir, für dich ist die Inschrift zu hoch. Rasch!«

»Und wenn da drin ein Bewaffneter sitzt?« fragte ich, während sich William auf die Zehenspitzen erhob, um nach den schicksalsträchtigen Lettern der apokalyptischen Worte zu tasten.

»Halt das Licht höher, zum Teufel! Und hab keine Angst, Gott ist mit uns!« antwortete William recht inkohärent. Seine Finger berührten das Q von QUATUOR, und ich, der ich einige Schritte hinter ihm stand, konnte besser sehen, was er tat. Die Lettern waren, wie ich bereits erwähnt habe, ziemlich tief in die Mauer eingeschnitten, und die des Wortes QUATUOR hatten vermutlich einen Metallrahmen, der sich mit einem sinnreichen Mechanismus in der Mauer verband, denn als nun das Q eingedrückt wurde, erklang ein metallisches Klicken, und dasselbe geschah, als Williams Finger das R berührten. Der ganze Rahmen des Spiegels erbebte, die gläserne Fläche sprang ein Stück vor. Der Spiegel war eine Tür, die sich links um eine Angel drehte. William schob die Hand in den Spalt, der sich rechts zwischen Rahmen und Mauer aufgetan hatte, und zog. Knirschend öffnete sich die Tür uns entgegen. William glitt durch die Öffnung und ich hinterher, die Lampe hoch über den Kopf erhoben.

Zwei Stunden nach Komplet, am Ende des sechsten Tages, im Herzen der Nacht, die den siebenten Tag gebar, betraten wir endlich das Finis Africae.

Siebenter Tag

Siebenter Tag

Nacht

Worin der wundersamen Enthüllungen so viele sind, dass diese Überschrjft, um sie zusammenzufassen, so lang sein müsste wie das ganze Kapitel, was den Gebräuchen krass widerspräche.

Wir traten in einen Raum, der in Form und Größe den anderen drei Turmzimmern glich, aber stark nach abgestandener Luft und angeschimmelten Büchern roch. Meine erhobene Lampe erhellte zuerst das Deckengewölbe, dann erschienen, im gleichen Maße, wie ich den Arm nach rechts und links schwenkend langsam senkte, im flackernden Schein ringsum an den Wänden die Umrisse hoher Bücherregale. Schließlich gewahrten wir in der Mitte des Raumes einen Tisch voller Bücher und Pergamente, hinter dem jemand saß, der uns reglos im Dunkeln zu erwarten schien, sofern er überhaupt lebte. Noch ehe das Licht auf sein Antlitz fiel, sprach William ihn an.

»Guten Abend, ehrwürdiger Jorge. Hast du uns schon erwartet?«

Wir traten einen Schritt näher, und die Flamme erhellte das bleiche Gesicht des Alten, der uns ansah, als ob er uns sehen könnte.

»Bist du es, William von Baskerville? Ich habe dich seit heute nachmittag erwartet, als ich eine Stunde vor Vesper heraufkam, um mich hier einzuschließen. Ich wusste, dass du kommen würdest.«

»Und der Abt?« fragte William. »Ist er es, der sich unten auf der Geheimtreppe regt?«

Jorge zögerte einen Moment. »Lebt er noch?« fragte er dann. »Ich dachte, er sei schon erstickt.«

»Bevor wir unser Gespräch beginnen«, sagte William, »will ich ihn retten. Du kannst von hier aus öffnen.«

»Nein«, erwiderte Jorge mit müder Stimme, »ich kann es nicht mehr. Der Mechanismus wird von unten bedient, man drückt auf den Grabstein in der Mauer, worauf sich hier oben ein Hebel löst, der eine Tür öffnet, drüben hinter dem Schrank.« Er deutete hinter sich. »Du siehst dort neben dem Schrank ein Rad mit zwei Gegengewichten, das den Mechanismus von hier aus steuert. Als ich vorhin hörte, wie sich das Rad bewegte, wusste ich, dass der Abt unten eingedrungen war. Ich gab dem Seil, an dem die Gewichte hängen, einen kräftigen Ruck, so dass es zerriss. Nun ist der Geheimgang von beiden Seiten versperrt. Du könntest die Apparatur nicht wieder zusammenfügen. Der Abt ist ein toter Mann.«

»Warum hast du ihn getötet?«

»Heute nachmittag, als er mich rufen ließ, sagte er mir, er habe dank deiner Enthüllungen alles durchschaut. Er wisse nur noch nicht, was ich zu schützen versuchte – er hat nie richtig begriffen, was für Schätze diese Bibliothek enthält und welchen Zwecken sie dient. Er wollte, dass ich ihm erkläre, was er noch nicht wusste. Er verlangte die Öffnung des Finis Africae. Die Italiener hatten ihn aufgefordert, dem von mir und meinen Vorgängern hier genährten Geheimnis, wie sie es nannten, ein Ende zu setzen. Sie beben vor Gier nach Novitäten...«

»Und da musstest du dem Abt versprechen, hierherzugehen und deinem Leben ein Ende zu setzen, wie du es mit dem Leben der anderen getan hast, damit die Ehre der Abtei gewahrt bleibe und niemand etwas erfahre, nicht wahr? Du sagtest ihm, wie er hierherkommen könnte, um es später zu kontrollieren. Doch statt hier drin deinem Leben ein Ende zu setzen, hast du auf ihn gewartet, um ihn zu töten. Dachtest du nicht, dass er durch den Spiegel hereinkommen könnte?«

»Nein, Abbo war zu klein von Statur, er hätte die Inschrift nicht ohne fremde Hilfe erreichen können. Ich nannte ihm die Geheimtreppe, die ich als einziger in der Abtei noch kannte. Sie war es, die ich seit Jahren benutzt habe, sie ist bequemer im Dunkeln. Man braucht nur von der Seitenkapelle den Knochen der Toten zu folgen bis ans Ende...«

»So hast du ihn also herbestellt, um ihn zu töten.«

»Ich konnte mich nicht mehr auf ihn verlassen. Er hatte Angst. Sein Ruhm beruhte darauf, dass er einst in Fossanova einen Körper erfolgreich eine Wendeltreppe hinuntergeschafft hatte. Nun ist er tot, weil er seinen eigenen Körper nicht mehr hinaufzuschaffen vermochte.«

»Du hast ihn seit vierzig Jahren benutzt. Als du damals spürtest, dass dein Augenlicht nachließ und du die Bibliothek nicht länger würdest beherrschen können, hast du planvoll gehandelt. Du hast einen Mann deines Vertrauens zum Abt wählen lassen, du hast dafür gesorgt, dass dein Nachfolger in der Bibliothek erst Robert von Bobbio wurde, den du nach Belieben instruieren konntest, und dann Malachias, der vollkommen von dir abhängig war und keinen Schritt tun konnte, ohne dich vorher zu fragen. Vierzig Jahre lang bist du der heimliche Herrscher dieser Abtei gewesen. Das war es, was die Gruppe der Italiener begriffen hatte, das war es, was Alinardus immerfort wiederholte, doch niemand hörte auf ihn, weil er als schwachsinnig galt, nicht wahr? Aber nun hast du auch mich erwartet, und den Eingang durch den Spiegel konntest du nicht blockieren, weil der Mechanismus eingemauert ist. Warum hast du mich erwartet? Wie konntest du so sicher sein, dass ich kommen würde?« William fragte, doch es klang, als ob er die Antwort bereits erriet und sie nur als Preis für seine Geschicklichkeit hören wollte.

»Vom ersten Tage an war mir klar, dass du die Sache aufklären würdest. Ich merkte es an deiner Stimme, an der Art, wie du mich dazu brachtest, über Dinge zu diskutieren, die ich nicht erörtert zu haben wünschte. Du warst besser als die anderen, du würdest es irgendwie schaffen. Du weisst ja, man braucht nur die Gedankengänge des anderen im eigenen Kopf zu rekonstruieren. Dann hörte ich, wie du den Mönchen Fragen stelltest, immer die richtigen. Aber nie fragtest du nach der Bibliothek, als wären dir ihre Geheimnisse längst bekannt. Eines Nachts klopfte ich an deine Zellentür, und du warst nicht da. Sicherlich warst du hier. Aus der Küche waren zwei Lampen verschwunden, ich hörte es von einem der Diener. Als ich dich schließlich mit Severin über ein seltsames Buch reden hörte, vorgestern morgen im Narthex, da wusste ich, dass du mir auf der Spur warst.«

»Aber du hast es geschafft, mir das Buch zu entziehen. Du bist zu Malachias gegangen, der bis zu diesem Moment noch gar nichts begriffen hatte. Der Dummkopf war in seiner Eifersucht immer noch von dem Gedanken besessen, Adelmus habe ihm seinen geliebten Berengar weggenommen, den es allmählich nach jüngerem Fleisch verlangte. Er verstand nicht, was Venantius mit der Sache zu tun hatte, und du hast ihm den Kopf noch mehr verdreht. Du hast ihm gesagt, Berengar habe sich auf ein Verhältnis mit Severin eingelassen und habe ihm zur Belohnung ein Buch aus dem Finis Africae gegeben. Ich weiß nicht genau, was du ihm eingeredet hast, jedenfalls ist Malachias daraufhin, rasend vor Eifersucht, zu Severin gelaufen und hat ihn erschlagen. Aber er hatte nicht mehr die Zeit, nach dem Buch zu suchen, weil plötzlich Remigius erschien. War es so?«

»Mehr oder minder.«

»Allerdings wolltest du nicht, dass Malachias starb. Wahrscheinlich hat der Gute niemals die Bücher im Finis Africae angerührt, er vertraute dir und gehorchte deinen Verboten. Er beschränkte sich darauf, jeden Abend die Kräuter herzurichten, um eventuelle Eindringlinge abzuschrecken. Die Kräuter bekam er von Severin. Deswegen hat ihn auch Severin an jenem Morgen hereingelassen, er dachte, Malachias sei gekommen, um wie gewöhnlich die Kräuter zu holen, die er ihm jeden Tag frisch zubereiten musste auf Geheiß des Abtes. Hab ich's erraten?«

»Du hast es erraten. Ich wollte nicht, dass Malachias starb. Ich sagte ihm, er solle das Buch wieder holen, um jeden Preis, und es hierher zurückbringen, ohne es aufzuschlagen. Ich sagte ihm, es habe die Kraft von tausend Skorpionen. Doch zum ersten Male in seinem Leben wollte der Dummkopf selbständig handeln! Ich wollte seinen Tod nicht, er war ein getreuer Handlanger... Aber lass mich nicht wiederholen, was du längst weisst. Ich will deinen Stolz nicht nähren, dafür sorgst du schon selbst. Heute morgen im Skriptorium hörte ich, wie du den jungen Benno nach der *Coena Cypriani* fragtest. Da wusste ich, dass du der Wahrheit bereits sehr nahe warst. Ich weiß nicht, wie du das Rätsel des Spiegels gelöst hast, aber als ich vom Abt erfuhr, dass du ihm gegenüber das Finis Africae erwähnt hattest, war ich sicher, dass du binnen kurzem hier auftauchen würdest. Darum habe ich dich erwartet. Und nun sage mir, was du hier willst.«

»Ich will etwas sehen«, sagte William. »Ich will den letzten Text jenes Bandes sehen, der vorher einen arabischen Text, einen syrischen Text und eine Bearbeitung oder Abschrift der *Coena Cypriani* enthält. Ich will jene alte griechische Handschrift sehen, die vermutlich von einem Araber oder Spanier angefertigt worden ist und die du gefunden hast, als du dich damals, in deiner Eigenschaft als Adlatus des Paulus von Rimini, in deine Heimat schicken ließest, um die schönsten Codizes der Apokalypse aus León und Kastilien einzusammeln, eine Beute, die dir Ruhm und Achtung eintrug in dieser Abtei und den Posten des Bibliothekars, obwohl er eigentlich dem zehn Jahre älteren Alinardus gebührt hätte. Ich will den griechischen Codex sehen, der auf Leinenpapier geschrieben wurde, das damals noch überaus selten war, aber genau in Silos hergestellt wird, in der Nähe von Burgos, deiner Heimat. Ich will das Buch sehen, das du hier verwahrst, seit du es gelesen hast, weil du nicht willst, dass andere es lesen, das Buch, das du hier mit Hilfe allerlei raffinierter Machenschaften versteckt hältst und nicht zerstört hast, weil einer wie du keine Bücher zerstört, sondern hütet und vor fremden Blicken bewahrt. Ich will das zweite Buch der Poetik des Aristoteles sehen, das für alle Welt als verschollen oder niemals geschrieben gilt und dessen womöglich letzte Abschrift du hütest.«

»Was für ein großartiger Bibliothekar du geworden wärst, William von Baskerville!« sagte Jorge bewundernd und zugleich neidisch. »So weisst du nun wirklich alles! Komm, ich glaube, es steht ein Hocker auf deiner Seite des Tisches. Setz dich und lies. Hier ist dein Preis.«

William setzte sich und stellte die Lampe, die ich ihm gegeben hatte, auf den Tisch. Sie beleuchtete Jorges Gesicht von unten. Der Alte nahm einen Folianten, der vor ihm gelegen hatte, und reichte ihn meinem Meister. Ich erkannte den Einband, es war das Buch, das ich im Hospital geöffnet und für ein arabisches Werk gehalten hatte.

»Lies nur, blättere, William von Baskerville!« sagte Jorge. »Du hast gewonnen.«

William sah auf das Buch, ohne es anzurühren. Er zog ein Paar Handschuhe aus der Kutte, aber nicht seine eigenen mit den abgeschnittenen Fingerspitzen, sondern die weichen Lederhandschuhe, die Severin angehabt hatte, als wir ihn fanden. Vorsichtig schlug er den abgegriffenen, brüchigen Deckel auf. Ich trat näher und schaute ihm über die Schulter. Jorge mit seinem scharfen Gehör vernahm das Geräusch meiner Schritte und sagte: »Bist du auch da, Knabe? Ich werd' es dir ebenfalls zeigen... nachher.«

William überflog rasch die ersten Zeilen. »Nach den Angaben im Katalog ist das ein arabischer Text über die Worte gewisser Narren. Wovon handelt er?«

»Oh, von albernen Lügen der Ungläubigen, bei denen behauptet wird, die Narren hätten scharfsinnige Worte, mit denen sie selbst ihre Priester verblüffen und die Kalifen begeistern könnten...«

»Das zweite ist ein syrisches Manuskript, aber dem Katalog zufolge die Übersetzung eines ägyptischen Buches über Alchimie. Wie kommt es in diesen Band?«

»Es ist ein ägyptisches Werk aus dem dritten Jahrhundert unserer Ära, passend zum folgenden, aber nicht so gefährlich. Niemand würde den Faseleien eines afrikanischen Alchimisten Gehör schenken. Er schreibt die Schöpfung dem Gelächter Gottes zu...« Der Alte hob den Kopf und rezitierte aus seinem wunderbaren Gedächtnis eines Lesers, der sich seit nunmehr vierzig Jahren innerlich wiederholt, was er einst gelesen, bevor ihm das Augenlicht schwand: »Als Gott lachte, entstanden sieben Götter, welche fortan die Welt regierten, als er in Gelächter ausbrach, erschien das Licht, beim zweiten Gelächter erschien das Wasser, und als er lachte den siebenten Tag, erschien die Seele... Narrenpossen, genau wie die folgende Schrift, das Werk eines jener zahllosen Laffen, die sich damit ergötzen, die *Coena* zu kommentieren... Aber nicht das ist es, was dich an diesem Buch interessiert.«

In der Tat hatte William die Seiten nur eilig durchgeblättert, um zu dem griechischen Text zu gelangen. Sofort sah ich, als er ihn aufschlug, dass die Blätter von anderer Art waren als bisher: Das Material schien mürber, die erste Seite war nahezu abgerissen, an den Rändern zernagt und übersät mit schimmeligen Flecken, wie sie sich durch Alter und Feuchtigkeit auch auf anderen Büchern zuweilen bilden. William las die ersten Zeilen auf griechisch, dann übersetzte er das weitere ins Lateinische und fuhr in dieser Sprache fort, damit auch ich erfahren konnte, wie jenes schicksalsschwangere Buch begann:

Im ersten Buch haben wir die Tragödie behandelt und dargelegt, wie sie durch Erweckung von Mitleid und Furcht eine Reinigung von eben diesen Gefühlen bewirkt. Hier wollen wir nun, wie versprochen, die Komödie behandeln (nebst der Satire und dem Mimus) und darlegen, wie sie durch Erweckung von Vergnügen am Lächerlichen zu einer Reinigung von ebendieser Leidenschaft führt. Inwiefern diese Leidenschaft der Beachtung wert ist, haben wir schon im Buch über die Seele gezeigt, insofern nämlich der Mensch als einziges aller Lebewesen zum Lachen fähig ist. Wir werden im folgenden also bestimmen, von welcher Art Handlung die Komödie eine Nachahmung ist. Dann werden wir untersuchen, wie und wodurch die Komödie zum Lachen reizt, nämlich durch die dargestellte Geschichte und durch die Redeweise. Wir werden zeigen, wie das Lächerliche der Geschichte entsteht aus der Angleichung des Besseren an das Schlechtere und umgekehrt, aus der Überraschung durch Täuschung, aus dem Unmöglichen und aus der Verletzung der Naturgesetze, aus dem Belanglosen und aus dem Widersinnigen, aus der Herabsetzung der Personen, aus dem Gebrauch der komischen und vulgären Pantomime, aus der Disharmonie, aus dem Rückgriff auf die weniger edlen Dinge. Anschließend werden wir darlegen, wie das Lächerliche der Redeweise entsteht aus den Missverständnissen durch ähnliche Wörter für verschiedene Dinge und verschiedene Wörter für ähnliche Dinge, aus der Weitschweifigkeit und aus der Wiederholung, aus Wortspielen, aus Verkleinerungen, Aussprachefehlern und Barbarismen...

William übersetzte stockend, nach den richtigen Worten suchend, mehrmals sich korrigierend. Dabei lächelte er, als ob er Dinge wiedererkannte, die er anderswo schon gelesen hatte. Er las die erste Seite laut vor, dann brach er ab, als ob ihn der Rest nicht mehr interessierte, und blätterte weiter. Bald aber stieß er auf einen Widerstand, denn die Seiten hafteten oben und im Beschnitt aneinander, wie es vorkommt, wenn das feucht gewordene und sich zersetzende Material zu einer klebrigen Masse zusammenbackt. Jorge bemerkte, dass das Rascheln aufgehört hatte, und ermunterte William:

»Lies weiter, blättere! Es ist dein, du hast es dir weidlich verdient.«

William lachte, er schien sich zu amüsieren. »Du hältst mich wohl doch nicht für ganz so scharfsinnig, Jorge von Burgos! Du kannst es nicht sehen, aber ich trage Handschuhe. Mit den so bewehrten Fingern kann ich die Seiten nicht voneinader ablösen. Ich müsste mit bloßen Händen weitermachen, ich würde mir dabei die Finger an der Zunge benetzen, wie ich es unwillkürlich heute früh im Skriptorium tat, wodurch mir auch dieses Rätsel mit einem Mal aufging, und ich würde so lange weiterblättern, bis mir genügend Gift in den Mund gelangt wäre. Ich spreche von jenem Gift, das du vor langer Zeit aus Severins Laboratorium gestohlen hast, vielleicht weil du schon damals jemanden im Skriptorium neugierig werden hörtest, neugierig auf das Finis Africae oder auf das verschollene Buch des Aristoteles oder auf beides. Du hast, vermute ich, die Phiole dann lange aufbewahrt, um sie eines Tages zu benutzen, sobald dir jemand gefährlich zu werden drohte. Vor einigen Tagen nun war es soweit, als einerseits Venantius durch seine Forschungen allzu nahe an die Thematik diese Buches herankam und andererseits Berengar – aus Leichtsinn, aus Eitelkeit, aus dem Bedürfnis, Adelmus zu imponieren – sich nicht als so verschwiegen erwies, wie du gehofft hattest. Du bist hergegangen und hast deine Falle gelegt. Gerade noch rechtzeitig, denn kurz darauf gelang es Venantius, hier einzudringen. Er nahm das Buch, blätterte es begierig durch, verschlang es beinahe physisch, fühlte sich bald darauf unwohl, lief in die Küche, um einen Schluck Wasser zu trinken, und starb. Täusche ich mich?«

»Nein sprich weiter.«

»Der Rest ist einfach. Berengar fand den toten Venantius in der Küche, fürchtete, bei einer Untersuchung des Falles werde herauskommen, dass Venantius infolge seiner, Berengars, Enthüllungen gegenüber Adelmus ins Aedificium eingedrungen war, wusste nicht, was er tun sollte, lud sich kurzentschlossen den Leichnam auf die Schultern und warf ihn draußen in den Schweineblutbottich, hoffend, dass alle denken würden, Venantius sei versehentlich darin ertrunken.«

»Und woher weißt du, dass es so war?«

»Du weißt es selbst, ich habe gesehen, wie du reagiert hast, als man in Berengars Zelle ein blutiges Leintuch fand. der Unbedachte hatte sich mit dem Tuch die Hände gereinigt, nachdem er Venantius' Leiche in den Bottich geworfen hatte. Da er jedoch verschwunden war, konnte er nur mit dem Buch verschwunden sein, das nun wohl auch seine Neugier geweckt hatte, und so dachtest du, dass man ihn irgendwo finden werde, aber nicht blutig, sondern vergiftet. Der Rest ist klar. Severin fand das Buch, da Berengar erst ins Laboratorium gegangen war, um es in Ruhe zu lesen. Malachias erschlug Severin, angestachelt von dir, und starb dann selbst, nachdem er in der folgenden Nacht hier eingedrungen war, um herauszufinden, was es auf sich hatte mit dem verbotenen Gegenstand, um dessentwillen er zum Mörder geworden war. Somit hätten wir nun für sämtliche Leichen eine Erklärung... Was für ein Dummkopf.«

»Wer?«

»Ich. Wegen eines Satzes von Alinardus hatte ich angenommen, dass die Serie der Verbrechen dem Rhythmus der sieben Posaunen in der Apokalypse folge: für Adelmus der Hagel, dabei war es ein Selbstmord; für Venantius das Blut, dabei war es eine verrückte Idee von Berengar; für Berengar selbst das Wasser, dabei war es ein Zufall; für Severin der dritte Teil des Himmelsgewölbes, dabei hatte Malachias die Armillarsphäre nur genommen, weil sie gerade zur Hand war; und schließlich für Malachias die Skorpione... Warum hattest du ihm gesagt, das Buch habe die Kraft von tausend Skorpionen?«

»Deinetwegen. Alinardus hatte mir seine Idee eingegeben, und später hörte ich, dass auch du sie einleuchtend fandest. Da sagte ich mir, dass offenkundig ein göttlicher Plan diese Todesfalle lenkte, für die ich mithin nicht verantwortlich war, und so warnte ich Malachias, er werde, falls er sich von der Neugier packen ließe, gemäß eben diesem göttlichen Plan zugrunde gehen. Wie es dann ja auch geschah.«

»So war das also... Dann habe ich mir ein falsches Muster zurechtgelegt, um mir die Schritte des Schuldigen zu erklären, und der Schuldige hat sich diesem falschen Muster angepasst. Und genau dieses falsche Muster hat mich schließlich auf deine Spur gebracht... Heutzutage sind alle vom Buch des Johannes besessen, aber du schienst mir derjenige zu sein, der sich am meisten damit beschäftigte, nicht so sehr wegen deiner Spekulationen über den Antichrist als vielmehr, weil du aus dem Lande stammst, das die schönsten Apokalypsen-Codizes hervorgebracht hat. Eines Tages sagte mir jemand, die prächtigsten Handschriften jenes Buches seien von dir in die Bibliothek gebracht worden. Dann faselte Alinardus etwas von einem mysteriösen einstigen Konkurrenten, der sich nach Silos habe schicken lassen, um schöne Bücher zu sammeln (und dabei sagte er, dieser Jemand sei vorzeitig ins Reich der Finsternis eingegangen; das hatte mich aufhorchen lassen: Es klang zunächst so, als wollte er sagen, der Jemand sei früh gestorben, dabei war es eine Anspielung auf deine Blindheit...). Silos liegt in der Nähe von Burgos, und heute morgen fand ich im Katalog eine Reihe von Neuerwerbungen, die allesamt hispanische Apokalypsen betrafen und genau aus der Zeit stammten, als du dich anschicktest, den Paulus von Rimini als Bibliothekar abzulösen. Auch dieses Buch fand sich unter jenen Neuerwerbungen. Dennoch konnte ich meiner Rekonstruktion noch nicht sicher sein – bis ich schließlich erfuhr, dass dieses Buch aus Papier besteht. Da fiel mir Silos ein, und ich war mir sicher. Natürlich verflüchtigte sich die Idee des apokalyptischen Musters immer mehr in meinem Kopf, je klarer sich die des Buches und seiner giftigen Kraft darin abzeichnete. Dennoch begriff ich nicht ganz, wieso mich beide Spuren, die der sieben Posaunen und die des tödlichen Buches, zu dir hinführten und wieso ich die Geschichte des Buches im gleichen Maße besser verstand, wie ich, gelenkt durch das apokalyptische Muster, an dich und deine Thesen über das Lachen denken musste. Bis ich dann heute abend, als ich schon kaum noch an das apokalyptische Muster glaubte, beharrlich auf der Kontrolle des Pferdestalles bestand, wo ich das Erklingen der sechsten Posaune erwartete, und genau beim Pferdestall hat mir dann Adson durch puren Zufall den Schlüssel zum Finis Africae geliefert...«

»Ich kann dir nicht folgen«, unterbrach Jorge die Darlegungen meines Meisters. »Du willst mir voller Stolz erklären, wie du auf mich gekommen bist, indem du dich an deine Ratio gehalten hast, und dabei sagst du mir, dass du ans Ziel gelangt bist, indem du eine falsche Fährte verfolgt hast. Was willst du mir damit klarmachen?«

»Nichts. Jedenfalls dir nichts. Ich bin nur ein bisschen verwirrt, das ist alles. Aber das spielt keine Rolle, denn eins steht fest: Ich bin hier.«

»Der Herr hat die sieben Posaunen erklingen lassen, und du hast, wenn auch im Irrtum, ein fernes Echo ihres Klanges vernommen.«

»Das hast du schon gestern in deiner Predigt gesagt. Du willst mir einreden, dass diese ganze Geschichte sich nach einem göttlichen Plan ereignet habe, um dir die Tatsache zu verheimlichen, dass du ein Mörder bist.«

»Ich habe niemanden ermordet. Alle sind gemäß ihrem Schicksal aufgrund ihrer Sünden gestorben. Ich bin nur ein Werkzeug gewesen.«

»Gestern hast du gesagt, auch Judas sei nur ein Werkzeug gewesen, und doch entging er nicht der Verdammnis.«

»Die Gefahr der Verdammnis nehme ich auf mich. Der Herr wird mir Absolution erteilen, denn er weiß, dass ich nur zu seinem Ruhme gehandelt habe. Es war meine Pflicht, die Bibliothek zu beschützen.«

»Eben warst du noch bereit, auch mich zu töten, auch diesen Jungen...«

»Du bist nur klüger, nicht besser als die anderen.«

»Und was geschieht jetzt, nachdem ich deinen Anschlag vereitelt habe?«

»Wir werden sehen... Ich will nicht unbedingt deinen Tod. Vielleicht kann ich dich überzeugen. Aber sag mir zuerst, wie du erraten hast, dass es um die zweite Poetik des Aristoteles ging.«

»Nun, deine Bannsprüche gegen das Lachen hätten mir sicher nicht ausgereicht, auch nicht das wenige, was ich über das neulich geführte Streitgespräch zwischen dir und den anderen erfahren habe. Ein paar Notizen, die sich Venantius gemacht hatte, halfen mir weiter. Ich verstand zuerst nicht, was sie bedeuteten, aber da waren Bezugnahmen auf einen Felsblock, der über die Ebene rollt, auf Zikaden, die am Boden singen, und auf verehrungswürdige Feigen. Das kam mir bekannt vor, ich hatte dergleichen schon irgendwo gelesen. Ich habe es nachgeprüft in diesen Tagen: Es sind Beispiele, die Aristoteles im ersten Buch der Poetik und in der Rhetorik zitiert. Dann fiel mir ein, dass Isidor von Sevilla sagt, die Komödie erzähle von Jungfrauenschändung und Dirnenliebe: *de stupris virginum et meretricum amoribus*... So nahm dieses Buch allmählich in meinen Gedanken Gestalt an. Ich könnte dir leicht seinen ganzen Inhalt erzählen, ohne die Seiten zu lesen, die mich vergiften sollten. Die Komödie entsteht in den *komai*, das heißt in den Dörfern der Bauern, und zwar als fröhliches Spiel nach reichlichem Mahl oder nach einem Fest. Sie handelt nicht von berühmten und mächtigen Menschen, sondern von gemeinen und komischen, die aber nicht böse sind, und sie endet auch nicht mit dem Tod der Helden. Die Wirkung der Lächerlichkeit erreicht sie, indem sie die Mängel und Laster der gewöhnlichen Leute zeigt. Aristoteles sieht in der Anlage und Bereitschaft zum Lachen eine Gutes bewirkende Kraft, die auch Erkenntniswert haben kann, wenn die Komödie durch witzige oder geistreiche Rätsel und überraschende Metaphern, in welchen die Dinge anders dargestellt werden, als sie sind, also gleichsam durch Lügen uns zwingt, genauer hinzuschauen, bis wir auf einmal sagen: Sieh da, so ist das also, das hatten wir nicht gewusst! Die Wahrheit, erreicht durch Darstellung der Menschen und der Welt in entstellender Form, schlechter, als sie sind oder als wir glauben, dass sie es seien, schlechter jedenfalls, als die Tragödien, Heldenepen und Viten der Heiligen sie uns darstellen. Habe ich recht?«

»Ungefähr. Hast du es durch die Lektüre anderer Bücher herausgefunden?«

»Ja, und die meisten fand ich auf dem Arbeitstisch des Venantius. Ich glaube, er war diesem Buch schon seit längerer Zeit auf der Spur. Vermutlich hatte er im Katalog die Titel gefunden, die auch mir aufgefallen waren, und richtig daraus gefolgert, dass es sich um den gesuchten Band handeln musste. Aber er wusste nicht, wie man ins Finis Africae eindringt. Als er dann Berengar zu Adelmus darüber sprechen hörte, stürzte er sich darauf wie der Hund auf die Fährte des Hasen.«

»Genauso ist es gewesen. Ich hatte es gleich erkannt und begriff nun, dass der Zeitpunkt gekommen war, da ich die Bibliothek mit Zähnen und Klauen verteidigen musste...«

»Und da hast du das Gift appliziert. Dürfte recht schwierig gewesen sein... im Dunkeln.«

»Meine Hände sehen inzwischen besser als deine Augen. Ich hatte mir aus Severins Laboratorium auch einen Pinsel besorgt. Und ich benutzte natürlich auch Handschuhe... Es war eine gute Idee, nicht wahr? Du hast lange gebraucht, bis du dahintergekommen bist...«

»Ja, ich hatte eine kompliziertere Falle erwartet, einen vergifteten Zahn oder etwas dergleichen. Ich muss zugeben, deine Lösung war wirklich beispielhaft: Das Opfer vergiftete sich von allein, und zwar genau in dem Maße, wie es weiterlesen wollte...«

Ein leichtes Schaudern erfasste mich, mir wurde auf einmal klar, dass diese beiden zu einem tödlichen Zweikampf angetretenen Männer einander gerade wechselseitig bewunderten, als hätte jeder die ganze Zeit nur gehandelt, um sich den Beifall des anderen zu sichern. Wahrlich, schoss es mir durch den Kopf, die Verführungskünste, die Berengar aufgeboten hatte, um den begehrten Adelmus zu umgarnen, und die schlichten, natürlichen Gesten, mit denen das Mädchen meine Leidenschaft und mein Verlangen geweckt, waren nichts, was Schläue und fintenreichen Eroberungswillen betraf, im Vergleich zu dieser wechselweisen Verführung, die sich da vor meinen Augen abspielte und die sich erstreckt hatte über die letzten sechs Tage, in denen jeder der beiden Gegner dem anderen gleichsam heimliche Fingerzeige gegeben hatte, jeder insgeheim buhlend um die Anerkennung des anderen, den er hasste und fürchtete...

»Aber nun sag mir«, fuhr William fort, »warum hast du das alles getan? Warum wolltest du dieses Buch mehr schützen als andere? Warum bist du, der du so viele Werke verborgen hieltest, ohne bis zum Verbrechen zu gehen, Traktate über Schwarze Magie und Schriften, in denen womöglich der Name Gottes gelästert wird... warum bist du bei diesem einen so weit gegangen, deine Mitbrüder und dich selbst zu verdammen? Es gibt viele Bücher, die von der Komödie handeln und das Lachen preisen. Warum hat dich dieses eine so sehr erschreckt?«

»Weil es vom PHILOSOPHEN stammt. Jedes Werk dieses Denkers hat einen Teil der Weisheit zerstört, die in den Jahrhunderten von der Christenheit aufgehäuft worden ist. Die Patres hatten alles gesagt, was man wissen musste über das Verbum Dei und seine Kraft, doch es genügte, dass Boethius den PHILOSOPHEN zu kommentieren begann, und schon verwandelte sich das Mysterium des göttlichen Wortes in die menschliche Parodie der Kategorien und Syllogismen. Das Buch der Genesis hatte alles gelehrt, was man wissen musste über die Zusammensetzung des Kosmos, doch es genügte, dass man die physikalischen Bücher des PHILOSOPHEN wiederentdeckte, und schon wurde das Universum neu gedacht in Begriffen dumpfer und schleimig-ekler Materie, und dem Araber Averroes gelang es beinahe, allen weiszumachen, dass die Welt ewig sei. Wir wussten alles über die Namen Gottes, doch verführt vom PHILOSOPHEN hat jener von Abbo zu Grabe getragene Dominikaner sie neu benannt gemäß den stolzen Denkwegen der natürlichen Vernunft. So wurde der Kosmos, der sich für den Areopagiten demjenigen offenbarte, der die Lichtflut der exemplarischen *causa prima* am Himmel zu schauen vermochte, zu einem Sammelbecken irdischer Anhaltspunkte für die Benennung einer abstrakten Wirkungskraft. Einst schauten wir zum Himmel empor und hatten für den Schlamm der Materie nur einen verächtlichen Blick, heute sehen wir zur Erde nieder und glauben nur noch kraft ihres Zeugnisses an den Himmel. Jedes Wort des PHILOSOPHEN, auf den mittlerweile sogar schon die Heiligen und die Päpste schwören, hat das Bild der Welt etwas mehr entstellt. Das Bild Gottes indessen hat er noch nicht zu entstellen vermocht. Würde jedoch... wäre jedoch dieses Buch zum Gegenstand offener Ausdeutung und Debatte geworden, so hätten wir auch diese letzte Grenze noch überschritten.«

»Aber was schreckt dich so sehr an dieser Abhandlung über das Lachen? Du schaffst das Lachen nicht aus der Welt, indem du dieses Buch aus der Welt schaffst.«

»Nein, gewiss nicht. Das Lachen ist die Schwäche, die Hinfälligkeit und Verderbtheit unseres Fleisches. Es ist die Kurzweil des Bauern, die Ausschweifung des Betrunkenen, auch die Kirche in ihrer Weisheit hat den Moment des Festes gestattet, den Karneval und die Jahrmarktsbelustigung, jene zeitlich begrenzte Verunreinigung zur Abfuhr der schlechten Säfte und zur Ablenkung von anderen Begierden, anderem Trachten... Aber so bleibt das Lachen etwas Niedriges und Gemeines, ein Schutz für das einfache Volk, ein entweihtes Mysterium für die Plebs. Sagte nicht auch der Apostel: Es ist besser zu freien denn Brunst zu leiden? Statt euch aufzulehnen gegen die gottgewollte Ordnung, lacht lieber und ergötzt euch an euren unflätigen Parodien auf die Ordnung, am Ende des Mahles, wenn ihr die Krüge und Flaschen geleert, wählt euch einen König der Narren, verliert euch in der Liturgie des Esels und der Sau, spielt eure verkehrten Saturnalien! Aber hier, *hier...*«, Jorge pochte mit steifem Finger auf den Tisch dicht neben das Buch, das William vor sich hielt, »hier wird die Funktion des Lachens umgestülpt und zur Kunst erhoben, hier werden ihm die Tore zur Welt der Gebildeten aufgetan, hier wird das Lachen zum Thema der Philosophie gemacht, zum Gegenstand einer perfiden Theologie...

Du hast gestern gesehen, wie die ungebildeten Laien sich den schändlichsten Häresien verschreiben können und sie ins Werk setzen, da sie die Gesetze Gottes und der Natur verkennen. Aber die Kirche kann diese Häresien der Laien ertragen, denn die Laien verdammen sich selbst, zugrunde gerichtet von ihrer Unwissenheit. Das rohe Wüten eines Dolcino und seiner Spießgesellen wird niemals die Ordnung Gottes ins Wanken bringen. Das predigt Gewalt und stirbt durch Gewalt, das hinterlässt keine Spuren, das vergeht wie der Karneval, und es schadet nicht viel, wenn sich kurzzeitig während des Festes auf Erden die Epiphanie der verkehrten Welt ereignet. Es genügt, dass die Pose sich nicht zum Projekt verdichtet, dass diese Volkssprache kein Latein findet, das ihr verständigen Ausdruck verleiht. Das Lachen befreit den Bauern von seiner Angst vor dem Teufel, denn auf dem Fest der Narren erscheint auch der Teufel als närrisch und dumm, mithin kontrollierbar. Doch dieses Buch könnte lehren, dass die Befreiung von der Angst vor dem Teufel eine Wissenschaft ist! Der lachende Bauer, dem der Wein durch die Gurgel fließt, fühlt sich als Herr, denn er hat die Herrschaftsverhältnisse umgestürzt. Doch dieses Buch könnte die Wissenden lehren, mit welchen Kunstgriffen, mit welchen schlagfertigen und von diesem Moment an auch geistreichen Argumenten sich der Umsturz rechtfertigen ließe! Und dann würde sich in ein Werk des Verstandes verwandeln, was in der unüberlegten Pose des Bauern einstweilen noch und zum Glück nur ein Werk des Bauches ist. Gewiss ist das Lachen dem Menschen eigentümlich, es ist das Zeichen unserer Beschränktheit als Sünder. Aus diesem Buch aber könnten verderbte Köpfe wie deiner den äußersten Schluss ziehen, dass im Lachen die höchste Vollendung des Menschen liege! Das Lachen vertreibt dem Bauern für ein paar Momente die Angst. Doch das Gesetz verschafft sich Geltung mit Hilfe der Angst, deren wahrer Name Gottesfurcht ist. Und aus diesem Buch könnte leicht der luziferische Funke aufspringen, der die ganze Welt in einen neuen Brand stecken würde, und dann würde das Lachen zu einer neuen Kunst, die selbst dem Prometheus noch unbekannt war: zur Kunst der Vernichtung von Angst! Der lachende Bauer fürchtet sich nicht vor dem Tod, solange er lacht, doch sobald die Ausschweifung vorüber ist, auferlegt ihm die Liturgie wieder nach dem göttlichen Plan die Angst vor dem Tod. Aus diesem Buch aber könnte das neue und destruktive Trachten nach Überwindung des Todes durch Befreiung von Angst entstehen. Und was wären wir sündigen Kreaturen dann ohne die Angst, diese vielleicht wohltätigste und gnädigste aller Gaben Gottes? Jahrhundertelang haben die Patres und Doctores duftende Essenzen heiligen Wissens abgesondert, um durch Meditation über das Hohe die Menschen aus der Not und Versuchung des Niederen zu erlösen. Dieses Buch aber, das die Komödien und Satyrspiele und Mimen rechtfertigt als wundertätige Heilmittel, die angeblich eine Reinigung von den Leidenschaften bewirken durch Darstellung eben der Mängel und Laster und Schwächen, dieses Buch würde die falschen Gelehrten dazu verführen, in teuflischer Umkehrung des Verfahrens eine Erlösung des Hohen durch Akzeptierung des Niederen zu versuchen. Aus diesem Buch ließe sich der Gedanke ableiten, dass der Mensch auf Erden (wie es dein Bacon von der *magia naturalis* erhoffte) den Überfluss des Schlaraffenlandes genießen könnte. Genau das aber ist es, was wir nicht anstreben dürfen und niemals bekommen werden! Sieh, wie die jungen Mönche sich schamlos ergötzen an der albernen Farce der *Coena Cypriani*. Welch eine teuflische Parodie auf die Heilige Schrift! Aber sie wissen immerhin noch, dass ihr Tun schlecht ist. Am selben Tage jedoch, da die Worte des PHILOSOPHEN derlei marginale Spielchen der ausschweifenden Phantasie rechtfertigen würden, wahrlich, ich sage dir, am selben Tage würde das Marginale ins Zentrum springen, und die Mitte wäre verloren! Das Volk Gottes würde zu einer Versammlung von Monstern, ausgespien aus den Schlünden der Terra incognita, und die Ränder des Erdkreises würden zur Mitte des christlichen Reiches – die Arimaspen auf dem Stuhl Petri, die Blemmyen in den Klöstern und die trommelbäuchigen Zwerge mit Wasserköpfen als Hüter der Bibliotheken! Die Knechte würden das Gesetz diktieren, und wir (jawohl, auch du!) müssten blind gehorchen in totaler Gesetzlosigkeit! Einst sagte ein griechischer Philosoph (den dein Aristoteles hier zitiert als Komplizen und lügnerische Auctoritas), man müsse die Ernsthaftigkeit der Gegner durch Lachen zersetzen und dem Lachen mit Ernst begegnen. Wohlan, die Weisheit unserer Väter hat ihre Wahl getroffen: Wenn das Lachen die Kurzweil des niederen Volkes ist, so muss die Freiheit des niederen Volkes in engen Grenzen gehalten, muss erniedrigt und eingeschüchtert werden durch Ernst. Denn das Volk besitzt keine Mittel, um sein Lachen zu verfeinern und es zur scharfen Waffe zu schmieden gegen den Ernst der Hirten, die es zum ewigen Leben führen sollen und daher bewahren müssen vor den Verlockungen des Bauches, der Scham, der Tafelfreuden und all seiner schmutzigen Begierden. Würde jedoch eines Tages jemand, die Worte des PHILOSOPHEN schwenkend und folglich selbst auftretend als Philosoph, die Kunst des Lachens zur schneidenden Waffe schmieden, würde alsdann die Rhetorik des Überzeugens ersetzt durch eine Rhetorik des Spottens, würde die Topik des geduldigen Aufbauens und Zusammenfügens von Heilsbildern der Erlösung verdrängt durch eine Topik des ungeduldigen Niederreißens und Auf-den-Kopf-Stellens aller heiligsten und verehrungswürdigsten Bilder, oh, wahrlich, ich sage dir, dann würdest auch du, William von Baskerville, mitsamt deiner ganzen Weisheit in den Strudel gerissen!«

»Wieso? Ich würde mich wehren, meinen Witz dem Witz anderer entgegenstellen. Das wäre eine bessere Welt als die unsere, in der das Feuer und die glühenden Eisen eines Dolcino niedergehalten werden vom Feuer und den glühenden Eisen eines Bernard Gui.«

»Du würdest sehr bald den Verlockungen des Dämons erliegen, du würdest überwechseln zur anderen Seite auf dem Schlachtfeld vom Armageddon, wo es zum Letzten Gefecht kommen muss. Doch auch für jenen Tag muss die Kirche noch einmal die Regeln des Kampfes bestimmen. Uns macht die Lästerung keine Angst, denn selbst noch in der Verfluchung Gottes erkennen wir das entstellende Abbild des zürnenden Jahwe, der die rebellischen Engel verflucht. Wir fürchten auch nicht die Gewalt der Ketzer, die Priester töten im Namen irgendeiner Erneuerungsphantasie, denn es ist keine andere Gewalt als die der Fürsten, die das Volk Israel zu vernichten suchten. Wir fürchten weder die Strenge der Donatisten, den selbstmörderischen Wahn der Circumcellionen, noch die Wollust der Bogomilen, die stolze Reinheit der Albigenser, das Blutbedürfnis der Flagellanten oder den Rausch des Bösen der Brüder des Freien Geistes: Wir kennen sie alle, wir kennen die Wurzel all ihrer Sünden, denn sie ist auch die Wurzel unserer Heiligkeit. Die Ketzer machen uns keine Angst, und vor allem wissen wir, wie sie vernichtet werden können, genauer noch: wie man sie dazu bringt, sich selbst zu vernichten, denn es braucht nicht viel, und sie setzen in den Zenit ihres Himmels den Todeswillen, der aus den Abgründen ihres Nadir entsteht. Ja, ich möchte fast sagen, ihre Anwesenheit ist uns teuer, sie fügt sich trefflich in Gottes Plan, denn ihre Sünde stärkt unsere Tugend, ihr Lästern spornt unseren Lobgesang an, ihr zügelloses, entfesseltes Büßertum zügelt unseren Geschmack am Opfer, ihre Gottlosigkeit lässt unsere Gottesfurcht hell erstrahlen, so wie der Fürst der Finsternis mit seiner Rebellion und Verzweiflung vonnöten war, um in vollem Glanze erstrahlen zu lassen die Gloria Dei, Anfang und Ende aller Hoffnung... Doch wenn eines Tages – und nicht mehr nur als plebejische Ausnahme, sondern als Askese des Wissenden und Gelehrten, dem unzerstörbaren Zeugnis der Schrift anvertraut – die Kunst des Lächerlichmachens annehmbar würde und nobel erschiene und hochherzig und nicht mehr gemein, wenn eines Tages jemand sagen könnte (und dafür Gehör fände): Ich lache über die Inkarnation... dann, William, dann hätten wir keine Waffen mehr, um diese Lästerung einzudämmen, denn sie würde die dunklen Kräfte der körperlichen Materie zusammenrufen, jene, die sich im Rülpsen und Furzen manifestieren, und der Furz und der Rülpser würden sich anmaßen, was nur allein dem Geist gebührt, nämlich zu wehen, wo er will!«

»Lykurg ließ dem Lachen eine Statue errichten.«

»Ich las es im Buch des Chloritius, der die Mimen von der Anklage der Gottlosigkeit freisprechen wollte, der uns erzählt, wie ein Kranker von seinem Übel geheilt worden sei, weil der Arzt ihn zum Lachen gebracht habe! Wozu hätte der

Arzt ihn heilen sollen, da Gott doch beschlossen hatte, dass seine Tage auf Erden vorüber waren?«

»Ich glaube nicht, dass der Arzt ihn von seinem Übel geheilt hat. Er hat ihn gelehrt, über sein Übel zu lachen.«

»Das Übel treibt man nicht aus. Das Übel zerstört man.«

»Mitsamt dem Körper des Kranken?«

»Wenn es sein muss.«

»Du bist der Teufel!« sagte da William.

Jorge schien nicht recht zu begreifen. Wäre er sehend gewesen, ich hätte gesagt: Er sah sein Gegenüber fassungslos an.

»Ich?« fragte er.

»Ja, du! Man hat dich belogen, der Teufel ist nicht der Fürst der Materie, der Teufel ist die Anmaßung des Geistes, der Glaube ohne ein Lächeln, die Wahrheit, die niemals vom Zweifel erfasst wird. Der Teufel ist schwarz und finster, denn er weiß, wohin er geht, und er geht immer dahin zurück, woher er gekommen ist. Du bist der Teufel, du lebst wie der Teufel im Finstern. Wenn du mich überzeugen wolltest, so ist dir das nicht gelungen. Ich hasse dich, Jorge von Burgos, und wenn ich könnte, würde ich dich hinunterführen und über den Hof treiben, nackt ausgezogen, ein paar Hahnenfedern im Hintern und das Gesicht bemalt wie ein Narr und Hanswurst, damit alle im Kloster über dich lachen und keine Angst mehr haben. Ja, es würde mir Spaß machen, dich mit Honig oder Pech zu bestreichen und dann in Hühnerfedern zu wälzen, dich an der Leine über die Märkte zu führen und laut zu rufen: Seht her, ihr Leute, dieser verkündete euch die Wahrheit und sagte, die Wahrheit schmecke nach Tod, und es waren nicht seine Worte, an die ihr geglaubt, sondern sein finsteres Wesen. Nun aber sage ich euch: Im endlosen Taumel der Möglichkeiten erlaubt uns Gott auch die Vorstellung einer Welt, in der die vermeintlichen Künder der Wahrheit nichts anderes sind als alberne Gimpel, die bloß immerzu wiederholen, was sie vor langer Zeit einmal gelernt haben.«

»Du bist noch schlimmer als der Teufel, Minorit!« erwiderte Jorge. »Du bist ein Gaukler, genau wie der Heilige, der euch Mindere Brüder hervorgebracht hat. Du bist genauso wie dein Franziskus, der *de toto corpore fecerat linguam*, der beim Predigen hüpfte und gestikulierte wie ein Komödiant auf dem Jahrmarkt, der den Geizigen in Verwirrung brachte, indem er ihm Goldmünzen in die Hand legte, der die Andacht der Schwestern herabsetzte, indem er das *Miserere* sang, statt zu predigen, der auf französisch bettelte, der mit einem Stöckchen die Armbewegungen des Geigenspielers nachahmte, der sich als Vagabund verkleidete, um die gefräßigen Brüder zu verwirren, der sich nackt in den Schnee warf; der mit den Tieren und Pflanzen sprach, der sogar das Mysterienspiel der Geburt Christi in einen Bauernschwank verwandelte und das Lamm Bethlehems anrief, indem er blökte wie ein Schaf... Wirklich eine prächtige Schule! War nicht auch jener florentinische Bruder Diotisalvi ein Minorit?«

»Gewiss doch«, lächelte William. »Der zum Konvent der Prediger ging und sagte, er werde keinen Bissen zu sich nehmen, bevor er nicht einen Fetzen vom Hemd des Bruders Johannes bekommen hätte, um ihn als Reliquie aufzubewahren, und als er ihn hatte, wischte er sich damit den Hintern ab, warf ihn auf den Misthaufen, wälzte ihn mit einer Stange im Kot und schrie: Oh weh, oh weh, so helft mir doch, liebe Brüder, ich hab die Reliquie des Heiligen auf der Latrine verloren!«

»Du findest diese Geschichte wohl lustig. Vielleicht willst du mir gleich auch die von dem anderen Minoriten erzählen, von jenem Fra Paolo Millemosche, der eines Tages auf dem Eis ausrutschte, und als er der Länge nach dalag, verspotteten ihn seine Mitbürger, und einer von ihnen fragte, ob er nicht etwas Weicheres unter sich haben wolle, und da sagte er: Ja, dein Weib... So suchtet ihr, die Wahrheit zu finden!«

»So lehrte Franziskus das Volk, die Dinge von einer anderen Seite zu sehen.«

»Aber wir haben euch diszipliniert. Du hast sie gestern erlebt, deine lieben Mitbrüder: Sie sind längst wieder in unsere Reihen zurückgekehrt, sie reden nicht mehr wie die einfachen Leute. Die einfachen Leute dürfen nicht reden. Dieses Buch hätte den Gedanken rechtfertigen können, die Sprache der einfachen Leute sei Trägerin einer Wahrheit. Das musste verhindert werden, und das habe ich getan. Du sagst, ich sei der Teufel. Du irrst: Ich bin die Hand Gottes gewesen.«

»Die Hand Gottes verhüllt nicht, sie schafft.«

»Es gibt Grenzen, die man nicht überschreiten darf. Gott hat gewollt, dass auf bestimmten Büchern geschrieben steht: HIC SUNT LEONES.«

»Gott hat auch die Ungeheuer geschaffen. Auch dich. Und er will, dass über alles gesprochen wird.«

Jorge streckte die zitternden Hände aus und griff nach dem Buch. Er zog es langsam zu sich heran und hielt es aufgeschlagen, ohne es umzudrehen, so dass William es weiterhin von der richtigen Seite betrachten konnte. »So, und warum«, fragte er triumphierend, »hat er dann zugelassen, dass dieser Text verloren ging im Lauf der Jahrhunderte? Und dass die einzige uns erhaltene Abschrift, kaum dass sie irgendwann jemand vollendet hatte als Abschrift der einzigen damals erhaltenen Abschrift, über Jahrzehnte begraben blieb in den Händen eines Ungläubigen, der kein Griechisch verstand, und danach vergessen herumlag im hintersten Winkel einer alten spanischen Bibliothek, wo ich, nicht du, sie zu finden berufen war, um sie herzubringen in dieses Kloster und hier erneut zu verbergen über Jahrzehnte? Ich weiß es, jawohl, ich weiß es, als sähe ich's vor mir geschrieben in Lettern aus Diamant, denn meine Augen sehen Dinge, die du nicht siehst: Es war der Wille des Herrn, ich habe den Willen des Herrn gedeutet und ausgeführt. Im Namen des Vaters, des Sohnes und des Heiligen Geistes.«

Siebenter Tag

Nacht

Worin es zur Ekpyrosis kommt und dank allzuviel Tugend die Kräfte der Hölle siegen.

Der Alte schwieg. Er hatte beide Hände flach auf das Buch gelegt und strich nun sanft, fast zärtlich über die Seiten, als wollte er sie behutsam glätten, um sie besser lesen zu können, oder als wollte er sie vor einem plötzlichen Zugriff schützen.

»All das hat jedenfalls nichts geholfen«, sagte William. »Nun ist es zu Ende, ich habe dich gefunden, ich habe das Buch gefunden, und die Toten sind umsonst gestorben.«

»Nicht umsonst«, entgegnete Jorge. »Vielleicht waren es zu viele. Und wäre dir je noch geholfen mit einem Beweis, dass dieses Buch verflucht ist, so hast du ihn damit. Aber die Toten dürfen nicht umsonst gestorben sein, und damit sie nicht umsonst gestorben sind, wird ein weiterer Tod nicht zuviel sein.«

Sprach's und begann mit seinen knochigen, welken Greisenhänden die mürben Seiten des Buches langsam in schmale Streifen zu reißen und sie sich in den Mund zu stecken, andächtig kauend, als verzehre er eine Hostie, um sie Fleisch von seinem Fleische werden zu lassen.

William starrte ihn völlig entgeistert an, er schien nicht gleich zu begreifen, was da geschah. Dann fuhr er hoch und schrie, weit vorgebeugt über den Tisch: »Was tust du?« Der Alte verzog die bleichen Lippen zu einem Grinsen, das sein blutleeres Zahnfleisch enthüllte, während ihm Fäden von gelblichem Speichel auf die weißen Kinnstoppeln rannen.

»Du hattest doch das Schmettern der sieben Posaunen erwartet, nicht wahr? So höre nun, was die Stimme sagt, bevor der siebente Engel posaunt: ›Versiegle, was die sieben Donner gesprochen haben, schreib es nicht auf! Nimm das Buch und verschling es, es wird dich im Bauche grimmen, aber in deinem Munde wird's süß sein wie Honig!‹ Siehst du, William? Ich versiegle, was dem Willen des Herrn zufolge nicht aufgeschrieben werden sollte, ich begrabe es in dem Grab, das ich werde!«

Er lachte, wahrhaftig, er! Zum ersten Male hörte ich Jorge von Burgos lachen! Er lachte tief in der Kehle, ohne dass die Lippen Freude ausstrahlten, und es klang fast wie ein Schluchzen. »Das hattest du nicht erwartet, William, nicht wahr? Nicht diesen Schluss! Nicht dass dieser Alte am Ende, dank der Gnade des Herrn, doch siegen würde! Ha!« Und da William versuchte, ihm das Buch zu entreißen, was er jedoch spürte an den Vibrationen der Luft, wich er einen Schritt zurück, mit der Linken das Buch an die Brust gedrückt, während er mit der Rechten fortfuhr, Streifen und Fetzen abzureißen und sich in den Mund zu stopfen.

William konnte ihn nicht erreichen, da der Tisch zwischen ihnen stand, und wollte daher das Hindernis rasch umgehen. Doch dabei stieß er den Hocker um, der sich in seiner Kutte verfangen hatte, so dass der Lärm seine Absicht verriet. Der Alte lachte abermals auf, schoss überraschend schnell mit der Rechten vor, tastete nach der Lampe, spürte die Hitze der Flamme, schlug mit der Hand darauf, ohne den Schmerz zu scheuen, und die Flamme erlosch. Tiefe Finsternis legte sich über den Raum, und ein letztes Mal hörten wir Jorges Lachen, während er höhnisch rief. ›Jetzt sucht mich, ha! Jetzt bin ich es, der besser sieht!« Dann verstummte er, um davonzuschleichen mit jener Lautlosigkeit, die seine Auftritte immer so überraschend gemacht hatte, und nur hin und wieder hörten wir aus verschiedenen Ecken des Raumes das leise Geräusch von aufreißendem Papier.

»Adson!« schrie William. »Bleib an der Tür! Lass ihn nicht hinaus!«

Die Warnung kam leider zu spät, denn bebend vor Gier, mich auf den Alten zu stürzen, war ich sofort beim Einbruch der Finsternis losgestürmt, um den Tisch zu umrunden auf der Seite, die mein Meister nicht gewählt hatte, und zu spät erkannte ich nun, dass ich Jorge damit ermöglicht hatte, unbehelligt die Tür zu erreichen, wusste ich doch, dass er sich im Dunkeln mit größter Sicherheit zu bewegen vermochte! Tatsächlich vernahmen wir gleich darauf ein Geräusch von zerreißenden Blättern in unserem Rücken, ein sehr gedämpftes Geräusch, denn es kam bereits aus dem Nebenraum. Und im gleichen Moment war auch schon ein zweites Geräusch zu hören, ein dumpfes und lauter werdendes Knirschen, das Knarren einer sich bewegenden Tür.

»Der Spiegel!« schrie William. »Er will uns einschließen!« Wir stürzten, dem Knirschen folgend, Hals über Kopf zum Eingang, ich stolperte hart über einen Schemel und stieß mir das Knie, aber ich machte mir nichts daraus, denn siedendheiß durchzuckte mich die Erkenntnis: Wenn Jorge uns einschließen würde, fanden wir nie mehr hinaus, hatten wir doch keine Ahnung, wo man was betätigen musste und wie, um von innen zu öffnen!

William musste mit der gleichen Verzweiflung wie ich zur Tür gestürmt sein, denn ich spürte ihn neben mir, als wir, kaum an die Schwelle gelangt, uns beide mit voller Kraft gegen die Rückseite des Spiegels warfen. Wir kamen gerade noch rechtzeitig, um die schon fast geschlossene Tür zum Stehen zu bringen, und kurz darauf gab sie unserem vereinten Stemmen nach. Offenbar hatte sich Jorge in der Einsicht, dass die Kräfte ungleich verteilt waren, auf der anderen Seite davongemacht. Wir stürzten aus dem verfluchten Raum und atmeten auf, doch nun wussten wir nicht, wohin der Alte entflohen war, und immer noch herrschte totale Finsternis. Plötzlich schoss mir ein Gedanke durch den Kopf.

»Meister, ich habe ja noch das Zündzeug!«

»Und worauf wartest du noch?« rief William. »Rasch, such die Lampe und mach sie an!«

Ich hetzte zurück ins Finis Africae, tastete nach der Lampe, fand sie dank einem himmlischen Wunder sofort, kramte aus meinem Brustlatz Feuerstahl, Stein und Zunder hervor, die Hände zitterten mir beim Funkenschlagen, so dass ich zwei- oder dreimal von neuem beginnen musste, während mich William von der Tür aus drängte: »Rasch, rasch!«

Endlich flammte der Zunder auf.

»Rasch!« drängte William noch einmal. »Sonst frisst der Alte uns noch den ganzen Aristoteles auf!«

»Und stirbt!« rief ich voller Besorgnis, während ich mit der Lampe hinauseilte.

»Was kümmert's mich, ob der Verfluchte stirbt!« fauchte mein Meister, während er aufgeregt hin- und herlief und in alle Richtungen spähte. »Sein Schicksal ist schon besiegelt mit dem, was er bisher geschluckt hat. Aber ich will das Buch!«

Dann blieb er stehen und fuhr etwas ruhiger fort: »Warte! Wenn wir so planlos weitermachen, finden wir ihn nie. Sei mal ganz still und reg dich nicht!« Wir verharrten lautlos. Und in der Stille hörten wir, gar nicht sehr weit entfernt, das Geräusch eines Körpers, der gegen einen Schrank stieß, und das Gepolter von fallenden Büchern. »Dort!« schrien wir beide zugleich.

Wir rannten los, dem Gepolter entgegen, doch gleich darauf wurde uns klar, dass wir unsere Schritte verlangsamen mussten, denn außerhalb des Finis Africae war die Bibliothek in jener Nacht von heftigen Böen durchzogen, die heulten und pfiffen entsprechend dem draußen tobenden Sturm, und vervielfacht durch unsere rasche Bewegung drohten sie, unser so mühsam wiedergewonnenes Licht auszublasen. Konnten wir unsere Verfolgung daher nicht beschleunigen, so wäre es, dachte ich, mithin geboten, Jorges Flucht irgendwie zu verlangsamen, aber William dachte das Gegenteil und schrie, dass es laut durch die Räume hallte: »Alter, wir kriegen dich gleich, wir haben jetzt wieder Licht!« Eine kluge Idee, in der Tat, denn diese Enthüllung musste den Flüchtling beunruhigen, so dass er seine Schritte beschleunigte und damit die Ausgeglichenheit seines magischen Feingefühls als Seher im Dunkeln verlor... Tatsächlich hörten wir auch schon bald ein neues Gepolter, und als wir in den Raum Y von YSPANIA traten, sahen wir Jorge am Boden liegen, das Buch noch immer in Händen, umgeben von einem Haufen anderer Bücher, daneben der umgestürzte Tisch, auf dem sie gelegen hatten. Der Alte bemühte sich gerade aufzustehen, fuhr aber fort, ganze Seiten abzureißen und sich in den Mund zu stopfen, als wollte er rasch noch soviel wie möglich von seiner Beute verschlingen.

Wir erreichten ihn, als er sich gerade erhoben hatte. Er spürte unsere Nähe, fuhr herum und wich langsam zurück. Sein Antlitz, umzuckt vom rötlichen Schein der Flamme, erschien uns nun wahrhaft entsetzlich: die Züge entstellt, die Stirn und die Wangen bedeckt von öligem Schweiß, die gewöhnlich so weißen und toten Augen blutunterlaufen, die Lippen und Lefzen verklebt von Papierfetzen, zwischen den Zähnen zerknüllte Blätter gleich dem Fraß eines wilden Tieres, das zu gierig geschlungen hat und nicht mehr zu schlucken vermag. Verunstaltet durch die Angst, durch das Wüten des Giftes in seinen Adern und durch die so teuflische wie verzweifelte Entschlossenheit, wirkte, was einst die verehrungswürdige Greisengestalt des Alten gewesen, nun abstoßend und grotesk. Bei anderer Gelegenheit hätte sie uns zum Lachen gebracht, doch in diesem Augenblick waren auch wir nur gleich Tieren, Hunden auf der Jagd nach dem Wild.

Wir hätten Jorge in aller Ruhe ergreifen können, doch wir stürzten uns voller Wut auf ihn, er wand sich heftig, drückte das Buch mit beiden Händen an seine Brust, ich packte ihn mit der Rechten, hielt mit der Linken die Lampe hoch, doch die Flamme streifte ihm das Gesicht, er spürte die Hitze, stieß einen dumpfen Laut aus, ein tiefes Röhren, schnellte blitzartig mit der Rechten vor, entriss mir die Lampe und schleuderte sie zu Boden...

Sie fiel genau in den Haufen der Bücher, die er vom Tisch gestoßen hatte und die nun, teils aufgeblättert, wüst durcheinander am Boden lagen. Das Öl ergoss sich darüber, das Feuer erfasste sofort ein brüchiges Pergament, das wie trockener Zunder aufflammte. All das geschah in wenigen Augenblicken, schon loderte aus den Folianten eine Stichflamme auf, als hätten jene uralten Seiten bereits jahrhundertelang nach dem erlösenden Brande gelechzt und jubelten nun in plötzlich erfolgter Befriedigung einer primordialen Sehnsucht nach Ekpyrosis. William begriff als erster, was da geschah, ließ den Alten fahren, der sofort ein paar Schritte zurückwich, und zögerte kurz, gewiss zu lange, ob er Jorge wieder ergreifen oder sich auf den Brand werfen sollte, indes ein besonders altes Buch hochauflodernd gleichsam mit einem Schlage verbrannte.

Die scharfen Böen, die ein schwaches Flämmchen leicht hätten ausblasen können, entfachten ein stärkeres Feuer nur umso mehr, und knisternde Funken stoben auf.

»Schnell, lösch das Feuer!« schrie William. »Hier ist alles brennbar!«

Ich stürzte mich auf die brennenden Bücher, hielt aber kurz davor inne, da ich nicht wusste, was ich tun sollte. William kam mir zu Hilfe, wir schlugen mit bloßen Händen ins Feuer und spähten zugleich im Raume herum nach etwas, womit wir es löschen könnten. Einer plötzlichen Eingebung folgend streifte ich mir die Kutte über den Kopf und schlug damit auf die Flammen. Aber sie waren bereits zu hoch, sie erfassten den Stoff und nährten sich weiter an ihm. Ich musste ihn fahrenlassen und zog die versengten Hände zurück, drehte mich hilfesuchend zu William um und erblickte direkt hinter ihm Jorge, der wieder nähergekommen war. Die Hitze war jetzt so groß, dass er sie deutlich spürte, er wusste genau, wo sich das Feuer befand, und warf den Aristoteles mitten hinein.

William fuhr wütend herum und versetzte dem Alten einen heftigen Stoß vor die Brust, der ihn rücklings gegen einen Schrank warf, wo er sich den Kopf an einer Kante stieß und zu Boden stürzte... Doch William, aus dessen Munde ich einen entsetzlichen Fluch vernommen zu haben glaubte, kümmerte sich nicht weiter um ihn, sondern wandte sich gleich wieder zu den brennenden Büchern. Zu spät. Der Aristoteles, beziehungsweise das bisschen, was von ihm noch übriggeblieben war nach dem schaurigen Mahle des Alten, brannte bereits lichterloh.

Unterdessen waren etliche Funken herumgeflogen, und schon krümmten sich die Bände in einem hohen Wandschrank unter dem Ansturm des Feuers. Wir hatten nicht mehr nur einen, sondern bereits zwei Brandherde im Raum.

William begriff, dass wir sie mit bloßen Händen nicht würden löschen können, und beschloss, die Bücher mit Büchern zu retten. Er griff sich einen schweren, metallbeschlagenen

Folianten, der ihm solider als andere erschien, und begann ihn als Waffe gegen das feindliche Element zu benutzen. Doch seine Schläge auf den brennenden Bücherhaufen ließen nur weitere Funken aufstieben, und als er versuchte, sie mit den Füßen auszutreten, erreichte er wieder nur das Gegenteil, denn nun erhoben sich brennende Pergamentfetzen, um durch die Luft zu segeln wie Fledermäuse und, getrieben vom Wind, die irdische Materie anderer Pergamente in Brand zu setzen.

Zu allem Unglück war dieser Raum auch noch einer der unaufgeräumtesten in der ganzen Bibliothek. Überall ragten zusammengerollte Handschriften aus den Fächern der Schränke hervor, viele vergilbte Bücher ließen aus ihren Einbänden, wie aus gähnenden Mündern, welke Pergamentzungen hängen, und auf dem Tisch hatten große Mengen von Schriften gelegen, die Malachias (der ja seit einigen Tagen allein gewesen war) noch nicht wieder eingeräumt hatte. So war der ganze Raum, zumal nach der von Jorge angerichteten Verwüstung, übersät mit losen Blättern, die nichts anderes erwarteten, als sich zurückzuverwandeln ins heraklitische Urelement.

Nach kurzer Zeit war der Raum ein einziges Flammenmeer, ein brennender Dornbusch. Auch die Schränke beteiligten sich an diesem freudigen Opfer und begannen zu knistern. Mir wurde mit einem Mal klar, dass diese ganze labyrinthische Bibliothek nichts anderes war als ein riesiger Scheiterhaufen, sorgsam aufgeschichtet zum Brandopfer und bereit für den ersten Funken...

»Wasser! Wir brauchen Wasser!« stellte William fest. »Aber wo kriegen wir Wasser her in diesem Inferno?«

»Von unten, aus der Küche!« rief ich.

Er sah mich verdutzt an, das Gesicht rot angestrahlt vom wütenden Feuerschein. »Klar, aber bis wir unten sind und wieder oben... Ach, zum Teufel!« rief er plötzlich. »Der Raum ist sowieso verloren und der nächste vermutlich auch. Versuchen wir's! Los, runter! Ich hole Wasser und du schlägst Alarm, hier werden viele Helfer gebraucht!«

Wir fanden den Weg zur Treppe rasch, denn der Brand erhellte auch die benachbarten Räume, allerdings immer schwächer, so dass wir die letzten beiden fast tastend durchqueren mussten. Unten im Skriptorium schien ein fahles Nachtlicht durch die Fenster herein, doch wir eilten gleich weiter ins Erdgeschoss. William lief sofort in die Küche, ich zur Pforte des Refektoriums, die zu entriegeln mir erst nach einiger Mühe gelang, da die Aufregung mich begriffsstutzig und fahrig machte. Ich stürzte ins Freie, rannte über den Hof zum Dormitorium, begriff unterwegs, dass ich die Mönche kaum einzeln wecken konnte, hatte eine Idee und lief in die Kirche, um den Eingang zum Glockenturm zu suchen. Ich fand ihn schließlich, sprang hinauf, ergriff alle Glockenseile auf einmal und läutete Sturm. Das Seil der Hauptglocke zog ich so heftig nieder, dass es mich beim Zurückschnellen mit nach oben riss. In der Bibliothek, bei meinem vergeblichen Löschversuch, hatte ich mir die Handrücken verbrannt; nun verbrannte ich mir, als ich das Seil hinabglitt, auch die Innenflächen der Hände, bis sie zu bluten anfingen und ich meinen Griff lockern musste.

Immerhin hatte ich jetzt genug Lärm gemacht, und als ich ins Freie stürzte, sah ich auch schon die ersten Mönche aus dem Dormitorium kommen, während hinten im Hof die Stimmen der Knechte erklangen. Ich konnte mich nicht gut verständlich machen, es war mir unmöglich, Sätze zu formulieren, und die ersten Worte, die mir über die Lippen kamen, waren in meiner Muttersprache. Aber ich deutete mit der blutenden Hand zu den oberen Fenstern des Südturms empor, aus deren Alabasterscheiben ungewöhnliche Helligkeit drang, und an der Intensität dieser Helligkeit sah ich, dass der Brand sich inzwischen auf weitere Räume ausgedehnt hatte: Sämtliche Fenster des Africa und die ganze Südostfassade des Aedificiums waren von flackerndem Schein erleuchtet.

»Wasser!« schrie ich. »Holt Wasser herbei!«

Keiner verstand zunächst, was ich meinte. Die Mönche waren so sehr gewohnt, die Bibliothek als einen heiligen und unzugänglichen Ort zu betrachten, dass ihnen der Gedanke, sie könnte von einem banalen Unglück heimgesucht werden wie die einfache Hütte eines Bauern, völlig unfassbar erschien. Die ersten, die hinaufblickten, bekreuzigten sich und murmelten ein paar entsetzte Worte, als glaubten sie an neue Erscheinungen. Ich packte sie an der Kutte und flehte sie an, sie sollten doch endlich begreifen, bis einer mein wildes Gestammel in menschliche Worte zu übersetzen verstand.

Es war Nicolas von Morimond, der schließlich sagte: »Die Bibliothek brennt!«

»Genau!« seufzte ich erleichtert und ließ mich ermattet zu Boden fallen.

Nicolas legte unverzüglich große Energie an den Tag. Er rief den Knechten Befehle zu, gab den Mönchen Ratschläge, beauftragte jemanden, die anderen Pforten des Aedificiums zu öffnen, drängte die Anwesenden, Krüge, Töpfe und Gefäße aller Art zu holen, dirigierte sie zu den Brunnen und Zisternen der Abtei, befahl den Stallknechten, die Esel und Maultiere zum Wassertransport zu benutzen... Wären all diese Anweisungen von einer Autoritätsperson erteilt worden, sie hätten sicher unverzüglich Gehör gefunden. Doch die Knechte waren gewohnt, ihre Befehle von Remigius zu erhalten, die Schreiber von Malachias und alle gemeinsam vom Abt. Und keiner der drei war, Gott sei's geklagt, vorhanden. Die Mönche schauten ratlos umher nach dem Abt, um sich Anweisungen und Trost von ihm zu holen, und fanden ihn nicht – und nur ich allein wusste, dass er tot war oder in diesem Augenblick gerade starb, eingeschlossen in ein erstickend enges Gemäuer, das sich allmählich zu einem Feuerofen verwandelte, zu einem steinernen Phalaris-Stier...

Nicolas drängte die Knechte zur einen Seite, doch andere drängten sie voller guter Absichten in die andere. Einige Brüder verloren sichtlich die Nerven, andere waren noch schlaftrunken. Ich versuchte die Sachlage zu erklären, denn meine Sprache hatte ich unterdessen wiedergefunden, doch man bedenke: Ich war fast nackt, mein Gewand hatte ich in die Flammen geworfen, und der Anblick des schmalbrüstigen Jünglings, der ich war, blutverschmiert, das Gesicht rußgeschwärzt, der Leib unschicklich hüllenlos und jetzt zitternd vor Kälte, war gewiss nicht gerade vertrauenerweckend.

Schließlich gelang es Nicola, einige Mönche und Knechte um sich zu scharen und in die Küche zu führen, die inzwischen einer geöffnet hatte. Ein anderer hatte vernünftigerweise Fackeln herbeigeholt. Wir fanden den weiten Raum in großer Unordnung vor, offenbar hatte William ihn mit verzweifelter Hast durchwühlt, um Wasser und geeignete Transportbehälter zu finden.

Gleich darauf erschien William in der Refektoriumstür, das Gesicht rußig und angesengt, die Kutte rauchend, in der Hand einen riesigen Kessel, und Mitleid überkam mich angesichts dieser kläglichen Allegorie der Ohnmacht. Ich begriff, dass mein Meister, selbst wenn er es geschafft haben sollte, einen vollen Kessel unversehrt ins dritte Stockwerk hinaufzutragen, selbst wenn er es zweimal geschafft haben sollte, kaum viel erreicht haben konnte. Unwillkürlich musste ich an die Geschichte vom heiligen Augustinus denken, der sah, wie ein Knabe mit einem Löffelchen das Meer auszuschöpfen versuchte: Der Knabe war ein Engel und tat so, um sich lustig zu machen über den Heiligen, der in die Geheimnisse des göttlichen Wesens einzudringen trachtete. Und wie der Engel sprach William zu mir, während er sich erschöpft an den Türrahmen lehnte: »Es ist unmöglich, das schaffen wir nie, auch nicht mit allen Mönchen des Klosters. Die Bibliothek ist verloren.« Anders als der Engel, weinte William.

Ich drückte mich zitternd an ihn. Er griff nach einem leinenen Tuch und legte es mir um die Schultern. Wir standen eine Weile schweigend da und betrachteten das Geschehen in der Küche.

Es war ein wildes Gerenne und Durcheinander, einige rannten mit bloßen Händen hinauf und stießen prompt auf der Wendeltreppe mit denen zusammen, die vorher bereits, von törichter Neugier getrieben, mit bloßen Händen hinaufgerannt waren und nun zurückkamen, um Wasser zu holen. Andere, Besonnenere, suchten sofort nach Krügen und Töpfen, um jedoch festzustellen, dass es in der Küche nicht genug Wasser gab. Auf einmal brach ein Trupp Maultiere herein, sie trugen große Bottiche rechts und links auf dem Rücken; ihre Treiber luden sie ab und machten Anstalten, die schweren Gefäße hinaufzutragen. Aber sie wussten nicht, wo es zum Skriptorium hinaufging, und es dauerte einige Zeit, bis einer der Mönche es ihnen zeigte, und als sie schließlich hinaufzusteigen begannen, stießen sie auf der Treppe mit denen zusammen, die voller Entsetzen heruntergelaufen kamen. Einige Bottiche stürzten um und ergossen ihr kostbares Wasser über die Stufen, andere wurden von hilfreichen Händen hinaufgereicht. Ich folgte einer Gruppe und fand mich im Skriptorium: Schwarze Rauchschwaden quollen aus dem Aufgang zur Bibliothek, die letzten Helfer, die sich hinaufgewagt hatten, kamen gerade hustend und mit geröteten Augen zurück und erklärten, es sei unmöglich, niemand könne mehr in jene Hölle.

Dann sah ich auf einmal Benno, der keuchend, die Züge verzerrt, mit einem riesigen Wasserbehälter am oberen Ende der Wendeltreppe erschien. Er hörte, was die Herunterkommenden sagten, und fuhr sie wild an: »Die Hölle wird euch alle verschlingen, ihr Feiglinge!« Er blickte hilfesuchend umher, sah mich und schrie: »Adson! Die Bibliothek! Die Bibliothek!!« Er wartete nicht auf meine Antwort, lief zum Aufgang hinüber und stürzte sich tapfer in den Rauch. Es war das letzte Mal, dass ich ihn sah.

Über mir begann es zu knistern. Aus dem Deckengewölbe des Skriptoriums lösten sich Steine und Mörtelbrocken. Ein prächtiger, als Blume geformter Schlussstein brach heraus und wäre mir fast auf den Kopf gefallen. Der Boden des Labyrinths begann nachzugeben.

Ich floh hinunter ins Erdgeschoss und trat auf den Hof. Ein paar Knechte hatten Leitern herbeigeholt und versuchten, auf diesem Wege die Fenster des Oberstocks zu erreichen und Wasser hinaufzuschaffen. Doch die längsten Leitern reichten gerade bis zu den Fenstern des Skriptoriums, und die hinaufgeklettert waren, konnten sie nicht von außen öffnen. Jemand solle gehen und sie rasch von innen öffnen, riefen sie, aber niemand wagte sich mehr hinein.

Unterdessen schaute ich zu den Fenstern im dritten Stockwerk hinauf Die ganze Bibliothek war inzwischen ein einziger lodernder Brandherd, das Feuer raste von Raum zu Raum und fand überall reichlich Nahrung an den Tausenden und Abertausenden trockener Seiten. Sämtliche Fenster waren jetzt hell erleuchtet, und schwarzer Rauch stieg aus dem Dach: Die Flammen hatten bereits das Gebälk erfasst. Das Aedificium, das unten so fest und vierschrötig auf dem Boden zu stehen schien, offenbarte in jener Region seine Schwäche, die Risse in seinen von innen zerfressenen Mauern mit ihren zerbröckelnden Steinen, zwischen denen das Feuer überall zu den hölzernen Tragbalken vordringen konnte.

Knallend zerbarsten mehrere Fenster, wie aufgesprengt von einer inneren Kraft. Funken stoben hervor und flogen als schweifende Lichtpunkte durch die Nacht. Der Wind war ein wenig schwächer geworden, und das war ein Unglück, denn als Sturm hätte er die Funken vielleicht gelöscht, als Brise aber trieb er sie auf und entfachte sie, und mit ihnen flogen brennende Pergamentfetzen durch die Luft gleich lebendig gewordenen Fackeln. Dann ertönte ein dumpfes Krachen: Der Boden des Labyrinths hatte nachgegeben, brennende Balken stürzten in das darunterliegende Stockwerk, schon züngelten Flammen im Skriptorium auf, das ebenfalls voller Schränke und Bücher und loser Blätter war, die nur darauf warteten, sich vom ersten Funken entzünden zu lassen. Einige Miniatoren schrien verzweifelt auf; schlugen die Hände über den Köpfen zusammen und beschlossen heroisch, noch einmal hinaufzuspringen, um ihre geliebten Pergamente zu retten. Vergebens, Küche und Refektorium waren nur noch ein einziges Knäuel verlorener Seelen, die in planloser Hast durcheinanderliefen, sich gegenseitig behindernd, stoßend, zu Boden werfend. Wer noch ein Gefäß hielt, vergoss seinen rettenden Inhalt, die Maultiere spürten das Nahen des Feuers, schlugen aus und stürmten in panischer Angst zu den Ausgängen, wo sie die Menschen wild überrannten und sogar ihre eigenen Pfleger traten. Kein Zweifel, es war jetzt deutlich zu sehen, dieser wimmelnde Haufe einfacher Bauernsöhne und frommer, gebildeter, aber höchst unbeholfener Männer versperrte sich selbst, da von niemandem angeleitet, auch noch die wenigen Rettungswege, die er hätte beschreiten können.

Die ganze Abtei war in wilder Erregung. Doch die Tragödie hatte erst gerade begonnen. Denn die Funkenwolke, die jetzt ungehindert aus Dach und Fenstern hervorbrach, verteilte sich rasch und erreichte, vom Wind angetrieben, das Dach der Kirche. Jedermann weiß, wie anfällig stolze Dome und Kathedralen für den verheerenden Biss der Flammen sind. Denn das Haus Gottes erscheint zwar prachtvoll und wohlgewappnet wie das Himmlische Jerusalem dank der steinernen Hülle, mit der es prunkt, doch seine Mauern und Bögen stützen sich auf eine zarte, kunstvoll gefügte Struktur aus Holz, und wenn die steinerne Kirche uns oftmals an die verehrungswürdigen Wälder erinnert mit ihren Säulen und Pfeilern, die kühn zum Himmel aufragen wie Eichen, so hat sie von Eichen auch häufig den Leib – und hölzern sind ihre Innenbauten, Altäre, Chorgestühl, Bänke, Votivtafeln, Kandelaber... So war es auch bei der Abteikirche mit dem wunderschönen Portal, das mich am ersten Tage so tief beeindruckt hatte: Im Handumdrehen fing sie Feuer. Die Mönche und alle auf dem Gelände begriffen sofort, dass damit der Fortbestand der Abtei gefährdet war, und stürzten los, noch kühner und planloser als zuvor, um der neuen Gefahr zu wehren.

Gewiss war die Kirche zugänglicher und mithin leichter gegen den Brand zu verteidigen als die Bibliothek. Die Bibliothek hatte sich selbst verdammt durch ihre labyrinthische Anlage, durch ihr eifersüchtig gewahrtes Geheimnis, durch ihr Geizen mit Zugängen. Die Kirche dagegen, die sich allen mütterlich aufgetan hatte in den Stunden der Andacht, stand nun in der Stunde der Not auch allen Helfern offen. Doch es gab kein Wasser mehr, jedenfalls nicht genug, die Brunnen spendeten es mit natürlicher Sparsamkeit, zu langsam für die Dringlichkeit des Bedarfs. Alle hätten den Kirchenbrand löschen können, niemand wusste jetzt, wie. Außerdem war das Feuer von oben gekommen, durchs Dach, wohin man nicht leicht gelangte, um es mit Lappen und Sand zu ersticken. Und als die Flammen den Boden erreicht hatten, war es vergeblich, noch Erde und Tücher darauf zu werfen, denn nun brach das Deckengewölbe zusammen und riss nicht wenige mit ins Verderben.

So mischten sich unter die Klagen über die vielen verlorenen Reichtümer bald auch die Schmerzensschreie über verbrannte Gesichter, zerquetschte Glieder, von niederstürzenden Balken begrabene Leiber.

Der Wind war wieder stürmisch geworden und blies die Funken weit durch die Nacht. Gleich nach der Kirche fingen die Stallungen Feuer. Die angstgepeinigten Tiere rissen sich los, durchbrachen die Tore und rannten kreuz und quer über den Hof, laut wiehernd, muhend, blökend, grunzend in schauerlichem Konzert. Etliche Funken verfingen sich in den Mähnen der Pferde, und bald sah man höllische Wesen über das Hochplateau rasen, Flammenrösser, die alles niederrannten, was ihnen vor die Hufe kam in ihrem ziel- und rastlosen Lauf. Ich sah den uralten Alinardus, der, verloren umherirrend, ohne recht zu begreifen, was vorging, überrannt wurde von dem prächtigen Rappen Brunellus in einer Aureole aus Feuer, überrannt, in den Staub getreten und liegengelassen als dunkle, formlose Masse. Doch ich hatte weder Zeit noch Möglichkeit, ihm zu helfen oder sein Ende zu beklagen, denn Szenen ganz ähnlicher Art ereigneten sich allenthalben.

Die brennenden Pferde trugen das Feuer noch dahin, wohin es der Wind nicht getragen hatte, und so brannten bald auch die Werkstatt und das Novizenhaus. Scharen verzweifelter Menschen liefen von einem Ende zum anderen durch die Abtei, ziellos oder mit illusorischen Zielen. Ich sah Nicolas von Morimond, der, eine blutende Wunde am Kopf, die Kleidung in Fetzen, auf dem Torweg kniend laut den Fluch Gottes verfluchte. Ich sah Pacificus von Tivoli, der, jeden Gedanken an eine mögliche Hilfeleistung fahrenlassend, sich ein vorübereilendes Maultier zu greifen versuchte; als er es hatte, schrie er mir zu, ich solle ein gleiches tun und fliehen, nur weg hier, weg von diesem Spottbild des Armageddon.

Ich fragte mich bang, wo William sein mochte, und fürchtete schon, er liege womöglich verschüttet unter irgendeinem zusammengestürzten Gewölbe. Nach langer Suche fand ich ihn in der Nähe des Kreuzgangs. Er hielt seinen Reisesack in der Hand: Als das Feuer aufs Pilgerhaus überzugreifen begann, war er rasch hinaufgesprungen, um wenigstens seine kostbarsten Sachen zu retten. Er hatte auch meinen Sack mitgebracht, in dem ich etwas zum Anziehen fand. Wir standen zitternd nebeneinander und betrachteten das Geschehen.

Die Abtei war verloren. Fast alle Gebäude brannten jetzt mehr oder minder lichterloh. Die noch unversehrt waren, würden es nicht lange mehr bleiben, denn alles, vom Wirken der Naturelemente bis zu den wirren Rettungsversuchen der Helfer, trug nur noch zur Ausbreitung der Feuersbrunst bei. Verschont blieben allein die unbebauten Flächen, der Kräutergarten, das kleine Grüngeviert vor dem Kreuzgang... Man konnte nichts mehr tun, um die Bauten zu retten, ja, es genügte schon, den Gedanken an ihre Rettung aufzugeben, um das Ganze gefahrlos aus sicherer Entfernung betrachten zu können.

Wir schauten zur Kirche hinüber, die nun langsam abbrannte, wie es typisch ist für diese großen Gebäude, die sofort auflodern in ihren hölzernen Teilen, um danach stundenlang weiterzuschwelen, manchmal tagelang. Anders loderte immer noch das Aedificium. Dort gab es sehr viel mehr brennbares Material, das Feuer hatte sich durch das ganze Skriptorium gefressen und tobte nun in der Küche. Der Oberstock, der jahrhundertelang und bis vor wenigen Stunden das Labyrinth beherbergt hatte, war praktisch zerstört.

»Es war die größte Bibliothek der Christenheit«, seufzte William. »Nun ist der Antichrist wirklich nahe, denn keine Weisheit hindert ihn mehr am Kommen. Übrigens haben wir heute nacht schon sein Antlitz gesehen.«

»Was?« fuhr ich erschrocken auf

»Ich spreche von Jorge. In jenem entstellten, vom Hass auf die Philosophie verzerrten Antlitz sah ich zum ersten Mal die Züge des Antichrist, der nicht aus dem Stamme Juda kommt, wie seine sinistren Verkünder behaupten, und auch nicht aus einem fernen Land. Der Antichrist entspringt eher aus der Frömmigkeit selbst, aus der fanatischen Liebe zu Gott oder zur Wahrheit, so wie der Häretiker aus dem Heiligen und der Besessene aus dem Seher entspringen. Fürchte die Wahrheitspropheten, Adson, und fürchte vor allem jene, die bereit sind, für die Wahrheit zu sterben: Gewöhnlich lassen sie viele andere mit sich sterben, oft bereits vor sich, manchmal für sich.

Jorge hat ein teuflisches Werk vollbracht, weil er seine Wahrheit so blindwütig liebte, dass er alles wagte, um die Lüge zu vernichten. Jorge fürchtete jenes zweite Buch des Aristoteles, weil es vielleicht wirklich lehrte, das Antlitz jeder Wahrheit zu entstellen, damit wir nicht zu Sklaven unserer Einbildungen werden. Vielleicht gibt es am Ende nur eins zu tun, wenn man die Menschen liebt: sie über die Wahrheit zum Lachen bringen, *die Wahrheit zum Lachen bringen*, denn die einzige Wahrheit heißt: lernen, sich von der krankhaften Leidenschaft für die Wahrheit zu befreien.«

»Aber Meister«, wagte ich einzuwenden, »Ihr redet jetzt so, weil Ihr in tiefster Seele verletzt seid. Mir scheint, es gibt durchaus eine Wahrheit, nämlich jene, die Ihr gestern abend entdeckt habt, jene, zu der Ihr gelangt seid, indem Ihr die Spuren gedeutet habt, die Ihr in den letzten Tagen fandet. Jorge mag gesiegt haben, aber Ihr habt Jorge besiegt, denn Ihr habt seine Intrige aufgedeckt...«

»Es gab keine Intrige«, sagte William, »und ich habe sie aus Versehen aufgedeckt.«

Die Antwort war ein Widerspruch in sich selbst, und mir war nicht klar, ob William das so gewollt hatte. »Aber es ist doch wahr, dass die Spuren im Schnee auf Brunellus verwiesen«, sagte ich, »es ist wahr, dass Adelmus Selbstmord begangen hatte, es ist wahr, dass Venantius nicht im Bottich ertrunken war, es ist wahr, dass das Labyrinth so angelegt war, wie Ihr es vermutet hattet, es ist wahr, dass man ins Finis Africae eindrang, wenn man das Wort *quatuor* berührte, es ist wahr, dass die geheimnisvolle griechische Handschrift von Aristoteles stammte... Ich könnte die Liste der wahren Dinge, die Ihr mit Hilfe Eurer Wissenschaft aufgedeckt habt, noch lange fortsetzen...«

»Ich habe nie an der Wahrheit der Zeichen gezweifelt, Adson, sie sind das einzige, was der Mensch hat, um sich in der Welt zurechtzufinden. Was ich nicht verstanden hatte, war die Wechselbeziehung zwischen den Zeichen. Ich bin zu Jorge gelangt, indem ich einem apokalyptischen Muster folgte, das den Verbrechen zu unterliegen schien, und dabei war es ein Zufall. Ich bin zu Jorge gelangt, indem ich einen Urheber aller Verbrechen suchte, und dabei haben wir nun entdeckt, dass im Grunde jedes Verbrechen einen anderen Urheber hatte, beziehungsweise keinen. Ich bin zu Jorge gelangt, indem ich dem Plan eines perversen, wahnhaften, aber methodisch denkenden Hirns nachging, und dabei gab es gar keinen Plan, beziehungsweise Jorges ursprünglicher Plan hatte sich selbstständig gemacht und eine Verkettung von Ursachen eingeleitet, von Haupt- und Neben- und Gegenursachen, die sich auf eigene Rechnung weiterentwickelten, indem sie Wechselbeziehungen eingingen, denen keinerlei Plan unterlag. Wo ist da meine ganze Klugheit? Ich bin wie ein Besessener hinter einem Anschein von Ordnung hergelaufen, während ich doch hätte wissen müssen, dass es in der Welt keine Ordnung gibt.«

»Aber indem Ihr Euch falsche Ordnungen vorgestellt habt, habt Ihr schließlich etwas gefunden...«

»Da hast du etwas sehr Schönes gesagt, Adson, ich danke dir. Die Ordnung, die unser Geist sich vorstellt, ist wie ein Netz oder eine Leiter, die er sich zusammenbastelt, um irgendwo hinaufzugelangen. Aber wenn er dann hinaufgelangt ist, muss er sie wegwerfen, denn es zeigt sich, dass sie zwar nützlich, aber unsinnig war. ›*Er muoz gelîchesame die leiter abewerfen, sô er an ir ufgestigen*‹... Sagt man so?«

»So klingt es in meiner Sprache. Wer hat das gesagt?«

»Ein Mystiker aus deiner Heimat, er hat es irgendwo niedergeschrieben, ich weiß nicht mehr, wo... Und daher ist es auch nicht notwendig, dass eines Tages jene griechische Handschrift wiedergefunden wird. Die einzigen Wahrheiten, die etwas taugen, sind Werkzeuge, die man nach Gebrauch wegwirft.«

»Ihr könnt Euch jedenfalls keine Vorwürfe machen, Ihr habt Euer Bestes getan.«

»Und das Beste der Menschen ist wenig. Es fällt schwer, den Gedanken zu akzeptieren, dass es in der Welt keine Ordnung geben kann, da sie den freien Willen Gottes und seine Allmacht einschränken würde. So gesehen ist die Freiheit Gottes unsere Verdammnis, oder jedenfalls ist sie die Verdammnis unserer Hoffart.«

Zum ersten und letzten Male in meinem Leben wagte ich eine theologische Konklusion: »Aber wie kann ein notwendiges Wesen existieren, das ganz aus Möglichkeiten besteht? Was ist dann der Unterschied zwischen Gott und dem ursprünglichen Chaos? Zu behaupten, dass Gott absolut allmächtig ist und seinen eigenen Entscheidungen gegenüber absolut frei, heißt das nicht zu beweisen, dass Gott nicht existiert?«

William sah mich an, ohne dass seine Züge irgendein Gefühl verrieten, und sagte: »Wie könnte ein Wissender sein Wissen weiterhin mitteilen, wenn er deine Frage mit einem Ja beantworten würde?« Ich begriff den Sinn seiner Worte nicht. »Wollt Ihr damit sagen«, fragte ich, »dass kein mitteilbares Wissen mehr möglich wäre, wenn das Grundkriterium der Wahrheit entfiele, oder dass Ihr nicht mehr mitteilen könntet, was Ihr wisst, weil die anderen es Euch nicht gestatten würden?«

In diesem Augenblick brach das Dach des Dormitoriums mit gewaltigem Krachen zusammen und ließ eine mächtige Funkenwolke zum Himmel aufstieben. Ein Haufen verirrter Schafe und Ziegen rannte grässlich blökend dicht an uns vorbei, Stallburschen folgten ihnen mit wildem Geschrei und hätten uns beinahe umgerannt.

»Zuviel Durcheinander hier«, sagte William. »*Non in commotione, non in commotione Dominus.*«

Epilog

Die Abtei brannte drei Tage und drei Nächte, und vergeblich waren alle weiteren Bemühungen. Schon am Morgen, als der siebente Tag unseres Aufenthaltes an jener Stätte anbrach, als die Überlebenden einsahen, dass kein Bauwerk mehr zu retten war, als an den schönsten Gebäuden die Außenmauern einzustürzen begannen, als die Kirche, gleichsam in sich selbst zusammenfallend, ihren Turm verschluckte, schon da hatte niemand mehr recht den Willen, gegen die göttliche Züchtigung anzukämpfen. Immer müder wurden die Gänge zu den wenigen übriggebliebenen Wasserstellen, während noch der Kapitelsaal mit der prächtigen Wohnung des Abtes still vor sich hin brannte. Als das Feuer zu den äußeren Wirtschaftsgebäuden an der Südmauer vordrang, hatten die Knechte längst alles gerettet, was an Gerätschaften noch zu retten war, und zogen es vor, die Hänge und das Tal abzusuchen, um wenigstens einen Teil der im nächtlichen Wirrwarr entlaufenen Tiere wieder einzufangen.

Ich sah, wie einige Knechte zwischen den Trümmern der Kirche herumkletterten; vermutlich suchten sie nach dem Eingang zur Krypta, um vor der Flucht noch rasch ein paar Kostbarkeiten zusammenzuraffen. Ich weiß nicht, ob sie erfolgreich waren, ob die Krypta überhaupt noch stand, ob die Plünderer bei ihrem Raubzug ins Innere der Erde nicht verschüttet wurden.

Unterdessen kamen Leute aus dem Dorf herauf, um Hilfe zu bringen oder vielleicht auch etwas Brauchbares zu erbeuten. Die Toten blieben größtenteils unter den schwelenden Trümmern liegen. Am dritten Tage, als die Verletzten versorgt und die Leichen, soweit man sie hatte bergen können, begraben waren, packten alle zusammen, was ihnen geblieben war, und verließen das immer noch rauchende Hochplateau wie einen verfluchten Ort. Ich weiß nicht, wohin sie gingen, sie haben sich wohl in alle Winde zerstreut.

William und ich kehrten jener Gegend den Rücken und wandten uns – auf zwei Maultieren, die wir verirrt im Walde gefunden hatten und als herrenlos betrachteten – gen Osten. In Bobbio, wo wir erneut Station machten, hörten wir schlechte Neuigkeiten vom Kaiser. Er war in Rom eingezogen, hatte sich vom jubelnden Volke krönen lassen und, da eine Verständigung mit dem Papst nicht mehr möglich schien, einen Gegenpapst auf den Heiligen Stuhl gesetzt, einen Franziskaner, der sich Nikolaus V. nannte. Marsilius war zum geistlichen Statthalter Roms ernannt worden, doch bald schon kam es, sei's durch seine Schuld oder durch seine Schwäche, zu höchst betrüblichen Übergriffen, von denen zu sprechen mir schwerfällt. Papsttreue Priester wurden gefoltert, weil sie die Messe nicht lesen wollten, einen Prior der Augustiner hatte man in den Löwengraben unter dem Kapitol geworfen. Marsilius und Johannes von Jandun hatten den Avignonesischen Papst zum Ketzer erklärt, Ludwig verkündete seine Absetzung und sein Todesurteil. Doch er regierte schlecht, zog sich die Feindschaft der örtlichen Fürsten zu und vergriff sich am Staatsschatz... Je mehr wir von diesen schlimmen Nachrichten hörten, desto langsamer setzten wir unsere Weiterreise nach Rom fort, und ich begriff, dass William nicht Zeuge von Ereignissen werden wollte, die seine Hoffnungen niederdrückten.

In Pomposa erfuhren wir schließlich, dass Rom sich gegen Ludwig erhoben hatte. Er war nach Pisa zurückgekehrt, um die Papststadt den siegreich wiedereinziehenden Legaten Avignons zu überlassen.

Unterdessen hatte Michael von Cesena eingesehen, dass er bei Johannes nichts mehr erreichen, ja seines Lebens nicht mehr sicher sein konnte, und war geflohen, um sich in Pisa mit Ludwig zu vereinigen. Dieser hatte jedoch inzwischen sogar die Unterstützung seines getreuen Castruccio, des Herrn von Lucca und Pistoia, durch dessen plötzlichen Tod verloren.

Kurzum, wir sahen voraus, dass der Bayer sich bald geschlagen nach München zurückziehen würde, und beschlossen kehrtzumachen, um ihm dorthin vorauszueilen, auch weil Italien für William allmählich unsicher zu werden begann. In der Tat sollte das kaisertreue Bündnis der ghibellinischen Fürsten in den folgenden Monaten rasch zerfallen, und nur ein Jahr später unterwarf sich der Gegenpapst Nikolaus, vor dem Thron zu Avignon niederkniend mit einem Strick um den Hals, dem alten Fuchs von Cahors.

Als wir in München eintrafen, musste ich mich unter vielen Tränen von meinem guten Meister verabschieden. Sein Schicksal war ungewiss, und meine Eltern wünschten meine Rückkehr nach Melk. Seit jener tragischen Nacht, da William mir angesichts der zerstörten Abtei sein tiefstes Seelenleid offenbart hatte, waren wir in stillschweigender Übereinkunft nie wieder auf die Geschichte zurückgekommen. Auch während unseres traurigen Abschieds erwähnten wir sie mit keinem Wort.

Mein Meister gab mir viele gute Ratschläge für meine künftigen Studien mit auf den Weg und schenkte mir die Linsen, die Meister Nicolas ihm gemacht hatte, da ihm die seinen genügten. Noch sei ich jung, sagte er, aber eines Tages würde ich sie gebrauchen können (und in der Tat habe ich sie, während ich diese Zeilen schreibe, auf der Nase). Dann umarmte er mich mit der Herzlichkeit eines Vaters und sagte mir Lebewohl.

Ich habe ihn niemals wieder gesehen. Nach vielen Jahren erzählte mir jemand, er sei der großen Pest zum Opfer gefallen, die Europa um die Mitte dieses Jahrhunderts verheerte. Stets bete ich, Gott möge seine Seele gnädig zu sich genommen und ihm die vielen Akte der Hoffart vergeben haben, die sein stolzer Geist ihn hatte begehen lassen.

Jahrzehnte später, längst schon in reifem Alter, hatte ich Gelegenheit zu einer Italienreise im Auftrag meines Abtes. Ich konnte der Versuchung nicht widerstehen und machte auf der Rückreise einen langen Umweg, um wiederzusehen, was einst die Abtei gewesen.

Die beiden Dörfer am Fuße des Berges waren verödet, die Felder ringsum lagen brach. Ich stieg den Hang hinauf bis zum Hochplateau, und meinen tränenerfüllten Augen bot sich ein Bild der Trostlosigkeit.

Von den prachtvollen großen Gebäuden, die einst jenen Ort geschmückt hatten, standen nur kümmerliche Ruinen, ganz wie von den heidnischen Monumenten in der Stadt Rom. Efeu überrankte die Mauerstümpfe, die Säulen, die wenigen noch vorhandenen Architrave. Hohes Unkraut wucherte allenthalben, so dass man nicht einmal mehr sehen konnte, wo vordem die Gärten gelegen hatten. Nur die Lage des Friedhofs war noch erkennbar an einigen Grabsteinen, die halb aus dem Erdboden ragten. Das einzige Zeichen von Leben waren hochfliegende Raubvögel auf der Jagd nach Schlangen und Eidechsen, die gleich Basilisken zwischen den Steinen züngelten oder um die verfallenen Gemäuer huschten. Vom Kirchenportal standen nur noch wenige schimmelzerfressene Reste, aber das Tympanon war zur Hälfte erhalten, und ich entdeckte sogar, weit aufgerissen von den Unbilden der Witterung und umflort von grauen Flechten, das linke Auge des Sitzenden auf dem Thron und ein Stück vom Antlitz des Löwen.

Das Aedificium schien großenteils, abgesehen von der eingestürzten Südmauer, noch zu stehen und dem Nagen der Zeit zu trotzen. Die beiden Türme über dem Steilhang sahen fast unversehrt aus, nur die Fenster waren überall leere Augenhöhlen mit Tränensäcken aus fauligen Schlinggewächsen. Innen jedoch verschmolz das zerstörte Menschenwerk mit dem der Natur, und aus der Küche sah das Auge durch eine weite Öffnung zum Blau des Himmels empor, denn die oberen Stockwerke und das Dach waren niedergestürzt wie gefallene Engel. Und alles, was nicht grün war vom wuchernden Moos, war immer noch schwarz von dem Brand vor Jahrzehnten.

Beim Herumstöbern in den Trümmern fand ich hier und da ein paar Fetzen von Pergament, die aus Skriptorium und Bibliothek heruntergefallen waren und im Schutt überlebt hatten wie vergrabene Schätze. Ich begann sie zu sammeln, als müsste ich die Seiten eines auseinandergefallenen Buches wieder zusammenlegen. Dann entdeckte ich, dass in einem der Türme eine brüchige, aber noch zusammenhängende Wendeltreppe nach oben führte, und so gelangte ich, vorsichtig über Schutthaufen kletternd, ins Skriptorium und von dort sogar weiter hinauf bis zur Höhe der Bibliothek – doch diese war nur noch eine Art von schmaler, an den Außenmauern hängender Galerie rings um einen gähnenden Abgrund.

An einer Wand fand ich einen Schrank, der wunderbarerweise noch stand und das Feuer irgendwie überlebt hatte, faulig vom Regenwasser und zerfressen von Würmern. In seinem Innern lagen noch einige Blätter. Andere Pergamentreste fand ich beim Durchsuchen der Trümmer unten. Es war eine karge Ernte, die ich so zusammenbekam, doch ich verbrachte einen ganzen Tag damit, sie einzusammeln, als erhoffte ich mir von diesen *disiecta membra* der Bibliothek irgendeine Botschaft. Manche Fragmente waren gänzlich verblichen, andere ließen noch Umrisse einer Zeichnung erkennen, zuweilen die Ahnung eines oder gar mehrerer Worte. Hin und wieder fand ich auch Blätter, auf denen ganze Sätze zu lesen waren, ja sogar einige fast komplette Buchrücken, die den Brand überstanden hatten dank dessen, was einst ihre Metallbeschläge gewesen... Larven von Büchern, äußerlich scheinbar unversehrt, doch innen wüst und leer. Dennoch hatte sich hier und da ein Blatt gerettet, schien ein *Incipit* auf, eine Kapitelüberschrift...

Ich sammelte alle Reliquien ein, die ich finden konnte, und füllte damit zwei Reisetaschen. Ich ließ nützliche Dinge zurück, um meinen dürftigen Schatz mitnehmen zu können.

Auf der Rückreise und später in Melk verbrachte ich viele Stunden mit dem Versuch, jene spärlichen Überbleibsel zu entziffern. Nicht selten erkannte ich an einem verblichenen Wort oder Bild, um welches Werk es sich handelte. Und wenn ich dann später im Laufe der Jahre andere Kopien der so erschlossenen Werke fand, studierte ich sie mit besonderer Liebe, als hätte das Schicksal mir jene Erbschaft vermacht, als wäre die Tatsache, dass ich eine zerstörte Handschrift erkannt hatte, gleichsam ein klarer Fingerzeig vom Himmel, der zu mir sagte: *Tolle et lege!* Am Ende meiner geduldigen Rekonstruktionsbemühungen zeichnete sich vor meinen Augen so etwas wie eine kleine Bibliothek als Zeichen jener verschwundenen großen ab, eine Bibliothek aus Schnipseln, Fragmenten, Zitaten, unvollendeten Sätzen, Ruinen und Torsi von Büchern.

Je öfter ich in meiner Sammlung lese, desto klarer wird mir, dass sie ein Produkt des Zufalls ist und keine Botschaft enthält. Gleichwohl haben mich diese unvollständigen Seiten mein ganzes ferneres Leben begleitet bis heute, und mich dünkt beinahe, als wäre, was ich hier geschrieben habe und was du nun liesest, mein unbekannter Leser, nichts anderes als ein Flickwerk, ein großes Figurengedicht, ein immenses Akrostichon, das lediglich wiederholt, was jene Fragmente mir eingegeben, und ich weiß nicht einmal mehr, ob *ich* es war, der hier gesprochen hat, oder ob nicht vielmehr *sie* durch meinen Mund gesprochen haben. Doch welcher der beiden Glücks- oder Zufälle sich auch ereignet haben mag, je öfter ich mir die Geschichte vergegenwärtige, die dabei herausgekommen ist, desto weniger vermag ich zu erkennen, ob sie etwas enthält, das über die natürliche Abfolge der Ereignisse und die sie verbindenden Zeiten hinausweist. Und es ist hart für einen greisen Mönch an der Schwelle des Todes, nicht zu wissen, ob die Lettern, die er geschrieben hat, einen Sinn enthalten, oder auch mehr als einen, viele gar, oder keinen.

Doch vielleicht ist diese meine Blindheit auch nur die Folge des Schattens, den die näherkommende Große Finsternis auf unsere vergreiste Welt wirft.

Est ubi gloria nunc Babylonia? Wo ist der Schnee vom vorigen Jahr? Die Welt tanzt den schaurigen Tanz des Macabré, mich dünkt zuweilen, die Donau sei voller Narrenschiffe auf der Fahrt in ein dunkles Land.

Mir bleibt nur zu schweigen. *O quam salubre, quam iucundum et suave est sedere in solitudine et tacere et loqui cum Deo!* Bald schon werde ich wiedervereint sein mit meinem Ursprung, und ich glaube nicht mehr, dass es der Gott der Herrlichkeit ist, von welchem mir die Äbte meines Ordens erzählten, auch nicht der Gott der Freude, wie einst die Minderen Brüder glaubten, vielleicht nicht einmal der Gott der Barmherzigkeit. Gott ist ein lauter Nichts, ihn rührt kein Nun noch Hier... Ich werde rasch vordringen in jene allerweiteste, allerebenste und unermessliche Einöde, in welcher der wahrhaft fromme Geist so selig vergehet. Ich werde versinken in der göttlichen Finsternis, in ein Stillschweigen und unaussprechliches Einswerden, und in diesem Versinken wird verloren sein alles Gleich und Ungleich, in diesem Abgrund wird auch mein Geist sich verlieren und nichts mehr wissen von Gott noch von sich selbst noch von Gleich und Ungleich noch von nichts gar nichts. Und ausgelöscht sein werden alle Unterschiede, ich werde eingehen in den einfältigen Grund, in die stille Wüste, in jenes Innerste, da niemand heimisch ist. Ich werde eintauchen in die wüste und öde Gottheit, darinnen ist weder Werk noch Bild...

Kalt ist's im Skriptorium, der Daumen schmerzt mich. Ich gehe und hinterlasse dies Schreiben, ich weiß nicht, für wen, ich weiß auch nicht mehr, worüber: *Stat rosa pristina nomine, nomina nuda tenemus.*

Anhang

Übersetzung der wichtigsten lateinischen Passagen

S. 13 *In omnibus...:* In allem habe ich Ruhe gesucht und habe sie nirgends gefunden, außer in einer Ecke mit einem Buch.

S. 19 *videmus nunc...:* Wir sehen jetzt durch einen Spiegel in einem Rätsel (Paulus, I. Kor. 13,12).

S. 21 *usus facti:* Nießbrauch

S. 28 *unico homine regente:* von einem einzigen Menschen gelenkt

ut sine animali...: (die so konstruiert sind) dass sie ohne ein Lebewesen mit unermeßlichem Schwunge bewegt werden, und Instrumente zum Fliegen mit einem Menschen, sitzend inmitten von Instrumenten, den Geist darauf gewandt, dass künstliche Flügel die Luft schlagen nach Art des fliegenden Vogels.

S. 36 *Omnis mundi creatura...:* Jedes Geschöpf der Welt ist für uns gleichsam ein Buch und Gemälde und Spiegel.

S. 37 *ut sit exiguum...:* dass der Kopf schmal sei und trocken bei dicht auf den Knochen liegendem Fell, die Ohren kurz und spitz, die Augen groß, die Nüstern geöffnet, der Nacken aufgerichtet, Mähne und Schweif dicht, die Rundung der Hufe solide und fest.

S. 51 *Eris sacerdos...:* Du wirst Priester in Ewigkeit sein.

S. 53 *Monasterium sine libris...:* Ein Kloster ohne Bücher ist wie ein Staatswesen ohne Habe, eine Festung ohne Truppen, eine Küche ohne Geschirr, ein Tisch ohne Speisen, ein Garten ohne Pflanzen, eine Wiese ohne Blumen, ein Baum ohne Blätter.

S. 60 *pictura est...:* die Malerei ist die Literatur der Laien.

S....69 *si licet magnis...:* wenn es erlaubt ist, Kleines mit Großem zu vergleichen

S. 78 *qui per mundum...:* der als Vagabund durch die Welt zieht

S. 83 *homo nudus.../Et non...:* Der Mann lag nackt bei der Nackten. / Und sie vereinigten sich nicht miteinander.

S. 90 *Quorum primus...:* Deren erster, durch seraphischen Stein gereinigt und durch himmlisches Feuer entflammt, ganz zu brennen schien. Der zweite, voll des wahren Worts der Verkündigung, strahlte heller über die Finsternis der Welt.

S. 92 *Mors est...:* Der Tod ist die Ruhe des Wanderers – er ist das Ende aller Mühsal.

S. 105 *Habeat Librarius...:* Der Bibliothekar habe ein Verzeichnis aller Bücher, geordnet nach Themen und Autoren, und er bewahre sie einzeln auf und wohlgeordnet mit schriftlich aufgebrachten Signaturen.

S. 120 *Verba vana...:* Sprich keine leeren oder zum Lachen reizenden Worte!

oculi de vitro cum capsula: Augen aus Glas mit Einfassung

vitrei ab oculis ad legendum: Augengläser zum Lesen

S. 121 *tamquam ab...:* gleich wie von unrechtmäßigen Besitzern

S. 132 *Forte potuit...:* Er vermochte es wohl, aber man liest nicht, dass er es brauchte.

Manduca...: Beiß hinein, es ist schon gar!

S. 145 *Omnis mundi...:* vgl. S. 145.

Credo in unum Deum: Ich glaube an den einen Gott.

S. 151 *Est domus...:* Es ist ein Haus auf Erden, das von einer hellen Stimme widerhallt. Dieses Haus tönt wider, schweigend aber tönt nicht der Gast. Dennoch laufen beide, der Gast und mit ihm zugleich das Haus.

S. 161 *speculum mundi:* Spiegel der Welt

S. 175 *fabulas poetae...:* die Fabeln nannten die Dichter nach dem Reden *(a fando)*, da sie nicht geschehene Dinge *(res factae)* sind, sondern beim Reden erdachte *(fictae)*.

S. 176 *Decimus humilitatis gradus...:* Der zehnte Grad der Demut ist, wenn er (der Mönch) nicht leicht und prompt loslacht, denn es steht geschrieben: Der Tor erhebt die Stimme beim Lachen.

Aliquando praeterea rideo...: Zuweilen auch lache ich, mache Spaß, spiele, bin Mensch.

S. 177 *Admittenda tibi...:* Erlaubt sind dir Scherze nach gewissem Ernst, doch sind sie würdevoll zu treiben.

S. 179 *nudavi femora...:* ich habe deine Schenkel wider dein Gesicht entblösst

sive nudabo...: oder ich werde deine Schenkel entblössen und deinen Hintern freilegen (Jer. 13,26).

S. 180 *Tum podex...:* Da stieß der Hintern ein schreckliches Lied hervor.

S. 207 *Salva me...:* Rette mich aus dem Rachen des Löwen (Ps. 22,22).

S. 210 *Hunc mundum...:* Jenes Labyrinth bezeichnet bildlich diese Welt. Für den Eintretenden ist es weit, aber allzu eng für den Hinausgehenden.

S. 212 *aqua fons vitae:* Wasser ist die Quelle des Lebens.

S. 225 *Super thronos viginti quatuor:* Auf den Thronen vierundzwanzig

Nomen illi mors: Des Namen heißt Tod

Obscuratus...: Verdunkelt sind Sonne und Luft

Facta est...: Es ward ein Hagel und Feuer

S. 226 *In diebus illis:* In jenen Tagen

Primogenitus mortuorum: Erstgeborener von den Toten

Cecidit...: Es fiel ein großer Stern vom Himmel

S. 227 *Equus albus:* Ein weißes Pferd

Gratia vobis et pax: Gnade euch und Frieden

Tertia pars...: Der dritte Teil der Erde verbrannte

S. 231 *Requiescant...:* Mögen sie ausruhen von ihren Mühen

S. 273 *Quod enim laicali...:* Was nämlich durch einfältige Roheit aufwallt, hat keine Wirkung außer einer zufälligen.

Sed opera sapientiae...: Aber die Werke der Weisheit werden nach sicherem Gesetz verwahrt und zu gebührendem Ende wirksam ausgerichtet.

S. 286 *hic lapis...:* dieser Stein trägt in sich eine Ähnlichkeit mit dem Himmel.

S. 291 *Omnes enim causae...:* Denn alle Ursachen der natürlichen Wirkungen werden durch Linien, Winkel und Figuren angegeben. Anders nämlich ist es unmöglich zu wissen, warum sie in ihnen (sind).

S. 296 *Penitentiam agite...:* Tut Buße, denn das Himmelreich ist nahe herbeigekommen (Mt. 3,2; 4,17).

S. 301 *De hoc satis!:* Genug davon!

S. 308 *Pulchra enim sunt ubera...:* Denn schön sind die Brüste, die ein wenig hervorstehen und maßvoll schwellen, nicht zügellos (über)fließend, sondern sanft zurückgebunden, zurückgedrängt, aber nicht eingedrückt.

S. 314 *In nomine...:* Im Namen des Herrn Amen. Dies ist die förmliche Leibesverdammung und das ausführliche Urteil der Leibesverdammung, gegeben und in diesen Schriften urteilsgemäß bekanntgemacht und veröffentlicht...

S. 315 *Johannem vocatum...:* Johannes, genannt Fra Michele Jacobi, aus der Gemeinschaft des Sankt Fredianus, ein Mensch aus schlechten Verhältnissen und mit schlechtestem Umgang, nach Lebenswandel und Ruf ein Ketzer und sündhaft durch ketzerische Schändlichkeit, in Glauben und Beteuerung entgegen dem katholischen Glauben... Nicht Gott vor Augen habend, sondern eher den Feind des Menschengeschlechts, mit Wissen, Eifer und Vorsatz, stand liederlich im Wunsch und in der Absicht, ketzerische Schandtat auszuüben, und hatte Umgang mit Fratizellen, genannt kleine Brüder des armen Lebens, Ketzern und Schismatikern, und folgte und folgt ihrer schändlichen Sekte und Ketzerei gegen den katholischen Glauben... und kam zur genannten Stadt Florenz, und an den öffentlichen Plätzen besagter Stadt, die gespannt waren auf die genannte Untersuchung, verbreitete er seinen Glauben, behauptete und bekräftigte unermüdlich mit Mund und Herz..., dass unser Erlöser Christus kein Ding in eigenem oder gemeinschaftlichem Besitz gehabt habe, sondern von allen Dingen, welche er nach dem Zeugnis der Heiligen Schrift besessen, nur einfachen Nießbrauch gemacht habe.

S. 315 *Costat nobis etiam...*: Es steht für uns fest, auch aus Vorstehendem und nach dem ausführlichen Urteil des genannten Herrn Bischofs von Florenz, dass genannter Johannes ein Ketzer gewesen und sich in seinen vielen Irrtümern und Häresien nicht korrigieren und bessern und zum rechten Glaubensweg zurückwenden will, denn wir halten besagten Johannes für unverbesserlich, ausdauernd und hartnäckig in seinen genannten perversen Irrtümern, auch soll dieser Johannes nicht seiner Verbrechen und perversen Irrtümer wegen gerühmt werden, sondern soll seine Strafe anderen zum Exempel dienen; dieserhalb soll besagter Johannes, genannt Fra Michele, als Ketzer und Schismatiker an den üblichen Ort der Gerichtsbarkeit geführt und daselbst durch Feuer und angezündete Feuerflammen gebrannt und völlig verbrannt werden, auf dass er gänzlich sterbe und die Seele vom Leibe getrennt werde.

S. 317 *Per Dominum moriemur!:* Für Gott werden wir sterben.

S. 323 *De te fabula...:* Von dir handelt die Geschichte.

S. 327 *valde bona:* sehr gut

S. 329 *terribilis...:* schrecklich wie eine waffenstarrende Heerschar (Hoheslied 6,3)

S. 330 *O sidus clarum...:* Oh reiner Stern der Mädchen, oh verschlossene Pforte, Quelle der Gärten, versiegelter Born wohlriechender Salben, duftende Zelle!

O langueo...: Oh, ich schmachte. Den Grund des Schmachtens sehe ich und hüte mich nicht.

et cuncta erant bona: und alles war gut

S. 334 *Omnis ergo figura...:* Daher weist jede Figur umso offensichtlicher auf die Wahrheit hin, je offener sie durch unähnliche Ähnlichkeit zeigt, dass sie eben eine Figur ist und nicht die Wahrheit.

S. 336 *Omne animal...:* Jedes Lebewesen ist nach dem Koitus traurig

S. 350 *Nihil sequitur...:* Nichts folgt jemals aus zwei einzelnen Sätzen.

aut semel...: entweder einmal oder wiederum muss der Mittelbegriff allgemeingültig sein.

S. 362 *Peccant enim mortaliter...*: Denn sie sündigen tödlich, wenn sie mit einem Laien sündigen, tödlicher aber, wenn mit einem ordinierten Kleriker, am meisten aber, wenn mit einem weltabgeschiedenen Mönch.

S. 374 *actus appetitus sensitivi...*: die Handlungen des Sinnendrangs, insoweit sie eine körperliche Verwandlung erfahren haben, werden Leidenschaften genannt, nicht aber die Handlungen des Willens.

appetitus tendit in...: das Verlangen strebt nach einer real begehrenswerten Folge, auf dass in ihr die Bewegung ende.

amor facit...: die Liebe bewirkt, dass jene Dinge, die geliebt werden, irgendwie mit dem Liebenden vereinigt werden, und die Liebe ist weit erkenntniskräftiger als die Erkenntnis (selbst).

S. 375 *intus et in cute*: inwendig und auswendig

principium contentionis: Prinzip der Konkurrenz

consortium in amato: Teilhaber am geliebten Wesen

propter multum amorem...: wegen der großen Liebe, die er für das Dasein hat

S. 376 *motus in amatum*: Bewegung zum geliebten Wesen hin

S. 394 *Corona regni...*: Krone des Reichs aus der Hand Gottes

Diadema imperii...: Diadem der Herrschaft aus der Hand Petri

S. 395 *taxae sacrae poenitentiariae*: heilige Bußsteuern

S. 415 *Hoc spumans...* (ungefähr):

So schäumend verschanzt das Meer die Küsten der Welt,
schlägt die Erdränder mit strömenden Wellen.
Drängt sich mit schweren Wogen in Avionen aus Stein.
Mischt ganz unten mit grollendem Wirbel die Kiesel,
breitet Schaum in rauher Furche,
wird häufig von tönenden Wehen geschüttelt...

Primitus pantorum... (ungefähr): Zum ersten Male versöhne ich von den offenbar vornehmsten Gedichten den vorzüglichsten – vor allem mit väterlichem Privileg versehen – panegyrischen Gesang und Gedichte allenthalben mit Prosaischem, soweit alles unter dem Himmelsgewölbe veröffentlicht.

S. 416 *ignis, coquihabin...* (ungefähr): *Feuer, coquihabin* (weil es schon ungebrannt die Anlage zum Brennen hat), *Brand, calax* von Hitze, *fragon* vom Prasseln der Flamme, *rusin* von Röte, *Rauchmacher, ustrax* vom Brennenden, *lebendiger,* weil es fast tote Glieder durch sich zum Leben erweckt, *gelb-*

lich, weil es vom Feuerstein gelb wird, weshalb auch der Feuerstein nicht richtig benannt wird, außer wenn er durch *Funken* gelb wird, (und schließlich) *aeneon,* nach dem Gott Aeneas, der in ihm wohnt, oder von dem den Elementen der Hauch zugetragen wird.

S. 420 *hic sunt leones...:* hier sind Löwen.

S. 431 *qui animam corpori...:* die dem Leib durch Laster und Verwirrungen die Seele beimischen, zerstören von beiden Seiten her das, was zum Leben nötig gebraucht wird, und verwirren die leuchtende und gleißende Seele durch den Schlamm körperlicher Begierden und mischen die Sauberkeit des Leibes und seinen Glanz auf diese Weise und offenbaren dies als unnütz für die Aufgaben des Lebens.

S. 453 *inimicus pacis:* Friedensfeind

S. 455 *in bonis nostris:* in unseren Gütern

S. 470 *prima causa efficiens...:* erste Wirkursache

S. 471 *nomina sunt...:* die Namen sind eine Folge der Dinge

S. 495 *de dicto:* nach dem Wortlaut

S. 503 *Domini canes:* Spürhunde des Herrn (Dominikaner)

S. 511 *planta Dei...:* eine Pflanze Gottes, hervorkeimend aus der Wurzel

S. 516 *pecca pro nobis...:* sündige für uns... erbarme dich unser, befreie uns vom Guten... achte auf mein Verderben... wir verdammen den Herrn... öffne meinen Anus... bespritze mich mit deinem Samen und mache mich unrein...

S. 517 *cingulum diaboli:* Gürtel des Teufels

S. 546 *Sederunt principes...:* Die Fürsten saßen und sprachen gegen mich, die Bösen haben mich verfolgt. Hilf mir, mein Herr und Gott, erlöse mich um deines großen Mitleids willen.

S. 562 *minimas differentias odorum*: die kleinsten Geruchsunterschiede

S. 571 *Amata nigra sed formosa:* die schwarze, aber schöne Geliebte (Hoheslied 1,5)

5. 572 *unico homine regente:* vgl. S. 28, 665

amicta sole: mit der Sonne bekleidet (Apok. 12,1)

S. 577 *Ut cachinnis dissolvatur...:* Dass durch Gelächter gelöst, durch aufgerissene Münder verdreht werde!

Lacrimosa dies illa...: Jener tränenreiche Tag, da aus der Asche aufersteht der angeklagte, zu richtende Mensch: Verschone ihn, Gott! Frommer Herr Jesus, gib ihnen Ruhe.

S. 580 *Ludere me libuit...:* Es gefällt mir zu spielen, und mich, den Spielenden, nimm an, Papst Johannes. Du selbst kannst lachen, wenn's dir gefällt.

S. 580 *Ridens cadit...:* Lachend fällt der Vergnügte, Zacharias staunt, müßig im Bette lehrt Anastasius...

S. 606 *suppositio materialis*: Unterschiebung des (Laut-)Materials

de dicto... de re: nach dem Wort... nach der Sache (dem Sinn)

S. 633 *de toto corpore fecerat linguam:* aus dem ganzen Leib machte er eine Zunge.

S. 652 *Non in commotione...:* Nicht in der Aufregung, nicht in der Aufregung ist der Herr.

S. 659 *Tolle et lege:* Nimm und lies!

S. 660 *Est ubi gloria...:* Wo ist nun Babylons Ruhm?

O quam salubre...: Oh, wie heilsam, wie erfreulich und süß ist es, in der Einsamkeit zu sitzen und zu schweigen und mit Gott zu reden!

S. 661 *Stat rosa pristina...:* Die Rose von einst steht nur noch als Name, uns bleiben nur nackte Namen.

Erklärung wenig geläufiger Wörter

AEDIFICIUM Gebäude, hier das Hauptgebäude der Klosteranlage

AKROSTICHON Bezeichnung für ein Gedicht, bei dem die Anfangsbuchstaben (-silben, -wörter) der Verse und Strophen einen eigenen Sinn ergeben

AMANUENSIS Schreiber, Kopist, im Mittelalter der schreibende Mönch

ANALECTA, VETERA Sammlung alter Texte, Anthologie

APOSTASIE Abfall vom rechten Glauben

AQUINATE Beiname des hl. Thomas von Aquin (1225/26-1274)

ARCHITRAV Querbalken über einer Säulenreihe

AREOPAGIT Beiname des unbekannten griechischen Philosophen, der um 500 n. Chr. unter dem Pseudonym Dionysios Areopagita (d.h. dem Namen des laut Apostelgesch. 17,34 von Paulus bekehrten ersten Bischofs von Athen) eine Reihe bedeutender Schriften veröffentlicht hat, insbesondere eine Abhandlung über »die Namen Gottes«; im Mittelalter wurde der »Pseudo-Areopagit« mit dem Märtyrer und französischen Nationalheiligen Sankt Dionysios (St. Denis) gleichgesetzt und als Kirchenlehrer verehrt

ARIMASPEN ein mythisches Volk an den Rändern des Erdkreises

Armageddon (hebr. Harmageddon) nach Offenb. Joh. 16,16 der mythische Ort, an welchem die »Könige des ganzen Erdkreises« von den Höllengeistern versammelt werden zum Endkampf zwischen Gut und Böse

Armillarsphäre Modell der Himmelskugel, astronomisches Meßgerät zur Bestimmung von Längen- und Breitendifferenzen

Assassinen (arab. »Haschischesser«) islamische Sekte im 12./13. Jh., die mit terroristischen Mitteln (Meuchelmord) gegen die Kreuzfahrer kämpfte; ihr Oberhaupt, der Perser Hasan Ibn as-Sabbah, der sich 1090 in der uneinnehmbaren Felsenfestung Alamut (beim nordpersischen Qazwin) verschanzt hatte, war im europäischen Mittelalter berüchtigt als »der Alte vom Berge«

Astrolabium s. Armillarsphäre

Auctoritas (lat. »Autorität«) im Mittelalter Bezeichnung für die maßgeblichen Kirchenlehrer

Bogomilen (»Gottesfreunde«) eine seit dem 10. Jh. vor allem auf dem Balkan verbreitete religiöse Sekte, die wegen ihrer Ablehnung der Sakramente als ketzerisch verfolgt wurde (auch »Bosnische Kirche« genannt)

Canticum canticorum Lied der Lieder, das Hohelied Salomonis

Caput Mundi Hauptstadt der Welt, alte Bezeichnung für Rom

Cellerar Kellermeister, Verwalter der Klostergüter

Circumcellionen schwärmende Haufen der → Donatisten in Nordafrika

Climacus absteigende Dreitonfolge im gregorianischen Gesang

Confrater Mitbruder

Consuetudines Gebräuche, Verhaltensregeln in Klöstern

chryselephantine Figur Plastik aus Holz mit Elfenbeinumkleidung

Dekretale rechtsverbindlicher Erlass des Papstes (Bulle)

Diptychon zweiflüglige, zusammenklappbare Tafel (aus Holz oder Elfenbein)

Distinctiones Unterscheidungen, besondere Merkmale

Donatisten kirchliche Partei in Nordafrika, benannt nach Bischof Donatus von Karthago († um 355), begründete das donatistische Schisma vom 4-7. Jh., wurde ab 414 als Ketzerei verfolgt

Dracontopoden drachenfüßige Fabelwesen

Ekklesiast griech.-lat. Name des Predigers Salomo

Ekpyrosis (griech. »Ausbrennen«) Weltbrand, nach der Lehre des Heraklit (ca. 550-480) die Wiederauflösung der Welt ins Urelement des Feuers

Enthymem Wahrscheinlichkeitsschluss, unvollständige Folgerung, bei der eine Prämisse stillschweigend ergänzt werden muss, vgl. Syllogismus

Enzephalon Gehirn

Erinnyen griechische Rachegöttinnen, die aus dem Hades aufsteigen, um die Frevler gnadenlos zu verfolgen

Flagellanten Geißler, Büßerbewegung im späten Mittelalter

Fratizellen (it. »kleine Brüder«) frei herumziehende franziskanische Bettelmönche im 13./14. Jh., aus der → Spiritualen-Bewegung hervorgegangen, von der Kirche als Ketzer verfolgt

Gorgonen weibliche Ungeheuer mit Schreckgesicht

Graduale Chorgesang zur Messe

Haeresiarch Ketzerführer

Harpyien weibliche Ungeheuer mit Flügeln

Homilie Predigt über einen Bibelabschnitt

Hypotypose lebensnahe Beschreibung einer Szene oder Person

Inkubus nächtlicher Dämon, Alp, Buhlteufel einer Hexe

Konsistorium Ratsversammlung

Kontagion Ansteckung

Kryptographie Geheimschrift

Leukrokuten mythische Fabelwesen, halb Löwe, halb Hyäne

Litanial Sammlung von Litaneien

Litterae Schriftgelehrsamkeit, klassische Bildung

Mantikoren mythische Fabelwesen mit drei Zahnreihen

Melismen melodische Verzierungen im Gesang

Nadir (arab. »Fußpunkt«) der dem Zenit gegenüberliegende Punkt auf der Himmelskugel

Narthex Vorhalle in altchristlichen Basiliken

Neumen Intervallbezeichnungen im gregorianischen Gesang, Vorläufer der Notenschrift

Palimpsest mehrfach beschriebenes Pergament, bei dem der ältere Text aus Sparsamkeitsgründen abgeschabt worden ist (aber manchmal unter dem jüngeren noch durchscheint)

Pandämonium Versammlung aller Dämonen, daher allgemein für großes Durcheinander

Panegyrikus Lobrede, Lobgesang

Paraphernalien eigentümliche Gerätschaften oder Merkmale

Paränese Mahnpredigt, Ermahnung

Parusie Wiederkunft Christi zum Jüngsten Gericht

Populus Dei Volk Gottes, die Christenheit

Porrectus Tonschritt ab-auf

Präbendar Pfründner, Inhaber einer kirchlichen oder klösterlichen Pfründe (vgl. heute Pächter)

primordial urzeitlich

Pronuntiatio Hervorhebung durch Tonwechsel beim Reden

Proprium Eigenart, Charakteristikum

quodlibetal beliebig, in alle Richtungen gehend, hier speziell: diskutierfreudig, kritisch

Refektorium Speisesaal im Kloster

Responsorium liturgischer Wechselgesang

Resupinus Tonfolge auf-ab-auf

säkular weltlich

Salicus aufsteigende Dreitonfolge

Saturnalien Freudenfest, ursprünglich zu Ehren des römischen Gottes Saturn

Schisma Kirchenspaltung

Scholie erklärende Randbemerkung, Kommentar (verfasst von sogenannten Scholiasten)

Scinopoden mythische Fabelwesen mit einem Bein und großem Entenfuß, oft hoch oben in Kathedralen dargestellt

Simonie Schacher mit geistlichen Dingen, Sakramenten und Ämtern, benannt nach Simon dem Magier (Apostelgesch. 8,18-25), auf den Konzilien von Chalkedon (451) und Nikaia (787) verboten, im Mittelalter von Kirchenreformatoren angeprangert und bekämpft

Skapulier Überwurf über Brust und Schulter, Teil der benediktinisehen Ordenstracht

Skriptorium Schreibsaal im Kloster

Spiritualen Gruppen im Franziskanerorden des 13./14. Jh., die gegen den Reichtum der Kirche für radikale Armut eintraten und dadurch sowohl mit dem eigenen Orden als auch mit den Päpsten Bonifaz VIII., Clemens V. und Johannes XXII. in Konflikt gerieten; vgl. Fratizellen

Stagirit Beiname des Aristoteles aus Stageira (384-322)

Sukkubus ein Teufel, der in sexueller Beziehung zu Männern steht, vgl. Inkubus

SYLLOGISMUS Schlussfolgerung vom Allgemeinen auf das Besondere, im Dreischritt von einer praemissa maior über eine praemissa minor (Ober- und Untersatz) zur conclusio. Beispiel:

Alle Menschen sind sterblich
Alle Könige sind Menschen
Alle Könige sind sterblich

Für die 19 logisch gültigen Schlussmodi haben die Scholastiker des 12. Jh. Merkwörter eingeführt (*Barbara, Celarent, Darii* etc.)

SYNEKDOCHÉ Teil als Stellvertretung eines Ganzen, Pars pro toto

THEOPHANIE Gotteserscheinung

TORCULUS Tonschritt auf-ab

TYMPANON reliefgeschmücktes Giebelfeld über Portalen

VIGILIA Nachtwache

VITRA AD LEGENDUM Brille

Inhalt

DRITTER TAG

FÜNFTER TAG

SECHSTER TAG

Die Abtei

A	Aedificium	J	Badehaus
B	Kirche	K	Hospital
D	Kreuzgang	M	Schweinestall
F	Dormitorium	N	Pferdestall
H	Kapitelsaal	R	Werkstatt

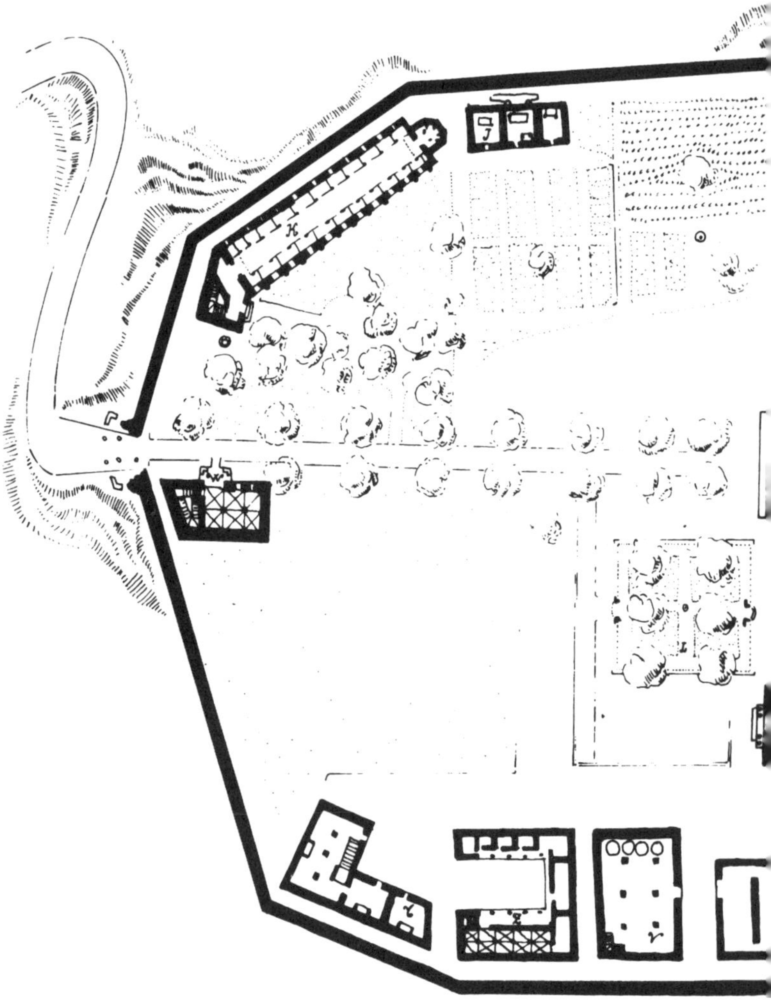

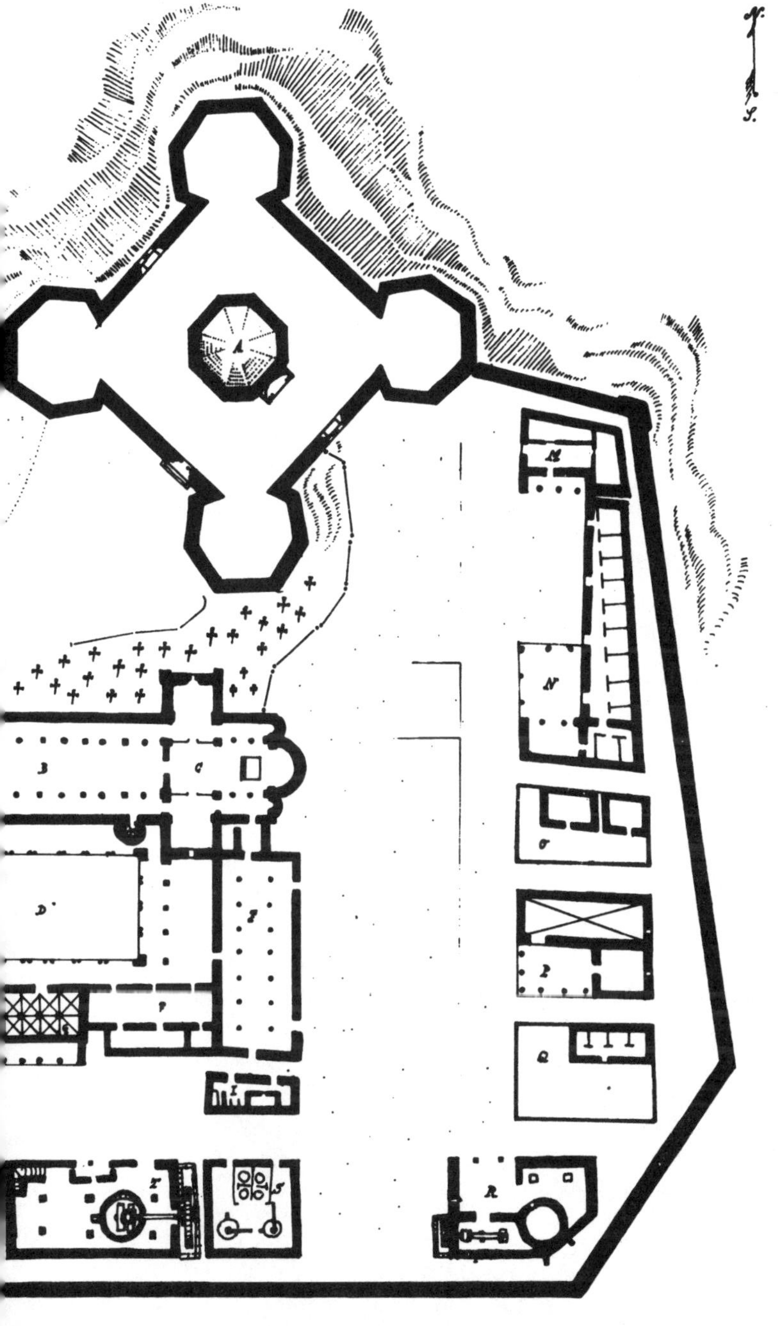

A
B
C
D
M
N
O
P
Q
R
S
T

Weitere Werke von Umberto Eco:

Die Bücher und das Paradies
Über Literatur
Aus dem Italienischen von Burkhart Kroeber. 2003

Sämtliche Glossen und Parodien
Aus dem Italienischen von Burkhart Kroeber und Günter Memmert. 2002

Baudolino
Roman
Aus dem Italienischen von Burkhart Kroeber. 2001

Kant und das Schnabeltier
Aus dem Italienischen von Frank Herrmann. 2000

Derrick oder die Leidenschaft für das Mittelmaß
Aus dem Italienischen von Burkhart Kroeber. 2000

Zwischen Lüge und Ironie
Vier Lesarten zwischen Klassik und Comic
Aus dem Italienischen von Burkhart Kroeber. 1999

Vier moralische Schriften
Essay
Aus dem Italienischen von Burkhart Kroeber. 1998

Carlo Maria Martini, Umberto Eco
Woran glaubt, wer nicht glaubt?
Mit einem Vorwort von Kardinal Franz König.
Aus dem Italienischen von Burkhart Kroeber und Karl Pichler. 1998

Die Insel des vorigen Tages
Roman
Aus dem Italienischen von Burkhart Kroeber. 1995

Im Wald der Fiktionen
Sechs Streifzüge durch die Literatur
Aus dem Italienischen von Burkhart Kroeber. 1994

Zwischen Autor und Text
Interpretation und Überinterpretation.
Mit Entwürfen von Richard Rorty, Jonathan Culler,
Christine Booke-Rose und Stefan Collini
Aus dem Englischen von Hans Günter Holl. 1994

Wie man mit einem Lachs verreist und andere nützliche Ratschläge
Aus dem Italienischen von Günter Memmert und Burkhart Kroeber.
1993

Die Grenzen der Interpretation
Aus dem Italienischen von Günter Memmert. 1992

Kunst und Schönheit im Mittelalter
Aus dem Italienischen von Günter Memmert. 1991

Platon im Striptease-Lokal
Parodien und Travestien
Aus dem Italienischen von Burkhart Kroeber. 1990

Das Foucaultsche Pendel
Roman
Aus dem Italienischen von Burkhart Kroeber. 1989

Über Spiegel und andere Phänomene
Essays
Aus dem Italienischen von Burkhart Kroeber. 1988

Lector in fabula
Die Mitarbeit der Interpretation in erzählenden Texten
Aus dem Italienischen von Heinz-Georg Held. 1987

Über Gott und die Welt
Essays und Glossen
Aus dem Italienischen von Burkhart Kroeber. 1985

Nachschrift zum Namen der Rose
Aus dem Italienischen von Burkhart Kroeber. 1984

Der Name der Rose
Roman
Aus dem Italienischen von Burkhart Kroeber. 1982

Umberto Ecos Werke sind als Hardcover im Carl Hanser Verlag und als Taschenbücher bei dtv erschienen und im Buchhandel erhältlich.

Der Titel „Woran glaubt, wer nicht glaubt?“ ist im Zsolnay Verlag, Wien erschienen.